Reader's Digest
Auswahlbücher

Reader's Digest Auswahlbücher

Verlag DAS BESTE
Stuttgart · Zürich · Wien

Die Kurzfassungen in diesem Buch erscheinen
mit Genehmigung der Autoren und Verleger
© 1979 by Verlag DAS BESTE GmbH, Stuttgart
Alle Rechte, insbesondere das der Übersetzung,
Verfilmung und Funkbearbeitung, im In- und
Ausland vorbehalten
379
PRINTED IN GERMANY
ISBN 3 87070 135 8

Inhalt

SCHNEE-TIGER

Eine Kurzfassung des Buches von
DESMOND BAGLEY

Nach der Übersetzung
von Susan und Manfred Meurer

Illustrationen von Walter Stackpool

Schnee ist nicht ein Wolf im Schafspelz – er ist ein Tiger im Lammfell.

Diese Wahrheit wird zur bitteren Lektion für die Einwohner von Hukahoronui. Das kleine Bergstädtchen auf der Südinsel von Neuseeland, in das erst ein wenig Wohlstand eingekehrt war, nachdem eine Goldgrube den Betrieb aufgenommen hatte, wird von einer gewaltigen Lawine überrascht und dem Erdboden gleichgemacht.

Allerdings hatte es nicht an warnenden Stimmen gefehlt. Mike McGill zum Beispiel, ein Lawinenexperte, hatte den Schnee auf den umliegenden Hängen untersucht, und seine Ergebnisse bestätigten die Lawinengefahr.

Auch McGills Freund Ian Ballard hatte aus seinen Befürchtungen keinen Hehl gemacht. Dabei setzt Ballard, den man erst vor wenigen Wochen zum Geschäftsführer der Grube ernannt hatte, sogar seine Position aufs Spiel. Aber Ballards Bemühungen, die Lawinengefahr abzuwenden, stoßen auf Widerstand, denn er kämpft gegen einen ungleich mächtigeren Gegner – den Schatten der Vergangenheit.

PROLOG

DIE Lawine war nicht besonders groß; aber eine Lawine muß auch nicht sonderlich groß sein, um einen Menschen zu töten. Daß Ballard überlebte, verdankte er nur der Tatsache, daß Mike McGill auf der Lawinenschnur bestanden hatte. So wie ein Mann mit der entsprechenden Ausrüstung im Ozean überleben, aber in dreißig Zentimeter tiefem Wasser ertrinken kann, wäre Ballard in einem unbedeutenden Rutsch umgekommen, der sogar in der lawinenbewußten Schweiz unbeachtet geblieben wäre.

Der Kanadier McGill war ein guter Skiläufer, und er hatte den Anfänger unter seine Fittiche genommen. Sie hatten sich beim Après-Ski auf einer Hütte kennengelernt und waren sich auf Anhieb sympathisch gewesen. Obwohl sie gleichaltrig waren, wirkte McGill älter, vielleicht aufgrund des wechselvollen Lebens, das ihm sein Beruf als Meteorologe und Schnee-Experte bot. Trotzdem hatte er sich für Ballard interessiert, der ihm auf einigen anderen Gebieten, die nichts mit Schnee und Eis zu tun hatten, überlegen war. Sie ergänzten sich, und das war kein ungewöhnlicher Ausgangspunkt für eine Freundschaft zwischen Männern.

Eines Morgens kam McGill mit einem Vorschlag. „Wir müssen dich mal mit in den Tiefschnee nehmen. Nichts ist so schön, wie seine eigene Spur durch unberührten Schnee zu ziehen."

Sie fuhren mit dem Sessellift hoch. Von der Bergstation stiegen sie noch ein Stück auf und erreichten nach einer halben Stunde den Rand eines freien Hanges, den McGill auf Rat der Einheimischen ausgesucht hatte.

Er zog den Reißverschluß seiner Anoraktasche auf und brachte zwei Knäuel roter Schnur zum Vorschein. Eines davon reichte er Ballard. „Sieht ganz gut aus hier, aber wir wollen kein Risiko eingehen. Binde ein Ende um deine Taille."

„Warum?"

„Das ist eine Lawinenschnur – eine einfache Vorrichtung, die viele Menschenleben gerettet hat. Sollte sich eine Lawine auslösen und dich verschütten, dann wird ein Stückchen roter Schnur auf der Oberfläche des Schnees sichtbar sein. Das zeigt an, wo du dich befindest, und man kann dich schnell wieder ausbuddeln."

Ballard blickte den Abhang hinunter. „Besteht denn Lawinengefahr?"

„Soviel ich weiß, nicht", antwortete McGill gut gelaunt. „Wenn ich der Meinung wäre, wir riskierten zuviel, würden wir gar nicht erst abfahren. Aber grundsätzlich ist *jeder* Schnee auf *jedem* Abhang gefährlich."

Ballard band sich die Schnur um. McGill redete auf ihn ein: „Weißt du, was du tun mußt, wenn der Schnee zu rutschen anfängt?"

„Beten?"

McGill grinste. „Du kannst viel mehr tun. Als erstes mußt du die Stöcke wegschmeißen und dann schnell die Sicherheitsbindung aufmachen. Wenn der Schnee dich überrollt, mußt du versuchen, den Kopf an die Oberfläche zu bringen. Halt den Atem an, und zieh den Arm vors Gesicht, aber nicht zu nah – damit du eine Luftlücke zum Atmen hast, und vielleicht kannst du rufen, damit dich jemand findet." Er lachte über Ballards Gesichtsausdruck und fügte gelassen hinzu: „Los! Ich fahre vor, nicht zu schnell. Halte dich hinter mir, und mach alles genau nach."

Er stieß sich ab, in den Hang hinein. Ballard fuhr etwas hinter ihm durch den Neuschnee und erlebte die berauschendste Abfahrt seines Lebens. Der kalte Wind pfiff messerscharf um seine Ohren. Ansonsten war, abgesehen vom Zischen der Skier, kein Laut zu vernehmen. Am Fuß des Abhangs angekommen, prustete Ballard voller Begeisterung: „Das war phantastisch! Können wir es gleich noch mal probieren?"

DIE winterliche Sonne des späten Nachmittags warf schon lange Schatten über den Schnee, als sie wieder oben an ihrem Hang standen. McGill empfahl: „Bleib in der Mitte des Hanges! Fahr nicht in die schattigen Bereiche!"

Ballard fuhr los, McGill folgte ihm und behielt den weniger erfahrenen Skiläufer im Auge. Er merkte sich Ballards Fehler, um ihn korrigieren zu können. Alles ging gut, bis ihm auffiel, daß Ballard immer näher auf steileres Gelände zu kam, das schon im Schatten lag. Er erhöhte sein Tempo und rief Ballard zu: „Halte dich mehr in der Mitte, Ian!"

Noch während er rief, sah er, wie Ballard abglitt. Dann fing der ganze Hang an zu rutschen und nahm Ballard unter einem Wirbel von Pulverschnee mit. Ein Dröhnen, einem leisen Donnern ähnlich, erfüllte die Luft.

Ballard fand sich in einer wie verrückt taumelnden Welt. Er stürzte kopfüber und begann haltlos zu rotieren. Plötzlich spürte er einen überwältigenden Schmerz im linken Oberschenkel, als würde sein Bein von der Hüfte losgeschraubt. Er hörte auf zu purzeln, und er erinnerte sich an das, was McGill gesagt hatte: eine Luftlücke um den Mund herum schaffen. Er legte die linke Hand über sein Gesicht. Dann hörte alle Bewegung auf. Ballard verlor das Bewußtsein.

McGill wartete, bis der Schnee zum Stillstand kam. Dann fuhr er zum Rand der Narbe von aufgewühltem Schnee. Er brauchte eine halbe Stunde, um den Bereich zu durchforschen, fand aber nichts. In Gedanken sah er ein Diagramm vor sich: die Zeitdauer des Verschüttetseins in Relation zu den Überlebenschancen. Er erreichte den unteren Rand der Lawinenzunge und blickte unentschlossen hoch. Noch fünf Minuten wollte er sich geben, um Ballard zu finden, andernfalls würde er zur Skihütte fahren und Hilfe holen – Spezialtrupps mit einem Lawinenhund.

Er stieg langsam auf, seine Augen streiften von links nach rechts und zurück, und dann erspähte er ein winziges blutrotes Fleckchen. Es war kaum größer als der Nagel seines kleinen Fingers, aber das genügte. Er ging der roten Schnur nach, bis er Widerstand spürte, dann grub er mit beiden Händen. Der Schnee war weich, und so stieß er in etwas mehr als einem Meter Tiefe auf Ballard. Als er ihn aus dem Schnee freigelegt hatte, sah er an der unmöglichen Haltung des Beins, daß es gebrochen war. Er zog seinen Anorak aus und packte Ballard fest damit ein, um ihn warm zu halten. Dann machte er sich auf den Weg zur Straße, die weiter unten vorbeiführte. Glücklicherweise kam gerade ein Wagen, den er anhalten konnte.

In weniger als zwei Stunden lag Ballard im Krankenhaus.

SECHS Wochen später mußte Ballard immer noch das Bett hüten. Das gebrochene Bein brauchte viel Zeit zum Heilen, nicht so sehr wegen des Bruches als wegen der Muskeln, die gerissen waren. Für den Heimflug nach London hatte man ihn auf eine Tragbahre gelegt. Seine Mutter holte ihn aus seiner kleinen Wohnung ab und brachte ihn in ihr Haus.

Eines Morgens hörte er einen lauten Streit in der Etage unter sich.

Kurz darauf ging die Tür auf, und seine Mutter betrat das Zimmer mit umwölkter Stirn. „Dein Großvater besteht darauf, dich zu sprechen", erklärte sie kurz. „Ich habe ihm gesagt, daß es dir nicht gutgeht, aber er ist unvernünftig wie eh und je."

„Laß ihn rein, Mutter. Mir fehlt nichts, außer daß mein Bein in Gips liegt."

Ian hatte den alten Ben Ballard seit anderthalb Jahren nicht gesehen. Er konnte es kaum glauben, wie sehr sein Großvater sich verändert hatte, denn jetzt sah man ihm seine siebenundachtzig Jahre an. Er kam langsam ins Zimmer, schwer auf seinen Schwarzdornstock gestützt, und ließ sich ächzend auf einen Stuhl fallen. Er betrachtete Ian mit einem ironischen Grinsen. „Du bist also Ski gefahren – und das nicht einmal ordentlich. War das während der Arbeitszeit?"

„Nein", antwortete Ian ruhig. „Das weißt du ganz genau. Es war mein erster Urlaub seit fast drei Jahren."

„Hmmm! Aber du liegst während der Arbeitszeit im Bett."

Ians Mutter war außer sich. „Du bist herzlos!"

„Halt den Mund, Harriet", sagte der alte Mann, ohne sich ihr zuzuwenden. „Und mach, daß du rauskommst."

Ian fing den Blick seiner Mutter auf und nickte kurz. Sie stürmte aus dem Zimmer.

„Deine Manieren sind auch nicht gerade besser geworden", bemerkte Ian trocken.

Ben schüttelte sich vor Lachen. „Deswegen gefällst du mir, mein Junge. Kein anderer hätte sich getraut, mir so etwas ins Gesicht zu sagen. Was ich eben so hinwarf – du lägst während der Arbeitszeit im Bett –, das habe ich nicht so gemeint, denn das tust du ja wirklich nicht. Du bist nämlich ersetzt worden."

„Gefeuert!"

„Sobald es dir wieder gutgeht, kannst du aber einen anderen Job antreten. Vor fast zwei Jahren haben wir ein Bergwerk in Neuseeland in Betrieb genommen – Gold. Jetzt, wo der Goldpreis gestiegen ist, stehen die Aussichten ganz gut. Der Direktor ist ein alter Schwachkopf namens Fisher; er wird im nächsten Monat pensioniert."

Ian Ballard war skeptisch. „Würde ich die alleinige Verantwortung tragen?"

„Der Direktor ist dem Aufsichtsrat unterstellt – das weißt du."

„Ja, ich kenne die Ballard-Organisation. Der Aufsichtsrat tanzt nach der Pfeife, die in London geblasen wird. Ich habe keine Lust, den Laufburschen für meine verehrten Herren Onkel zu spielen. Ich verstehe sowieso nicht, warum du ihnen so freie Hand läßt."

„Als ich die Treuhand einrichtete, habe ich auf jegliche Kontrolle verzichtet. Das, was deine Onkel jetzt tun, ist einzig und allein ihre Sache."

„Und trotzdem hast du einen Direktorenposten zu verschenken?"

Bens Gesicht zierte wieder das Haifischgrinsen. „Deine Onkel sind nicht die einzigen, die von Zeit zu Zeit die Pfeife blasen können."

Ian dachte darüber nach. „Wo ist diese Mine?"

„Auf der Südinsel." Bens Stimme klang gewollt beiläufig. „Ein Ort namens Hukahoronui."

„Nein!" entfuhr es Ian unwillkürlich.

„Was ist denn los? Hast du Angst, dorthin zurückzugehen?" Bens Mund verzog sich. „Wenn das der Fall ist, dann bist du nicht von meinem Blut."

Ian atmete tief ein. „Ist dir klar, was das bedeutet? Zurückzukehren? Du weißt, wie sehr mir dieser Ort verhaßt ist."

„Na wenn schon, du warst dort halt unglücklich – das ist schon lange her. Wenn du dieses Angebot ausschlägst, wirst du nie wieder glücklich sein. Für den Rest deines Lebens wirst du dann vor verschlossenen Türen stehen."

Ian starrte ihn an. „Du bist teuflisch!"

Der alte Mann stieß ein Lachen hervor. „Das könnte schon sein. Hör mir mal gut zu. Ich habe vier Söhne gehabt, und drei davon sind das Pulver nicht wert, sie ins Jenseits zu befördern. Es sind Gauner, denn sie veranstalten mit der Ballard-Holdinggesellschaft einen Mordskrach in der Londoner Finanzwelt." Ben richtete sich auf. „Weiß der Himmel, ich war zwar auch kein Engel zu meiner Zeit, aber niemals hat jemand Ben Ballard beschuldigt, unehrlich gewesen zu sein, und es hat noch niemand erlebt, daß ich nicht zu meinem Wort gestanden hätte." Seine Stimme wurde etwas milder. „Ich hatte einen vierten Sohn, von dem ich mir eine Menge versprochen habe, aber eine Heulsuse von einer Frau hat ihn ruiniert, und dich hätte sie auch fast ruiniert, wenn ich nicht Verstand genug gehabt hätte, dich aus diesem Tal in Neuseeland herauszuholen."

Ians Stimme nahm einen scharfen Ton an: „Lassen wir meine Mutter aus dem Spiel."

Ben hob beschwichtigend die Hand. „Ich schätze deine Loyalität, Ian, auch wenn sie hier fehl am Platz ist. Hauptsache, ich habe dich aus Hukahoronui herausgeholt. Habe ich wenigstens damit richtig gehandelt?"

Ian sprach sehr leise. „Dafür habe ich dir nie gedankt."

„Ach ja, du hast ein kluges Köpfchen, und das wollte ich nicht vergeudet wissen. Ich habe gesät, mein Junge, und jetzt will ich mir die Ernte ansehen."

„Muß ich mich sofort entscheiden?"

Bens Stimme klang wieder ironisch. „Willst du das mit deiner Mutter besprechen? Schließlich bist du schon ein erwachsener Mann von fünfunddreißig Jahren. Triff einmal in deinem Leben eine eigene Entscheidung!"

Ian schwieg. Schließlich sagte er: „Also gut, ich gehe nach Hukahoronui."

Ben fuhr fort: „Es ist ein ansehnliches kleines Städtchen geworden. Bis vor kurzem hieß der erste Bürgermeister John Peterson. Die Petersons haben einen ziemlich großen Einfluß in der Gemeinde."

„Sind die noch da?"

„Natürlich. John, Erik und Charlie."

„Aber Alec nicht."

„Nein – Alec nicht", bestätigte Ben.

Ian blickte auf. „Du hast dir das wirklich fein ausgedacht! Du weißt ganz genau, daß ein Ballard in Huka etwa dasselbe bedeutet wie eine Sprengkapsel in Dynamit."

Ben beugte sich vor. „Wobei die Petersons das Dynamit sind, nehme ich an. Ich möchte, daß du das verdammte Bergwerk besser führst, als es bis jetzt geführt worden ist. Das ist keine einfache Aufgabe, die ich dir da aufgehalst habe. Dobbs, der technische Leiter, ist wie ein Strohhalm im Wind, und Cameron, der Werksingenieur, hat seine große Zeit längst hinter sich. Es fehlt da eine feste Hand."

Ben lehnte sich zurück. „Natürlich werden die Petersons dich nicht gerade mit offenen Armen empfangen. Jedenfalls ist es nicht sehr wahrscheinlich, da es schon zu ihrer Familientradition gehört, zu behaupten, die Mine sei ihnen geklaut worden."

Der alte Mann wollte gerade aufstehen, blieb aber dann doch sitzen. „Sollte irgend etwas Ernstes passieren – der Ballard-Holdinggesellschaft oder mir –, dann setz dich mit Bill Stenning in Verbindung." Er dachte kurz nach. „Ach, wenn ich mir's recht überlege, das ist nicht nötig. Bill wird sich schnell genug mit dir in Verbindung setzen."

„Worum geht es?"

„Mach dir keine Sorgen, vielleicht wird es nie notwendig sein." Ben stand langsam auf und ging auf die Tür zu. Auf halbem Weg wandte er sich um und hielt den Schwarzdornstock in die Luft. „Ich glaube, ich muß mich mal von diesem Ding trennen. Ich werde ihn dir morgen schicken. Du wirst ihn brauchen."

Er blieb vor der Tür stehen und hob die Stimme. „Du kannst jetzt hereinkommen, Harriet. Du brauchst nicht mehr am Schlüsselloch zu horchen."

BALLARD war deprimiert, als er in einem Landrover der Firma von Christchurch nach Westen fuhr, denn jetzt kehrte er an seinen Ausgangspunkt zurück: Hukahoronui. Er haßte den Ort.

Hukahoronui liegt in einem tiefen Tal, dessen Eingang eine enge Felsschlucht bildet. Ein Fluß, der vom Eiswasser der umliegenden hohen Gipfel gespeist wird, windet sich durch das Tal. Die Häuser sind unregelmäßig um eine Kirche, einen Laden und eine Dorfschule gruppiert. Seine Mutter war dort Lehrerin gewesen.

Es hatte heftig geschneit, und trotz der Winterreifen hatte Ballard Schwierigkeiten. Nach längerer Fahrt im zweiten Gang erreichte er schließlich den kleinen Paß, der die Schlucht umging, und fuhr auf einen Parkstreifen am Straßenrand, von wo er die Schlucht und den Ort überblicken konnte.

Hukahoronui hatte sich wahrhaftig verändert. Ein kleines Städtchen lag in der Ferne, wo es früher kein Städtchen gegeben hatte. Am Westhang des Tales stand eine Gruppe von Fabrikgebäuden, die wahrscheinlich zur Grube gehörten. Eine Wolke schwarzen Rauches, der aus einem hohen Schornstein quoll, hob sich als häßlicher Fleck vom Weiß der Landschaft ab.

Hinter dem Städtchen, in weiter Ferne, erkannte Ballard Turis Haus unterhalb des großen Felsens, der Kamakamaru genannt wurde. Er fragte sich, ob der alte Mann noch lebte. Turi war schon ein alter Mann gewesen, als Ballard das Tal verließ. Es war jedoch schwierig, das Alter eines Maori zu schätzen, insbesondere für einen sechzehnjährigen Jungen.

Aber noch etwas anderes kam ihm fremd vor im Tal. Der Hang auf der westlichen Talseite war jetzt fast völlig kahl. Die hohen Kiefern und Zedern, die Kahikatea- und Kohekohebäume waren verschwunden – der Berg war fast nackt. Ballard betrachtete die oberen Hänge, wo der Schnee sich als eine einzige glatte und wunderschöne Fläche bis an den Fuß des Felsens erstreckte. Sie schienen gut geeignet zum Skilaufen.

Er startete den Motor und fuhr hinunter ins Städtchen. Aus der Nähe betrachtet, beeindruckte ihn die Planung sehr. Obwohl vieles unter dem Schnee verborgen lag, konnte er Flächen erkennen, die im Sommer schöne große Gärten sein mußten. Da war ein Kinderspielplatz, auf dem Schaukeln und Rutschbahnen, Klettergerüste und Wippen mit Eiszapfen geschmückt waren.

Mitten unter den Häusern, entlang des Steilufers, ragte ein Felsvorsprung in den Fluß hinein. Als Ballard noch ein Kind war, hieß die Stelle „das Knie". Dort war früher ihr Badeplatz gewesen. Am Fuß des Felsens hatte sich auch Petersons Laden befunden, und tatsächlich stand er immer noch da. Zu seiner Zeit war es ein niedriger, einstöckiger Bau mit einem Wellblechdach gewesen. Jetzt war er zweigeschossig, mit großen, hellbeleuchteten Schaufenstern.

Auf der anderen Straßenseite sah er ein halbfertiges Gebäude aus rohem Beton, das sich „Hotel D'Archiac" nannte.

Die Straße war verhältnismäßig belebt. Pkws und Lastwagen fuhren vorbei, und Frauen mit Taschen beeilten sich, vor Ladenschluß ihre Einkäufe zu tätigen.

Ballard fuhr in eine Parklücke, angelte sich den Stock vom Rücksitz und stieg aus dem Wagen. Er überquerte die Straße zum Hotel, wobei er sich auf den Stock stützte. Zwar nahm er an, daß Dobbs, der technische Leiter des Bergwerks, ihn untergebracht hätte, aber es war schon spät, und er entschloß sich, eine Nacht im Hotel zu verbringen. Am nächsten Morgen wollte er sich den Mitarbeitern des Unternehmens vorstellen.

Als er sich dem Hoteleingang näherte, kam ein breitschultriger Mann in großer Eile heraus und stieß ihn an. Der Mann murmelte ein paar verärgerte Worte und eilte auf einen parkenden Wagen zu. Ballard erkannte ihn. Es war Erik Peterson, der zweitälteste der drei Peterson-Brüder.

Ballard wandte sich wieder dem Hotel zu und stand plötzlich einer älteren Frau gegenüber, die ihn fragend anschaute. Er konnte ihr von den Augen ablesen, wie sie ihn allmählich wiedererkannte. „Na, das ist doch Ian Ballard", stellte sie fest, „oder?"

Er kramte in seinem Gedächtnis, um ihr Gesicht einzuordnen, und suchte nach dem dazugehörigen Namen. „Guten Tag, Mrs. Samson", sagte er dann.

„Ian Ballard. Also, was machen Sie hier?"

Ian nahm aus dem Augenwinkel wahr, wie Erik Peterson beim Aufschließen seines Wagens plötzlich erstarrte und zu ihm herübersah.

„Im Moment wollte ich ins Hotel und mir ein Zimmer nehmen", antwortete er, und als er sich umwenden wollte, stand Erik Peterson schon neben ihm.

„Ian Ballard." Petersons Stimme war ausdruckslos.

„Kennen Sie sich?" fragte Mrs. Samson. „Das ist Erik Peters..." Ihre Stimme erstarb, und sie nahm einen Ausdruck verstört-wachsamer Zurückhaltung an, das Aussehen eines Menschen, der bemerkt, daß er einen Fauxpas begangen hat.

In Petersons mühsamem Lächeln lag alles andere als Freude. „Und was machen Sie hier?"

Ballard erklärte: „Ich bin der neue Geschäftsführer des Bergwerks."

„So, so!" bemerkte Peterson mit gespieltem Erstaunen. „Die Ballards kommen also aus ihrem Versteck hervor? Was ist los, Ian? Sind Ihnen die faulen Firmennamen ausgegangen?"

„Eigentlich nicht", erwiderte Ballard. „Wir haben einen Computer, der sie für uns erfindet. Und wie geht es Ihnen, Erik?"

Peterson musterte den Stock, auf den Ballard sich stützte. „Offensichtlich viel besser als Ihnen. Haben Sie Ihr Bein verletzt? Hoffentlich nichts Unbedeutendes."

Mrs. Samson fielen plötzlich Entschuldigungen ein, sich zu entfernen.

Peterson wartete, bis sie außer Hörweite war. „Habe ich richtig gehört, daß Sie ein Zimmer im Hotel wollen?" Peterson nahm Ballard beim Arm. „Dann darf ich Sie dem Hoteldirektor vorstellen. Johnnie und ich sind zu je fünfundzwanzig Prozent Mitinhaber dieses Hauses."

Sie gingen ins Hotel. An der Rezeption erklärte Peterson: „Jeff Weston ist der Direktor hier. Jeff, darf ich Ian Ballard, einen alten Freund, vorstellen? Geben Sie Mr. Ballard ein Zimmer – das beste, das wir haben." Sein Blick wurde plötzlich stahlhart, seine Stimme eiskalt. „Für vierundzwanzig Stunden! Danach sind wir ausgebucht! Ich möchte nicht, daß Sie einen falschen Eindruck über Ihr Willkommensein hier gewinnen, Ballard."

Er drehte sich auf dem Absatz um und schritt davon. „Erik war schon immer ein Witzbold", sagte Ballard leicht dahin. „Muß ich den Anmeldezettel ausfüllen, Mr. Weston?"

An diesem Abend schrieb Ballard einen Brief an Mike McGill.

Soweit ich mich erinnere, hattest Du vor, dieses Jahr nach Neuseeland zu gehen. Warum kommst Du nicht ein bißchen früher – als mein Gast? Ich bin in einem Ort namens Hukahoronui auf der Südinsel. Es liegt eine Menge Schnee hier. Geradezu ideal zum Skilaufen. Schreib mir, was Du von meinem Vorschlag hältst – ich würde Dich gerne am Flughafen abholen.

SECHS Wochen später stand Ballard auf dem Flughafen von Auckland, wo er McGill abholte. Sie fuhren mehrere Tage, bis sie auf der Südinsel waren. Fünfzehn Meilen vor Hukahoronui stießen sie auf einen Volkswagen, der in einer Schneeverwehung steckengeblieben war. Im Wagen saßen zwei Amerikaner, Skitouristen. Ballard und McGill halfen ihnen, ihr Fahrzeug freizubekommen. Die Männer, die Miller und Newman hießen, dankten ihnen überschwenglich.

„Sie werden wieder steckenbleiben", prophezeite ihnen Ballard. „Fahren Sie voraus, und ich folge Ihnen." Sie mußten dem VW fünfmal zu Hilfe kommen, bis sie den Paß vor Hukahoronui erreichten. Schließlich bemerkte Newman: „Es war sehr nett von Ihnen, daß Sie sich all diese Mühe gemacht haben."

Ballard lächelte und zeigte ihnen das Gelände. „Der Paß oberhalb der Schlucht ist die Zufahrt zum Tal. Wer einmal drüber weg ist, hat das Schlimmste geschafft."

Sie sahen zu, wie der VW ins Tal hinunterfuhr. Ballard sagte: „Von hier aus kann man auch die Mine sehen, Mike."

McGill schaute in Richtung Grube, doch instinktiv glitt sein Blick zu der weißen Fläche des Westhangs hinüber. Schließlich fragte er stirnrunzelnd: „Was holt ihr da eigentlich raus?"

„Gold", erklärte Ballard. „Gold in kleinen Mengen. Im Moment sind wir bei plus minus null. Das Gold, das wir von dort holen, trägt gerade das investierte Kapital von ein paar Millionen Pfund Sterling. Aber die Ausbeute ist schon größer geworden, seit wir auf eine Ader gestoßen sind."

McGill nickte abwesend. Er betrachtete die Felsen zu beiden Seiten der Straße. „Habt ihr Schwierigkeiten, den Paß an dieser Stelle freizuhalten?"

„Als ich vor einigen Jahren hier lebte, hatten wir keine Schwierigkeiten. Heute ist das anders."

„Es wird noch schlimmer werden", argwöhnte McGill. „Ich habe mich über die meteorologischen Bedingungen informiert. Es gibt viel Niederschlag dieses Jahr, und es wird noch mehr vorausgesagt."

„Gute Nachricht für Skiläufer", meinte Ballard, „schlechte für den Bergbau."

Sie fuhren ins Tal, dann durch die Stadt zum Büro des Bergwerks. „Komm mit, du sollst die leitenden Angestellten kennenlernen", schlug Ballard vor. Er ging voraus in ein Büro, in dem sich zwei Männer über eine Skizze gebeugt berieten.

Einer von ihnen war Dobbs, Neuseeländer. Er hatte ein schmales Gesicht mit einem mißmutigen Ausdruck. Cameron, der Werksingenieur, war ein breitschultriger Amerikaner, der auf die Sechzig zuging und es nicht wahrhaben wollte. Sie schüttelten sich die Hand. Ballard fragte: „Alles in Ordnung?"

Dobbs gab zögernd von sich: „Die Situation verschlechtert sich ständig."

Cameron gluckste vor sich hin. „Er meint, wir haben noch immer Probleme mit diesem verdammten Schnee. Gestern ist ein Laster am Paß steckengeblieben. Wir brauchten zwei Bulldozer, um ihn rauszuholen."

„Mike sagt, daß es noch schlimmer wird, und er muß es eigentlich wissen – er ist Schneefachmann", meinte Ballard.

„Ich habe mich auch schon mal geirrt", protestierte McGill. Er schaute durchs Fenster. „Ist das die Grubeneinfahrt?"

Camerons Augen folgten seinem Blick. „Ja, was Sie sehen, ist der Haupteingang. Die meisten Leute meinen, eine Grube müßte einen Schacht haben. Aber wir haben einfach einen Stollen waagerecht in den Berghang gebohrt. Innen hat er natürlich ein Gefälle, entsprechend der Ader, der wir folgen."

Ballard sagte zu McGill gewandt: „Wir wollen dich erst mal einquartieren, Mike. Ich habe ungefähr eine Stunde hier zu tun, also müssen wir jemanden auftreiben, der dich zu meinem Haus bringt." Sie gingen in das Vorzimmer zurück. „Betty zeigt dir, wo das Haus ist. Das Schlafzimmer hinten links gehört dir."

BALLARD tauchte erst drei Stunden später auf. McGill hatte schon alles ausgepackt, war durch das Städtchen spaziert und dann zum Haus zurückgekehrt, um ein dringendes Telefongespräch zu führen.

Ballard meinte deprimiert: „Verdammt noch mal, ich habe vergessen, Mrs. Evans Bescheid zu sagen, daß wir heute ankommen wollten. Jetzt haben wir nichts zu essen."

„Kein Grund zur Panik", beruhigte ihn McGill. „Ich hab schon was im Ofen – McGills Antarktisklopse, wie man sie nur in den besten Restaurants südlich des sechzigsten Breitengrades findet."

Sie gingen ins Wohnzimmer, und McGill sagte: „Ich habe dein Telefon benutzt, hoffentlich hast du nichts dagegen. Ihr bekommt doch eure Lieferungen aus Christchurch; ist es vielleicht möglich, für mich ein Paket mitbringen zu lassen?"

Ballard nahm den Telefonhörer auf. „Cameron hat für heute einen Laster aus Christchurch bestellt. Vielleicht erwische ich ihn noch, bevor er losfährt. Tag, Maureen. Hier ist Ian Ballard. Können Sie mich mit unserem Büro in Christchurch verbinden?"

„Ich habe mich in der Stadt umgesehen", erzählte McGill. „Ist der größte Teil Besitz der Grube?"

„Auf jeden Fall eine Menge. Die Einfamilienhäuser für Ehepaare, die Appartements und das Klubhaus für die Junggesellen. Auch dieses Haus gehört zur Mine."

„Wie viele Leute beschäftigt das Bergwerk?"

„Kürzlich waren es hundertvier – einschließlich der Büroangestellten. Die Einwohnerzahl von Huka schätze ich auf etwas über achthundert."

Aus dem Telefon drang knisternd eine Stimme an Ballards Ohr. Ian sagte: „Sam, Dr. McGill möchte Sie sprechen – Augenblick."

McGill ging ans Telefon. „Wissen Sie, wo das Hauptquartier der Operation *Deep Freeze* liegt? Gehen Sie zum Hauptquartier, und fragen Sie nach Oberbootsmann Finney. Bitten Sie ihn, Ihnen das Paket für mich mitzugeben... McGill. Richtig."

„Worum ging's?" fragte Ballard.

„Ich dachte, ich könnte mich während meines Aufenthaltes etwas beschäftigen." Er wechselte das Thema. „Was ist mit dem guten Mr. Dobbs? Er sah aus, als hätte er gerade in eine Zitrone gebissen."

Ballard lächelte müde. „Er ist der Meinung, er hätte in den Vorstand aufrücken und meine Position haben sollen. Was die Sache noch verschlimmert – ich heiße Ballard, und das ganze Bergwerk gehört den Ballards."

McGill verschluckte sich. „So was nennt man Vetternwirtschaft! Kein Wunder, daß Dobbs sauer ist."

„Wenn es sich um Vetternwirtschaft handelt – ich habe herzlich wenig davon", erwiderte Ballard. „Ich besitze keine Anteile an diesem oder einem anderen Unternehmen der Ballards. Ich kriege keinen Pfennig außer meinem Gehalt als Direktor."

„Was heißt das, Ian? Gehörst du zur falschen Linie der Familie?"
„Ich habe einen Großvater, der ein egoistisches Monstrum ist, und
ich hatte einen Vater, der nicht mitgespielt hat. Papa hat dem Alten gesagt, er solle ihm den Buckel runterrutschen, und das hat der Alte ihm
nie vergessen. Die Ballards kontrollieren einen Konzern mit einem
Kapitalwert von zweihundertzwanzig Millionen Pfund. Die Anteile
der Ballards belaufen sich auf zweiundvierzig Millionen Pfund. Da
gibt es drei habgierige alte Geier, die sich meine Onkel nennen, und ein
halbes Dutzend Vettern, die ihnen in nichts nachstehen. Sie interessieren sich nur für ihren eigenen Geldbeutel, und mit vereinten Kräften
bringen sie das Unternehmen an den Rand des Ruins."

Er atmete hörbar. „Als ich hierherkam, fuhr ich gleich unter Tage.
In der folgenden Nacht habe ich gebetet, daß uns der Inspektor von der
Bergbehörde keinen Besuch abstattet, bevor ich Gelegenheit dazu hät-
te, alles in Ordnung zu bringen."

„Wollte jemand ein paar Groschen einsparen?"

„Ich glaube nicht, daß jemand Böses beabsichtigte, aber Fahrlässig-
keit, mit Geiz kombiniert, hat zu einer Situation geführt, die dem Unternehmen ernste Schwierigkeiten bereiten könnte."

„Aber warum zum Teufel bleibst du bei diesem Ballard-Unter-
nehmen, wenn es so steht?"

„Weiß ich nicht – wahrscheinlich die Überreste einer Loyalität gegenüber der Familie", überlegte Ballard müde. „Immerhin, mein
Großvater hat meine Ausbildung bezahlt."

McGill konnte Ballards niedergedrückte Stimmung nicht mehr
übersehen, er wechselte deshalb entschlossen das Thema. „Wir können jetzt essen. Ich erzähle dir ein bißchen über die Eiswürmer in Alaska." Mit seiner höchst unwahrscheinlichen Geschichte gab er sich alle
Mühe.

DER nächste Tag war klar und sonnig. Als Ballard aufstand, entdeckte er in der Küche Mrs. Evans.

„Sie hätten mir Bescheid sagen sollen, wann Sie zurückkommen.
Ich habe es gestern abend zufällig von Betty erfahren", schalt sie ihn.
„Ihr Freund ist schon fortgegangen, aber er wird zum Frühstück zu-
rück sein."

Nachdem Ballard sich angezogen hatte, fand er McGill, der damit
beschäftigt war, ein großes Paket auszupacken, das nichts anderes zu
enthalten schien als einen Satz Aluminiumröhren, die jede für sich in

einer Segeltuchtasche steckten. „Euer Lastzug ist durchgekommen",
sagte McGill. „Das ist mein Werkzeug."

McGill schlang seine Eier mit Speck hinunter, und Mrs. Evans
freute sich, als er um Nachschlag bat. „Du hast mich zum Skilaufen
hergebeten, warum nicht gleich heute? Was macht dein Bein?"

Ballard schüttelte den Kopf. „Dem Bein geht es gut, aber – tut mir
leid, Mike – heute nicht. Ich gehöre zur arbeitenden Bevölkerung."

„Du solltest aber besser mitkommen und dir ansehen, was ich tue."
Etwas in McGills Stimme beunruhigte Ballard. Er sah McGill, der
sehr ernst dreinblickte, in die Augen. „Ich möchte, daß ein unvorein-
genommener Zeuge dabei ist, wenn ich meine wissenschaftliche Untersuchung durchführe. Du bist der Boß der Grube und hast Befugnis,
die Grube, falls erforderlich, schließen zu lassen; aber das hängt von
dem ab, was ich herausfinde. Ich habe gestern meinen Augen nicht getraut, denn was ich gesehen habe, scheint mir ein Unglück geradezu
herauszufordern."

„Wo?" fragte Ian.

McGill stand auf, ging ans Fenster und zeigte auf den steilen Abhang
direkt oberhalb der Grube. „Dort oben."

EINIGE Stunden später befanden sie sich fast tausend Meter über der
Grube, auf halber Höhe des Hanges.

McGill schnallte die Skier ab und steckte sie aufrecht in den Schnee.
„Eine weitere Sicherheitsmaßnahme", erklärte er. „Sollte es einen
Rutsch geben, wird irgend jemand an den Skiern merken, daß wir
weggefegt worden sind."

„Das letzte Mal, als du von Lawinen geredet hast, hat mich auch
prompt eine erwischt."

McGill grinste. „Mach dir nichts vor. Du bist damals in einen
Schneerutsch geraten – es waren vielleicht dreißig Meter. Wenn dieser
Haufen hier abzischt, wird es was ganz anderes sein." Er holte die
Aluminiumröhren aus dem Rucksack und setzte sie zusammen. „Das
ist ein Tiefenmesser – eine Art Taschenramme –, der den Widerstand
des Schnees mißt. Wir bekommen auch einen Bohrkern und Temperaturmessungen in Abständen von zehn Zentimetern, alle Daten, die
man für einen Schneetest braucht."

Zu dem Gerät gehörte ein Fallgewicht, das über eine bestimmte
Länge an einer Führungsstange herunterfiel, bevor es auf die Aluröhre
traf und diese in den Schnee rammte. Jedesmal, wenn das Gewicht

heruntersauste, notierte McGill die Eindringungstiefe in ein Notizbuch. Sie steckten nach und nach weitere Röhren auf und stießen bei 158 Zentimeter auf Grund.

„Ungefähr in der Mitte liegt eine harte Schicht", bemerkte McGill, während er mit Hilfe eines Kabels die Röhren mit einem Meßinstrument verband. „Schreib die Temperaturmessungen auf", befahl er und stellte ein Stativ mit einem Mini-Flaschenzug auf. Dann fing er an, die Röhre hochzuziehen. Als die Abschnitte nacheinander freikamen, zog McGill sie vorsichtig ab und schnitt mit einem Messer das Eis in den Röhren durch. Er legte die Röhren mitsamt den Bohrkernen in den Rucksack zurück. „Wir werden sie uns ansehen, wenn wir wieder zu Hause sind. Vorher machen wir aber noch vier Bohrungen."

Sie waren gerade mit der vierten Probebohrung fertig, als Ballard drei Skiläufer sah, die über den Hang auf sie zukamen. Der Anführer fuhr sehr schnell und kam mit einem eleganten Stemmschwung zum Stehen, der den Schnee vor ihnen hochstieben ließ, und als er noch die blaugetönte Schneebrille hochschob, erkannte Ballard Charlie Peterson. Die zwei anderen Skiläufer waren die beiden Amerikaner, Miller und Newman.

Peterson sah Ballard erstaunt an. „Ach so, Sie sind es. Erik hat mir erzählt, daß Sie wieder hier sind." Er betrachtete neugierig den zerlegten Tiefenmesser. „Was machen Sie hier?"

McGill antwortete: „Wir sehen uns den Schnee an."

Charlie grinste Ballard an. „Seit wann interessieren Sie sich für Schnee? Ihre Mami hat Sie früher nie rausgelassen, aus Angst, Sie könnten sich erkälten."

Ballard erwiderte ruhig: „Seitdem interessiere ich mich für eine Menge Dinge, Charlie."

Er lachte laut. „Tatsächlich? Wahrscheinlich sind Sie auch ganz schön hinter den Mädchen her."

Newman unterbrach abrupt: „Fahren wir weiter! Ich weiß nicht, was du gegen diesen Mann hast, und es interessiert mich auch nicht. Ich weiß nur, daß er uns gestern geholfen hat."

Charlie wandte sich um und zeigte nach unten. „Wir machen Schrägfahrt und Stemmbogen – zuerst in dieser Richtung. Das hier ist ein prima Übungshang."

„Einen Augenblick!" unterbrach McGill scharf. „Das würde ich nicht tun. Es könnte gefährlich werden."

„Es könnte auch gefährlich sein, die Straße zu überqueren", sagte

Charlie verächtlich und lief los. Miller und Newman folgten wortlos. McGill und Ballard sahen ihnen nach. Es passierte nichts.

„Wer ist dieser Idiot?" fragte McGill.

„Charlie Peterson. Er spielt Skilehrer."

„Ich vergesse immer wieder, daß du hier aufgewachsen bist." McGill strich sich nachdenklich über die Wange. „Ich brauche einige Auskünfte. Vielleicht kennst du jemanden im Tal, dessen Familie schon sehr lange hier lebt."

Ballard überlegte einen Augenblick, dann deutete er mit dem Skistock in die Ferne. „Siehst du den Felsen dort unten? Das ist der Kamakamaru. Ein Mann namens Turi Buck lebt in einem Haus auf der anderen Seite des Felsens. Ich hätte ihn schon längst aufsuchen sollen, aber ich hatte immer so viel um die Ohren."

Als Ballard an die Tür von Turi Bucks Haus klopfte, öffnete ein etwa vierzehnjähriges Maori-Mädchen. „Ich suche Turi Buck", sagte Ballard, und das Mädchen verschwand.

Er hörte, wie sie laut rief: „Großpapa, hier ist jemand für dich."

Nach einer Weile erschien Turi. Ballard erschrak, als er den alten Mann sah. Turis Haar war eine graue Krause, sein Gesicht war von Runzeln durchzogen und hatte Ähnlichkeit mit ausgetrocknetem Lehmboden. „Ian!" freute sich Turi. „Ich habe schon gehört, daß Sie wieder hier sind. Ich dachte schon, Sie hätten mich vergessen."

„Die Arbeit, Turi. Die Arbeit geht vor – das habe ich von Ihnen gelernt. Darf ich Ihnen meinen Freund Mike McGill vorstellen."

Turi ließ sie herein und führte sie in einen Raum, der Ballard vertraut vorkam. Über dem großen Kamin aus Feldsteinen hing der Kopf eines Wapitihirsches mit riesigem Geweih. Im Kamin brannte ein Holzfeuer. An den Wänden hingen noch immer die Holzschnitzereien mit den schillernden Intarsien aus Schildpatt. Das Kriegsbeil der Maori – aus Grünstein – war noch da, und am Ehrenplatz sah er Turis wertvollsten Besitz, den kunstvoll geschnitzten *Whakapapa*-Stock. Es war eine Art Stammbaum.

„Hat diese hübsche junge Dame Sie eben Großpapa genannt?"

„Ich bin schon fünfmal Großvater", bemerkte Turi.

„Und Tawhaki?" fragte Ballard. „Wie geht es Tawhaki?"

Während Ballards Kindheit war er sein Spielkamerad gewesen und sein ständiger Gefährte, als sie heranwuchsen. „Ihm geht es recht gut", erzählte Turi. „Er hat die Otago-Universität in Dunedin besucht und jetzt eine Stelle im Finanzministerium in Auckland bekommen."

„Ich möchte ihn gern besuchen, wenn ich das nächste Mal dort bin", sagte Ballard, und er bemerkte, wie Turi McGill mit Interesse musterte. „Mike interessiert sich sehr für Schnee."

Ein bitteres Lächeln überzog Turis runzeliges Gesicht. „Dann gibt es hier etwas für Sie, Mike. Soweit ich mich erinnern kann, hatten wir seit 1943 nicht mehr soviel Schnee."

Ballard ging wieder ans Fenster. Auf der gegenüberliegenden Talseite hingen die Zedernzweige unter dem Gewicht des Schnees tief herab.

Ballard erkundigte sich: „Was ist mit den Bäumen auf dem Westhang passiert, Turi?"

McGill spitzte die Ohren. „Der Hang hatte früher Baumbestand?"

Turi nickte. „Als die Grube gebaut wurde, brauchte man Stützbalken. Das Land gehört den Petersons, sie haben einen hübschen Profit gemacht. Ihre Mutter hätte es denen nicht verkaufen sollen, Ian."

Ballard fragte: „Hat denn keiner daran gedacht, was passiert, wenn der Schnee kommt?"

„Aber sicher", antwortete Turi, „ich habe meine Bedenken geäußert, sehr laut sogar. Aber wer hört schon auf einen alten Mann?" Er verzog die Lippen. „Insbesondere auf einen mit brauner Haut!"

McGill sagte langsam: „Diese blöden, geldgierigen Dummköpfe!" Dann wandte er sich an Turi. „Wann sind Sie ins Tal gekommen, Mr. Buck?"

„Ich bin hier geboren, Neujahr 1900."

„Wer hat das Haus gebaut?"

„Mein Vater – ich glaube, um 1880 herum. Er ersetzte das Haus meines Großvaters durch ein neues. Meine Familie lebt schon sehr lange hier."

McGill nickte. „Hat Ihr Vater einen besonderen Grund gehabt, an derselben Stelle zu bauen? Direkt unter diesem Felsen?"

„Er sagte, wer in Hukahoronui baut, muß Vorsorge treffen."

„Da hatte er ganz recht." McGill wandte sich an Ballard. „Ich möchte unsere Proben möglichst bald untersuchen. Darf ich wiederkommen und mich mit Ihnen unterhalten, Turi?"

„Ihr müßt beide wiederkommen, am besten zum Essen." Turi sah zu, wie sie die Skier anschnallten. Als sie den Hang überquerten, der von seinem Haus wegführte, winkte er und rief: *„Haere ra!"* (Lebt wohl!)

Hearing
der Untersuchungskommission
über das Unglück
in Hukahoronui

Vorsitzender: Dr. H. A. Harrison
Sachverständige:
Prof. J. W. Rolandson, Mr. F. G. French
Schriftführer: Mr. J. Reed

In der Landeskammer Canterbury
CHRISTCHURCH, SOUTH ISLAND

DIE große Halle in Christchurch war überraschend prachtvoll, wenn auch etwas überladen. Sie war Mitte des neunzehnten Jahrhunderts gebaut worden, mit gewölbter, bemalter und geschnitzter Decke und einer Menge bunter Glasfenster. Drei Stühle mit hoher Rückenlehne standen hinter dem Pult, und auf jedem Platz lag ein nagelneuer Schreibblock, links davon zwei Kugelschreiber und rechts zwei frisch gespitzte Bleistifte. Zusammen mit den Wasserkaraffen und Trinkgläsern hatte das Ganze Ähnlichkeit mit einem feierlich gedeckten Eßtisch.

Die Zuschauergalerie auf der Nordseite der Halle war schon voll besetzt. Das Summen im Saal erstarb, als drei Männer auf dem Podium Platz nahmen.

· Der Mann, der in der Mitte saß, war ein älterer Herr und hatte weißes Haar und ein faltenreiches Gesicht. Er redete leise und mit ruhiger Stimme.

„Im Winter dieses Jahres, am achtzehnten Juli, geschah in der Gemeinde Hukahoronui auf der Südinsel Neuseelands ein Unglück, bei dem vierundfünfzig Menschen ihr Leben verloren. Die Regierung von Neuseeland ernannte eine Untersuchungskommission, deren Vorsitz ich führe. Ich heiße Arthur Harrison und bin Rektor der Universität Canterbury. Mir assistieren zwei Sachverständige, Professor J. W. Rolandson von der Fakultät für Naturwissenschaft und industrielle Forschung sowie Mr. F. G. French vom neuseeländischen Bergbauministerium. Der Herr, der direkt unterhalb von mir sitzt, ist Mr. John Reed, Anwalt. Er ist Schriftführer der Kommission."

Harrison schaute sich in der Halle um. „Mehrere betroffene Parteien sind anwesend. John Rickman, Anwalt, vertritt die Interessen der Hukahoronui-Bergbau-Gesellschaft; Michael Gunn, Anwalt, vertritt die Neuseeländische Gewerkschaft für Bergbau und die Angehörigen ihrer Mitglieder, die bei dem Unglück ihr Leben verloren; Alfred Smithers, Anwalt, ist Vertreter des Ministeriums für Zivilschutz und Peter Lyall Anwalt von Charles Stewart Peterson und Erik Parnell Peterson."

Harrison hielt inne. Er zog seine Brauen zusammen, als er sagte: „Ich möchte den Herren Juristen nahelegen, uns nicht als Gericht zu betrachten. Es ist eine Untersuchungskommission, die ermächtigt ist, ihre eigenen Verfahrensvorschriften festzulegen. Das Ziel der Kommission liegt darin, die Wahrheit zu erfahren über die Ereignisse, die zu der Lawine in Hukahoronui geführt haben, das Unglück selbst und über das, was danach geschehen ist." Er lehnte sich in seinem Stuhl zurück. „Wir möchten die Wahrheit finden, ungehindert von juristischen Spitzfindigkeiten. Der Grund, weshalb wir die Wahrheit suchen, ist der, daß wir dafür sorgen wollen, daß sich ein solches Unglück nicht wiederholt. Diese Erwägung ist so zwingend, daß die Kommission hiermit bestimmt, daß von dem hier aufgenommenen Belastungsmaterial bei eventuellen Gerichtsverfahren kein Gebrauch gemacht werden darf. Ausgenommen davon seien nur Strafverfahren, die aufgrund von Vorfällen im Zusammenhang mit der Lawine in Hukahoronui eingeleitet werden müßten. Der zukünftige Schutz von Leben ist weit wichtiger als die Bestrafung derjenigen, die man vielleicht einer ausgeführten oder unterlassenen Handlung für schuldig befinden möchte, die mit dem Unglück im Zusammenhang steht. Die Kommission ist gesetzlich ermächtigt, eine solche Entscheidung zu treffen. Ich mache hiermit Gebrauch davon."

Gunn stand hastig auf. „Herr Vorsitzender, finden Sie nicht, daß Sie eine eigenmächtige Entscheidung treffen? Es werden Fragen des Schadensersatzes auftauchen. Wenn betroffenen Parteien versagt wird, von ermittelten Beweisen in zukünftigen Gerichtsverfahren Gebrauch zu machen, so wird dies gewiß Ungerechtigkeiten zur Folge haben."

„Mr. Gunn, ich zweifle nicht daran, daß die Regierung ein Schiedsgericht ernennen wird, das die Erkenntnisse dieser Kommission untersuchen und die notwendigen Anordnungen treffen wird. Stellt Sie diese Erklärung zufrieden?"

Gunn nickte mit einem Ausdruck von Befriedigung.

Harrison legte die Hände zusammen. „Die Beweisaufnahme sollte soweit wie möglich in chronologischer Reihenfolge vorgenommen werden. Daher kann es sich ergeben, daß ein Zeuge gebeten wird, den Zeugenstand zu verlassen, bevor er seine Aussage beendet hat. Dies wäre der Fall, wenn wir es für nötig befinden, einen anderen Zeugen Fehlendes ergänzen zu lassen. Aus Protokollen, die der Kommission vorgelegt wurden, entnehme ich, daß das Erscheinen von Mr. Ballard in Hukahoronui zu einer Reihe von Begebenheiten führte, die vielleicht, vielleicht aber auch nicht, Bedeutung haben für das, was viele Wochen später passierte. Mr. Ballard sollte unser erster Zeuge sein."

Reed, der Schriftführer, bat Ballard: „Mr. Ballard, würden Sie bitte

vortreten und dort Platz nehmen?" Er zeigte auf einen Stuhl mit reicher Schnitzerei. „Sie heißen Ian Dacre Ballard?"

„Ja, Sir."

„Und Sie sind Geschäftsführer der Hukahoronui-Bergbau-Gesellschaft?"

„Nein, Sir. Ich wurde meiner Position vierzehn Tage nach dem
Unglück enthoben."

„Jedenfalls waren Sie Geschäftsführer der Gesellschaft, als das La-
winenunglück geschah, nicht wahr?" hielt Harrison fest.

„Ja, Sir."

„Würde der Zeuge seine Qualifikationen für die Position beschreiben?"

Harrison wandte ruckartig den Kopf, um den Urheber dieser Un-
terbrechung ausfindig zu machen. „Seien Sie so freundlich, Mr. Lyall,
nicht mehr in den Saal zu rufen. Die Frage ist jedoch sachdienlich, und
der Zeuge darf antworten."

„Ich habe an der Universität Birmingham meinen Diplom-Berg-
bauingenieur gemacht. In Südafrika und in den Vereinigten Staaten
habe ich mein Studium fortgesetzt und dann noch zwei Jahre lang Be-
triebswirtschaft an der Harvard-Universität studiert."

Lyall hatte diesmal den Arm gehoben. „Aber keine *praktische* Erfahrung als Bergbauingenieur?"

„Als Geschäftsführer war meine Tätigkeit eher betriebswirtschaftli-
cher Natur."

„Ein gültiges Argument", bemerkte Harrison. „Ein Geschäftsführer braucht nicht die technische Fachkenntnis der Mitarbeiter zu besitzen, die ihm unterstellt sind. Wenn das verlangt würde, wäre eine
große Anzahl unserer Direktoren mit sofortiger Wirkung arbeitslos –
wegen fehlender Qualifikation." Er wartete, bis das Lachen nachließ,
und redete dann weiter: „Mr. Ballard, zu welchem Zeitpunkt wurde
Ihnen die Lawinengefahr bewußt?"

„Erst ein paar Tage vor dem Unglück. Ein Freund, Mike McGill,
der mich besuchte, hatte mich darauf aufmerksam gemacht."

Harrison zog eins der Papiere zu Rate. „Wie ich sehe, hat sich Dr.
McGill freiwillig angeboten, hier als Zeuge aufzutreten. Ich finde es
besser, wenn wir seine Aussagen aus eigenem Munde hören."

Ballard setzte sich auf seinen Platz. McGill, mit einer schmalen Le-
dermappe unter dem Arm, ging auf das Podium zu. Reed begann: „Sie
heißen Michael Howard McGill?"

„Ja, das stimmt."

„Es ist sehr uneigennützig von Ihnen, freiwillig hierzubleiben und auszusagen", sagte Harrison.

McGill lächelte. „Nicht der Rede wert. Ich muß ohnehin in Christchurch bleiben. Ich breche nächsten Monat in die Antarktis auf; hier in Christchurch starten die Flüge der Operation *Deep Freeze.*"

„Würden Sie uns etwas zu Ihrer Person erzählen, Dr. McGill?" bat Harrison.

„Ich habe an der Universität Vancouver Physik studiert. Dann habe ich meinen Magister in Meteorologie an der Columbia-Universität und den Doktor in Glaziologie am Kalifornischen Institut für Technologie gemacht. Was meine praktische Erfahrung betrifft, so habe ich mich zweimal in der Antarktis aufgehalten, ein Jahr auf Grönland im Camp Century und zwei Jahre in Alaska. Und gerade habe ich einen einjährigen Studienurlaub zu theoretischen Studien in der Schweiz beendet. Zur Zeit arbeite ich als ziviler Wissenschaftler beim *Cold Regions Research and Engineering Laboratory* des *Terrestrial Science Centre* der US-Armee."

Harrison hustete nervös. „Wie würden Sie, Dr. McGill, ein bißchen vereinfacht, Ihre gegenwärtige Beschäftigung beschreiben?"

McGill grinste. „Man hat mich Schneemann genannt." Unterdrücktes Kichern im Saal. „Ich sollte hinzufügen, daß ich mich mit praktischen und theoretischen Untersuchungen von Schnee und Eis beschäftige, die uns mehr Wissen über die Bewegung dieser Materie, insbesondere in bezug auf Lawinen, vermitteln sollen."

McGill zog den Reißverschluß seiner Ledertasche auf und entnahm ihr ein Bündel Papiere. „Ich habe einen vollständigen Bericht über die Ereignisse in Hukahoronui geschrieben – von der technischen Seite, versteht sich. Ich lege der Kommission hiermit den Bericht vor. Teil eins besteht aus dem Befund der ersten Serie von Schneestudien, die dem Bergwerksvorstand und später dem Gemeinderat von Hukahoronui vorgelegt wurde."

Harrison überflog die Seiten. Er runzelte die Stirn und gab den Bericht an einen der Sachverständigen, Professor Rolandson, weiter. Sie berieten einen Augenblick lang in gedämpftem Ton. Dann sagte Harrison: „Das ist alles schön und gut, Dr. McGill; aber Ihr Bericht scheint höchst technisch zu sein. Könnten Sie nicht Ihre Feststellungen in einer Sprache zusammenfassen, die, außer Ihnen selbst und Professor Rolandson, auch der Allgemeinheit verständlich ist?"

„Aber natürlich", willigte McGill ein. „Genau das habe ich bereits für die Leute von Hukahoronui getan." McGill legte die Hände ineinander. „Schnee ist weniger eine Materie als ein Prozeß, denn er verändert sich fortwährend. Es beginnt damit, daß eine Schneeflocke zur Erde fällt, ein hexagonaler Kristall. Es setzt bald eine Art Verdunstung ein, und nach und nach wird aus dem Kristall ein kleines, rundes Körnchen. Dieser Prozeß hat eine höhere Schneedichte zur Folge, da die Luft herausgepreßt wird. Gleichzeitig bildet sich in der Schneemasse aufgrund des Verdunstungsvorganges Wasserdampf. Bei niedrigen Temperaturen neigen die einzelnen Körnchen dazu, sich durch Gefrieren miteinander zu verbinden."

„Diese Verbindung ist nicht besonders haltbar, nicht wahr?" fragte Rolandson.

„Nicht im Vergleich zu anderen Stoffen. Das nächste, was zu beachten ist, ist die Temperatur innerhalb der Schneedecke. Sie ist unten wärmer als zur Oberfläche hin. Es befindet sich noch viel Luft in der Schneedecke, und die warme Luft unten, relativ gesehen natürlich, fängt an zu steigen und nimmt Wasserdampf mit. Der Dampf schlägt sich auf den kälteren Körnchen zur Oberfläche hin nieder, und eine neue Form von Schneekristall bildet sich – ein becherartiger Kristall. Er ist konisch geformt, am stumpfen Ende hohl und bis zu einem Zentimeter groß."

McGill hielt inne, und als Rolandson keine Frage stellte, fuhr er fort: „Die graphische Darstellung Nummer zwei zeigt die Widerstandskraft des Schnees bei Belastungen. Bei allen fünf Proben gibt es eine Diskontinuität zur Mitte hin, das ist Oberflächenharsch."

Harrison unterbrach: „Wieso Oberflächenharsch, wenn er nicht an der Oberfläche liegt?"

„Die Schicht *war* irgendwann die Schneeoberfläche. Normalerweise verschwindet der Harsch, wenn die Sonne morgens darauf scheint. In diesem Fall könnte es so gewesen sein, daß der Himmel bei Sonnenaufgang bewölkt war und es heftig zu schneien angefangen hat. Die Harschschicht wurde zugedeckt und so konserviert."

„Was hat das zur Folge?" wollte Rolandson wissen.

„Da gibt es mehrere Möglichkeiten. Die Schicht ist nämlich sehr hart, aber auch sehr glatt und könnte eine Gleitfläche für den darüberliegenden Schnee bilden. Das wiederum bedeutet, daß genau dort, unter dieser Harschschicht, die Bildung von Becherkristallen am wahrscheinlichsten ist."

„Sie betonen diese Becherkristalle. Inwiefern sind sie gefährlich?"

„Sie sind gefährlich wegen ihrer runden Form und weil nur eine sehr leichte Bindung zwischen den einzelnen Kristallen besteht. Stellen Sie sich zur Veranschaulichung einen Boden vor, der locker mit Billardkugeln bedeckt ist. Er wäre nur schwer zu begehen."

„Gab es irgendwelche Hinweise dafür, daß sich zu jener Zeit Becherkristalle gebildet hatten?"

„In Probe eins hatten sie begonnen, sich zu formen; das war die Probe, die ich dem Hang am weitesten oben entnommen hatte. Ich hatte Grund zu der Annahme, daß der Prozeß sich fortsetzen würde, was wiederum zu einer Verschlechterung der Stabilität führen würde. Der Wetterbericht kündigte weitere Schneefälle an – also auch mehr Belastung für den Hang. Alles in allem kam ich zu dem Schluß, daß die Schneedecke am Westhang des Hukahoronui-Tales verhältnismäßig instabil war und daher eine potentielle Lawinengefahr darstellte. Ich unterrichtete den Grubenvorstand dahingehend, doch stand ich vor dem Problem, meine Ergebnisse erläutern und die Herren zur Einsicht bringen zu müssen. Mr. Ballard war bereits überzeugt. Mr. Cameron wollte sich die Zahlen etwas genauer ansehen, war aber zum Schluß auch soweit. Die anderen waren nicht so einsichtig. Es war so…"

Wie es geschah…

Es war Cameron, der Techniker, der die Bedeutung der Becherkristalle wirklich begriff. „Könnten Sie uns solche Kristalle aufzeichnen, Mike?"

„Sicher." McGill machte eine Skizze.

Cameron sah sie sich genau an. „Was Sie hier gezeichnet haben, erinnert mich ganz an ein Rollenlager. Wenn das ganze Gewicht der Schneemassen nach unten drückt, käme der Hang in voller Breite wie auf Rollen herunter." Er reichte die Skizze an Dobbs weiter, der sie betrachtete, während Quentin, der Mann von der Gewerkschaft, ihm über die Schulter blickte.

Dobbs sagte: „Wollen Sie uns im Ernst erzählen, daß sich eine Lawine lösen wird, die dieses Bergwerk verschütten würde?"

„Nicht direkt", sagte McGill vorsichtig. „Im Augenblick sage ich nur, daß eine potentielle Gefahr besteht, die wir im Auge behalten müssen. Der zu erwartende Schneefall und eine erhebliche Zunahme der Windstärke würden sich nicht gerade günstig auswirken. Man muß gewisse Vorsichtsmaßnahmen treffen. Zum Bcispiel müssen wir den Grubeneingang absichern. Es gibt eine Stahlkonstruktion, ein sogenanntes Wundergewölbe, das ganz gute Dienste leistet."

„Ist das teuer?" fragte Dobbs. Seine Stimme verriet Bedenken.

McGill zuckte mit den Achseln. „Es kommt darauf an, wie hoch Sie ein Menschenleben in Ihrer Bilanz veranschlagen."

Ballard sagte: „Ich werde den Bericht dem Aufsichtsrat vorlegen."

„Das ist noch nicht alles", warf McGill ein. „Dieser Abhang ist hauptsächlich deswegen gefährlich, weil der Baumbestand abgeholzt wurde. Der Hang muß wieder Halt bekommen, das heißt einen Lawinenschutz. Gute Lawinensperren kosten um die hundertachtzig Dollar pro laufenden Meter – ich glaube nicht, daß Sie mit weniger als einer Million Dollar auskommen." Dobbs zog hörbar entsetzt die Luft ein.

„Dazu kommt eine Schneemauer am Fuß des Hanges", fuhr McGill unerbittlich fort. „Die kostet vielleicht eine halbe Million."

„Der Aufsichtsrat wird kopfstehen", stellte Dobbs fest. „Die Herren werden nicht noch mehr Kapital investieren, wenn es nicht der Steigerung der Produktion dient."

Quentin meldete sich. „Wollen Sie die Grube schließen? Da hätten meine Leute ein Wörtchen mitzureden. Es stehen eine ganze Menge Jobs auf dem Spiel. Ich habe die Arbeitsplätze der Männer zu sichern. Dafür werde ich schließlich bezahlt." Quentin sah unfreundlich zu McGill herüber. „Dieser Mensch kommt hier mit seiner Weltuntergangsstimmung hereingeplatzt – wer ist er überhaupt?"

Ballard richtete sich auf. „Seit gestern ist Dr. McGill als Berater für unsere Firma tätig. Wir brauchen seinen Rat zur Lösung gewisser Probleme. Sag ihnen, was dir wirklich Sorge macht, Mike!"

McGill sagte: „Ich fürchte um die Stadt."

Atemlose Stille, bis Cameron sich schließlich räusperte. „Es schneit wieder", betonte er.

Das Hearing...

„DAMIT war die Sitzung so gut wie beendet", nahm McGill den Faden wieder auf. „Es wurde beschlossen, daß sich der Grubenvorstand mit dem Gemeinderat beraten sollte. Drei der Gemeinderäte waren aber an dem Tag nicht in der Stadt, und deshalb war die Versammlung nicht beschlußfähig. Die Konferenz fand dann am nächsten Morgen statt – am Samstagvormittag. Auf meinen Wunsch hin war noch jemand anwesend, nämlich Mr. Turi Buck, denn er wußte besser als irgendein anderer über die Geschichte des Ortes Bescheid."

Gunn hob die Hand, bis Harrison fragte: „Bitte, Mr. Gunn?"

„Herr Vorsitzender, ich möchte dem Zeugen eine Frage stellen. Dr. McGill, die von Ihnen beschriebene Sitzung fand am fünften Juli statt. Wir haben jetzt Dezember – fast fünf Monate sind vergangen. Sie haben ausgesagt, daß Mr. Quentin, der gewählte Gewerkschaftsvertreter der Hukahoronui-Grube, anscheinend mehr daran interessiert war, das Portemonnaie seiner Kollegen zu füllen, als ihr Leben zu schützen. Mr. Quentin ist leider nicht in der Lage, sich selbst zu verteidigen – er ist bei der Katastrophe in Hukahoronui ums Leben gekommen. Als Vertreter der Gewerkschaft muß ich Mr. Quentin verteidigen. Ich frage Sie, ob Ihre Erinnerung an diese vor so langer Zeit abgehaltene Sitzung nicht fehlerhaft sein könnte."

„Nein, Sir, sie ist nicht fehlerhaft."

„Wenn Sie der Überzeugung sind, ein weit besseres Gedächtnis als andere zu haben, muß ich das wohl akzeptieren, nicht wahr?"

„Ich bin Wissenschaftler und bin daher gewohnt, mir Notizen zu machen. Ich habe eine halbe Stunde nach Beendigung der Sitzung eine Eintragung in mein Tagebuch vorgenommen."

„Wissen Sie eigentlich, wie Mr. Quentin gestorben ist?"

„Ich weiß es sehr gut."

„Keine weiteren Fragen", schloß Gunn empört. „Ich bin ganz und gar fertig mit diesem Zeugen."

McGill warf Harrison einen Blick zu. „Darf ich etwas hinzufügen? Der Grund dafür, daß die Liste der Toten des Unglücks von Hukahoronui viel länger ist, als vielleicht nötig war, ist in den Handlungsweisen, den Reaktionen und der Untätigkeit vieler Männer zu suchen, die mit einer nie dagewesenen Situation konfrontiert wurden, die ihren Verstand überforderte. Mr. Quentin gehörte auch zu diesen Männern. Ich weiß, daß er bei der Katastrophe umgekommen ist, ich weiß, daß er heldenhaft gestorben ist. Trotzdem muß die Wahrheit ausgesprochen werden, damit in Zukunft andere Männer, wenn sie sich in einer ähnlichen Lage befinden, das Richtige tun."

„Herr Vorsitzender!" Rickman war aufgestanden und hielt einen Finger hoch. „Das ist unerhört! Darf ein Zeuge Reden halten und uns über unsere Pflichten belehren?! Darf er…"

Harrisons Hammer fuhr auf das Pult nieder. „Mr. Rickman, darf ich Sie erneut darauf aufmerksam machen, daß wir uns nicht im Gerichtssaal befinden und daß das Verfahren ganz nach meinem Ermessen zu gestalten ist. Dr. McGill hat soeben nur den Gegenstand und die Absicht dieser Untersuchungskommission neu formuliert, und zwar in Worten, die besser ausgewählt waren und treffender als meine eigenen während der Eröffnung dieses Hearings. Würden Sie jetzt bitte vortreten, Mr. Buck?" Harrison zog den Notizblock näher heran und begann mit der Befragung: „Nun, Mr. Buck, können Sie uns sagen, wer bei dieser Beratung anwesend war?"

„Da war Ia..., Mr. Ballard, Mr. Cameron und Mr. Quentin von der Grube. Dr. McGill war auch dabei. Dann Mr. Houghton, der Bürgermeister, John Peterson und Erik Peterson, Mr. Warrick und Mrs. Samson; die fünf zuletzt Genannten waren die Gemeinderäte."

„Nun, könnten Sie uns vielleicht erzählen, was während der Besprechung geschehen ist?"

„Es begann damit, daß Dr. McGill uns von der Lawinengefahr erzählte und auch erklärte, warum sie bestand. Aber sie haben ihm nicht geglaubt."

Lyall hob den Arm. „Herr Vorsitzender, ich kann nicht umhin, festzustellen, daß von den fünf Gemeinderäten nur Mr. Erik Peterson diesem Hearing beiwohnen kann."

„Wünscht Mr. Peterson, eine Zeugenaussage zu machen?"

„Das wünscht er."

„Dann wird er zu einem späteren Zeitpunkt die Möglichkeit haben. Im Augenblick hören wir uns die Aussage von Mr. Buck an."

„Mit Verlaub, Herr Vorsitzender, darf ich darauf hinweisen, daß Mr. Ballard und Mr. Buck langjährige Freunde sind. Man könnte den Eindruck gewinnen, daß die Beweisaufnahme etwas einseitig geführt wird."

Harrison lehnte sich in seinem Stuhl zurück. „Es ist offensichtlich, Mr. Lyall, daß Sie entweder die Integrität dieser Kommission anzweifeln, oder Sie stellen Mr. Bucks Aufrichtigkeit in Frage. Habe ich Sie richtig verstanden?"

„Ich zweifle nicht an der Integrität der Kommission, Sir."

Turi, der sich von seinem Sitz erhob, war sichtlich betroffen. Ian Ballard stieß Rickman mit dem Ellbogen in die Rippen und zischte wütend: „Dieses Schwein! Erheben Sie Einspruch, und setzen Sie mit der Befragung ein, so wie ich es mit Ihnen abgesprochen habe."

Rickman schüttelte den Kopf. „Das wäre sehr unklug und nicht im Interesse der Firma." Er sah zu Lyall hinüber. „Sehen Sie nicht, daß er sich nur in Szene setzen will?"

„Verdammt noch mal, er macht aus uns eine Verschwörerbande."

Rickman blickte ihn ungerührt an. „Mit der die Firma jedoch nicht das geringste zu tun hat", gab er scharf zurück.

Ballard hob die Hand. „Herr Vorsitzender, ich würde Mr. Buck gern befragen."

Harrison runzelte die Stirn. „Ich dachte, Mr. Ballard, Sie hätten juristischen Beistand?"

Ballard erklärte: „Seit dreißig Sekunden ist Mr. Rickman nicht mehr mein Anwalt. Er wird natürlich weiterhin das Unternehmen vertreten."

Aufgeregtes Tuscheln breitete sich im Saal aus. Den Lärm übertönend, rief Rickman: „Sie verdammter Narr! Was zum Teufel wollen Sie damit erreichen?"

„Sie sind entlassen", erwiderte Ballard kurz angebunden.

Harrison wartete, bis kein Laut mehr zu vernehmen war. Dann richtete er das Wort an Ballard: „Wollen Sie um eine Vertagung bitten, damit Sie sich um einen neuen juristischen Berater bemühen können?"

„Nein, Sir. Ich begnüge mich für heute damit, mich selbst zu vertreten. Ich will nicht die kostbare Zeit des Ausschusses vergeuden."

„Sehr lobenswert. Und Sie möchten Mr. Buck befragen?"

„Einspruch!" sagte Rickman. „Abgesehen davon, daß es eine persönliche Beleidigung bedeutet, wenn ich in so arroganter Weise und in aller Öffentlichkeit meines Amtes enthoben werde, halte ich das Vorgehen für höchst unkorrekt."

Harrison seufzte. „Selbst im Gerichtssaal ist es nicht ungewöhnlich, daß ein Beteiligter sich selbst vertritt, wenn er es vorzieht, ohne die Hilfe eines Anwaltes auszukommen. Daher habe ich keinen Einwand. Bitte fahren Sie fort, Mr. Ballard."

Ballard lächelte Turi zu. „Mr. Buck, bei der Beratung mit dem Gemeinderat lag eine Landkarte vor. Sie wurden gebeten, verschiedene Orte auf der Karte zu zeigen, nicht wahr?"

„Ja."

„Würden Sie uns den Namen Hukahoronui übersetzen, aus der Maori-Sprache ins Englische?"

„Natürlich. Es bedeutet ‚Der große Schneerutsch'."

Ein leises Murmeln entstand hinter Ballard. „Mr. Buck, zwischen

Ihrem Haus und dem Berg liegt ein großer Felsen. Wie heißt dieser Felsen?"

„Kamakamaru, das bedeutet ‚Schützender Felsen‘."

Wieder Laute der Überraschung im Saal. Ballard schwieg eine Weile, während er auf seine Notizen schaute. Schließlich hob er den Kopf und fragte leise: „Hat Ihre Familie dem Tal und dem Felsen die Namen gegeben?"

„Nein, sie hießen schon so, als mein Großvater von der Nordinsel hierherkam. Sein Haus wurde dann von meinem Vater durch einen Neubau ersetzt."

„Hat Ihr Vater das Haus Ihres Großvaters vielleicht ersetzt, weil es, sagen wir, von einer Lawine beschädigt worden war?"

„Nein. Es war in schlechtem Zustand, und außerdem war die Familie zu groß geworden."

„Mr. Buck, wissen Sie aus eigener Erfahrung von irgendwelchen Lawinen im Tal von Hukahoronui?"

„Ja, 1912 gab es eine Lawine, als ich noch ein Junge war. Eine Familie namens Bailey hatte, nicht weit von uns, ein Haus gebaut, aber nicht im Schutz des Kamakamaru. Mein Vater hatte die Baileys gewarnt, aber sie hörten nicht auf ihn. Die Lawine im Winter 1912 fegte das Haus der Baileys weg. Die ganze Familie kam dabei um – ich habe geholfen, die Leichen auszugraben."

„Der Fels – Kamakamaru – wirkte aber vor ihrem Haus wie ein Spaltkeil. War es so?"

„Der Schnee lief um Kamakamaru herum, und unser Haus war sicher."

„Gab es sonst irgendwelche Lawinen?"

„Eine im Jahre 1918. Es gab keine Toten und keinen Sachschaden."

„Ein Abstand von sechs Jahren. Weitere Lawinen?"

„1943 gab es eine Lawine, die viele Bäume am Westhang mitriß."

„Gab es bei der Lawine von 1943 Tote?"

Turi riß die Augen weit auf. „Aber natürlich, Ian. Ihr Vater kam ums Leben. Sie hatten es doch selbst gesehen. Sie waren vielleicht vier Jahre alt."

Aufgestaute Emotionen machten sich im Publikum lautstark Luft.

Ballard fragte weiter: „Können Sie mir die Stelle auf der Karte zeigen, wo mein Vater starb?"

„Genau dort, wo heute die Grubenverwaltung steht."

„Mr. Buck, Sie haben uns eine Menge Informationen gegeben.

Wurde den Gemeinderäten bei der Sitzung die gleiche Information vermittelt?"

„Ja."

Ballard setzte sich und sah aus den Augenwinkeln zu Lyall hinüber, der seine Hand schon erhoben hielt. „Ich möchte Mr. Buck ein oder zwei Fragen stellen."

Harrison nickte zustimmend. „Bitte schön."

„Könnten Sie uns vielleicht anhand der Karte zeigen, bis zu welcher Stelle auf dem Hang die Lawine von 1943 kam? Erreichte sie den Peterson-Supermarkt?"

„Sie kam nicht einmal in die Nähe von Petersons Laden."

„Wie interessant! Nun sagen Sie mir, Mr. Buck, wenn Petersons Supermarkt durch die große Lawine von 1943 nicht zerstört wurde, warum wurde er dieses Jahr zerstört?"

Ballard seufzte hörbar, denn er wußte, daß Lyall sich seine eigene Grube schaufelte.

Turi blickte verständnislos drein und erklärte dann: „Wegen der Bäume natürlich. Man fing mit dem Abholzen an, als das Bergwerk eröffnet wurde. Man hat zwei Jahre lang abgeholzt. Dann war der Hang so gut wie leer."

Harrison wollte wissen, ob Lyall noch weitere Fragen habe, doch der winkte nur ab.

Ballard meldete sich wieder. „Ich würde Mr. Buck gern noch eine Frage stellen. Mr. Buck, wie war die unmittelbare Reaktion der Gemeinderäte auf Ihre Eröffnung in bezug auf die Lawinen in Hukahoronui?"

Turi Buck erstarrte. Mit leiser Stimme antwortete er: „Das möchte ich lieber nicht sagen."

In die Stille des Saals hinein war unvermutet eine Stimme zu hören: „Ich kann diese Frage beantworten." McGill zurrte den Reißverschluß seiner Tasche auf und entnahm ihr ein schmales Notizheft. „Wie es meine Gewohnheit ist, habe ich mir direkt nach der Sitzung Notizen gemacht. Mr. Erik Peterson sagte wortwörtlich: ‚Turi Buck ist ein ungebildeter alter Schwarzer. Er weiß nichts – er hat nie etwas gewußt und wird nie etwas wissen.'"

Im Saal brach lautes Stimmengewirr los, und als Harrison nach langer Zeit endlich zu Wort kam, verkündete er wütend: „Dieses Hearing wird bis auf weiteres vertagt."

„TURI BUCK ist ein ungebildeter alter Schwarzer..."

Die Worte lasteten schwer auf dem peinlichen Schweigen im Aufenthaltsraum des Hotels D'Archiac, der als Konferenzraum fungierte. Schließlich räusperte sich Matthew Houghton nervös und sagte: „Das wäre nicht nötig gewesen, Erik."

Erik wurde rot, sagte aber nichts. John Peterson wandte sich an McGill. „Sie haben herausgefunden, daß es früher ein paar Lawinen gegeben hat, und meinen, es müßte wieder eine herunterkommen."

„Das habe ich nicht behauptet."

„Was wollen Sie denn sagen?" wollte Houghton wissen.

„Sie müssen andauernd mit dieser Gefahr leben."

John Peterson meinte: „Das scheint mir alles ein bißchen an den Haaren herbeigezogen. Ich habe den Eindruck, daß wir eine Menge Geld für eine Sache ausgeben sollen, die sich vielleicht nachher als überflüssig erweist."

„Da ist etwas, was ich nicht so recht verstehe", unterbrach Houghton. „Wenn es schon früher Lawinen gegeben hat, wieso wurden dann die Häuser nicht weggefegt? Unser Haus wurde als zweites im Tal gebaut. Mein Großvater hat es 1850 errichtet."

McGill erwiderte: „Diese Häuser sind erhalten geblieben, weil die Erbauer Glück hatten oder etwas von Lawinen verstanden. Aber jetzt, seit die Grube arbeitet, haben Sie eine ganze Gemeinde hier – nicht nur ein paar verstreute Häuser."

„Was erwarten Sie also von uns?" wollte John Peterson wissen.

„Sie müssen die zuständige Behörde außerhalb des Tales von dieser Lawinengefahr in Kenntnis setzen. Dann müssen Sie sich auf den Katastrophenfall vorbereiten, indem Sie an sicheren Stellen Rettungsausrüstungen unterbringen, die man im Falle eines Unglücks leicht erreichen kann. Und Sie müssen Männer ausbilden, die mit der Ausrüstung umgehen können. Auf alle Fälle brauchen wir einen Plan für die Evakuierung der Bewohner."

John Peterson blickte wütend drein. „Was soll der Quatsch!"

Auch Erik Peterson war nicht überzeugt. „Wenn wir Männer ausbilden wollen, müssen wir sie auch bezahlen. Wenn wir Ausrüstung brauchen, müssen wir sie auch kaufen. Woher das Geld nehmen und nicht stehlen?"

Quentin lachte bitter. „Das ist noch gar nichts. Frag McGill, wieviel es erst kosten würde, die Grube zu sichern, das nennen sie dann die ‚langfristigen Maßnahmen'!"

„Nicht um die Grube zu sichern", fuhr ihn Ballard an. „Um die Stadt zu sichern! Und in einem solchen Fall bekommt man einen Zuschuß von der Regierung."

Erik Peterson sah zu seinem Bruder hin. „Jeder weiß, daß ein Regierungszuschuß nicht alle Kosten deckt. Kannst du dir vorstellen, wie hoch nächstes Jahr die Steuern ungefähr sein werden, wenn wir diesen Humbug mitmachen?"

Ballard fragte: „Wieviel ist Ihnen Ihr Leben wert, Erik?"

Erik erwiderte: „Immerhin bin ich nach Darstellung von Mr. McGill in Sicherheit. Unser Laden steht noch."

„Der einzige Grund dafür, daß der Laden 1943 stehenblieb", widersprach Ballard, „waren die Bäume. Jetzt, wo sie weg sind, steht nichts mehr zwischen Ihrem Haus und dem Schnee. Da haben Sie einen schlechten Tausch gemacht."

Erik stand auf. „Ich kann Ihnen darin nur beipflichten, daß ich einen schlechten Tausch gemacht habe, oder vielmehr mein Vater. Sie wissen verdammt gut, daß Ihre Mutter, als sie ihm das Land verkaufte, ihn um seine Abbaurechte betrog. Sie behielt sogar das kleine Grundstück am Fuß des Berges, wo heute die Grube steht – gerade genug Land für ein Mahlwerk, in dem das Erz unter *unserem* Boden verarbeitet werden kann."

Ballard rieb sich die Augen. „So war das nicht, Erik. Es war mein Vater, der die Abbaurechte von dem Landbesitz trennte. Das hat er in seinem Testament verfügt. Ihr Vater hat das Land erst fünf Jahre später gekauft."

McGill sagte: „Ich weiß nicht, worüber ihr streitet, aber ich bin sicher, daß es kaum etwas mit dem Schnee am Hang zu tun hat. Etwas anderes ist es mit den gefällten Bäumen. Jetzt ist nichts mehr da, was den Schnee aufhalten könnte."

Erik zuckte mit den Achseln und setzte sich wieder. „Es ist sowieso ein beschissenes Stück Land. Viel zu steil für das Vieh, und dieses Jahr konnte ich nicht mal das Heu einbringen."

McGill riß den Kopf hoch. „Welches Heu?" fragte er scharf.

John Peterson rollte mit den Augen. „Ach, du lieber Himmel, Erik! Befriedige seine Neugier. Vielleicht kommen wir dann heute noch nach Hause. Ich hab zu tun."

Erik erklärte: „Es war der Regen – das Heu war verfault, also ließ ich es oben liegen."

„Sie haben die Bäume abgeholzt – das war schon schlimm genug. Dann haben Sie das Heu also einfach liegenlassen! Das ist noch schlimmer", stöhnte McGill. „Fauliges Heu auf einem Hang ist so ungefähr das rutschigste Zeug, das es gibt. Die Wahrscheinlichkeit einer Lawine ist soeben um einiges größer geworden."

„Dr. McGill hat recht", meinte Ballard.

Erik Peterson sprang auf. „Was wollt ihr aus mir machen! Eine Art Staatsfeind? Jemand, der den Namen Ballard trägt, wäre der letzte, der mir etwas vorwerfen dürfte. Einer, der so feige . . ."

Matt Houghton sah bedrückt aus. „Das ist eine alte Geschichte. Sie hat nichts mit dem Thema hier zu tun."

McGill erhob sich. „Meine Herren, Sie haben meinen Bericht, mehr kann ich nicht tun. Ich werde Sie Ihren Beratungen überlassen."

„Wo können wir Sie finden für den Fall, daß wir weitere Informationen brauchen?" erkundigte sich Houghton.

„Bei Mr. Ballard", antwortete McGill. „Oder oben auf dem Westhang – es sind noch weitere Untersuchungen nötig. Aber schicken Sie besser keinen dort hinauf, mich zu suchen. Man sollte überhaupt ab sofort verbieten, den Hang zu betreten. Es ist verdammt gefährlich." Er verließ den Raum.

DAS HEARING . . .

DIE Pressegalerie war gerammelt voll, als Harrison Erik Peterson zur Beweisaufnahme befragte. „Wir waren also an dem Punkt angelangt, wo Dr. McGill seine schlechten Nachrichten übermittelt hatte. Was ist danach gewesen, Mr. Peterson?"

„Die Sitzung dauerte noch lange. Mein Bruder war der Meinung, daß wir selbst dann, wenn McGill nur halbwegs recht haben sollte, keine Panik aufkommen lassen sollten. Sie müssen verstehen, jede Entscheidung, die die Gemeinde betrifft, muß vom Gemeinderat gefaßt werden. Es war nicht Sache des Grubenvorstandes, der Gemeinde etwas vorzuschreiben."

„Ich kann Ihre Lage verstehen. Was geschah dann?"

„Matt Houghton wollte sich schließlich telefonisch mit Christchurch in Verbindung setzen und sich Rat holen. Mr. Cameron hatte vor, selbst mit jemandem vom Forstwirtschaftsamt zu sprechen. Wir beschlossen dann, uns um elf Uhr am nächsten Morgen zu treffen, obwohl das ein Sonntag war."

„Gut." Harrison blickte um sich. „Hat noch irgend jemand Fragen an Mr. Peterson?"

Smithers hob die Hand. „Ich vertrete das Ministerium für Zivilschutz. Hat ein Telefongespräch mit diesem Amt tatsächlich stattgefunden?"

„Soweit ich weiß, nicht. Matt Houghton sagte, er würde das tun, was er vor solchen Entscheidungen immer mache. Er wollte darüber schlafen."

„Und die Polizei? Wurde sie verständigt?"

„Unser Polizist, Arthur Pye, war am anderen Ende des Tales. Dort war ein Schaf gerissen worden, und er sollte der Sache nachgehen."

„Also wußte niemand außerhalb Hukahoronuis von der Lage?" erkundigte sich Smithers ungläubig. „Und in Hukahoronui wußte nur eine Handvoll Leute von der Gefahr?"

„Jawohl."

„Mr. Peterson, Sie waren Gemeinderat und in verantwortlicher Position. Würden Sie dem zustimmen, daß es in Ihrer Gemeinde ganz offensichtlich an Vorkehrungen für den Krisenfall mangelte? Ich spreche da nicht nur von Lawinen – wir leben schließlich in einem Land, in dem Erdbeben nicht unbekannt sind. Das ist einer der Hauptgründe für die Existenz des Amtes für Zivilschutz. Liest denn keiner von den Gemeinderäten die Richtlinien, die meine Behörde erläßt?"

„Wir bekommen eine Menge Zeugs von der Regierung." Peterson zuckte mit den Achseln.

„Mr. Smithers, haben Sie weitere Fragen?"

„Keine, die ich diesem Zeugen gern stellen würde", erwiderte Smithers kurz angebunden.

„Dann sind Sie vorerst entlassen, Mr. Peterson."

Peterson verließ mit sichtlicher Erleichterung den Zeugenstand.

Harrison sagte: „Mr. Cameron, der Ingenieur der Bergwerks-Gesellschaft von Hukahoronui, liegt seit mehreren Monaten im Krankenhaus wegen der Verletzungen, die er bei dem Unglück davongetragen hat. Mr. Cameron hat sich nach seinen eigenen Angaben jedoch wieder so weit erholt, daß er seine Aussage machen kann. Er ist jetzt anwesend. Würden Sie bitte vortreten, Mr. Cameron?"

Cameron durchquerte hinkend die Halle, wobei er sich auf den Arm eines Pflegers stützte. Er hatte stark abgenommen. Seine Wangen waren eingefallen, und das Haar, vor dem Unglück noch grau meliert, war nun völlig weiß. Er sah aus wie ein alter Mann.

„Joseph McNeil Cameron", begann Harrison, „soweit ich weiß, wollen Sie zu den Ereignissen an dem Abend des Tages aussagen, an dem der Gemeinderat zusammengekommen war. Das wäre also der Samstagabend, nicht wahr?"

„Jawohl", bestätigte Cameron. „An diesem Abend war im Hotel D'Archiac Tanz. Ich hatte Mr. Ballard und Dr. McGill zum Essen eingeladen. Meine Tochter Stacey war auch dabei. Sie war auf Urlaub aus den USA gekommen. Während des Essens erfuhr ich, daß der Bürgermeister die Telefongespräche noch nicht geführt hatte. Das, zusammen mit einem neuen und weit beunruhigenderen Bericht von Dr. McGill, machte uns Sorge."

„Könnten Sie uns das etwas genauer schildern?" bat Harrison.

„Aber ja. Wir wollten gerade das Essen bestellen..."

WIE ES GESCHAH...

MCGILL studierte die Karte. „Kolonialgans", sagte er. „Klingt gut."

Ballard lachte leise. „Aber erwarte nur nicht Geflügel. In Wirklichkeit ist es ein gefüllter Jährling, ein Mittelding zwischen Lamm und Hammel."

„Das wollte ich auch bestellen", sagte Stacey Cameron. Sie war groß, schlank und dunkelhaarig, eine junge Frau mit dem typischen gepflegten Aussehen der Amerikanerinnen.

„Eine Falle für leichtgläubige Touristen", meinte McGill. „Übrigens – wann fliegen Sie in die Staaten zurück, Stacey?"

„Leider schon in zehn Tagen", seufzte sie.

Cameron erzählte beim Essen von den Schwierigkeiten, die sie ausräumen mußten, als sie das Bergwerk errichteten. „Die Leute hier waren zuerst nicht allzu begeistert. Außer dem alten Peterson natürlich, der die Chancen erkannte."

„Ach übrigens, was ich schon lange fragen wollte", sagte McGill. „Wie ist das eigentlich mit den Petersons?"

Cameron fuhr fort: „John hat das Köpfchen, Erik die Energie, und Charlie hat die Muskeln und sonst herzlich wenig. Der Alte ist letztes Jahr gestorben."

„Du hast Liz vergessen", unterbrach Stacey. „Dort sitzt sie – am vierten Tisch."

Ballard schaute sich um. Er hatte Liz Peterson seit seiner Rückkehr ins Tal nicht gesehen und hatte sie noch als sommersprossiges, schlaksiges Mädchen mit Zöpfen und aufgeschürften Knien in Erinnerung. Der Anblick, der sich ihm jetzt bot, verschlug ihm jedoch den Atem.

Liz Peterson, hochgewachsen und rothaarig, war so etwas wie eine Rarität – eine wirkliche Schönheit, deren Reiz im gut geschnittenen Profil ihres Gesichts, in dem Glanz ihrer Jugend und der Frische ihres Teints lag.

Ballard konzentrierte sich auf seinen Teller. „Sind die Petersons eigentlich schon verheiratet?"

„John ist verheiratet – Erik verlobt und Charlie noch ledig. Was Liz betrifft, sie wäre wohl schon längst verheiratet, aber Charlie hat so eine Art, den Bewerbern Angst einzujagen."

„Die Petersons mögen dich nicht, Ian. Worum ging es heute morgen?" wollte McGill wissen.

„Ein alter Streit", erklärte Ballard kurz. „Es war so: Mein Vater hatte sich mit meinem Großvater zerstritten und wanderte nach Neuseeland aus. Als er dann das Gold fand, war er immer noch Ballard genug, meiner Mutter den Boden zu hinterlassen, die Abbaurechte aber meinem Großvater. Jedenfalls mußte meine Mutter das Land verkaufen, an den alten Peterson, der es versäumte, sich nach den Abbaurechten zu erkundigen. Aber als mein Großvater anfing, von den Abbaurechten unter Petersons Boden Gebrauch zu machen, war hier die Hölle los."

„Wenn man es von der Seite hört, klingt es nicht so schlimm", meinte Cameron.

„Die Grube hat den Wohlstand ins Tal gebracht, und die Petersons sahnen da ganz schön ab. Die Ballards haben weiß Gott keinen Gewinn davon, wir erreichen gerade die Rentabilitätsgrenze. Ich weiß nicht, was sein wird, wenn wir für einen großangelegten Lawinenschutz sorgen müssen."

„Ich habe einige Zahlen für Sie, Joe", sagte McGill. „Wenn Sie den lawinengeschützten Stollen über dem Grubeneingang entwerfen, müssen Sie mit einem Staudruck von neunzig Tonnen pro Quadratmeter rechnen."

„Was – so viel?" fragte er ungläubig.

„Nach allen Berichten handelte es sich 1943 um eine Staublawine;

1912 ebenso, wie Turi sagt. Staublawinen kommen sehr schnell, und zwar mit unvorstellbarer Gewalt."

Ballard sagte: „Die Lawine von 1943 hat dreißig Hektar Wald in Brennholz verwandelt."

Cameron legte seine Gabel hin. „Jetzt verstehe ich, warum Sie sich um die Gemeinde Sorgen machen. Da kommt Matt Houghton. Wenn Sie ihm das erzählen, was Sie mir gerade gesagt haben, wird er vielleicht genausoviel Angst bekommen wie ich."

Als Houghton mit seiner leuchtenden Glatze auf sie zukam, fragte Cameron: „Was haben die Leute vom Zivilschutz gesagt?"

Houghton ließ sich auf den Stuhl fallen. „Ich habe noch keine Zeit gehabt, mit ihnen zu sprechen. Wir werden Schilder an den Hängen anbringen."

Ballard beugte sich vor. „Was soll das heißen, Matt – Sie haben keine Zeit gehabt?"

Houghton winkte ab. „Es ist Samstag, Ian", erklärte er in klagendem Ton.

„Glauben Sie wirklich, daß das Amt für Zivilschutz übers Wochenende dichtmacht? Sie brauchen sich nur an das Telefon zu hängen!"

„Beruhigen Sie sich, Ian. Ich habe mit den Petersons schon genug am Hals. Charlie ist der Meinung, daß niemand ihn daran hindern kann, seinen eigenen Grund und Boden zu betreten – oder auf ihm Ski zu laufen."

„Ist er denn total übergeschnappt?"

Houghton seufzte. „Sie kennen Charlie. Er kann diese uralte Geschichte nicht vergessen."

„Das ist doch alles kalter Kaffee. Was jetzt zählt, ist der verdammte Schnee über dieser Stadt. Ich werde dafür sorgen, daß das Richtige getan wird."

McGill ergriff das Wort. „Mr. Houghton, ich habe weitere Proben von den Hängen gemacht: die Stabilität nimmt ab. Daher teilte ich Mr. Cameron soeben mit, er solle sich darauf vorbereiten, daß es die Grube ziemlich hart treffen wird. Ich muß Ihnen sagen, daß das gleiche auch für die Stadt gilt."

Houghton war beleidigt. „Warum haben Sie sich heute morgen nicht genauso ausgedrückt, anstatt wie eine Katze um den wissenschaftlichen Zahlenbrei zu schleichen? Heute morgen sagten Sie nur, eine Lawine sei nicht auszuschließen!"

McGill war am Ende seiner Geduld. „Manchmal frage ich mich, ob wir die gleiche Sprache sprechen. Die Gefahr einer Lawine schwebt nach wie vor über uns, und so wird es bleiben, bis etwas passiert. Dann ist das Unglück da, und es ist, verdammt noch mal, zu spät."

Ballard sprang ein: „Gehen Sie zurück zu Ihrem Gemeinderat, und sagen Sie, daß ich über ihre Köpfe hinweg handeln werde, wenn Sie bis morgen mittag keine wesentlichen Schritte eingeleitet haben – ich werde eine öffentliche Versammlung einberufen und die Bürger direkt aufklären."

„Und rufen Sie das Amt für Zivilschutz an, sobald Sie können", fügte McGill hinzu. „Ich werde noch mal nach dem Wetter schauen."

Houghton holte tief Luft und stand auf. Sein Gesicht war rot und glänzte vor Schweiß. „Ich werde tun, was ich kann", versprach er und ging weg.

Cameron unterhielt sich noch einige Zeit mit Ballard, dann gesellte sich Stacey Cameron zu ihnen.

Ballard blickte auf die Tanzfläche. Zu vorgerückter Stunde waren die hektischen Rockklänge von schummrigem Blues abgelöst worden. „Haben Sie Lust zu tanzen?" fragte er.

Stacey zog eine Grimasse. „Vielen Dank, aber ich kann wirklich nicht mehr. Ich habe mir fast schon die Füße wundgetanzt." Sie setzte sich. „Liz Peterson hat den Eindruck, daß Sie einen Bogen um sie machen. Warum fordern Sie sie nicht auf?"

„Tja, warum eigentlich nicht?" Er stand auf und steuerte auf die Tanzfläche zu.

Stacey blickte an ihrem Vater vorbei. „Da kommt Mike. Was macht das Wetter, Mike?"

„Heftiger Schneefall angekündigt." McGill sah auf die Uhr. „Fast Mitternacht. Wie lange dauert so ein Schwof?"

„Punkt Mitternacht endet der Tanz", erklärte Cameron. „Diese Neuseeländer sind ganz schön fromm. Sonntags nie."

McGill nickte. „Ich bin sowieso schon reif fürs Bett." Er reckte sich. „Was haben die Leute vom Zivilschutz zu sagen gehabt?"

„Houghton hat nicht angerufen. Er meinte, ein paar Stunden machten keinen Unterschied, und er wollte nicht mitten in der Nacht anrufen, um sich zur Schnecke machen zu lassen."

„Er hat nicht angerufen?!!" McGill packte Cameron beim Arm. „Und was haben Sie unternommen? Hat Ian es versucht?" Cameron schüttelte den Kopf. „Dann ist er ein verdammter Narr – und Sie auch. Wo ist das Telefon?"

„Gleich neben der Rezeption", antwortete Cameron. „Hören Sie, Mike, mitten in der Nacht wird niemand dasein, der in der Lage ist, eine Auskunft zu geben."

„Was Sie nicht sagen – Teufel noch mal", fluchte McGill. „Ich werde ihnen Bescheid sagen! Ich werde Alarm schlagen!"

Er ging hastig davon. Cameron folgte ihm auf den Fersen. Als sie um die Tanzfläche herumgingen, hörten sie einen lauten Ausruf, dem eine plötzliche Unruhe folgte.

Ballard tanzte gerade mit Liz Peterson, als er das Gewicht von Charlies fleischiger Hand auf seiner Schulter spürte und herumgewirbelt wurde. Charlies Gesicht glänzte vor Schweiß, und eine Alkoholfahne wehte seinen heiser geflüsterten Worten voraus: „Laß die Hände von meiner Schwester, Ballard."

„Nehmen Sie sofort Ihre Hand da weg", befahl Ballard.

„Hör mit dem Unsinn auf, Charlie", bat Liz. „Du wirst von Tag zu Tag verrückter."

Ballard ließ seine Arme baumeln, die Hände lose vor dem Bauch übereinandergelegt. Plötzlich riß er die Arme hoch, traf Charlies Ellbogen mit erstaunlicher Wucht und war frei.

McGill und Cameron bahnten sich einen Weg zu der Stelle, wo sich die beiden Männer gegenüberstanden. Charlie stürzte vor, aber Cameron erwischte seinen Arm und drehte ihn ihm auf den Rücken.

„Auseinander!" sagte McGill. „Wir sind auf einer Tanzfläche und nicht im Boxring."

„Na gut, Ballard", sagte Charlie. „Wir treffen uns draußen, wenn Ihre Freunde Ihnen nicht helfen können."

Aus dem Hintergrund rief jemand: „Ist Mr. Ballard hier? Er wird am Telefon verlangt." Ballard ging an Charlie vorbei, ohne ihn eines Blickes zu würdigen.

„Was ist denn hier los?" wollte einer wissen.

McGill drehte sich um und sah Erik Peterson hinter sich. „Ihr kleiner Bruder hat durchgedreht."

Erik wandte sich an Charlie. „Ich habe dich deswegen schon mal gewarnt."

Charlie entzog sich Camerons Griff. „Aber es war Ballard!"

Erik runzelte die Stirn. „Ist mir egal, wer es war. Du machst keine Szenen mehr, nicht in aller Öffentlichkeit."

McGill und Cameron verständigten sich durch einen Blick und gingen zur Rezeption, wo sie Ballard am Telefon entdeckten.

„Wenn ich Glück habe, ist es Crowell, der Aufsichtsratsvorsitzende der Firma. Er wohnt in Auckland."

„Wenn du fertig bist, möchte ich Christchurch anrufen", sagte McGill.

Ballard nahm den Hörer auf, während McGill im Telefonbuch blätterte. „Hier Ballard."

Eine gereizte Stimme sagte: „Ich habe hier ein halbes Dutzend Zettel mit der Nachricht, Sie anzurufen. Hoffentlich ist es etwas Wichtiges!"

„Und ob es das ist", erwiderte Ballard düster. „Wir haben Grund zu der Annahme, daß die Grube und die Stadt von einer Lawine bedroht sind."

Das lange Schweigen am anderen Ende wurde nur von der lauten Musik vom Tanzboden unterbrochen. Crowell sagte: „Ist das Ihr Ernst?"

„Mit so etwas mache ich keine Witze. Ich möchte, daß Sie sich mit dem Amt für Zivilschutz in Verbindung setzen und die Leute davon unterrichten. Wir werden vielleicht sehr schnell Hilfe brauchen."

Irgend jemand rannte vorbei, und McGill sah auf. Er erkannte Charlie Peterson, der auf Ballard losspurtete. Charlie packte Ballard an der Schulter. „Ich mache Kleinholz aus dir", brüllte Charlie.

In dem ganzen Aufruhr ging das leise Grollen eines entfernten Donnerns verloren. Ballard schlug auf Charlie ein, der Telefonhörer in seiner Hand behinderte ihn jedoch. McGill bekam Charlie zu fassen und zog ihn mit Gewalt weg. Ballard, schwer atmend, nahm den Hörer wieder auf. Crowell sagte gerade: „... dort los? Sind Sie da, Ballard? Was..." Dann war die Leitung tot. McGill riß Charlie herum und schlug ihn mit einem rechten Haken an die Kinnlade zu Boden. In diesem Augenblick gingen die Lichter aus.

Das Hearing...

„Als die Lichter aus waren, ging alles drunter und drüber", erzählte Cameron leise. Sein Pfleger goß ihm ein Glas Wasser ein. Cameron nahm es entgegen, doch man sah, daß seine Hand zitterte.

Harrison beobachtete ihn genau. „Mr. Cameron, Sie haben eine lange Aussage gemacht, und ich finde, Sie sollten sich eine Weile ausruhen. Da wir die Beweisaufnahme chronologisch führen, ist Mr. Crowell der nächste Zeuge."

Ein kleiner, rundlicher Mann stand auf und ging ein wenig widerwillig auf den Zeugenstand zu. Als er sich setzte, blickte er seitlich zu Rickman, der ihm ermutigend zunickte. Reed fragte: „Wie ist Ihr voller Name?"

Crowell leckte sich nervös die Lippen. „Henry James Crowell."

„Ihr Beruf bitte?"

„Ich bin Aufsichtsratsvorsitzender mehrerer Gesellschaften, unter anderem der Hukahoronui-Bergbau-Gesellschaft."

Harrison begann: „Sie haben die Aussage gehört, die sich auf ein Telefongespräch zwischen Ihnen und Mr. Ballard bezog. Entspricht es den Tatsachen, daß Sie dieses Gespräch geführt haben?"

„Ja, ich war am Samstagabend erst spät zurückgekommen. Meine Sekretärin hatte eine Reihe von Nachrichten hinterlassen, die alle besagten, daß ich mich mit Mr. Ballard in Verbindung setzen sollte. Ich rief ihn sofort an."

Harrison blickte zur Seite. „Bitte, Mr. Smithers? Als Vertreter des Amts für Zivilschutz..."

„Kann der Zeuge angeben, ob Mr. Ballard ihn gebeten hat, sich mit dem Amt für Zivilschutz in Verbindung zu setzen, um es von der bevorstehenden Gefahr in Hukahoronui zu unterrichten?" fragte Smithers.

„Er hat etwas in dieser Richtung gesagt, aber die Verbindung war so schlecht. Ich hörte Rufen und Schreien. Irgendwie fehlte der Zusammenhang." Crowell hielt inne. „Dann waren wir unterbrochen."

„Was haben Sie dann gemacht?" fragte Harrison.

„Ich habe es mit meiner Frau besprochen."

Ein amüsiertes Kichern breitete sich im Saal aus. Harrison klopfte mit dem Hammer. „Haben Sie sich mit dem Amt für Zivilschutz in Verbindung gesetzt?"

Crowell zögerte: „Nein."

„Warum nicht?"

„Ich habe das Ganze für einen Witz gehalten. Die Musik und der Lärm im Hintergrund..., ich dachte, Mr. Ballard sei betrunken."

John Rickman, Anwalt der Hukahoronui-Bergbau-Gesellschaft, reckte seinen Arm hoch. Harrison nickte. „Wer hat Mr. Ballard zum Geschäftsführer ernannt?"

„Die Anordnung kam aus London – von einem Hauptaktionär."

„Sie hatten also nichts mit seiner Ernennung zu tun. Dürfen wir sagen, daß Mr. Ballard Ihnen sozusagen aufgehalst wurde?"

„Da ich nur Kleinaktionär bin, hatte ich in der Angelegenheit nicht viel zu sagen."

„Vielen Dank", schloß Rickman.

„Es wurde angedeutet, daß Mr. Ballard Ihnen ‚aufgehalst' wurde." Harrison sprach das Wort aus, als ob es einen schlechten Beigeschmack hätte. „Haben Sie nach seiner Ernennung in irgendeiner Form Beschwerde eingereicht?"

„Nein."

Harrison schüttelte langsam den Kopf, während er diesen höchst unbefriedigenden Zeugen betrachtete. „Nun gut. Ich habe keine weiteren Fragen." Er ließ den Blick schweifen.

„Bitte, Mr. Ballard?"

„Ich würde gern einige Fragen stellen. Mr. Crowell, zwei Wochen nach der Katastrophe hat der Aufsichtsrat mich meiner Pflichten enthoben. Warum?"

Rickmans Arm schoß in die Höhe. „Einspruch! Das, was zwei Wochen nach dem Unglück gewesen ist, liegt außerhalb des Gegenstandes dieser Untersuchung."

„Mr. Rickman hat nicht ganz unrecht", meinte Harrison. „Ich verstehe wirklich nicht, wie uns die Frage weiterhelfen soll."

„Darf ich erläutern?" Ballard stand auf.

„Gewiß."

„Herr Vorsitzender, über diese Untersuchung wird ausführlich in der Presse berichtet, nicht nur in Neuseeland, sondern auch in England. Trotz Ihrer Feststellungen wird die Öffentlichkeit einen Schuldigen suchen, den man für die unnötigen Todesfälle verantwortlich machen kann. Nun sind gewisse Unterstellungen über meinen Charakter geäußert worden, über meine Trinkgewohnheiten und meine angebliche Neigung zu pubertären Scherzen. Das kann ich im eigenen Interesse nicht unangefochten lassen. Ich bitte um die Erlaubnis, Mr. Crowell in diesem Zusammenhang Fragen stellen zu dürfen. Die Tatsache, daß ich vierzehn Tage nach der Katastrophe meiner Position enthoben wurde, scheint mir doch ein legitimer Grund zu sein, Fragen zu stellen."

Harrison beriet sich kurz mit den zwei Sachverständigen. Schließlich sagte er: „Es liegt nicht im Interesse der Kommission, daß der Ruf eines Mannes leichtsinnig verspielt wird. Sie dürfen die Vernehmung von Mr. Crowell fortsetzen, Mr. Ballard."

„Warum wurde ich meiner Pflichten enthoben, Mr. Crowell?"

„Es war der einstimmige Beschluß des Aufsichtsrates."

„Das beantwortet meine Frage nicht genau. Sie haben ausgesagt, daß die Anweisung, mich zu ernennen, von einem Hauptaktionär in London kam. Ist dieser Aktionär im Aufsichtsrat?"

Crowell zuckte nervös. „Nein, das ist er nicht."

„Ist es nicht so, daß Ihr Aufsichtsrat keine richtige Macht besitzt, daß man dem Unternehmen ein demokratisches Mäntelchen umgehängt hat? Ist es nicht so, daß die Macht, die die Ballard-Gruppe lenkt, woanders liegt? In der Londoner Finanzwelt?"

„Das ist eine Fehleinschätzung der Situation", meinte Crowell mürrisch.

„Ist die Anweisung, mich meiner Pflichten zu entheben, auch aus London gekommen?"

„Es könnte sein."

„Gerade von Ihnen stammen doch gewisse Andeutungen, daß die Firma in Gefahr war, bei dieser Untersuchung von bestimmten Leuten in den Schmutz gezogen zu werden. Entspricht es nicht den Tatsachen, daß Sie andeuteten, es sei ein leichtes, und das zweckmäßigste, die Verantwortung auf mich, den Neuling, abzuwälzen? Den letzten beißen die Hunde! Und erhielten Sie daraufhin nicht die Anweisung – aus London! –, mich meiner Pflichten zu entheben?"

„Einspruch!" rief Rickman. „Mr. Ballard darf den Zeugen nicht auf diese Weise irreführen!"

„Ich bin geneigt, dem zuzustimmen", sagte Harrison.

„Ich ziehe die Frage zurück." Ballard wußte, der Unruhe in der Pressegalerie nach zu urteilen, daß seine Worte dort angekommen waren, wo sie ankommen sollten. „Ich kehre statt dessen zurück zu dem Telefongespräch zwischen Mr. Crowell und mir. Als wir unterbrochen wurden, haben Sie danach versucht, noch einmal eine Verbindung zu bekommen?"

„Nein."

„Nein? Warum nicht?"

„Sie haben meine Aussage gehört. Ich dachte, Sie wären betrunken."

„Seit wieviel Stunden, meinten Sie, sei ich betrunken gewesen, Mr. Crowell? Sie haben ausgesagt, Ihre Sekretärin hätte mehrere Nachrichten von mir hinterlassen."

„Darüber habe ich mir keine Gedanken gemacht."

„Und Sie versuchten auch nicht, sich mit dem Amt für Zivilschutz in Verbindung zu setzen? Mr. Crowell, im Interesse der Sache, was *haben* Sie getan?"

„Ich habe mich schlafen gelegt."

„Sie haben sich schlafen gelegt", wiederholte Ballard langsam. Er wartete, bis Crowell sich halb vom Stuhl erhoben hatte und geduckt dastand. „Ach ja, da ist nur noch eine kleine Sache. Haben Sie sich freiwillig zur Aussage gemeldet, oder wurden Sie vorgeladen?"

„Einspruch!" Rickman war schon zur Stelle. „Das tut überhaupt nichts zur Sache."

„Stattgegeben, Mr. Rickman", pflichtete Harrison freundlich bei. „Diese Kommission muß nicht erst davon unterrichtet werden, daß Mr. Crowell vorgeladen wurde – sie weiß es schon." Er überhörte die undefinierbaren Laute, die aus Rickmans Richtung kamen, und fuhr unbeirrt fort: „Sie dürfen den Zeugenstand verlassen, Mr. Crowell. Ich glaube, wir sollten uns wieder dem Zeitpunkt zuwenden, da in Hukahoronui die Lichter ausgingen. Dr. McGill, Sie waren gerade im Hotel D'Archiac, als die Lichter erloschen. Was geschah dann?"

McGill erhob sich und ging zum Zeugenstand. „Die Hotelleitung sorgte für Kerzen und Petroleumlampen. Man sagte mir, daß ein Stromausfall nichts Ungewöhnliches sei. Der Tanzabend war sowieso vorbei, also machten sich alle auf den Heimweg."

„Sie auch?"

„Ja. Ich lief mit Mr. Ballard nach Hause und ging gleich zu Bett."

WIE ES GESCHAH...

McGILL wurde von Ballard aus tiefem Schlaf gerissen. Er drückte automatisch den Knopf der Nachttischlampe. Es blieb dunkel. Dann fiel ihm der Stromausfall ein. „Wieviel Uhr ist es?"

„Halb sechs. Cameron hat gerade angerufen – Gott sei Dank hat die Telefonzentrale auch Batteriebetrieb. Anscheinend ist einer seiner Männer heute früh aufgebrochen, um seine Mutter in Christchurch zu besuchen. Er sagt, er kommt nicht aus dem Tal raus, der Paß sei vom Schnee verschüttet."

McGill nickte. „Komm, wir sehen es uns an."

Sie zogen sich an und gingen in die Garage. Ballard setzte sich ans Steuer des Landrovers und drückte auf den Starter. Der Anlasser ächzte, aber der Motor zündete nicht.

„Er ist abgesoffen", stellte McGill fest. „Wart ein paar Minuten."
Er zog sich Handschuhe an. „Was ist eigentlich los mit dir und Charlie
Peterson?"

„Eine alte Geschichte", antwortete Ballard. „Nicht der Rede wert."

„Wenn ein alter Streit die Zusammenarbeit erschwert, muß ich das
wissen. Charlie hat gestern genug Schaden angerichtet."

„Das liegt so weit zurück", begann Ballard. „Ich bin im Januar 1939
in England geboren und wurde als Säugling hierhergebracht. Mein
Vater hatte sich mit dem alten Ben zerstritten und entschloß sich, hier
eine Farm zu bewirtschaften. Er kaufte Land. Dann kam der Krieg,
und er ging zur Armee. Mit der Neuseeland-Division kämpfte er in
der Wüste, und ich bekam ihn nicht zu Gesicht, bis er 1943 zurückkam,
als ich vier Jahre alt war. Noch im selben Jahr tötete ihn eine Lawine.
Es traf meine Mutter hart, und sie wurde ein wenig sonderbar."

„Wie drückte sich das aus?"

„Sie war übertrieben auf meine Sicherheit bedacht." Ballards
Stimme klang verbittert. „Wie alle Kinder hatten auch wir eine Bade-
stelle drüben am Steilhang hinter Petersons Laden. Alle anderen Kinder konnten gut schwimmen – nur ich nicht. Es passierte, als ich zwölf
war."

Er holte ein Päckchen Zigaretten aus der Tasche und bot McGill eine
an. „Es war Frühling, und Alec Peterson und ich waren unten am
Fluß. Alec war der vierte der Peterson-Brüder, der Zwillingsbruder
von Charlie. Eine Menge Schmelzwasser kam von den Bergen – der
Fluß war tief und hatte starke Strömung. Ich hüpfte ein bißchen rein
und raus – mehr raus als rein. Alec war dagegen ziemlich zäh für einen
Zehnjährigen und ein guter Schwimmer."

„Ich kann es mir schon denken –", unterbrach McGill, „er geriet in
Schwierigkeiten."

„Ich glaube, er bekam einen Wadenkrampf", erklärte Ballard. „Er
wurde in die Hauptströmung hinausgezogen und schrie laut. Ich wußte, daß ich nicht die geringste Chance hatte, ihn rauszuholen, aber ich
kannte den Fluß gut. Er wirbelte um den Steilhang herum. Auf der anderen Seite war ein Strudel, wo immer alles angetrieben wurde. Ich raste den Steilhang hinunter und lief an Petersons Laden vorbei – so
schnell ich konnte. Meine Annahme war richtig: Alec wurde in Ufer-
nähe getrieben. Jetzt konnte ich hineinwaten und ihn schnappen. Aber
auf dem Stück um den Steilhang herum war sein Kopf gegen einen
Stein geprallt. Sein Schädel war zerschmettert, er war mausetot."

„Furchtbar! Aber ich sehe nicht ein, wie man dich dafür verantwortlich machen konnte."

„Zwei Menschen haben Alecs Schrei gehört. Später haben sie dann gesagt, sie hätten gesehen, daß ich weggerannt sei und Alec im Stich gelassen hätte. Die zwei Zeugen waren Alecs Brüder – Charlie und Erik."

McGill pfiff durch die Zähne. „Jetzt dämmert mir's allmählich."

„Sie haben mir in den folgenden vier Jahren das Leben zur Hölle gemacht. Sie haben die anderen Kinder gegen mich aufgehetzt. Ich hätte bestimmt durchgedreht, wenn ich nicht Turis Sohn, Tawhaki, gehabt hätte. Jedenfalls, als ich sechzehn wurde, tauchte der alte Ben im Tal auf, als wäre er vom Himmel gefallen. Er hörte sich den Tratsch an, musterte mich kurz, dann meine Mutter, und es gab einen Riesenkrach. Das Ergebnis war, daß ich mit ihm nach England zurückging. Meine Mutter ist noch einige Jahre hiergeblieben, dann kehrte auch sie nach England zurück."

McGill sagte: „Aber ich verstehe es trotzdem nicht. Erwachsene Männer benehmen sich doch nicht wie Charlie, wegen etwas, das in der Kindheit passiert ist."

„Charlie ist – wenn man ihn auch nicht gerade zurückgeblieben nennen kann – nie wirklich erwachsen geworden, nie reif geworden... Aber etwas dagegen tun können wir wohl kaum." Ballard betätigte erneut den Starter. Der Motor sprang sofort mit einem gleichmäßigen Dröhnen an. „Fahren wir zum Paß!"

Sie fuhren die Straße hoch, die zum Paß führte und parallel zum Fluß verlief. Als das Scheinwerferlicht in die Schlucht fiel, in die der Fluß sich eingeschnitten hatte, fragte McGill: „Hast du den Fluß jemals soviel Wasser führen sehen?"

Ballard brachte den Wagen zum Stehen. „Nein, noch nie. Die Schlucht ist an dieser Stelle mehr als zehn Meter tief."

Er fuhr hinunter zum Städtchen. Als sie den Supermarkt passierten, deutete McGill auf einen Wagen, der gerade losfuhr. „Sieht aus, als ob der auch wegwollte."

McGill kurbelte das Fenster herunter. „Haben Sie eine größere Reise vor, Mr. Peterson?"

John Peterson antwortete: „Ich habe morgen früh einen Geschäftstermin in Christchurch."

„Sie werden vielleicht enttäuscht sein", sagte McGill. „Aber wir haben gehört, der Paß ist blockiert."

„Blockiert? Unmöglich!"

„Wir wollten's uns gerade ansehen. Vielleicht möchten Sie mit-kommen?" Ballard fuhr so weit er konnte, bis der Wagen plötzlich von einer Wand aufgehalten wurde, die dort nichts zu suchen hatte. „Mein Gott!" entfuhr es ihm. „Schau dir das an!"

McGill stieg aus. Er ging auf die Schneewand zu, stocherte darin herum und blickte kopfschüttelnd an ihr hoch.

Ballard war gerade ausgestiegen, als John Peterson mit seinem Wagen herankam. McGill erklärte leicht schadenfroh: „Was Sie vor sich sehen, Mr. Peterson, ist sozusagen die Endphase einer Lawine. Ich fürchte, in der nächsten Zeit wird niemand Hukahoronui verlassen können – jedenfalls nicht per Auto." Er kratzte eine Handvoll Schnee heraus und hielt sie Peterson unter die Nase. „Weiches, harmloses Zeug, nicht wahr? Wie Lammwolle." Seine Finger schlossen sich zur Faust um den Schnee. „In meiner Branche gab es einen Mann, der hieß Zdarsky", erzählte er im Plauderton. „Er war Österreicher und eine Art Pionier auf dem Gebiet der Lawinenforschung. Zdarsky sagte: ‚Schnee ist nicht ein Wolf im Schafspelz – er ist ein Tiger im Lamm-fell.'" Er öffnete die Faust. „Schauen Sie sich das an, Mr. Peterson. Was ist das?" In seiner Handfläche lag ein Klumpen harten Eises.

DAS HEARING...

„DAS war also die erste Lawine", sagte Harrison. „Und das bedeutete, daß man mit einem Fahrzeug weder in das Tal hinein noch aus ihm heraus konnte?"

„Das ist richtig", erklärte McGill. „Ich hatte die Absicht gehabt, den Gemeinderat davon zu überzeugen, daß es das einzig richtige wäre, die Bewohner des Tales zu evakuieren, bis die Gefahr vorüber war. Das war jetzt unmöglich geworden."

„Aber man kam doch sicher über das Hindernis hinweg?"

„Gesunde und Kräftige hätten es natürlich geschafft. Aber was wäre mit den Alten, den Behinderten, den Kindern gewesen? Zumindest war aber jetzt ein Mitglied des Gemeinderates, John Peterson, über-zeugt, daß man ernsthaft mit Lawinen rechnen mußte. Wir fuhren zu-rück, um sofort die notwendigen Schritte zu unternehmen."

Harrison nickte und machte sich eine Notiz. „Wie hieß der Mann, den Sie in Mr. Petersons Beisein erwähnten?"

„Matthias Zdarsky. Ich könnte eine Anekdote erzählen, die einen Bezug zu dem hat, was ich Mr. Peterson gegenüber zitierte."

„Bitte", bat Harrison. „Solange es uns nicht zu weit von unserer Aufgabe hier entfernt."

„Vor ein paar Jahren war ich technischer Berater für Lawinenschutz im Westen Kanadas. Ein Kartenzeichner hatte den Auftrag bekommen, eine Karte der Gegend anzufertigen, auf der sämtliche lawinengefährdeten Stellen ersichtlich waren. Es war eine langwierige Aufgabe. Als er es fast geschafft hatte, kam er eines Tages vom Mittagessen zurück und stellte fest, daß irgendein Witzbold über jedes Lawinengelände ,Hier sin Tyger' geschrieben hatte, in gotischer Schrift, wie auf alten Landkarten. Der Zeichner fand das gar nicht witzig, aber der Leiter des Instituts nahm die Karte, ließ sie rahmen und hängte sie als Warnung vor der Gefährlichkeit der Lawinen für jedermann sichtbar in sein Büro. Sie müssen wissen, in dieser Branche gibt es niemanden, dem Matthias Zdarsky kein Begriff wäre und der nicht wüßte, was ihm passierte."

„Eine interessante Geschichte", bemerkte Harrison. „Und durchaus aufschlußreich. Was passierte mit Zdarsky?"

„Er diente im Ersten Weltkrieg bei den österreichischen Gebirgsjägern. Damals setzten beide Seiten – Österreicher und Italiener – in den Dolomiten Lawinen als Waffe ein. Es heißt, daß während des Krieges achtzigtausend Männer in Lawinen ums Leben gekommen sind. 1916 wollte Zdarsky fünfundzwanzig österreichische Soldaten retten, die von einer Lawine verschüttet worden waren. Dabei geriet er selbst in eine Lawine. Er hatte achtzig Knochenbrüche und Verrenkungen; und es dauerte elf Jahre, bis er wieder Ski laufen konnte."

Im Saal herrschte tiefes Schweigen. Schließlich sagte Harrison: „Vielen Dank, Dr. McGill. Ich denke, wir vertagen uns jetzt bis nach dem Wochenende. Die Anhörung wird Montag früh um zehn Uhr fortgesetzt."

DRAUSSEN...

DIE Menge, die dem Hearing beigewohnt hatte und auf die Straße hinausgeströmt war, zerstreute sich allmählich. Mike McGill fuhr Ballard ins Hotel. Er sah ihn kurz an und sagte: „Vierundfünfzig Leute sind umgekommen, Ian, und die Öffentlichkeit sucht einen Sünden-

bock. Wenn sich die Gesellschaft dadurch reinwaschen kann, daß sie
dich opfert, wird sie es ganz gewiß auch tun."

„Laß mich in Ruhe, Mike", erwiderte Ballard kurz angebunden.
„Ich bin einfach zu müde."

Sie gingen in die Hotelbar, wo McGill zwei Bier bestellte und sie an
einen ruhigen Tisch trug. Er trank sein Glas aus und leckte sich genie-
ßerisch die Lippen. „Mann! Das war höchste Zeit."

Ballard zog seine Brieftasche heraus und entnahm ihr ein Stück Papier. „Als ich heute morgen das Hotel verließ, bekam ich dies hier." Er
reichte es McGill. „Mein Großvater ist tot."

McGill las das Telegramm. „Ian, das tut mir leid. Deine Mutter will
jetzt wohl, daß du nach Hause kommst? Du gehst doch nicht, oder?"

„Nein. Es ist nur moralische Erpressung." Er schüttelte den Kopf.
„Weißt du, Mike, das hat mich mehr getroffen, als ich gedacht hätte."

„Nach dem zu urteilen, was du von ihm erzählt hast, bin ich überrascht, daß sein Tod dich überhaupt trifft."

„Na ja, er war ein streitsüchtiger alter Satan, stur und rechthabe-
risch, aber er hatte etwas…"

„Was passiert nun mit der Ballard-Holdinggesellschaft?"

„Der Alte hat eine Stiftung oder etwas Ähnliches gegründet. Ich
habe da nie ganz durchgeblickt, weil ich wußte, daß ich nichts damit zu
tun haben würde. Ich nehme an, meine Onkel werden sie weiterführen
wie bisher. Was soviel heißt wie ziemlich schlecht!" Er leerte sein
Glas. „Ich klebe am ganzen Körper, ich bin reif für den Swimming-
pool."

BALLARD legte noch eine Länge im Schwimmbecken zurück. Dann
stieg er schließlich aus dem Wasser und rieb sich hastig trocken.
McGill schlenderte über den Rasen. Hinter ihm drein kam ein junger
Mann von der Hotelleitung, der ausrief: „Ein Telegramm für Mr. Ballard."

„Vielen Dank." Ballard riß den Umschlag auf; er las, runzelte die
Stirn und reichte McGill das Telegramm. „Es ist aus England", kom-
mentierte er. „Als ich dort den alten Ben zuletzt sah, erwähnte er einen
Mr. Stenning. Aber warum sollte jemand um die halbe Welt fliegen,
um mich zu sprechen?"

„Wer ist Stenning?"

„Ein Freund meines Großvaters."

McGill fing an zu rechnen. „Er schreibt, er nimmt den Nachtflug.

Dann muß er morgen hiersein. Wer ist Stenning, abgesehen davon, daß er ein Freund deines Großvaters ist?"

„Er ist Anwalt, Wirtschaftsanwalt für Steuerfragen. Ein zäher alter Knabe, fast so hart wie der alte Ben selbst."

McGill lachte. „Wahrscheinlich will er alles beichten – daß er sich beim Ausrechnen der Erbschaftssteuer ein bißchen vertan hat und du statt drei Millionen nur noch dreitausend von dem alten Herrn kriegst."

Ballard grinste. „Ich kriege nicht mal drei Cent. Ben hat mir das schon angedroht. Er sagte, er würde für meine Ausbildung aufkommen, und dann müßte ich auf eigenen Füßen stehen, wie er es in meinem Alter auch hätte tun müssen..., nach alledem habe ich mich entschlossen, aus der Ballard-Holdinggesellschaft auszuscheiden."

„Und was hast du vor?"

„Weiß nicht so recht", sagte er stirnrunzelnd, „irgend etwas wird mir schon über den Weg laufen."

„Ein alter Knabe von siebzig, der um die halbe Welt fliegt..." dachte McGill laut. „Könnte was Wichtiges sein, Ian." Er blickte auf. „Tag, Liz", sagte er und zog einen Stuhl für sie heran. Er streckte die Hand aus und kraulte den Schäferhund, den sie mitgebracht hatte, hinter den Ohren. „Hallo, Viktor, wie geht's dir, Alter?" Der Hund ließ die Zunge heraushängen und wedelte heftig mit dem Schwanz.

Liz erzählte: „Charlie habe ich gerade fast an den Rand eines Herzinfarkts gebracht. Ich habe gesagt, ich würde Ballard meine Dienste als Zeugin anbieten, wenn noch mal jemand andeutet, er sei betrunken gewesen. Ich merke sehr wohl, ob mein Tanzpartner blau ist; und Ian war es nicht, Charlie dagegen sehr."

„An Ihrer Stelle wäre ich etwas vorsichtiger, Liz", meinte Ballard ernst. „Charlie kann ziemlich gewalttätig werden."

„Ich werde schon mit ihm fertig."

Ballard fuhr fort: „Vielen Dank für die Hilfestellung, Liz. Seit ich ein paar Entscheidungen getroffen habe, zeichnet sich der Weg vor mir etwas klarer ab. Das hing nicht zuletzt auch von Ihnen ab."

Sie sah auf die Uhr. „Ich glaube, ich setze mich heute nachmittag zu den Jungs. Vielleicht kann ich sie ein wenig aushorchen. Komm, Viktor."

Als sie sich entfernte, sagte McGill: „Sie ist die hübscheste Spionin, die ich kenne. Übrigens, wie sehen die Entscheidungen aus, die du getroffen hast?"

„Die eine kennst du schon – ich verlasse die Ballard-Gruppe."

„Und die andere?"

„Ich werde heiraten", erklärte Ballard gelassen.

„Na, meinen Glückwunsch. Und wer ist die Glückliche?"

„Liz Peterson – das heißt, wenn sie mich haben will."

„Du mußt total verrückt sein", entfuhr es McGill. „Wer wünscht sich schon Charlie zum Schwager?"

AM NÄCHSTEN Morgen ging Ballard ins Krankenhaus, um Cameron zu besuchen und ihn aufzumuntern. McGill sagte: „Ich will morgen zu ihm, heute habe ich im *Deep-Freeze*-Hauptquartier zu tun."

„Ich bin heute nachmittag in der Gegend", erklärte Ballard. „Ich hole Stenning in Christchurch am Flughafen ab. Soll ich dich auf dem Rückweg mitnehmen?"

„Ja, besten Dank", antwortete McGill. „Du kannst im Büro nach mir fragen."

Als Ballard ankam, unterhielt sich Cameron gerade mit Liz Peterson. Sie blieben, bis Cameron sie fortschickte mit der Bemerkung, daß junge Leute etwas Besseres zu tun haben müßten, als in Krankenhäusern herumzusitzen. Draußen in der Sonne fragte Ballard: „Wie wäre es, wenn Sie mit mir essen gingen?"

Sie zögerte einen Moment, sagte aber dann: „Ja, gern. Sie müssen aber Lunch für drei zahlen. Ich kann Viktor nicht im Auto lassen." Sie lachte: „Liebe geht über den Hund."

Als Ballard den Motor anließ, sagte sie: „Ich habe schon daran gedacht, Neuseeland zu verlassen."

„Wo würden Sie hingehen?"

„England wahrscheinlich. Dann vielleicht nach Amerika. Sie sind ein bißchen herumgekommen, nicht wahr? Ich wollte schon immer reisen – etwas erleben."

Sie fuhren aus dem Krankenhausgelände heraus. „Ja, ich bin viel gereist, aber es waren eigentlich nie Vergnügungsreisen. Allerdings hätte ich nie geglaubt, daß ich je nach Neuseeland zurückkehren würde."

„Warum haben Sie es dann getan?"

„Mein Großvater wollte es. Er war ein hartnäckiger alter Kauz."

„Er war? Ich wußte nicht, daß er tot ist."

„Er ist vor ein paar Tagen gestorben."

„Oh, Ian. Das tut mir leid."

„Mir auch, irgendwie. Wir waren zwar nicht immer ein Herz und eine Seele, aber er wird mir fehlen. Jetzt, wo er nicht mehr da ist, werde ich auch nicht bei der Ballard-Gruppe bleiben. Ich habe ja selbst sozusagen schon kräftig an meinem Ast gesägt."

„Mike hat schon recht – keiner von uns verträgt sich mit seinen Verwandten." Liz lachte. „Gestern abend habe ich mich mit Charlie in der Wolle gehabt. Irgend jemand hat uns gestern zusammen gesehen und es Charlie berichtet."

„Sie sollten sich meinetwegen keinen Ärger einhandeln, Liz."

„Ich habe Charlies Wutanfälle satt. Ich bin eine erwachsene Frau, und ich treffe mich, mit wem es mir paßt. Das habe ich ihm gestern abend gesagt." In Gedanken versunken, rieb sie ihre Wange.

Ballard beobachtete sie aus den Augenwinkeln und verstand sofort. „Er hat Sie geschlagen?"

„Nicht zum ersten Mal, aber das wird das letzte Mal gewesen sein."

Sie bemerkte Ballards Gesichtsausdruck. „Machen Sie sich keine Sorgen, Ian. Ich kann mich gut wehren. Ich bin als ziemlich kampflustige Tennisspielerin bekannt, und so ein richtiger Schmetterball macht Muskeln."

„Sie haben also zurückgeschlagen? Ich kann mir nicht vorstellen, daß das großen Eindruck auf Charlie macht."

Sie grinste schelmisch. „Ich hielt in dem Moment zufällig einen Teller voll Spaghetti in der Hand." Als Ballard in Lachen ausbrach, fügte sie hinzu: „Erik hat ihm auch eine gescheuert. Wir Petersons sind eine glückliche Familie!"

Ian steuerte den Wagen auf den Hotelparkplatz. Als sie an der Rezeption vorbeigingen, erklärte er: „Ist nämlich nicht schlecht – das Essen hier..." Plötzlich blieb er stehen. „Da ist ja Vetter Francis. Wo zum Teufel kommt der her?"

Ein junger Mann im Straßenanzug kam auf sie zu, ohne ein Lächeln. „Guten Tag, Frank", grüßte Ballard. „Miß Peterson, darf ich Ihnen meinen Vetter Frank Ballard vorstellen."

Frank Ballard nickte kurz in ihre Richtung. „Ich muß mit dir reden, Ian."

„Gern. Nach dem Essen?"

„Nein, soviel Zeit habe ich nicht. Ich muß gleich die Maschine zurück nach Sydney erwischen. Es muß jetzt sein."

„Ich warte draußen am Swimming-pool auf Sie, Ian. Komm, Viktor." Liz ging fort, ohne eine Antwort abzuwarten.

Frank fuhr fort: „Können wir auf dein Zimmer gehen?"

„Von mir aus." Ballard ging voraus. Während er die Tür schloß, fragte Ballard: „Was führt dich nach Neuseeland, Frank?"

Frank drehte sich ruckartig um. „Warum zum Teufel hast du unseren Mann hier, den alten Crowell, gestern so durch den Kakao gezogen? Er hat mich angerufen und sich per Ferngespräch bei mir ausgeheult."

„Hast du vielleicht vergessen, daß Crowell mich meines Postens enthoben hat?"

„Du hirnverbrannter Idiot! Die Suspendierung war doch nur für die Dauer der Untersuchung gedacht! Wenn du deinen Kopf gebraucht und den Mund gehalten hättest, wäre alles in Ordnung gewesen, und du wärst nächste Woche wieder im Sattel. So wie die Sache jetzt steht, bin ich nicht mehr so sicher."

Ian setzte sich auf das Bett. „Wenn ich den Mund gehalten hätte, hättet ihr mich fallenlassen wie eine heiße Kartoffel, das weißt du ganz genau. Zwischen dem Konzern und den Petersons hätte ich nicht die geringste Chance gehabt."

„Es ist eine Ballard-Firma", sagte Frank, außer sich. „Hast du kein Familiengefühl? Wenn die Untersuchung wieder tagt, halte besser den Mund! Keine Volksreden mehr, wie du sie bis jetzt geführt hast. Wenn du das versprichst, dann wird es vielleicht noch einen Job für dich geben in unserem Konzern."

„Du weißt, was ich von der Gruppe halte – daraus habe ich nie ein Hehl gemacht", sagte Ian sarkastisch.

„Du weißt aber auch, wie groß wir sind", platzte Frank heraus. „Wir brauchen nur ein Wort fallenzulassen, und du findest nie wieder eine Stelle im Bergbau. Am besten wäre es, du würdest gar nichts tun; vor allem hör mit den verfluchten idiotischen Fragen vor allem Publikum auf."

Ian stand auf. „Treib es nicht zu weit, Frank!" warnte er.

„Herrgott noch mal, Ian, sei doch vernünftig! Du weißt, daß wir neue Aktien von Hukahoronui-Beteiligungen in Umlauf bringen wollen. Welche Aussichten, glaubst du wohl, haben wir, wenn du den Aufsichtsratsvorsitzenden weiterhin zum größten Idioten stempelst?!"

„Wenn ihr noch mehr Druck auf mich ausübt, werde ich damit anfangen, Fragen nach den Sicherheitsvorkehrungen in eurer Grube zu stellen. Ihr könnt mich nicht zum Hanswurst machen, Frank. Und noch etwas: An dem Tag, bevor ich gefeuert wurde – wir können das

Kind ruhig beim Namen nennen –, bekam ich die neuesten Gesteinsproben zu sehen. Fette Beute, mein lieber Frank! Kannst du mir aber
verraten, warum dieses Ergebnis den Aktionären nicht mitgeteilt
wurde?"

„Das geht dich überhaupt nichts an."

„Die Grube wird für irgend jemanden ein Vermögen abwerfen;
aber so, wie ihr die Sache aufgebaut habt, glaube ich nicht, daß die *gewöhnlichen* Aktionäre viel davon haben werden."

„Keiner wird etwas davon haben, wenn du so weitermachst und
diese idiotischen Fragen von wegen Lawinenschutz stellst. Hast du
überhaupt eine Ahnung, wieviel es uns kosten wird, wenn diese ver-
flixte Kommission die falsche Richtung einschlägt?"

Ian starrte ihn an. „Wie meinst du das – falsche Richtung? Habt ihr
etwa daran gedacht, keinen Lawinenschutz zu bauen?"

„Ach, Quatsch! Eine Lawine kommt nur alle dreißig Jahre oder so
vor. Bis zur nächsten ist die Mine längst erschöpft."

Ian holte tief Luft. „Ich habe euch schon immer für ziemlich nieder-
trächtig gehalten, aber jetzt erst wird mir klar, wie weit euer Geiz
geht." Ballards Stimme war eiskalt. „Und ich finde, jedes weitere
Wort ist Zeitverschwendung." Er ging auf die Tür zu und riß sie auf.
„Raus!"

Frank blieb draußen stehen und wandte sich ein letztes Mal um. „Du
bist erledigt, Ian. Hoffentlich ist dir das klar."

Ballard knallte ihm die Tür vor der Nase zu.

WÄHREND der Fahrt zurück zum Krankenhaus, wo Liz ihren Wagen
abholen wollte, entschuldigte sich Ballard: „Tut mir leid, das mit dem
trübsinnigen Essen, Liz. Mir ging so einiges durch den Kopf."

„Was ist los? Es war alles in Ordnung, bis Ihnen Ihr Vetter über den
Weg lief."

Er fuhr an den Straßenrand und stellte den Motor ab. Dann wandte
er sich Liz zu.

„Ich fahre nach England, sobald die Untersuchung abgeschlossen
ist", sagte er. „Warum fahren wir eigentlich nicht gemeinsam?"

„Soll das ein Heiratsantrag sein, Ian?" Sie lächelte. „Oder soll ich als
Geliebte mitreisen?"

„Das hängt von Ihnen ab."

Liz lachte. „Dieses Drehbuch hat nicht Shakespeare geschrieben.
Ich weiß, wir sind wie die Montagues und Capulets, aber Romeo hat

so ein Angebot nie gemacht." Sie legte ihre Hand auf seine. „Ich mag dich, Ian, aber ich bin nicht sicher, ob ich dich liebe."

„Das ist ja das Problem. Wir kennen uns noch nicht lange genug. Zwei oder drei Tage in Huka, doch dann brach die Katastrophe herein; und jetzt sind wir hier erst eine Woche zusammen."

„Glaubst du nicht an Liebe auf den ersten Blick?"

„Doch", gestand Ballard. „Mich hat's beim Tanz erwischt, gleich an dem Abend, als alles anfing."

Nachdenklich sagte sie: „Sollte ich mit dir nach England fahren, so bedeutet das noch keinen ewigen Treueschwur. Ich bin mein eigener Herr, Ian, und wenn ich dich nach einer Weile verlasse, dann auch aus freiem Willen."

Er nickte. „Ich verstehe."

„Und da ist noch etwas, was ich gern klären würde, weil du dir vielleicht Gedanken darüber gemacht hast. Erik ist aus Prinzip gegen die Ballards – nicht nur gegen dich. Charlie geht es nur um dich. Als Alec starb, war ich erst zwei, und ich habe ihn nie richtig gekannt. Du warst damals zwölf, heute bist du fünfunddreißig. Ich weiß nicht, wer an Alecs Tod schuld war, und es interessiert mich auch nicht; jedenfalls würde ich mit einem Mann nach England fahren wollen, und nicht mit einem Knaben."

BALLARD setzte Liz am Krankenhaus ab und fuhr weiter zum *Deep-Freeze*-Hauptquartier. „Der alte Stenning kommt gleich hier an", erzählte er McGill. Sie fuhren zum Harewood-Flughafen, der nur zwei Minuten entfernt war, und warteten im Flughafengebäude. Die Passagiere strömten durch die Halle. Ballard sagte: „Da ist er." McGill erblickte einen großen alten, weißhaarigen Herrn mit dem Gesicht eines Asketen.

Ballard ging auf ihn zu. „Guten Tag, Mr. Stenning." Sie schüttelten sich die Hände. „Darf ich Mike McGill, einen Freund, vorstellen."

„Ich würde mich gern einmal mit Ihnen über das Unglück unterhalten, Dr. McGill", brummte Stenning.

„Jederzeit, Mr. Stenning, wenn ich nicht gerade im Gerichtssaal sitze."

Im Hotel zog sich McGill taktvoll zurück, während Ballard Stenning auf sein Zimmer begleitete. Stenning entschuldigte sich: „Ich bin nicht mehr so zäh wie früher, Ian. Ich lege mich jetzt aufs Ohr. Ihr Großvater hätte ein paar Bemerkungen dazu auf Lager gehabt, wäre er hier, denn in meinem Alter war er ein unermüdlicher Weltenbummler." Er schüttelte den Kopf. „Er wird mir sehr fehlen."

„Ja", stimmte Ballard zu. „Mir auch."

Stenning betrachtete ihn neugierig. „Tatsächlich? Meiner Meinung nach hat er Sie nicht sonderlich gut behandelt." Er lachte kurz. „Und nun, wenn Sie einen müden alten Mann entschuldigen..."

Am nächsten Morgen war Stenning nicht beim Frühstück. McGill strich sich eine Scheibe Toast mit Butter. „Er scheint es nicht sehr eilig zu haben. Typisch Anwalt, die haben einen ganz anderen Tagesablauf als wir."

„Ich habe gestern Verwandtenbesuch gehabt", erzählte Ballard. „Mein Vetter Frank." Er schilderte McGill die Begegnung.

McGill pfiff hörbar. „Wieso war Frank in Sydney? Der reinste Zufall, was?"

„Der Ballard-Konzern hat in vielen Ländern Interessen zu vertreten, auch in Australien."

Sie plauderten noch, bis McGill seinen Kaffee ausgetrunken hatte. „Ich fahre jetzt ins Krankenhaus, Joe besuchen. Sollte Stenning dir etwas Wichtiges mitzuteilen haben, wird er mich sowieso nicht dabeihaben wollen."

Ballard setzte sich mit einer Sonntagszeitung an den Swimmingpool. Beim Lesen richtete er seine Aufmerksamkeit vor allem auf die Berichte über die Untersuchung. Stenning erschien erst um halb zwölf. Er hielt einige Zeitungsausschnitte in der Hand. „Sie schlagen ganz schön Lärm bei der Untersuchung", sagte er und setzte sich. „Ich glaube kaum, daß das Ihrer Familie besonders gefallen wird."

„Ich weiß", bestätigte Ballard. „Ich habe gestern Besuch von Frank gehabt. Er verlangte, ich solle den Mund halten, aber ich habe ihn vor die Tür gesetzt."

Stenning sagte darauf nichts, schien aber erfreut. „Wissen Sie, ich war etwas mehr als nur der Anwalt Ihres Großvaters. Ich war auch sein Freund."

„Ich weiß, daß er sehr viel Vertrauen zu Ihnen hatte."

„Vertrauen –", begann Stenning und lächelte. „Ich muß auch im Vertrauen mit Ihnen reden. Kennen Sie sich im englischen Nachlaßrecht aus?"

„Erbschaftssteuern? Nicht sehr gut."

„Nun, jedermann kann sein Geld verschenken, wenn er will. Normalerweise an seine Familie, oder auch an eine karitative Stiftung, wie

Ben es getan hat. Stirbt er aber vor Ablauf von sieben Jahren nach dieser Transaktion, dann wird seine Schenkung zur Erbschaftssteuer veranlagt, als ob er sie überhaupt nicht gemacht hätte. Wenn er erst nach Ablauf von sieben Jahren stirbt, wird die Schenkung nicht versteuert. Ben ist nach Ablauf der sieben Jahre gestorben."

„Dann braucht die Stiftung also keine Steuern zu zahlen."

„Genau. Die Stiftung hat eine Menge Geld bekommen. Die Zinsen davon unterstützen mehrere Laboratorien, die hauptsächlich auf dem Gebiet der Sicherheit und Gesundheit im Bergbau arbeiten."

„Mein Gott!" sagte Ballard verblüfft. „Wissen die Treuhänder, wie die Ballard-Gruppe arbeitet? Jede Sicherheitsvorschrift wird einfach mißachtet, sobald sie glauben, daß es keiner merkt. Da weiß die linke Hand nicht, was die rechte tut."

Stenning nickte zustimmend. „Das hat Ben beunruhigt, aber er konnte damals nichts dagegen tun, aus Gründen, die Sie bald verstehen werden. Und jetzt das Kuratorium. Es besteht aus fünf Treuhändern. Ihrem Onkel Edward, Ihrem Vetter Frank sowie drei von Bens alten Freunden, Lord Brockhurst, Sir William Bendell und mir. Ich bin Vorsitzender des Kuratoriums der Ballard-Stiftung."

„Ich bin erstaunt, daß zwei Familienmitglieder im Kuratorium sitzen. Ben schien sonst nicht viel von ihnen zu halten."

„Er hielt auch nicht gerade große Stücke auf seine Enkel, außer auf einen." Stenning hob den dünnen Zeigefinger und zeigte auf Ballard. „Auf Sie!"

„Er hatte eine besondere Art, sich auszudrücken", meinte Ballard trocken.

„Er hat für Ihre Ausbildung gesorgt und Sie aber ansonsten in Ruhe gelassen. Vor sieben Jahren, als Sie achtundzwanzig waren, fand Ben Sie zu unreif für Ihr Alter. Er meinte auch, daß das an Ihrer Mutter lag. Ben war nicht wohl dabei, Sie mit soviel Geld und Macht zu betrauen, weil Sie noch so jung waren. Also errichtete er die Ballard-Stiftung. Und er hat Sie mit Argusaugen beobachtet, weil er sehen wollte, wie Sie sich entwickelten."

Ballard schnitt ein Gesicht: „Habe ich seinen Erwartungen entsprochen?"

„Das hat er nie sagen können", antwortete Stenning. „Er starb, bevor das Hukahoronui-Experiment abgeschlossen war."

Ballard starrte ihn an. „Experiment? Welches Experiment?"

„Sie sollten auf die Probe gestellt werden", erklärte Stenning. „Sie waren jetzt fünfunddreißig. Jeder Position, die man Ihnen bis dahin gegeben hatte, waren Sie mehr als gewachsen, und Sie konnten mit Menschen umgehen. Aber Ben hatte das Gefühl, daß Sie einen weichen Kern hatten, und er war auf eine Möglichkeit gekommen zu erfahren, ob es wirklich so war. Er erzählte mir, die Petersons wären auf Ihnen herumgetrampelt, als Sie noch ein Junge waren. Also schickte er Sie nach Hukahoronui, um zu sehen, ob dasselbe noch einmal passieren würde."

Ballard war plötzlich wütend. „Für wen hielt er sich eigentlich? Für den lieben Gott? Und wozu sollte das gut sein?"

„So naiv können Sie doch nicht sein", meinte Stenning. „Ben wollte Sie im Kuratorium sehen. Der alte Brockhurst, Billy Bendell und ich sind alles alte Freunde von Ben. Wir mußten zwei Familienmitglieder im Kuratorium haben, damit sie nicht gleich Lunte rochen. Wenn sie nur geahnt hätten, was Ben im Schilde führte, hätten sie einen Weg gefunden, Bens Vorhaben zu vereiteln. Nun, das Kuratorium ergänzt sich permanent selbst; das heißt, wenn sich ein Mitglied zurückzieht, muß durch eine Wahl sein Nachfolger gefunden werden, und – jetzt kommt der springende Punkt – das ausscheidende Mitglied hat eine Stimme. Brockhurst ist fast achtzig. Wenn er ausscheidet, bekommen Sie seine Stimme. Sie bekommen Billy Bendells Stimme, und Sie können mit meiner Stimme rechnen – das gibt eine Mehrheit, und die Ballards können nichts daran ändern."

Ballard sagte: „Das ist alles schön und gut, aber ich bin kein Verwalter, jedenfalls nicht von der Art der Treuhänder. Ich nehme an, es gibt ein Honorar, aber ich muß meinen Lebensunterhalt verdienen."

Stenning schüttelte den Kopf. „Sie haben mich noch immer nicht verstanden. Ben hat die Stiftung aus einem einzigen Grund ins Leben gerufen, nämlich, um zu verhindern, daß sein Vermögen vergeudet würde, und um die Ballard-Gruppe unversehrt, aber nicht mehr in den Händen seiner Söhne, zu erhalten. Der Gesamtwert der Aktien liegt bei zweihundertzweiunddreißig Millionen Pfund. Die Beteiligungen der Familie Ballard – das heißt Ihrer Onkel und all Ihrer Vettern – betragen vierzehn Millionen Pfund. Die Beteiligung der Ballard-Stiftung beläuft sich auf einundvierzig Millionen. Derjenige, der die Stiftung kontrolliert, kontrolliert die Ballard-Gruppe und deren Unternehmen. Seit sieben Jahren warten wir darauf, daß Sie Ihr Erbe antreten."

Ballard war wie vom Donner gerührt. Dieser wundervolle, egoistische, verrückte alte Mann! Er rieb sich die Augen und merkte, daß sie feucht waren. Stenning hatte gerade etwas gesagt. „Wie bitte?" mußte Ballard rückfragen.

„Ich sagte, es gibt einen Haken", wiederholte Stenning. „Zwei Tage vor seinem Tod hat Ben mir ein Versprechen entlockt. Ich sollte herkommen und mir ansehen, ob die Petersons noch immer auf Ihnen herumtrampelten. Die Zeitungsberichte über die Untersuchungen habe ich mit großem Interesse verfolgt, aber ich bin zu sehr Anwalt, um alles Gedruckte zu glauben. Sie haben sich tapfer geschlagen, Ian; aber mir scheint, daß die Petersons noch immer keinen Respekt vor Ihnen haben. Ben war der Meinung, ein Mann, der sich selbst nicht verteidigen kann, ist nicht der Richtige, die Ballard-Gruppe zu kontrollieren."

„Also sind Sie mein Richter. Mein einziger Richter?"

Stenning senkte den Kopf. „Die letzte Aufgabe, die Ben mir gestellt hat, ist die schwerste Last, die ich je zu tragen hatte."

„Das ist der zweite Schock, den Sie mir heute versetzen", sagte Ballard leise. „Ich möchte jetzt allein sein und über alles nachdenken."

„Durchaus verständlich", meinte Stenning.

DAS HEARING...

ZEHN Minuten vor zehn saß Ballard auf seinem Platz und überflog seine Notizen. Er sah, wie Stenning von einem Gerichtsdiener zu seinem Platz unter den Ehrengästen geführt wurde. Stennings Augen wanderten interessiert durch den Saal, übergingen aber Ballard ohne das geringste Zeichen des Erkennens. Ein Schatten fiel schräg über den Tisch. Ballard schaute auf und sah Rickman vor sich. „Mr. Crowell war verärgert darüber, wie Sie ihn am Freitag im Zeugenstand behandelt haben. Aber übers Wochenende hat er sich das alles noch einmal durch den Kopf gehen lassen, und er ist jetzt versöhnlicher gestimmt."

„Das freut mich", antwortete Ballard, ohne eine Miene zu verziehen.

„Vielleicht wissen Sie es noch nicht, aber Mr. Crowell wird bald Präsident des Aufsichtsrates der *New Zealand Mineral* Holdinggesellschaft, der Muttergesellschaft der Hukahoronui-Bergbau-Gesellschaft. Er meinte, die Doppelbelastung – das heißt der Vorsitz in beiden Gesellschaften – sei zuviel für ihn. Also wird der Posten des Aufsichtsratsvorsitzenden der Bergbau-Gesellschaft freiwerden."

„Wie interessant", bemerkte Ballard unbeteiligt.

„Ihnen ist bekannt, daß Gesteinsproben, die vor der Lawine gemacht wurden, einen hohen Goldgehalt aufwiesen. Daraufhin beschloß der Aufsichtsrat, neue Aktien in Umlauf zu bringen. Zur Position eines Aufsichtsratsvorsitzenden gehören eine Menge Optionen. Wenn die Nachricht über den gestiegenen Goldgehalt veröffentlicht wird, wird der Aktienpreis unweigerlich in die Höhe schnellen. Jeder, der Vorkaufsrechte besitzt, wird eine Menge Geld verdienen können."

„Ist das nicht ungesetzlich? Handel mit Geheimtips ist verpönt."

„Ich kann Ihnen versichern, es wird sich in diesem Fall alles innerhalb der Legalität abspielen", meinte Rickman ölig. „Mr. Crowell ist der Meinung, daß Sie für die Position qualifiziert seien, sollten Sie den Wunsch haben, als Kandidat in Erwägung gezogen zu werden."

„In welche Erwägung?" fragte Ballard ohne Umschweife.

„Aber Mr. Ballard! Wir sind beide Realisten, und wir wissen beide, wovon wir reden. Das ist eine Position, die nur wenige junge Männer ausschlagen würden – insbesondere in Anbetracht der Beweisführung, die in absehbarer Zeit bei dieser Untersuchung stattfinden wird – einer Beweisführung, die speziell für Sie schädigend sein dürfte. Die Auswirkung dieser Beweisführung könnte vermindert werden." Er hielt inne. „Oder auch umgekehrt."

Ian entgegnete: „Ich möchte nicht ein Realist Ihres Schlages sein, Mr. Rickman. Ich pflege klar und deutlich zu reden, und ich werde Ihnen sagen, was ich denke. Zuerst versuchen Sie, mich zu bestechen, und nun drohen Sie mir. Ich habe bereits Frank Ballard gesagt, daß beides nicht zieht. Verschwinden Sie, Mr. Rickman!"

Rickman stieß einen Laut der Verachtung aus, drehte Ballard den Rücken zu und ging zu seinem Platz zurück.

Ballard blickte zu den Plätzen hinüber, die für die Zeugen reserviert waren. Mike McGill hob fragend die Augenbrauen, und Ballard blinzelte ihm zu. Er hatte Mike ins Vertrauen gezogen und ihm den Grund für Stennings eiligen Flug nach Neuseeland mitgeteilt. McGill war fast an seinem Bier erstickt. „Zweihundertzweiunddreißig Millionen Pfund…!"

„Es gehört nicht mir", sagte Ballard trocken. „Es gehört den Aktionären."

„Das kann sein, aber du hast die Kontrolle über die Millionen."

„Noch bin ich nicht Treuhänder. Das hängt von Stennings Entscheidung ab."

„Es ist auch deine Entscheidung", meinte McGill spitz. „Du brauchst nur die Petersons niederzuwalzen, und zwar in aller Öffentlichkeit während der Untersuchung."

„Die Petersons niederzuwalzen", wiederholte Ballard. „Liz wäre davon sicher nicht allzu begeistert."

„Einer Frau zuliebe die Welt verschenken – so denkst du doch nicht im Ernst?!" McGill prustete. „Also, Stenning hat sich ziemlich unmißverständlich ausgedrückt. Das ist deine einzige Chance."

Eben sagte Erik Peterson aus: „Es muß Sonntag früh irgendwann zwischen halb sieben und sieben Uhr gewesen sein, als mein Bruder John mich weckte. Mr. Ballard und Dr. McGill waren bei ihm. Sie berichteten von einer Lawine. Der Paß war blockiert, und niemand konnte raus oder rein. Ich glaubte ihnen zuerst nicht so recht. Mein Bruder führte jedoch einige Telefongespräche und berief eine sofortige Sitzung des Gemeinderats ein, die dann im Supermarkt stattfand."

Wie es geschah...

Nicht das kalte Licht der Neonröhren gab an jenem Sonntagmorgen die Beleuchtung ab. Zwei Öllampen strahlten dagegen behagliche Wärme aus; doch ihr Licht schwand immer mehr, als es draußen hell wurde. Erik Peterson schürte das Feuer in dem altmodischen dickbauchigen Ofen mit Holzscheiten und bemerkte: „Wie bin ich froh, daß wir dieses alte Stück nicht weggeworfen haben."

Matt Houghton kam den Gang herauf zu der Gruppe, die um den Ofen geschart war. „Ich weiß, daß wir abgemacht hatten, uns heute morgen zu treffen, aber dies hier finde ich nicht sehr komisch. Wißt ihr, wieviel Uhr es ist?"

John Peterson hob die Hand. „Matt, am Paß ist eine Lawine heruntergekommen. Er ist total zugeschüttet. Wenn es *eine* Lawine gegeben hat, kann es auch eine zweite geben. Ich bin der Meinung, wir sollten uns bei Dr. McGill entschuldigen und uns seine Vorschläge anhören."

„Die Entschuldigung können Sie sich sparen – hier mein erster Vorschlag." McGill musterte die kleine Gruppe. „Wir sind nicht genug Leute. Wir brauchen mehr Männer, starke Männer, die sich nicht gleich vor Angst in die Hosen machen. Und auch Frauen, aber keine Mimosen – sondern solche, die zupacken können. Mrs. Samson, würden Sie bitte das Protokoll übernehmen. Schreiben Sie bitte die Namen derjenigen auf, die vorgeschlagen werden."

Zehn Minuten später meinte McGill: „Das müßte reichen. Mrs. Samson, würden Sie jetzt bitte gehen und diese Leute zusammentrommeln. Sorgen Sie dafür, daß sie so schnell wie möglich hier aufkreuzen."

McGill sah nach draußen in das diffuse Licht. „Als erstes müssen wir dafür sorgen, daß die Außenwelt von dem Vorfall verständigt wird. Sobald es hell genug ist, möchte ich, daß ein paar Leute über die Lawine klettern. Wenn vom Hang eine Staublawine abgehen sollte, wird sie diesen Laden wegfegen. Daher möchte ich, daß die Regale leergeräumt und die Lebensmittel an einen sicheren Ort gebracht werden, in Turi Bucks Haus zum Beispiel, wenigstens für den Anfang."

Jetzt meldete sich Houghton. „Wir können aber kaum die gesamte Bevölkerung in Turi Bucks Haus stecken. Ich finde, wir sollten alle den Osthang hinaufgehen."

„Das können Sie sich aus dem Kopf schlagen", meinte McGill. „Ich hoffe zwar, Mr. Houghton, daß es nicht geschehen wird; aber wenn eine Staublawine den Westhang herunterkommt, wird sie durch die Talsohle schießen und mit Leichtigkeit den Fluß überqueren. Ich kann nicht sagen, wie weit sie den Osthang hinaufgeschoben wird."

Houghton sah skeptisch drein, und McGill klopfte ihm leicht nervös auf das Knie. „Sie wird mit hoher Geschwindigkeit anrollen, Mr. Houghton. Nicht nur schneller, als Sie laufen können, sondern auch schneller, als Sie mit dem Wagen fahren können."

„Meinen Sie, daß dies eintreten wird, McGill?" wollte Erik wissen.

„Es ist meine Einschätzung der Situation. Der Schnee der Lawine im Paß war mir ein bißchen zu trocken. Je trockener der Schnee, um so wahrscheinlicher ist eine Staublawine. Außerdem, je weiter die Temperatur fällt, um so trockener wird er. Die Temperatur sinkt sehr schnell."

Erik machte einen Vorschlag. „Ich weiß den idealen Platz, wo wir die Leute unterbringen können. Wie wär's mit der Grube? Sie ist wie ein großer Luftschutzkeller. Direkt im Berg!"

„Ich finde das nicht so gut." McGill stützte das Kinn auf seine Hand. „Der Eingang liegt direkt am unteren Ende des Hanges, und jede Lawine wird genau über ihn hinwegfegen."

„Aber wenn, wie Sie sagten, der meiste Schnee das Tal überquert, wird es keine Schwierigkeiten geben herauszukommen, sobald alles vorbei ist", erklärte Houghton.

„Ja, das träfe bei einer Staublawine zu", erwiderte McGill. „Aber nehmen wir an, die Temperatur steigt wieder, dann gibt es keine Staublawine, sondern eine, die langsamer und nasser wäre. In diesem Fall würde sich verdammt viel Schnee am Fuße des Hanges auftürmen. Damit wäre der Grubeneingang blockiert. Nach einer Lawine wird nasser Schnee hart wie Beton."

„In der Grube haben wir alle möglichen Geräte", meinte John Peterson. „Wenn sie Stein abbauen können, können sie auch Schnee – oder Eis – abbauen. Sie könnten eine Stunde nach dem Eventualfall schon draußen sein."

McGill starrte ihn an. „Ich glaube, wir reden nicht auf der gleichen Wellenlänge. Wissen Sie, wieviel Schnee auf dem Westhang liegt? Meine Schätzung liegt bei einer Million Tonnen – oder mehr."

Houghton erwiderte spontan: „Unmöglich!"

McGill fuhr fort: „Das sind fast siebenhundert Hektar da oben, die mit mehr als zwei Meter Schnee bedeckt sind. Und seit sechsunddreißig Stunden schneit es wie verrückt, deswegen kann es sein, daß ich es sogar noch unterschätze." Er rieb sich das Kinn. „Was meinst du, Ian?"

„Wenn eine flüssige Masse am Eingang vorbeiströmt mit solchen Geschwindigkeiten, wie du sie beschrieben hast, dann wird das im Innern der Grube einen ähnlichen Effekt zeigen, als ob man über den offenen Hals einer Flasche hinwegbläst, nur stärker."

„Sog", sagte McGill. „Verdammt noch mal – da könnte ja die ganze Luft herausgesaugt werden. Daran hatte ich überhaupt nicht gedacht."

Jemand kam vom Eingang her den Gang entlanggelaufen. Ballard wandte sich um und sah einen uniformierten Polizisten. Plötzlich kam ihm ein Gedanke, und er schlug McGill auf den Rücken. „Ein Sender", rief er. „Pye hat doch ein Funkgerät – er *muß* eines haben!"

Arthur Pye blieb stehen. „Morgen, John. Was gibt's? Mrs. Samson sagte, du wolltest mich sofort sprechen."

Ballard unterbrach ihn. „Arthur, Sie haben doch ein Funkgerät, nicht wahr?"

„Jawohl, Mr. Ballard, normalerweise schon. Aber es war in letzter Zeit nicht ganz in Ordnung, und deswegen habe ich es Freitag zur Reparatur gebracht. Morgen habe ich es wieder."

McGill stöhnte. John Peterson hob die Hand und erklärte kurz die Situation. Pye wollte wissen: „Was wird nun unternommen?"

John deutete auf die größer werdende Gruppe am Eingang. „Wir haben einige von den zuverlässigsten Leuten zusammengetrommelt."

„Dann unterrichten Sie sie besser sofort über die bedrohliche Lage",
riet Pye. „Sie werden ein bißchen unruhig."

McGill nickte zustimmend.

DAS HEARING...

ERIK PETERSON fuhr fort: „Es war keine leichte Aufgabe, diesen Leuten klarzumachen, daß die Stadt gefährdet war."

Harrison fragte: „Und, hatten Sie Erfolg?"

„Arthur Pye schaltete sich schließlich ein und sagte, es wäre Zeit,
mit dem Geschnatter aufzuhören. Das tat er mit großem Nachdruck."

Harrison richtete sich an alle im Saal Anwesenden: „Es ist sehr be-
dauerlich, daß Wachtmeister Pye nicht selbst aussagen kann. Wie Sie
vielleicht wissen, kam er nach der Lawine bei einer mutigen Rettungs-
aktion ums Leben. Ich habe gestern erfahren, daß Wachtmeister Pye
und Mr. William Quentin, dem Gewerkschaftsvertreter des Bergwerks, postum das Georgskreuz Ihrer Majestät verliehen wurde."

Tosender Beifall erhob sich. Als wieder Ruhe im Saal eingekehrt
war, wandte sich Harrison an Erik Peterson: „Können Sie uns sagen,
was Mr. Ballard zu dem Zeitpunkt machte?"

„Zuerst telefonierte er, dann sprach er mit Mr. Cameron."

„Sie haben nicht mitbekommen, worüber?"

„Nein, Sir."

Harrison blickte Ballard an. „Im Hinblick auf eine bestimmte Entscheidung, die ungefähr zu der Zeit gefallen sein muß, möchte ich erfahren, worum es bei dem Zwiegespräch ging. Mr. Ballard, würden
Sie bitte vortreten."

Ballard war nervös. In Hukahoronui hatte er eine Entscheidung getroffen, und nun wurde er aufgefordert, sie zu rechtfertigen. Aufgrund
jener Entscheidung waren vierundfünfzig Menschen gestorben, die
heute vielleicht am Leben wären. Diese Erkenntnis lastete schwer auf
ihm. Er preßte die Hände fest zusammen, damit seine Finger nicht zitterten.

Harrison stellte die erste Frage: „Können Sie mir die wesentlichen
Punkte Ihres damaligen Gespräches mit Mr. Cameron schildern?"

Ballards Stimme klang fest. „Wir sprachen über Erik Petersons
Vorschlag, die Grube als Schutzraum zu benutzen. Dr. McGill hatte

gesagt, daß Staublawinen sehr schnell seien und eine Höchstgeschwindigkeit von vierhundertfünfzig Stundenkilometern erreichen." Er hielt inne. „Aber innerhalb der Schneemassen würde es
noch erhebliche Turbulenzen geben, die zu zeitweiligen Windböen
von bis zu der doppelten Geschwindigkeit führen könnten. Wir befürchteten einen Orgelpfeifeneffekt, wenn die Lawine am Grubeneingang vorbeifegte."

„Wenn es sich aber nun um keine Staublawine gehandelt hätte?"

„Eine Schlaglawine wäre viel langsamer heruntergekommen – mit
einer Geschwindigkeit von fünfzig bis sechzig Stundenkilometern.
Der mitgeführte Schnee hätte sich sofort in Eis verwandelt. Ich war
also mit der Aussicht konfrontiert, daß Hunderte von Menschen in der
Grube durch Hunderttausende Tonnen Eis von der Außenwelt abge-
schnitten würden. Das in etwa waren die Probleme, die ich mit Mr.
Cameron besprach."

Wie es geschah...

CAMERON war bissig gewesen. „Sie wollen die ganze Bevölkerung in
ein Loch im Berg schicken? Wegen einer Katastrophe, die vielleicht
gar nie eintritt? Wie lange also sollen die Leute herumsitzen und warten? Sie halten es vielleicht einen Tag aus; wenn aber nichts passiert,
werden sie raus wollen. Glauben Sie, daß Sie sie aufhalten können?"

„Ich nicht, aber vielleicht der Gemeinderat", entgegnete Ballard.

Cameron war noch immer besorgt: „Um die Wahrheit zu sagen, ich
wäre nicht allzu glücklich, wenn überhaupt jemand bei einer Lawine in
der Grube säße. Eine Million Tonnen Schnee, die aus einer Höhe von
ungefähr tausend Metern herunterkommen, müssen beträchtliche Er-
schütterungen verursachen."

Ballard fragte mit zusammengekniffenen Augen: „Was wollen Sie
damit sagen, Joe?"

„Nun, Sie wissen, daß wir an einigen Ecken gespart haben."

„Warum zum Teufel haben Sie das zugelassen?"

„Ich war nicht der erste Mann des Clans", erinnerte ihn Cameron
bissig. „Mein Vorgesetzter ist diese rückgratlose Qualle Dobbs, und
die anderen waren genauso schlimm. Und dieser Produktionsbonus,
den sie an die Männer vergeben, ist fast kriminell. Die Jungs sind nur
Menschen, und wenn einer sein Geld schneller verdienen kann, indem

er bei den Vorschriften ein Auge zudrückt, wird er sich immer für den Mammon entscheiden. Sogar Dobbs hat ein Auge zugedrückt, denn auch er hat ein Stück vom Kuchen abgekriegt."

„Und Sie?"

Cameron blickte zu Boden. „Ich habe mein Bestes getan, wirklich. Auf Knien habe ich um mehr Geld für Sicherheit gebeten, als es darum ging, die Stützeinrichtungen auszubauen. Die einzige Antwort, die ich je bekam, war: ‚Sehen Sie zu, wie Sie es schaffen!'"

„Das ist jetzt vorbei. Was macht Ihnen im Augenblick Sorgen?"

„Ich werd es Ihnen sagen. Wenn dieser Haufen den Berg herunter-kommt – egal, ob Staub- oder Schlaglawine –, wird es einen verdammt großen Bums geben. Ich glaube nicht, daß die Stützvorrichtungen das aushalten werden."

Ballard atmete hörbar ein. „Ist zur Zeit jemand in der Grube?"

„Die Sonntagsmannschaft. Ein halbes Dutzend Jungs, Monteure und Elektriker."

„Holen Sie sie raus, sofort! Machen Sie ein bißchen voran, Joe."

Er drehte sich auf dem Absatz herum und ging auf die laute, sich streitende Gruppe am Eingang zu. Arthur Pye erhob seine Stimme zum Stiergebrüll. „Ruhe! Wir wollen McGills Meinung dazu hören."

McGill wandte sich an Ballard. „Wir haben über Erik Petersons Vorschlag diskutiert, die Grube als Schutzraum zu benutzen. Ich finde, es ist keine schlechte Idee, falls Joe Cameron eine Absperrvorrichtung am Eingang aufbauen kann. Es passen leicht alle Leute rein."

„Nein", antwortete Ballard. „Niemand geht hinein. Ich habe ge-rade veranlaßt, daß die Männer, die schon drinnen sind, herausgeholt werden. Meiner Meinung nach sind die Stollen nicht sicher."

Pye runzelte die Stirn. „Nicht sicher?"

„Sobald die Männer draußen sind, werde ich den Eingang versie-geln lassen", antwortete Ballard.

DAS HEARING...

„SO WAR es eben", sagte Ballard.

Harrison richtete das Wort an den Sachverständigen zu seiner Lin-ken. „Haben Sie Fragen, Mr. French?"

„O ja." French rückte seinen Stuhl so, daß er Ballard besser sehen konnte. „Sie wissen, daß ich vom Bergbau-Ministerium bin, Mr. Ballard. Ich habe Ihre Aussage sehr aufmerksam verfolgt. Aufgrund der besonderen Beschaffenheit dieses Landes sind die Bergbaubestimmungen so formuliert, daß sogar Erdbeben einkalkuliert werden müssen. Nach dem Unglück wurde die Grube geöffnet. Die Abstützungen hatten letzten Endes bewiesen, daß sie der Erschütterung standgehalten hatten. In keinem Bereich der Grube war irgend etwas eingestürzt. Hätte man also die gesamte Bevölkerung von Hukahoronui in der Grube untergebracht, wie Mr. Erik Peterson vorgeschlagen hatte, wären alle in Sicherheit gewesen. Was haben Sie dazu zu sagen, Mr. Ballard?"

Ballard blickte bekümmert drein.

„Diese Frage lastet sehr auf mir, seit dem Tag der Lawine. Ich habe offensichtlich die falsche Entscheidung getroffen, aber wenn ich heute vor der gleichen Frage stünde, würde sich an meiner Entscheidung nichts ändern."

Unruhe breitete sich unter dem Publikum aus. Harrison schien jedoch immer noch freundlich gestimmt: „Aber die Grube hätte sicher sein müssen, Mr. Ballard." Er schaute zu French hinüber. „Wurde die Grube von einem Mitarbeiter der Bergbau-Aufsichtsbehörde geöffnet, Mr. French?"

„Ja, sein Bericht war ungünstig", antwortete French.

Ballard ergriff das Wort. „Ich habe dem Aufsichtsrat einen ähnlichen Bericht vorgelegt. Ich bitte darum, daß er als Beweismaterial aufgenommen wird."

Harrison wandte sich an Rickman. „Mr. Rickman, kann dieser Bericht zur Verfügung gestellt werden?"

Rickman beriet sich einige Minuten flüsternd mit Crowell. Dann blickte er auf. „Ein solcher Bericht von Mr. Ballard ist niemals eingegangen."

Ballard erblaßte, konnte aber noch mit beherrschter Stimme hinzufügen: „Ich kann der Kommission eine Kopie dieses Berichts zur Verfügung stellen."

„Mit Verlaub, Herr Vorsitzender", warf Rickman ein, „aber die Tatsache, daß Mr. Ballard die Kopie eines Berichtes abliefern kann, bedeutet nicht notwendigerweise, daß ein solcher Bericht an den Aufsichtsrat der Gesellschaft geschickt worden ist."

Harrison sah interessiert aus. „Wollen Sie allen Ernstes andeuten, daß der Bericht, den Mr. Ballard mir angeboten hat, in betrügerischer Absicht im nachhinein geschrieben worden sein könnte?"

Ballard blickte Rickman an, der ihn ausdruckslos anschaute. „Mr. Rickman lastet mir an, ein Lügner zu sein."

„Aber nein!" antwortete Rickman spitzfindig. „Nur daß Sie einer sein könnten."

„Ich würde gern Fragen zur Grubensicherheit beantworten, von Mr. French, von Mr. Gunn, der die Gewerkschaft vertritt, oder von jedem anderen interessierten Anwesenden", fuhr Ballard fort.

Das Lächeln verschwand aus Rickmans Gesicht, als Gunn sich auf das Angebot stürzte. „Mr. Ballard, haben Sie – abgesehen von diesem umstrittenen Bericht – mit sonst irgend jemandem zu diesem Zeitpunkt über dieses Thema gesprochen?"

„Ich habe es bei Gesprächen mit Mr. Dobbs, Mr. Cameron und Dr. McGill angeschnitten, sowohl vor als auch nach der Lawine."

„Hatten Sie etwas unternommen, um die Mißstände zu beheben?"

„Ich hatte den Bericht geschrieben und wollte der Sache weiter nachgehen."

„Wie lange vor der Katastrophe haben Sie Ihre Position bei der Gesellschaft angetreten?"

„Sechs Wochen vorher."

„Nur sechs Wochen!?" wiederholte Gunn in gut gespielter Überraschung. „Dann kann Sie ja Mr. Rickman, oder gar Mr. Lyall, nur schwerlich für den Zustand in der Grube verantwortlich machen."

Rickman schwieg.

„Aber irgend jemand muß verantwortlich gewesen sein!" beharrte Gunn. „Was war Ihrer Meinung nach der Grund für diesen skandalösen Zustand?"

„Die Grube bewegte sich an der Grenze der Rentabilität. Alles, was nicht der Produktivität diente, mußte zurückstehen – einschließlich der Sicherheitsmaßnahmen." Ballard fixierte Rickman. „Jetzt, da man auf eine ergiebige Ader von goldhaltigen Konglomeraten gestoßen ist, kann man nur hoffen, daß mehr Geld für Sicherheit aufgewendet wird."

Rickman sprang auf. „Herr Vorsitzender, ich protestiere! Der Zeuge verrät die strengsten Geheimnisse des Unternehmens. Entspricht das dem Verhalten eines verantwortungsbewußten Geschäftsführers?"

Es entstand ein Tumult. Harrison klopfte mit dem Hammer.

„Das Hearing wird vertagt, bis die Anwesenden sich wieder beruhigt haben!"

Als die Kommission nach dem Essen wieder zusammentrat, fiel die Spätnachmittagssonne durch die bunten Fensterscheiben des Saales, die das Licht vielfarbig brachen und so auf den Tischen leuchtende Muster entstehen ließen. Die Wasserkaraffe vor Ballard sah aus, als wäre sie mit Blut gefüllt.

Harrison begann mit scharfen Worten: „Ich will nicht hoffen, daß sich ähnliche Vorfälle wie heute morgen wiederholen und wir veranlaßt sind, die Sitzung erneut zu vertagen." Er blickte auf seine Notizen. „Ich möchte Mr. Ballard nur noch eine Frage stellen. Ich habe Ihre Aussage noch einmal eingehend studiert und dabei festgestellt, daß Mr. Dobbs, der technische Leiter der Grube und Vorgesetzte von Mr. Cameron, kaum eine Rolle gespielt hat. Wo war Mr. Dobbs die ganze Zeit?"

Ballard zögerte. „Ich weiß es nicht. Er schien sich zurückzuziehen, denn er trat alle seine Aufgaben an mich ab. Da ich mir verständlicherweise deswegen Sorgen machte, schickte ich Dr. Scott zu Mr. Dobbs. Er sollte festzustellen versuchen, was los war."

Harrison las wieder in seinen Notizen. „Ich werde Dr. Scott später aufrufen, falls es sich als notwendig erweist. Dr. McGill scheint zu dem Zeitpunkt die Regie sehr wirksam übernommen zu haben. Ich glaube, wir hören uns am besten seine Aussage an. Was war Ihre vorrangige Überlegung, Dr. McGill?"

McGill trat in den Zeugenstand und sagte ohne Einleitung: „Die persönliche Sicherheit der Menschen. Und ich stieß auf sehr viel Kooperationsbereitschaft. Mr. Ballard und John Peterson waren sehr fähige Generalstabschefs. Mr. Ballard stellte sämtliche Mittel der Grube zur Verfügung und organisierte alles von dieser Seite, während Mr. John Peterson dasselbe von der Gemeindeseite tat. Ihn möchte ich an dieser Stelle besonders erwähnen. Es war wichtig, mit der Außenwelt in Verbindung zu kommen. Zwei Mannschaften wurden losgeschickt, die aus dem Tal herausklettern sollten, sobald es hell genug war. Eine Mannschaft sollte über den riesigen Schneehaufen steigen, der den Paß blockierte, während die andere ihn umgehen sollte. Dichter Dunst lag in der Luft, ja schon beinahe Nebel."

Rolandson blickte auf. „Das würde ich gerne erklärt haben."

„Sie erinnern sich vielleicht, daß die erste Lawine sowohl den Fluß als auch die Straße blockierte. Der Fluß war zugefroren, aber unter dem Eis floß das Wasser zunächst weiter. Nachdem der Fluß sich aber jetzt staute, stieg das Wasser an und durchbrach das Eis. Dieses Wasser war relativ warm, und so bildete sich beim Kontakt mit der Luft Dunst."

„Eine einleuchtende Theorie", meinte Rolandson.

„Der Nebel hat unsere Aktionen stark behindert", sagte McGill. „Das Hauptproblem war am Anfang aber, die Bewohner davon zu überzeugen, daß wir ernst machten, und deswegen war die Telefonzentrale so wichtig. Die Gemeinderatsmitglieder sprachen per Telefon mit jedem Familienvorstand im Tal. Zu diesem Zeitpunkt fing ich an, mir um die Telefonzentrale Sorgen zu machen. Sie stand völlig frei und ungeschützt, und eine große Lawine hätte sie bestimmt getroffen. Einer der Grubentechniker meldete sich freiwillig für den Telefondienst, aber die Telefonistin, Mrs. Maureen Scanlon, wollte auf ihrem Posten bleiben, und niemand durfte es wagen, ihr den Platz streitig zu machen."

McGill senkte die Stimme. „Die Telefonverbindung funktionierte einwandfrei bis zu dem Zeitpunkt, als die Zentrale von der Lawine zerstört wurde und Mrs. Scanlon ums Leben kam. Mr. John Peterson wurde ebenfalls zu der Zeit getötet, bei dem Versuch, Mrs. Scanlon zu retten."

Professor Rolandson fragte: „Wie sicher waren Sie zu diesem Zeitpunkt, daß es eine zweite Lawine geben würde?"

„Lawinen sind bekanntlich unberechenbar. Aber aufgrund meiner Untersuchungen am Hang schätzte ich die Wahrscheinlichkeit einer Lawine auf siebzig Prozent – die Gefahr wurde allerdings immer größer, weil die Temperaturen sanken."

„Ich nehme an, die Bewohner wurden angewiesen, sich an sichere Orte zu begeben. Wer bestimmte diese?"

„Ich, Sir." McGill zögerte. „Ich hatte die Karte studiert und – was der Nebel erschwerte – so viele Schutzgelegenheiten wie möglich persönlich besichtigt. Ich versuchte, die örtlichen Gegebenheiten bei meiner Auswahl zu nutzen, das heißt, ich achtete darauf, daß irgend etwas zwischen den Menschen und dem Schnee liegen würde. Außerdem fing ich an, darüber nachzudenken, was nach der Lawine zu tun war. Einen Menschen zu finden, den der Schnee verschüttet hat, ist äußerst schwierig. Schnelligkeit ist oberstes Gebot. Erfahrungen in der Schweiz haben gezeigt, daß eine geübte Mannschaft von zwanzig Mann zwanzig Stunden braucht, um eine Fläche von einem Hektar gründlich zu durchsuchen. Wir dagegen hatten weder geübte Männer noch eine Ausrüstung, deswegen mußten wir mit dem, was wir hatten, improvisieren. Wir demontierten Fernsehantennen von den Häusern, deren Aluminiumröhren wir in Sonden für die Rettungsmannschaften umbauten. Mr. Cameron brachte sie in der Grubenwerkstatt auf eine Länge von jeweils dreieinhalb Metern. Ich organisierte drei Rettungstrupps, insgesamt sechzig Mann, und gab mir Mühe, einen Blitzlehrgang in der Bergung von Lawinenopfern abzuhalten."

WIE ES GESCHAH...

FEUCHT legte sich der Nebel auf die Haut. Die kaum spürbare Brise wehte Nebelschwaden umher und beeinträchtigte die Sichtweite. Eine große Anzahl von Männern, in Winterkleidung eingemummt, lief ziellos umher. Einige stampften mit den Füßen, um sich zu wärmen, andere hauchten auf ihre Finger oder schlugen die Arme um den Brustkorb.

„Es geht los, Jungs", rief McGill. „Alle, die Sonden haben, kommen nach vorn und stellen sich in einer Reihe auf."

Er trat vor, ein Knäuel Schnur in der Hand, und reichte den Anfang dem linken Flügelmann. „Halten Sie das fest." Faden abrollend schritt er die Reihe ab. Dann schnitt er die Schnur ab und gab das Ende dem Mann auf dem rechten Flügel. „Ihr seid die beiden Flügelmänner. Jetzt bückt euch und zieht die Schnur straff über den Schnee. Die anderen setzen die Stiefelspitzen direkt an die Schnur."

Er beobachtete, wie sie sich aufstellten. „Gut. Nun habt ihr ein Gelände vor euch, von dem ihr annehmt, daß darin jemand verschüttet ist, aber ihr wißt nicht genau, wo. Ihr müßt die Sonde direkt an die linke Stiefelspitze setzen und in den Schnee drücken."

Die Männer rammten die Sonden in den Schnee. „Gut, und nun dasselbe vor der rechten Stiefelspitze."

Irgend jemand rief McGill zu: „Woher wissen wir, daß wir jemanden gefunden haben?"

„Das weiß man, es ist unverkennbar", antwortete McGill. „So jedenfalls sieht eine gründliche Suche aus. Sie gewährt eine fünfundneunzigprozentige Chance, jemanden zu finden. Wenn ihr auf einen Körper stoßt, müßt ihr mit dem Druck nachlassen – sonst wirkt die Sonde wie ein Speer. Verständigt euren Gruppenleiter, der die Stelle für die Ausgrabungsmannschaft markieren wird. Jetzt weiter! Die

Flügelmänner treten einen Schritt vor – nicht weiter als dreißig Zentimeter – und ziehen die Schnur wieder straff. Die anderen setzen die Stiefel wieder direkt dahinter und untersuchen wieder den Schnee, genau wie vorher."

„Da kommt Cameron mit den Sonden", rief eine Stimme.

McGill wandte sich dem Lastwagen zu, der gerade zum Stehen kam. Cameron stieg aus dem Fahrerhaus und schritt über den knirschenden Schnee. „Wie kommt ihr voran, Mike?" fragte er.

McGill blickte sich um, er wollte sicher sein, daß er außer Hörweite war. „Nicht gut. Diese Jungs sind zwar willig, aber wenn es um die Wurst geht, werden sie nicht viel bringen. Einige von ihnen werden vielleicht unter dem Schnee sein, und nicht obendrauf, wo ich sie brauche. Die anderen werden auch nicht viel taugen. Eine Million Tonnen Schnee – oder irgendwas anderes, meinetwegen –, die in unmittelbarer Nähe runterkommen, nehmen jedem den Mumm. Man nennt das Katastrophenschock. Wir brauchen Hilfe von außen, und ich hoffe sehr, daß Lawinenhunde dabei sind. Die Hälfte der Lawinenopfer in der Schweiz wird von Hunden aufgespürt."

Cameron wandte sich um und schaute auf die Reihe, die den Schnee untersuchte. „Warum machen Sie sich dann diese Mühe?"

„Um die Moral zu heben. Wie viele Sonden haben Sie mitgebracht?"

„Zwanzig. In einer Stunde haben Sie weitere zwanzig." Er schaute auf den Lastwagen. „Ich fahr wieder los."

Als Cameron weggefahren war, tauchte ein Landrover auf. Zwei Männer, einer davon Ballard, stiegen aus. Ballard eilte zu McGill.

„Mike, hier ist Jack MacAllister, ein Mann vom Elektrizitätswerk. Er ist über den Paß gekommen, nachdem die dort den Stromausfall bemerkt hatten."

„Wir haben ein paar von Ihren Leuten oben getroffen", erzählte MacAllister. „Sie sind weitergezogen, um zu telefonieren. Sie haben uns erzählt, was hier los ist, und ich bin hergekommen, um es mir selber anzusehen."

„Gott sei Dank!" sagte McGill. „Welche Chance geben Sie uns, das Tal – die ganze Bevölkerung – zu evakuieren?"

MacAllister schüttelte den Kopf. „Gar keine. Ich habe lange Zeit gebraucht rüberzukommen. Der Schnee ist hart geworden – schon fast Eis. Stellenweise muß man direkt senkrecht klettern."

„Wenigstens haben wir jetzt Verbindung zur Außenwelt."

„Die wußten schon letzte Nacht Bescheid", erklärte MacAllister unerwartet. „Ich habe die Polizei verständigt, nachdem ich mir die Stelle angeschaut hatte, an der die Überlandleitung unterbrochen war. Eine ganze Truppe steht jetzt schon auf der anderen Seite vom Paß. Pst. Was ist das?"

Das entfernte Dröhnen in der Luft wurde lauter. „Ein Flugzeug", stellte McGill fest. Er versuchte, mit den Augen den Nebel zu durchdringen.

Sie horchten auf das Flugzeug, das über ihnen kreiste. Das Dröhnen hielt etwa zehn Minuten an, verstummte dann und kehrte nach fünf Minuten wieder.

„Das ist alles", schloß McGill. Er blickte zu Harrison auf. „In dem Moment traf uns die Lawine..."

Die Lawine...

In den tieferen Schneeschichten hoch oben auf dem Westhang hatte sich schon alles auf eine Katastrophe hin entwickelt. Vom Erdboden leicht erwärmte Luft stieg durch den wasserdampfschweren Schnee auf, bis sie die undurchdringliche Schicht Rauhreif erreichte, die sich durch die Mitte der Schneemasse erstreckte. An dieser Stelle kühlte die Luft wieder ab, wobei sich Dampf bildete, der zur Entstehung der abgerundeten Becherkristalle führte.

Die schweren Schneefälle der letzten zwei Tage hatten ein zusätzliches Gewicht gebracht, dessen Schwerkraft senkrecht auf die Becherkristalle einwirkte. Einen Orangenkern, den man vorsichtig zwischen Zeigefinger und Daumen hält, kann man durch geringen Druck mit erstaunlicher Geschwindigkeit vorwärts treiben. Ähnlich verhielt es sich auf dem Westhang. Ein Falke, der sich auf dem Schnee niederließ, konnte für das bißchen zusätzlichen Druck sorgen und die Becherkristalle in Bewegung setzen.

Etwas Ähnliches mußte auch vorgefallen sein. Zuerst war es nur ein schmales Schneebrett, nicht breiter als eine Armspanne. Der Neuschnee an der Oberfläche, trocken und pulvrig, wurde durch den plötzlichen Stoß aufgewirbelt und bildete eine weiße Staubfahne. Unter der Oberfläche aber war schon der Teufel los. Die hauchdünne Eisdecke der Harschschicht zerbrach, und die Becherkristalle darunter kamen ins Rollen. Risse entstanden und eilten in raschem Zickzack-kurs voran.

Die Kettenreaktion hatte eingesetzt. Blitzartig folgte ein Ereignis auf das andere, und plötzlich schlitterte ein ganzes Schneebrett, ungefähr fünfzehn Meter breit, abwärts. Bald war der ganze obere Hang in einer Breite von dreißig Metern in Bewegung und stürzte in Richtung Tal.

Noch fünf Sekunden nach dem ersten Rutsch hätte sich jeder einigermaßen gewandte Mensch mit Leichtigkeit in Sicherheit bringen können. Die Geschwindigkeit der Lawine betrug zu diesem Zeitpunkt kaum über zwanzig Stundenkilometer. Aber die Bewegung und der Luftzug wirbelten den flaumig-leichten Neuschnee der Oberfläche auf. Mit zunehmender Geschwindigkeit wurde immer mehr Schnee aufgewühlt.

Diese Turbulenz aus Pulverschnee und Luft bildete eine neue Substanz – ein Gas, zehnmal so dicht wie Luft. Dieses Gas, durch die Schwerkraft den Hang hinabgezogen, wurde durch Reibung mit dem Boden nur wenig gebremst, im Gegensatz zum Schnee der Lawine. Zwanzig Sekunden nach dem ersten Rutsch lag die Geschwindigkeit der Gaswolke schon bei hundert Kilometern pro Stunde. Sie hämmerte vehement gegen den verschneiten Hang und zerstörte das empfindliche Gleichgewicht der Kräfte, die den Schnee zusammenhielten.

Die Lawine, die seit ihrer Geburt schon kräftig gewachsen war, nährte sich bereits von dem Schnee weiter unten am Berg. Der ganze obere Hang brodelte schon auf einer Front von vierhundert Metern. Schneefahnen stiegen auf wie Gewitterwolken an einem Sommertag, nur unglaublich schneller.

Bei hundertfünfzig Stundenkilometern fing die Lawine an, die Luft um sie herum aufzusaugen und sich so zu vergrößern. Bei zweihundert Stundenkilometern verursachte die Turbulenz in ihrem Innern zeitweilig Böen von vierhundert Stundenkilometern.

Bei zweihundertfünfzig bildeten sich am Rand der Lawine, dort, wo sie die umgebende Luft einsog, Miniatur-Wirbelstürme. Diese Wirbelstürme erreichten im Zentrum Geschwindigkeiten von über fünfhundert Kilometern in der Stunde.

Jetzt war die ausgewachsene Lawine so schnell, daß die Luft vor ihr nicht ausweichen konnte. Von der rasenden Lawinenwolke vorangeschoben, wurde die Luft zu einer Druckwelle, die ein Gebäude genauso gründlich zerstören konnte wie eine Bombe.

Eine Million Tonnen Schnee und hunderttausend Tonnen Luft waren in Bewegung und stürzten auf den Nebel im Tal zu. Die Schneemassen hatten mittlerweile eine Geschwindigkeit von über vierhundert Stundenkilometern, wobei vereinzelte Böen in ihrem Zentrum noch höhere Geschwindigkeiten erreichten. Die Druckwelle prallte gegen den Nebel und schob ihn mit voller Wucht weg, so daß für einen Augenblick einige Gebäude sichtbar wurden. Eine Sekunde später traf die Hauptlawine die Talsohle.

Der weiße Tod überrollte Hukahoronui.

DR. ROBERT SCOTT betrachtete Harry Dobbs mit fachkundigem Blick. Dobbs sah furchtbar aus. Er hatte sich seit einigen Tagen offensichtlich nicht rasiert. Die Bartstoppeln waren schmutziggrau, dunkle Ringe lagen unter den blutunterlaufenen Augen. Mit abgewandtem Gesicht saß Dobbs in einem Sessel, die Hände in seinem Schoß zuckten.

Scott bemerkte die fast leere Ginflasche und das noch halbvolle Glas auf dem Beistelltisch neben dem Sessel. Scott erklärte: „Mr. Ballard bat mich, nach Ihnen zu sehen, weil er sich Sorgen machte. Er fürchtete, Sie könnten krank sein."

„Mir fehlt nichts", antwortete Dobbs. „Lassen Sie mich in Ruhe!"

Doch Scott fuhr fort: „Harry, es muß doch etwas mit Ihnen los sein! Warum erscheinen Sie seit einigen Tagen nicht zur Arbeit? Die Firma hat das Recht auf eine Erklärung. Sie sind immerhin der technische Leiter der Grube. Sie wissen genau, was für Probleme die dort draußen haben, oder?"

„Soll doch dieser verdammte Ballard alles in die Hand nehmen", knurrte Dobbs. „Er hat mir meine Stelle weggeschnappt, oder etwa nicht? Crowell hat gesagt, ich würde Geschäftsführer werden, sobald Fisher weg ist. Aber nein! Da taucht dieser kleine Zugereiste auf und kriegt den Posten, nur weil er Ballard heißt! Die Ballards haben mir nicht nur die Stelle weggenommen, nein, die erwarten auch noch, daß ich mit einem Ballard zusammenarbeite. Aber da haben sie sich verkalkuliert."

Scott versuchte einzulenken. „Trotz alledem ist das kein Grund, sich so sang- und klanglos aus dem Staub zu machen, jedenfalls nicht, wenn Not am Mann ist!"

„Not!" Dobbs schien an dem Wort zu kauen. „Der Mann ist ein Vollidiot. Er will Millionen ausgeben, um ein paar Schneeflocken daran zu hindern, den Hang herunterzurutschen. Ich würde gerne einmal wissen, woher er das Geld nehmen will."

Scott stand auf. Er hatte nicht lange gebraucht, um zu dem Schluß zu kommen, daß Dobbs nervlich völlig am Ende war. „Ich finde, wir sollten Sie an einen sicheren Ort bringen. Falls etwas passiert, wird Ihr Haus wahrscheinlich als erstes betroffen sein."

„So ein Quatsch!" spottete Dobbs.

Scott zuckte mit den Achseln und griff nach seiner Tasche. „Wie Sie wollen."

Als Dobbs hörte, wie Scott den Wagen startete, nahm er sein Glas und ging zum Fenster. Der Nebel behinderte die Sicht, aber er konnte die Umrisse der Verwaltungsgebäude gerade noch ausmachen. „Alles geschlossen!" flüsterte er. „Alles dichtgemacht."

Plötzlich lichtete sich der Nebel wie durch Zauberhand. Gleichzeitig spürte Dobbs eine seltsame Vibration unter seinen Füßen. Das jetzt sichtbare Verwaltungsgebäude hob sich von seinem Fundament ab und schwebte durch die Luft auf ihn zu. Mit offenem Mund starrte er dem Gebäude entgegen, das direkt auf sein Haus zu flog.

Dann zersplitterte das Fenster vor seinen Augen. Ein Glassplitter drang in seinen Hals, dann explodierte das Haus.

Harry Dobbs war das erste Todesopfer in Hukahoronui.

DER arme Teufel, dachte Scott, schon völlig wirklichkeitsfremd.

Er fuhr los. Nach etwa dreihundert Metern stellte er fest, daß sein Wagen nicht auf das Lenkrad reagierte, und er hatte das unheimliche Gefühl zu schweben.

Dann merkte er zu seiner Verblüffung, daß der Wagen tatsächlich schwebte. Die Räder waren gut einen Meter über dem Boden. Bevor er sich auch nur umschauen konnte, überschlug sich der Wagen, und Scott wurde mit dem Kopf gegen die Scheibe geschleudert. Er war bewußtlos. Als er zu sich kam, stand der Wagen wiederum auf allen vier Rädern. Mit der Hand tastete er die Beule auf seiner Stirn ab und zuckte zusammen. Er schaute sich um. Im ersten Moment konnte er nicht erkennen, wo er war. Als er dann schließlich seinen Standort registrierte, wollte er es nicht glauben. „Ganz rüber!" flüsterte er. „Über den ganzen Fluß bin ich geflogen!"

Sein Blick suchte die andere Flußseite ab, wo sich die Gemeinde Hukahoronui hätte befinden müssen. Außer einer Schneemasse war nichts zu sehen.

Viel später, verständlicherweise, rechnete er die Entfernung aus, die die Lawine ihn getragen hatte. Sein Wagen war mehr als einen Kilometer weit über den Fluß befördert, fast hundert Meter in die Höhe gehoben und ziemlich weit oben auf dem Osthang abgesetzt worden. Der Motor war ausgegangen, aber er sprang wieder an, als Scott den Zündschlüssel drehte, und summte so ruhig wie eh und je.

Dr. Scott stieg aus dem Wagen und trottete durch den Schnee. Mit seiner schwarzen Tasche unter dem Arm suchte er die Stelle, wo der Supermarkt gestanden hatte. Noch immer konnte er das Ausmaß der Verheerung nicht fassen.

RALPH W. NEWMAN, der amerikanische Tourist, war zum Skilaufen nach Hukahoronui gekommen. Nie hätte er sich träumen lassen, sich in Reih und Glied mit zwanzig Mann wiederzufinden, in der Hand einen langen Aluminiumstab, den er vor seiner Stiefelspitze in den Schnee hineinstieß, von dem Kommandogebrüll eines kanadischen Wissenschaftlers begleitet.

Der Mann neben ihm stieß ihn an und nickte in McGills Richtung. „Dieser Witzbold würde einen verdammt guten Feldwebel abgeben."

„Ob er recht hat mit der Lawine?"

„Er scheint zu wissen, was er tut." Der andere stützte sich leicht auf seine Bohrstange. „Ich heiße Jack Haslam und arbeite in der Grube. Wo steckt denn Ihr Freund?"

„Miller? Weiß ich nicht. Er ist heute früh rausgegangen."

Die Sonden wurden wieder in den Schnee gesteckt. Newman stöhnte. „Wenn das noch lange so geht, dann kann das ganz schön ermüdend werden."

Ein plötzlicher Schrei von McGill unterbrach ihn. Es lag etwas in seiner Stimme, was Newman die Haare zu Berge stehen ließ. „Sofort in Deckung! Macht schnell!"

Newman rannte auf die Stelle zu, die ihm für den Notfall zugewiesen worden war. Als er auf die Felsengruppe zulief, war ihm Haslam dicht auf den Fersen. Haslam packte ihn am Arm. „Hier rein! Ich habe als Kind hier gespielt."

Noch mehr Männer drängten sich in der kleinen Höhle zusammen. Einer von den sieben war Brewer, der Gruppenleiter. „Seid still", mahnte er.

Plötzlich erscholl ein lautes Heulen, und die Luft wurde aus der Höhle gesaugt. Newman rang nach Luft. Der Fels unter seinen Füßen zitterte, ein Dröhnen wie Donner erfüllte die Luft. Feiner Schneestaub drang in die Höhle und wirbelte immer dichter um die zusammengekauerten Männer.

Diejenigen, die dem Eingang am nächsten hockten, scharrten mit den Händen, aber der Schnee wurde immer schneller aufgewirbelt, viel schneller, als sie ihn hinausfegen konnten. „Mund verdecken!" rief Brewer. Newman konnte nur mit Mühe den Arm übers Gesicht legen. Er merkte, wie sich der kalte, aber trokkene Schnee um ihn auftürmte. Schließlich war der ganze Innenraum der Höhle, in die sich die Männer geflüchtet hatten, vom Schnee eingenommen. Dann wurde es ganz still. Newman konnte den Schnee mit dem Arm wegschieben und ihn so zusammendrücken, wodurch er sich mehr Raum zum Atmen schaffte. Er erinnerte sich, daß Brewer dem Höhleneingang am nächsten gestanden hatte. „Können Sie raus?" brüllte er.

Brewer rief zurück. Es klang aber so leise, als wäre er viele Kilometer weit weg. „Geht nicht. Es sind Massen von Schnee draußen!"

Newman spürte das enorme Gewicht Haslams neben sich, aber Haslam blieb unbeweglich.

„Gleich neben mir sitzt Haslam", sagte er. „Er ist bewußtlos."

Brewer rief zurück: „Augenblick! Ich versuche an meine Taschenlampe zu kommen." Man hörte, wie sich jemand keuchend durch den Schnee arbeitete. Plötzlich ein Lichtstrahl.

Newman erkannte Brewer, und er deutete auf Haslam. „Hier brauche ich Licht!" Dann griff er an Haslams Handgelenk nach dem Puls, konnte aber nichts feststellen. „Ich fürchte, er ist tot."

„Er hat Schnee im Mund", stellte Brewer fest.

Newman steckte einen Finger in Haslams Mund. „Aber nicht genug, um ihn am Atmen zu hindern. Macht mal ein bißchen Platz. Ich werd's mit künstlicher Beatmung versuchen."

Mit Mühe sorgte man für mehr Bewegungsfreiheit. Sie schafften den Pulverschnee beiseite, indem sie ihn in die Felsspalten der Höhle preßten. „Vielleicht ist er an dem Schock gestorben", meinte irgend jemand.

Newman blies Luft in Haslams Lunge und drückte auf seine Brust. Nach etwa fünfzehn Minuten gab Newman auf. „Es hat keinen Zweck. Er ist tot."

Brewer schaltete die Taschenlampe aus; die Dunkelheit und das Schweigen kehrten zurück. Schließlich meldete sich Newman wieder.

„Uns wird kein Mensch mit Bohrsonden finden können – nicht in dieser Höhle. Es sieht so aus, als müßten wir uns selber retten."

Newman tastete im Dunkeln herum und stieß auf Haslams Hut. Er legte ihn über das Gesicht des Toten – eine vergebliche, aber sehr menschliche Geste.

Nachdem sich Brewer von jedem den Namen hatte angeben lassen, wußten sie, daß sie zu sechst in der schmalen Felsspalte zusammenge-pfercht waren: Newman, Brewer, Anderson, Jenkins, Fowler und Castle.

Und der Tote – Haslam.

TURI BUCK, Ruihi, seine Schwiegertochter, und seine Enkelin wur-den mit dem Zustrom der Kinder leicht fertig. Das Haus unterhalb des großen Felsens Kamakamaru war zu groß geworden, seit Turis Kinder erwachsen waren und in aller Welt verstreut lebten. Er mochte den Lärm und die Geschäftigkeit. Weniger anziehend fand er den eisigen Blick von Miß Frobisher, der Lehrerin, die die Kinder begleitet hatte. Turi hörte sich ihre altklugen Kommentare an und ignorierte sie.

Eine Lkw-Ladung Konserven war angekommen, zusammen mit mehreren Heizöltanks. Turi zeigte Dave Scanlon, dem Fahrer, wo er das Öl abladen konnte. Anschließend ließ er die älteren Kinder die Le-bensmittel ins Haus schaffen. Als sie fertig waren, schaute er hinters Haus, wo Jock McLean einen Generator anschloß. McLean war Schotte und arbeitete als Ingenieur in der Mine.

McLean hatte bereits vier Löcher in den Felsen gebohrt, in die er die Bolzen hineinsteckte. Dann hatte er den Dreifuß aufgestellt und mit einem Flaschenzug den Generator langsam heruntergelassen.

Turis Schwiegertochter kam mit einem vollbeladenen Tablett. „Möchten Sie Tee, Mr. McLean? Und selbstgebackenen Kuchen?"

„Aber gern, vielen Dank." McLeans Miene hellte sich auf, als er in den Kuchen biß. „Prima", lobte er mit vollem Mund. „Einem alten Witwer wie mir passiert so was selten – mh – Selbstgemachtes..."

Turi legte den Kopf schief, er hatte ein Geräusch gehört. Einen Au-genblick lang hatte er es für ein Flugzeug gehalten, dann aber erkannte er dieses unheimliche, tiefe Summen und das schrille Pfeifen wieder.

Er packte McLean am Arm. „Ins Haus – schnell! Der Schnee kommt."

McLean sah das entsetzte Gesicht des alten Mannes und glaubte ihm sofort. Sie liefen beide auf die Haustür zu, die Turi augenblicklich zuwarf und verriegelte, sobald sie drinnen waren. Plötzlich erinnerte er sich: „Die Kinder...“

Da schlug die Lawine zu.

Der Grundton war ein tiefer Baß – ein Laut, der Turi durch Mark und Bein drang und ihn wie mit einer riesigen Hand schüttelte.

Er riß den Mund auf, und mit Gewalt wurde ihm die Luft aus der Lunge gepreßt. Sein Zwerchfell drückte bis zum Brechreiz. Die Baßtöne wurden begleitet von einer ganzen Reihe schriller Pfeiftöne von ohrenbetäubender Intensität. Das Tageslicht war ganz plötzlich verschwunden, wie bei einer Sonnenfinsternis.

Durch das Fenster konnte McLean nur schmutziggrauen Nebel erkennen. Das Haus schwankte nach zwei heftigen Stößen, bei denen das Fenster eingedrückt wurde. Feinster Schneestaub drang durch die zerbrochenen Fensterscheiben in den Raum, als würde er von einem riesigen Schlauch verspritzt. Dann setzte die Gegenreaktion ein, und Luft wurde aus dem Raum gesogen.

Die Lawine war in weniger als zwanzig Sekunden am Kamakamaru-Felsen vorbeigerauscht. McLean blieb wie angewurzelt stehen. Er war von Kopf bis Fuß mit feinem Pulverschnee bedeckt und sah gespenstisch aus. Ihm rauschte es noch immer in den Ohren.

Turi Buck rührte sich als erster. Langsam hob er die Hände und legte sie über die Ohren. Er schüttelte den Kopf. „Es ist vorbei“, sagte er. Seine Stimme hallte in seinem Kopf wider. „Es ist vorbei.“ Als er Kindergeschrei im Haus hörte, sagte er ruhig: „Wir müssen uns um die Kinder kümmern.“

„Ja“, stimmte McLean zu. Er krächzte nur. Seine Augen waren glasig und starr. Steif runzelte er die Stirn, und tiefe Risse erschienen in dem Schneepulver, das sein hageres Gesicht bedeckte. Er schaute wieder zu Turi. „Sie bluten“, bemerkte er.

Die Schnittwunde in Turis Gesicht, die von einem herumfliegenden Glassplitter verursacht worden war, war die einzige Verletzung, die einer der Menschen in diesem Haus erlitten hatte. Aber allen steckte noch der Schreck in den Knochen.

In anderen Häusern im Tal hatte man nicht so großes Glück.

MATT HOUGHTONS Haus stand auf der anderen Flußseite ziemlich weit oben am Osthang. Der Blick von seiner Veranda, der das gesamte Tal erfaßte, war sein ganzer Stolz, weil er sich seit seiner Wahl zum Bürgermeister von Hukahoronui gern vorstellte, er überblicke sein

Reich. Seiner Meinung nach machte der Ausblick vor seinem Haus das Grundstück um ein paar tausend Dollar wertvoller.

An diesem Sonntagmorgen kochte Mamie, seine Frau, in der Küche literweise Tee und schmierte Berge von belegten Broten. Houghton spielte den perfekten Gastgeber für seine unerwarteten Besucher, die Alten aus dem Tal.

„Es ist nett von Ihnen, uns hier aufzunehmen", sagte Mrs. Jarvis mit zittriger Stimme. Mrs. Jarvis war mit ihren zweiundachtzig Jahren die älteste Bewohnerin von Hukahoronui. „Meinen Sie, daß wir hier in Sicherheit sind?"

„Dieses Haus steht schon sehr lange – es ist das zweitälteste im Tal und ist noch nie von einer Lawine getroffen worden. Ich sehe nicht ein, warum es ausgerechnet jetzt gefährdet sein soll", sagte Houghton lachend.

Eine rothaarige, drahtige Frau kam auf Houghton zu, und er nutzte die Gelegenheit, diesem müßigen Gespräch zu entkommen. „Wie geht's, Mrs. Fawcett?" fragte er freundlich.

Mrs. Fawcett überflog ihre Liste und stellte fest: „Außer Jack Baxter sind jetzt alle hier. Jim Hatherley bringt ihn her." Sie legte den Kopf zur Seite und blickte nach oben. „Da kommt das Flugzeug wieder."

„Weiß denn dieser Idiot von einem Piloten nicht, daß jeder Laut eine Lawine auslösen kann?!" sagte Houghton gereizt. Er verließ das Zimmer und trat auf die Veranda, wo er den Himmel absuchte. Es war nichts zu sehen.

Er wollte gerade wieder hineingehen, als Jim Hatherley keuchend auf ihn zulief. „Ich habe Schwierigkeiten, Mr. Houghton. Jack Baxter ist im Schnee ausgerutscht, als er aus dem Wagen stieg. Ich bin ziemlich sicher, daß er sich das Bein gebrochen hat."

„Rufen Sie den Arzt an, das Telefon ist in der Diele. Ich laufe und sehe mir Jack an."

„In Ordnung." Hatherley ging ins Haus und suchte das Telefon. Er nahm den Hörer auf und erreichte Maureen Scanlon in der Vermittlung. „Maureen, können Sie vielleicht Dr. Scott auftreiben?"

„Ich werd's versuchen", sagte sie nach einer kurzen Pause. Es knackte in der Leitung, als die Verbindung abbrach.

Die Lawine kam schließlich hundert Meter unterhalb von Houghtons Haus zum Stillstand. Dem Gebäude drohte keine Gefahr mehr, vom Schnee begraben zu werden.

Die Druckwelle dagegen kam noch nicht zum Stehen. Sie schoß den Hang hoch und donnerte mit einer Geschwindigkeit von fast dreihundert Stundenkilometern auf das Haus zu. Die Druckwelle riß das Dach ab, schlug ein wie eine Bombe und brachte das Haus zur Explosion. Alle Menschen, die sich zu dem Zeitpunkt im Haus befanden – achtundzwanzig an der Zahl –, kamen um. Einige waren sofort tot, die anderen starben ein paar Tage später im Krankenhaus.

In dem Moment, als das Haus getroffen wurde, beugte sich Houghton gerade über Baxter. Er lag im Schutz des Autos, und dieses wiederum war durch einen kleinen Hügel geschützt. Als die Druckwelle den Berg hochschoß und das Haus traf, schaukelte der Wagen nur heftig in seiner Federung, das war alles. Houghton blickte verwirrt, aber keineswegs alarmiert auf. Er sah unter den Wagen und ging einmal um ihn herum. Von der anderen Seite des Autos aus konnte er ins Tal sehen. Zuerst meinte er, in die falsche Richtung zu schauen, und drehte sich um, aber das änderte nichts. Er stand vor dem Problem, daß er das Städtchen nicht wiederfinden konnte, dessen Bürgermeister er war. Verstört rieb er sich den Nacken.

Baxter lag immer noch stöhnend hinter dem Wagen. Houghton wandte sich um und wollte auf das Haus zugehen, blieb aber wie angewurzelt stehen. Da war kein Haus!

Laute des Erstickens drangen aus seiner Kehle. Auf seinen Lippen bildete sich Schaum. Er spürte einen Krampf in den Beinen, kam ins Stolpern und merkte nicht mehr, daß er zu Boden fiel.

In diesem Augenblick war nur noch eine fragende Stimme zu vernehmen: „Matt, Matt! Wo steckt ihr alle?" Jack Baxter war mit seinem gebrochenen Bein, ansonsten von der Lawine unversehrt, noch verhältnismäßig gut dran. Weder damals noch später hat er je verstanden, welches Glück es bedeutete, sich ein Bein in genau dem Augenblick gebrochen zu haben.

STACEY CAMERON fuhr zum Haus von Dr. Scott. Da sie in Erster Hilfe ausgebildet war, hatte sie sich für den ärztlichen Notdienst gemeldet. Liz Peterson – ebenfalls freiwillige Gemeindehelferin – war schon vor ihr gekommen.

„Dr. Scott möchte, daß wir Medikamente und Hilfsgeräte auftreiben", erklärte Liz. Sie fuhren zur Apotheke. Liz klopfte mehrmals an die Ladentür. „Rawson hatte doch versprochen hierzusein!" sagte sie wütend.

Sie sah einen Lastwagen die Straße herunterkommen. Sie gab dem Fahrer ein Zeichen, er solle anhalten; dann rief sie: „Dave, haben Sie Rawson irgendwo gesehen?"

Dave Scanlon sagte: „Ja, vor einer halben Stunde. Er ging ins Hotel."

Die beiden Mädchen kamen zum Hotel D'Archiac. Tiefe Männerstimmen drangen aus der gutbesuchten Bar. Im Speisesaal waren die Tische fürs Mittagessen gedeckt, als handelte es sich um irgendeinen ganz gewöhnlichen Sonntag im Jahr. Liz erspähte Erik, der am Eingang zur Bar stand, und winkte ihn zu sich herüber. „Ist Rawson da?"

„Ja, ich habe ihn mit…"

„Hol ihn raus! Wir brauchen Medikamente."

Es dauerte lange, bis Erik mit Rawson zurückkehrte, einem langen, hageren Mann, der eine dicke Brille trug. „Na ja", sagte er mißmutig. „Dann muß ich wohl mitkommen!"

Während Rawson den Laden aufschloß, kamen ihm Bedenken: „Ich bin mir nicht ganz sicher, ob es nicht ungesetzlich ist, wenn ich aufmache." Rawson blätterte langsam und mit aufreizender Genauigkeit in Liz' Liste. „Meine Güte!" sagte er schließlich. „Das ist eine Menge. Wer soll das alles bezahlen?"

Liz schlug mit der Hand auf die Theke. „Wenn Sie sich wegen des Geldes Sorgen machen, dann schicken Sie die Rechnung an Johnnie."

„Einen Moment", begann er. „Soviel Morphium! Das darf ich ohne Rezept nicht ausgeben. Das wäre sehr unkorrekt."

„Wenn Sie auf die letzte Seite sehen, finden Sie die Unterschrift von Dr. Scott."

„Das reicht nicht, Miß Peterson…"

„Jetzt hören Sie mal gut zu! Wenn Sie sich nicht sofort in Bewegung setzen und alles, was auf der Liste steht, rausrücken, werde ich Arthur Pye Ihr gesamtes Inventar beschlagnahmen lassen. Stacey, häng dich ans Telefon und mach Arthur Pye ausfindig."

Rawson fuchtelte mit den Armen herum. „Schon gut, schon gut, fangen wir an. Verbandzeug – zehn Dutzend Packungen fünf Zentimeter breit, zehn Dutzend zehn Zentimeter, dasselbe zwanzig Zentimeter…" Er brach ab. „Die müssen wir vom Lager holen." Gemächlich schloß er auf. „Verbandzeug liegt in den Regalen dort rechts. Ich bin bei den Medikamenten und stelle alles zusammen."

Die zwei Damen marschierten an ihm vorbei. Kopfschüttelnd sah er ihnen nach und wunderte sich über die Heftigkeit der heutigen Jugend.

Er ging zu den Medikamenten und schloß den Schrank mit den rezeptpflichtigen Mitteln auf. Dann nahm er einen Karton und fing an, ihn mit Ampullen zu füllen. Rawson zählte sie und machte seine Eintragungen im Register. Das nahm viel Zeit in Anspruch, denn er war peinlich genau.

Er sollte es nie erfahren, aber er mußte sterben, weil er einerseits sein Versprechen nicht gehalten hatte, andererseits aber ein übergenauer Mensch war. Beides zusammen hatte zur Folge, daß er sich beim Einschlag der Lawine noch in der Apotheke befand. Beim Einsturz der Ladenfront fiel durch die Erschütterung des Fundaments eine Zweiliterflasche vom Regal und zersprang auf dem Tisch vor ihm. Salzsäure spritzte ihm ins Gesicht und über den Oberkörper. Als er den Mund aufriß zu einem Schmerzensschrei, füllte er sich mit Schnee, und der Erstickungstod verkürzte barmherzigerweise seine Qualen.

Liz wurde gegen aufgestapelte Kartons mit Verbandszeug geschleudert, die den Aufprall dämpften, doch sie brach sich beim Stoß an die Kante eines Regalbodens zwei Rippen. Regale, Kartons, auch Liz und Stacey – alles wurde gegen die Rückwand geworfen, die sofort nachgab, so daß Liz in einem Wirrwarr herumfliegenden Verbandzeugs durch die Luft katapultiert wurde.

Sie landete im Schnee und wurde von noch mehr Schnee bedeckt, der sofort ihre Arme und Beine umklammert hielt. Bei vollem Bewußtsein fragte sie sich, ob sie nun sterben mußte. Allerdings wußte sie nicht, daß Stacey Cameron sich drei Meter entfernt beinahe in der gleichen Lage befand. Beide Frauen verloren fast gleichzeitig das Bewußtsein.

DAS Hotel D'Archiac war in Sekundenschnelle zerstört. Die meisten Männer in der Bar wurden von herumfliegenden Flaschen getötet. Alice Harper, die Kellnerin, die McGill noch am Abend zuvor „Kolonialgans" serviert hatte, wurde von einem schweren Koffer erschlagen, der vom über dem Restaurant liegenden Zimmer herunterfiel.

Die meisten Bergleute kamen ums Leben, als sie im Speisesaal eine Protestversammlung wegen der Grubenschließung abhielten. Sie wurden beim Einsturz des Daches verschüttet. Bill Quentin, der sie zusammengetrommelt hatte, hatte das Hotel nur wenige Minuten vor der Zerstörung zusammen mit Erik Peterson verlassen. „He – wo gehen Sie hin?" hatte er Erik gefragt.

„Zu Johnnie, ins alte Fisher-Haus."

„Sagen Sie nur, Sie glauben auch an den Jüngsten Tag!"

Erik blieb auf der anderen Straßenseite stehen. Er hatte dem Fisher-Haus den Rücken zugekehrt, weshalb er seinen Bruder nicht sehen konnte, der gerade auf dem Weg zur Telefonzentrale die Straße überquerte. „Johnnie ist kein Narr, und er glaubt daran", sagte er betont, „und ich langsam auch."

„Dann komme ich besser mit", meinte Quentin. Die zwei Männer stiegen gerade die Kellertreppe hinunter, als das Haus getroffen wurde. Erik fiel die restlichen Stufen hinunter, ebenso Bill Quentin, der auf ihm landete und ihm den Arm brach. Quentin selbst blieb völlig unverletzt.

NACHDEM er seinen Warnruf ausgestoßen hatte, sprang McGill in seinen Unterschlupf, Ballard folgte ihm. McGill griff zum Telefon, das ein Grubenelektriker installiert hatte, und wählte die Zentrale. „Verbinden Sie mich mit John Peterson, Mrs. Scanlon, und dann machen Sie sich aus dem Staub – so schnell Sie können!"

„In Ordnung", antwortete sie. McGill hörte den Signalton.

„Hier John Peterson."

„McGill. Bringen Sie Ihre Leute in Deckung. Sie kommt herunter."

„Was ist mit Maureen Scanlon?"

„Ich habe ihr Bescheid gesagt. Behalten Sie sie im Auge."

Mrs. Scanlon hatte den Kopfhörer abgestreift, war aufgestanden und hatte ihren Mantel vom Haken genommen. Peterson hatte ihr gesagt, sie solle in das alte Fisher-Haus nachkommen, eines der wenigen Gebäude im Städtchen, die unterkellert waren. Sie war erst einen Schritt zur Tür gegangen, als der Klappenschrank summte. Sie wandte sich um und hob den Kopfhörer auf. „Welche Nummer wünschen Sie?"

„Maureen, hier spricht Jim Hatherley bei Matt Houghton. Der alte Jack Baxter ist schwer gestürzt, und wir glauben, daß er sich das Bein gebrochen hat. Können Sie vielleicht Dr. Scott auftreiben?"

„Ich werd's versuchen." Sie verband ihn mit Scotts Praxis.

John Peterson, der noch im Fisher-Haus war, lief aus dem Zimmer in die Diele. Ein sommersprossiges, etwa vierzehnjähriges Mädchen stand in der Tür. Er rief ihr zu: „Los, Mary, in den Keller! Aber schnell!"

„Wo gehen Sie hin?" fragte Mary.

„Mrs. Scanlon holen." Er rannte auf die leere Straße und kam an die Ecke, wo die Straße zur Grube abzweigte. Er warf einen kurzen Blick in Richtung Mine und blieb entgeistert stehen. Das Verwaltungsgebäude der Grube flog durch die Luft direkt auf ihn zu und fiel dabei auseinander. Jetzt konnte er sehen, wie das Bürogebäude direkt auf die Telefonzentrale niedersackte und sie völlig vernichtete.

Ein heftiger Wind schüttelte ihn. Plötzlich spürte er einen stechenden Schmerz in der Brust. *Herzinfarkt!* dachte er schwach und verlor das Bewußtsein. Kurz darauf starb er.

Im Keller des Fisher-Hauses kam keiner ums Leben, doch erlitten mehrere sehr ernsthafte Verletzungen.

IM SUPERMARKT ließ der Stadtrat Phil Warrick seine Blicke umherschweifen. „Hoffentlich weiß McGill, was er tut – all das wegen dieser Lawine! Ich könnte schwören, daß meine Arme um einen Zentimeter länger geworden sind, seit wir diese Kartons mit Lebensmitteln schleppen. Jedenfalls sind wir schon beinahe fertig." Er öffnete die Ofenklappe und ließ ein paar Holzscheite hineinfallen. Der Ofen glühte vor Hitze.

Der Ehemann von Maureen Scanlon, Dave, machte sich Sorgen. „Es ist wegen Maureen. Irgend jemand hat gesagt, die Zentrale stände völlig ungeschützt da. Ich springe mal schnell rüber." Er wandte sich um und blieb wie erstarrt stehen.

Der Dreitonner, der vor dem Laden stand, wurde in seiner ganzen Größe hochgehoben und wie ein riesiges Geschoß in die Schaufensterfassade des Supermarkts geschleudert. Gleichzeitig stürzte das ganze Gebäude zusammen. Von der Riesenfaust der Lawine getroffen, brach die aufwendige falsche Fassade ein und fiel durchs Dach. Dave Scanlon war sofort tot. Der Lastwagen traf ihn und zermalmte ihn zu einem blutigen Klumpen.

Der gußeiserne Ofen wurde aus dem Betonsockel gerissen. Er wurde durch die rückwärtige Wand des Ladens geschleudert, wo er gegen den Heizöltank prallte, der augenblicklich zersprang. Phil Warrick flog mit dem Ofen davon und landete schließlich auf ihm. Die Klappe sprang auf, und die ausströmende Glut entzündete das Heizöl, das aus dem Tank floß. Das Feuer wurde sehr schnell vom Schnee erstickt, brannte jedoch lange genug, um Phil Warrick zu töten. Die Arme um den Ofen geschlungen, verbrannte er unter zwei Meter Schnee.

JOE CAMERON, der die Bohrsonden abgeliefert hatte und nun den Lastwagen zur Grube zurückfuhr, wurde im Freien überrascht. Die Druckwelle prallte breitseitig gegen den Lkw und rüttelte ihn heftig. Dann donnerten die Schneemassen gegen den Lkw, und diesmal kippte der Wagen auf die Seite und überschlug sich.

Cameron im Führerhaus wurde übel zugerichtet. Sein rechter Fuß klemmte zwischen Gaspedal und Kupplung, während sein Körper hilflos von einer Seite zur anderen schlug. Als sein Arm dabei in die Speichen des Steuerrades geriet, brach er mit einem harten Knacken. Er merkte es nicht einmal.

Endlich lag der Lastwagen still auf dem Dach und unter fünf Meter Schnee. Auch Cameron hing mit dem Kopf nach unten. Sein Kopf ruhte auf dem Dach des Fahrerhäuschens, sein Fuß war noch immer eingeklemmt. Viel Schnee war ins Fahrerhaus gedrungen, und Camerons Blut, das aus einer Wunde in seiner Wange drang, färbte ihn leuchtend rot. Allmählich erwachte er stöhnend aus seiner Bewußtlosigkeit. Er hatte das Gefühl, von dem starken Blutandrang müsse ihm der Kopf platzen. Seine Kopfschmerzen waren so stark, daß sie Übelkeit hervorriefen. Er schrie um Hilfe, doch ihm kam sein Rufen selbst sehr schwach vor.

Wieviel Schnee lag wohl über ihm? Ein Meter? Zwei Meter? Drei Meter? Cameron konnte es nicht wissen, aber er nahm wahr, daß die Luft im Fahrerhäuschen stickig wurde, und das machte ihm angst. Es würde die reinste Hölle werden, einen langsamen Tod durch Sauerstoffmangel zu erwarten.

Da war aber noch eine Gefahr, die Cameron nicht kannte, und es war vielleicht besser so. Der Lastwagen lag im Flußbett – mit dem Dach nach unten. Der Schnee, der das Wasser am Abfließen hinderte und den Fluß aufgestaut hatte, wurde allmählich stromabwärts weggefressen. Langsam aber unaufhaltsam näherte sich der Fluß.

ZUERST kam die Druckwelle, ihr folgte der vehemente Aufprall der Schneewolke. Die Schneemassen rollten hinterher und glitten wie eine unaufhaltsame Flut auf Hukahoronui zu. Sie umspülten die Kirche und ließen den Turm erzittern, sie ebneten die Trümmer des Hotels D'Archiac ein und fegten über die Reste von Rawsons Apotheke. Danach erreichten sie den Supermarkt und begruben die verkohlte Leiche von Phil Warrick. Schließlich ergossen sie sich über das Steilufer und füllten den Fluß.

Auf der anderen Flußseite hatte der Schnee seine Wucht verloren. Er besaß vielleicht gerade noch die Geschwindigkeit eines schnellen Läufers. Wenig später kam die Lawine auf dem Gegenhang des Ostufers endgültig zum Stillstand. Die Verwüstung, die sie über den Ort gebracht hatte, hatte sie mit einem unbefleckten Weiß bemäntelt.

Die Lawine hatte ein Ende, die Katastrophe noch nicht.

Nachher...

McGill stieg auf einen kleinen Schneewall, blickte ins Tal und flüsterte nur: „Mein Gott!"

Das einzig sichtbare Gebäude war die Kirche, die aussah, als sei sie frisch getüncht worden. Der Rest war nur mehr eine hügelige Schneefläche.

Er ging zu Ballard zurück und beugte sich über ihn. „Komm, Ian. Es ist vorbei, und wir haben eine Menge zu tun."

Ballard hob langsam den Kopf. Seine Augen waren dunkle, ausdruckslose Höhlen in einem weißen Gesicht. Er litt unter Katastrophenschock. Lautlos arbeiteten seine Lippen, bis er schließlich herausbrachte: „Was?"

McGill fühlte sich auch nicht wohl, aber aufgrund seiner Kenntnisse und seiner Erfahrung hatte er gewußt, was kam, und war gegen die schlimmsten Folgen gewappnet. Eine Menge Leute mußten schon gestorben sein, und wenn alle Überlebenden genauso reagierten wie Ballard, würden noch viel mehr sterben, weil sie keine Hilfe bekamen. Er holte aus und gab Ballard eine kräftige Ohrfeige. „Steh auf, Ian", befahl er schroff. „Nun mach schon!"

Ballard stand widerwillig auf und legte die Hand an die schmerzende Wange. McGill führte ihn zu der Aussichtsstelle. „Sieh dir das an."

Ballard erstarrte. „Mein Gott!" hauchte er. „Es ist nichts mehr da."

„Es ist noch eine Menge da", widersprach McGill. „Aber wir müssen es erst finden. Dazu müssen wir schleunigst Rettungsmannschaften aufstellen."

Fünfzehn Minuten später hatten sich bereits zwanzig Mann eingefunden. Einer nach dem anderen wurden die verdutzten Überlebenden ohne viele Umstände aus ihren Löchern herausgeholt. Sie waren alle mehr oder weniger stark im Schockzustand und scheuten sich sichtlich, auf den Hang zu schauen, von dem die Katastrophe ausgegangen war. Apathisch standen sie herum und kehrten dem Westhang den Rücken.

McGill suchte die Muntersten aus und setzte sie als Suchtrupp in Bewegung. Immer mehr Überlebende kamen zum Vorschein. Zu Ballard sagte er: „Nimm drei Leute mit zu Turis Haus. Wir müssen unbedingt wissen, wie es dort aussieht." Er selbst machte sich auf den Weg ins Städtchen. Als letztes befahl er: „Sollte jemand Dr. Scott finden – er soll sich bei mir melden. Die Kirche gilt als Sammelpunkt."

Als Ballard mit seiner Gruppe zu Turis Haus kam, war er dankbar, Stimmen und sogar Lachen zu hören. Er trat ein und sah Turi, der, von einer Kinderschar umringt, in seinem Ohrensessel saß, was ihm das Aussehen eines biblischen Patriarchen gab.

„Gott sei Dank!" murmelte Ballard. „Alles in Ordnung, Turi?"

„Uns geht's gut." Turi nickte hinüber zu Ruihi, die Miß Frobisher mit Tee aufpäppelte. „Nur Miß Frobisher ist ein wenig mitgenommen", bemerkte er. Die schien völlig zusammengebrochen zu sein, denn sie hatte sich wie ein Baby zusammengerollt und wimmerte vor sich hin.

Plötzlich hörten sie ein Heulen hinter dem Haus, das bald in ein gleichmäßiges Dröhnen überging. Ballard fragte erschrocken: „Was ist das?"

„Ich nehme an, Jock McLean probiert den Generator aus." Turi stand auf. „Möchten Sie etwas Tee?" fragte er Ballard. Ian schien benommen, doch er nickte.

Es gab Tee und belegte Brote, und Ballard aß heißhungrig, als hätte er seit einer Woche nichts mehr zu sich genommen. Der heiße Tee tat gut, zumal Turi ihn mit einem großzügigen Schuß Weinbrand verlängert hatte.

„Wir haben hier genug zu essen", sagte Turi.

„Wir nehmen etwas davon mit ins Dorf zurück", bemerkte Ballard. „Es wird schwer zu tragen sein, aber irgendwie schaffen wir das schon."

Ruihi machte einen Vorschlag: „Aber es steht doch noch der Wagen in der Garage, oder?"

Ballard richtete sich auf. „Ihr habt einen Wagen?"

Der Wagen war ein Kombi, ein Vorkriegsmodell. Daneben jedoch stand ein alter Traktor, und der schien Ballard im Augenblick ungleich nützlicher. Fünfzehn Minuten später war er, mit Konserven beladen, auf dem Weg ins Städtchen.

Als Ballard bei der Kirche ankam, traf er mehr Leute als erwartet. McGill saß an einem improvisierten Schreibtisch neben dem Altar, dem Sammelpunkt für eine immer besser funktionierende Organisation. In einer Ecke arbeitete Dr. Scott sehr geschäftig, drei Frauen assistierten ihm. Die meisten Verletzten hatten Knochenbrüche, also erhielten zwei Männer den Auftrag, Kirchenbänke auseinanderzunehmen, um Schienen daraus zu basteln. Ballard entdeckte Erik Peterson, der in der Schlange stand, die sich vor dem Arzt gebildet hatte. Er ging zu ihm hinüber und erkundigte sich: „Ist Liz wohlauf?"

Erik war kreidebleich. „Ich weiß nicht. Sie war mit der Amerikanerin in Rawsons Apotheke, glaube ich, als das Ding runterkam." Seine Augen waren ausdruckslos. „Der Laden ist weg – überhaupt nicht mehr da!" In seiner Stimme lag Panik.

„Ich sehe nach", sagte Ballard.

Er ging zu McGill. „Bei Turi ist alles in Ordnung", berichtete er. „Sie haben einen Generator in Gang gebracht, und ich habe eine Ladung Konserven draußen – und einen Traktor habe ich auch."

McGill seufzte hörbar. „Gott sei Dank waren die Kinder in Sicherheit." Er nickte. „Gut gemacht, Ian. Den Traktor können wir gebrauchen." Ballard machte kehrt. „Wo willst du hin?"

„Liz und Stacey suchen."

„Das wirst du seinlassen", fuhr McGill ihn an. „Wenn du dort draußen herumtrampelst, machst du die Spur für einen Suchhund kaputt, und ein Hund kann effektiver arbeiten als hundert Menschen."

Ballard wollte gerade hitzig darauf erwidern, als er von jemandem beiseite geschoben wurde. Er erkannte Dickinson, der in der Grube arbeitete. Dickinson sagte aufgeregt: „Ich komme gerade von Houghtons Haus. Dort sieht es aus wie auf einem Schlachtfeld. Jack Baxter und Matt Houghton habe ich draußen vor dem Haus gefunden. Jack fühlt sich pudelwohl, abgesehen von seinem gebrochenen Bein. Aber mit Matt ist irgend etwas los, er kann kaum sprechen, und er scheint auf einer Seite gelähmt zu sein."

„Könnte ein Schlaganfall sein", meinte Scott.

„Ich habe sie beide in einen Wagen gesetzt und sie so weit heruntergebracht, wie es ging. Aber ich habe nicht gewagt, den Fluß zu überqueren, weil der Schnee sehr locker ist. Deswegen habe ich sie auf der anderen Seite gelassen."

„Und im Haus?"

„Ich habe zwar nicht gezählt, aber es sah aus wie Hunderte! Einige von ihnen leben noch."

Sie hatten eine entfernte Vibration in der Luft bisher nicht wahrgenommen, aber nun war sie nicht mehr zu überhören. Ballard zuckte zusammen und zog den Kopf ein, da er eine weitere Lawine erwartete. McGill sah horchend zur Decke hin. „Ein Flugzeug – und zwar ein ziemlich großes!"

Er sprang auf und lief zur Kirchentür. Das Flugzeug war das Tal entlanggeflogen und war dann umgekehrt. Als es näher kam, erkannten sie einen großen Transporter mit dem Hoheitszeichen der amerikanischen Marine. Ein Freudengeschrei erhob sich, und über McGills Gesicht glitt ein glückliches Lächeln.

„Eine Herkules der Marine aus Harewood", stellte er fest. „Die kommen gerade im richtigen Augenblick. Das sind die Jungs, die die Versorgungsflüge für die Operation *Deep Freeze* durchführen."

Vom Heck der Maschine lösten sich schwarze Punkte, und dann öffneten sich Fallschirme, die wie farbenprächtige Blumen aufblühten. McGill zählte: „. . . sieben . . . acht . . . neun . . . zehn. Das sind die Experten, die wir dringend brauchen."

KORVETTENKAPITÄN Jesse Rusch von der amerikanischen Marine raffte seinen Fallschirm und drückte auf den Auslöseknopf.

Es war schon zur Tradition geworden, daß die sechste Antarktis-Staffel zusätzliche Rettungseinsätze flog, und so lange Rusch sich erinnern konnte, hatte es bei solchen Flügen nie an Freiwilligen gefehlt.

Er schob den Gesichtsschutz zurück und sah sich nach den anderen um, die gerade landeten. Dann wandte er sich der Gruppe von Männern zu, die durch den Schnee stolpernd auf ihn zurannten. Als er Mike McGill erkannte, ging er ihm entgegen. „Da haben Sie sich aber einen feinen Job eingehandelt, was, Mike? Sind Sie hier der Boß?"

„Nein!" Ballard trat vor, die Hand fest an Erik Petersons unverletztem Arm. „Darf ich Erik Peterson, ein Gemeinderatsmitglied, vorstellen – im Augenblick das einzige verfügbare. Er vertritt die Gemeinde."

Peterson schien Ballard mißverstanden zu haben. „Wieso ich? Wieso nicht Matt Houghton?"

„Sieht aus, als hätte er einen Schlaganfall erlitten."

Peterson verzog das Gesicht. „Mit gebrochenem Flügel kann ich keine großen Flüge machen. Mr. Ballard, Mr. McGill, ich bestimme Sie hiermit zu Gemeinderäten."

„In Ordnung!" Ballard wandte sich an Rusch. „Wir brauchen Medikamente."

„Haben wir dabei." Rusch drehte sich auf dem Absatz um und rief: „Captain, ich brauche den Sani-Schlitten – es ist dringend!"

Ballard organisierte schnell: „Dr. Scott, das ist Ihre Aufgabe. Wie sieht's mit der Sprechverbindung aus, Captain?"

„Wir haben fünf Sprechgeräte, da können wir ein Sendenetz einrichten. Auf einem der Schlitten ist auch ein großer Sender für eine Verbindung nach draußen. Wir müßten Christchurch erreichen können."

„Ich möchte so schnell wie möglich mit jemandem vom Amt für Zivilschutz sprechen", fiel Ballard ein.

Auf dem Weg zurück zur Kirche ging McGill neben Ballard. „Was hat Turi dir zu essen gegeben? Rohes Fleisch? Warum hast du Peterson so in den Vordergrund gerückt?"

„Strategie. Er dankte ab – hast du das nicht gehört? Hör zu, Mike, ich hab etwas Verwaltung gelernt, und es wäre Zeitverschwendung, müßte ich einen anderen Bereich übernehmen. Du bist Schneemann, und es wäre ebenso unklug, wenn man dich auf einem anderen Gebiet einsetzte. Wir wollen die Kompetenzen klären."

„Klingt überzeugend." McGill grinste. „Und außerdem amtlich. Jetzt sind wir Gemeinderäte, du und ich."

Sie betraten die Kirche. Rusch blieb in der Tür stehen und überschaute stirnrunzelnd die Szene. Die Kirchenbänke waren voll von blassen, apathischen Männern und Frauen mit stumpfem Blick. Regungslos saßen oder lagen sie wie verlassen da. „Decken", sagte Ballard. „Wir benötigen Decken. Mike, was brauchen wir sonst noch?"

„Erfahrene Rettungsmannschaften – soviel wie möglich. Man kann sie per Hubschrauber oder mit kleinen Maschinen auf Schneekufen einfliegen. Und auf dem Rückflug können sie diese Leute hier mitnehmen. Wir brauchen auch Suchhunde", erklärte McGill.

„Das wird schwer sein", antwortete Rusch. „Soweit ich weiß, gibt es keine in diesem Land. Versuchen Sie es mal mit Mount Cook und Coronet Peak."

Ballard nickte, denn er wußte, daß dies beliebte Skigebiete waren. „Dort müßte es auch ausgebildete Rettungsmannschaften geben", sagte Ballard. Dann rief er Wachtmeister Pye zu sich: „Arthur, kommen Sie mal einen Augenblick her."

Arthur Pye eilte zum Schreibtisch. Sein Gesicht war von Sorge ge-zeichnet, und seine Bewegungen waren mechanisch, aber in seinen Augen lag noch ein Funken von Geistesgegenwart, die man bei den meisten anderen vermißte.

„Wie sieht's aus, Arthur?" fragte Ballard. „Wie viele Vermißte?"

„Es ist verdammt schwer, aus den Leuten irgend etwas rauszukrie-gen." Pye zögerte. „Immer noch treffen Leute hier ein, einzeln oder zu zweit. Also gut, sagen wir dreihundertfünfzig."

Rusch fuhr zusammen. „So viele?"

McGill meinte: „Diejenigen, die jetzt kommen, sind die Glückli-chen. Die anderen müssen als verschüttet gelten."

„Los, Mike", schloß Rusch. „Fangen wir mit der Suche an."

Einer der Amerikaner blieb vor dem Schreibtisch stehen und stellte sich vor: „Oberbootsmann Laird, Sir. Ich habe den Sender draußen aufgestellt. Aber hier ist ein tragbares Gerät, das Sie benutzen können. Es ist eine Gegensprechanlage, man benutzt sie wie ein gewöhnliches Telefon."

Er legte den Hörer auf den Tisch.

Ballard blickte auf den Hörer. „Mit wem werde ich verbunden sein?"

„Mit dem Nachrichtenzentrum, Operation *Deep Freeze*."

Ballard holte tief Luft und streckte die Hand aus. „Hier Ballard in Hukahoronui. Können Sie eine Verbindung mit dem Amt für Zivil-schutz herstellen?"

Rusch, McGill und zwei der amerikanischen Soldaten stapften über den knirschenden Schnee, der das zerstörte Hukahoronui bedeckte. McGill streifte den Handschuh ab und bückte sich, um die Beschaffen-heit des Schnees zu prüfen.

„Wird hart", stellte er fest und erhob sich. „Ich hatte gerade einigen Männern Unterricht in Lawinenopfersuche gegeben, als es passierte. Ich befürchtete vorher schon, daß sie nichts taugen würden, und ich hatte recht. Wissen Sie, was mir Kummer macht? Wenn Ballard Erfolg hat, wird man eine Menge Leute einfliegen – vielleicht mehrere hun-dert." McGill machte eine Kopfbewegung zum Westhang. „Ich ma-che mir Sorgen, daß es wieder losgeht. Es liegt noch eine Menge Schnee da oben. Wenn wir Pech haben, ist nur die Hälfte herunterge-kommen, und zwar über eine Harschschicht abgerutscht. Ich würde mich gern davon überzeugen, wie es oben aussieht."

Plötzlich machte ihn einer von Ruschs Leuten auf etwas aufmerksam: „Sehen Sie sich den Hund an, Sir. Er wittert irgend etwas im Schnee."

Sie sahen einen Schäferhund, der im Schnee scharrte und winselte. „Wahrscheinlich ist es kein Suchhund", meinte McGill, „aber einen besseren haben wir nicht."

Als sie näher kamen, blickte der Hund auf und wedelte mit dem Schwanz, dann scharrte er weiter.

Aus dem metertiefen Schnee zogen sie eine Leiche, und der Anblick verschlug Rusch den Atem. „Um Gottes willen, was ist denn mit seinem Gesicht passiert? Kennen Sie ihn, Mike?"

„Nicht einmal seine eigene Frau würde ihn wiedererkennen", antwortete McGill lakonisch. Er war blaß im Gesicht.

Der Hund trottete weiter über den Schnee. Wieder blieb er stehen, und das Schnuppern und Scharren begann von neuem. „Trommeln Sie ein paar Männer zusammen, und graben Sie überall dort, wo dieser Hund scharrt", befahl Rusch.

McGill hörte das vertraute Zischen von Skiern im Schnee, und als er sich nach dem Geräusch umdrehte, sah er zwei Männer auf sich zukommen. Sie blieben stehen, und der erste schob seine Schneebrille zurück. „Kann ich irgendwie helfen?" wollte Charlie Peterson wissen. Hinter ihm stand Miller.

McGill warf einen Blick auf Charlies Skier. „Fürs erste könnten Sie mir Ihre Skier leihen. Ich würde gern mal auf den Berg steigen."

Charlie starrte auf die Leiche. „Es ist Rawson."

„Woher wissen Sie, wer das ist?" fragte Rusch. „Der Mann hat kein Gesicht mehr."

Charlie zeigte auf die linke Hand des Mannes. „Ihm fehlt das letzte Glied des kleinen Fingers." Er wandte sich McGill zu. „Nehmen Sie Millers Skier, ich fahre mit."

„Der Hang ist nicht gerade der sicherste Ort, Charlie."

Charlie grinste schief. „Man kann auch beim Überqueren der Straße getötet werden. Das habe ich schon mal gesagt, nicht wahr?"

Rusch schaute ihnen besorgt nach. Das war nicht gerade ein Job, um den er sich gerissen hätte. „Sir!" rief einer seiner Leute aus. Wir haben noch jemand, eine Frau! Sie lebt!"

Rusch eilte hinzu. „Seid vorsichtig mit dem Spaten!"

Der schlaffe Körper von Liz Peterson wurde auf den Schlitten gelegt und mit einer warmen Decke zugedeckt.

Rusch musterte sie eingehend. „Hübsches Mädchen", bemerkte er. „Unsere Arbeit fängt gerade an, sich auszuzahlen."

Der Hund fand noch zwei Opfer, die überlebt hatten. Aber dann verlor er das Interesse. Der Schnee war sehr tief und schwer begehbar, und die Witterung war schwächer geworden. Wie Rusch später erfuhr, hieß der Hund Viktor und gehörte den Scanlons. Von der Familie Scanlon überlebte niemand.

ZUERST war nur eine Handvoll Helfer da, aber, von Hubschraubern und kleinen Flugzeugen eingeflogen, wurden es von Stunde zu Stunde mehr. Bergwacht kam vom Mount Cook, vom Coronet Peak, vom Mount Egmont, von Tongariro – Männer, geübt und erfahren in der Bergrettung.

Hubschrauber der Luftwaffe und der US-Marine brachten Ärzte und nahmen die Kinder und Schwerverletzten mit hinaus. In die Schneemassen, die den Paß blockierten, wurden Treppen hineingeschnitten, und Halteseile wurden angebracht, so daß das Tal innerhalb weniger Stunden verlassen oder betreten werden konnte.

Die Arbeit wurde von Freiwilligen der Bergvereine ausgeführt, die zu Dutzenden an den Katastrophenort geeilt waren, einige sogar von der weit entfernten Nordinsel. Die Männer formierten sich zu Rettungsmannschaften, die systematisch den Schnee absuchten, ein Gebiet von über hundertsechzig Hektar.

Zuerst spielte Ballard den Koordinator, doch er war froh, als ein Mann vom Zivilschutz, der von Christchurch eingeflogen wurde, ihn ablöste. Ballard blieb da und half Arthur Pye. Die Identifizierung der Überlebenden und der Toten und die Zusammenstellung einer Vermißtenliste waren Arbeiten, für die man Ortskundige brauchte. Trauer überkam Ballard, als er Stacey Camerons Namen auf der Liste der Toten fand. Er fragte: „Irgend etwas von Joe Cameron?"

Pye schüttelte den Kopf. „Noch kein Lebenszeichen von ihm. Er muß irgendwo draußen verschüttet sein. Aber Dobbs wurde gefunden, er scheint auf seltsame Weise umgekommen zu sein. Der Mann, der ihn rausgebuddelt hat, berichtete, Dobbs' Hals sei durchgeschnitten gewesen."

Ballard ging zu einer Bank, wo Liz Peterson in Decken eingehüllt lag. Er kniete sich neben sie und fragte: „Wie fühlen Sie sich, Liz?"

„Ein bißchen besser. Hat man Johnnie inzwischen gefunden?"

Er sagte sanft: „Er ist tot, Liz." Sie schloß die Augen. „Er opferte sich auf, als er versuchte, Mrs. Scanlon aus der Telefonzentrale zu holen."

Liz schlug die Augen wieder auf. „Und Stacey?" Als Ballard den Kopf schüttelte, sagte sie fassungslos: „Aber sie stand direkt neben mir. Wie kann *sie* tot sein und ich nicht?"

„Sie hatten Glück. Sie gehörten zu den ersten, die wir fanden. Stacey war nur einige Meter entfernt, aber das wußte niemand. Als wir genug Männer für eine systematische Suche zusammenhatten, war es für Stacey zu spät. Und Joe wird noch vermißt."

„Arme Stacey. Sie machte hier Ferien." Liz stützte sich auf den Ellbogen. „Erik habe ich gesehen, aber wo steckt Charlie?"

„Er hat sich angeboten, mit Mike auf den Berg zu steigen. Mike fürchtet, es könnte einen weiteren Rutsch geben, und wollte nachsehen."

„Mein Gott!" hauchte Liz. „Das wäre entsetzlich, wenn es noch mal losginge." Sie begann am ganzen Leib zu zittern.

„Machen Sie sich keine Sorgen. Mike wäre nicht auf dem Berg, wenn er es für wirklich gefährlich hielte." Er legte seine Hände auf ihre Schultern und schob sie sanft zurück. Dann legte er die Decken noch fester um sie. „Ich glaube, Sie werden mit der nächsten Maschine ausgeflogen. Ich muß jetzt los, aber wir sehen uns noch, bevor Sie gehen!"

Miller, der Amerikaner, kam auf Ballard zu. Er war kreideweiß im Gesicht, und seine Augen sahen aus wie zwei Brandlöcher in einer Decke. „Noch nichts über Ralph Newman?"

„Tut mir leid, Mr. Miller. Noch nichts."

Miller zog wieder ab und murmelte etwas vor sich hin. Etwa alle zehn Minuten hatte er immer wieder dieselbe Frage gestellt.

Sieben Mann – einer davon tot – waren eingeschlossen, in einer Höhle von Schnee und Eis.

„Wie lange schon?" fragte Brewer.

Newman sah auf die Uhr. „Fast sechs Stunden. Wie wär's mit einem neuen Versuch?"

„Einfach zwecklos. Wir graben uns durch den Schnee, und er rutscht von oben wieder nach. Das ist wie eine Falle. Hier in der Höhle sind wir sicherer. Sie werden uns bald rausholen."

„Falls es noch jemanden gibt. Wollen wir wetten, Brewer?"

„Ich bin doch kein reicher Ami", antwortete Brewer. „Ich habe kein Geld für Wetten."

„Nur Ihr Leben", meinte Newman. „Wenn wir hierbleiben, werden wir sowieso sterben."

„Wenn Sie nur miese Stimmung verbreiten können, halten Sie den Mund", erwiderte Brewer scharf.

Newman kochte vor Wut. „Vielleicht sind es nur zwei Meter Schnee, die über uns liegen. Das ist nicht viel."

Newman hatte unrecht. Der Felsen direkt über der Höhle war sehr hoch, ein Grund, weshalb man den Ort als lawinensicher ausgesucht hatte. Als solcher hatte er sich ja auch erwiesen – nur hatte sich die Mulde direkt vor dem Felsen mit Schnee gefüllt. Der Schnee stand jetzt höhengleich mit der Oberkante des Felsens und war nicht zwei Meter hoch, sondern zwanzig.

McGILL, hoch oben auf dem Westhang, legte, auf die Skistöcke gestützt, eine Atempause ein. Er blickte zu Charlie. „Wir wollen nicht unnötig herumstapfen. Stellen Sie sich vor, Sie gehen auf Pudding und wollen die Haut nicht durchbrechen." Er steckte seinen Skistock umgekehrt in den Schnee. „Ich treibe jetzt Wissenschaft, indem ich über den Daumen peile", bemerkte er ironisch. „Meine Ausrüstung ist verlorengegangen." Als er auf Grund stieß, markierte er die Höhe mit zwei Fingern und zog den Stock wieder heraus. „Weniger als ein Meter – nicht schlecht. Ich wüßte zu gern, was darunter steckt."

„Warum graben wir nicht und sehen nach?"

„Genau das werde ich auch tun. Charlie – stellen Sie sich da oben hin, ungefähr zehn Meter hangaufwärts von mir. Behalten Sie mich gut im Auge. Für den Fall, daß das Ganze losbricht, markieren Sie die Stelle, wo Sie mich zuletzt gesehen haben."

McGills Bewegungen waren vorsichtig, aber er arbeitete schnell. Schließlich schob er den Arm so weit hinein, wie es ging, und brachte ein Büschel brauner Fäden hervor. „Langes Gras. Das ist schlecht." Er richtete sich wieder auf. „Wir steigen jetzt im Zickzack auf. Ich habe so eine Ahnung, daß die Lawine da oben bei den freiliegenden Felsbrokken abgebrochen ist. Ich möchte mir die Stelle gerne ansehen."

Zum ersten Mal zeigten sich bei Charlie Anzeichen von Nervosität. „Ich finde, wir sollten vom Hang verschwinden."

„Es ist nicht mehr weit", erwiderte McGill ruhig. „Ich glaube, wir können direkt hoch. Wieso das plötzliche Bibbern?"

„Mir gefällt es nicht, hier draußen zu stehen. Ich habe gesehen, was passiert ist."

Ein Flugzeug flog sehr niedrig über sie hinweg. McGill konnte verschwommen ein Gesicht hinter einem Fenster erkennen. Wer auch immer es war, er schien zu fotografieren. Ein knirschendes Geräusch drang aus dem Tal herauf. Die schwarzen Punkte auf der schneeweißen Talsohle setzten sich plötzlich auf ein gemeinsames Ziel hin in Bewegung, wie Ameisen, die sich auf einen toten Käfer stürzen.

Sie schauten eine Zeitlang zu, konnten aber die Ursache der plötzlichen Geschäftigkeit nicht feststellen. McGill blieb regungslos stehen. „Oh, mein Gott!" rief er. „Sehen Sie!"

Im Tal sah er leuchtendrote Flammen auflodern. Öliger schwarzer Rauch stieg empor und ließ ein riesiges, baumähnliches Gebilde entstehen. McGill stieß den Atem pfeifend durch die Zähne. „Los, wir müssen runter."

„Ist doch klar", stimmte Charlie zu.

JESSE RUSCH ging auf die Kirche zu, machte aber auf dem Absatz kehrt, als ein Helfer laut rief: „Ich habe jemand gefunden." Er konnte ein Grinsen nicht unterdrücken, als einer aus der Gruppe verächtlich feststellte: „Nur ein Viech – eine Kuh!"

Rusch trat hinzu: „Holt sie trotzdem raus, weil jemand unter der Kuh liegen könnte." Es war zwar möglich, aber insgeheim hielt er es für unwahrscheinlich. Deswegen entschied er: „Drei Mann für die Kuh – die anderen machen mit der Suche weiter."

Einer seiner Leute wandte sich an eine Gruppe von Männern, die ein paar Meter entfernt standen, die Hände in den Hosentaschen. „He, ihr da", rief er. „Kommt her und helft mir." Sie sahen ihn ausdruckslos an, drehten ihm den Rücken zu und schlurften langsam davon.

Er schmiß den Spaten hin. „Verdammt noch mal", fluchte er wütend. „Ich fliege vierhundert Meilen, um diese Kerle zu unterstützen, und die verdammten Drückeberger wollen sich nicht einmal selbst helfen."

„Lassen Sie sie in Ruhe", sagte Rusch beschwichtigend. „Sie sind nicht zurechnungsfähig. Betrachten Sie sie als tot, falls das hilft." Rusch setzte seinen Weg fort.

Vor der Kirche traf er Harry Baker, einen der Hubschrauberpiloten. Er sah mit einem Blick, daß Baker wütend war. Baker stieß mit dem Daumen in Richtung Himmel. „Wenn das schlimmer wird, gibt's ganz sicher Ärger. Irgend so ein gottverdammter Idiot da oben hat mich fast gerammt, als ich zur Landung ansetzte. Er fotografiert."

Rusch nickte. „Gut, Harry. Ich spreche mit den Leuten vom Zivil-schutz und werde sehen, daß sie die Luftkontrolle ein bißchen strenger handhaben."

Mrs. Haslam wurde von Arthur Pye und Bill Quentin auf einer Trage in den Hubschrauber gebracht. Sie stöhnte und fragte leise: „Wo ist Jack? Ich will Jack sehen."

Harry Baker zog den Helm über und wandte sich an den Bodenkon-trollposten. „Wenn ich abhebe, möchte ich, daß diese Leute zurückge-hen." Er deutete mit dem Daumen zum Himmel. „Schlimm genug, daß da oben kein Platz mehr ist." Er stieg in das Cockpit und hörte den Kontrollposten rufen: „Alles klar, bitte zurücktreten."

Der Hubschrauber sah unbeholfen aus, als er abhob. Beim Aufstieg kollidierte er mit einem Kleinflugzeug, das wie aus dem Nichts aufge-taucht war. Mit einem berstenden Geräusch stürzten die zwei ineinan-der verkeilten Maschinen in den Schnee.

Augenblicklich rannten alle auf die Absturzstelle zu, allen voran Pye und Quentin. Pye stemmte sich gegen die Schiebetür des Hubschrau-bers. Quietschend öffnete sie sich zur Hälfte und klemmte dann end-gültig.

Zwei Kinder waren auf einem Sitz festgeschnallt, ihre Körper bau-melten vornüber. Pye wußte nicht, ob sie noch lebten, als er versuchte, die Gurte zu lösen. Er befreite ein Mädchen und übergab es Quentin. Dann bemühte er sich um das zweite Kind, einen Jungen. Aus der Ferne hörte er das Gebrüll des Kontrollpostens: „Macht schnell! Sie könnte hochgehen."

Er machte den Jungen los, der von wartenden Händen aufgefangen wurde, und wandte sich der Trage zu. Er hörte Mrs. Haslam ächzen: „Bist du es, Jack?" Ihre Augen starrten ihn blicklos an.

„Ja, ich bin's. Ich bringe dich nach Hause." In diesem Augenblick ging das Benzin in Flammen auf. Pye sah einen gleißenden Blitz und spürte das sengende Feuer. Beim nächsten Atemzug inhalierte er nur flammende Benzindämpfe. Er empfand keine Schmerzen und war so-fort tot. Ebenso Bill Quentin, Mrs. Haslam, Harry Baker und der Ko-pilot.

VIERUNDZWANZIG Stunden nach der Lawine war die Zahl der noch Vermißten auf siebzehn zusammengeschrumpft. Alle anderen waren inzwischen – tot oder lebendig – aufgefunden worden. Ballard sagte deprimiert: „Immer noch kein Zeichen von Joe Cameron."

„Heute nachmittag bekommen wir die Bulldozer", erklärte Rusch. „Dann geht alles schneller."

„Es ist aber auch gefährlicher", meinte Ballard. „Das Planierschild eines Bulldozers kann einen Menschen glatt durchtrennen."

„Wir werden vorsichtig sein", versprach Rusch. „Aber jetzt kommt es auf Schnelligkeit an. Jemand, der begraben ist und noch lebt, kann nicht mehr lange durchhalten."

CAMERON war völlig erschöpft. Er lag noch immer gefangen im Wagen, und sein ganzer Körper verkrampfte sich vor Schmerz. Ihm war während der Nacht schlecht geworden, und er hatte Angst gehabt, an dem Erbrochenen zu ersticken. Ein Geräusch drang in sein Bewußtsein, und zuerst glaubte er an einen Retter. Es klang, als ob jemand leise kicherte. Er dachte, jetzt sei er endgültig verrückt geworden, denn wer sollte mitten in einer Schneeverwehung lachen?

Ihm wurde wieder schwarz vor Augen, und er verlor für einige Minuten das Bewußtsein. Als er erwachte, hörte er das Geräusch wieder, aber es hatte sich verändert. Jetzt war es eher ein Glucksen. Es klang wie ein zufriedenes Baby in seiner Wiege. Nach längerem angestrengten Horchen wußte er, was es war, und wieder überfiel ihn die Angst. Was er hörte, war das Gluckern von Wasser.

Dann spürte er, wie sein Kopf naß wurde. Wasser sickerte in das Fahrerhäuschen und umspülte seinen Kopf, da der Wagen noch immer auf dem Dach lag. Jetzt wußte er, er würde ertrinken.

Oben am Fluß fuhren zwei junge Männer auf einem Bulldozer durch die Schneehügel am Ufer. Der Fahrer war John Skinner, Bauarbeiter aus Auckland. Er war auch Mitglied eines Bergsteigervereins. Sein Begleiter, Roger Halliwell, war Dozent an der Canterbury-Universität und Mitglied des Hochschul-Skiclubs.

Skinner brachte den Bulldozer in der Nähe des Flusses zum Stehen. Ein Teil des Schneedamms über das Flußbett brach zusammen, nachdem das Wasser ihn unterhöhlt hatte. Halliwell beobachtete interessiert den Vorgang. Dann meinte er: „Ich glaube, ich habe da unten etwas gesehen." Er sprang von der Planierraupe herunter und ging zum Flußufer. Plötzlich sackte Halliwell bis zur Taille ab. In einem sekundenschnellen Alptraum sah er sich schon ganz absinken; aber dann fühlte er, daß er auf etwas Festem stand.

Er scharrte mit der Hand im Schnee und tastete es ab. Es war ein Reifen. „Hier liegt ein Auto", rief er.

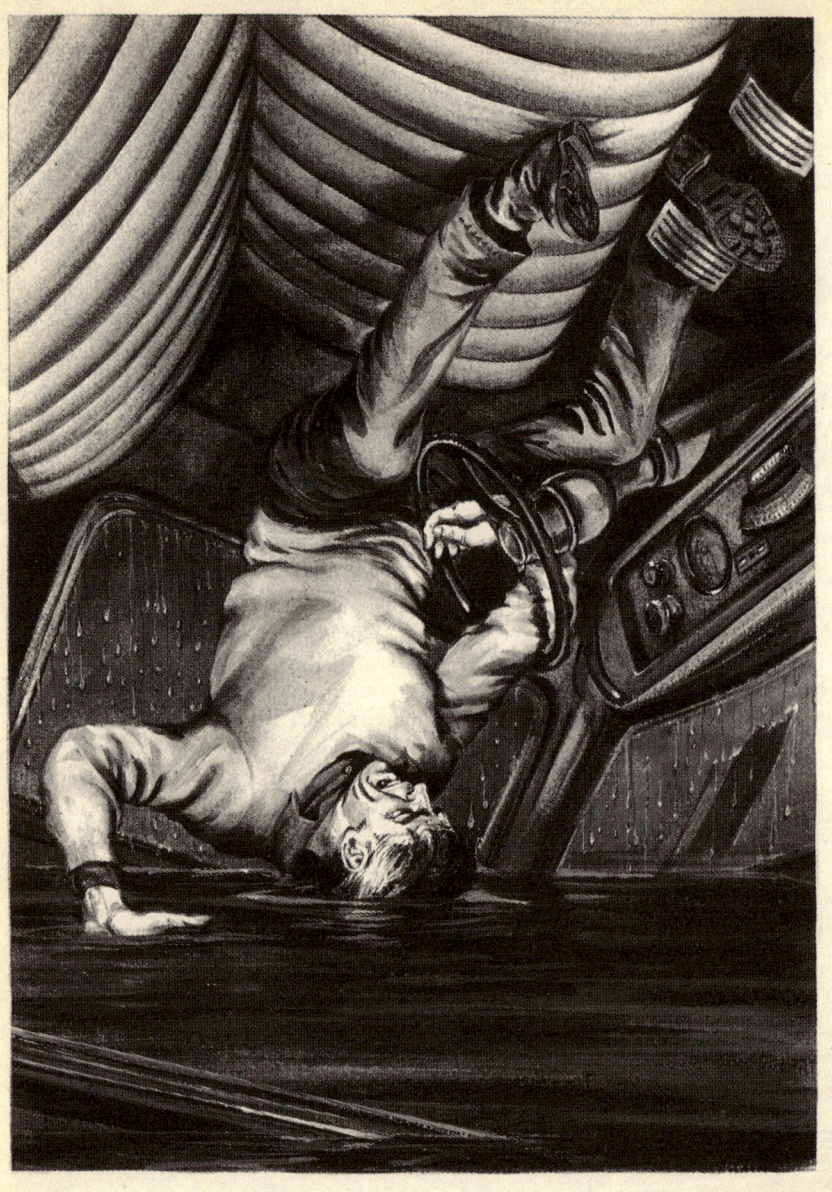

Skinner sprang ebenfalls herunter und holte ein Drahtseil aus dem Bulldozer. An beiden Enden des Seils war ein Karabinerhaken. Den einen hängte er an der Kuppelstange der Raupe ein. Halliwell warf er das andere Seilende zu, der es beim zweiten Versuch schnappen konnte.

Cameron im Fahrerhäuschen war kurz vor dem Ertrinken. Das Wasser bedeckte bereits seine Nase, obwohl er den Kopf eingezogen hatte wie eine Schildkröte. Plötzlich schwankte der Lastwagen und kam dann in Bewegung, aufwärts. Cameron schrie vor Schmerzen und meinte, sein Rückgrat müßte brechen. Der Bulldozer zog den Wagen aus dem Flußbett ans Ufer, wo er auf der Seite liegenblieb.

Halliwell rannte zum Wagen. „Da liegt einer drin", sagte er verwundert. „Und er lebt noch – mein Gott!"

Noch in derselben Stunde lag Cameron in einem Hubschrauber, der ihn nach Christchurch brachte. Er war ein gebrochener Mann.

Die ganze Nacht hindurch hatte Newman sich in völliger Dunkelheit aufwärts gegraben. Er mußte ein Loch von mindestens sechzig Zentimeter Durchmesser ausheben, Platz genug für die Schultern eines ausgewachsenen Mannes. Sein nützlichstes Werkzeug war ein Kugelschreiber, mit dem er in den Schnee über ihm hineinhackte und so Stückchen für Stückchen herausbrach. Dabei geriet ihm oft genug Schnee in die Augen. Er wußte nicht, wie weit er graben mußte; hätte er gewußt, daß es zwanzig Meter waren, hätte er zweifellos nie damit angefangen. Die anderen in der Höhle waren in völlige Apathie verfallen, daher mußte er alleine arbeiten.

Zweiundfünfzig Stunden nach der Lawine verdunkelte sich der Himmel. Sam Foster, Forstaufseher aus Tongariro, erwog das Für und Wider, mit seiner Mannschaft die Suche fortzusetzen. Er stapfte gerade durch eine sich sanft neigende, tassenförmige Mulde und war etwa bis zur Mitte gekommen, als der Schnee unter ihm nachgab.

Newman hatte sich bis auf dreißig Zentimeter an die Oberfläche herangearbeitet. Als Foster durch den Schnee brach, rammte er mit einem Stiefel Newmans Kopf. Newman stürzte in das Loch zurück, das er selbst gegraben hatte. Er fiel nicht weit, da das Loch mit dem herausgescharrten Schnee gefüllt war. Aber es war tief genug, um ihm das Genick zu brechen.

Die anderen wurden gerettet. Haslam war schon tot. Newman war der letzte, der im Tal starb.

HARRISON atmete schwer. „Nun sind wir bei der Lawine selbst angelangt. Es wurde in der Presse angedeutet, daß das Geräusch des Flugzeugs, das vom Zivilschutz zur Erkundung der Lage geschickt worden war, die Lawine ausgelöst hätte. Was halten Sie davon, Dr. McGill?"

„Das ist purer Unsinn, Sir", antwortete McGill geradeheraus. „Die Vorstellung, daß Geräusche eine Lawine auslösen können, ist ein Ammenmärchen. In den Vereinigten Staaten, in Montana, hat man Experimente mit F-106-Flugzeugen gemacht, die nach gezielten Sturzflügen mit Überschallgeschwindigkeit wieder aufstiegen. Das hat tatsächlich Lawinen ausgelöst. Aber das Flugzeug, das ich über Hukahoronui fliegen hörte, kann auf keinen Fall die Lawine verursacht haben."

Harrison lächelte. „Der Pilot dieses Flugzeuges wird froh sein, das zu hören. Ich fürchte, es hat sein Gewissen sehr belastet."

„Braucht es nicht", meinte McGill. „Der Schnee mußte einfach runter, und er ist auch ohne sein Dazutun heruntergekommen."

„Vielen Dank, Dr. McGill. Es scheint, daß der Pilot und der Beobachter dieses Flugzeuges die einzigen gewesen sind, die die Lawine gesehen haben, als sie zu rutschen anfing. Sie sind jetzt entlassen, Dr. McGill. Rufen Sie bitte Oberleutnant Charles Howard Hatry auf."

Hatry war ein frisch aussehender junger Mann um die Zwanzig und trug die Uniform der RNZAF, der Königlich Neuseeländischen Luftwaffe.

Harrison begann: „Wie kam es, daß Sie zu dem Zeitpunkt über Hukahoronui flogen?"

„Ein Befehl, Sir. Ich sollte nach Hukahoronui fliegen und, wenn möglich, landen. Wir sollten fotografieren, die Lage erkunden und die Beobachtungen über Funk durchgeben. Ich glaube, die Befehle stammten vom Zivilschutz. Hauptmann Storey war der Pilot, ich der Beobachter. Als wir in Hukahoronui ankamen, stellten wir fest, daß an eine Landung nicht zu denken war. Eine dicke Dunstschicht hing über der Talsohle. Wir funkten diese Informationen nach Christchurch und bekamen die Anweisung, eine Zeitlang zu kreisen, für den Fall, daß sich der Nebel lichtete."

„Wie war das Wetter – abgesehen vom tiefliegenden Nebel?"

„Sehr gut, Sir. Der Himmel war unbedeckt, und die Sonne schien sehr stark. Die Luft war ungewöhnlich klar. Ideal zum Fotografieren. Ich habe insgesamt zweiundsiebzig Bilder von der Gegend um das Tal aufgenommen – zwei ganze Filme."

Harrison zog einige Schwarzweißfotos aus einem Umschlag. „Sind das die Fotos, die Sie gemacht haben?" Er hielt eins nach dem anderen hoch. Hatry beugte sich vor. „Jawohl, das sind die offiziellen Fotos."

„Sollten wir Sie so verstehen, daß es auch inoffizielle Fotos gibt?"

Hatry rutschte auf dem Stuhl hin und her. „Ich bin begeisterter Amateurfilmer und hatte meine Kamera zufällig dabei. Ich entschloß mich, einen Film zu drehen."

„Und während Sie diesen Film machten, löste sich die Lawine. Ist es Ihnen gelungen, sie zu filmen?"

„Zum Teil, Sir." Hatry hielt inne. „Der Film ist nicht besonders gut, fürchte ich."

„Aber nachdem Sie ihn entwickeln ließen, wurde Ihnen klar, wie wichtig er war, und Sie überließen ihn der Kommission als Beweismaterial?! Ich finde, der Film ist das beste verfügbare Beweisstück. Mr. Reed, lassen Sie bitte die Leinwand aufstellen."

Stimmengewirr wurde im Saal laut, während die Gerichtsdiener die Leinwand und den Projektor aufstellten. Die Vorhänge wurden zugezogen. Es folgte ein Klicken und Surren. Dann flimmerten wirre Bilder auf, und plötzlich eine erkennbare Szene – weiße Berge gegen einen blauen Himmel. Sie verschwand und wurde von einer anderen Landschaft abgelöst. „Das ist das Tal", erklärte Hatry.

Die Bilder hätten Urlaubserinnerungen eines Filmamateurs sein können – aus der Hand gedreht und leicht verwackelt. Aber die Spannung im Saal wuchs von Minute zu Minute.

Schließlich sagte Hatry: „Jetzt müßte es eigentlich kommen. Ich hatte Hauptmann Storey gebeten, nördlich am Hukahoronui-Tal entlangzufliegen."

„Wie hoch waren Sie?" wollte Rolandson wissen.

„Etwa sieben- bis achthundert Meter über dem Tal."

„Sie flogen also unterhalb des westlichen Massivs?"

„Jawohl. Später habe ich erfahren, daß der Hang von der Talsohle bis zum Gipfel zweitausend Meter hoch ist. – Da ist er!"

Das Bild glitt langsam bergauf und zeigte einen schmalen Streifen blauen Himmels. Vereinzelt ragten Felsen aus dem Schnee, der die Leinwand ausfüllte und die Augen blendete. Plötzlich verschwamm das Bild, wurde dann aber wieder genau. Zuerst sah man graue Schwaden, Schatten, von dem aufwirbelnden Schnee verursacht, die sich auf der rasenden Talfahrt ständig ausdehnten. Plötzlich verschwanden sie seitlich, als ob die Kamera abgeschwenkt wäre. „Wir hatten Mühe, das Flugzeug auf Kurs zu halten", sagte Hatry entschuldigend. „Wir waren sehr aufgeregt."

Dann wieder eine brodelnde Wolke von Weiß, die sich, stetig anwachsend, den Hang hinabstürzte. Der ganze obere Hang war in Bewegung geraten.

Etwas Überraschendes passierte mit dem Nebel. Noch bevor die heranrückende Schneefront ihn erreichte, wurde der Nebel zurückgedrängt, wie von unsichtbarer Hand weggeschoben. Für einen kurzen Augenblick konnte man Gebäude erkennen. Dann fegte der Schnee über alles hinweg.

Die Leinwand wurde blendend weiß, und man hörte das Flattern des Filmendes, das in der wirbelnden Spule gegen den Projektor schlug. „Leider ging mir der Film aus", meinte Hatry. „Außerdem erhielten wir Befehl, nach Christchurch zurückzukehren."

„Vielen Dank, Mr. Hatry. Sie können an Ihren Platz zurückkehren. Haben Sie zu dem, was Sie gerade gesehen haben, irgend etwas zu sagen, Dr. McGill?"

„Der Film ist hochinteressant, vor allem, weil wir Bestätigung für etwas erhalten, das wir immer vermutet haben, aber noch nicht beweisen konnten. An der Bewegung des Nebels konnten wir erkennen, daß den rutschenden Schneemassen eine Druckwelle vorausging. Nur eine solche Druckwelle konnte einen so erheblichen Schaden anrichten. Der Film sollte unbedingt aufgehoben werden. Ich würde mich freuen, wenn ich für meine Studien auch eine Kopie haben könnte."

„Vielen Dank." Harrison blickte auf die Uhr. „Es ist Zeit, die Sitzung zu vertagen." Er schlug mit dem Hammer aufs Pult.

DRAUSSEN...

McGILL verließ die Halle zusammen mit Oberleutnant Hatry. Sie unterhielten sich und gebrauchten ihre Hände, wenn sie das Gesagte veranschaulichen wollten. Sobald sie durch die Tür waren, gingen sie in verschiedenen Richtungen davon.

„Dr. McGill!" Jemand zupfte McGill am Jackenärmel, und er

wandte sich um. Die Peterson-Brüder standen hinter ihm. Erik begann: „Es hat mich sehr gefreut, was Sie über Johnnie gesagt haben. Ich möchte mich bei Ihnen dafür bedanken."

„Keine Ursache", antwortete McGill. „Er hat es verdient."

„Trotzdem", beharrte Erik etwas unbeholfen. „Es war schon sehr nett von Ihnen, es in aller Öffentlichkeit zu sagen – besonders, wo Sie sozusagen auf der anderen Seite stehen."

„Einen Augenblick", unterbrach ihn McGill scharf. „Ich bin neutral – ich stehe auf keiner Seite. Es handelt sich hier um eine Untersuchung und nicht um einen Prozeß."

Charlie blieb unbeeindruckt. „Jeder weiß, daß Sie und Ballard Busenfreunde sind."

„Halt den Mund, Charlie!" fauchte Erik.

„Warum denn?" fuhr Charlie unbeirrt fort. „Ich weiß nur eins, früher hatte ich drei Brüder, und nun habe ich nur noch einen – und Ballard, dieser Schweinehund, hat beide umgebracht. Sie sind sein Freund – sagen Sie ihm, wenn er Liz nur noch einmal anschaut, werde ich ihn umlegen."

Erik zog Charlie weg. „Charlie, manchmal glaube ich, du drehst durch!" Er schüttelte entmutigt den Kopf. „Tut mir leid, McGill."

Charlie ließ sich wegführen, rief McGill aber noch über die Schulter zu: „Vergessen Sie nicht, Ballard alles zu sagen."

STENNING ging auf sein Hotelzimmer, um sich frisch zu machen. Sein Anzug war zu schwer für den neuseeländischen Sommer, und er fühlte sich verschwitzt. Er ergänzte die spärlichen Notizen, die er während der Untersuchung hingekritzelt hatte. Kopfschüttelnd dachte er an die Beweisaufnahme und an den jungen Ballard, für den es nicht gerade gut aussah. Die Sache mit der Grubensicherheit konnte Ballard leicht in die Schuhe geschoben werden, falls jemand auf die Idee kam, der Sache nachzugehen.

Schließlich zog er sich an und ging hinaus. An einem Tisch in der Nähe des Schwimmbeckens entdeckte er Ballard mit einer ungewöhnlich schönen Frau. Als er näher kam, bemerkte Ballard ihn und stand auf. „Miß Peterson, darf ich Ihnen Mr. Stenning vorstellen, einen Besucher aus England."

Stenning zog die weißen Augenbrauen bei der Nennung ihres Namens hoch, sagte aber nur: „Guten Abend, Miß Peterson." Er setzte sich, lehnte sich zurück und beobachtete die beiden neugierig.

Ballard blickte auf. „Da kommt Mike. Wo hast du bloß gesteckt?"
„Ich hatte nur ein kleines Geplänkel mit Liz' charmanten Brüdern.
Tag, Liz."

„Was war denn mit meinen Brüdern?" fragte Liz. Sie kraulte ihren
Hund, der neben dem Stuhl saß.

„Erik ist in Ordnung", erklärte McGill. „Aber habt ihr keine Bedenken wegen Charlie? Als Psychiater würde ich die Diagnose ‚Para-
noiker' stellen. Er hat dir gedroht, Ian. Er hat gesagt, wenn du Liz noch
einmal nur anblickst, legt er dich um."

Stenning mischte sich ein. „Und er hat wortwörtlich ‚umlegen'
gesagt?"

„Wortwörtlich."

Stenning schüttelte den Kopf. Liz meinte: „Ich muß mich wohl mit
Charlie-Boß unterhalten. Aber reden wir nicht mehr von den Petersons. Was macht dein Tennisspiel, Ian?"

„Es geht nicht schlecht", antwortete Ballard.

„Hast du Lust auf ein Match?" schloß sie und stand auf.

Sie gingen auf die Tennisplätze zu, Viktor im Gefolge. McGill sah
ihnen nach. Dann wandte er sich Stenning zu.

„Sagen Sie, wenn Ian eine Peterson heiratet, würde das bei Ihrem
‚Nieder-mit-den-Petersons'-Spielchen zählen?"

Stenning verzog keine Miene, nur die Augen bewegten sich und be-
lauerten McGill aus den Winkeln. „Er hat Ihnen also davon erzählt.
Ihre Frage ist schwer zu beantworten. Ich bezweifle, daß Ben es sich so
vorgestellt hat." Schließlich erhob er sich. „Ich glaube, ich lege mich
ein Weilchen aufs Ohr."

AN DER Rezeption des Hotels wurde McGill vom Portier angesprochen. „Ein Brief für Sie, Dr. McGill."

McGill öffnete den Brief an der Bar. Beim Auseinanderfalten der
Blätter fiel ein Scheck heraus. Er nahm ihn auf und blickte flüchtig
darauf. Seine Augen wurden größer, als er den Betrag sah, auf den der
Scheck lautete. Er las stirnrunzelnd die erste Seite des Briefes.

Als Ballard ankam, erwartete ihn McGill schon aufgeregt. Er
winkte den Barmixer heran und bestellte. „Noch zwei Doppelte. Ian,
wir haben Grund zum Feiern. In meiner Tasche habe ich eine Bombe.
Sie ist per Luftpost aus Los Angeles gekommen." Er zog den Brief aus
der Jackentasche und hielt ihn Ballard unter die Nase. „Lies, mein
Freund. Lies und weine, obwohl er deine Rettung bedeutet."

Ballard nahm den Brief aus dem Umschlag. Er sah den Scheck und fragte: „Was zum Teufel ist das? Bestechungsgeld?"
„Lies erst mal", drängte McGill. Der Brief kam von Miller, dem Amerikaner. Sein Inhalt war erschütternd.

Lieber Dr. McGill,
ich wollte diesen Brief schon lange schreiben, aber ich habe es immer wieder aufgeschoben, wahrscheinlich weil ich Angst hatte. Was passiert ist, lastet seither schwer auf meinem Gewissen, denn die Lawine hat so viele Opfer gefordert, darunter meinen guten Freund Ralph Newman.
   Früh am Morgen jenes schrecklichen Sonntags fuhr ich mit Charlie Peterson Ski. Wir stiegen im Talende auf. Die Abfahrten waren nicht besonders gut, deshalb machte Charlie den Vorschlag, zu den Hängen oberhalb von Hukahoronui hinüberzugehen. Wir kamen dann endlich auf den Westhang oberhalb des Städtchens und stießen auf ein Schild „Skilaufen verboten". Charlie sagte, das Land gehöre den Petersons, und niemand könne ihn daran hindern, auf seinem Grund und Boden zu tun und zu lassen, was er wollte. Lachend stand er da, und irgend etwas schien in dem Moment nicht mit ihm zu stimmen.
   Er sagte, eine Lawine wäre vielleicht gar nicht so schlecht; denn alles, womit man Ballard loswerde, könnte womöglich nur von Vorteil sein. Er erzählte, Ballard hätte seinen Bruder umgebracht und seinem Vater die Grube gestohlen, und dann sagte er, die Mine würde Ballard nicht viel nutzen, wenn es sie nicht mehr gäbe.
   Ich warf ihm vor, er rede verrücktes Zeug, und fragte ihn, wie er es anstellen wolle, die ganze Goldgrube verschwinden zu lassen. Plötzlich rief er: „Das werde ich dir zeigen!" und lief augenblicklich los. Er fuhr nicht sehr schnell, aber er sprang immer wieder mit voller Kraft hoch und kantete hart auf. Ich lief hinter ihm her und versuchte, ihn daran zu hindern. Dann hörte ich plötzlich ein Knistern, ungefähr so wie Pommes frites in frischem Öl, und Charlie rief mir etwas zu. Ich blieb stehen und sah, wie er im Treppenschritt hochkam, immer wieder Schnee auslösend.
   Dann begann der Rutsch. Charlie und ich waren in Sicherheit, denn wir standen oberhalb. Wir blieben einfach stehen und beobachteten, wie es losging. Ich habe noch nie so etwas Schreckliches gesehen. Plötzlich fing ich an zu weinen. Ich schäme mich nicht, das zuzugeben. Charlie schüttelte mich und sagte, ich solle den Mund halten. Und wenn ich irgend jemandem ein Wort davon erzählte, dann würde er mich umbringen. Ich nahm es ihm damals ab – er hätte so was Verrücktes tun können.
   Er meinte, es sei nur eine Masse federleichten Zeugs gewesen, das abgegangen war, und es hätte den Leuten nur einen ordentlichen Schrecken

eingejagt. Die Grube, so hoffte er, sei aber erledigt. Er lachte sogar darüber. Wir fuhren also ab und sahen uns das Bild des Schreckens an. Dabei
bedrohte mich Charlie erneut. Ich schäme mich zutiefst meines Schwei-
gens und hoffe sehr, dieser Brief trägt zu einer Berichtigung bei. Ich
nehme an, es gibt ein Spendenkonto für die Familien der Opfer. Anbei
finden Sie einen Scheck über zehntausend Dollar. Das sind fast meine
ganzen Ersparnisse.

BALLARD blickte auf. „Mein Gott! Den Brief können wir nicht gebrauchen."

„Aber wieso nicht? Stenning würde sich riesig freuen. Ian, du hast
das Schicksal der Ballard-Treuhand dort in deiner Hand."

„Mike, wir haben mit der Lawine gerechnet, oder nicht? Den Piloten des Flugzeuges hast du von jedweder Schuld entlastet – du sagtest,
der Schnee *mußte* herunterkommen. Macht dieser Brief jetzt einen
Unterschied?"

„Dein Argument zieht nicht", erwiderte McGill entschieden. „Ich
weiß genau, woran du denkst. Wenn dieser Brief veröffentlicht wird,
kannst du Liz auf Nimmerwiedersehen sagen. Aber das ist kein ausrei-
chender Grund. Dieser Dreckskerl hat vierundfünfzig Menschen auf
dem Gewissen. Hätte Miller gesagt, daß es sich um einen Unfall gehandelt hätte, wäre ich vielleicht deiner Meinung, aber er sagt, daß
Charlie es mit Absicht getan hat. Das kannst du nicht einfach verheimlichen. Im übrigen ist das meine Entscheidung. Der Brief ist an mich
gerichtet."

Er nahm Ballard den Brief aus der Hand, steckte ihn in den Umschlag zurück und schob ihn in seine Tasche.

„Liz wird nie glauben, daß ich dagegen war", meinte Ballard deprimiert. „Wann wirst du Harrison den Brief geben?"

„Natürlich morgen."

„Warte noch ein bißchen", drängte Ballard. „Ich möchte die Sache
zuerst mit Liz klären, denn ich möchte nicht, daß sie das bei der Untersuchung so unvorbereitet an den Kopf geworfen kriegt. Ich würde sie
nicht heiraten wollen, wenn ich nicht genau wüßte, daß sie eine Menge
Familienstolz besitzt."

McGill überlegte. „In Ordnung. Ich halte ihn vierundzwanzig
Stunden zurück." Er drehte sich auf dem Hocker um und sah Ballard
nach, der eilig davonging.

Dann wandte er sich wieder dem wartenden Barkeeper zu. „Noch
zwei Doppelte."

„Kommt der Gentleman zurück?"

„Nein, er kommt nicht zurück", antwortete McGill abwesend. „Aber in einem Punkt haben Sie recht: Er ist ein Gentleman, und davon gibt es heutzutage verdammt wenige."

AN DIESEM Abend aßen Ballard und Stenning zusammen. Ballard war zerstreut und offensichtlich nicht in Stimmung, über belanglose Dinge zu plaudern. Stenning war dies aufgefallen, und er hatte während des Essens geschwiegen. Aber beim Kaffee rang er sich zu einer Frage durch: „Ian, wie ist Ihr Verhältnis zu Miß Peterson?"

Ballard zuckte zusammen, von der aufdringlichen Frage etwas irritiert. „Wieso? Geht Sie das etwas an?"

„Warum nicht?" Stenning rührte den Kaffee um. „Sie haben die Sache mit der Ballard-Treuhand vielleicht vergessen, ich aber keineswegs. Denn ich muß Bens Wünsche richtig interpretieren, und von Liz Peterson hat er nichts gesagt."

„Was hat Liz damit zu tun?" Er grinste verkrampft. „Sagen Sie nur, ich soll auch sie niedertrampeln! Der alte Herr hielt nicht allzuviel von Frauen, er lebte nur fürs Geschäft."

„Sie kennen Ben besser, als ich dachte." Stenning nickte zustimmend. „Diese Tatsache wiederum hat natürlich großen Einfluß auf meine Auslegung seiner Wünsche. Meine Schlußfolgerung lautet also: Sie können Miß Peterson heiraten oder nicht. Was auch immer Sie in dieser Hinsicht tun, es hat keinen Einfluß auf meine Entscheidung bezüglich Ihrer Eignung als Treuhandverwalter."

„Vielen Dank", antwortete Ballard ungerührt.

„Das Problem mit den Brüdern Peterson besteht selbstverständlich nach wie vor."

„Glauben Sie im Ernst, daß ich, wenn ich die Petersons niederwalze, wie Sie es so feinfühlig ausdrücken, noch eine Chance bei Liz hätte?"

„Ja, das könnte ein ziemliches Problem für Sie sein."

Ballard stand auf. „Zum Teufel mit Ihnen, Mr. Stenning!" Er warf die Serviette hin. „Und mit der Ballard-Treuhand ebenso!"

Stenning blickte ihm fassungslos nach.

Ballard rief Liz in ihrem Hotel an und versuchte, sich mit ihr zu verabreden. „Es ist besser, du kommst nicht hierher", riet sie ihm. „Charlie würde wieder Krach schlagen. Ich komme zu dir ins Hotel."

Nervös ging er im Zimmer auf und ab, als Liz um halb zehn noch immer nicht erschienen war.

Um Viertel vor zehn klingelte das Telefon, und er stürzte sich darauf. „Sie haben Besuch, Mr. Ballard", hieß es.

Ballard ging in die Hotelhalle. In einer Ecke sah er Stenning Zeitung lesen, aber kein Anzeichen von Liz. Eine Stimme hinter ihm sagte plötzlich: „*Mich* haben Sie bestimmt nicht erwartet, Ballard."

Er wandte sich um und erblickte Charlie Peterson. Charlie schien leicht zu schwanken. Sein Gesicht war gerötet und verschwitzt. Unter seinem linken Auge zuckte es krampfartig. „Liz kommt nicht", schnaubte er. „Ich habe dafür gesorgt. Und Ihnen habe ich schon mal gesagt – Hände weg von meiner Schwester."

Ballard sagte: „Ich habe Liz gebeten hierherzukommen, weil ich ihr etwas Wichtiges mitzuteilen habe. Da sie nicht hier ist, werde ich's Ihnen sagen."

Irgend etwas in Ballards Stimme erweckte Charlies Aufmerksamkeit. Er kniff die Augen zusammen und sagte: „Nun gut, sagen Sie, was Sie zu sagen haben."

„Sie sind in argen Schwierigkeiten. Wir wissen, was oben auf dem Westhang passiert ist, bevor die Lawine losging."

„Ich war nicht auf dem Westhang. Wer sagt das denn?"

„Miller", antwortete Ballard ruhig. „Wir haben einen Brief. Morgen früh wird er Harrison überreicht."

Charlie schluckte. „Und was soll ich angeblich gemacht haben?"

„Miller sagt, Sie hätten die Lawine mit Absicht ausgelöst."

Charlies Gesichtsmuskeln zuckten stark. „Das ist gelogen!" schrie er. „Er ist ein dreckiger Lügner!"

„Jetzt hören Sie mir gut zu. Ich bat Liz hierherzukommen, um es ihr schonend beizubringen, damit sie es nicht zum ersten Mal vor Gericht hört. Ich lasse Ihnen die Chance, morgen sofort nach der Eröffnung der Sitzung Harrison schleunigst *Ihre* Version der Geschichte vorzutragen, bevor er den Brief bekommt. Und glauben Sie ja nicht, daß ich es Ihretwegen täte. Ich tue es nur für Liz."

„Was für eine Chance!" höhnte Charlie. „Sie haben sich das alles aus den Fingern gesogen, Ballard, Sie und McGill." Charlie stand ruckartig auf und stieß Ballard mit dem Zeigefinger an. „Ich sage Ihnen, wenn ich Sie irgendwo erwische, wo ich an Sie rankann, dann werden Sie noch mal wünschen, Sie hätten nie von der Familie Peterson gehört!" Er drehte sich abrupt auf dem Absatz um und verließ im Sturmschritt die Halle.

McGill arbeitete bis tief in die Nacht in der Dunkelkammer des *Deep-*

Freeze-Hauptquartiers. Es war weit nach Mitternacht, als er fertig war, und die ganze Ausbeute seiner Mühe lag in einem Umschlag mit ein paar Hochglanzvergrößerungen und einigen Dias.

Er fuhr zum Hotel zurück und stellte sein Auto auf dem Parkplatz neben Ballards Wagen ab. Dieser war leer, und die Tür war abgeschlossen. Er wollte gerade ins Hotel gehen, als er einen sehr schwachen Laut hörte. Als er um Ballards Wagen herumging, trat er in der Dunkelheit auf etwas Weiches.

Der Nachtportier blickte alarmiert hoch, als McGill in die Empfangshalle hineinplatzte. „Rufen Sie schnell einen Arzt und einen Krankenwagen", forderte McGill außer Atem. „Ein schwerverletzter Mann liegt auf dem Parkplatz."

Eine Minute später hämmerte McGill an Stennings Tür. Stennings weißes Haar war durcheinander, seine Augen noch schläfrig. McGill machte es kurz. „Kommen Sie mit, und sehen Sie sich an, was Sie mit Ihrer verfluchten Einmischung angerichtet haben!"

„Was meinen Sie?"

McGill antwortete nicht auf die Frage. Sie eilten über den Parkplatz, der jetzt hell erleuchtet war.

Stenning schrie entsetzt auf, als er Ballards blutenden Körper erblickte. „Mein Gott! Ein Autounfall, mit Sicherheit! Vielleicht ist er danach hierhergekrochen?"

„Dann müßte man eine Blutspur sehen." McGill stand auf. „Was Sie vor sich sehen, ist ein Mann, der fast zu Tode geprügelt worden ist. So sieht ein Mensch aus, der *niedergewalzt* worden ist, Mr. Stenning." Sein Ton war hart und anklagend. „Sie sitzen in Ihren Luxusbüros in der Londoner City und manipulieren Menschen. Das ist dann die Wirklichkeit...!"

Stenning schluckte trocken. „Das war nicht die Absicht..."

„Keine Mordabsicht? Was erwarten Sie denn anderes, wenn Sie einem Verrückten wie Charlie Peterson einen Knüppel zwischen die Beine werfen?"

„Sind Sie überhaupt sicher, daß es Peterson war?"

„Ja", antwortete McGill prompt.

„Woher wissen Sie das?"

McGill dachte nach. Plötzlich wurde ihm bewußt, daß er den Umschlag mit den Fotos noch in der Hand hielt, und seine Gedanken kreisten fieberhaft. „Ich weiß es", sagte er und log in voller Absicht. „Ich weiß es, weil Ian es mir gesagt hat, bevor er das Bewußtsein verlor."

DAS HEARING...

AM NÄCHSTEN Morgen um zehn Uhr schritt Harrison durch den Saal. Er wartete, bis sich die Unruhe gelegt hatte, und begann dann: „Ich muß leider berichten, daß Mr. Ian Ballard heute in den frühen Morgenstunden bei einem Autounfall schwer verletzt worden ist und in das Princess-Margaret-Krankenhaus eingeliefert wurde. Dr. McGill, wie geht es Mr. Ballard?"

„Er ist noch bewußtlos, Herr Vorsitzender."

„Das tut mir leid. Es ist gut, daß Sie gekommen sind, aber unter den Umständen wäre es nicht unbedingt nötig gewesen."

„Ich glaube, es war sehr nötig, Herr Vorsitzender, denn ich bin im Besitz von neuem Beweismaterial." McGill nahm den Umschlag aus der Tasche. „Ich habe diesen Brief erhalten und den Inhalt mit Mr. Ballard besprochen. Wir waren beide der Meinung, daß er zu wichtig war, um ihn zu verschweigen, obwohl er möglicherweise den Ruf eines Menschen zerstören wird."

Er reichte Harrison den Brief, der ihn öffnete und zu lesen anfing. Harrison nahm sich Zeit, und die Falten in seinem Gesicht wurden immer tiefer.

Schließlich hob er den Kopf und sagte: „Ich verstehe. Ja, es wäre falsch gewesen, den Brief zu unterschlagen. Wie ich sehe, ist jede einzelne Seite unterschrieben, gegengezeichnet und mit dem Siegel eines Notars versehen." Harrisons Augen schweiften durch den Saal. „Mr. Lyall, würden Sie bitte vortreten? Dieser Brief bezieht sich auf einen Ihrer Mandanten. Ich finde, Sie sollten ihn lesen." Er hielt Lyall den Brief hin.

Einige Minuten später meinte Lyall nervös: „Ich weiß nicht, was ich sagen soll, Herr Vorsitzender." Er war blaß. „Am liebsten würde ich mich von dem Fall zurückziehen."

„Ach wirklich?" Harrisons Stimme war schneidend. „Dies ist kein Fall, Mr. Lyall. Wir sind eine Untersuchungskommission."

Zwei rote Flecken prangten auf Lyalls Wangen. „Nun gut", sagte er kurz. „Ist das Beweismaterial überhaupt zulässig?"

McGill meldete sich wieder zu Wort: „Ich habe weiteres erhärtendes Beweismaterial."

„Beweismaterial, das diesen Brief erhärten soll, ist nicht zulässig, wenn der Brief selbst nicht zulässig ist", meinte Lyall. „Und wenn Sie den Brief gelten lassen, kann das zu einer Berufung führen!"

„Es wird keine Berufung geben", erwiderte McGill. „Das wissen Sie genausogut wie ich."

„Es ist nicht Ihre Aufgabe, Dr. McGill, hier den Anwalt zu spielen", wies Harrison ihn mit eisiger Stimme zurecht.

Harrison reichte den Brief an den Schriftführer der Kommission, nachdem Lyall ihn zurückgegeben hatte. „Mr. Reed, lesen Sie den Brief bitte vor."

Als Reed zu Ende gelesen hatte, wanderten aller Blicke in eine Ecke.

Charlie Peterson saß zusammengesackt auf seinem Stuhl, mit starrem Blick. Erik blickte Charlie völlig verwirrt an. Liz saß kerzengerade, ihre Stirn lag in Falten, und ihre Lippen hielt sie wütend zusammengepreßt.

Charlies Augen wanderten unruhig hin und her, und plötzlich sprang er auf. „Miller ist ein Lügner! Er hat die Lawine ausgelöst, nicht ich!"

„Setzen Sie sich, Mr. Peterson", ordnete Harrison frostig an. „Dr. McGill, Sie haben weiteres Beweismaterial erwähnt. Erzählen Sie uns doch, worum es geht!"

„Es handelt sich um fotografisches Beweismaterial, Herr Vorsitzender", erklärte McGill. „Ich habe mir erlaubt, den nötigen Projektor zu besorgen, und ich möchte ihn gern selbst bedienen. Hier habe ich den Originalfilm von Oberleutnant Hatry, der uns den Abgang der Lawine zeigt. Der Film, den er der Kommission zur Verfügung stellte, war eine Kopie. Das Original ist viel schärfer."

Es dauerte noch ein paar Minuten, bis der Apparat aufgestellt war und McGill einschaltete. Ein verwackeltes Bild erschien, und McGill drückte auf den Knopf für Einzelbildschaltung. „Wie Sie sehen können, brach die Lawine direkt hier bei diesen Felsen ab. Und hier habe ich einen sehr stark vergrößerten Ausschnitt dieser Szene, den ich mit diesem Spezialprojektor hier zeigen werde."

Er stellte den Apparat an.

„Hier sehen wir die Felsen, und dort ist die Staubfahne aus Pulverschnee, die den Beginn der Lawine markiert. Die nächste Aufnahme, die Sie sehen werden, ist ein ähnliches Bild, das aber sechsunddreißig Bilder später kommt. Das heißt, zwischen der Aufnahme der zwei Fotos liegen etwa zwei Sekunden." Er ging zum Projektor zurück und steckte das zweite Bild hinein.

„Der Unterschied ist nicht sehr groß, wie Sie sehen können. Der Schneestreifen ist nur geringfügig breiter." Er hielt inne. „Wenn wir aber diese Bilder sehr schnell abwechselnd zeigen, wie es dieser Apparat ermöglicht, werden Sie etwas Merkwürdiges feststellen."

Das Bild auf der Leinwand flimmerte kurz, und der Schneestreifen geriet in Bewegung. McGill benutzte den Zeigestock. „Diese zwei Punkte hier, die ich für Felsen hielt, bewegen sich offensichtlich. Ich stelle die Behauptung auf, daß der Punkt oben Mr. Miller ist und der Punkt unten Peterson, der zu ihm wieder aufsteigt, nachdem die Lawine ausgelöst wurde."

„Können Sie dies beweisen, Dr. McGill?" fragte Harrison.

McGill blieb einen Augenblick lang still. „Nein", gab er schließlich zu. „Aber ich habe noch weiteres Beweismaterial." McGill ging zum Projektor zurück. „Nach der Lawine bin ich auf den Westhang gestiegen, da ich sehen wollte, ob weitere Gefahr drohte. Charlie Peterson begleitete mich freiwillig. Wir untersuchten den Hang, und Mr. Peterson war sehr gelassen dabei. Erst nachdem ich ihm gegenüber äußerte, daß ich die Stelle untersuchen wollte, an der die Lawine losgebrochen sein mußte, zeigte er Anzeichen von Nervosität und schlug vor, wieder abzufahren. Wir erreichten die Stelle sowieso nie, da sich in dem Moment im Tal die Flugzeugkollision ereignete und wir augenblicklich hinunterfuhren."

„Interessant", meinte Harrison. „Aber ich sehe nicht, worauf Sie hinauswollen."

„Die Sache ist die", begann McGill. „Während wir oben auf dem Hang waren, flog eine Maschine sehr niedrig über uns, und ich sah, wie jemand fotografierte. Später erfuhr ich, daß das Flugzeug von einer Zeitung hier in Christchurch gechartert worden war. Gestern abend war ich in der Redaktion und sah mir alle Fotos an. Hier sind einige davon."

Der Projektor klickte, und es wurde hell auf der Leinwand. Dann erschien ein Schwarzweißbild, und McGill erläuterte: „In der unteren rechten Ecke können Sie Peterson und mich erkennen. In der oberen linken Ecke sehen Sie die freistehenden Felsen. In der Nähe der Felsen sind Skispuren – und auch hier. Ich glaube, Peterson wollte nicht, daß ich die Spuren sehe, und deswegen war er so nervös."

McGill ließ ein weiteres Bild auf der Leinwand aufleuchten. „Hier sehen wir eine Vergrößerung von der Abbruchstelle der Lawine. Eine Skispur führt zu ihr hin. Diese gezackte Linie und diese zweite hier markieren Stellen, wo jemand am Hang herumgesprungen ist. Während der ganzen Nacht hatte es heftig geschneit, die Spuren können nur frühmorgens am Tag der Lawine entstanden sein."

Er schaltete den Projektor ab. „Ich gebe hiermit unter Eid zu Protokoll, daß Miller und Peterson an dem Sonntag, als ich sie zum ersten Mal sah, auf Skiern ankamen."

„Licht!" rief Harrison. „Bitte Licht anmachen!"

Ein Kronleuchter funkelte plötzlich auf, und dann überflutete Sonnenlicht den Raum, als ein Gerichtsdiener den Vorhang zurückzog. Charlie hatte sich bereits erhoben.

„Alles Schweine!" schrie Charlie. „Es war Ballard, der meinen Bruder umgebracht hat – das wissen alle! Niemand wäre gestorben, wenn sie alle in die Grube gegangen wären, wie Erik wollte. Und Alec wäre nicht ertrunken, wenn Ballard nicht gewesen wäre." Schaum stand vor seinem Mund, und seine Kehle arbeitete krampfartig. „Er hat die Lawine ausgelöst – er und Miller! Ballard mochte Huka nicht, und die Leute hier auch nicht." Er warf die Arme hoch. „Er wollte es zerstören – und das hat er auch getan."

Erik packte Charlie am Arm, aber Charlie schüttelte ihn mühelos ab. „Und McGill steckt unter einer Decke mit ihm, und ich werde diesen Saukerl umbringen!" Er stürzte durch den Saal auf McGill zu, aber bevor er ihn erreichte, war Erik da und warf sich auf Charlie.

Es gab ein kurzes Gerangel, dann rannte Charlie auf die Tür zu. Kurz bevor er sie erreichte, ging sie jedoch auf, und er lief zwei Polizisten in die Arme. Sie faßten ihn und führten ihn im Polizeigriff aus dem Saal. Unter den Anwesenden entstand große Unruhe, und Harrison schlug vergeblich mit dem Hammer auf den Tisch. Schließlich sagte er leise: „Das Hearing ist vertagt."

EPILOG...

EINE halbe Stunde später war McGill im Saal immer noch von Zeitungsleuten belagert. „Kein Kommentar", wiederholte er mehrmals.

Er löste sich endlich von der Menge und verließ den Saal durch die erstbeste Tür, die er sah. Als er sie hinter sich zugeschlagen hatte und sich umwandte, erblickte er Harrison und Stenning.

„Sie haben ziemlich viel Aufregung verursacht, Dr. McGill", sagte Harrison.

McGill zog eine Grimasse. „Nicht soviel wie Charlie. Wie geht es ihm?"

„Man hat ihm ein Beruhigungsmittel verpaßt. Ich fürchte, wir müssen eine Zwangseinweisung anordnen." Harrison erinnerte sich an die Etikette. „Ach ja, darf ich Mr. Stenning vorstellen – ein Besucher aus England. Er möchte sich darüber informieren, wie unsere Verwaltungsjustiz funktioniert. Ich habe ihm gerade erklärt, daß nicht alle Untersuchungen so wild verlaufen." Harrison nahm seine Aktentasche in die Hand. „Ich glaube, meine Herren, wir können uns durch die Hintertür davonmachen."

Aber Stenning fragte: „Dr. McGill, kann ich Sie kurz sprechen?"

Als Stenning und McGill allein waren, begann Stenning: „Harrison hat unrecht – der Brief ist nicht zulässig, da Miller nicht zu einem Kreuzverhör zur Verfügung stand. Ich glaube, die Untersuchung wird vertagt, damit sich Harrison Rat einholen kann. Das beweist wieder, daß es unratsam ist, einem Laien juristische Arbeit zu übertragen."

McGill zuckte mit den Achseln. „Ist das jetzt wichtig? Wir haben gesehen, daß Charlie reif für die Klapsmühle ist."

Stenning betrachtete ihn nachdenklich. „Sie sagten vorhin aus, daß Ian der Bekanntmachung des Briefes zugestimmt hat. Seltsam, denn bei unserem letzten Gespräch hat mich Ian zum Teufel geschickt. Und die Ballard-Treuhand hat er an dieselbe Adresse verwünscht. Er muß es sich anders überlegt haben. Es wäre interessant genau zu wissen, zu welchem Zeitpunkt dies geschehen ist."

„Ich glaube, es war, als Charlie Peterson anfing, ihn zu verprügeln."

„Sie meinen, Peterson war es wirklich?"

„Sie haben Charlie doch eben in Aktion gesehen. Er schmiß Erik wie eine Stoffpuppe herum, und Erik ist kein Zwerg. Heute nachmittag habe ich mir seine Hände genau angesehen, die Knöchel waren ziemlich mitgenommen."

„Ist das der einzige Grund, weswegen Sie annehmen, daß es Peterson war? Ich muß es genau wissen, Dr. McGill!"

„Natürlich nicht", antwortete McGill, der mutig und mit dem ehrlichsten Gesicht der Welt drauflos log. „Ian hat's mir gesagt, als ich ihn auf dem Parkplatz fand. Er sagte, und ich kann mich genau an seine Worte erinnern: ,Es war Charlie. Benutz den Brief und mach ihn fertig.' Dann verlor er das Bewußtsein."

„Aha." Stenning lächelte und bemerkte etwas vage: „Ich finde, Ian hat großes Glück, Sie zum Freund zu haben."

„Ich würde dasselbe für jeden anderen auch tun, dem man so übel mitgespielt hätte, Mr. Stenning. Und Ballard hat's gleich von zwei Seiten bekommen! Sie können Ihre Hände in dieser Sache auch nicht gerade in Unschuld waschen."

Er drehte Stenning abrupt den Rücken zu und verließ das Zimmer. Er ging in die Vorhalle, wo er Liz Peterson fast in die Arme lief. Sie holte weit aus und verpaßte ihm eine Ohrfeige, in die sie ihre ganze Kraft legte.

Sein Kopf kippte zur Seite, und er packte sie beim Handgelenk. „Immer mit der Ruhe, Liz."

„Wie konnten Sie Charlie das antun?" fragte sie hitzig.

„Irgend jemand mußte ihm endlich das Handwerk legen."

„Aber doch nicht so! Sie brauchten ihn doch nicht in aller Öffentlichkeit zu kreuzigen!"

„Wie hätten Sie's denn gemacht? Er war nicht mehr bei Sinnen, Liz. Die Schuld hat ihn erdrückt, und er wollte sie auf Ian abwälzen."

„Ian!" Liz spuckte den Namen verachtungsvoll aus. „Und dieser Mann wollte mich heiraten! Ich will ihn nie wiedersehen! Er hätte den Brief für sich behalten können."

„Das wollte er ja auch", erklärte McGill. „Ich hab's ihm ausreden müssen. Er wollte Sie gestern abend noch sprechen. Hat er das nicht getan?"

Sie schüttelte den Kopf. „Charlie hat mich unter irgendeinem Vorwand ins Auto gelockt und ist dann wie ein Besessener mit mir aus der Stadt gefahren."

Sie schluckte. „Jedenfalls hat er mich draußen auf der Landstraße rausgeschmissen. Es war fast Mitternacht, als ich wieder in der Stadt war. Ich rief Ian an, aber er war nicht da."

„Wußte Charlie, daß Sie Ian treffen wollten?"

„Nein, das heißt, wenn Erik es ihm nicht gesagt hat."

„Sie haben's also Erik gesagt, und Erik hat es Charlie gegenüber erwähnt. Das war sehr dumm von Ihnen." Er faßte sie am Arm. „Ich glaube, ich muß Ihnen einiges erzählen, und Sie werden einen guten Drink dabei brauchen."

Fünf Minuten später saßen sie an der Hotelbar. McGill begann: „Es ist eine ziemlich verzwickte Geschichte. Als Millers Brief eintraf, las Ian ihn und stellte mir eine einzige Frage. Er wollte wissen, ob die Lawine sowieso runtergekommen wäre, einmal abgesehen von dem, was Charlie getan hat. Ich mußte das zugeben. Nachdem Ian das wußte, wollte er den Brief verheimlichen. Ich redete es ihm aus, aber er meinte, er wollte vorher mit Ihnen alles klarstellen."

„Und ich bin nicht erschienen", bemerkte Liz matt.

„Als ich ihn das nächste Mal sah, war er reif fürs Krankenhaus. Und ich habe einen Mann namens Stenning auf Teufel komm raus belogen – Sie kennen ihn, glaube ich."

McGill erzählte ihr vom alten Ben Ballard, von der Ballard-Treuhand und von der Aufgabe, die Stenning auf sich genommen hatte. Das nahm einige Zeit in Anspruch.

Zum Schluß sagte er: „Selbst als Ian von Millers Brief wußte, jagte er Stenning zum Teufel."

„Das wollte er alles aufgeben?" fragte Liz nachdenklich.

„Nicht wegen Charlie, sondern weil er Sie nicht verletzen wollte. Nun ja, aber das ist eigentlich ja sowieso egal. Stenning kann vorweisen, daß Ian die Petersons letzten Endes niedergemacht hat. Er meinte, ein Mann müßte hart wie Stahl sein, um die Ballard-Gruppe zu führen; aber ich finde, der Konzern braucht jetzt viel mehr einen Manager, einen Verwalter, einen Diplomaten – und Ian hat etwas von jedem. Und wenn er einmal stahlhart sein muß, kann er es auch sein, wenn ihm eine Peterson zur Seite steht."

Liz legte ihre Hand auf McGills. „Ich bin hin- und hergerissen, Mike. Die Polizei hat Charlie wegen der Lawine abgeführt…"

„Nein!" unterbrach McGill nicht ohne Schärfe. „Nicht wegen der Lawine. Das ist nicht bewiesen – und wird es vielleicht nie sein. Ian wollte Sie gestern abend treffen, aber statt dessen traf er Charlie. Und Charlie hat Ian auf dem Parkplatz halb totgeschlagen. Die Polizei wartete auf Charlie, um ihn wegen Körperverletzung zu verhaften, sobald er den Saal verließ."

Liz war leichenblaß. Genauso hatte McGill sie schon einmal gesehen, nach der Lawine in der Kirche.

Sanft fuhr er fort. „Er mußte aufgehalten werden, Liz. Ich habe mich oft gefragt, was geschehen wäre, wenn er und ich nach der Lawine den Westhang weiter hinaufgegangen wären und ich die Skispuren gesehen hätte…"

Liz seufzte. Sie zitterte leicht, als sie sagte: „Ich habe gewußt, daß er gewalttätig war und sehr eigensinnig, und ich habe auch gewußt, daß es immer schlimmer wurde. Aber doch nicht so schlimm. Was soll aus ihm werden, Mike?"

„Es wird ihm schon gutgehen. Man wird sich um ihn kümmern. Ich glaube kaum, daß er wegen irgendeiner Sache vor Gericht gestellt wird. Er ist schon jenseits davon, Liz."

Sie nickte. „Dann ist alles vorbei."

„Vorbei", stimmte er zu. „Was mich anbelangt, so wollen meine Meister mich nach Süden ins Eis schicken." McGill lehnte sich zurück und griff nach dem Glas. Beiläufig erwähnte er: „Ian liegt im Princess-Margaret-Krankenhaus – dritte Etage. Die Stationsschwester ist ein alter Drachen, aber wenn Sie sagen, daß Sie Ians Verlobte sind, wird sie Sie vielleicht..."

Ihm wurde bewußt, daß er bereits in die Luft sprach. „He, Sie haben noch nicht ausgetrunken!"

Aber Liz war schon durch den halben Raum geeilt. Neben ihr her trottete Viktor, stolz mit dem Schwanz wedelnd.

Desmond Bagley

Gründliche Nachforschungen, eine packende Handlung und Gestalten mit Profil: so etwa könnte man Desmond Bagleys Erfolgsrezept umreißen. Nimmt man einen seiner Romane zur Hand, wird einem schon nach wenigen Zeilen klar, was Bagley damit meint, wenn er sagt, ein Autor solle eher „unterhaltsam schreiben als gelehrt". Denkt man noch an den sympathischen Zug Bagleys, sich jedesmal aufs neue in die Schauplätze seiner Romane zu verlieben, dann erklärt sich sein Erfolg eigentlich von selbst. Und beliebt ist Bagley nicht nur in den USA, sondern auch in den zehn europäischen Ländern, in denen seine Bücher erschienen sind; in beiden Kontinenten warten die Leser jedes Jahr auf den „neuen Bagley".

Denn so schnell kann Desmond Bagley schreiben. Dabei verläßt er sich ganz auf sein ungeheures Gedächtnis, aus dem er scheinbar spielend technische oder geographische Informationen abrufen kann. Versucht man aber einmal, die Fakten aus seinen Romanen in Frage zu stellen – Bagley wird irgendeine Fachzeitschrift hervorkramen und anhand eines Artikels die Zweifel ausräumen können. Fragt der Leser, woher er den Stoff für seinen jeweils neuesten Thriller genommen hat – Bagley wird ihn auf einen kleinen Zeitungsausschnitt verweisen oder ihm ein paar Zeilen in seinem Notizheft zeigen, in dem er seine Ideen festhält.

Desmond Bagley wurde 1923 in Westmorland/England geboren. Den jungen Mann hält es dort nicht lange, zumal ihm Kameraden von der Royal Air Force in ihren Erzählungen die weite Welt schmackhaft machen. 1946 wandert er nach Südafrika aus und arbeitet in der Verwaltung von Asbest- und Goldgruben. Das Schreiben hatte Bagley schon immer gereizt. Also versucht er sich ab 1957 als freier Journalist. Aber er fühlt sich auch vom Buchhandel angezogen, und schon bald wird er – assistiert von seiner Frau – Leiter einer Buchhandlung. Jetzt hat er Gelegenheit zu studieren, welche Bücher sich gut verkaufen. Die besten „Reißer" nimmt er etwas genauer unter die Lupe: er sucht nach den Zutaten für einen Erfolgsroman, denn er hat sich vorgenommen, selbst einen zu schreiben. Sein Erstling *The Golden Keel*, bei dem es um Goldschmuggel geht, findet prompt einen Verleger – der erste Schritt auf Bagleys kurzem Weg zum Bestsellerautor.

Heute leben die Bagleys wieder in England, in der Grafschaft Devon. Neben dem Schreiben bleibt Desmond Bagley noch Zeit für seine Hobbys: seiner Jacht, ausgiebiger Lektüre und, Bagley scheut sich nicht es zuzugeben, „dem Nichtstun".

Bim Schwarzohr

EINE KURZFASSUNG
DES BUCHES VON

**GAWRIIL
TROJEPOLSKI**

ILLUSTRATIONEN VON
MICHAEL MÄNZ

Eigentlich hat sein Herr ihn Bim genannt, doch wegen seines einen schwarzen Ohres hat er schon bald den Spitznamen Schwarzohr weg.

Sein Herr ist Schriftsteller und, für einen Gordonsetter viel wichtiger, er ist auch begeisterter Jäger. Unter seiner geduldigen und einfühlsamen Anleitung entwickelt sich Bim zu einem verständigen Vorstehhund, der nicht nur im Jagdrevier zu einem echten Partner seines Herrn wird. Der kluge Hund lernt einige einfache Worte der Menschensprache verstehen, ansonsten verläßt er sich auf die diskreten, aber genauen Gesten seines Herrn und natürlich auf „seine eigene Nase".

Das Glück des Daseins ist für Bim komplett, bis sein Herr eines Tages aufbrechen muß, um sich in einem Krankenhaus, weit weg in einer großen Stadt, kurieren zu lassen. Als er zurückkommt, hat Bim einen Hundeleidensweg von achtbarem Ausmaß hinter sich.

1

KLÄGLICH und scheinbar verzweifelt fing er plötzlich an zu winseln und krabbelte unbeholfen herum – er suchte die Mutter. Da nahm ihn sein Herr auf den Schoß und steckte ihm einen Schnuller mit Milch in die kleine Schnauze.

Was bleibt einem einmonatigen Hundewelpen auch anderes übrig, wenn er vom Leben noch nicht die geringste Ahnung hat und die Mutter trotz aller Klagen nicht kommt? So versuchte er es in den ersten zwei Tagen eben hin und wieder mit herzzerreißenden Konzerten. Nichtsdestotrotz schlief er bei seinem Herrn auf dem Arm mit der Milchflasche ein.

Am vierten Tag war dem Kleinen die Wärme der menschlichen Hände schon etwas vertrauter. Hundejunge reagieren auf Liebkosungen sehr schnell. Und nach einer Woche wußte er genau, daß er Bim hieß.

Mit zwei Monaten nahm er verblüfft einzelne Dinge wahr; den für ein Hundejunges gewaltigen Schreibtisch, an der Wand Gewehr und Jagdtasche und das Gesicht eines Menschen mit langen Haaren. An all das hatte er sich bald gewöhnt. Es war auch nichts Verwunderliches dabei, daß der Mensch an der Wand sich nicht rührte; was sich nicht bewegte, interessierte ihn ohnehin nicht. Etwas später freilich würde er ab und zu hinsehen: Was mochte es damit auf sich haben? Das Gesicht schaute aus dem Rahmen wie aus einem Fensterchen.

Die zweite Wand war interessanter. Sie bestand ganz und gar aus Kästen, die sein Herr einzeln herausziehen und wieder hineinschieben konnte. Als Bim vier Monate alt war, stellte er sich auf die Hinterbeine, zog selbst mit den Zähnen einen Kasten heraus und wollte ihn untersuchen. Plötzlich raschelte dieser, und Bim hielt ein Blatt Papier zwischen den Zähnen. Dieses Blatt in kleine Stücke zu zerreißen – das machte viel Spaß.

,,Was ist denn das?" rief da sein Herr. ,,Pfui doch!" Und er stieß Bim mit der Nase auf das Buch. ,,Bim, das ist pfui! Pfui!"

Lange und aufmerksam sah Bim die Bücher an, den Kopf bald nach

links, bald nach rechts geneigt. Und offenbar kam er zu dem Schluß:
Wenn ich dieses Buch nicht zerreißen darf, dann eben ein anderes. In
aller Stille nahm er ein Buch in die Schnauze und zerrte es unter das
Sofa, dort zerbiß er erst eine Ecke des Einbandes, darauf die zweite,
und dann zog er das unglückliche Buch vor Begeisterung mitten ins
Zimmer und begann, es in Stücke zu reißen, spielend und springend.
Da erfuhr er zum erstenmal, was das ist – Schmerz, und was es zu be-
deuten hat – „Pfui!" Sein Herr stand vom Tisch auf und sagte streng:
„Pfui!" Er zog ihn am Ohr. „Pfui! Die Bücher sind pfui!"

Bim jaulte auf und streckte alle viere in die Höhe. Auf dem Rücken
liegend, sah er seinen Herrn an und verstand nicht, was eigentlich vor
sich ging.

„Pfui, Bim! Pfui!" wiederholte sein Herr immer wieder und hielt
ihm dazu das Buch vor die Nase, aber ohne ihn zu strafen. Dann hob er
den kleinen Hund hoch, streichelte ihn und sprach sein: „Pfui, Junge!
Pfui, du Dummerchen." Und er setzte sich und nahm ihn auf den
Schoß. Bim leckte ihm die Hand und sah aufmerksam in sein Gesicht.

Er hatte es gern, wenn sein Herr mit ihm redete, doch verstand er
zunächst nur die beiden Worte „Bim" und „Pfui!" Es war sehr interessant zu sehen, wie die weißen Haare in die Stirn herabhingen, wie die
guten Lippen sich bewegten, und es war schön, wenn die warmen,
zärtlichen Finger sein Fell berührten. Und Bim vermochte schon zu
erkennen, ob sein Herr froh oder traurig war, ob er schimpfte oder ihn
lobte, ob er ihn rief oder davonjagte.

Und traurig war sein Herr bisweilen. Dann sprach er mit sich selber
und wandte sich an Bim: „So geht das im Leben, Dummchen. Was
guckst du sie an?" Und er wies auf das Bild. „Sie ist tot. Weg ist sie,
weg…"

Er streichelte Bim und sagte dazu im Ton völliger Gewißheit: „Ach,
Bimka, Dummchen, du verstehst noch nichts."

Doch er hatte nur zum Teil recht, denn Bim wußte, daß sein Herr
jetzt nicht mit ihm spielen würde, auch daß die Worte „Dummchen"
und „Junge" ihm galten. Wenn ihn sein großer Freund so nannte, kam
Bim sofort, als hätte er ihn beim Namen gerufen. Und da er den Ton
der Stimme schon zu deuten verstand, versprach er ein höchst gescheiter Hund zu werden.

Bestimmt aber nur der Verstand des Hundes dessen Stellung unter
seinen Artgenossen? Leider nicht. Zwar waren Bims geistige Anlagen
in Ordnung, etwas anderes hingegen nicht.

Freilich, er stammte von Rasseeltern ab, von Settern mit langem Stammbaum. Jeder seiner Vorfahren hatte den Rassenachweis. Doch Bim hatte einen großen Mangel. Obgleich er zur Rasse der schottischen Setter (Gordonsetter) gehörte, war seine Färbung nämlich absolut untypisch. Nach dem Rassestandard muß das Fell eines Gordonsetters „schwarz sein, glänzend bläulich schimmern, wie ein Krähenflügel, und scharf abgegrenzte, leuchtend fuchsrote Flecke aufweisen", selbst weiße Zeichnungen an Stellen, die nach dem Standard nicht sein dürfen, gelten bei Gordonsettern als großer Makel. Und mit so einem Fell war Bim auf die Welt gekommen – der Rumpf weiß, rötlich gefleckt und sogar kaum sichtbar rötlich gesprenkelt, nur ein Ohr und ein Bein waren wirklich schwarz wie ein Krähenflügel, das andere Ohr war matt gelblichrot. Dem ganzen Körperbau nach war er ein Gordonsetter, aber mit völlig abweichender Färbung. Ein Vorfahre aus uralter Zeit mußte in Bim durchgebrochen sein.

Mit den verschiedenfarbigen Ohren und den Flecken unter den großen, klugen dunkelbraunen Augen wirkte Bims Schnauze eigentlich noch sympathischer, auffälliger, vielleicht sogar klüger oder, fast möchte man sagen, philosophischer und tiefsinniger als die gewöhnlicher Hunde. Er war ein bildschöner Kerl, doch nach den Gesetzen der Kynologie gilt eine Weißfärbung im gegebenen Fall nun mal als Entartung.

Natürlich wußte Bim nichts von seinem angeborenen Makel, und es war ihm auch nicht gegeben, sich darüber Gedanken zu machen. Er lebte, und einstweilen war er guter Dinge.

Der Besitzer von Bims Mutter war schon drauf und dran gewesen, den Weißen aus dem Wurf auszusondern, das heißt, ihn zu ertränken, doch da hatte sich ein sonderbarer Kauz eingefunden, dem das hübsche Kerlchen leid tat. Dieser seltsame Kauz war Bims jetziger Herr, Bims Augen hatten ihm gefallen. – Sehn Sie, wie klug sie dreinschauen. Den nehm ich!

Es ging ihm zwar gegen den Strich, daß Bim unter den Jagdhunden ein Außenseiter sein würde. Doch er fand sich darein.

„Bist ein guter Hund, Bim, auch ohne Rassenachweis. Gute Hunde haben alle gern." Er nahm Bim auf den Schoß und streichelte ihn. „Brav so. Bist trotzdem brav, Junge."

Bim fühlte Wärme und Geborgenheit. Für sein ganzes Leben merkte er sich, „brav" – das ist Zärtlichkeit, Dankbarkeit, Freundschaft.

Und Bim schlief ein. Was kümmerte es ihn, wer er war, wer sein Herr? Für ihn galt, daß er gut war und nahe. „Ach, du mit deinem schwarzen Ohr", sagte jener leise und trug Bim auf seinen Platz.

Lange stand er am Fenster und schaute in die dunkelblaue Nacht hinaus. Dann hob er den Blick zu dem Frauenporträt und sagte: „Siehst du, jetzt habe ich es ein bißchen leichter. Ich bin nicht mehr allein."

So lebten sie zu zweit in einem Zimmer. Bim wuchs und wurde ein starker, gesunder Hund. Sehr bald hatte er gemerkt, daß sein Herr „Iwan Iwanytsch" hieß. Und nach und nach begriff er, daß man nichts berühren durfte, nur ansehen durfte man sich die Dinge bei den Menschen. Überhaupt *durfte* er alles nicht, es sei denn, sein Herr erlaubte oder befahl es. Das Wörtchen „pfui" wurde zum wichtigsten Gesetz in Bims Leben. Und die Augen von Iwan Iwanytsch, sein Tonfall, seine Bewegungen, die scharfen Kommandos und die zärtlichen Worte lenkten sein Leben. Selbständige Handlungen durften den Wünschen seines Herrn nicht entgegenstehen. Bim lernte, manche Absichten des Freundes schon zu erraten. Da steht er am Fenster, schaut ins Weite und überlegt, überlegt. Bim setzt sich neben ihn, sieht auch hinaus, überlegt auch: Gleich wird sich mein guter Freund an den Tisch setzen. Erst geht er ein bißchen von einer Ecke zur anderen, dann setzt er sich hin und fährt mit einem Stöckchen über ein weißes Blatt, das dann beinahe flüstert. Das wird lange dauern, deshalb setze ich mich ein Weilchen neben ihn. Dann stößt er ihn mit der Nase an die warme Hand. Und sein Herr wird sagen: „Na, Bim, nun wollen wir uns mal an die Arbeit machen." Und wirklich, er setzte sich.

Und Bim legt sich zusammengerollt ihm zu Füßen oder geht, wenn es heißt: „Platz!", in seine Ecke und wartet. Wartet auf einen Blick, ein Wort, eine Bewegung. Nach einer Weile darf er übrigens von seinem Platz fortgehen und sich mit dem runden Knochen beschäftigen, den man nicht zerbeißen, an dem man aber die Zähne wetzen kann – bitte sehr, nur stören darfst du mich nicht. Wenn aber Iwan Iwanytsch die Arme auf den Tisch stützt und die Hände vors Gesicht schlägt, dann kommt Bim heran und legt ihm sein Köpfchen mit den verschiedenfarbenen Ohren auf die Knie. Er weiß, daß er dann gestreichelt wird. Er weiß, sein Freund ist traurig. Und Iwan Iwanytsch dankt ihm: „Danke, mein Lieber, danke, Bimka." Und wieder wird er, mit dem Stöckchen raschelnd, über das weiße Blatt fahren.

So war es zu Hause. Nicht so auf der Wiese; hier konnte man rennen, toben, Schmetterlingen nachjagen, sich im Gras wälzen – alles war erlaubt. Jedoch lief auch hier, nachdem Bim acht Monate alt geworden war, alles nach den Kommandos seines Herrn ab. „Lauf, lauf!" – du darfst spielen. „Zurück!" – sehr einprägsam. „Hinlegen!" – absolut klar. „Hopp!" – spring über etwas hinweg. „Such!" – such ein Stück Käse. „Bei Fuß!" – geh neben deinem Herrn her, aber nur links. „Hierher!" – schnell zu ihm, es gibt ein Stück Zucker. Und noch viele andere Worte kannte Bim, ehe ein Jahr um war.

Doch einmal ereignete sich etwas, das Bims Leben änderte und ihn in wenigen Tagen erwachsen machte. Auf der Suche nach einem versteckten Stück Käse durchstöberte Bim voller Eifer und Sorgfalt eine Wiese, und plötzlich mischte sich in die verschiedenen Gerüche von Gräsern, Blumen, Erde und Flußwasser ein Lufthauch, fremd und erregend. Es roch nach einem Vogel, aber nicht nach einem, den Bim kannte, dem Sperling, der Weidenmeise, der Bachstelze und allerlei Kleinzeug, das einzuholen man gar nicht erst zu versuchen brauchte (probiert hatte er es). Es roch nach etwas Unbekanntem, das sein Blut in Wallung brachte. Bim blieb stehen und sah sich nach Iwan Iwanytsch um. Der aber bog seitlich ab, ohne etwas gemerkt zu haben. Bim war verdutzt, sein Freund witterte nichts. Dann war er ja ein Krüppel! Und da traf Bim die Entscheidung *selbst*. Behutsam ein Bein vors andere setzend, pirschte er sich an das Unbekannte heran, ohne auf Iwan Iwanytsch zu achten. Immer länger dauerte es von einem Schritt zum anderen, er suchte förmlich für jedes Bein den richtigen Platz, um ja nicht zu rascheln oder ein Stengelchen zu streifen. Schließlich wurde der Geruch so stark, daß Bim nicht weiterzugehen vermochte. Den rechten Vorderlauf noch erhoben, so erstarb er an Ort und Stelle, erstarrte, versteinerte geradezu. Da war es, das erste Vorstehen! Das erste Aufwallen der Jagdleidenschaft bis zur völligen Selbstvergessenheit.

Doch da kam sein Herr langsam heran und streichelte Bim, der vor Spannung leicht zitterte. „Brav, brav, Junge. Brav!" Und er nahm ihn beim Halsband. „Vorwärts... Vorwärts..." Doch Bim konnte nicht, ihm fehlte die Kraft. „Vorwärts... Vorwärts..." Iwan Iwanytsch zog ihn voran.

Und Bim bewegte sich. Sachte, ganz sachte. Einmal verharrte er kurz, das Unbekannte schien neben ihm zu sein. Da plötzlich ein scharfes Kommando: „Vorwärts!"

Bim schoß davon. Mit surrendem Flügelschlag strich eine Wachtel

ab. Bim hinterdrein, leidenschaftlich, unter Einsatz aller Kräfte. „Zurück!" kam das Kommando von seinem Herrn.

Doch Bim hörte nicht. „Zu-u-rück!" Und ein Pfiff. „Zu-u-rück!" Und ein Pfiff. Bim jagte dahin, bis er die Wachtel aus den Augen verloren hatte, dann kam er zurück, froh und ausgelassen. Was aber war das? Sein Herr war unzufrieden, schaute ihn streng an, kraulte ihn nicht. Damit war alles klar – sein Freund witterte nicht! Ein unglücklicher Freund... Bim leckte ihm vorsichtig die Hand und drückte in rührender Weise aus, wie sehr ihn diese Minderwertigkeit des ihm am nächsten stehenden Wesens dauerte.

Sein Herr sagte: „Dummchen, das war verkehrt." Und freundlicher: „So, und nun wollen wir mal richtig anfangen." Und er nahm ihm das Halsband ab, legte ihm ein anderes (unbequemes) an und hakte einen langen Riemen daran fest. „Such!"

Jetzt suchte Bim nach *dem Geruch* der Wachtel, weiter nichts. Doch Iwan Iwanytsch führte ihn an die Stelle, wohin die Wachtel geflogen war. Bim wußte ja nicht, daß sein Freund sich die Stelle gemerkt hatte, an der die Wachtel niedergegangen war (wittern konnte er nicht, dafür aber sehen).

Da, derselbe Geruch! Bim, den Riemen nicht beachtend, strebte voran, windete mit erhobenem Kopf. Erneutes Vorstehen. Den Sonnenuntergang im Hintergrund, bot er ein Bild von ungewöhnlicher Schönheit. Iwan Iwanytsch nahm das Riemenende, schlang es sich fest um die Hand und kommandierte leise: „Vorwärts... Vorwärts..."

Bim pirschte in Richtung der Wachtel vor. Noch einmal blieb er stehen. „Vorwärts!"

Bim schoß los wie beim erstenmal. Mit hartem Flügelschlag strich die Wachtel ab. Wieder wollte Bim ihr unbesonnen nachsetzen, doch ein Ruck am Riemen ließ ihn einen Sprung nach hinten vollführen.

„Zurück!" rief sein Herr. „Pfui!"

Bim fiel hin. Er verstand nicht, wozu das? Abermals zog Bim den Riemen in Richtung der Wachtel.

„Hinlegen!" Bim legte sich.

Und noch einmal dasselbe Spiel, diesmal bei einer neuen Wachtel. Jetzt aber spürte Bim den Ruck an dem Riemen früher als vorher, und auf Kommando legte er sich hin, zitternd vor Aufregung und Leidenschaft, aber auch vor Kummer und Niedergeschlagenheit – das alles sprach aus seinem Äußeren, von der Nase bis zur Schwanzspitze. Es ging ihm gar zu sehr gegen den Strich. Wie tat ihm alles weh! Und zwar nicht nur von dem unausstehlichen Riemen, sondern auch von den Stacheln am Halsband.

„So, Bimka. Da hilft alles nichts, das muß nun mal sein." Iwan Iwanytsch klopfte und streichelte Bim.

Mit diesem Tag begann die Ausbildung als echter Jagdhund. Von diesem Tag an wußte Bim, daß nur er allein merkte, wo ein Vogel steckte, und daß sein Herr hilflos war und die Nase nur zum Schein hatte. Eine echte Freundschaft begann, deren Eckpfeiler die drei Worte „Pfui!", „Zurück!" und „Brav" waren.

Und dann, ja dann kam die Flinte dran! Ein Schuß! Die Wachtel fiel wie ein Stein zu Boden. Wie sich herausstellte, brauchte er ihr gar nicht nachzujagen, sondern sie nur zu finden, hochzumachen und sich hinzulegen, das übrige besorgte sein Freund. Ein Spiel gleicher Partner – der Herr hat keinen Geruchssinn, der Hund keine Flinte.

Mit zwei Jahren war Bim ein ausgezeichneter Jagdhund. Er kannte schon etwa hundert Worte, die sich auf die Jagd und das Leben zu Hause bezogen. Sagte Iwan Iwanytsch: „Hol Hausschuhe!", holte er sie ihm; „hol Schüssel!", brachte er sie; „Stuhl!" – dann setzte er sich auf den Stuhl. Er sah an den Augen seines Herrn, wenn dieser einen Menschen mochte, dann war jener von Stund an für Bim ein Bekannter; schaute sein Herr unfreundlich drein, dann kam es wohl vor, daß Bim ein Knurren von sich gab; ja selbst Schmeichelei hörte er aus der Stimme eines Fremden heraus. Doch nie und nimmer hätte Bim jemanden gebissen, mochte ihm selbst einer auf den Schwanz getreten sein.

Hin und wieder war Iwan Iwanytsch krank, dann ließ er Bim allein hinaus. Bim lief dann ein wenig herum, verrichtete seine Geschäfte und kam eilig wieder nach Hause. Auf den Hinterbeinen stehend, kratzte er an der Tür, gab ein bittendes Winseln von sich, und die Tür ging auf, sein Herr schlurfte schweren Schrittes durch den Korridor, begrüßte ihn, indem er ihn klopfte und streichelte, und legte sich wieder ins Bett. Übrigens kränkelte er immer öfter, was Bim nicht entging. Fest hatte sich bei Bim eingeprägt: Wenn du an einer Tür kratzt, wird sie dir geöffnet. Er wußte nicht, was für Enttäuschungen ihm dieses naive Vertrauen noch einbringen sollte.

In Bims drittem Lebensjahr machte ihn Iwan Iwanytsch mit dem Wald vertraut. Es war im Frühjahr. Der Himmel strahlte im abendlichen Rot, doch unter den Bäumen war es dämmrig, obwohl sie noch unbelaubt waren. Alles in Bodennähe war dunkel, die Stämme, die dunkelbraunen Blätter vom vorigen Jahr, die trockenen, graubraunen Grashalme, selbst die Hagebutten, im Herbst leuchtend rot, sahen jetzt, da sie den Winter hinter sich hatten, wie Kaffeebohnen aus.

Ein sanfter Luftzug ließ die Zweige rauschen, die Wipfel schwankten ein wenig. Geheimnisvoll roch und raschelte alles: Die Bäume, das weiche Laub unter den Füßen duftete nach Frühling und Walderde, unter Iwan Iwanytschs bedächtigen Schritten raschelten die Blätter. Die Fährten rochen weitaus stärker als auf den Feldern. Hinter jedem Baum lauerte etwas Unbekanntes, Geheimnisvolles. Darum entfernte sich Bim auch nicht weiter als zwanzig Schritt von Iwan Iwanytsch.

Auf einer großen Lichtung, an der sich zwei Schneisen kreuzten, blieben sie stehen. Iwan Iwanytsch stellte sich hinter einen Haselstrauch, das Gesicht dem Abendrot zugewandt, und schaute in die Höhe. Auch Bim schaute hinauf und gab sich alle Mühe zu erspähen, was es da zu sehen gab.

Oben war es hell, hier unten aber wurde es immer dunkler. Jemand raschelte durch den Wald und verstummte. Bim schmiegte sich an Iwan Iwanytsch und fragte: Was ist dort? Wollen wir nicht hingehen und nachsehen?

„Ein Hase", sagte Iwan Iwanytsch kaum hörbar. „Alles in Ordnung, Bim. Brav. Ein Hase. Laß ihn laufen."

Gut, hieß es „brav", dann war ja alles in Ordnung. Bim hatte einmal einen Hasen gesehen, hatte versucht, ihn einzuholen, sich aber Verweis und Strafe eingehandelt. Plötzlich kam von oben, von einem Fremden, Unsichtbaren: „Quorr-quorr!... Quorr-quorr!..." Bim zuckte zusammen, sein Herr ebenfalls. Beide blickten nach oben. Unverhofft tauchte in einer der Schneisen vor dem bläulich purpurnen Himmel ein Vogel auf. Er kam geradewegs auf sie zu geflogen und quorrte. Er war groß und bewegte die Flügel völlig lautlos, ganz anders als Wachtel, Rebhuhn oder Ente.

Iwan Iwanytsch riß das Gewehr hoch, Bim legte sich wie auf Kommando, ohne ein Auge von dem Vogel zu wenden... Der Schuß rollte laut und scharf durch den Wald und erstarb erst in weiter Ferne.

Der Vogel stürzte ins Gebüsch, doch die Freunde hatten ihn schnell gefunden. Iwan Iwanytsch legte ihn Bim vor die Nase und sagte: „Da, Freundchen, mach dich mit ihm bekannt, das ist eine *Waldschnepfe*." Und er wiederholte: „Eine Waldschnepfe."

Bim beschnupperte sie, tippte mit der Pfote an ihren langen Schnabel, dann setzte er sich und war so verblüfft, daß immer wieder ein

Zittern durch seinen Körper lief und er bald die eine, bald die andere Vorderpfote hob. So sagte er zu sich selbst: So eine Nase hab ich noch nie gesehen. Das ist vielleicht eine Nase!

Der Wald rauschte immer leiser und leiser. Dann war er plötzlich vollends verstummt. Die Äste verharrten in Reglosigkeit, die Bäume entschlummerten, nur hin und wieder rieselte, da die Dämmerung sich senkte, ein Schauer über sie hin.

Noch drei Waldschnepfen flogen vorüber, doch Iwan Iwanytsch schoß nicht. Er sah entweder bloß hinauf, oder er lauschte mit gesenktem Kopf in die Stille hinein. Beide schwiegen.

Erst ganz zum Schluß, kurz vor Aufbruch, sagte Iwan Iwanytsch: „Schön, Bim! Das Leben fängt wieder an. Es wird Frühling."

Am Tonfall merkte Bim, daß sich der Freund jetzt wohl fühlte. Er stupste ihn mit der Nase ans Knie und wedelte mit dem Schwanz. Ja, das ist schön, wovon du redest!

Das zweite Mal kamen sie am späten Vormittag, aber ohne Flinte. Die prallen, duftenden Birkenknospen, die überwältigenden Düfte der Wurzeln, die hauchfeinen Spitzen des hervorschießenden Grases, das alles war aufregend und neu. Sonnenlicht drang bis in den tiefsten Waldwinkel, nur in Kiefernwald nicht, doch auch in diesen fiel hier und da das Gold der Strahlen. Und still war es.

Diesmal war Bim mutiger, alles konnte man gut ausmachen, nicht so wie letztens in der Dämmerung. Nach Herzenslust tollte er durch den Wald, ohne jedoch seinen Herrn aus den Augen zu lassen.

Endlich stieß Bim auf eine Waldschnepfenfährte. Er nahm sie auf. Ein klassisches Vorstehen. Iwan Iwanytsch rief: „Vorwärts!" und hatte doch nichts, womit er schießen konnte. Dann auch noch das Kommando zum Hinlegen, das eigentlich erst kommen durfte, wenn der Vogel aufflog. Völlig unverständlich – konnte ihn sein Herr sehen oder nicht? Bim schielte zu ihm hinüber.

Bei der zweiten Waldschnepfe war es geradeso. Aber jetzt ließ sich Bim doch so etwas wie Gekränktsein anmerken, der abwartende Blick, der seitwärts gerichtete Gang, sogar Zeichen von Widerspenstigkeit, kurzum, Bims Unzufriedenheit wuchs und suchte einen Ausweg. Darum auch jagte er der dritten Waldschnepfe, als diese hochging, wie ein ganz gewöhnlicher Hofköter nach, bis sie im Geäst verschwunden war. Verdrossen kam Bim zurück und wurde außerdem bestraft. Was war eigentlich los? Er legte sich abseits nieder und seufzte tief. All dies hätte sich ja noch ertragen lassen, wäre ihm nicht eine weitere Kränkung zuteil geworden. Bim entdeckte an seinem Herrn einen neuen Fehler, einen entarteten Geruchssinn.

Iwan Iwanytsch war stehengeblieben, er hielt Ausschau und schnupperte in der Luft herum. (Als ob du davon was verstündest!) Dann ging er zu einem Baum, hockte sich nieder und strich behutsam mit dem Finger über ein winziges Blümchen (für Iwan Iwanytsch war es beinahe geruchlos, für Bim aber roch es ganz unerträglich). Aus purer Achtung vor seinem Herrn tat Bim so, als finde auch er es schön.

,,Sieh mal, Bim, sieh mal!" rief Iwan Iwanytsch und stupste die Nase des Hundes zu der Blume hinab. ,,Scilla – ein winziger Tropfen vom blauen Himmel, ein Vorbote von Freude und Glück."

Das war zuviel für Bim, er wandte sich ab. Er legte sich ins Gras der Waldwiese. Iwan Iwanytsch lachte und war selig. Und das kränkte Bim.

Und der andere, zu dem Blümchen gewandt: ,,Tag, du Frühlingsbote!"

Bim verstand genau ,,Tag" und daß nicht er gemeint war. Eifersucht hatte sich in sein Hundeherz geschlichen. Erst zu Hause renkte sich das Verhältnis wieder ein.

Doch für Bim war es ein verdorbener Tag. Sie hatten Wild aufgespürt und nicht geschossen, er war einem Vogel nachgelaufen und dafür bestraft worden, und dann noch diese Blume. Auch ein Hund hat manchmal ein Hundeleben!

2

DER Sommer war vergangen, eine für Bim glückliche Zeit, erfüllt von der Freundschaft mit Iwan Iwanytsch. Wanderungen durch Wiesen und Sümpfe (ohne Flinte), sonnige Tage, Baden, stille Abende am Fluß – was braucht ein Hund mehr?

Bei Training und Dressur kamen sie auch mit anderen Jägern zusammen. Mit denen wurde man schnell bekannt, weil jeder dieser Menschen einen Hund hatte. Wenn sich die Jäger zu einem Gespräch in den Schatten eines Busches oder Baumes setzten, tollten die Hunde herum, bis ihnen die Zunge zum Hals heraushing. Dann legten sie sich neben ihre Herren und hörten zu, was diese sich erzählten.

Andere Menschen als Jäger interessierten Bim nur wenig, es waren

eben Menschen, weiter nichts. Sie waren gut, doch keine Jäger. Die
Hunde aber – die waren verschieden.

Einmal begegnete ihm auf einer Wiese ein kleines, zottiges Hündchen, zweimal kleiner als er, ein schwarzes Tierchen. Sie begrüßten
sich zurückhaltend. Mit trägem Schwanzwedeln sagte die neue Bekannte: Ich hab Hunger.

Bim forderte sie auf, mit ihm zu kommen. Sie trottete hinter ihm
her, zottig, aber sauber (gewiß badete sie gern). Bim brachte sie zu seinem Herrn, der von weitem sah, wie sein Freund eine neue Bekanntschaft machte. Doch die Zottige traute dem fremden Menschen nicht
gleich, sie setzte sich in einiger Entfernung von ihm hin, obwohl Bim
zwischen ihr und seinem Herrn hin und her lief, sie rufend, ihr zure-
dend. Iwan Iwanytsch nahm den Rucksack ab, holte eine Wurst hervor, schnitt ein Stückchen davon ab und warf es der Zottigen zu.

,,Komm her, du Zottige, komm her! Komm!''

Das Wurststückchen fiel drei Meter vor ihr nieder. Vorsichtig ging
sie darauf zu, reckte sich, um es zu erreichen, verzehrte es und setzte
sich wieder. Beim nächsten Stückchen kam sie noch näher. Und dann
fraß sie schon zu Füßen des Menschen, ja erlaubte ihm, sie zu streicheln, wenn auch ihr Mißtrauen dabei nie erlosch. Bim und Iwan Iwanytsch gaben ihr den ganzen Wurstring. Iwan Iwanytsch warf der
Zottigen die Stücke zu, und Bim störte sie nicht beim Fressen. Iwan
Iwanytsch befühlte die Zottige, fuhr ihr durchs Fell am Hals und sagte:
,,Die Nase ist kalt. Das ist gut.'' Und zu Bim und der Zottigen: ,,Los,
lauft!''

Die Zottige verstand diese Worte nicht, doch als sie sah, wie Bim
durchs Gras davonsprang, merkte sie, daß sie laufen sollte. Sie gerieten
so ins Tollen und Jagen, daß Bim ganz vergaß, warum er hier war.
Iwan Iwanytsch hatte nichts dagegen, er ging seiner Wege und pfiff.

Bis zur Stadt kam die Zottige widerspruchslos mit, doch am Stadtrand setzte sie sich plötzlich am Wege nieder und tat keinen Schritt
weiter. Sie riefen und lockten, sie kam nicht. Sie blieb sitzen und sah
ihnen nach.

Bim konnte nicht wissen, daß auch die Zottige ihre Herren gehabt
hatte, daß sie in einem kleinen Häuschen gewohnt hatten, das abgeris-
sen worden war, und daß die Besitzer der Zottigen eine Wohnung mit
allem Komfort in der fünften Etage bekommen hatten.

Die Zottige hatten sie der Willkür des Schicksals überlassen. Sie
hatte das neue Haus gefunden und auch die Tür ihres Herrn, aber dort

hatte man sie geschlagen und davongejagt. So lebte sie nun allein. Durch die Stadt ging sie nur nachts, wie die meisten herrenlosen Hunde. Iwan Iwanytsch ahnte das alles, doch Bim konnte er das nicht erzählen. Bim wollte sie nicht allein lassen, immer wieder sah er zurück, blieb stehen und sah Iwan Iwanytsch an. Aber der ging unbeirrt weiter.

DER dritte Sommer war vorbei. Ein guter Sommer für Bim, kein schlechter auch für Iwan Iwanytsch. Eines Nachts öffnete er das Fenster und sagte: „Es hat gefroren, Bim, zum erstenmal."

Bim stand auf und stieß im Dunkeln mit der Nase an Iwan Iwanytschs Bein, womit er sagte: Ich verstehe nicht.

Iwan Iwanytsch verstand die Sprache des Hundes gut, eine Sprache aus Blicken und Gesten. Er machte Licht und fragte: „Du verstehst also nicht, Dummchen?" Und er erklärte: „Morgen geht's zu den *Waldschnepfen. Waldschnepfen!*" Oh, dieses Wort kannte Bim! Er sprang an seinem Freund hoch und leckte ihm das Kinn.

„Morgen geht's auf Jagd, *auf Jagd*, Bim!"

Herrlich! Bim schoß hin und her, drehte sich wie ein Kreisel, das eigene Schwanzende haschend, jaulte, dann setzte er sich, den Blick auf Iwan Iwanytsch geheftet, und die Wolle seiner Vorderläufe zitterte. Dieses Zauberwort „Jagd" war Bim vertraut, es war das Signal zum Glück. Doch sein Herr befahl: „Aber erst wird geschlafen." Damit schaltete er das Licht aus und ging ins Bett.

Den Rest der Nacht verbrachte Bim am Bett seines Freundes. Wie hätte er schlafen können! Selbst Iwan Iwanytsch schlief unruhig, alle Augenblicke wachte er auf, das Morgengrauen voller Ungeduld erwartend.

Am Morgen packten sie gemeinsam den Rucksack, rieben die Flintenläufe mit Fett ein, nahmen ein leichtes Frühstück zu sich, kontrollierten die Patronentasche. Es gab eine Menge zu tun in dieser kurzen Aufbruchsstunde; ging Iwan Iwanytsch in die Küche, folgte ihm Bim; ging er in die Speisekammer, folgte ihm Bim. Iwan Iwanytsch nahm eine Konservendose aus dem Rucksack (sie lag falsch). Bim nahm sie und stopfte sie wieder hinein; Iwan Iwanytsch prüfte die Patronen. Bim sah ihm zu (vergaß er auch nichts?), und auch in das Futteral mit der Flinte mußte er die Nase mehrmals hineinstecken (ist sie auch drin?), und dazu juckte es einen in diesen angespannten Minuten auch noch fortwährend hinterm Ohr vor lauter Aufregung, da mußte man dann die Pfote heben und sich kratzen.

So, fertig! Bim war in Hochstimmung. Sein Herr, schon in Jagd-
jacke, hängte sich die Tasche um und nahm die Flinte. „Jetzt geht's auf
Jagd, Bim! Auf Jagd!" sagte er.

Auf Jagd, auf Jagd! wiederholten Bims Augen begeistert. Er winselte sogar ein wenig vor überschäumender Liebe und Dankbarkeit,
die er für seinen Freund, den einzigen auf der Welt, empfand.

In diesem Moment trat ein Mensch ein. Bim war ihm schon öfter
auf dem Hof begegnet, hatte ihn aber für wenig interessant und keiner
besonderen Beachtung wert gehalten. Er war kurzbeinig, dick und
breitgesichtig und sagte heiser und tief: „Also, erst mal Morgen."
Damit setzte er sich und wischte sich mit einem Tuch übers Gesicht.
„So... Es soll also auf Jagd gehn?"

„Ja", sagte Iwan Iwanytsch unwirsch. „Auf Waldschnepfen. Aber
bleiben Sie, seien Sie mein Gast."

„Also, da werden Sie sich erst noch ein bißchen gedulden müssen."

Bim sah von seinem Herrn zu dem Mann, erstaunt und aufmerksam. Beinahe wütend sagte Iwan Iwanytsch: „Was soll das heißen?"

Und da gab Bim, unser gutmütiger Bim, zuerst ein Knurren von
sich, und dann bellte er plötzlich. So was war noch nie vorgekommen,
zu Hause und einem Gast gegenüber. Dieser erschrak nicht, es schien
ihn nicht im geringsten zu beeindrucken.

„Platz!" sagte Iwan Iwanytsch ebenso unwirsch.

Bim gehorchte, er legte sich auf seinen Platz, den Kopf auf den Pfoten, und schaute zu dem Gast hinüber.

„Sieh einer an! Also gehorchen tut er. Und die Hausbewohner bellt
er wohl genauso an?"

„Nie. Jemanden anbellen, nie und nimmer. Das ist das erste Mal.
Mein Wort drauf!" sagte Iwan Iwanytsch aufgebracht.

„Sooo!" sagte der Gast gedehnt. „Dann wollen wir mal zur Sache
kommen."

Iwan Iwanytsch zog die Jacke aus und nahm die Tasche ab. „Ich
höre."

„Sie haben also da einen Hund", begann der Gast, „und ich", damit
zog er ein Blatt Papier aus der Tasche, „eine Beschwerde über ihn.
Da." Und er reichte Iwan Iwanytsch das Blatt.

Als Iwan Iwanytsch es las, geriet er in Erregung. Bim, der das merkte, stand eigenmächtig von seinem Platz auf und legte sich seinem
Freund zu Füßen, als wollte er ihn beschützen.

„Das hier sind Dummheiten", sagte Iwan Iwanytsch schon gelassener. „Völliger Quatsch. Bim ist ein gutmütiger Hund, er hat keinen gebissen und wird auch keinen beißen. Bim ist ein intelligenter Hund."

„Hehehe!" Der Gast wackelte mit dem Bauch und nieste. „Na, du Köter!" sagte er zu Bim, aber es klang nicht böse. Bim merkte, daß über ihn gesprochen wurde, und seufzte.

„Gehn Sie so Beschwerden nach?" fragte Iwan Iwanytsch, jetzt lächelnd. „Wenn über jemanden eine Beschwerde kommt, geben Sie sie dem Betreffenden also zu lesen. Ich hätte es Ihnen auch so geglaubt."

Bim sah das Lachen in den Augen des Gastes. Und dieser sagte: „Erstens muß das sein. Zweitens betrifft die Beschwerde nicht Sie, sondern den Hund. Und dem geben wir sie ja nicht zu lesen." Er lachte übers ganze Gesicht. Auch Iwan Iwanytsch lachte ein wenig. Bim begriff nichts, der Gast war gar zu sonderbar.

„Holen Sie doch die Frau her, die sich beschwert hat, dann können wir miteinander reden und die Sache in Ordnung bringen", sagte Iwan Iwanytsch.

Der Gast entfernte sich und kam kurze Zeit danach mit einer Frau zurück. „Also, da haben wir die Gute."

Bim kannte auch sie, klein, zänkisch und fett; tagelang saß sie mit anderen nicht berufstätigen Frauen auf der Bank im Hof. Einmal hatte Bim ihr sogar die Hand geleckt (nicht aus überschwenglicher Zuneigung zu ihr persönlich, sondern zur Menschheit im allgemeinen), sie hatte aufgekreischt und zu den offenen Fenstern etwas hinaufgeschrien. Bim war erschrocken davongelaufen und hatte an seiner Tür gekratzt. Das war alles, was die Frau ihm vorwerfen konnte. Und nun kam sie herein. Was ging da mit ihm vor! Zuerst schmiegte er sich an seinen Herrn, und als dieser ihn streichelte, ging er mit eingezogenem Schwanz auf seinen Platz und sah sie von unten herauf an. Er verstand die Worte der Frau nicht, sie schwatzte wie eine Elster und streckte immer wieder ihre Hand vor. Doch an ihren Gesten und gehässigen Blicken merkte Bim: das war dafür, daß er nicht die Richtige geleckt hatte.

„Beißen wollte er mich, beißen! Fast hätte er mich gebissen!"

Iwan Iwanytsch unterbrach das Geschwätz der Frau und wandte sich an Bim. „Bim! Bring mir die Hausschuhe!"

Bim tat es gern und legte sich vor seinen Herrn. Der zog die Jagdstiefel aus und steckte die Füße in die Hauspantoffeln. „Und jetzt trag die Stiefel weg!"

Bim verrichtete auch das, einen nach dem andern trug er zum Kleiderständer.

Die Frau verstummte und machte große Augen. Anerkennend sagte der Gast: „Donnerwetter! Der kann was!" Dabei sah er die Frau unfreundlich an. „Kann er noch was anderes?"

„Setzen Sie sich, setzen Sie sich", sagte Iwan Iwanytsch zu der Frau. Diese setzte sich und verbarg die Hände unter der Schürze. Iwan Iwanytsch rückte einen Stuhl heran und kommandierte: „Bim! Auf den Stuhl!"

Bim brauchte man nichts zweimal zu sagen. Nun saßen sie alle auf Stühlen. Die Frau biß sich auf die Lippen. Iwan Iwanytsch zwinkerte Bim verschmitzt zu. „So, nun gib mal Pfötchen!" Und er hielt ihm die Hand hin. Sie gaben einander die Hand. „Und nun begrüß mal unsern Gast!", und er wies auf den Mann.

Dieser streckte ihm die Hand hin. „Tag, Hundchen, Tag."

Bim tat alles mit Eleganz, wie es sich gehörte.

„Beißt er auch nicht?" fragte die Frau ängstlich.

„Was haben Sie bloß!" sagte Iwan Iwanytsch verwundert. „Strecken Sie ihm die Hand hin, und sagen Sie ‚Pfötchen'!" Tatsächlich nahm sie die Hand unter der Schürze hervor und hielt sie Bim hin.

„Aber beiß mich nicht", warnte sie. Jäh wich Bim auf seinen Platz zurück, er nahm eine abwehrende Haltung ein, preßte sich mit dem Hinterteil an die Wand und sah unablässig seinen Herrn an. Iwan Iwanytsch trat auf ihn zu, streichelte ihn, nahm ihn am Halsband und führte ihn zu der Beschwerdeführerin hin.

„Gib Pfötchen, gib…"

Nein, Bim gab nicht Pfötchen. Er wandte sich ab und starrte den Fußboden an. Zum erstenmal gehorchte er nicht. Bedrückt schlich er in seine Ecke zurück.

O weh, was hatte er da angerichtet! Ein Mordsgekeife brach los. „Das ist eine Beleidigung!" schrie die Frau. „Dieser räudige Hund hat keine Achtung vor mir, einer sowjetischen Frau." Sie zeigte mit dem Finger auf Bim. „Aber ich… aber ich… Wart's nur ab!"

„Hör auf!" herrschte der Mann sie plötzlich an. „Das war doch alles geschwindelt. Der Hund hat dich überhaupt nicht gebissen, nicht mal versucht wird er's haben. Er hat Angst vor dir wie der Teufel vorm Weihwasser."

„Und du brüll nicht." Sie wollte sich zur Wehr setzen.

„Halt's Maul!" schrie er. „Mach du noch mal Stunk, dann kannst du was erleben! Scher dich weg!" Er zerriß die Beschwerde vor ihren Augen.

Wortlos räumte die Frau das Feld, den Kopf stolz erhoben und niemanden eines Blickes würdigend. Bim ließ kein Auge von ihr.

„Sie waren sehr grob zu ihr", sagte Iwan Iwanytsch.

„Das ist die einzige Möglichkeit. Im ganzen Haus stänkert sie rum, die kenn ich. Die hat nichts anderes zu tun, als zu überlegen, mit wem sie Streit anfangen könnte. Wenn man diesen Klatschweibern nicht mal die Meinung sagt, geht im Haus alles drunter und drüber."

Bim verfolgte unablässig Mienen, Gesten und Tonfall, und er verstand, der Mann und sein Herr waren keine Feinde, ja allem Anschein nach achtete einer den anderen. Lange noch beobachtete er, wie sie danach miteinander redeten. Aber wenn er erst einmal das Wichtigste herausbekommen hatte, dann interessierte ihn das übrige kaum noch. Er ging zu dem Mann und legte sich ihm zu Füßen, als wollte er sagen: Entschuldigung.

Doch mit dem Jagdausflug wurde es nichts mehr.

AN EINEM der nächsten Tage gingen sie früh am Morgen aus dem Haus. Zuerst fuhren sie mit der Straßenbahn, draußen auf der Plattform. Die Fahrerin kannten sie, und natürlich begrüßte Bim sie, als sie herauskam, um eine Weiche zu stellen. Die Fahrerin zog ihn am Ohr, Bim hob im Sitzen bald die rechte, bald die linke Vorderpfote und klopfte mit dem Schwanz zur Begrüßung.

Vom Stadtrand fuhren sie mit einem Bus weiter, in dem zu so früher Stunde nur fünf, sechs Fahrgäste saßen. Beim Einsteigen hatte der Fahrer etwas zu brummen, wobei er immer wieder „der Hund" und „das gibt's nicht" sagte. Bim erriet leicht: Der Fahrer wollte sie nicht mitnehmen. Einer der Fahrgäste setzte sich für sie ein, ein anderer gab dem Fahrer recht. Mit großem Interesse verfolgte Bim den Wortwechsel. Schließlich kam der Fahrer aus dem Bus heraus. Am Trittbrett gab ihm Iwan Iwanytsch ein gelbes Stück Papier, stieg zusammen mit Bim die Stufen hinauf, setzte sich und seufzte.

Bim hatte längst bemerkt, daß die Menschen untereinander Scheine austauschten, die nach allem möglichen rochen. Manche rochen nach Brot und Wurst, überhaupt nach Geschäft, doch die meisten nach einer Unzahl von Händen. Die Menschen lieben sie, diese Papiere, verstecken sie in der Tasche oder im Tisch, so wie sein Herr. Bim begriff, daß, sobald sein Herr dem Fahrer das Papier gegeben hatte, die beiden

Freunde waren. Warum aber Iwan Iwanytsch geseufzt hatte, das verstand Bim nicht. Er konnte ja nicht wissen, daß Iwan Iwanytsch den
Fahrer bestochen hatte. Von der magischen Kraft der Scheine hatte er
keine Ahnung, das ging über seinen Hundeverstand.

Von der Chaussee gingen sie zu Fuß in den Wald. Am Waldrand
blieb Iwan Iwanytsch stehen, um zu verschnaufen. Bim untersuchte
inzwischen die nähere Umgebung. Es war derselbe Wald, in dem sie
im Frühling und im Sommer immer gewesen waren, aber jetzt war alles ringsum gelb und rot, und es sah aus, als brenne der Wald.

Die Bäume hatten gerade erst begonnen, ihr Kleid abzuwerfen, und
die Blätter segelten durch die Luft, lautlos, schwebend. Die Luft war
kühl, man fühlte sich unbeschwert. Der Herbstduft des Waldes ist etwas Besonderes, Einmaliges, er ist so rein und klar, daß Bim seinen
Herrn mehrere Dutzend Meter weit roch. Eine Waldmaus hatte er
schon von weitem „in der Nase", folgte ihr aber nicht (sie war zu unbedeutend), doch da drang ein Geruch so heftig auf ihn ein, daß er kurz
haltmachte. Dann ging er weiter, plötzlich bellte er einen stachligen
Ball an.

Iwan Iwanytsch, der auf einem Baumstumpf gesessen hatte, kam
heran. „Pfui, Bim! Nicht doch, Dummchen. Das ist ein Igel. Zurück!"
Und er nahm Bim mit.

Also war ein Igel ein Tier und außerdem ein gutes, nur anrühren
durfte man es nicht.

Nun hatte sich Iwan Iwanytsch wieder auf den Baumstumpf gesetzt, auch Bim befahl er, sich zu setzen, nahm die Mütze ab, legte sie
neben sich auf die Erde und sah den Blättern zu. Er lauschte der Stille
des Waldes und lächelte. So war er immer vor Beginn der Jagd. Auch
Bim lauschte.

Eine Elster kam, schwatzte und schackerte keck und flog wieder davon. Von Ast zu Ast springend, näherte sich ein Eichelhäher, stieß einen katzenähnlichen Schrei aus und hüpfte genauso davon, von Ast zu
Ast. Ganz in der Nähe rief ein Goldhähnchen sein „sih-sih-sih".

Und nun stand Iwan Iwanytsch auf, nahm die Flinte aus dem Futteral, legte Patronen ein. Bim zitterte vor Aufregung. Iwan Iwanytsch
kraulte ihn am Hals, wovon Bim noch aufgeregter wurde.

„So, Junge, such!"

Bim zog los, zwischen den Bäumen lavierend, federnd, beinahe
lautlos. Iwan Iwanytsch folgte ihm langsam, er hatte Spaß an der Arbeit seines Freundes. Jetzt war der Wald mit all seinen Schönheiten

nebensächlich, die Hauptsache war Bim, der elegante, leidenschaftliche, leichtfüßige. Von Zeit zu Zeit rief Iwan Iwanytsch ihn heran und ließ ihn sich hinlegen, damit er sich beruhigen und auf seine Aufgabe konzentrieren konnte. Und bald lief er gleichmäßig, mit Sachkenntnis. Es ist eine hohe Kunst – die Arbeit eines Setters. Da zieht er dahin in mäßigem Lauf und mit erhobener Nase, er fängt die Gerüche oben ein, eng umschließt sein seidiges Fell den schlanken Hals; schön ist er auch, weil er den Kopf hoch trägt, mit Würde, Sicherheit und Leidenschaft.

Solche Stunden waren für Iwan Iwanytsch Stunden des Vergessens. Er vergaß den Krieg, er vergaß die schweren Erlebnisse und seine Einsamkeit. Sogar sein Sohn Kolja, der auch Jäger gewesen war und den ihm der Krieg genommen hatte, war dann bei ihm.

Bim verlangsamte seinen Lauf, ging unmittelbarer auf der Spur, einen Augenblick lang verhoffte er, dann schlich er, jeden Schritt abwägend, weiter. Kopf und Rumpf bildeten jetzt eine Linie. Jede Faser seines Körpers, auch der gestreckte Schwanz mit der langen Wolle, war auf die Fährte konzentriert. Ein Schritt... Die Pfote wird nur angehoben. Noch ein Schritt – die andere Pfote schwebt für den Bruchteil einer Sekunde in der Luft und wird dann unhörbar aufgesetzt. Schließlich blieb, wie fast immer, der rechte Vorderlauf oben.

Von hinten kam, das Gewehr im Anschlag, Iwan Iwanytsch langsam näher. Mensch und Hund – jetzt waren sie wie zwei Statuen.

Der Wald schwieg. Ganz wenig nur spielten die goldenen Birkenblätter im Sonnenschein. Lautlos zitterten die letzten silbergrauen Blätter einer Silberpappel. Im gelben Laub stand ein Hund. Nicht ein Muskel zuckte. In solchen Augenblicken wirkte Bim wie tot. Begeisterung und Leidenschaft riefen einen tranceähnlichen Zustand hervor. Ein klassisches Vorstehen im gelben Wald.

„Vorwärts, Junge..." Bim machte die Waldschnepfe hoch. Ein Schuß!

Den Wald durchlief ein Schauer, und er antwortete mit einem ungehaltenen, beleidigten Echo. Es sah aus, als sei die Birke, die sich an den Rand des Eichen- und Espenwaldes vorgewagt hatte, erschrocken zusammengezuckt. Die Espe daneben ließ eilig ihr Laub herabrieseln.

Die Waldschnepfe war wie ein Knäuel zu Boden gestürzt. Kunstgerecht apportierte sie Bim. Sein Herr aber hielt den Vogel, nachdem er Bim gekrault und ihm für die gute Leistung gedankt hatte, in der Hand, sah ihn nachdenklich an und sagte: „Ach, man sollte das lieber lassen..."

Bim verstand nicht und sah Iwan Iwanytsch aufmerksam an. „Nur deinetwegen, Bim, tu ich's, damit du als Jagdhund nicht untauglich wirst. Mir tut es leid, das Wild zu töten. Deshalb mache ich mir zur Bedingung: ein, zwei Waldschnepfen pro Jagd, nicht mehr."

Während der ganzen Jagd schoß sein Herr, wie Bim fand, daneben, so, als wäre er blind. Und höchst unzufrieden war der Hund, als sein Herr auf eine Waldschnepfe überhaupt nicht schoß. Dafür holte er dann die allerletzte sauber herunter.

Erst in der Dunkelheit kamen sie nach Hause zurück, müde und gut gelaunt, einer dem anderen zärtlich zugetan. So wollte Bim beispielsweise nicht auf seinem Platz schlafen, er holte die Decken von dort und zog sie an Iwan Iwanytschs Bett, wo er sich dicht neben ihm auf den Fußboden legte. Das hatte seinen Sinn, man konnte ihn nicht auf seinen Platz schicken; denn seinen „Platz" hatte er ja mitgebracht. Iwan Iwanytsch faßte ihn am Ohr und kraulte ihm den Hals. Diese Freundschaft würde ewig dauern.

In der Nacht stöhnte Iwan Iwanytsch leise, stand mehrmals auf, schluckte Tabletten und legte sich wieder hin.

Bim sah seinen Freund aufmerksam an und leckte die aus dem Bett herausgestreckte Hand.

„Der Splitter... Der Splitter, Bimka, wandert. Das ist schlecht, Junge." Iwan Iwanytsch hielt die Hand ans Herz.

Das Wort „schlecht" kannte Bim längst genau. Und nun hatte er das Wort „Splitter" auch schon mehrere Male gehört, er verstand es nicht, doch mit seinem Hundeinstinkt ahnte er, daß es ein gefahrenverheißendes, schlechtes Wort war, ein unheimliches Wort.

Doch alles ging vorüber, und am Morgen setzte sich Iwan Iwanytsch nach dem Spaziergang wie immer an den Tisch, legte ein weißes Blatt vor sich hin, und das Stöckchen in seiner Hand fuhr flüsternd darüber.

AN EINEM Herbsttag kam zu Iwan Iwanytsch ein Mann, der nach Hund und Büchse roch. Obwohl er keine Jagdkleidung anhatte und gewöhnliche Sachen trug wie alle wenig interessanten Menschen, witterte Bim einen feinen Waldgeruch, Spuren einer Büchse an den Händen und den aromatischen Geruch eines Herbstblattes an den Stiefeln. Natürlich sagte Bim das alles, indem er den Gast beschnupperte, seinem Herrn Blicke zuwarf und energisch mit dem Schwanz arbeitete. Auf den ersten Blick erkannte er den Mann als Gefährten an.

Der Gast kannte die Hundesprache, und darum sagte er freundlich:
„Erkennst mich, ha, du erkennst mich. Bist ein braver Hund, gut so,
gut." Und er kraulte ihm den Kopf und sagte klar und bestimmt:
„Sitz!"

Bim setzte sich und hob vor Ungeduld immer wieder eine der beiden Vorderpfoten. Sein Herr und der Gast gaben einander die Hand, in
ihren Mienen stand Gutmütigkeit.

„Ein kluger Hund", sagte der Gast mit einem Blick auf Bim.

„Bim ist in Ordnung", pflichtete Iwan Iwanytsch ihm bei.

So redeten sie ein Weilchen zu dritt, dann zog der Gast ein Papier aus
der Tasche, entfaltete es, fuhr mit dem Finger darüber und sagte:
„*Hier, hier,* an der dichtesten Stelle der Wolfsschlucht. Ich hab sie selbst
mit Heulen angelockt. Fünf haben geantwortet, drei junge, zwei alte.
Einen hab ich gesehn. Das war ein Wolf!"

Bim kannte die Worte „hier, hier", sein Herr gebrauchte sie bei der
Suche. Und er lauschte gespannt. Doch als das Wort „Wolf" fiel, riß er
die Augen auf, das war der unheimliche Geruch eines Waldhundes, ein
Geruch, der Bim einmal erschreckt hatte, bei dem sein Herr einst auf
eine Spur gezeigt und mit furchteinflößender Stimme gesagt hatte:
„Ein Wolf! Das ist ein Wolf, Bim!"

Der Gast ging, auch von Bim verabschiedete er sich. Iwan Iwanytsch setzte sich und füllte Patronen mit groben Bleistücken, über die
er dann Kartoffelmehl streute.

In der Nacht schlief Bim unruhig. Lange vor Tagesanbruch gingen
sie mit der Flinte auf die Straße hinaus und stellten sich an eine Ecke.
Bald kam ein großes Auto mit Jägern. Sie saßen auf der überdachten
Ladefläche. Iwan Iwanytsch hob zuerst Bim hoch, dann kam er selbst
und setzte sich auf eine der Bänke. Der Jäger vom Vortag sagte: „Was
soll das? Wozu bringst du Bim mit?"

„Bei einer Treibjagd haben Hunde nichts zu suchen. Raus!" sagte
einer streng. „Der gibt Laut, und dann ist es aus mit der Jagd."

„Bim gibt nicht Laut", sagte Iwan Iwanytsch. „Er ist doch kein
Hetzhund."

Mehrere Männer widersprachen, es endete damit, daß der Mann
vom Vortag sagte: „Also schön, mit Bim kommst du in die Reserve.
Dort ist eine Stelle, Iwan Iwanytsch, wo uns der Wolf schon mal durch
die Lappen gegangen ist, durch den Wasserlauf."

Bim ahnte, daß man ihn nicht mitnehmen wollte. Doch das Auto
setzte sich in Bewegung.

Die Sonne war schon aufgegangen, als sie am Haus eines befreundeten Försters hielten. Wortlos stiegen sie aus, auch Bim. Dann gingen sie lange am Waldrand entlang. Es wurde weder geraucht noch gehustet, nicht einmal die Stiefel durften aneinanderstoßen. Auch Bim bewegte sich wie ein Schatten in der Spur seines Herrn. Der faßte ihn während des Marsches einmal ans Ohr – brav, Bim, brav!

Allen voran schritt als Anführer der Gast von gestern, der Jäger. Jetzt hob er die Hand, alle blieben stehen. Die drei vordersten Männer gingen in den Wald hinein, noch stiller, katzenartig, und kamen bald zurück. Der Anführer nahm seine Mütze ab und schleuderte sie nach vorn. Auf dieses Zeichen hin folgte ihm die Hälfte der Jäger, darunter auch, hinter allen anderen, Iwan Iwanytsch und Bim. Bim ging als letzter, und leiser als er konnte keiner schleichen. Trotzdem nahm ihn Iwan Iwanytsch an die Leine.

Auf ein stummes Kommando des Anführers stellte sich der erste, der hinter ihm ging, hinter einen Strauch und erstarrte. Bald darauf verharrte ebenso ruhig an einem Eichenwald der zweite, dann der dritte, und so nahmen der Reihe nach alle ihre Plätze ein. Beim Anführer blieben Iwan Iwanytsch und Bim. Der Anführer wies ihnen einen Platz zu und ging wieder zurück. Bim gewahrte seitlich vom Weg eine Schnur, an der Stoffstücke hingen, sie sahen aus wie Feuer.

Bims feines Ohr hörte, wie der Anführer auch die anderen Jäger begleitete, aber da sie sich immer weiter entfernten, hörte er bald nicht einmal mehr ein Rascheln.

Stille trat ein. Die Stille des Waldes, die ein unheimliches Ereignis verheißt. Bim spürte es auch daran, daß sein Herr sich nicht rührte, daß sein Knie zitterte, wie er lautlos die Flinte öffnete, Patronen einlegte, sie schloß und wieder in regloser Spannung verharrte.

Sie standen in der Deckung eines Haselnußstrauches an einem mit dichtem Schlehdorn zugewachsenen Wassergraben. Ringsum ein mächtiger Eichenwald, finster jetzt und schweigend. Und dazwischen dichtes Unterholz, das die Mächtigkeit des Waldes noch verstärkte.

Und plötzlich begann es. Ein Signalschuß zerriß die Stille in große Fetzen. Er hallte überall wider. Und darauf, ganz von weitem, die Stimme des Anführers: ,,Loos! Hoooh!''

Iwan Iwanytsch beugte sich zu Bim hinab und flüsterte ihm kaum hörbar ins Ohr: ,,Hinlegen!'' Bim legte sich. Und zitterte.

,,Hoooh!'' riefen die Männer, Treiber und Schützen zugleich. Mit Stöcken wurde an Bäume geschlagen, und eine Knarre machte einen

Lärm wie hundert Elstern. Die Treiberkette kam näher, schreiend, lärmend, schießend.

Und da... Bim hatte eine Witterung, die er von Jugend an kannte – der Wolf! Er preßte sich ans Bein seines Herrn, erhob sich eine Winzigkeit und streckte den Schwanz aus. Iwan Iwanytsch verstand alles.

An den Lappen, außer Schußweite, tauchte ein Wolf auf. In großen Sätzen jagte er dahin, mit gesenktem Kopf und hängendem Schwanz. Schon war er verschwunden. Fast im gleichen Augenblick aber fiel aus der Kette ein Schuß, dann ein zweiter.

Der Wald dröhnte. Noch ein Schuß. Diesmal schon ganz nahe. Und die Schreie kamen näher und näher.

Der Wolf, ein großes, altes Tier, war plötzlich aufgetaucht. Er kam die Wasserrinne entlang, gedeckt vom Dorngesträuch; als er die Lappen sah, verhoffte er jäh, so, als sei er auf etwas Scharfes getreten. Doch hier, über der Wasserrinne, hingen die Lappen höher als sonst auf der ganzen Linie, dreimal höher als das Tier. Der Lärm der Menschen aber rückte immer näher. Nicht gerade wagehalsig, eher müde ging der Wolf unter den Lappen durch und stand fünfzehn Meter von Iwan Iwanytsch und Bim entfernt. Er machte ein paar Sätze, und da erkannten Mensch und Hund, daß er verwundet war, an der Flanke breitete sich ein Blutfleck aus, vor der Schnauze hatte er rötlichen Schaum.

Iwan Iwanytsch schoß. Der Wolf tat einen Luftsprung, sein Körper drehte sich ruckartig in die Richtung, aus der der Schuß gekommen war, und – stand. Breit und mächtig die Stirn, die Augen blutunterlaufen, die Zähne gefletscht, rötlicher Schaum... Und dennoch bedauernswert. Er war schön, dieser ungebundene Wilde. Er war kein Feigling, er wollte nicht niedersinken und brach trotzdem zusammen, er fiel auf die Seite, langsam bewegten sich noch die Läufe. Dann erstarb auch diese Bewegung, und er war friedlich und still.

Bim konnte das alles nicht ertragen. Er sprang auf und stand in Vorstehhaltung da. Aber wie! Das Rückenhaar gesträubt, den Schwanz eingezogen – ein gehässig-feiges, ein unschönes Vorstehen angesichts seines Bruders, des stolzen Königs der Hunde, der tot und darum ungefährlich war, aber schrecklich doch mit seinem Geruch und schrecklich in seinem Blut.

Das Geschrei war schon ganz nahe. Noch ein Schuß. Und noch ein Doppelschuß. Schließlich kam der Anführer aus dem Unterholz hervor, trat auf Iwan Iwanytsch zu und sagte mit einem Blick auf Bim:

„Donnerwetter! Hätte ich nicht gedacht, alle Achtung vor dem Hund. Zwei sind uns trotzdem durchgegangen, einer ist verwundet."

Iwan Iwanytsch streichelte Bim und redete mit ihm, der aber war nicht zu beruhigen, auch wenn sein Rückenhaar sich gelegt hatte, er drehte und wand sich fortwährend, hechelte mit heraushängender Zunge und ging den Menschen aus dem Weg. Er folgte auch nicht den beiden Jägern zu dem toten Wolf, er lief, die Leine hinter sich herschleifend und gegen alle Vorschrift, etwa dreißig Meter fort, legte sich nieder, den Kopf auf den gelben Blättern, und zitterte wie im Fieber. Als Iwan Iwanytsch zu ihm trat, sah er, daß das Weiß in Bims Augen blutrot war.

„Ach, Bimka, Bimka! Fühlst dich wohl sauelend? Freilich, ich seh's dir an. Aber das muß sein, Junge."

„Denk daran, Iwan Iwanytsch", sagte der Anführer, „ein Vorstehhund kann durch den Wolf verdorben werden, er hat dann Angst vor dem Wald. Der Hund ist ein Knecht, der Wolf ein freies Tier."

„Das stimmt, doch Bim ist schon vier Jahre alt, ein ausgewachsener Hund, dem kann man mit dem Wald nicht angst machen."

„Wölfe nehmen Vorstehhunde wie Küken. Den hier aber kaum, wenn der was wittert, geht er keinen Schritt mehr von dir weg."

„Eben! Solange ein Hund noch kein Jahr alt ist, darf man ihn nicht mit dem Wolf erschrecken. Aber so wird er wohl oder übel darüber wegkommen."

Iwan Iwanytsch führte Bim fort, der Anführer blieb bei dem Wolf und wartete auf die Treiber.

Als sich alle Jäger am Forsthaus eingefunden hatten, wurde getrunken und gelärmt, fröhlich und angeregt. Bim lag unterdessen einsam am Zaun, zusammengerollt, düster, rotäugig, vom Wolfsgeruch geschlagen. Der Förster trat zu ihm, hockte sich nieder und streichelte ihm den Rücken. „Bist ein braver Hund, ein kluger Hund. Hast bei der ganzen Jagd nicht einmal gebellt und nicht geheult."

Als aber die Jäger aufs Auto stiegen und Iwan Iwanytsch auch Bim dort hinsetzen wollte, sprang der wie eine Katze wieder herab, winselnd und mit gesträubtem Rückenhaar, er wollte nicht bei drei toten Wölfen sitzen.

„Oho!" sagte der Anführer. „Den kriegt im Leben kein Wolf."

Ein fremder, dicker Jäger stieg brummend aus der Fahrerkabine und kletterte hinten auf die Ladefläche, Iwan Iwanytsch und Bim setzten sich in die Kabine.

ALS sie nach einem Jagdausflug nach Hause kamen, gab Iwan Iwanytsch Bim zu fressen und ging zu Bett, ohne Abendbrot gegessen und
das Licht ausgeschaltet zu haben. An diesem Tag hatte Bim tüchtig arbeiten müssen, darum schlief er schnell ein und hörte nichts. Doch an
den darauffolgenden Tagen merkte Bim, daß sich sein Herr immer öfter tagsüber hinlegte, daß er niedergeschlagen war und manchmal vor
Schmerz unvermittelt aufstöhnte. Eine Woche lang ging Bim allein
raus, nicht lange, nur der Notwendigkeit gehorchend. Dann aber
mußte Iwan Iwanytsch sich endgültig legen, mühsam schleppte er sich
jedesmal zur Tür, wenn er Bim hinaus- oder hereinließ. Einmal
stöhnte er im Bett besonders qualvoll auf. Bim kam heran, setzte sich
vors Bett und schaute aufmerksam in das Gesicht seines Freundes,
dann legte er den Kopf auf dessen ausgestreckte Hand. Er sah die
Blässe seines Gesichtes, die dunklen Ränder unter den Augen, die
stachligen Bartstoppeln. Iwan Iwanytsch wandte Bim den Kopf zu
und sagte leise, mit schwacher Stimme: ,,Na, Junge, was soll jetzt werden?... Mir geht's schlecht, Bim, schlecht. Der Splitter... ist am Herzen. Schlecht, Bim." Seine Stimme klang so verändert, daß Bim ganz
aufgeregt wurde. Er lief im Zimmer hin und her und kratzte immer
wieder an der Tür, als wollte er sagen: Steh auf, komm, komm. Doch
Iwan Iwanytsch wagte nicht, sich zu rühren. Wieder setzte sich Bim zu
ihm und winselte leise.

,,Also, komm, Bimka, wir wollen's versuchen", brachte Iwan Iwanytsch gequält hervor und richtete sich vorsichtig auf.

Eine Weile blieb er so sitzen, dann stand er auf und ging langsam,
eine Hand an der Wand, die andere am Herzen, zur Tür. Bim blieb an
seiner Seite und ließ kein Auge von seinem Freund.

Auf dem Treppenabsatz klingelte Iwan Iwanytsch an der Nachbar-
tür, und als ein kleines Mädchen, Ljusja, öffnete, sagte er etwas zu ihr.
Das Mädchen lief in ein Zimmer und kam mit einer alten Frau zurück,
der Stepanowna. Kaum hatte Iwan Iwanytsch das Wort ,,Splitter" zu
ihr gesagt, wurde sie geschäftig, nahm ihn am Arm und führte ihn zurück.

,,Sie müssen liegen, Iwan Iwanytsch, liegen. So", sagte sie, als jener
auf dem Rücken lag. Sie nahm die Schlüssel vom Tisch und ging eilig
davon.

Bim legte sich neben das Bett und sah unverwandt zur Tür; der bedenkliche Zustand seines Herrn, die Erregung der Stepanowna, der Umstand, daß diese die Schlüssel vom Tisch mitgenommen hatte, das alles hatte sich Bim mitgeteilt, und er wartete gespannt und ängstlich.

Bald hörte er etwas. Der Schlüssel wurde ins Schlüsselloch gesteckt, das Schloß schnappte, die Tür ging auf; in der Diele wurde gesprochen, dann kam die Stepanowna herein, hinter ihr drei Fremde in weißen Kitteln, zwei Frauen und ein Mann. Sie rochen anders als andere Menschen, eher nach jenem Kasten, der an der Wand hing und den sein Herr nur öffnete, wenn er sagte: „Mir geht's schlecht, Bim, schlecht.“

Entschlossen ging der Mann auf das Bett zu, aber... Wie ein wildes Tier fuhr Bim auf ihn los, legte ihm die Vorderpfoten an die Brust und bellte zweimal aus voller Kraft. Hinaus! Hinaus! schrie Bim.

Der Mann prallte zurück, die Frauen huschten in den Korridor hinaus, und Bim setzte sich vors Bett, am ganzen Körper zitternd und offensichtlich bereit, eher sein Leben hinzugeben, als fremde Menschen an seinen Freund heranzulassen.

Der Arzt stand an der Tür und sagte: „Ist das ein Hund! Was machen wir denn jetzt?“

Iwan Iwanytsch rief Bim mit einer Handbewegung zu sich und kraulte ihn am Kopf. Bim schmiegte sich mit der Schulter an seinen Freund und leckte ihm Hals, Gesicht, Hände... „Kommen Sie her“, sagte Iwan Iwanytsch leise und sah zu dem Arzt hin. Jener kam. „Geben Sie mir die Hand.“ Jener tat es. „Guten Tag.“

„Tag“, sagte der Arzt.

Bim stupste mit der Nase an die Hand des Arztes, was in der Hundesprache hieß: Ja, wenn das so ist! Ein Freund meines Freundes ist auch mein Freund.

Man brachte eine Krankentrage und legte Iwan Iwanytsch darauf. Er sagte: „Stepanowna, seien Sie so lieb, sehn Sie nach Bim. Lassen Sie ihn morgens raus. Er bleibt nicht lange. Bim wird auf mich warten.“ Und zu Bim: „Warten... Warten.“

Bim kannte das Wort „warten“. Vor dem Laden hieß es: „Setz dich, warte“; beim Rucksack auf Jagd: „Setz dich, warte.“ Er winselte ein wenig und wedelte mit dem Schwanz, was bedeutete: Oh, mein Freund geht weg, aber er kommt bald zurück.

Nur Iwan Iwanytsch verstand ihn, die anderen nicht, das sah er allen an den Augen an. Bim setzte sich neben die Trage und legte die Pfote darauf, Iwan Iwanytsch nahm sie in die Hand.

„Warte, Junge, warte."

Und das hatte Bim nun noch nie gesehen: Aus den Augen seines Freundes rannen Wassertropfen.

Als die Trage fort war und das Schloß eingeschnappt, legte er sich an die Tür, die Vorderpfoten ausgestreckt, den Kopf daneben auf dem Fußboden – so legen sich Hunde hin, wenn sie Kummer und Sehnsucht haben, meist sterben sie auch in dieser Haltung.

Doch Bim starb nicht. Klar und deutlich hatte es ja geheißen: „Warte!" Er hatte Vertrauen, sein Freund würde zurückkehren. Wie oft hatte er gesagt: „Warte", und jedesmal war er wiedergekommen.

Warten! Darin bestand von jetzt an Bims einziger Lebenszweck.

Doch wie groß war seine Sehnsucht in jener Nacht, so ganz allein! Die Kittel hatten nach Unheil gerochen. Und Bim trauerte. Um Mitternacht, als der Mond aufging, wurde es unerträglich. Auch wenn Bim an der Seite seines Herrn lag, hatte dieser Mond ihn immer beunruhigt, er schaute mit toten Augen, strahlte ein kaltes, totes Licht aus, und dann hatte sich Bim immer in die dunkelste Ecke verkrochen. Jetzt machte ihn dieser Blick sogar zittern – und sein Herr nicht da! In tiefer Nacht begann er zu heulen, langgezogen, als sei ein Unglück geschehen.

Er vertraute darauf, daß jemand ihn hören werde, vielleicht sogar sein Herr.

Die Stepanowna kam. „Was hast du denn, Bim? Iwan Iwanytsch ist nicht da. Zu dumm so was!"

Bim antwortete weder mit einem Blick noch mit dem Schwanz. Die Stepanowna schaltete das Licht an und ging. Mit dem Feuer im Zimmer war es besser, der Mond rückte in größere Ferne. Bim rollte sich unter der Lampe zusammen, mit dem Rücken zum Mond, doch bald schon lag er wieder vor der Tür: Warten.

Am Morgen brachte die Stepanowna Grütze und schüttete sie in Bims Schüssel, aber er stand nicht einmal auf. „Nun sieh einer an, der Ärmste! Das begreift der Mensch nicht. So, nun lauf, Bim." Sie machte die Tür weit auf. „Lauf!"

Bim hob den Kopf und sah die alte Frau aufmerksam an. Das Wort „lauf" kannte er gut, es bedeutete unbeschränkte Freiheit. Da konnte man alles tun, was der Herr erlaubte. Aber jetzt war sein Herr nicht da, und doch hieß es: „Lauf!" Was war das für eine Freiheit?

Die Stepanowna hatte keine Ahnung, wie man mit Hunden umgeht. In der Einfalt ihres Herzens sagte sie: „Wenn du die Grütze nicht willst, geh und *such* dir was. Du frißt ja auch gern Gras. Lauf und *such* dir was."

Bim stand auf, ein Schauer durchlief seinen Körper. Was sollte er suchen? ,,Such!" – das hieß, such ein verstecktes Stückchen Käse, such das Wild, such etwas Verlorenes oder Verstecktes. Was zu suchen war, das erkannte Bim an den Umständen. Was sollte er jetzt suchen?

Das alles sagte er zur Stepanowna mit den Augen, dem Schwanz, dem unschlüssigen Anheben der Vorderpfoten, doch sie verstand nichts und wiederholte nur: ,,Lauf. Such dir was!"

Und Bim stürzte zur Tür. Wie der Blitz jagte er die Treppen vom zweiten Stockwerk hinab, auf den Hof hinaus. Suchen, seinen Herrn suchen! Den sollte er suchen, weiter nichts, so hatte er es jedenfalls verstanden. Hier hatte die Trage gestanden. Da – ganz, ganz schwach der Geruch der Leute in den weißen Kitteln. Die Spur des Autos. Bim beschrieb einen Kreis und lief dann in diesen hinein (so hätte auch der untalentierteste Hund gehandelt), aber wieder dieselbe Fährte. Er folgte ihr, auf die Straße hinaus, und hatte sie gleich an der Ecke verloren; denn dort roch die ganze Fahrbahn nach Gummi. Doch die Fährte, die er brauchte, lief vom Hof fort, an der Ecke vorbei, also mußte er dorthin.

Bim lief eine Straße entlang, dann noch eine, er kehrte nach Hause zurück, lief die Stellen ab, wo er mit seinem Herrn immer spazierengegangen war, nirgends ein Zeichen. Einmal sah er in der Ferne eine karierte Mütze, er jagte dem Mann nach – nein, er war es nicht.

Es war ein klarer Tag. Auf den Fußwegen lag Laub. Um die Mittagszeit stieß Bim in einem Hof auf die Fährte der Trage, hier hatte sie gestanden. Und dann kam ein Hauch desselben Geruchs von der Seite. Bim ging ihm nach. Stufen – sie rochen nach den Menschen in den weißen Kitteln. Bim kratzte an einer Tür. Ein junges Mädchen, auch im weißen Kittel, öffnete und prallte entsetzt zurück. Bim begrüßte sie auf alle erdenkliche Weise und fragte: Ist mein Herr nicht hier?

,,Mach dich fort! Fort!" schrie sie und schlug die Tür zu. Dann öffnete sie sie noch einmal einen Spalt weit und rief: ,,Petrow! Jag den Köter weg, sonst krieg ich vom Chef was zu hören!"

Von einer Garage her kam ein Mann im schwarzen Kittel, er trat nach Bim und sagte: ,,Weg hier, Hundevieh, los, los!" Aber es klang nicht gehässig, mehr so, als tue er es pflichtgemäß und nicht sonderlich gern.

Keines der Wörter wie ,,Chef", ,,jag den Köter weg" und ,,was zu hören" war Bim geläufig, doch die Worte „fort" und „los" in Verbindung mit Tonfall und Stimme verstand er auf Anhieb.

Er lief ein Stück weg, setzte sich und spähte zu jener leidigen Tür hinüber. Wenn die Menschen Bims Anliegen gekannt hätten, sie hätten ihm gewiß geholfen, obwohl man seinen Herrn gar nicht hierhergebracht hatte.

An einem Fliederstrauch mit welken, fahlen Blättern saß Bim, bis der Abend hereinbrach. Immer wieder kamen Autos, aus denen Menschen in weißen Kitteln stiegen, jemanden unter die Arme faßten und ins Haus führten. Ab und zu holte man aus dem Auto eine Trage mit einem Menschen heraus, dann ging Bim eine Kleinigkeit näher, prüfte den Geruch – nein, er war es nicht. Gegen Abend wurden auch andere Menschen auf den Hund aufmerksam. Jemand brachte ihm ein Stück Wurst, Bim ließ es unberührt; jemand wollte ihn am Halsband fassen, Bim lief fort; ein paarmal kam sogar der Mann in dem schwarzen Kittel, er blieb stehen und sah Bim mitleidig an. Bim saß da wie eine Statue. Er wartete.

In der Dämmerung besann er sich. Wenn sein Herr nun plötzlich zu Hause wäre? Und eilig, in leichtem Lauf rannte er davon. Durch die Stadt lief ein schöner, gepflegter Hund, weiß, glänzend, mit einem schwarzen Ohr.

Bim kratzte an seiner Tür, doch sie öffnete sich nicht. Da rollte er sich auf der Schwelle zusammen. Er hatte weder Hunger noch Durst. Er hatte nur Sehnsucht.

Die Stepanowna kam heraus. „Da ist er ja, der Arme!" Bim wedelte nur einmal mit dem Schwanz. „So, nun wirst du schön was fressen." Sie schob ihm die Schüssel mit der Grütze vom Morgen hin. Bim rührte sie nicht an. „Hab ich mir's doch gedacht. Du hast dir selbst was zu fressen gesucht. Bist ein kluger Hund. Nun schlaf." Sie schloß hinter sich die Tür.

In dieser Nacht heulte Bim nicht. Aber er verließ auch nicht seinen Platz an der Tür. Warten!

Gegen Morgen wurde er wieder unruhig. Er mußte suchen, den Freund suchen! Als die Stepanowna ihn hinausgelassen hatte, lief er zuerst zu den Menschen in den weißen Kitteln. Doch diesmal war da ein dicker Mann, der alle anschrie und dabei das Wort „Hund" wiederholte. Man warf mit Steinen nach Bim, drohte ihm mit Stöcken und versetzte ihm schließlich mit einer langen Gerte einen schmerzhaften Hieb. Bim lief weg, setzte sich eine Weile und kam dann zu dem

Schluß: Hier kann dein Herr nicht sein, sonst hätte man dich nicht so brutal verjagt. Und Bim ging, den Kopf leicht gesenkt.

Durch die Stadt lief ein einsamer, betrübter, grundlos mißhandelter Hund. Er kam auf eine Straße mit brodelndem Verkehr. Es wimmelte von Menschen, und alle hatten es eilig. Sicher kam Bim der Gedanke: Ob nicht auch *er* unter ihnen ist? Und ohne alle Logik setzte er sich an eine schattige Ecke und beobachtete, wobei ihm kaum einer entging.

Als erstes merkte Bim, daß alle Menschen nach Autorauch rochen, durch den andere Gerüche unterschiedlicher Stärke drangen. Alle hatten es eilig, suchten etwas, wie bei den Prüfungen auf freiem Feld, warum sollten sie sonst die Straße entlanghasten, zu Türen hineinlaufen, herauskommen und weiterhetzen?

Ein Mann in Arbeitskombination kam vorbei, er roch wie eine feuchte Mauer. Er war grauweiß und trug einen langen weißen Stock mit einem Bärtchen am Ende und eine schwarze Tasche. „Was machst du denn hier, du schwarzes Ohr?" fragte er Bim und blieb stehen. „Willst du hier auf Herrchen *warten*, oder bist du vergessen worden?"

Ja, ich warte, antwortete Bim und hob abwechselnd die Vorderpfoten.

„Na, da hast du." Er holte aus der Tasche eine Tüte, legte ein Bonbon vor Bim hin und zog ihn am schwarzen Ohr. „Friß, friß." (Bim rührte es nicht an.) „Aha, du bist also dressiert. Ein Intelligenzler! Frißt nicht von einem fremden Teller." Und er ging gemächlich seiner Wege, gar nicht so wie die anderen.

Für Bim war dies ein guter Mensch, er wußte, was „warten" ist, er verstand Bim.

Manche Frauen rochen unerträglich scharf wie Maiglöckchen, jene kleinen weißen Blümchen, deren Geruch Bim immer wie ein Schlag traf und in deren Nähe er alle Witterung verlor, er wandte sich dann ab und atmete ein paar Sekunden lang nicht. Die Lippen der meisten Frauen hatten eine Farbe wie die Lappen bei der Wolfsjagd, Bim gefiel diese Farbe nicht, wie sie überhaupt allen Tieren nicht gefällt, namentlich Hunden und Stieren. Fast alle Frauen hatten etwas in der Hand. Bim merkte, daß Männer selten etwas trugen, Frauen dagegen häufig.

Iwan Iwanytsch aber kam und kam nicht.

Die Menschen strömten dahin. Ein Mann mit einem fleischigen, schlaffen Mund, grobschlächtig und faltig, stupsnasig und glotzäugig, blieb vor ihm stehen und schrie: „Unerhört!" (Leute blieben stehen.) „Überall nichts als Grippe – und hier?" Er zeigte auf Bim. „Hier, im dichtesten Gewimmel der Werktätigen, sitzt dieses Vieh, eine lebendige Ansteckungsquelle!"

„Schließlich verbreitet nicht jeder Hund ansteckende Krankheiten. Sehn Sie doch, was das für ein hübscher Hund ist", entgegnete ein junges Mädchen.

Da kam auch schon die Frau von einst, die „sowjetische Frau", die Lügnerin. Zuerst erschrak Bim, dann aber ging er mit gesträubtem Nackenfell in Verteidigungsstellung. Die Frau fing an zu schnattern, wobei sie sich an alle wandte, die im Halbkreis um Bim herumstanden.

„Eine Frechheit bleibt eine Frechheit! Gebissen hat er mich!" Und sie zeigte allen ihre Hand.

„Wo hat er Sie gebissen?" fragte ein junger Mann mit einer Aktentasche. „Lassen Sie mal sehn."

„Das könnte dir Grünschnabel so passen." Sie verbarg ihre Hand. Alle außer dem Stupsnasigen lachten.

„Das wird dir wohl auf der Universität beigebracht?" hackte sie auf den Studenten ein. „Mir, einer sowjetischen Frau, nicht zu glauben! Möchte wissen, was aus dir mal werden soll!"

Der junge Mann brauste auf: „Wenn Sie wüßten, wie Sie von der Seite aussehn, Sie würden diesen Hund beneiden. Woher nehmen Sie eigentlich das Recht, hier Beleidigungen auszusprechen?"

Bim konnte sich nicht länger beherrschen. Er machte einen Satz in Richtung der Frau, bellte einmal aus voller Kehle und stemmte sich gegen den Erdboden.

„Miliiz! Miliiz!" schrie die Frau.

Ein Pfiff, im Näherkommen rief einer: „Weitergehn, Bürger, weitergehn!" Das war ein Milizionär. „Wer hat hier gerufen? Sie?" fragte er die Frau.

„Ja, die", bestätigte der Student.

Der Stupsnasige mischte sich ein. „Wo haben Sie bloß Ihre Augen? Möchte wissen, was Sie so tun!" sagte er zänkisch zu dem Milizionär. „Hunde auf der Hauptstraße der Gebietshauptstadt!"

„Und dann noch solche verrückten Pithekanthropen!" rief der Student.

„Er hat mich beleidigt!" kreischte die Frau.

„Bürger, auseinander! Und Sie, Sie und Sie kommen mit aufs Revier." Er wies auf die Frau, den jungen Mann und den Stupsnasigen.

„Und der Hund?" fragte die Frau schrill.

„Ich komme nicht mit", sagte der junge Mann resolut.

Ein zweiter Milizionär hatte sich eingestellt. Die beiden Milizionäre wechselten einen Blick und nahmen den Studenten mit. Ihnen hinterdrein trotteten der Stupsnasige und die Frau. Die Menge verlief sich, und keiner außer dem netten jungen Mädchen achtete mehr auf den Hund. Sie trat auf Bim zu, streichelte ihn, folgte aber auch den Milizionären. Unschlüssig sah er ihr nach, dann lief er los, holte sie ein und ging neben ihr her. „Auf wen hast du denn gewartet, Schwarzohr?" fragte sie. Bim ließ den Kopf hängen. „Bist ja ganz mager, mein Lieber. Wart nur, ich werd dich hochpäppeln, Schwarzohr."

Nun hatte man Bim schon mehrmals „Schwarzohr" genannt. Auch sein Herr hatte einst, in Bims Kindheit, gesagt: „Ach, du Schwarzohr!" Wo ist mein Freund? dachte Bim.

Im Milizrevier traten sie zusammen ein. Gellend keifte die Frau, der Stupsnasige krakeelte, schweigend und mit gesenktem Kopf stand der Student da, hinter einem Tisch saß ein Milizionär und sah alle drei verdrossen an.

„Hier bringe ich den Schuldigen", sagte das Mädchen und zeigte auf Bim. „Ein liebes Tier. Ich hab dort alles von Anfang an gehört und gesehn. Dieser junge Mann", sie machte eine Kopfbewegung zu dem Studenten, „hat sich nichts zuschulden kommen lassen."

Gelassen berichtete sie. Die Frau und der Stupsnasige fielen ihr ins Wort, wurden aber von dem Milizionär streng zurechtgewiesen. Zum Schluß fragte sie scherzhaft: „Hab ich nicht recht, Schwarzohr?" Und zu dem Milizionär: „Ich heiße Dascha." Dann zu Bim: „Ich bin Dascha. Hast du verstanden?"

Bims ganzes Gebaren zeigte, daß er Achtung vor ihr hatte.

„So, dann *komm her,* Schwarzohr. *Hierher!"* rief der Milizionär.

Bim ging hin. Jener klopfte ihn ein paarmal, nahm ihn am Halsband, sah sich die Nummer an und schrieb etwas auf. Zu Bim sagte er: „Hinlegen!" Bim legte sich hin. Der Milizionär fragte am Telefon: „Ist dort der Stadtsowjet? Hier ist die Miliz. Sehn Sie nach, Nummer vierundzwanzig. Ein Setter... ein ausgezeichneter Hund, dressiert..." Er schrieb etwas auf, wobei er laut wiederholte: „Ein Setter... mit äußerlichen Erbfehlern, Rassenachweis nicht vorliegend, Besitzer *Iwan Iwanytsch Iwanow,* Projesshajastraße einundvierzig. Danke." Jetzt wandte er sich an das Mädchen: „Dascha, das haben Sie fein gemacht. Bringen Sie ihn selbst hin?"

Bim stand auf, stieß mit der Schnauze an das Bein des Milizionärs, leckte Dascha die Hand und sah ihr direkt in die Augen. Hatte er doch verstanden, daß von Iwan Iwanytsch die Rede gewesen war. Er zitterte vor Aufregung. „Komm, Schwarzohr, nach Hause, nach Hause", sagte Dascha.

Zu der Frau, dem Stupsnasigen und dem Studenten sagte der Milizionär barsch: „Und Sie, Sie können gehn."

Bim ging voran, er sah sich nach Dascha um und wartete, er kannte das Wort „nach Hause", und so führte er sie genau nach Hause. Die Menschen wußten nicht, daß er auch allein in die Wohnung gekommen wäre, sie glaubten, er sei ein Hund von geringem Verstand, nur Dascha merkte alles, dieses Mädchen mit den blonden Haaren und den großen, versonnenen Augen, denen Bim vom ersten Augenblick an vertraut hatte. Er führte sie bis zu seiner Tür. Sie klingelte – keine Antwort. Sie klingelte noch einmal, jetzt bei den Nachbarn. Die Stepanowna erschien. Bim begrüßte sie, er war sichtlich froher als am Vortag, und seine Blicke sagten: Ich habe Dascha mitgebracht.

Die Frauen sprachen leise miteinander, wobei mehrmals die Worte „Iwan Iwanytsch" und „Splitter" fielen, dann öffnete die Stepanowna die Tür. Bim ließ kein Auge von Dascha. Sie nahm die Schüssel, roch an der Grütze und sagte: „Die ist sauer."

Sie schüttete die Grütze in den Mülleimer, wusch die Schüssel aus und stellte sie wieder auf den Fußboden. „Ich komme gleich wieder. *Warte*, Schwarzohr."

„Er heißt Bim", berichtigte sie die Stepanowna.

„Warte also, Bim." Und Dascha ging hinaus.

Die Stepanowna setzte sich auf einen Stuhl, Bim ihr gegenüber, doch unablässig schaute er zur Tür hin. „Bist ein verständiger Hund", sagte die Stepanowna. „Hast jemanden mit einem guten Herzen gefunden, jetzt, wo du allein bist. Ich hab auch auf meine alten Tage meine Enkelin zu mir genommen, Bimka. Die Eltern haben sie in die Welt gesetzt, hierhergebracht und sind nach Sibirien gegangen, ich habe sie großgezogen. Wir beide vertragen uns gut, sie hängt an mir."

Mit Bim redend, schüttete die Stepanowna ihr Herz aus. Und Hunde mit Verstand merken immer, wenn ein Mensch unglücklich ist, und tun ihr Mitgefühl kund. Von dem, was die Stepanowna gesagt hatte, verstand Bim zwei Worte, „gut" und „hierher", sie hatten warmherzig und traurig geklungen. Bim ging zu ihr hin und legte den Kopf auf ihren Schoß, die Stepanowna hielt sich ein Tuch vor die Augen.

Dascha kam mit einem Paket zurück. Bim ging auf sie zu und legte sich auf den Fußboden, eine Pfote auf ihrem Schuh, den Kopf auf der anderen Pfote. So sagte er: Danke!

Dascha nahm aus dem Papier zwei Klopse und zwei Kartoffeln und legte sie in Bims Schüssel. Sie kraulte ihm den Rücken und sagte ruhig: „Friß. Bim, friß." Ihre Stimme war leise, herzlich und sanft, und sie hatte warme, zärtliche Hände. Doch Bim fraß nicht, obwohl er schon drei Tage lang keinen Bissen zu sich genommen hatte. Da öffnete Dascha Bims Schnauze und legte einen Klops hinein. Bim behielt ihn in der Schnauze und sah Dascha erstaunt an, der Klops rutschte unterdessen von selbst hinunter. So ging es auch mit dem zweiten und den Kartoffeln.

„Er sehnt sich nach seinem Herrn, darum frißt er nichts", sagte Dascha zur Stepanowna.

„Nein, so was!" sagte die Stepanowna verblüfft. „Aber ein Hund sucht sich doch selbst was. Wie viele laufen rum, und alle fressen sie."

„Was machen wir denn jetzt mit dir?" sagte Dascha zu Bim. „So stirbst du uns ja."

„Der stirbt nicht", sagte die Stepanowna bestimmt. „So ein kluger Hund kommt nicht um. Ich werde ihm einmal am Tag Grützbrei kochen, das ist immerhin was."

Dascha überlegte, dann nahm sie Bim das Halsband ab. „Lassen Sie Bim nicht raus, bis ich das Halsband wiedergebracht habe. Ich komme morgen früh so gegen zehn... Wo ist eigentlich *Iwan Iwanytsch* jetzt?" fragte sie die Stepanowna.

Bim fuhr zusammen – man sprach von *ihm!*

„Der ist mit dem Flugzeug nach Moskau gebracht worden. Komplizierte Herzoperation, *Splitter* in der Herzgegend."

Bim war ganz Aufmerksamkeit, immer wieder „der Splitter". Dieses Wort klang nach Unheil. Da sie aber von Iwan Iwanytsch sprachen, mußte er irgendwo sein. Er würde ihn suchen. Suchen!

Dascha ging. Die Stepanowna auch. Bim war über Nacht wieder allein. Er schlummerte jetzt alle Augenblicke ein, doch jedesmal nur für ein paar Minuten. Und jedesmal sah er im Schlaf Iwan Iwanytsch, zu Hause oder auf der Jagd. Dann sprang er auf, blickte in die Runde, lief im Zimmer hin und her, schnupperte in den Ecken, horchte in die Stille hinein und legte sich wieder vor die Tür. Heftig schmerzte die Stelle, an der ihn der Gertenhieb getroffen hatte, doch das war nichts im Vergleich zu seinem großen Kummer und der Ungewißheit.

Warten, warten. Die Zähne zusammenbeißen und warten.

Die Sonne stand schon über dem Fenster, aber keiner kam. Bim horchte auf die Schritte der Hausbewohner, die an seiner Tür vorbeigingen. Er kannte alle Schritte, doch *er* kam nicht. Endlich hörte er Dascha. Bim gab Laut.

„Ich bin gleich da", antwortete sie und klingelte bei der Stepanowna. Beide kamen zu Bim herein.

Er begrüßte sie, dann stürmte er zur Tür, stellte sich davor, den Kopf den beiden Frauen zugekehrt, und bettelte schwanzwedelnd: Macht auf, ich muß suchen.

Dascha legte ihm das Halsband an, an dem jetzt in der ganzen Breite ein Messingschildchen befestigt war, darauf war eingraviert: „Er heißt Bim. Er wartet auf seinen Herrn. Er weiß, wo er wohnt. Er ist allein in der Wohnung. Menschen, tut ihm nichts." Dascha las der Stepanowna die Aufschrift vor.

„Was bist du für eine gute Seele!" Die Stepanowna schlug die Hände zusammen. „Du hast Hunde wohl gern?"

Dascha streichelte Bim und sagte: „Mein Mann hat mich verlassen, mein Junge ist gestorben... Ich bin dreißig. Ich hab auch eine Wohnung gehabt. Jetzt ziehe ich woandershin."

„Du bist also allein. Ach, du liebe Güte!" jammerte die Stepanowna. „Das ist ja..."

Dascha fiel ihr ins Wort: „Ich gehe jetzt." Und schon an der Tür: „Lassen Sie Bim noch nicht raus, damit er mir nicht nachläuft."

Bim versuchte, sich zusammen mit Dascha durch die Tür zu zwängen, doch sie drängte ihn beiseite und ging mit der Stepanowna hinaus.

Nach einer Stunde fing Bim an zu winseln, und dann stimmte er vor Kummer und Schmerz ein Geheul an. Die Stepanowna ließ ihn hinaus (Dascha war nun schon zu weit).

„So, nun lauf, lauf. Heute abend mach ich dir Grützbrei."

Bim achtete weder auf ihre Worte noch auf ihren Blick, wie ein geölter Blitz jagte er die Treppe hinab, auf den Hof hinaus. Er durchstöberte den Hof und kam auf die Straße, dort stand er ein Weilchen, so, als überlegte er, und dann las er die Gerüche Zeile um Zeile, wobei er sogar jene Bäume unbeachtet ließ, an denen Aufschriften seiner Artgenossen standen, die jeder Hund, der etwas auf sich hält, liest.

Den ganzen Tag lang entdeckte Bim keinerlei Zeichen von Iwan Iwanytsch. Am späten Nachmittag durchstreifte er die Grünanlage eines Neubauviertels. Dort jagten vier Jungen einem Ball nach. Bim setzte sich erst einmal und prüfte die Gegend. Da sonderte sich ein Junge von etwa zwölf Jahren von den anderen ab, kam auf ihn zu und betrachtete ihn neugierig.

„Wem gehörst du denn?" fragte er, als ob Bim auf diese Frage hätte antworten können.

Bim begrüßte ihn, indem er, ein wenig traurig allerdings, mit dem Schwanz wedelte und den Kopf erst auf die eine Seite, dann auf die andere neigte. Das bedeutete außerdem: Und du, was bist du für ein Mensch?

Der Junge merkte, daß der Hund ihm noch nicht traute, und ging mutig näher, wobei er die Hand ausstreckte. „Tag, Schwarzohr." Als Bim Pfötchen gab, rief der Junge: „Leute, kommt mal her!"

Die anderen kamen, blieben aber alle in einiger Entfernung stehen.

„Seht mal, wie klug der guckt", sagte der erste Junge begeistert.

„Vielleicht ist es ein gelehrter Hund", sagte ein kleiner Dicker in vollem Ernst. „Tolja, sag mal was zu ihm, mal sehn, ob er's versteht."

Ein dritter, der erwachsener wirkte als die anderen, erklärte voller Autorität: „Natürlich ist das ein gelehrter Hund. Ihr seht ja, er hat ein Schild um."

„Der ist überhaupt nicht gelehrt", wandte ein kleiner spilliger Kerl ein. „Sonst wäre er nämlich nicht so mager und traurig."

In der Tat, Bim hatte während der Abwesenheit seines Herrn gewaltig abgenommen und sein früheres gepflegtes Aussehen eingebüßt, der Bauch schlaff und herabhängend, die Haare an den Läufen ungekämmt und verfilzt, das Rückenhaar glanzlos.

Tolik legte seine Hand auf Bims Stirn, und dieser schaute alle an und tat sein Vertrauen kund. Dann streichelten sie ihn alle der Reihe nach. Im Nu war ein gutes Verhältnis entstanden, und in einer Atmosphäre gegenseitigen Verstehens ist es bis zu einer herzlichen Freundschaft nicht weit. Tolik las laut vor, was auf dem Messingschild stand, und rief: „Er heißt Bim! Er ist allein in der Wohnung. Leute, der hat bestimmt Hunger. Los, jeder geht schnell mal nach Hause und bringt mit, was er auftreiben kann."

Die Kinder liefen auseinander. Tolik setzte sich auf eine Bank, Bim legte sich ihm zu Füßen und seufzte tief.

„Na, Bim, du hast's wohl schwer?" fragte Tolik und streichelte den Kopf des Hundes. „Wo ist denn dein Herrchen?"

Bim lag da, die Nase gegen den Schuh gepreßt. Bald kamen die Kinder zurück.

Der kleine Dicke brachte ein Stück Kuchen, der „Erwachsene" ein Stück Wurst, der Spillrige zwei Plinsen. Das alles legten sie vor Bim hin, er aber roch nicht einmal daran.

„Der will nicht", sagte der „Erwachsene".

Tolik zog Bim am Halsband hoch. Er hob Bims weiche Oberlippe hoch und sah dort, wo am Kiefer die Zahnreihe aufhörte, einen Spalt, er brach ein Stück Wurst ab und schob es hinein – Bim schluckte es. Noch ein Stückchen – und er schluckte es wieder. So bewältigten sie die Wurst unter allgemeinem Beifall der Anwesenden. Alle sahen gespannt zu, und jedesmal, wenn Bim schluckte, schluckte auch der Dicke, obwohl er gar nichts im Mund hatte, er half Bim förmlich beim Essen. Die Kuchenstückchen konnte man Bim nicht so verabreichen, sie zerbröckelten, da endlich nahm Bim das Stück Kuchen selbst und legte sich auf den Bauch; das Stück Kuchen auf den Pfoten, sah er es sich von allen Seiten an und fraß es. Er tat das offensichtlich aus Achtung vor Tolik. Der hatte so zärtliche Hände und einen so sanften Blick, und er war so gut zu Bim, daß dieser der Herzenswärme nicht widerstehen konnte. Bim hatte sich auch früher schon Kindern gegenüber besonders verhalten, und jetzt war er endgültig davon überzeugt, daß alle kleinen Menschen gut sind, während die großen verschieden sind. Von dem Kuchen wurde ihm besser, weshalb er auch die Plinsen nicht verschmähte. Das war seit einer Woche erst das zweite Mal, daß er etwas zu sich nahm.

Nach Bims Mahlzeit sagte Tolik: „Mal sehn, was er alles kann."

Der Spillrige meinte: „Wenn sie im Zirkus springen sollen, wird ‚Hopp!' gerufen."

Zwei von ihnen hielten Bim einen Gürtel vor, und Tolik kommandierte: „Bim! Hopp!"

Mit Leichtigkeit übersprang Bim das primitive Hindernis. Alle waren begeistert. Der Dicke kommandierte: „Hinlegen!"

Bim legte sich hin (bitte sehr, für euch mit Vergnügen!).

„Sitz", sagte Tolik. (Bim setzte sich.) „Hol!" Und er schleuderte seine Mütze fort. Bim brachte auch die Mütze heran. Tolik umarmte ihn vor Entzücken. Bim leckte ihm die Wange.

In Gesellschaft dieser kleinen Menschen wurde Bim etwas leichter ums Herz. Aber da war auch schon ein Mann zur Stelle, spielerisch schlenkerte er mit einem Spazierstock, so leise war er herangetreten, daß die Kinder ihn erst bemerkten, als er fragte: „Wem gehört der Hund?"

Er machte einen würdigen Eindruck mit seinem schmalkrempigen, grauen Hut, der grauen Fliege statt einer Krawatte, dem grauen Jakkett, den grauen Hosen, dem grauen Bärtchen und der Brille. Der erwachsen wirkende Junge und Tolik antworteten gleichzeitig. „Niemandem", sagte der eine treuherzig. „Mir", sagte Tolik lauernd. „Zur Zeit gehört er mir."

„Also wie ist das, gehört er nun keinem, oder gehört er ihm?" fragte der Mann, indem er auf Tolik zeigte.

„Er hat ein Schild um", mischte sich der Dicke ein. Der Graue trat auf Bim zu und las, was auf dem Schild stand.

Bim roch ganz genau. Der Graue roch nach Hunden, es war ein schwacher mehrere Tage alter Geruch, doch er war nicht zu verkennen. Er schaute ihm in die Augen – und traute ihm nicht, weder seiner Stimme noch seinem Blick, noch den Gerüchen. Es konnte nicht sein, daß einem Menschen schwache Gerüche mehrerer Hunde anhafteten, ohne daß es eine besondere Bewandtnis hatte. Bim schmiegte sich an Tolik und versuchte, von dem Grauen loszukommen, doch der hielt ihn fest.

„Lügen darf man nicht, Junge", tadelte er Tolik. „Aus dem Schild ist ersichtlich, daß das nicht dein Hund ist. Schäm dich, Junge!" Er holte eine Leine aus der Tasche und hakte sie am Halsband fest.

Tolik packte die Leine und rief: „Rühren Sie ihn nicht an! Ich geb ihn nicht her!"

Der Graue schob seine Hand beiseite. „Ich bin verpflichtet, den Hund seinem Bestimmungsort zuzustellen. Möglich, daß sein Herr an Alkohol zugrunde gegangen ist. Dann müßte der Hund beseitigt werden. Ich bringe ihn jetzt dorthin, wo er hingehört, und prüfe nach, ob es stimmt."

„Sie glauben wohl nicht, was auf dem Schild steht?" fragte Tolik, den Tränen nahe.

„Ich glaube es ja, Kinder. Aber... Vertrauen ist gut, Kontrolle ist besser!" Und so zog er mit Bim davon.

Bim sträubte sich, er schaute sich nach Tolik um und sah, wie dieser weinte; doch es half alles nichts, er trottete hinter dem Grauen her, den Schwanz eingezogen, den Kopf gesenkt. Dabei wäre es ein leichtes gewesen, den Mann in den Allerwertesten zu beißen und fortzulaufen, doch Bim war ein fügsamer Hund.

Sie gingen eine Straße mit neuen Häusern entlang. Alle waren grau und einander so gleich, daß sogar Bim sich in ihnen hätte verlaufen können. In einem dieser Häuser stiegen sie in die dritte Etage hinauf, wobei Bim bemerkte, daß auch die Türen alle gleich aussahen. Eine Frau mit grauem Kleid öffnete ihnen. „Ach, du lieber Gott, bringst du wieder einen an!"

„Still doch!" sagte der Graue barsch. Er nahm Bim das Halsband ab und zeigte es ihr. „Da, sieh dir das an." Die Frau setzte die Brille auf und betrachtete es genau, er aber fuhr fort: „Du hast keine Ahnung. In der ganzen Republik bin ich der einzige Sammler von Hundekennzeichen. Und dieses ist ein Prachtstück. Das fünfhundertste!"

Bim begriff nichts, hörte keine bekannten Worte, sah keine bekannten Gesten, nichts.

Nun ging der Graue vom Korridor in ein Zimmer, das Halsband in der Hand. Von dort rief er: „Bim, hierher!"

Bim zögerte, dann ging er vorsichtig in das Zimmer hinein. Er sah in die Runde und blieb an der Tür sitzen. An der Wand hingen mit Samt beschlagene Tafeln, darauf reihenweise Hundekennzeichen: Marken, Plaketten, grüne und gelbe Medaillen, ein paar prächtige Leinen und Halsbänder, mehrere kunstvolle Maulkörbe und andere Utensilien der Hundehaltung.

Aufmerksam sah Bim zu, wie der Graue sein Halsband hin und her drehte, mit einer Zange das Schild löste und dieses auf einer der Samttafeln in der Mitte befestigte, ebenso verfuhr er mit seiner Marke; darauf legte er Bim das Halsband wieder an und sagte: „Bist ein braver Hund."

Genauso hatte einst auch Bims Herr gesprochen, doch Bim traute dem Grauen nicht. Er lief in den Korridor hinaus und stellte sich vor die Wohnungstür, womit er sagte: Laß mich raus! Ich hab hier nichts zu suchen.

„Nun laß ihn schon raus", sagte die Frau. „Was hast du ihn überhaupt hergeschleppt? Das hättest du auch auf der Straße abmachen können."

„Das ging nicht, weil ich ein paar Bengels am Hals hatte. Und auch jetzt können wir ihn nicht rauslassen; denn wenn die ihn ohne das Schild sehn, bringen sie's fertig und melden es... Soll er doch bis morgen früh hierbleiben. Hinlegen!" befahl er Bim.

Bim legte sich vor die Tür, folgsam, ergeben. Und wieder hätte er bloß laut loszuheulen, in der Wohnung herumzutoben und den Grauen anzufallen brauchen, und der hätte ihn freigelassen! Doch Bim konnte warten. Außerdem war er so erschöpft, daß er sogar an einer

fremden Tür ein Weilchen schlummerte, wenn auch in ständiger Unruhe.

Dies war die erste Nacht, in der Bim nicht nach Hause kam. Er
spürte das, als er nach leichtem Schlummer erwachte und nicht gleich
wußte, wo er war. Und als er es wieder wußte, übermannte ihn die
Trauer. Er hatte im Schlaf Iwan Iwanytsch gesehen, immer, sobald er
eingeschlafen war, sah er ihn, und wenn er aufwachte, fühlte er noch
die Wärme seiner Hände. Wo war er, sein lieber, guter Freund? Kummer und Leid. Bittere Einsamkeit. Und all diese Samttafeln rochen
nach Hunden. Bim fing an zu winseln. Dann bellte er zweimal mit
heulendem Unterton, wie ein Hetzhund, wenn er eine Hasenfährte
nach einer Sasse vom Vortag aufnimmt. Und schließlich konnte er
nicht länger an sich halten und stieß ein langgezogenes Heulen aus.

Der Graue fuhr auf, schaltete das Licht an, schlug nach Bim mit einem Spazierstock und zischte: „Willst du still sein, verdammtes Biest!
Das hören doch die Nachbarn!"

Bim wich den meisten Schlägen aus, doch der Mensch paßte einen
günstigen Moment ab und versetzte Bim einen Schlag auf den Kopf.
Bim verlor für ein paar Sekunden das Bewußtsein, seine Beine zuckten
krampfhaft, doch er kam schnell zu sich, machte einen Satz weg von
der Tür und fletschte die Zähne.

Der Graue wich zurück. „Will noch beißen, dieses Vieh..." Er riß
die Tür auf.

Doch Bim glaubte nicht, daß die Tür tatsächlich offen sei, auch dann
nicht, als der Graue sagte: „Los, raus mit dir. Lauf, Bim, lauf!"

Er traute diesen lockenden Tönen nicht, dieser Schmeichelei nach
den Schlägen. Schmeichelei nach Schlägen war für Bim eine neue Entdeckung in seinem Leben. Die Frau und der Stupsnasige waren einfach
böse Menschen. Aber dieser hier – den haßte Bim. Bims Vertrauen
zum Menschen geriet ins Wanken.

Bim streckte den Hals vor, fletschte die Zähne und – ging auf den
Grauen zu, vorsichtig, aber entschlossen. Der Graue preßte sich an die
Wand. Bim sah, daß der unheimliche Mann wahnsinnige Angst vor
ihm hatte. Das bestärkte Bims Entschlossenheit – er machte einen
Satz, biß den Feind ins weiche Fleisch und jagte durch die offenste-
hende Tür davon.

In der Morgendämmerung lief er eine Straße hinab. Zuerst hastete
er in die falsche Richtung, das heißt nicht in die Stadt, sondern aus ihr
hinaus (dort hörten die Häuser auf). Er machte kehrt und geriet wieder

ins Labyrinth der sich gleichenden Häuser. Er beschrieb Kreise und Schleifen und kam wieder an das Haus, aus dem er geflohen war. Nun konnte er die richtige Richtung einschlagen. Als er am Vortag mit dem Grauen hier entlanggegangen war, hatte er an einer Ecke die Inschrift eines Artgenossen eingefangen und an einer anderen Ecke die eines anderen, jetzt konnte er sich an diesen Zeichen orientieren. Und Bim hatte eine außerordentlich feine Nase.

Es war schon hell, als er zu Hause ankam und an seiner Tür kratzte. Keine Antwort. Er kratzte noch einmal – Stille. Vor allem waren an der Tür keine Spuren von Iwan Iwanytsch. Und es war auch noch zu früh, als daß die Stepanowna im Morgenschlummer Bims Rufzeichen hätte hören können. Nachdenklich blieb er vor der Tür sitzen.

Von den Schlägen tat sein ganzer Körper weh, im Kopf ein klopfender Schmerz, er spürte heftige Übelkeit und war völlig entkräftet. Dennoch zog er wieder los, seinen Freund zu suchen.

Durch die Stadt lief ein Hund, traurig und niedergeschlagen, aber treu, ergeben und mutig.

4

TAG um Tag verstrich. Bim merkte es gar nicht mehr. Regelmäßig durchforschte er die Stadt und lernte sie gründlich kennen. Jetzt lief er eine Route ab; die Menschen hätten nach Bim ihre Uhren stellen können. Tauchte er am Park auf, war es fünf Uhr, am Bahnhof, sechs Uhr, an der Fabrik, halb acht, auf dem Prospekt, zwölf, am linken Flußufer, sechzehn Uhr und so weiter.

Unter den Menschen gewann er neue Bekannte. Bim stellte fest, daß die meisten gutmütig waren. Er traf auf Menschen, die nach Öl und Eisen rochen; sie strömten jeden Tag so gegen acht Uhr zu einem großen Tor hinein. Sie waren redselig wie die Saatkrähen. Bim saß abseits vom Menschenstrom, sah zu und wartete.

„He, Schwarzohr, grüß dich!" So begrüßte ihn jeden Morgen ein junger Mann im blauen Monteuranzug und legte ihm ein Päckchen mit Fressen hin, das er eigens dafür mitbrachte. „Na, noch gesund und munter? Tag." Und er gab Bim seine gute menschliche Pfote, die grob war, aber warm.

Manche begrüßten ihn wortlos und eilten weiter. Keiner tat Bim hier je etwas zuleide.

Nach und nach hatte Bim gelernt, die Menschen einzuteilen. So begegnete ihm beispielsweise oft ein dickes Weiblein, stets munter und guter Dinge, doch wenn sie Bims ansichtig wurde, fauchte sie wie eine Katze, spuckte aus und verkündete: „Nein, scheußlich so was! Die Hunde sollten alle getötet werden, damit sie einen nicht belästigen können!"

Bim wußte genau, zu ihr durfte er nicht gehen. Zwar konnte er die Worte nicht verstehen, dafür aber sehen und hören, und er machte es sich zur Regel: Mit solchen darf man sich nicht einlassen. Er lernte auch, wem er aus dem Weg gehen mußte. Seine Menschenkenntnis erweiterte und vertiefte sich, und er hatte nicht mehr für jeden Vorübergehenden ein Schwanzwedeln übrig. In kurzer Zeit war aus Bim ein spindeldürrer Hund geworden, der den Ernst des Lebens kannte und ein Lebensziel hatte – suchen und warten.

Als er eines frühen Morgens die Gerüche auf einem Fußweg prüfte, durchzuckte ihn ein freudiger Schreck. Er blieb stehen, schnaubte und jagte los wie toll, blind und taub für alles um ihn herum. Hier war Dascha gegangen! Kurz vor ihm war sie hier gewesen.

Die Spur führte zum Bahnhof. In das Gebäude einzudringen war unmöglich – Menschen über Menschen, selbst auf der Straße drängten sie sich vor einem Fensterchen, redeten, schwitzten, lärmten. Unter diesen Umständen war es aussichtslos, Daschas Spur ausfindig zu machen, sie war verschwunden. Da schlug Bim einen Bogen um das Bahnhofsgebäude und kam auf den Bahnsteig. Hier standen Menschen gruppenweise vor den Türen langer Häuschen auf Rädern, sie knurrten nicht, sie umarmten und küßten sich. Keiner achtete auf Bim, der daher ungestört zwischen den Beinen der Menschen hindurchschlüpfen und eingehend den Bahnsteig untersuchen konnte.

Und plötzlich roch es aus einer Tür nach Dascha. Bim lief auf die Stufen zu, doch eine Frau mit einem großen Metallschild an der Brust jagte ihn fort. Bim beschnupperte die Fenster und sah sie sich genau an. Da sah er zwei Frauen in weißen Kitteln als letzte in das Häuschen gehen. Schon war er drauf und dran, auf sie zuzustürzen, aber die Häuschen fuhren langsam davon. Bim an die Fenster. Sein Hundeverstand hatte scheinbar ganz richtige Schlüsse gezogen: Dort war Dascha, dort waren Menschen in weißen Kitteln, also konnte auch Iwan Iwanytsch dort sein. Konnte! Hatten ihn nicht Menschen in weißen Kitteln abgeholt? Bim lief neben dem Häuschen her und spähte zu den Fenstern hinein. Da sah ihn Dascha.

„Bim! Bi–im!" rief sie. „Lieber Bim. Ach, er wollte Abschied nehmen! Mein lieber Bim! Bi–im! Bi–i…"

Ihre Stimme wurde leiser und leiser. Das Häuschen lief davon. Und Bim fiel immer weiter zurück, obwohl er alle Kräfte aufbot.

Er lief eine Weile hinter dem letzten Häuschen her, und als auch dieses seinem Blick entschwunden war, verfolgte er den Weg weiter, bis er schließlich auf den Gleisen zusammenbrach und alle viere von sich streckte, keuchend und leise winselnd. Die Hoffnung war dahin. Er wollte nicht weiter und hätte es auch gar nicht gekonnt, er wollte gar nichts mehr.

Wenn Hunde die Hoffnung verlieren, sterben sie auf natürliche Weise, still, ohne zu murren. Es ist nicht Sache Bims und gehört auch gar nicht zu seinen Fähigkeiten zu begreifen, daß, gäbe es gar keine Hoffnung auf Erden, nicht den kleinsten Schimmer, auch die Menschen vor Verzweiflung sterben würden. Für Bim war alles einfacher, er litt, sein Freund war nicht da – fertig. Ein Schwan, der die geliebte Ehepartnerin verloren hat, steigt in die Höhe und fällt wie ein Stein herab; wenn ein Kranich die Partnerin verliert, legt er sich auf den Boden, die Flügel flach ausgebreitet, und schreit und schreit und bittet den Mond um den Tod. So auch Bim. Er lag da und sah im Fieber seinen einzigen, unersetzbaren Freund und wäre zu allem bereit gewesen, ohne sich selbst dieser Bereitschaft bewußt zu sein. Er war ganz still.

Ach, hätte Bim jetzt ein paar Schluck Wasser gehabt! Ohne Wasser war er verloren, aber da…

Eine Frau trat auf ihn zu. Sie trug Wattejacke, Wattehose und um den Kopf ein Tuch. Eine große, stämmige Frau. Sie beugte sich über ihn, ließ sich auf die Knie nieder und horchte – Bim atmete noch. Die Frau nahm Bims Kopf in die Hände und hob ihn hoch. „Na, Schwarzohr, was hast du? Wem bist du so nachgelaufen, du Ärmster?" Diese äußerlich so grobschlächtige Frau hatte eine warme, gutmütige Stimme. Sie stieg die Böschung hinab, brachte in einem Segeltuchhandschuh Wasser, hob Bims Kopf wieder ein wenig an und hielt ihm das Wasser vor, wobei sie seine Nase befeuchtete. Bim leckte an dem Wasser. Kraftlos schwankte sein Kopf hin und her, er streckte den Hals aus und leckte wieder. Schon regelmäßig. Die Frau strich ihm über den Rücken. Sie verstand alles. Da war jemand, den er liebte, für immer fortgefahren, und das war schrecklich; von jemandem für immer Abschied zu nehmen ist doch dasselbe, wie ihn lebendig zu begraben.

Sie vertraute sich Bim an: „Ich hab auch meinen Vater und meinen

Mann zur Bahn gebracht... als sie in den Krieg fuhren... Siehst du, Schwarzohr, inzwischen bin ich alt geworden, und trotzdem kann ich's nicht vergessen... Ich bin auch dem Zug nachgerannt... und hingefallen... und wollte nur noch sterben... Trink, mein Guter, trink, du Ärmster..."

Bim trank fast das ganze Wasser aus dem Handschuh. Jetzt blickte er der Frau in die Augen, und er wußte gleich, das war ein guter Mensch. Immer wieder leckte er ihre groben, rissigen Hände, leckte die Tränen ab, die aus ihren Augen darauf fielen. So spürte Bim zum zweitenmal in seinem Leben den Geschmack menschlicher Tränen, das erste Mal waren es die seines Herrn gewesen, und jetzt diese, die in der Sonne blitzten und durchsichtig waren und salzig von unvergänglichem Leid.

Die Frau nahm ihn auf den Arm und trug ihn die Böschung des Eisenbahndamms hinunter. ,,Bleib liegen, Schwarzohr, bleib liegen. Ich komm wieder." Und sie ging fort, zu ein paar Frauen, die sich an den Gleisen zu schaffen machten.

Bim sah ihr nach mit trüben Augen. Dann aber erhob er sich unter Aufbietung aller Kräfte und schlich ihr taumelnd nach. Sie blickte zurück, wartete. Er schleppte sich zu ihr heran. Sie kamen zu der Gruppe Arbeitender. Alles Frauen, ebenso angezogen wie der Gute Mensch, etwas abseits stand auch ein Mann mit einer Pelzmütze im Genick und einer Pfeife im Mund. Brummig sagte er: ,,Na, Matrjona, einen Hund aufgegabelt? Und die Arbeit hier macht sich von selbst, was! Ach, Matrjona, Matrjona, du bist mir eine." Und er schüttelte den Kopf. Bim merkte, der Gute Mensch, das war Matrjona. Sie bedeutete ihm, sich am Wegrand hinzulegen, nahm eine gewaltige Zange und packte zusammen mit den anderen Frauen eine Eisenbahnschwelle.

,,Hau ruck, hau ruck!" rief der Mann, die Arme in die Seiten gestemmt. ,,Los, noch mal, noch mal!"

Auf jeden seiner Rufe reagierten die Frauen mit einer ruckartigen Bewegung, so daß der Balken, auf allen Seiten von Zangen gepackt, sich langsam fortbewegte. Bei jedem Ruck wurden die Gesichter der Frauen von Anstrengung rot, nur eine, die kränklich und schwach wirkte, wurde bleich im Gesicht, ja bläulich. Matrjona schob sie beiseite und sagte zu ihr: ,,Geh, ruh dich aus, sonst stirbst du uns noch." Und zu dem Mann: ,,So, nun schimpf, du Christenfeind."

,,Hau ruck!" bellte der und rückte sich die Mütze zurecht, dann sang er: ,,Los, ihr Weiber, noch mal ran! Zum Kaukasus wollte mein Ehe-

mann. Angekommen ist er nie! Er hat sich 'ne andre genommen, das Vieh! Stopp! Werkzeuge ablegen!"

Das Wort „Vieh" hatte Bim schon von dem Stupsnasigen gehört, es war ein schlechtes Wort. Die Frauen legten die Zangen beiseite und gingen daran, Eisenkeile mit langen, schweren Hämmern einzuschlagen. Matrjona schlug den Bolzen mühelos, beinahe spielend mit drei Schlägen ein, während die Kränkliche bei jedem Schlag ächzte und stöhnte.

„Los, los, los, Anissja!" schrie das „Vieh" und trat zu der Frau. „Du mußt mit mehr Schwung zuschlagen, ranziehen den Hammer, dann geht's gleich viel leichter."

Anissja – das war die Kränkliche. Sie hatte länger als die anderen mit jedem Keil zu tun und war zu guter Letzt völlig ins Hintertreffen geraten. Da geschah etwas für die Frauen Seltsames und Unfaßliches. Bim schleppte sich trotz seiner Schwäche zu Anissja und leckte ihr die bitteren Segeltuchhandschuhe. Alle hielten mit der Arbeit inne und sahen Bim verblüfft zu.

Dann setzten sich alle auf ein Kommando des „Viehs" unter die Büsche und aßen Mittag, jede aus ihrem Bündel. Auch Bim bekam zu fressen. Und er fraß. Jetzt war es schon so weit, daß er Futter aus der Hand guter Menschen annahm. Das war seine Rettung.

Gegen Abend wurde er unruhig. Er ging zu Matrjona, setzte sich, trat müde von einer Vorderpfote auf die andere, sah ihr ins Gesicht, ging immer wieder weg, legte sich hin, kam aber bald zurück und lief abermals los.

„Du willst also gehn, Schwarzohr", sagte Matrjona. „Dann lauf, Schwarzohr. Ich wüßte ja sowieso nicht, wohin mit dir. Geh."

Bim nahm Abschied von ihr und ging, langsam, im Schritt, gar nicht nach Hundeart. Er ging längs der Eisenbahnschienen zurück. Er hatte am ganzen Körper Schmerzen von den Schlägen des Grauen, das Atmen war beim Gehen eine Qual, doch es half nichts, er mußte gehen. Und allmählich verfiel Bim in einen leichten Trab.

In Stadtnähe wurden aus dem einen Weg zwei, seitlich davon verlief noch ein Paar eiserner, ununterbrochener Streifen. Dann waren es drei Wege. Nicht weit von einem Häuschen zwinkerten abwechselnd zwei rote Augen, links, rechts, links, rechts, so ging es hin und her. Rot ist für alle Tiere etwas Unangenehmes, der Wolf beispielsweise ist nicht imstande, über eine Schnur mit roten Lappen zu springen, und ein Fuchs, auf diese Weise eingekreist, bleibt zwei, drei und mehr Tage im

Kessel. So beschloß Bim, um die riesigen roten, zwinkernden Augen einen Bogen zu schlagen. Er wechselte auf das dritte Gleis hinüber und verhoffte, unschlüssig, ob er weitergehen sollte. Da plötzlich knirschte es unter ihm...

Bim heulte auf, von einem gräßlichen Schmerz in der Pfote durchfahren, ohne diese von den Schienen lösen zu können. Er steckte in der mächtigen Zange einer Weiche.

Menschen waren nicht in der Nähe. Die eigene Pfote abbeißen, wie das mitunter der Wolf tut, wenn er in ein Tellereisen geraten ist, kann ein Hund nicht, er *wartet* auf Hilfe, er *hofft* auf die Hilfe des Menschen.

Doch was war das? Zwei gewaltige grellweiße Lichter tauchten den Weg und Bim in Helligkeit, sie blendeten ihn und kamen langsam und unerbittlich näher. Vor Angst und Schreck rollte sich Bim zu einem Knäuel zusammen. Im Vorgefühl des Unheils gab er keinen Laut von sich. Doch das donnernde Wesen, zu dem die Augen gehörten, blieb in etwa dreißig Schritt Entfernung stehen, und in das Licht sprang aus dem Dunkel ein Mensch und kam auf Bim zugelaufen. Gleich darauf noch einer. ,,Wie kommst du denn hierher, du Ärmster?" fragte der erste.

,,Was machen wir bloß?" fragte der zweite.

Sie rochen fast genauso wie Kraftfahrer, beide hatten Mützen mit großen Medaillen auf.

,,Für den Aufenthalt kriegen wir eins aufs Dach, auch wenn wir dicht am Bahnhof sind."

,,Das ist doch jetzt egal", sagte der zweite und ging in das Häuschen.

Bim merkte an ihrem Tonfall, daß das seine Retter waren. Er hörte es in dem Häuschen schrill klingeln, und ein paar Augenblicke später gab die Zange seine Pfote frei. Doch Bim rührte sich nicht, er war starr. Da nahm ihn der eine und trug ihn von den Gleisen. Dort drehte sich Bim wie ein Kreisel, die zerquetschten Zehen leckend. Er hörte Reden aus den Türen und Fenstern des Zuges; jetzt, vom Licht nicht mehr geblendet, sah er im Dunkeln den Zug stehen, und mehrere Stimmen sagten immer wieder ,,Hund" und ,,Jagdhund", sehr verständliche Wörter.

Bim humpelte auf drei Pfoten davon, zerschunden, verunstaltet. Oft blieb er stehen und leckte die gefühllosen, geschwollenen Zehen der wunden Pfote, das Blut versiegte allmählich, doch er leckte so lange, bis jede der Zehen, die alle Form verloren hatten, ganz sauber war. Das schmerzte sehr, doch einen anderen Weg gab es nicht. Nie wieder würde er auf Eisenbahngleisen entlanggehen, das hatte er sich fest eingeprägt wie einst in seiner Jugendzeit, daß man dort, wo Autos fahren, nicht laufen darf.

Mitternacht war längst vorüber, als er hinkend an seine Tür kam. Aber nein – wieder keine Spuren von Iwan Iwanytsch. Bim wollte schon wie immer an der Tür kratzen, doch da merkte er, es ging nicht, der kranke Fuß hinderte ihn nicht nur, sich zu setzen, sondern auch, sich auf die Hinterbeine zu stellen, er konnte nur auf drei Beinen stehen oder flach liegen. Da preßte er die Nase in einen Winkel der Tür und prüfte die Gerüche drinnen – sein Herr war nicht da. So stand er lange. Dann ging er zur Tür der Stepanowna und sagte laut, kurz und verzweifelt: Hau! Ich bin da.

„Ach, du lieber Gott!" barmte die Stepanowna. „Wo treibst du dich denn rum?" Sie öffnete die Tür, ließ ihn ein und ging mit ihm in die Wohnung. „Ach, du unglückseliger Hund, was soll ich denn jetzt mit dir machen? Und was wird *Iwan Iwanytsch* sagen?"

Bim wollte sich schon mitten ins Zimmer legen, aber... Iwan Iwanytsch? Bim hob den Kopf, drehte ihn mit Mühe zur Stepanowna hin und sah sie an. Iwan Iwanytsch? Wo ist er?

Die Stepanowna verstand sich nicht auf den Umgang mit Hunden, aber sie konnte Mitleid empfinden. Vielleicht half ihr auch jetzt das Mitleid, Bim zu verstehen, zu ahnen, daß die Worte „Iwan Iwanytsch" in dem kranken Hund einen Hoffnungsschimmer erweckt hatten.

„Ja, ja, Iwan Iwanytsch", sagte sie noch einmal. „Wart, ich bin gleich wieder da." Eilig ging sie hinaus und kam kurz darauf mit einem Brief zurück, den sie Bim vor die Nase hielt. „Sieh mal, ein Brief von Iwan Iwanytsch."

Bim erbebte. Er stupste mit der Nase an den Brief, dann beroch er die Ränder, ja, *er* hatte mit den Fingern ein paarmal kräftig über den Briefumschlag gestrichen, hin und her... Als die Stepanowna den Umschlag aufhob und den Brief herausnahm, erhob sich Bim und schlich zu ihr; sie entnahm dem Umschlag einen unbeschriebenen Briefbogen und legte ihn vor Bim hin.

Er wedelte mit dem Schwanz, das war der Geruch von Iwan Iwanytschs Fingern, ja, er hatte extra dafür mit den Fingern über das Blatt gestrichen.

„Das schickt er dir", sagte die Stepanowna. „Er schreibt, daß ich dir dieses Blatt geben soll." Sie zeigte auf das Papier und sagte: „Iwan Iwanytsch... Iwan Iwanytsch..."

Plötzlich sank Bim kraftlos zu Boden und streckte sich aus, den Kopf auf dem Blatt Papier.

Die Stepanowna begann, den Hund zu verstehen, doch sie verstand auch, daß sie allein nicht mehr mit ihm zurechtkommen würde. Lange saß sie bei Bim und sann über ihr Leben nach. Es zog sie zurück in das Dorf, in dem sie geboren und aufgewachsen war, ihr war so schwer ums Herz in diesen Steinkäfigen, in denen die Menschen einander jahrelang nicht kennenlernten, obwohl sie in ein und demselben Haus wohnten. Dann kam sie darauf, Bim Wasser zu geben.

Bim trank gierig, dann legte er sich wieder in derselben Stellung hin. Er schloß die Augen, es sah aus, als verliere er das Bewußtsein. Leise ging die Stepanowna hinaus, als fürchtete sie, einen schwerkranken Menschen zu stören.

Wie lange er geschlafen hatte, wußte Bim nicht. Er erwachte von einem brennenden Schmerz im Bein. Es war Tag, denn die Sonne schien. Trotz seiner Schmerzen schnupperte er an dem Blatt Papier. Der Geruch seines Herrn war schwächer geworden, doch das bedeutete nichts. Hauptsache, *er war da,* irgendwo würde Bim ihn finden. Er stand auf, trank und lief auf drei Beinen in der Wohnung herum, es tat weh, doch bald hatte er herausgefunden, wie er gehen mußte, ohne daß dabei die zerquetschte Pfote schmerzte, er mußte sie ein wenig anheben, anstatt über den Boden nachzuschleifen. Als die Stepanowna sein Futter brachte, wedelte er schon mit dem Schwanz, er begrüßte sie, dann fraß er. Und warum sollte er eigentlich nicht fressen, wo er doch wieder Hoffnung hatte und ihn zwei magische Worte beseelten, „suchen" und „warten".

Doch soviel er auch bettelte, die Stepanowna ließ ihn nicht raus. („Du bleibst zu Hause, du bist krank.") Aber dann sagte sie sich, daß Bim schließlich seiner Bedürfnisse wegen auch mal hinaus mußte. Sie wußte natürlich nicht, daß Hunde schon an Darmriß und Verstopfung gestorben waren, weil man sie über drei Tage nicht hinausgelassen hatte. Sie hakte die Leine an Bims Halsband fest und machte sich auf den Weg. Bim hinkte neben ihr her. Auf dem Hof standen sie beide in einer Ecke, eine alte, grauhaarige Frau und ein lahmer, verwahrloster Hund.

Kinder kamen aus den Haustüren gestürmt, eilten in die Schule, doch viele kamen heran und fragten: „Großmutter, warum geht Bim auf drei Beinen?" Oder: „Na, Bimka, tut's sehr weh?"

Die Stepanowna und Bim gingen wieder ins Haus zurück.

Als sich die Kinder in der Schule während der ersten Pause das Neueste erzählten, verbreiteten sie die Geschichte, bei ihnen auf dem Hof sei ein Hund, der früher auf vier Beinen gegangen sei, jetzt aber gehe er auf dreien, und ganz mager sei er, im Gegensatz zu früher, wo er glatt und glänzend gewesen sei, auch sei er jetzt zottig und ungepflegt, auch längst nicht mehr so fröhlich und ungestüm wie früher, und er heiße Bim; sein Herr sei nach Moskau zu einer Operation gebracht worden, und ausgeführt werde Bim jetzt von Großmutter Stepanowna.

Auch zu Tolik drang das Gerücht, und er erkundigte sich bei den Kindern: wann sie Bim gesehen hatten und wo er wohnte, und er ging zu Bim und klingelte. Bim antwortete mit der Frage: Hau! Wer ist da?

„Ich bin's, Tolik!" rief er. Er hörte, wie Bim die Nase an die Tür preßte und schnaufte. „Bim, ich bin's, Tolik."

Bim gab ein Winseln von sich, bellte. Die Stepanowna kam heraus, als sie das Bellen und Reden hörte. „Was willst du denn, Junge?"

„Ich will zu Bim."

Schnell klärte sich alles auf. Sie gingen zu Bim hinein. Tolik erkannte Bim nicht wieder, so mager war er geworden, der Bauch eingefallen, das Fell verfilzt, der Gang schräg, die Rippen herausstehend – nein, das war nicht Bim. Doch seine Augen, klug und zärtlich, sagten: Ich bin Bim. Tolik hockte sich auf den Boden und ließ den Hund gewähren. Bim beschnupperte ihn, leckte seine Jacke, sein Kinn, seine Hände, und zum Schluß legte er seine Schnauze auf Toliks Stiefel.

Die Stepanowna erzählte Tolik alles, was sie von Bim und Iwan Iwanytsch wußte, nur wie er sich die Pfote verletzt hatte, konnte sie ihm nicht erklären. „Schicksal", sagte sie. „Jeder Hund hat sein Schicksal."

„Und wo ist das Schild?" fragte Tolik. „Er hatte doch ein Schild um."

„Ja, er hatte ein Schild. Wie heißt du eigentlich?"

„Tolik."

„Tolik, das ist schön… Ja, das Schild… Jemand muß es ihm abgemacht haben."

Tolik dachte: Das war der Graue.

„Lieber Gott, was soll ich mit ihm machen?" fragte die Stepanowna mit einem Blick auf Bim. „Er tut mir so leid. Man müßte mit ihm zu einem Vitinär."

„Zu einem Veterinär", verbesserte Tolik, ohne sich überlegen zu fühlen. „Ich werde jeden Tag nach der Schule herkommen, wenn es Ihnen recht ist."

So hatte Bim einen neuen Freund gefunden. Jeden Tag kam Tolik nun nach dem Mittagessen zu ihm gefahren, ging mit ihm spazieren, auf der Straße und im Park. Und er brachte Bim in die Praxis eines Tierarztes. Der nahm die wunde Pfote in Augenschein, horchte die inneren Organe ab, verschrieb eine Salbe für den Fuß und gab Tolik eine Mixtur für Bim zum Einnehmen.

Bim bedankte sich bei dem Arzt. Er roch nach Arzneien, doch er war keineswegs krank, im Gegenteil, er war ein großer, stattlicher Mann mit guten Augen. Du bist ein guter Mensch, sagte Bim mit Schwanz und Blick zu ihm. Ein sehr guter Mensch.

Dank der Fürsorge Toliks und der Stepanowna ging es Bim allmählich besser. Nach zwei Wochen begann die Pfote zu heilen, aber sie blieb klauenartig und zu breit im Vergleich zu den anderen. Das Fell, von Tolik gepflegt und gekämmt, verlieh Bim wieder ein ordentliches Aussehen. Aber nun hatte er auf einmal ständige Schmerzen im Kopf, von den Schlägen des Grauen mußte darin etwas verrutscht sein. Hin und wieder verspürte Bim einen Schwindel, dann blieb er stehen und wartete verblüfft, was geschehen werde, aber es ging vorüber, bis zum nächsten Mal.

Erst spät im Herbst, als es schon ständig fror, konnte Bim wieder auf allen vieren gehen, dennoch lahmte er leicht; denn das Bein war eine Kleinigkeit kürzer geworden. Ja, Bim blieb ein Krüppel, auch wenn die Sache mit seinem Kopf sich wieder eingerenkt zu haben schien.

Das alles nahm Bim nicht so tragisch, wohl aber, daß sein Herr noch immer fort war. Das Blatt Papier roch schon längst nicht mehr nach ihm. Bim hätte sich wieder auf die Suche nach seinem Freund machen können, doch Tolik ließ ihn nicht von der Leine, wenn er mit ihm spazierenging. Und so lief ein Junge mit Sporthose, gelben Schuhen, hellbrauner Jacke und flauschiger Mütze jeden Nachmittag mit einem lahmen Hund ein und dieselbe Tour ab.

Mit Ljusja, der Enkelin der Stepanowna, einem gleichaltrigen, stillen, zarten Mädchen, hatte Tolik feste Freundschaft geschlossen. Dennoch traute er sich nicht, sie auf seine Spaziergänge mitzunehmen. Dafür spielten sie oft in Iwan Iwanytschs Wohnung mit Bim, und der zahlte es ihnen mit liebevoller Ergebenheit und nie erlahmender Aufmerksamkeit zurück. Die Stepanowna saß mit ihrem Strickzeug dabei, sah den Kindern zu und hatte ihre Freude an ihnen und dem Hund.

Als sie Bim einmal bürsteten, fragte Ljusja: „Ist dein Vater eigentlich hier in der Stadt?"

„Ja. Nur wird er früh zur Arbeit abgeholt und abends zurückgebracht, ganz spät erst. Dann ist er immer furchtbar müde und sagt, meine Nerven sind wieder mal zum Zerreißen angespannt."

„Und deine Mutter?"

„Meine Mutter hat nie Zeit. Dauernd kommt jemand, mal die Waschfrau, mal die Fußbodenpfleger, mal die Schneiderin, dann klingelt wieder laufend das Telefon, nie kommt sie zur Ruhe. Nicht mal zum Elternabend kann sie sich losreißen."

„Du hast es schwer", pflichtete Ljusja ihm seufzend bei und schaute betrübt drein. Sie hatte Tolik nur deshalb gefragt, weil sie immer an ihren Vater und ihre Mutter denken mußte. Sie sagte: „Meine Eltern sind weit weg. Mit dem Flugzeug sind sie weggeflogen. Ich bin mit Großmutter allein..."

Tolik sah Ljusja und die Stepanowna erstaunt an, er verstand nicht, wieso Eltern nicht mit ihren Kindern lebten. Die Stepanowna sah an seinem Blick, was er dachte.

„Wir können nicht auch noch wegfahren, jemand muß in der Wohnung sein, sonst nehmen sie sie uns weg... und jetzt heißt's auch noch auf den da aufpassen, bis Iwan Iwanytsch wiederkommt. Aber das ist ja selbstverständlich, wo Iwan Iwanytsch unser Nachbar ist."

Tolik hatte im letzten Satz der Stepanowna einen grammatischen Fehler bemerkt, doch er schwieg, denn er achtete die alte Frau, auch wenn er nicht hätte sagen können, warum. Sie war eben einfach Ljusjas nette Großmutter. Auch Bim liebte die Stepanowna. Und so fragte Tolik: „Bimka, hast du Großmutter Stepanowna gern?"

Bim kannte aller Namen und wußte, daß es kein Lebewesen ohne Namen gibt. Er merkte am Blick Toliks und der Stepanowna und an deren Lächeln, daß eben von ihr gesprochen wurde, und darum ging er zu ihr und legte den Kopf auf ihren Schoß.

Früher waren der Stepanowna Hunde gleichgültig gewesen, aber Bim hatte es fertiggebracht, daß sie Hunde liebte, und bewirkt hatte er das mit seiner Gutmütigkeit, seinem Vertrauen und der Treue zu seinem Freund, dem Menschen.

Es waren liebenswerte, warmherzige Wesen, diese vier in einer fremden Wohnung – drei Menschen und ein Hund. Wärme und Frieden spürte auch die Stepanowna. Und was braucht der Mensch mehr auf seine alten Tage?

Später, viele Jahre später würde Tolik sich an diese Nachmittagsstunden erinnern. Jetzt aber fiel ihm ein: „Um neun muß ich zu Hause sein, unbedingt, da muß ich ins Bett. Morgen bring ich dir ein Malheft mit, Ljusja, und Buntstifte."

„Wirklich?" fragte Ljusja und freute sich.

„Hast du deinem Vater eigentlich gesagt, wo du hingehst?" wollte die Stepanowna wissen.

„N-nein. Warum denn?"

„Warum! Tolik, das muß man doch."

„Er fragt ja nicht. Und meine Mutter auch nicht. Um neun bin ich immer zu Hause."

Als Tolik ging, bettelte Bim so sehr, so sehr, man sollte ihn hinauslassen, doch vergeblich. Die Menschen hüteten ihn, ohne zu bedenken, daß er litt und sich nach seinem Freund sehnte, auch wenn er sie liebte.

Am nächsten Tag blieb Tolik aus. Dabei hatte sich Ljusja so auf das Malheft und die Buntstifte gefreut. Sie und Bim sagten immer wieder: „Tolik ist nicht da. Tolik kommt nicht."

Bim wußte natürlich, warum sie unruhig war, auch war ja die Zeit, zu der Tolik hätte kommen müssen, schon vorbei, darum schaute er mit Ljusja zum Fenster hinaus auf die Straße und wartete voller Ungeduld. Doch Tolik kam nicht.

Er wird's seinem Vater gesagt haben, dachte die Stepanowna, und laut sagte sie: „Da sitzen wir nun mit dem Hund... Tolik wird uns fehlen. Wer soll Bim nun ausführen?" Ljusjas Herz zog sich zusammen, es prophezeite nichts Gutes.

„Ja, er wird uns sehr fehlen", pflichtete sie mit zitternder Stimme bei.

Bim kam zu ihr, sah ihre Hände an, die das Gesichtchen verdeckt hielten, und hätte fast gewinselt. Er erinnerte sich, wie Iwan Iwanytsch, wenn er am Tisch saß und die Arme aufgestützt hatte, auch manchmal die Hände vors Gesicht gehalten hatte. Bim wußte, das bedeutete Schlechtes. Dann war Bim zu ihm gegangen, und sein Herr hatte ihn am Kopf gekrault und gesagt: „Danke, Bim, danke." So jetzt auch Ljusja, sie nahm die Hände vom Gesicht und streichelte Bims Kopf.

Bim hinkte zur Tür, als wollte er sagen: Tolik wird schon kommen. Komm mit, wir suchen ihn.

„Er will, daß wir ihn rauslassen", sagte die Stepanowna. „Und ausführen muß man ihn, das verlangt die Natur..."

Ljusja reckte das Kinn eine Kleinigkeit in die Höhe und sagte resolut, ganz anders als sonst: „Dann führe ich ihn eben aus."

Ein kleines Mädchen mit einem Hund ging die Straße entlang. Drei Jungen kamen ihr entgegen.

„Na, Kleine", legte der eine von ihnen los, ein Rotschopf mit Sommersprossen, „ist dein Hund ein Männchen oder Weibchen?"

„Blöder Kerl!" gab Ljusja zurück.

Die drei umringten Ljusja und Bim, und sie war drauf und dran, über diese erste Anpöbelei in ihrem Leben in Tränen auszubrechen. Doch als sie sah, daß Bims Rückenhaar sich sträubte und er den Kopf ein wenig senkte, wurde sie mit einemmal kühn und sagte zu den Jungen: „Macht, daß ihr wegkommt!"

Bim bellte cinmal und fuhr so ungestüm auf die Jungen los, daß sie auseinanderstoben. Der Sommersprossige aber rief mit piepsigem Stimmchen, als er ein Stück weg war und sich über seine eigene Feigheit ärgerte: „Ha! Ein Mädchen mit einem Rüden! Ha, und schämt sich nicht mal!"

Ljusja rannte, so schnell sie nur konnte, nach Hause. Bim natürlich hinterdrein. Zum erstenmal war ihm ein böser kleiner Mensch begegnet, der Sommersprossige.

Nach diesem Vorfall ließen sie Bim wieder wie früher allein auf die Straße. Zuerst ging Ljusja noch ein Stück mit, blieb dann hinter einer Ecke stehen und paßte auf, daß er nicht allzuweit fortlief, wozu sie sich angewöhnt hatte, wie ein Junge zu pfeifen. Später ließ ihn die Stepanowna am frühen Morgen allein hinaus. Von da ab ging er überhaupt allein und kam abends zurück. Eines Tages rief ihn auf einer Kreuzung, wo ein Übergang über die Straßenbahnschienen führte, jemand an.

„Bim!"

Er sah sich um. Aus der Tür einer Straßenbahn lehnte sich die Fahrerin heraus, die er kannte. „Tag, Bim." Bim lief zu ihr und gab Pfötchen. War das doch die nette Frau, die Bim und seinen Herrn immer zur Jagd gefahren hatte, bis zur Bushaltestelle.

„Ich hab dein Herrchen so lange nicht gesehn. Ist *Iwan Iwanytsch* krank?"

Bim zuckte zusammen – sie wußte es, sie fuhr vielleicht zu ihm. Als sich der Wagen in Bewegung setzte, sprang er auf. Ein Fahrgast, eine Frau, kreischte auf, ein Mann brüllte „Rrraus hier!", manche lachten und waren auf Bims Seite. Die Fahrerin hielt an, kam aus ihrer Kabine heraus, beruhigte die Fahrgäste und sagte zu Bim: „Komm, Bim, steig aus. Hier kannst du nicht mitfahren, pfui!" Sie gab ihm einen sanften Stoß und fügte hinzu: „Ohne Herrchen gibt's das nicht. Nicht ohne *Iwan Iwanytsch.*"

Was sollte er machen? Wenn es hieß, das gibt's nicht, durfte er also nicht mitfahren. Bim blieb eine Weile sitzen, dann trabte er in der Richtung davon, in die die Straßenbahn gefahren war. Hier war er immer mit seinem Herrn entlanggefahren, dort die Kurve am Turm, dort der Milizionärsstandposten... Bim lief an den Schienen entlang, immer an der Seite, da er wußte, treten durfte man auf die Eisenbänder nicht, da wurde einem der Fuß eingeklemmt.

An der Schleife der Endstation beschrieb er einen Kreis wie die Straßenbahn und blieb an der Haltestelle stehen. Er setzte sich und hielt Ausschau. Von hier aus war er mit Iwan Iwanytsch über die Straße gegangen, zu jenem Pfahl dort mit dem Schild. Bim ging langsam hinüber und setzte sich neben eine kleine Schlange Menschen, die auf den Bus warteten. Er sah sie sich genau an, es waren keine bösen Menschen darunter. Als der Bus kam, glitt die Schlange zur Tür hinein, Bim als letzter hinterdrein.

„Wo willst du denn hin?" rief der Fahrer. Er sah sich Bim genauer an und sagte: „Halt mal! Dich kenn ich doch." Bim wußte genau, das war der Freund, der von seinem Herrn einmal das gelbe Papier bekommen hatte. Und er wedelte mit dem Schwanz.

„Er kennt mich noch, der Köter!" rief der Fahrer. Dann überlegte er kurz und rief ihn zu sich in die Fahrerkabine: „Komm, hierher!"

Bim setzte sich in die Fahrerkabine, an die Wand geschmiegt, um nicht im Wege zu sein, aufgeregt, denn dieser Fahrer hatte sie einst in den Wald gebracht, zur Jagd. Der Bus brüllte und brüllte, er fuhr und fuhr. Er verstummte an der Haltestelle, an der Bim und Iwan Iwanytsch immer ausgestiegen und in den Wald gegangen waren. Hier wurde Bim unruhig. Er kratzte an der Tür, winselte und bat: Laß mich raus. Bis hierhin wollte ich nur.

„Setz dich!" sagte der Fahrer streng.

Bim gehorchte. Wieder brüllte der Bus davon. Ein Fahrgast kam zum Fahrer vor und fragte: „Ist das dein Hund?"

„Ja", erwiderte der andere.

„Kann er was?"

„Nicht gerade viel, aber er ist klug. Paß mal auf: ‚Hinlegen!'"

Bim legte sich.

„Willst du ihn nicht verkaufen? Meiner ist gestorben, und ich habe eine Herde Schafe zu hüten."

„Von mir aus kannst du ihn haben."

„Wieviel soll er kosten?"

„Fünfundzwanzig Rubel."

„Meine Güte!" sagte der Fahrgast und wich ein Stück zurück, wobei er Bim schon mal am Ohr zupfte und sagte: „Braver Hund, brav."

Diese guten Worte waren Bim nur zu bekannt, es waren die Worte seines Herrn. Und er wedelte mit dem Schwanz.

Jetzt wußte Bim überhaupt nicht mehr, wohin die Fahrt ging. Doch er sah zum Fenster hinaus und merkte sich den Weg. An einer Halte-stelle stieg der gute Mensch, der nach Gras roch, aus. Auch der Fahrer stieg aus und ließ Bim allein in der Kabine. Bim beobachtete die beiden unablässig. Jetzt zeigte der Fahrer in Bims Richtung, jetzt faßte er den guten Menschen an der Schulter, und der holte lächelnd Papierchen hervor und gab sie dem Fahrer, dann setzte er seinen Rucksack auf, kam in die Fahrerkabine, schnallte seinen Gürtel ab, hakte ihn an Bims Halsband fest und sagte: „So, nun komm mal." Ein paar Schritt vom Bus entfernt drehte er sich um und fragte: „Wie heißt er eigentlich?" Der Fahrer sah Bim an, dann den Käufer und sagte überzeugt: „Schwarzes Ohr."

„Gib's zu, das ist gar nicht dein Hund."

„Und ob das mein Hund ist. Schwarzes Ohr, genauso heißt er." Damit fuhr er davon.

So war Bim also verkauft worden. Er merkte, hier stimmte was nicht. Doch der nach Gras riechende Mensch war eindeutig ein guter Mensch, und so ging Bim neben ihm her, betrübt und verwirrt.

Wortlos gingen sie dahin, und plötzlich sagte der Mensch zu Bim: „Schwarzes Ohr, als ob das ein Hundename ist. Aber wenn dein Herr auftaucht, muß er mir meine fünfzehn Rubel zurückgeben, das steht fest. Erst mal bleibst du bei mir." Sie gingen weiter. Unterwegs frei-lich sträubte sich Bim doch ein- oder zweimal, er zerrte an dem Gürtel und wies mit dem Blick zurück. Der Mensch blieb stehen, streichelte den Hund und sagte: „Na, was ist denn?"

Es wäre für Bim eine Kleinigkeit gewesen, den Gürtel zu packen, und ruck, zuck wäre er entzwei gewesen. Doch Bim wußte, so etwas war dazu da, daß man daran geführt wurde, damit ein Hund nicht wei-ter gehe oder näher komme, als es sich gehört. Und so ließ er ab von seinem Bitten.

Zuerst ging es durch den Wald. Stumm und versonnen standen die Bäume da, nackt und kalt, vom Frost eingeschläfert, das Gras im Wald verblichen und kraftlos, langweilig. Es konnte Bim nur traurig machen.

Dann Felder mit Wintersaat, wie ein Teppich lag diese auf der Erde, sanft und heiter. Hier wurde Bim ein wenig leichter ums Herz. Weite, ungeheuer viel Himmel, das fröhliche Pfeifen des Menschen an seiner Seite – wie schön war das immer gewesen, als Iwan Iwanytsch noch da war. Doch als der Weg durch ein im Herbst gepflügtes Feld führte, war alle Freude wieder dahin, schwarzgrau die Erde, sie wirkte leblos, tot – pulverfeine, erschöpfte Erde.

Der Mensch schwenkte vom Weg ab, stampfte mit dem Absatz auf den gepflügten Acker und seufzte. „Schlecht sieht's aus", sagte er zu Bim. „Der schwarze Sturm. Schlecht, schlecht, schlecht."

Bim wußte, „schlecht" bedeutete Trübsal oder eben, „daß etwas nicht richtig war", daß „schwarzer Sturm" sich auf die Erde bezog, konnte Bim freilich nicht ahnen. Der Mensch sagte sich dies wohl auch.

„Aber du bist ja ein Hund und verstehst davon nichts. Bloß wem soll ich's denn sonst sagen? So klag ich eben dir mein Leid, *Schwarzohr*..." Er sah Bim an und setzte hinzu: „Ja, ich werde dich Schwarzohr nennen. Das ist schon eher ein Hundename, Schwarzohr. Dabei soll's bleiben, wo sich's nun so ergeben hat."

Und Bim wußte, noch ehe sie im Dorf waren, daß er jetzt Schwarzohr hieß, freundlich wiederholte es der Mensch viele Male. „Schwarzohr, brav so." Oder: „Schön so, Schwarzohr, daß du so brav mitkommst." Seinen Namen mußte Bim jetzt vergessen. So sollte es wohl sein. Nur seinen Freund Iwan Iwanytsch würde er nicht vergessen. Ganz anders verlief von nun an sein Leben, doch ihn konnte er nicht vergessen.

5

DAS Dorf, in das Bim gekommen war, versetzte ihn in höchstes Erstaunen. Auch hier wohnten Menschen, aber alles war anders als dort, wo er geboren und aufgewachsen war. Die Häuser waren klein und niedrig, ohne Treppenhäuser, ohne viele Stufen, an den Türen gab es keine Schlösser, die schnappten. Nachts freilich wurden die Türen mit einem großen Riegel zugesperrt. Gedeckt waren alle Häuschen mit gerippten weißgrauen Blättern. Morgens stieg aus allen zur gleichen Zeit Rauch auf, jedoch fuhren und flogen sie nicht davon, sondern standen hübsch artig in Reihen da und rauchten still und gemütlich, ganz ohne Gerassel, vor sich hin.

Doch das Verblüffendste war für Bim (jetzt Schwarzohr), daß hier bei den Menschen verschiedene Tiere wohnten, Kühe, Hühner, Gänse, Schafe, Schweine, mit denen Bim nicht sofort bekannt wurde. Hinter jedem Haus der Menschen hatten die Tiere ihre Häuschen, manchmal mit Stroh gedeckt, manchmal mit Schilf, umzäunt von einer niedrigen, durchsichtigen Wand aus verschlungenen Stöcken und Gerten. Keiner tat dem anderen etwas, weder die Menschen den Tieren noch die Tiere den Menschen, und keiner schoß mit einer Büchse auf den anderen.

Am ersten Tag richtete man Bim ein Lager aus Heu in einer Flurecke ein. Der Mensch band ihn an einer Schnur fest, gab ihm gut zu fressen, zog einen Regenumhang an und ging. Den Rest des Tages verbrachte Bim allein, in völliger Stille. Am Abend hörte er, wie Schafhufe in den Hof trappelten, wie eine Kuh im Stall brüllte. Und bald kam auch jener Mensch, jetzt aber war noch ein Junge bei ihm, mit Regenumhang und Stiefeln, auf dem Kopf eine Mütze und in der Hand einen langen Stab. Sein Gesicht war ebenso braun wie das des guten Menschen, und er roch nach Schafen.

„So, Aljoscha, nun sieh dir mal unseren neuen Freund an", sagte der Erwachsene zu dem Jungen.

Sie traten auf Bim zu. „Beißt er auch nicht, Papanja?"

„Nein, Aljoscha, solche beißen nicht... Na, Schwarzohr, bist ein braver Hund, Schwarzohr." Und er klopfte ihn leicht.

Bim lag da und betrachtete aufmerksam den Jungen. Der streichelte ihn. „Schwarzohr... Schwarzohr..." Und zu dem Erwachsenen: „Und wenn wir ihn losbinden, Papanja, ob er dann wegläuft?"

„Wir wollen lieber noch eine Weile warten." Damit ging er durch eine Tür ins Innere des Hauses.

Bim setzte sich und gab dem Jungen die Pfote, womit er sagte: Du bist gut.

„Papanja!" rief der Junge. „Papanja, komm mal her!" Jener kam zurück. „Tag, Schwarzohr!" Der Junge streckte ihm die Hand hin. Bim begrüßte ihn noch einmal. Die beiden Menschen waren mit seinem Verhalten sichtlich zufrieden. Diese ersten Minuten der Bekanntschaft waren wichtig für Bim; denn er erfuhr, daß der, der ihn hergebracht hatte, Papanja hieß und der Junge Aljoscha.

Später dann, als es schon dämmerte, kam eine Frau. Sie war sonderbar angezogen, um den Kopf zwei Tücher, straffsitzende Wattejacke und Wattehose, genau wie Matrjona an den Eisenbahngleisen. Diese hier aber roch nach Erde und Rüben (einer süßen Wurzel, die Bim sich hin und wieder schmecken ließ). Sie ging ins Haus, sprach dort mit den Männern und stapfte gleich danach durch den Flur wieder in den Hof hinaus, in der Hand einen Eimer. Jetzt erkannte Bim, daß eine Tür ins Freie führte, eine zu den Tieren und eine ins Haus hinein. Doch bis zu diesen Türen kam er nicht, die Schnur ließ ihn nicht dahin. Bim legte sich wieder.

Vom Hof her roch es stark nach Schafen. Was Schafe waren, wußte Bim längst. Sie leben in Herden und ziehen übers Feld und tun dabei nichts anderes als fressen und blöken. In ihrer Nähe ist immer ein Mensch mit Regenumhang und einem langen, oben gekrümmten Stab; so einer war mal auf Bim und Iwan Iwanytsch zugekommen, als sie sich an einem Heuschober ausruhten, er hatte Bims Herrn die Hand gegeben, und dann war noch ein großer, zottiger Hund bei ihm gewesen. Er war mit unheimlichem Gebell auf Bim zugerast gekommen, doch da hatte Bim sich auf den Rücken gelegt, alle viere nach oben gestreckt und gesagt: Was ist denn? Hab ich denn was Schlimmes getan?

Korrektheit hatte über Grobheit gesiegt, der Zottige hatte Bim beschnuppert und ihm den Bauch geleckt, war ein Stück zur Seite gegangen und hatte sich an einem Stein eingetragen. Bim hatte das gleiche getan. Allgemein hatte das zu bedeuten – Friede. Und während Bims Herr mit dem des Zottigen sprach, spielten sie Haschen und Fangen, wobei sich Bim so viel flinker und geschickter anstellte, daß er die unverhohlene Achtung seines neuen Bekannten gewann. Als sie sich trennten (sie mußten ja mit ihren Herrn gehen), da rochen sie noch einmal an dem Stein und sahen einander an.

Und auch jetzt roch es nach Schafen. Bei diesem Geruch, der so stark die Erinnerung wachrief, mußte Bim an Iwan Iwanytsch denken, und in dem fremden Flur des fremden Hauses, in der Abenddämmerung und ohne einen Menschen überkam ihn die Sehnsucht.

Dann hörte er, wie sich rhythmisch etwas auf Eisen ergoß – zschsch, zschsch! Bim wußte nicht, was es damit auf sich hatte. In den vier Jahren seines Lebens hatte er noch nie gesehen, wie eine Kuh gemolken wird.

Die unbekannten Laute verstummten, und im nächsten Augenblick kam die Frau mit dem Eimer wieder herein. Und aus dem Eimer roch es nach Milch. Ein herrlicher Geruch! In der Stadt hatte die Milch nie so gerochen. In der Stadt riecht Milch nicht nach Menschenhänden, Gräsern und schon gar nicht nach Kuh. Sonderbar. Hier hatte sich das alles zu einem betörenden Duft vermischt. Bim sprang auf und wedelte mit dem Schwanz. Die Frau aber wußte nicht, worüber Bim sich freute. Unverwandt sah er zu der Tür, durch die sie mit dem Eimer verschwunden war.

Da stieß einer von draußen heftig die Tür auf und kam herein. Wer da? fragte Bim. Hau!

Der Ankömmling wich zurück. Papanja kam heraus, schaltete das Licht im Flur ein und fragte: „Wer ist denn da?"

„Ich bin's, der Brigadier", antwortete der Fremde.

Darauf kam er in den Flur, sie gaben einander die Hand (also waren sie Freunde, da gehörte sich kein Bellen) und traten auf Bim zu.

Papanja hockte sich hin, streichelte Bim und sagte: „Schön so, Schwarzohr, gut gemacht, du weißt, was du zu tun hast. Bist ein guter Hund." Er band ihn los und ließ ihn ins Zimmer.

Im Zimmer war auch ein lahmes Huhn! Bim starrte es an, in Vorstehhaltung, einen Vorderlauf angehoben, doch Unsicherheit verratend, und das hieß, daß er die Anwesenden fragte: Was ist das für ein Vogel? Da stimmt doch was nicht...

„Sieh dir das an, Brigadier!" rief Papanja. „Das ist doch ein Goldstück, unser Schwarzohr, der kann alles!"

Da das Huhn von Bim keinerlei Notiz nahm, setzte er sich und sah es schief an, was bedeutete: Von wegen!... Versuch's nur!... Du und mir was vormachen! Und er wandte seinen Blick den Anwesenden zu.

„Auch Hühner rührt er nicht an!" rief Aljoscha begeistert. Bim beobachtete ihn genau und sah ihm ins Gesicht. „Und seine Augen! Mamanja, seine Augen! Wie bei einem Menschen." Aljoscha freute sich. „Schwarzohr, *hierher, hierher!"*

Wie hätte Bim nicht auf ehrliche Freude reagieren können? Er ging zu Aljoscha und setzte sich neben ihn.

Am Tisch war ein Gespräch im Gange. Papanja machte eine Flasche auf. Mamanja brachte Essen herein. Der Brigadier trank sein Glas leer. Papanja auch, ebenso Mamanja. Aljoscha aß Schinken und Brot. Er warf ein Stückchen Brot auf den Fußboden, doch Bim rührte sich nicht von der Stelle. (Man hätte sagen müssen: „Nimm!")

„Wohl ein Intelligenzler?" sagte der Brigadier, dessen Gesicht sich gerötet hatte. „Frißt kein Brot!"

Das Huhn kam herbeigehumpelt und trug das für Bim bestimmte Brotstückchen davon.

Alle lachten, doch Bim sah Aljoscha unverwandt an – es ist nicht zum Lachen, wenn es am gegenseitigen Verständnis mangelt, auch nicht in einer Atmosphäre der Freundschaft.

„Wart mal, Aljoscha", sagte Papanja. Er legte ein Stückchen Brot auf den Fußboden, verscheuchte das Huhn und sagte zu Bim: „Da, nimm, Schwarzohr! Nimm!" Bim verschluckte das Stückchen Brot, obwohl er eigentlich keinen Hunger hatte.

Der Brigadier legte ihm ein Stückchen Schinken hin. „Pfui! Nicht!" befahl er.

Bim saß da. Humpelnd schlich sich das Huhn heran, ganz vorsichtig, von der Seite, doch gerade, als es das Stück aufpicken wollte, knurrte Bim es an und hätte es um ein Haar mit der Schnauze angestoßen. Das Huhn flüchtete unters Bett.

„Nimm es, Schwarzohr", sagte der Brigadier. Gehorsam fraß Bim das Stück Schinken.

„Schluß damit!" rief Papanja. Er redete laut und war jetzt, da auch sein Gesicht sich gerötet hatte, noch gutmütiger. „Schwarzohr ist ein Wunder." Und er umarmte ihn.

Gute Menschen, dachte Bim. Papanjas Schnurrbart gefiel ihm, so weich und buschig, er spürte das, als Papanja ihn umarmte. Dann redete man weiter, und Bim verstand von dem ganzen Gespräch nur ein Wort, „Schafe", doch dafür merkte er, daß die beiden Männer anfingen, sich zu streiten.

„So, Chrissan Andrejewitsch, nun laß uns mal zur Sache kommen." Der Brigadier legte seine Hand auf Papanjas Schulter. „Wollen die Schafe fressen oder nicht?"

„Das wollen sie", versetzte Papanja. „Nur ist meine Zeit um, ich wollte bis ersten Oktober machen, der erste Oktober ist vorbei."

„Es sind private Schafe, keine vom Kolchos, aber die wollen auch fressen. Dauernd höre ich von den Leuten: ‚Es liegt kein Schnee, die Schafe haben Futter unter den Füßen, ein Schaf muß auf die Weide, bis es schneit.' Und damit haben sie recht."

„Bis es schneit!... Du denkst wohl, ich bin aus Eisen und Aljoscha auch?"

„Wir zahlen auch das Doppelte, hörst du!"

„Nein", sagte Papanja. „Meine Frau ist bei den Rüben ins Hängen gekommen, da will ich ihr helfen."

Dennoch schlugen sie einander in völligem Einvernehmen auf die Schulter. Schließlich begleiteten alle drei den Brigadier zur Tür hinaus. Auch Bim ging auf die Vortreppe hinaus, im Hof lief er eine Runde und blieb dann ein Weilchen am Zaun stehen, wo er die Gerüche der Schafe einsog, mit denen eine Erinnerung an den geliebten, einzigen Menschen verbunden war. Unschlüssig setzte er sich hin.

Nacht. Dunkle Herbstnacht in einem Dorf, eine Nacht, lautlos und vor dem Winter verborgen, wenn auch bereit, ihn zu empfangen. Alles an dieser Nacht befremdete Bim. Hunde ziehen allgemein nachts nicht gern herum (höchstens herrenlose, die den Menschen meiden und den Glauben an ihn verloren haben), aber Bim... Bim zweifelte noch. Da war Aljoscha, ein guter kleiner Mensch. Seine Zweifel unterbrach Aljoschas Stimme. Aufgeregt und so laut er nur konnte, rief er: „Schwarzohr!"

Bim lief zu ihm und folgte ihm in den Flur. Als er auf seinem Platz lag, deckte ihn Aljoscha fürsorglich an den Seiten mit Heu zu, schmuste noch ein wenig mit ihm und ging schlafen.

Stille. Keine Straßenbahn, kein Obus, keine Sirenen, nichts Gewohntes war zu hören. Ein neues Leben hatte begonnen.

Heute hatte Bim erfahren, daß Papanja noch Chrissan Andrejewitsch und Vater hieß, Mamanja noch Petrowna, Aljoscha war nur Aljoscha. Das Huhn verachtete er zwar nicht gerade, aber es flößte ihm auch keine Achtung ein; nach den Begriffen eines Hundes muß ein Vogel fliegen können, das Huhn aber konnte nur laufen, und darum war es auch keiner Achtung wert, so flügellos und überdies fehlerbehaftet, wie es war. Aber da waren die Schafe, sie erinnerten an Iwan Iwanytsch, auch Aljoscha roch nach Schafen... Die Petrowna – nach Erde und Rüben... Und solche Erdgerüche machten Bim immer ganz aufgeregt. Vielleicht würde auch Iwan Iwanytsch hierherkommen... Im warmen, duftenden Heu schlief Bim ein. Ein Hahnenschrei weckte ihn. Früher hatte er das auch schon gehört, doch nie so nah, dieser krähte direkt an der Wand, laut, lang und stolz. Kikeriki! Alle Hähne im Dorf antworteten ihm. Bim saß da und horchte auf die eigenartige Musik, wellenartig rollte sie durchs Dorf, war bald näher, bald ferner, je nachdem, wer an der Reihe war. Als letzter krähte ein Schwächling, heiser, kurz, nicht wie ein Hahn, der Respekt verdiente.

Bim legte sich wieder hin und schlummerte ein.

Plötzlich rollte erneut Hahnengeschrei von einem Dorfende zum anderen. Und wieder setzte Bim sich auf und lauschte. Dann zum drittenmal, noch kräftiger, vollstimmiger und erhabener. Bim konnte sich nicht vorstellen, was sie dort in der Ferne trieben. Wäre er nicht im Flur eingesperrt gewesen, er wäre diesmal losgelaufen, um sich dieses Wunder aus der Nähe anzusehen und anzuhören. Doch der Flur war sein Käfig.

Durch eine Türritze drang schwach das herbstliche Morgengrauen herein. Bim stand auf und durchforschte den Flur, da stand ein Zuber mit Korn, in einer Ecke abgeteilt ein Verschlag mit Maiskolben, in einer anderen Kohlköpfe. Das war alles.

Die Petrowna kam mit einem Eimer heraus. Bim begrüßte sie. Sie ging auf den Hof hinaus, Bim hinterdrein. Sie setzte sich an die Kuh, Bim etwas weiter von ihr entfernt. Strahlen trafen klingend den Eimer, und Bim war so verdutzt, daß er bald die eine, bald die andere Vorderpfote hob – Milch! Die Kuh stand friedlich da und kaute vor sich hin. Als die Petrowna mit dem Melken fertig war, rief sie Bim („Schwarzohr!"), goß Milch in eine Schüssel, sagte: „Pfui!", blieb ein Weilchen dabei stehen und sagte dann: „So, nimm!" Sie lachte gutmütig und eilte ins Haus zurück.

Was war das für Milch! Warm, duftend nach Gräsern, Feldern, Blumen und außerdem noch nach den Händen der Petrowna. Bis auf den letzten Rest leckte Bim die Milch aus, machte seine Morgentoilette und durchstöberte in aller Eile den Hof. Die Kuh empfing ihn voller Vertrauen, ja sie leckte ihm sogar den Kopf, wofür Bim an ihre rauhe, nach Milch riechende Nase stieß; die Schafe hinter der Umzäunung traten nach ihm, als wollten sie ihn einschüchtern, beruhigten sich jedoch gleich, als sie merkten, daß Bim keine aggressiven Absichten hatte; das Schwein und die zwei Ferkel würdigten Bim beim erstenmal keines Blickes, obwohl sie mit dem Kopf am Gitter lagen. Ganz anders die Hühner, oder vielmehr der rote Hahn. Wie der Blitz kam er von seiner Sitzstange herabgeflogen und machte böse: „Go-go-go-go!" Und schon fuhr er wie ein Geier auf Bim los. Er versetzte dem Hund Schläge mit Brust und Krallen. Bim knurrte ihn an und schlug nach ihm mit der Pfote. Und da ließ der Hahn auch schon die Flügel hängen, duckte sich und rannte davon, in eine Hofecke zu seinen Hühnern, die sich dort zusammengeschart hatten. Er lief vor Bim davon, gedemütigt, und kam zu ihnen – als Held. Und obendrein rief er: Dem hab ich's gezeigt! Dem hab ich's gezeigt! Bim sah dem Hahn aufmerksam zu, ja sogar voller Hochachtung. Er hatte noch nie erlebt, daß ein Vogel so tollkühn auf einen Hund losging.

„Was ist denn hier für ein Spektakel?" sagte Chrissan Andrejewitsch, der aus dem Flur auf den Hof herauskam. Und zu den Hühnern: „Ach, seid ruhig, ihr verrückten Krakeeler, vor dem Hund Angst zu haben!" Er nahm Bim am Halsband, führte ihn zu den Hühnern, blieb eine Weile so mit ihm stehen und ließ ihn los.

Bim wich zurück und wandte sich ab – die können mich gern haben! Von Stund an kamen Hahn und Hühner ihm nicht mehr in die Quere, fürchteten ihn aber auch nicht sonderlich: Wenn eines der Hühner ihn sah, gackerte es einmal, und dann machte die ganze Schar Bim Platz. Was interessierten sie ihn? Die Hühner konnten ja nur gehen, nicht fliegen und nicht schwimmen. Außerdem schoß keiner auf sie, also waren sie gar keine Vögel, sondern nur irgendwelche spaßigen Wesen. Der Hahn war schon eher ein Vogel, der flog wenigstens aufs Dach, und wenn ein Fremder kam, warnte er fast noch früher als Bim, auch führte er sein Volk voller Würde, fraß einen Wurm nicht selber, sondern rief seine Untertanen herbei, und manchmal zerteilte er die Beute sogar. Er verdiente seinen Ruf.

Da man Bim etwa eine Woche lang nicht vom Hof ließ, wurde er dort so eine Art Häuptling, er lag mitten auf dem Hof und beobachtete. Am vierten Tag wußte er genau, welche Hühner zu ihnen gehörten, und wenn ein fremdes Huhn über den Zaun geflogen kam, verjagte er es so ungestüm, daß es noch lange danach gackernd hin und her lief und voll Angst und Neugierde um sich spähte.

Ein Ferkel bot ihm ganz von selbst die Freundschaft an. Es kam zu Bim, grunzte, stieß ihn ganz sanft mit seinem feuchten Rüssel an den Hals und sah ihn mit seinen einfältigen, weißbewimperten Äuglein an. Bim leckte ihm den Rüssel. Das gefiel dem Ferkel, es tat einen Sprung und ging daran, in Bims unmittelbarer Nähe die Erde aufzuwühlen. Nachsichtig wechselte Bim seinen Platz, das Schweinchen kam wieder, es brummte etwas Unverständliches, und dann legte es sich zu Bim, ganz dicht an dessen weiches Rückenfell. Als Bim sich an einem kalten Tag unbehaglich fühlte (die Flurtür blieb tagsüber verschlossen), nahm es keinen auf dem ganzen Hof wunder, daß er zwischen den Ferkeln auf deren weichem Unterlager schlief, gewärmt von zwei Seiten. Gegen diese Freundschaft hatte auch die Mutter der Ferkel nichts einzuwenden, im Gegenteil, sobald Bim in ihre Behausung kam, stöhnte sie in freundschaftlicher Zuneigung auf.

Bim bekam ausgezeichnetes Futter, auch hatten die Ferkel, die nun
schon größer waren, halb so groß wie Bim, nichts dagegen, wenn er
hin und wieder aus ihrem Trog probierte. Jeden Morgen bekam er einen Liter Milch, die hier gar nichts Besonderes war. Man hätte glauben
können, er habe alles, was er brauche. Aber ein Hof bleibt ein Hof, ein
Käfig und Lager, von der Außenwelt getrennt durch einen Flechtzaun
und ein stets verschlossenes Tor. So etwas ist nichts für einen Jagdhund – daliegen, Hühner bewachen, Ferkel erziehen, nein und nochmals nein!

Er war nun schon an den Hof, dessen Bewohner und das faule Leben
gewöhnt. Wenn aber der Wind von den Wiesen her wehte, ging Bim
rastlos auf und ab, von einer Zaunseite zur anderen, oder er stellte sich
am Zaun auf die Hinterbeine und schaute zum Himmel empor, wo
Tauben flogen, leicht und unbeschwert. In seinem Innern nagte etwas,
und er ahnte dunkel, daß es ihm trotz des faulen Lebens und der guten
Behandlung am Wichtigsten fehlte.

Auch spürte Bim – da er nicht hinausgelassen wurde –, daß man ihm
nicht traute. Jeden Morgen trieben Chrissan Andrejewitsch und Aljoscha ihre Schafe vom Hof und blieben den ganzen Tag über weg. Bim
aber mußte auf dem Hof bleiben, wie sehr er auch bettelte.

So lag Bim eines Tages da, die Nase am Zaun, und da brachte der
Wind ihm Kunde von einer Wiese und einem Wald. Die Freiheit – ganz
nah! Durch einen Spalt sah er einen Hund laufen. Da konnte er es nicht
länger ertragen. Er begann, unter dem Zaun zu scharren, erst einmal,
dann noch einmal, und dann immer schneller, mit aller Kraft; mit den
Vorderpfoten scharrte er und warf die Erde unter sich, mit den Hin-
terpfoten schob er sie weiter, sogar die zerquetschte Pfote konnte mit-
arbeiten, wenn auch nicht so kräftig wie die anderen.

Als Bim seinen Durchschlupf fast fertig hatte, kamen die Schafe auf
den Hof. Sie sahen, wie die Erde unter dem Zaun hervorspritzte, und
wollten durch die Pforte zurückweichen. Dort stand Aljoscha, der sie
von der Weide heimgetrieben hatte. Die Schafe stürmten über ihn
hinweg und rasten völlig von Sinnen die Straße hinunter. Aljoscha
setzte ihnen nach, und Bim grub und grub und hatte für nichts anderes
Augen. Doch da kam Chrissan Andrejewitsch und packte ihn am
Schwanz. Bim erstarrte in seiner Grube, wie vom Donner gerührt.

„Na, Schwarzohr, hast du solche Sehnsucht gehabt?" fragte Chrissan Andrejewitsch und zog ihn leicht am Schwanz. Bim kam heraus.
„Was hast du nur, Schwarzohr?" sagte Chrissan Andrejewitsch ver-

wundert und schreckte plötzlich zurück. „Du wirst doch nicht die Tollwut haben?"

Bims Augen waren blutunterlaufen, immer wieder zuckte er nervös zusammen, schwenkte den Kopf hin und her, atmete so heftig, so, als habe er gerade eine anstrengende Jagd hinter sich. Unruhig lief er auf dem Hof herum und kratzte schließlich an der Tür, wobei er Chrissan Andrejewitsch ansah.

Der stand gedankenversunken da. Bim kam zu ihm, setzte sich, und seine Augen sagten ganz deutlich: Ich muß dorthin, in die Weite. Laß mich gehen! Bittend streckte er sich auf dem Bauch aus und winselte so leise und kläglich, daß Chrissan Andrejewitsch sich über ihn beugte und ihn streichelte. „Ach, Schwarzohr, Schwarzohr... Auch ein Hund will frei sein. Aber das geht nun mal nicht." Dann rief er Bim in den Flur, ließ ihn auf seinen Platz gehen, band ihn fest und brachte ihm eine Schüssel mit Fleisch.

Das war alles. Bim trauerte. Das faule Leben ohne Freiheit war ihm zuwider geworden. Das Fleisch ließ er unberührt.

6

MORGENS ging im Hause Chrissan Andrejewitschs alles nach einer bestimmten Reihenfolge vonstatten, die Feder des Arbeitstages begann mit dem letzten, dem dritten Hahnenschrei abzulaufen, dann brüllte die Kuh, die Petrowna molk sie und heizte; Aljoscha kam heraus, um sein geliebtes Schwarzohr zu liebkosen, Papanja fütterte Kuh und Schweine, streute den Hühnern Getreideabfälle hin, und dann setzten sich alle zu Tisch und frühstückten. Bim rührte an jenem Morgen nicht einmal die duftende Milch an, sosehr Aljoscha ihm auch zuredete. Während dann die Eltern häusliche Arbeiten verrichteten, holte Aljoscha Wasser und machte den Kuhstall sauber, und wieder bat er Bim zu fressen, steckte Bims Nase in die Schüssel, doch Schwarzohr war über Nacht ein Fremder geworden. Zum Schluß wetzte Chrissan Andrejewitsch ein riesiges Messer und legte es über die Tür.

Als die Sonne aufging, zog die Petrowna ihre dicken Sachen an und band die Kopftücher um, sie nahm eine Tasche und jenes riesige Messer, das Papanja geschliffen hatte, und ging. Auch Aljoscha und sein Vater gingen, in Regenumhängen, und trieben die Schafe auf die Straße.

Wollten sie Bim etwa allein und angebunden im halbdunklen Flur zurücklassen? Bim hielt es nicht aus, er erhob ein Geheul, bitter und hoffnungslos.

Da ging die Straßentür auf, Chrissan Andrejewitsch kam herein, er band Bim los und führte ihn auf die Vortreppe hinaus, dann schloß er die Tür von außen ab, ging zur Schafherde, bei der Aljoscha stand, gab diesem die Schnur, an der Bim festgebunden war, stellte sich vorn an die Spitze der Schafherde und rief: „Los! Looos!"

Die Schafe zogen hinter ihm her die Straße entlang. Aus jedem Gehöft kamen neue hinzu, mal fünf, mal zehn, so daß sich am Dorfausgang eine stattliche Herde gebildet hatte. Vorneweg ging immer noch Chrissan Andrejewitsch, hinten Aljoscha mit dem Hund.

Es war ein frostiger, trockener Tag, die Erde unter den Füßen war hart, die ersten Schneeflocken fielen und verschleierten die ohnehin kalte Sonne, indes nicht lange. Dies war kein Herbst mehr und noch kein Winter, eine Zwischenzeit voll gespannter Erwartung, denn jeden Augenblick konnte der weiße Winter dasein, mit dem die Menschen zwar rechneten, doch der sie, wenn er dann kam, immer wieder überraschte.

Munter trappelten die Schafe dahin und blökten. Bei genauerem Hinsehen bemerkte Bim, daß ganz vorn, Chrissan Andrejewitsch dicht auf den Fersen, ein Hammel mit gewundenen Hörnern ging und hinter allen anderen, unmittelbar vor Aljoscha, ein kleines, lahmes Schäfchen.

Aljoscha stupste es von Zeit zu Zeit mit dem krummen Stab, damit es nicht zu weit zurückblieb, und rief jedesmal: „Papanja, geh ein bißchen langsamer! Hinkebeinchen kommt nicht nach!"

Jener verlangsamte seinen Schritt, ohne sich umzudrehen, und gleich ging auch die ganze Herde langsamer.

Bim lief an der Schnur mit. Er sah, wie gewichtig Papanja den Schafen voranging, wie sie sich seiner kleinsten Bewegung fügten, wie aufmerksam Aljoscha die Schafe beobachtete. Da zupfte eines abseits von den anderen das gelbliche Gras. Aljoscha lief mit Bim zu ihm und rief: „Wo soll denn das hingehn!" Und er warf seinen Stab vor das Schaf.

Dieses machte kehrt. Auf der linken Seite zogen gleich drei eigenmächtig in Richtung eines grünen Fleckchens, doch Aljoscha lief auch ihnen nach und brachte sie an ihren Platz zurück. Sehr schnell hatte Bim gemerkt, daß sich kein Schaf von der Gemeinschaft absondern durfte, und beim nächsten Ausbruchsversuch bellte er das undisziplinierte Schaf schon an: Hau-hau-hau!

„Papanja, hörst du?" rief Aljoscha.

Chrissan Andrejewitsch drehte sich um und rief zurück: „Schön von Schwarzohr!"

Auf einem Abhang hob er den Stab über den Kopf und rief: „Auseinander!" Er blieb stehen und ging dann gegen die Marschrichtung der Herde zurück.

Aljoscha tat das gleiche wie der Vater, trieb die Schafe auf Chrissan Andrejewitsch zu. So verteilte sich die Herde allmählich immer mehr auf die Breite und hatte sich schließlich zu einer einzigen Frontlinie formiert, immer nur drei, vier Schafe hintereinander. Chrissan Andrejewitsch stand da, das Gesicht den Schafen zugekehrt, neben sich den Leithammel. Er holte aus der Tasche ein Brot, schnitt ein Stück davon ab und gab es dem Hammel.

Bim konnte nicht wissen, daß ein Leithammel den Hirten nicht nur fürchten, sondern auch lieben muß. Papanja war auch pfiffig, der Hammel folgte ihm bisweilen wie ein Hund und reagierte stets auf seinen Zuruf.

Chrissan Andrejewitsch wußte sehr gut, daß ein dummer, unfolgsamer Leithammel eine kleine Herde, die obendrein keinen Hund hat, sonstwohin führt, man brauchte bloß einmal nicht aufzupassen oder vor Müdigkeit oder Hitze einzuschlafen.

Chrissan Andrejewitsch steckte sich eine Pfeife an und sagte zu Aljoscha: „Drängle nicht, hier steht gutes Futter."

Soll man Schafe im Spätherbst noch auf die Weide treiben? Ist das wirklich klug? Geschieht es unsachgemäß, ist nach einer Woche die halbe Herde auch auf gutem Futter verendet, sie zertrampeln es höchstens, weiter nichts; geschieht es aber mit Verstand und Sachkenntnis, wird das Schaf auch auf einer mittelmäßigen Weide satt und fett. Chrissan Andrejewitsch verstand es, die Herde auf Ödländern und Randstücken weiden zu lassen, ja sogar vor den Traktoren, wenn diese die Herbstfurche zogen, und dafür braucht man schon Talent, Berufung und Liebe zu den Tieren. Es ist eine schwere Arbeit, Schafe zu hüten, und im allgemeinen auch eine schöne Arbeit, weil der Hirt sich als unlösbares Teilchen der Natur und als ihr Herr und Wohltäter fühlt, auch wenn er darüber gar nicht nachsinnt. Darin liegt der Reiz des Hirtendaseins.

Einträchtig und zufrieden zupften die Schafe das kurze Gras, und die

Rupfgeräusche verschmolzen zu einem einzigen ebenmäßigen, gemütlichen Rascheln. Papanja und Aljoscha standen dicht beieinander und sprachen leise. Aljoscha fragte: „Papanja, ob ich Schwarzohr mal loslasse?"

„Na, komm, probieren wir's. Jetzt dürfte er eigentlich nicht mehr weglaufen, aus der Freiheit läuft man nicht weg. Laß ihn los. Aber bleib erst mal ein Ende hinter der Herde zurück und spiel ein bißchen mit ihm. Sonst bringst du die Schafe durcheinander."

Aljoscha wartete, bis die Herde ein Stückchen weitergezogen war, band Bim die Schnur ab und rief: „Lauf, Schwarzohr, lauf!" Und er rannte den Abhang hinab, springend und mit den Stiefeln stampfend.

Bim war außer sich vor Freude. Auch er sprang in die Höhe und versuchte im Laufen, Aljoschas Wange zu lecken, er lief ein Stück fort und kam dann wie ein Pfeil zurück, von der Freiheit berauscht. Dann hob er ein Stöckchen auf, kam damit zu Aljoscha und setzte sich vor ihn hin. Aljoscha nahm es, warf es weg und sagte: „Hol's, Schwarzohr!"

Bim brachte es zurück und gab es ab. Aljoscha warf es noch einmal fort, nahm es dann aber Bim nicht aus der Schnauze, sondern ging den Hang hinauf zur Herde und befahl: „Trag, Schwarzohr, trag!"

Bim ging mit dem apportierten Stöckchen hinter ihm her. Als sie oben angelangt waren, gab ihm Aljoscha anstelle des Stöckchens seine Mütze zum Tragen. Auch das tat Bim mit Vergnügen.

Auf die Herde gingen sie still und langsam zu. („Sonst bringst du die Schafe durcheinander.") Aljoscha kommandierte: „Bring's zu Papanja!"

Chrissan Andrejewitsch streckte die Hand aus. Bim gab ihm die Mütze. Diese seine Fähigkeit war eine unverhoffte Entdeckung für die Hirten. Alle drei waren begeistert.

Und es dauerte nicht länger als eine Woche, da hatte Bim seine neue Aufgabe begriffen, nämlich eigenmächtige Schafe zur Herde zurückzuholen, auf sie aufzupassen, wenn sie in Linie ausgeschwärmt waren, sie abends aber, wenn sie ins Dorf kamen, grüppchenweise in die Häuser ziehen zu lassen.

Bim machte auch die Bekanntschaft zweier Hunde, die eine riesige kolchoseigene Schafherde bewachten, diese Herde hatte drei Hirten, alle erwachsene Männer und auch mit Regenumhängen. Obwohl die Herden des Kolchos und die der Bauern einander nie zu nahe kamen, lief Aljoscha doch während der im Herbst kurzen Aufenthalte an der Tränke manchmal zu den Kolchoshirten hinüber und Bim mit ihm zu den Kolchoshunden. Es waren schöne Hunde, rötlichgelb, mit dichtem, wolligem Fell, groß, friedfertig und nicht aus der Ruhe zu bringen; sie spielten sogar mit Bim, gemächlich und herablassend, um die Herde herum gingen sie langsam, im Schritt, nicht wie Bim springend oder im gestreckten Lauf, eben im Vollgefühl der eigenen Würde. Sie gefielen Bim. Und auch die Schafe waren schön.

Ein freies, mit Arbeit angefülltes Leben hatte für Bim begonnen. Zwar kamen sie alle drei immer müde und abgespannt nach Hause, doch es war ein Leben in Freiheit bei gegenseitigem Vertrauen. Und so einem Leben laufen auch Hunde nicht davon.

Eines Tages aber fing es an zu schneien, und der Wind wirbelte und fegte die Flocken nur so dahin. Chrissan Andrejewitsch, Aljoscha und Bim trieben die Schafe im Kreis zusammen, warteten eine Weile und führten sie dann noch bei Tage ins Dorf. Weißer Schnee auf den Schafen, auf den Schultern der Menschen, auf der Erde. Überall weißer Schnee, auf den Feldern nichts als Schnee. Der Winter war da, vom Himmel gefallen.

Ob nun Chrissan Andrejewitsch meinte, daß ein Hund wie Bim nicht bei jungen Schweinen zu schlafen und an der Schnur zu sitzen hatte, oder ob es einen anderen Grund gab, jedenfalls bezog Bim von jetzt an sein Nachtlager in einer warmen Hütte, die in einer Ecke des Flures stand und mit weichem Heu ausgelegt war. An den Abenden aber kam er in die Stube wie ein Familienmitglied und blieb dort, bis man Abendbrot gegessen hatte.

„Es kann doch noch nicht Winter werden, dafür ist's noch zu früh", sagte Chrissan Andrejewitsch zur Petrowna.

Das Wort „Winter" kam öfter in ihren Gesprächen vor, sie schienen beunruhigt zu sein; übrigens wußte Bim, Winter – das war kalter, weißer Schnee.

An jenem Abend kam die Petrowna schneebedeckt, naß und mit rotem, geschwollenem Gesicht nach Hause. Bim sah, als sie ihre Sachen ablegte, wie ihre Hände zitterten, sie stöhnte. Ihre Hände waren rot, rissig und voller erdfarbener Flecke. Sie hielt sie in lauwarmes Wasser, wusch sie und schmierte sie dann mit Salbe ein, lange, stöhnend. Chrissan Andrejewitsch sah ihr zu, und es schien, als sei er über etwas betrübt (Bim erkannte das an seinem Gesicht).

Am nächsten Morgen schärfte er Messer, und sie gingen zu viert aus dem Haus, die Petrowna, Chrissan Andrejewitsch, Aljoscha und Bim. Anfangs führte der Weg über freies Feld, durch lockeren Schnee, in

dem Bim nur bis zur Hälfte der Pfoten einsank, so daß ihm das Laufen
nicht schwerfiel. Es war still ringsumher, aber kalt. Dann kamen sie an
ein Feld mit reihenweise aufgeschichteten Haufen – Rüben, die Blätter
nach außen und damit zugedeckt. Frauen hockten an den Haufen, angezogen wie die Petrowna, und taten etwas, wortlos und angestrengt.
Alle vier gingen sie zu einem solchen Rübenhaufen, setzten sich rings-
herum, und Bim sah aufmerksam zu, was hier vorging. Die Petrowna
packte ein Blätterbüschel, zog eine Rübe aus dem Haufen hervor,
drehte sie mit geschickter Bewegung, so daß die Wurzel zu ihr zeigte,
das Messer machte „tschik", und schon flogen die Blätter ab. Immer
wieder ging es „tschik, tschik" über den Kopf der Rübe, der danach
sauber war. Dann warf sie die Rübe beiseite, neben sich. Chrissan
Andrejewitsch tat ihr alles genau nach, ebenso Aljoscha, der sogar
noch etwas flinker als Papanja. Es flutschte nur so. Etwas weiter entfernt saß an ebenso einem Haufen eine einzelne Frau und tat das gleiche. Am nächsten zwei, drei. Und so auf dem ganzen Feld – aufge-
häufte Rüben, vermummte Frauen mit aufgesprungenen Händen und
vor Kälte geschwollenen Gesichtern. Manche trugen beim Arbeiten
leichte Segeltuchhandschuhe, manche arbeiteten mit den bloßen Händen.

Es war kalt. Bim fror beim Zusehen, darum schüttelte er sich kräftig
und begann, in der näheren Umgebung herumzustöbern, ohne sich
weit zu entfernen. Als ihm warm geworden war, machte er kehrt und
lief zu den Seinen zurück, obwohl ihn unterwegs andere Frauen anrie-
fen (mittlerweile war Schwarzohr im ganzen Dorf bekannt).

Dann kam jene Frau zu ihnen, die ganz allein an ihrem Rübenhaufen
gehockt und gearbeitet hatte; sie war jung und abgehärmt. Sie klagte
über etwas, setzte sich neben die Petrowna und zeigte ihr ihre Hände.
Auch die Petrowna streckte ihre Hände vor. Die Frau ließ den Kopf
hängen, hustete, wobei sie einen Segeltuchhandschuh an die Brust
preßte, und sagte nichts mehr. Man sagte Nastja zu ihr. Plötzlich fielen
aus ihren Augen Tropfen auf die Blätter. Sie wischte sich mit dem
Ärmel übers Gesicht und ging zu ihrem Rübenhaufen.

„Erkälte dich bloß nicht noch, Aljoscha", sagte die Petrowna und
zog das dicke Tuch unter seiner Mütze noch fester, dann nahm sie ihren Leinengürtel ab und band ihn um Aljoschas Pelzjacke.

Bim stieß mit der Nase an Aljoschas Pelzjacke, um der Petrowna zu
helfen. Aber Aljoscha war, wie Bim feststellte, gar nicht so durchfro-
ren, wie es den Anschein hatte, im Gegenteil, er war weitaus wärmer

als Papanja und die Petrowna (Bim spürte das eben besser als die Menschen).

„Hör zu, Aljoscha", sagte Chrissan Andrejewitsch und arbeitete mit dem Messer für zwei. (Bim spitzte die Ohren.) „Lauf mal mit Schwarzohr ein bißchen rum, damit ihr warm werdet."

Und Bim lief mit dem Jungen über das hartgefrorene Rübenfeld davon. Als sie es überquert hatten, schwitzte Aljoscha, er nahm die Mütze ab, ebenso das Tuch, das er vorn in die Jacke steckte, dann setzte er die Mütze wieder auf, die Ohrenschützer hochgeklappt. In der Nähe eines Waldstreifens blieb Bim im dichten gelben Gras stehen, er sog die Luft ein, lief im Zickzack los und stand plötzlich wie eine Statue. Aljoscha kam zu ihm gelaufen.

„Was ist, Schwarzohr?" Bim stand unbeweglich und wartete auf ein Kommando. Aljoscha ahnte, was los war.

„Mach hoch, Schwarzohr, hoch!"

Bim wartete auf das Zauberwort „Vorwärts!" Doch Aljoscha rief nur noch lauter: „Hoch! Mach hoch!"

Bim zog im Pirschgang los und machte einen Schwarm Rebhühner hoch.

Aljoscha besann sich nicht lange und rannte mit Bim zurück. Bim hatte gemerkt, daß sie wieder einander nicht verstanden, Aljoscha kannte die Worte Iwan Iwanytschs nicht, dennoch lief Bim brav neben Aljoscha her. Und der, rot und ganz außer Atem, berichtete seinen Eltern, daß Schwarzohr Rebhühner gefunden und aufgejagt habe.

„Schwarzohr ist ein *Jagd*hund, der kann was", sagte Chrissan Andrejewitsch voll Anerkennung. „Wir müßten eben eine *Flinte* haben, Aljoscha, und dann ging's auf *Jagd*. Das wäre was!"

Flinte? Jagd? Was für vertraute, teure Worte für Bim! Er wedelte mit dem Schwanz, ließ mit seinen Liebesbezeigungen nicht von Aljoscha, Chrissan Andrejewitsch und der Petrowna ab und sagte ihnen in seiner Sprache alles klar und deutlich. Doch keiner verstand ihn, keiner holte eine Flinte, und es ging auch keiner ohne Gewehr auf Jagd.

Es war schon dämmrig, als sie nach Hause zurückkehrten, müde und frierend. Und ein paar Tage später gingen sie überhaupt nicht mehr in die Rüben, sie waren fertig mit ihrem Stück Feld.

Die Petrowna blieb jetzt zu Hause und war sichtlich froh darüber. Alle Tage hatte sie zu tun, die Kuh putzen, Wäsche waschen, Fußboden scheuern, Weißkohl hacken, buttern, heizen, kochen, nähen, flikken, die Kuh tränken und was nicht alles. Bim sah ihr bei der Arbeit zu.

Aljoschas wegen kam eine nette Frau mit Büchern und redete eindringlich (aber, wie Bim merkte, nicht böse) mit der Petrowna. Am Morgen des nächsten Tages ging Aljoscha mit den Büchern davon, und so verschwand er von nun an jeden Tag. Chrissan Andrejewitsch ging, wenn es Zeit war, mit einer Gabel weg, und wenn er heimkam, roch er nach Mist.

Eines Abends, als sie alle beim Abendbrot zusammensaßen, kam ein Mensch herein, groß und breit, grobschlächtig das Gesicht, kleine Fuchsäuglein und auf dem Kopf eine Fuchspelzmütze. Bim merkte, daß Chrissan Andrejewitsch den Eintretenden, ohne zu lächeln, ansah, auch stand er nicht auf wie sonst und gab ihm die Hand.

„Tag", sagte der Gast gleichgültig, ohne die Mütze abzunehmen.

„Tag, Klim", sagte Chrissan Andrejewitsch. „Setz dich." Jener setzte sich auf die Bank, drehte sich eine Zigarette und fragte mit einem Blick auf Bim: „Das also ist *Schwarzohr?*" Bim spitzte die Ohren. „So ein Hund verkommt, wenn er nicht auf *Jagd* kann. Oder er kneift aus. Verkauf ihn mir, ich geb dir fünfundzwanzig Rubel."

„Den verkauf ich nicht", sagte Chrissan Andrejewitsch und kam hinter dem Tisch hervor, da er mit Essen fertig war.

Bim stellte auf die drei Schritt Entfernung mühelos fest, daß der Ankömmling nach Hase roch. Er ging zu ihm, wedelte mit dem Schwanz und sah der Fuchspelzmütze ins Gesicht, was in Bims Sprache hieß: Ich weiß, du bist Jäger.

„Siehst du wohl", sagte Klim, „Schwarzohr riecht, mit wem er es zu tun hat. Komm, verkauf ihn mir. Du verdirbst ihn bloß."

„Nein, Klim, ich verkaufe ihn nicht", versetzte Chrissan Andrejewitsch unwirsch. „Nimm ihn meinetwegen mit auf die Jagd, aber bring ihn noch am selben Tag zurück. Schwarzohr soll haben, was er braucht."

„Aber verkauft wird er nicht", mischte sich Aljoscha ein.

„Ja, ja...", brummte Klim. Er kraulte Bim ein wenig den Rücken und ging.

Nach dem Abendessen schlachtete Chrissan Andrejewitsch bei Laternenschein einen Hammel, hängte ihn ausgespannt an den Hinterbeinen auf, häutete ihn, weidete ihn aus, wusch ihn ab und ließ ihn bis zum nächsten Morgen in der Scheune.

Die Petrowna war den ganzen Abend damit beschäftigt, Eier in einen Korb zu packen und feste und flüssige Butter in Büchsen zu füllen, die sie dann sorgsam in Marktkörbe aus weißem Geflecht verstaute.

Für Bim roch das alles (der Hammel ohne Fell, die Eier, die Butter, die Körbe) nach Markt in der Stadt. Wie sollte er das nicht kennen! Die ganze Stadt hatte er auf der Suche nach Iwan Iwanytsch durchstreift. Und er wurde kribblig – Markt, Stadt, Körbe, seine eigene Wohnung, das alles floß zu einem zusammen – Iwan Iwanytsch, er war dort. In der Nacht machte Bim kein Auge zu.

Ganz früh am Morgen hüllte Chrissan Andrejewitsch den bereits fest gefrorenen Tierkörper in saubere Sackleinwand, wickelte einen Bindfaden darum und nahm ihn auf die Schulter. Die Petrowna hängte die zwei Körbe an ein Tragjoch, das sie auf die Schultern nahm. Wie bettelte Bim, sie möchten ihn mitnehmen! Er sagte es so deutlich: Ich muß mit! Ich will dorthin, nehmt mich mit!

Keiner wußte, was er litt. Chrissan Andrejewitsch sagte: ,,Aljoscha, halt Schwarzohr mal fest, damit er uns nicht nachkommt.''

Auf der Treppe stehend, hielt Aljoscha Bim am Halsband fest. Papanja und Mamanja gingen unterdessen mit ihrer Last langsam in Richtung Chaussee davon, zur Bushaltestelle, Bim sah ihnen nach, ohne auf Aljoschas Zärtlichkeiten zu achten, bis sie außer Sicht waren.

Bald danach kam Klim mit Flinte und Rucksack. Jagd- und Patronentasche fehlten (ein Ausrüstungsmangel, den Bim auf den ersten Blick feststellte). Immerhin war eine Flinte da! Darauf kam es an. Bim näherte sich zutraulich dem Jäger und merkte sofort, daß dieser die Patronen in der Jackentasche hatte. Ebenfalls eine riesengroße Schludrigkeit. Einem Menschen mit Flinte würde er folgen, wohin auch immer. Vielleicht nicht lange, aber er würde ihm folgen. Das liegt nun mal in der Natur der Vorstehhunde, und Bim war keine Ausnahme.

,,Los, komm, Schwarzohr, auf geht's zur Jagd'', sagte Klim. Bim sprang an ihm hoch. Zur Jagd, zur Jagd!

Klim machte einen Riemen an Bims Halsband fest, und Aljoscha sagte zu ihm: ,,Onkel Klim, wenn Schwarzohr ganz still stehenbleibt und sich reckt, sind Rebhühner in der Nähe. Dann mußt du ,Hoch'! rufen, sonst rührt er sich nicht von der Stelle.''

,,Sag bloß!''

,,Freilich, ich weiß das doch ganz genau'', sagte Aljoscha gewichtig. ,,Wenn ich nicht Schularbeiten machen müßte, würde ich's dir selber zeigen.''

,,Na ja, etwas verstehe ich ja auch davon. Ist ja schließlich nicht das erste Mal'', versicherte Klim.

Und so ging Bim nach langer Pause wieder mit auf Jagd. Als erstes stießen sie auf eine Iltishöhle.

„Grab!" sagte Klim. Bim verstand das nicht, er ging beiseite und setzte sich in seiner Ratlosigkeit hin.

Um die Mittagszeit wurde es sehr warm. Die Sonne schien, unter den Pfoten platschte der Schlamm, die Haare an Bims Beinen wurden naß und schmutzig, und er sah verkommen und ungepflegt aus wie jeder nasse Jagdhund. Doch Bim suchte nach allen Regeln der Kunst, im Zickzack lief er Klim voran und stieß am Rand eines Gebüsches auf Rebhühner.

„Hoch!" rief Klim.

Bei diesem Zuruf, tief und drohend, zuckte Bim zusammen, und er machte die Rebhühner im ungestümen Draufzulaufen hoch, ohne Anpirschen (oh, was für ein schwerer Fehler!), doch kein Schuß fiel. Bim drehte sich um. Der Jäger wollte eine Patrone in die einläufige Flinte stecken, das ging nicht. Dann wollte er sie wieder herausnehmen, das ging auch nicht. Bim setzte sich, er wich nicht von der Stelle, wo die Rebhühner aufgeflogen waren, er kam aber auch nicht zum Jäger zurück, sondern beobachtete ihn. Da begann Klim zu schimpfen wie abends die Betrunkenen auf dem Fußweg. Schließlich hatte er die Patrone herausgenommen, eine andere eingelegt und die Flinte geschlossen, doch er war wütend und erinnerte irgendwie an den Grauen.

„So, nun los!" kommandierte er. „Such, Schwarzohr!" Bim zog im Zickzack gegen den Wind davon. Doch sein lahmer Lauf wirkte apathisch, er war nicht mehr so behend und schnell wie vor dem Aufstöbern der Rebhühner. Klim sah darin eine körperliche Schwäche des Hundes, er wußte ja nicht, daß Bim anfing, am Menschen zu zweifeln, so schief, wie er ihn ansah, ohne stehenzubleiben und ohne näher zu kommen, stets in beträchtlicher Entfernung bleibend. Er schien gar nicht zu suchen, sondern lediglich dem Jäger zu folgen, doch das sah nur so aus. Die Leidenschaft behielt die Oberhand. Im Grunde ging Bim nicht Klim, sondern der Flinte nach.

Plötzlich fing er den Geruch eines Hasen ein. Diese Tiere hatte Iwan Iwanytsch nie mit Bim gejagt, obwohl Bim zwei-, dreimal bei einem Hasen vorgestanden hatte. Die Hasen halten ja ein Vorstehen nicht aus, man brauchte nur stehenzubleiben, schon gingen sie ab. Nachjagen durfte man ihnen nicht, Iwan Iwanytsch erlaubte es nicht. Im Sommer allerdings blieben sie wohl auch manchmal liegen, wenn Bim vorstand, doch dann hatte Iwan Iwanytsch ihn immer zurückgerufen, und einen Hasen von Faustgröße hatte er Bim einmal aus den Pfoten genommen und laufenlassen. Ein Hase ist eben kein Vogel. Dennoch drehte Bim seine Nase jetzt nach der Witterung, die von einem Hasen rührte, ging ihr nach und verharrte in Vorstehpose, naß, wegen der deformierten Pfote ein wenig schräg. Nein, der Krüppel hatte nicht mehr die Vorstehhaltung von einst, nicht mehr jene künstlerische Gestalt.

„Hoch!" brüllte Klim.

Vermerkt sei, daß der Hase schon bei gutem Wetter festliegt, um so fester aber auf nassem Boden, Bim jedoch rührte sich noch immer nicht von der Stelle, so, als ob er sagen wollte: Das ist verkehrt, was du da schreist.

„Hoch, verflucht noch mal, du lahmes Biest!" schrie Klim.

Bim machte den Hasen hoch und ging zu Boden, wie es sich vor dem Schuß gehörte. Klim feuerte wie eine Kanone. Der Hase lief, doch immer langsamer. Dann setzte er sich, duckte sich in eine Furche und war verschwunden.

Klim stieß ein wildes Gebrüll aus. „Pack ihn, pack ihn!" Und er lief in der Richtung davon, wo sich der Hase geduckt hatte.

Obwohl Bim an Klims Seite dahinsprang, wußte er ganz genau, daß dies alles nicht nach den Regeln ablief. Der Jäger darf nicht wie ein Hund losrennen. Bim würde die Beute allein finden, wenn es sein mußte und Iwan Iwanytsch es befohlen hätte, auch einen Hasen.

Atemlos blieb Klim stehen und brüllte, außer sich vor Wut: „Nun such doch, du Rindvieh!"

Bim zog ab, gekränkt. Der Geruch des Hasen hatte ihn früher schon nicht sonderlich interessiert – und nun hinter ihm das Gestampfe des „Rindviehs". Immer der Fährte folgend, pirschte Bim sich an, ging in Vorstehhaltung, wartete auf das widerliche „Hoch!" und schoß los, den Hasen hochzumachen. Der kroch aus der Furche heraus und schleppte sich wie ein Kranker davon. Ein Schuß – der Hase aber lief weiter. Noch ein Schuß – langsam, ganz langsam, ab und zu haltmachend; Bim blieb liegen, wie es sich gehörte, trotz des Schlammes, und wartete auf ein Kommando.

Aber Klim brüllte: „Pack ihn, du Aas! Pack ihn, Rindvieh, blödes!" Und er zeigte auf den Hasen.

Bim spürte das angeschossene Tier von neuem auf und nahm wieder Vorstehhaltung an. Zum drittenmal! Und wieder schoß das „Rindvieh" vorbei. Und wieder lief der Hase weiter.

In seiner Wut merkte Klim nicht, daß Bim darauf nicht abgerichtet war, angeschossene Tiere zu packen und zu töten, er wußte nicht, daß so etwas unter der Würde eines intelligenten Setters ist. Als der Hase zum letztenmal außer Sicht geriet, schäumte Klim, er kam auf Bim zu und sagte immer wieder: „Verflucht noch mal!" Es klang böse und haßerfüllt.

Bim saß da und wandte sich ab, er wollte weg von der Flinte. Da versetzte ihm Klim mit voller Wucht einen Fußtritt gegen die Brust...

Bim stöhnte auf wie ein Mensch und stürzte zu Boden. Gequält sah er den Menschen an, verständnislos, entsetzt. Dann erhob er sich mühevoll, taumelte und brach wieder zusammen, seine Beine zuckten.

„Gott, jetzt hast du was angerichtet!" Klim faßte sich an den Kopf. „Jetzt kannst du fünfundzwanzig Rubel blechen. Das Geld bist du los!" Und er lief davon, eilig, als könnte er Bims Blick nicht mehr ertragen.

An diesem Tag ließ sich Klim im Dorf nicht sehen, bis in die Nacht trieb er sich draußen herum. Gegen Mitternacht schlich er durch die Gärten in seine Kate, die ganz am Dorfende stand.

Und Bim? Wo war der? Allein war er auf der kalten, feuchten Erde zurückgeblieben. Von dem Tritt war in ihm etwas zerrissen, und dieses „Etwas" wurde warm und nahm ihm die Luft, darum hatte er auch das Bewußtsein verloren. Jetzt aber hustete er, ihm war übel, er rang nach Luft – das Atmen war eine Qual. Unter Aufbietung aller Kräfte schaffte er es, sich zu setzen – die Felder schwankten, als treibe er auf den Wellen eines Hochwassers dahin, und auch die Sonne schwankte, als hinge sie an einer Schnur.

Heute hatte man von Bim mehr verlangt, als er konnte. Er hatte etwas tun sollen, das gegen seine Hundeehre und sein Hundegewissen war und das er nicht hatte ausführen können. Für den Ungehorsam war er mißhandelt worden. Aber Bim konnte nun mal kein angeschossenes Tier packen und töten.

Bim winselte leise. Er hob das Hinterteil, stand auf allen vieren, fiel nicht. Ein Schritt – er fiel nicht. Warten. Der zweite Schritt. Und er schleppte sich über den Acker, die Beine nachziehend.

Bim ging weiter. Er ging unter Qualen, aber er ging. Aus der Schnauze floß Blut, doch er ging. Er spuckte Blut, doch er ging. Er stolperte, er sank auf die Knie und ging doch weiter. Vor Schwäche legte er sich eine Weile auf die kalte Erde, dann stand er auf und zog weiter, vorwärts. Als er an einen Bach kam, trank er gierig, danach fühlte er sich ein wenig besser. Etwas sagte ihm, daß er nicht vom Wasser fortgehen durfte. Darum ging er bis zum nächsten Strohfeim, kroch unter das bis zur Erde herabhängende Stroh und blieb reglos liegen. So ruhen Hunde, dem Blick von Mensch und Tier entzogen, so hat es die Natur gelehrt.

Wie lange er so dagelegen hatte, wußte er nicht, als er aber zu sich kam, spürte er einen stechenden Schmerz in der Brust, ihn schwindelte, und da er merkte, daß sogleich etwas mit ihm passieren werde, kroch er unter dem Stroh hervor. Er lag im Freien. Er spürte, sein Fell war zu trocken geworden. Er schleppte sich zum Bach und trank abermals, trank und trank, mit kleinen Schlucken. Nicht weit vom Bach sah er Steppengras, dünn und noch grün, der Quecke ähnlich (Frost kann ihm so leicht nichts anhaben). Bim fraß es. Er wußte, daß er gerade dieses Gras und kein anderes fressen mußte. Später fand er Kamille, sie lag schon am Boden, und ihre Blüten waren halb vertrocknet. Er fraß auch die Kamille. Noch einmal kehrte er zum Bach zurück, trank sich satt und schlug den Weg zum Dorf ein. Vorwärts, vorwärts.

Er kam an, als es schon dämmerte. Nein, hinein ins Dorf ging er nicht. Dort war ja Klim... Klim könnte ihn wieder am Halsband nehmen, und dann...

In den Resten eines Heuhaufens machte Bim sich ein Lager, dort ruhte er aus. Neben sich witterte er einen Klettenstiel, er probierte ihn, der Stiel war trocken, und so nagte er ihn bis zur Erde ab und dann noch weiter, in die Erde hinein, um die Wurzel zu erreichen. Daß er Klettenstengel und -wurzeln fressen mußte, wußte er ganz genau. Groß und vielseitig sind die Heilkenntnisse eines Hundes. Man lasse einen Hund mit beginnender Tollwut in den Wald, zwei, drei Wochen später ist er wieder da, zum Skelett abgemagert, aber gesund. Hat ein Hund etwas am Magen, gehe man mit ihm in den Wald oder in die Steppe und verbringe dort ein paar Tage mit ihm, er kuriert sich mit Gräsern.

Wie man einen Hund heilt, muß man von ihm selbst lernen.

Die Nacht war vorüber. Eine lange, bange Herbstnacht. Die Hähne krähten das erste Mal. Bim stand auf, vermochte sich aber vor Schmerzen in der Brust nicht vom Fleck zu rühren. Zweimal mußte er sich hinlegen und wieder aufstehen, ehe er unter Aufbietung aller Kräfte seine Erstarrung überwunden hatte und langsam davonschleichen konnte.

Er schleppte sich bis zu Chrissan Andrejewitsch, stieg die zwei Stufen der Vortreppe hinauf und legte sich vor die Tür. Im Haus war es still.

Wer weiß, vielleicht wäre er von dort nicht fortgegangen, doch da kam Klim, ganz nahe stahl er sich vorbei, wie ein Dieb. Bim erbebte. Er wäre bereit gewesen, sich bis zum letzten Atemzug zu verteidigen. Doch Klim beugte sich nur über das Treppengeländer und flüsterte: „Da ist er ja wieder." Und er stapfte zurück, eilig und unsicher, aber erleichtert.

Bellen konnte Bim nicht, die mißhandelte Brust gab, als er es versuchte, nichts als ein Röcheln von sich. Doch Bim wollte auch nicht, daß Klim, sollte er zurückkommen, ihn mitnähme. Und so stand er auf, umrundete langsam das Gehöft, roch an den jungen Schweinen, der Kuh und den Schafen, blieb noch eine Weile sitzen und ging dann zum Dorf hinaus. Wie gern hätte er sich zu den Ferkeln, seinen Freunden, gelegt!

Die Hähne krähten zum drittenmal. Es wurde hell. In Richtung Chaussee ging ein Hund, Kopf und Schwanz hingen herab, als ob er die Tollwut hätte. Von weitem sah er wirklich wie tollwütig aus, wie im letzten Stadium der Krankheit, jeden Augenblick konnte er zusammenbrechen und verenden. Das war Bim. Er suchte seinen Herrn, Iwan Iwanytsch. Er ging genau den Weg zurück, den er einst mit Chrissan Andrejewitsch gekommen war.

Vom Dorf bis zur Bushaltestelle waren es fünf, sechs Kilometer, und auf halbem Weg verließen Bim wieder die Kräfte; nur mit Müh und Not schaffte er es bis zu einem Heuschober. Irgendein nächtlicher Dieb hatte in den Heuhaufen ein Loch gemacht, und dahinein schlüpfte Bim. Lange lag er dort, fast den ganzen Tag, erst kurz vor Sonnenuntergang kam er aus seinem Schlupfwinkel hervor. Er hatte Durst, doch in der Nähe gab es kein Wasser. Bohrender Schmerz in der Brust, das Atmen fiel ihm jetzt allerdings leichter, auch schwindelte ihn nicht mehr. Er nahm seine Wanderung wieder auf. Eine Trift mit Immortellen – er fraß auch diese Blumen, die klein, gelb und trokken waren und von Beginn der Blüte bis zur Reifezeit und weiter, den ganzen Winter über, ihre Farbe nicht verlieren. Er zupfte an einem Kamillenbüschel, doch dessen Blütenköpfchen waren überreif, sie zerbröckelten im Mund und kratzten im Hals. Davon wurde der Durst noch schlimmer.

Als er einen Feldweg überquerte, stieß er in der ausgefahrenen Radspur auf eine Pfütze mit Schmelzwasser. Er trank sich satt und ging langsam weiter.

Es war schon dunkel, als er die Chaussee endlich erreichte. Er setzte sich, schaute ein paar Autos mit blendendem Licht nach und wußte: Dorthin mußt du gehen. Aber nicht in der Nacht! Wenn Klim plötzlich käme? Oder der Graue! Oder ein Wolf?

Bim beschloß, sich während der Nacht irgendwo in der Nähe der Chaussee zu verbergen. Bis zur Bushaltestelle schleppte er sich noch, an der ein Häuschen aus drei Wänden und mit breiten Bänken stand, dort kroch er in eine Ecke und wartete.

In der Nacht tat Bim trotz seiner Erschöpfung kein Auge zu. Immer wieder huschten Autos vorüber, die Straße lebte auch nachts. Ein Bus verlangsamte seine Fahrt vor der Haltestelle, an der Bim lag, da aber keine Fahrgäste dastanden, fuhr er weiter.

Zwar hielten Spannung und Schmerz unvermindert an, doch die Nacht war wenigstens warm, Gott sei Dank, der Herbst hatte den Winter noch einmal vertrieben. Was aber geschah, seit Bim weg war, im Dorf?

In der Dämmerung kamen Chrissan Andrejewitsch und die Petrowna vom Markt zurück. Aljoscha war nicht da, das Haus verschlossen. Sie traten ein, zählten das in der Stadt eingenommene Geld und legten es in den Schrank, um es am nächsten Tag zur Sparkasse zu bringen. Da kam Aljoscha.

„Wo warst du denn?" fragte der Vater.

„Bei Klim."

„Hat er den Hund noch nicht zurückgebracht?"

„Er ist von der Jagd noch nicht wieder da."

„Der wird schon kommen und ihn bringen. Wo soll er denn bleiben?" meinte die Petrowna beschwichtigend und hielt Aljoscha einen neuen Pullover an.

„Na schön", sagte Chrissan Andrejewitsch, und es klang wenig überzeugt. „Nur ist Klim eben ein Halunke... Mit dem muß man sich bloß einlassen, dann wird man seines Lebens nicht mehr froh. Alle haben vor dem Angst. Und nun noch den Hund mit auf die Jagd, da dreht der doch durch, dieser Klim."

Sie warteten auf Bim bis abends um elf. Dann sahen sie auf dem Hof nach, bei den Ferkeln, unter der Treppe (vielleicht war er Klim davongelaufen und hatte sich versteckt). Schließlich machte sich Chrissan Andrejewitsch selbst auf den Weg.

Natalja, Klims Frau, still und durch ihren Mann völlig verschüchtert, dieselbe, deren Tränen auf die Rübenblätter gefallen waren, sagte bekümmert: „Er ist noch nicht da, dieser Rumtreiber. Wird wohl irgendwo übernachten. Oder er ist wieder besoffen, dieser elende Kerl. Ach, nichts als Ärger! Jetzt wird er wohl erst morgen kommen. Dem Hund passiert nichts, dazu kenne ich ihn zu gut. Den bringt er wieder..."

Chrissan Andrejewitsch ging nach Hause zurück und erzählte, was er gehört hatte; sie legten sich schlafen, er und Aljoscha, und flüsterten nur noch miteinander, um die Mutter nicht zu wecken. Sie hörten nicht, wie Schwarzohr die Treppe heraufkam, wie Klim an ihrem Haus vorbeischlich, wie ihr lieber neuer Freund vor dem schlechten Menschen davonging.

Am Morgen wurde Aljoscha vom Vater geweckt. „Steh auf. Auf der Treppe sind frische Spuren, Schwarzohr ist da."

Zu zweit suchten sie, riefen, pfiffen, doch Schwarzohr konnte sie nicht mehr hören. Im Laufschritt kam Chrissan Andrejewitsch zu Klim und weckte ihn.

„Ich hab ihn doch zurückgebracht", brummte der heiser und unwirsch. „Nach Mitternacht war ich bei euch, ich wollte dich bloß nicht wecken... Wenn du willst, zeig ich dir meine Spuren. Und du kommst her, weckst mich und machst ein Theater... Findest du das anständig? Außerdem taugt das Biest überhaupt nicht für die Jagd. Nie wieder nehm ich den mit."

Chrissan Andrejewitsch ließ sich auf keinen Streit ein, es lohnte sich nicht. Er und Aljoscha durchsuchten das ganze Dorf, die Gärten, den Kolchoshof (vielleicht war Schwarzohr bei den Hunden). Nein, keiner hatte Schwarzohr gesehen. Schwarzohr war weg.

„Klim muß ihn geschlagen haben", sagte Chrissan Andrejewitsch. „Und da ist er weggelaufen."

Mitleid und Kummer preßten Aljoscha das Herz zusammen. Er sah sich die Treppe genauer an, die Spuren waren schon trocken, doch die Stelle, an der Schwarzohr gelegen hatte, war noch zu erkennen. Aljoscha beugte sich nieder und rannte dann mit einem Schrei ins Haus: „Papanja! Blut!"

Der kam heraus und sah sich die Stelle an. Da, wo Schwarzohrs Kopf gelegen hatte, waren trockene Speichelflecken, vermischt mit Blut.

„Dieses Mistvieh!" sagte Chrissan Andrejewitsch. Er überlegte und warnte dann Aljoscha: „Hör zu, brich mir keinen Streit mit dem vom Zaun, sonst geht's dir dreckig. Wir machen was anderes, wir gehn den Weg zurück, den ich mit Schwarzohr gekommen bin, woanders kann er nicht sein."

Sie gelangten an die Bushaltestelle, nachdem sie unterwegs unablässig nach Schwarzohr gesucht und gerufen hatten, lange blieben sie dort, dann kehrten sie um. Wenn er hier gewesen war, mußte er jetzt schon über alle Berge sein.

Dabei waren sie ganz nahe an dem Heuschober vorbeigekommen, in dem Bim lag, ihr Schwarzohr.

Am Abend ging Aljoscha immer wieder auf die Treppe hinaus, wartete, rief. Schließlich setzte er sich neben die mit Heu ausgelegte Hundehütte und weinte.

Chrissan Andrejewitsch hörte es. Er kam heraus und machte Licht. „Na, Junge, ist's so schlimm?" fragte er.

„Ja", schluchzte Aljoscha, und ein Zittern durchlief ihn. Der Vater strich dem Sohn mit seiner rauhen, harten Hand übers Haar. Auch die Petrowna kam heraus.

„Tut's dir so leid um Schwarzohr?" fragte sie.

„Ja, Mamanja…"

„Ach, Vater, daß das passieren mußte", sagte sie aufschluchzend. „Was machen wir denn jetzt, Aljoschenka… Das ist nun mal so… Zu schade…"

Zur gleichen Zeit lag Bim schon unter der Bank des Wartehäuschens an der Bushaltestelle. Er lag da und wartete. Er wartete nur auf eines – das Morgengrauen.

7

SOBALD der Morgen graute, versuchte Bim aufzustehen, doch das war nicht leicht, fast unmöglich. In seinem Innern war jetzt etwas erkaltet und offenbar verklebt. Mühsam streckte er erst ein Hinterbein aus, dann das andere, stemmte beide Beine gegen die Wand und kroch unter der Bank hervor. Eine Weile blieb er so liegen, dann schleppte er sich aus dem Wartehäuschen hinaus. Er setzte sich. Die klammen Beine wurden warm. Den Schmerz unter leisem Winseln bezwingend, machte er sich auf den Weg, angestrengt zuerst, die Pfoten über die Erde schleifend, dann immer mehr Festigkeit gewinnend.

Er versuchte es mit einem kleinen Trab, der Schmerz in der Brust ließ nach. Mit kleinen, schnellen Schritten zog er am Chausseerand entlang.

Lange währte Bims Marsch, vielleicht drei, vier Stunden (mit den Ruhepausen noch länger). Sein Tempo überstieg nicht das eines Fußgängers.

Da erkannte er plötzlich die Bushaltestelle, an der er mit Iwan Iwanytsch immer ausgestiegen war, wenn sie zur Jagd gingen.

Am Wartehäuschen standen Menschen. Bim blieb in einiger Entfernung stehen und schwenkte dann links ein, in jenen Weg, den sie immer zur Jagd gegangen waren. Er trabte auf den Wald zu. Am Waldrand machte er halt, spähte in die Runde und ging in den Wald hinein. Bald hatte er die ihm vertraute kleine Lichtung gefunden und blieb wie angewurzelt vor einem Baumstumpf stehen. Ein paar Augenblicke verharrte er, prüfte die Luft ringsum, ging um den Baumstumpf herum und beschnupperte das Erdreich. Und plötzlich legte er sich neben dem Baumstumpf ins Laub, hier, ja hier hatte Iwan Iwanytsch immer gesessen, ehe die Jagd begann. Bim streckte den Kopf vor und rieb ihn immer wieder an den gelben Blättern, an der Stelle, wo einst die Füße seines Freundes gestanden hatten, wenn auch jeglicher Geruch längst verweht war.

Im Spätherbst kommt der Sommer bisweilen noch einmal zurück und streift den scheidenden Herbst mit feurigem Schweif, auch noch nach den ersten Frösten. Dann riecht der Wald nach Abschied, nach Laub, nach rubinroten Hagebutten und bernsteinfarbenen Beeren der Berberitze, nach der würzig-scharfen Haselwurz und nach Steinpilzen, die noch immer duften und an vergangene Sonnentage erinnern; und es schwebt durch den Wald ein heiterer guter Geist, von der Kiefer zur Birke, von der Birke zur Eiche, und diese antwortet mit gewaltigen Düften von Waldeskraft und Ewigkeit. In den Gerüchen des Waldes ist etwas von Ewigkeit und Unvergänglichkeit, das besonders an milden Spätherbsttagen spürbar wird; eintöniger Regen, plötzliche Frosteinbrüche, alles überziehende Reifnadeln – vergangen, vorüber.

An so einem glücklichen Tag der Natur lag der unglückliche Hund Bim im Wald. Und der Tag war so milde!

Die Erde aber war kalt. Bim rollte sich an dem Baumstumpf zusammen wie zu Füßen seines Herrn, ruhte ein Weilchen und streifte dann weiter durch den Wald. Er suchte etwas zu essen. An einer frisch gefallenen Schwarzpappel benagte er deren saftige, wohlschmeckende

Borke, die Lieblingsnahrung der Elche. Wußte Bim um die heilende
Wirkung der Borke?

Die Menschen können sich schwerlich vorstellen, daß der überaus
feine Geruchssinn des Hundes möglicherweise erkennt, welche Gerüche von etwas Gutem, Heilendem herrühren und welche von etwas
Schädlichem. Bim hatte die giftige Haselwurz doch nicht gefressen,
war aber bei einer Baldrianwurzel stehengeblieben. Warum lieben
Hunde und Katzen deren Geruch? Das weiß man auch nicht. Bim aber
scharrte ein-, zweimal mühsam in der lockeren, mit leichten Blättern
bedeckten Erde, nagte den Wurzelstock ab und fraß ihn auf. Er stieß
auf ein altes Schützenloch aus dem Krieg, das bis oben mit Blättern gefüllt war; in dieses kroch er hinab und drehte sich mehrmals. Schon
war ein weiches Lager fertig, er legte sich hin und fiel auf der Stelle in
tiefen Schlaf. Der Baldrian tat seine Wirkung.

Drei Tage und drei Nächte hatte Bim nichts anderes als Gräser gefressen und vor Schmerz und Erregung nicht geschlafen, sicher hatte
er lange nicht so fest geschlafen wie jetzt. In der Grube war es ruhig
und warm. Der herbstlich stille Wald behütete die Ruhe des kranken
Bim.

Am Nachmittag schon wachte Bim auf. Er kroch hinaus. Das Laufen fiel zwar noch schwer, ging aber bereits besser als am Morgen. In
seinem Innern war es weicher geworden. Nur die Kraft fehlte noch. Er
ging zu seinem geliebten Baumstumpf, saß dort eine Weile und kehrte
zu seinem Unterschlupf zurück. Wieder legte er sich in die tiefe, warme, behagliche Grube.

Er schlief die ganze Nacht. Und fror nicht.

Als der Morgen graute, weckte ihn ein leises Rascheln, er hob den
Kopf und lauschte. Da machte sich einer im Laub zu schaffen. Bim
kroch hinaus, studierte mit der Nase die schwachen Luftströme und
stellte fest – eine Waldschnepfe!

Unbezwingbare Jagdleidenschaft spannte seinen schwachen Körper. Nicht mehr als fünf Schritt war die Waldschnepfe von ihm entfernt. Sie scharrte Laub beiseite und steckte die Nase ins lockere Erdreich, mit absoluter Sicherheit den Gang eines Tauwurmes treffend,
den sie herausholte und verzehrte. Ein Flügel des Vogels hing herab
und schleifte über die Erde (so werden die Vögel von stümperhaften
Jägern zugerichtet, fallen entweder dem Fuchs zum Opfer oder gehen
bei Einbruch des Winters zugrunde).

Bim setzte eine Pfote vor, die Waldschnepfe, in ihre Arbeit vertieft, hörte es nicht. Die zweite Pfote – sie hörte es nicht. Die Waldschnepfe hatte keine Zeit zu verlieren, bei der milden Witterung kamen die Würmer heraus oder lagen gleich unter dem dichten Laub. Von einem Baum gedeckt, schlich Bim sich an und verharrte in Vorstehhaltung. Niemand rief ihm zu: „Vorwärts!", er ging von selbst vor, wollte den Satz tun und den Vogel mit den Pfoten greifen, doch der Sprung miß-lang, er fiel hin und packte die Waldschnepfe mit den Zähnen. Auf der Seite liegend, hielt er sie fest, drehte sich auf den Bauch und fraß sie auf. Selbst den Schnabel, der, wie Bim feststellte, ganz weich war, fraß er mit. Wie konnte es geschehen, daß Bim, von erfahrener Jägerhand dressiert und abgerichtet, gegen seine Ehre handelte und das Wildbret auffraß?

Es geschah, weil auch ein Hund leben will.

Er war wieder zu Kräften gekommen, das war das Wichtigste. Er hatte Durst. Bim stieß auf eine Pfütze und stillte seinen Durst. Auf dem Rückweg spürte er eine Maus auf und fraß sie. Und erneut machte er sich auf die Suche nach Gras. Zuerst riß er ein paar halbver-trocknete Knoblauch-Gamander ab, spuckte sie wieder aus, kratzte die Wurzeln frei und fraß sie. So streifte er durch den Wald und fand, was er brauchte. Woher war ihm bekannt, daß Knoblauch-Gamander ätherische Öle enthält? Niemand vermag es zu sagen. Man kann nur vermuten, daß sich ihm in den zwei Tage zurückliegenden schweren Stunden, die beinahe die Stunden seines Todes gewesen wären, Erfah-rungen ferner Urahnen offenbart hatten, Erfahrungen, programmiert schon in vergangenen Jahrhunderten.

Fünf Tage setzte Bim seine Therapie fort. Er fraß, was Gott ihm be-scherte, aber in seinen therapeutischen Maßnahmen war er konse-quent. Er schlief in seiner gemütlichen Grube, die vorübergehend sein Haus geworden war. Einmal stieß er sogar auf einen schlafenden Ha-sen, ihn zu verspeisen gelang aber nicht; denn jener sprang auf und suchte das Weite. Bim versuchte gar nicht erst, ihm nachzujagen. Schon ein gesunder Setter holt keinen Hasen ein. Er sah ihm nach und leckte sich die Schnauze, damit hatte sich der Fall für ihn erledigt. Recht und schlecht ernährte der Wald Bim. Krankheit und Futter-mangel zehrten an Bim, und er magerte ab, doch die Gräser taten ihre Wirkung. Bim konnte seine Wanderung fortsetzen, den Freund und Menschen suchen. Und wieder ging das ohne besondere Überlegung vonstatten, nur dem Herzen gehorchend, aus Treue und Anhänglich-keit.

Bei einer routinemäßigen Kontrolle der Waldwiese mit dem Baumstumpf legte Bim sich auf die Erde, stand auf, legte sich wieder und stand abermals auf. Wahrscheinlich war er zu dem Schluß gekommen, daß er hier nicht auf Iwan Iwanytsch zu warten brauchte. Er lief zu seiner Grube zurück, von dort wieder zum Baumstumpf, verweilte dort ein paar Augenblicke und kehrte von neuem um. Heftige Ungeduld verriet dieses Hin- und Herlaufen, Unruhe, die von Mal zu Mal wuchs. Schließlich lief er an dem Baumstumpf vorbei und schlug einen leichten Trab in Richtung Chaussee an. Das war in der frühen Abendstunde, als die Sonne sich anschickte, zur Ruhe zu gehen.

In die Stadt kam Bim am späten Abend. Dort war es hell, ganz anders als des Nachts im Wald, doch gerade diese Lichterfülle beängstigte Bim. Zum erstenmal. Er ging vorsichtig und so schnell, wie es seine körperliche Verfassung erlaubte, nach Hause, zu seinem Herrn, zur Stepanowna, zu Ljusja, zu Tolik, sie alle würden bestimmt dasein. Doch im Neubauviertel, inmitten jener völlig gleich aussehenden Häuser, schlug Bim einen Bogen, um nicht am Haus des Grauen vorbeizukommen, schwenkte in eine Seitenstraße ein und stieß auf einen Zaun.

Er stutzte. An einer Pforte Toliks Spur! Der Junge, den Bim so liebte, war hier entlanggegangen.

Die Pforte war verschlossen, doch Bim kroch, ohne sich zu besinnen, flach unter ihr hindurch und folgte der Fährte seines kleinen Freundes. Er lief durch einen parkähnlichen Garten, in dem ein kleines zweistöckiges Haus stand. Dorthin führte die Spur.

Bim kam an die Tür, durch die kurz zuvor Tolik ins Haus gegangen war. Von klein auf daran gewöhnt, Vertrauen zu jeder Tür zu haben, kratzte er auch an dieser. Keine Antwort. Er kratzte noch einmal, stärker.

Jenseits der Tür eine Frauenstimme: „Wer ist da?"

Ich, antwortete Bim. Hau! „Was soll das nun wieder heißen? Tolik! Da will jemand mit einem Hund zu dir. So was hat noch gefehlt!"

Ich bin's, ich! sagte Bim. Hau, hau!

„Bim! Bim!" rief Tolik und öffnete die Tür. „Bim, lieber Bim, Bimka!" Und er umarmte ihn.

Bim leckte die Hände des Jungen, seine Jacke, seine Hausschuhe und schaute ihm unablässig in die Augen. Wieviel Liebe, Hoffnung und Glaube lag im Blick dieses Hundes, der so viel erlitten hatte!

„Mutti, Mutti, sieh doch, was er für Augen hat. Wie ein Mensch!

Bimka, der kluge Bim, er hat allein hergefunden. Mutti, er hat mich von selbst gefunden..."

Die Mutter sagte kein Wort, solange die Wiedersehensfreude der beiden währte. Als aber der Überschwang der Gefühle etwas abgeflaut war, fragte sie: „Ist das der Hund?"

„Ja", sagte Tolik. „Das ist Bim. Er ist so gut."

„Der kommt mir sofort aus dem Haus!"

„Mutti!"

„Auf der Stelle!"

Tolik drückte Bim an sich. „Mutti, wir dürfen ihn doch nicht wieder wegjagen. Bitte!" Und er fing an zu weinen.

Ein Mann trat ein. In gemütlichem, aber müdem Ton fragte er: „Was ist denn hier für ein Geschrei? Was weinst du, Tolik?"

Er zog den Mantel aus und die Schuhe, zog Hausschuhe an und sagte, wobei er auf den Jungen und den Hund zutrat: „Na, was ist denn, Dummerchen?" Und er strich Tolik über den Kopf und zupfte Bim am Ohr. „Da haben wir also einen Hund, und was für einen... einen ganz mageren."

„Vati, Vati, er ist gut, das ist Bim, laß ihn!"

Die Mutter begann zu schreien: „So ist das immer! Ich sage was zu ihm, und du was anderes. Das soll Erziehung sein!"

„Nun mal ruhig Blut und kein Geschrei." Er führte sie ins Zimmer, wo sie jedoch noch lauter schrie und er ihr gütlich zuredete.

Aus alldem entnahm Bim, daß die Mutti gegen ihn war, der Vati jedoch für ihn und daß er einstweilen bei Tolik bleiben würde. Tolik führte Bim in sein Zimmer. Weder Bim noch Tolik hörten, was Vater und Mutter weiter besprachen.

„Ein kranker, herrenloser Hund in unserer mustergültigen Sauberkeit – bist du denn verrückt? Und morgen hat er wer weiß was. Ich erlaube das nicht! Auf der Stelle jagst du den Hund weg!"

„Ach, Mutter, Mutter!" seufzte der Vater. „Du hast eben nicht die geringste Ahnung von Taktik. Man muß mit Verstand zu Werke gehn, um Tolik nicht zu verletzen." Er flüsterte ihr etwas ins Ohr und schloß: „Nicht wahr, so machen wir's, wir lassen ihn frei."

„Das hättest du auch gleich sagen können, Semjon Petrowitsch", meinte die Mutter besänftigt.

„Das konnte ich doch nicht, wo Tolik dabei war..."

Sie traten bei Tolik ein. Die Mutter sagte: „Na, soll er dableiben?..."

„Natürlich soll er das", pflichtete der Vater ihr bei. „Aber unter einer Bedingung, Tolik. Bim schläft im Korridor, auf keinen Fall hier bei dir."

„Von mir aus", sagte Tolik. „Bim ist sauber, das weiß ich." Dankbar sah er Vater und Mutter an, er erzählte ihnen von Bim und führte alles vor, was dieser konnte.

Bim merkte natürlich, daß der Vati ruhig und ausgeglichen war. Und als Tolik ihn kurz darauf durch die Zimmer führte, um ihn mit der Wohnung vertraut zu machen, sah Bim, daß der Vati allein saß, in der Hand eine Zeitung, und auch das tat er ruhig und selbstsicher. Ein guter Mensch – der Vati, Semjon Petrowitsch.

Bis spät machte sich Tolik an Bim zu schaffen, er kämmte ihn, gab ihm zu fressen, bettelte sich bei der Mutter eine Matratze aus, legte sie im Korridor in eine Ecke und sagte: „Das ist dein *Platz*, Bim. Platz!"

Gehorsam legte Bim sich darauf. Er hatte alles verstanden. Hier würde er einstweilen wohnen, Liebe und Aufmerksamkeit des kleinen Menschen ließen es warm in seinem Innern werden.

„Tolik, es ist Zeit, ins Bett zu gehn. Komm. Es ist schon halb elf", drängte der Vater.

Tolik ging zu Bett. Im Einschlafen dachte er: Morgen geh ich zur Stepanowna und sag ihr, daß Bim bei mir bleiben soll, bis Iwan Iwanytsch wiederkommt... Und dann fiel ihm noch etwas ein. Als er zu Hause erzählt hatte, daß er zur Stepanowna gehe und dort eine Ljusja sei und er Bim ausführe, da hatte die Mutti angefangen zu schimpfen und zu schreien, und der Vati hatte zu Tolik gesagt: „Da gehst du nicht wieder hin." Und als Tolik weinte, hatte der Vater ihm über den Kopf gestrichen und gesagt: „Das hilft nun alles nichts. Du sollst doch ein Mann werden, aber kein Hundeausführer, der zu allen möglichen Weibern hinläuft." Jetzt aber würde Bim bei ihm bleiben, und „zu Weibern" brauchte er auch nicht zu laufen... Nur ein einziges Mal noch würde er zur Stepanowna gehen, um ihr alles zu erzählen, und zu Ljusja... Sie war ein nettes kleines Mädchen, die Ljusja... Sicher schläft Bim. Der gute Bim... Mit diesem Gedanken schlief Tolik ein, beruhigt und froh.

Mitten in der Nacht hörte Bim Schritte. Er öffnete die Augen, ohne den Kopf zu heben.

Der Vati ging leise zum Telefon, nahm den Hörer ab und sagte flüsternd nur drei Worte: „Den Wagen... Sofort!"

Die Bedeutung dieser Worte verstand Bim freilich nicht. Er sah

aber, daß der Vati besorgt zu Toliks Tür blickte, einen ebenso besorgten Blick auf Bim warf, in die Küche ging und auf Zehenspitzen herauskam, eine Schnur und ein Bündel in der Hand. Bim merkte, hier
stimmte etwas nicht, der Vati war ganz anders als vorher. Ein Instinkt
sagte ihm: Bell, lauf zu Tolik. Und zweifellos hätte Bim es getan, doch
der Vati kam zu ihm und streichelte ihn (also war alles in Ordnung),
dann band er die Schnur am Halsband fest, zog den Mantel an, öffnete
leise die Tür und führte Bim hinaus.

Vor der Haustür stand ein Auto mit laufendem Motor. Nun saß
Bim auf dem Hintersitz und fuhr dahin. Vorn ein Mann am Steuer,
neben ihm Semjon Petrowitsch. Aus dem Bündel, das neben Bim lag,
roch es nach Fleisch. Die Menschen sprachen kein Wort. Dunkle
Nacht. Der Himmel bedeckt und schwarz, undurchdringlich. In so einer Nacht kann ein Hund, der im Auto sitzt, nicht die Fahrtstrecke beobachten und sich den Rückweg einprägen. Und wohin die Fahrt
ging, wußte Bim nicht.

Sie kamen an einen Wald und hielten. Semjon Petrowitsch führte
Bim an der Schnur ins Waldinnere. Das Gelände war abschüssig, und
Semjon Petrowitsch beleuchtete den Weg mit einer Taschenlampe.
Der Weg stieß auf eine kleine, von gewaltigen Eichen gesäumte Lich-
tung.

Hier band Semjon Petrowitsch Bim mit der Schnur an einen Baum,
wickelte das Bündel auf, nahm eine Schüssel mit Fleisch heraus und
stellte sie vor Bim hin, bei diesen Verrichtungen fiel kein Wort. Semjon Petrowitsch ging. In ein paar Schritt Entfernung drehte er sich um,
blendete Bim mit der Taschenlampe und sagte: ,,So, mach's gut.''

Bim sah dem sich entfernenden Schein der Taschenlampe nach und
schwieg, verdutzt, ratlos, tief gekränkt. Er verstand überhaupt nichts
mehr. Und er zitterte vor Erregung, obwohl es warm, ja schwül war,
ganz ungewöhnlich für die späte Jahreszeit.

Das Geräusch, das sich entfernte, immer schwächer wurde und
schließlich ganz verstummte, zeigte Bim die Richtung an, in die er notfalls zu gehen hatte.

Der Wald schwieg. In dunkler Herbstnacht saß ein Hund unter gewaltigen Bäumen, angebunden mit einer Schnur.

Und gerade in dieser Nacht mußte es geschehen! So etwas kommt
sehr selten vor: Ende November, bei ungewöhnlich warmer Witterung, rollte in weiter Ferne der Donner.

Anfangs saß Bim da und lauschte dem Wald, die Luft ringsum mit

aller Kraft seiner Nase prüfend. Ein Hund kann mit Leichtigkeit feststellen, in was für einem Wald er sich befindet, wenn er nur einmal dort
gewesen ist. Bald hatte Bim herausbekommen, daß er da war, wo sie
einst den Wolf gejagt hatten. Doch nach Wolf roch es vorläufig nirgends in der näheren Umgebung. Bim schmiegte sich an den Baum,
mucksmäuschenstill in der undurchdringlichen Finsternis, mit der er
einsam und schutzlos verschmolz.

Im tiefsten Innern seines Wesens, instinktiv, wußte Bim, daß er jetzt
nicht zu Tolik gehen durfte, daß er zu seiner eigenen Tür und nur dorthin gehen würde. Und es zog ihn mit solcher Macht dorthin, daß er,
die Schnur vergessend, mit allen ihm verbliebenen Kräften losstürmte
und hinfiel, der Schmerz in der Brust fuhr durch seinen ganzen Körper. Reglos lag er da, alle viere von sich gestreckt. Doch es dauerte
nicht lange, da stand er wieder auf und setzte sich an den Baum, es sah
aus, als habe er sich mit seinem Schicksal abgefunden.

Noch einmal grollte der Donner, jetzt schon näher, und fuhr wuch-
tig durch den entlaubten Wald. Ein Wind erhob sich, die Baumkronen
begannen zu wehklagen, die Stämme schwankten, und schließlich verschmolz alles zu einem beängstigenden Sausen, aus dem deutlich das
Stöhnen einer halbverdorrten Espe herausklang. Kurz über der Wurzel erzeugte sie ein dumpfes rhythmisches Knarren, das Bim mehr erschreckte als alles Sausen des Waldes.

Der Wind geriet derart ins Toben, daß selbst die Eichen zu ächzen
begannen. Bim schien es, als laste etwas Gewaltiges, Schwarzes auf
den riesigen Eichen, auf der alten, sterbenden Espe, auf ihm, einem
inmitten all dieser Feindseligkeit verlorenen Hund, und dieses
Schwarze peitschte die Wipfel der Bäume, schwenkte die Stämme, mit
hundert wilden Stimmen kreischend und brüllend.

Bim empfand ein solches Grauen, daß er die Schmerzen in seinem
Körper vergaß. Er klebte förmlich an dem Baumstamm. Den Hang
herab kam ein eisiger Hauch, der Bim durch Mark und Bein ging. So
wird eine milde Herbstwitterung meist ganz abrupt von kalter abgelöst.

Bim setzte sich auf die andere Seite des Stammes, auf die dem Wind
abgekehrte, um gegen die Windrichtung wittern und in Windrichtung
sehen zu können. Doch er spähte in undurchdringliche Finsternis. Er
zitterte.

Plötzlich zerriß einen Augenblick lang ein Blitz wie ein schartiges,
feuriges Messer das Dunkel und erhellte den brüllenden Wald, darauf

polterte es in der Höhe, krachend kam es herabgefahren und rollte im Wald nach verschiedenen Seiten davon. Von oben fielen klopfende Tropfen herab. Der Regen war kurz, heftig und kalt.

Ein Raunen zog durch den Wald, er schüttelte sich und richtete sich wie nach einem Kampf wieder her. Bim saß da, bis der Morgen graute, frierend, elend, erschöpft. Vor ihm stand die Schüssel mit Fleisch, er kostete nicht mal.

Ehe der Tag anbrach, heulte in der Ferne ein Wolf. Sein Ruf fand keine Antwort im Wald. Bims Rückenhaar sträubte sich, seine Zähne schlugen aufeinander, er lauschte und sog tief Luft ein. Er machte sich auf eine Begegnung gefaßt, ohne zu wissen, daß er den Mut zur Selbstverteidigung hatte, den man den Mut der Verzweiflung nennt. Doch der Wolf kam nicht. Der Wind hatte sich gelegt, so daß der Wolf Bim nicht wittern konnte, auch war die Zeit für einen Streifzug durch sein Revier offenbar noch nicht angebrochen. Bim aber, in gespannter Erwartung, hatte, ohne es selbst zu merken, die Schnur straffgezogen, und nun drückte sie ihm das Halsband gegen die Kehle, daß er röchelte. Da wich Bim an den Baum zurück, nahm die Schnur zwischen die Backenzähne und – nagte sie durch.

Geschafft! Bim war frei.

So handelt am Ende jeder Hund, nur dauert es bis dahin je nach Rasse verschieden lange. Wach- und Kettenhunde nagen eine Schnur auf der Stelle durch, da sie stabile Ketten haben wollen; ein Mops nagt eine Schnur zwar nicht durch, tobt jedoch jaulend daran herum und kann sich dabei erdrosseln; Hetzhunde besinnen sich lange, nagen eine Schnur aber dennoch durch; ein intelligenter, auf Hochwild abgerichteter Hund sitzt viele Tage und wartet auf seinen Herrn, die Schnur aber nagt er erst im Augenblick einer Gefahr oder aus Verzweiflung durch, wenn klar wird, daß ihm keiner zu Hilfe kommt. So auch Bim.

Vorsichtig entfernte sich Bim von dem Baum, um sich spähend und in den Wald hineinlauschend. Plötzlich fing ganz in der Nähe eine Elster an zu schwatzen: Hier ist einer, ist einer, ist einer! Bim blieb in dichtem Eichenjungwuchs stehen, der einen alten, mächtigen Eichenveteranen umgab.

Er legte sich aufs Laub, den Hals ausgestreckt, den Kopf an den Boden gepreßt. Zitternd und entschlossen wartete er und war der Elster dankbar für die rechtzeitige Warnung vor einem Feind.

Eine Wölfin trat auf die Waldwiese und verhoffte. Eine Vorderpfote war krumm (also hatte ihr der Mensch schon einmal eine Verletzung beigebracht). Hinkend tat sie noch ein paar Schritte, drehte den Kopf in Bims Richtung und jagte los, direkt auf ihn zu. Aber sie verfehlte ihn, das verkrüppelte Bein behinderte sie. Bim entkam ihr im letzten Moment, indem er zur Seite sprang. Die Wölfin drehte sich um und fuhr erneut auf Bim los. Flink wich dieser hinter eine Eiche und spürte im Rücken, daß da eine Öffnung war, eine Höhle. Als die Wölfin zum zweitenmal fehlsprang, zwängte er sich in die Höhle hinein, fletschte die Zähne, knurrte wild und bellte, wie er noch nie im Leben gebellt hatte, wie ein Hetzhund auf Fährte.

Bims Stimme hallte durch den Wald als ein einziges Wort, das jeder verstand: Unheil! Unheil! Und der Wald griff es auf, die alarmierende Nachricht flog von Elster zu Elster. Hier ist jemand, hier ist jemand, hier ist jemand...

Der Förster in der Försterei sagte sich, daß das wilde Hundegebell und die seltsame Unruhe der Elstern nichts Gutes bedeuteten. Er nahm die Flinte, lud sie mit Schrot und ging in den Wald. Das Bellen kam von weit her, vom äußersten Ende der Wolfsschlucht, brach aber unvermittelt ab.

Die Wölfin war ein gerissenes Tier, sie entfernte sich von der Höhle, damit Bim verstummte; denn sie wußte, zusammen mit Hundegebell tauchte meist ein Mensch mit Flinte auf. Und Bim verstummte, weil die Wölfin nicht mehr auf ihn eindrang. Nach einer Weile kam sie näher heran und setzte sich, ohne Bim aus den Augen zu lassen. Zwei Hunde sahen einander in die Augen, ein wilder Hund, ein Feind des Menschen, und ein intelligenter Hund, der ohne die Güte des Menschen nicht leben konnte.

Die Wölfin erkannte, daß sie nicht in die Höhle hineinkriechen konnte, doch sie stellte sich davor und steckte die Schnauze hinein. Bim wich ins Innere zurück, er fletschte die Zähne, bellte aber nicht mehr, in seiner Festung war er unerreichbar.

Plötzlich – witternd hob die Wölfin den Kopf, fuhr jäh herum, und geduckt wie vor einer Gefahr, ging sie Schritt für Schritt auf die Waldwiese zu, zu der Eiche, an der Bim angebunden gewesen war. Sie hatte Angst und ließ den Schwanz hängen.

Im Eifer der Jagd auf Bim hatte sie diese Stelle übersehen, weil der nächtliche Regen die Gerüche stark verwischt hatte, jetzt aber, kaum daß ein Lüftchen sich regte, entdeckte sie es – eine Schnur an einem Baum und eine Schüssel mit Fleisch. Sie wußte, was das zu bedeuten hatte. Hier war ein Mensch gewesen! Nach Mensch roch die Schnur, nach Eisen das runde Ding, und die Spuren stammten auch von *ihm,* das Fleisch hingegen war Betrug, eine Falle. Sie verhoffte kurz, machte einen Satz zur Seite und floh wie vor einer großen Gefahr. So läuft der Wolf vor dem Fangeisen davon, das ungeschickt aufgestellt und mit Menschengeruch behaftet ist.

Als die Wölfin weg war, begann Bims wunde Brust heftig zu schmerzen. Er rang nach Luft und kroch aus der Höhle ins Freie, wo er zusammenbrach. Trotzdem fraß er das Fleisch auch dann nicht, als er sich etwas erholt hatte und aufstehen konnte. Es blieb nichts anderes übrig, als loszugehen, voran, solange die Kräfte reichten.

Und Bim machte sich auf den Weg. Mühsam quälte er sich den steilen, etwa einen Kilometer langen Hang hinauf. In halber Höhe stieß er auf die Fährte der Wölfin und konnte sich nicht entschließen, darüber hinwegzugehen, er schwenkte daher in ein dichtes Schlehdorngebüsch ein und – sah einen Wolf. Direkt vor ihm lag er, tot. Es war jener, der tödlich verwundet ins Innere des Kessels durchgebrochen war und um den die Wölfin immer noch ihre Runden zog. Das Fell hatte sich in Fetzen gelöst. Nur ein Teil des verwesten, zerfallenen Tieres war noch übrig.

Bim schlug einen Bogen um den toten Wolf und beeilte sich, auf den Weg zurückzukommen, wo er die Wolfsfährte, auf die er vorher gestoßen war, umging.

Endlich war er oben angelangt, er verharrte an der Stelle, wo am Tag zuvor das Auto gestanden hatte, schaute in die Runde und schlug die Richtung nach Hause ein. Und wieder verließen ihn die Kräfte, wieder ruhte er sich bald in einem Heuschober, bald auf Kiefernreisig aus, wieder suchte er Gräser am Weg und fraß sie.

Ein magerer, lahmer Hund lief die Chaussee entlang, langsam, schwerfällig, vorwärts zu jener Tür, an der Güte war, an der Bim liegen und warten wollte, warten auf seinen Herrn, warten auf Vertrauen und menschliche Liebe.

Und Tolik? Was tat er, als er am Morgen aufwachte? Er wollte zu Bim und schrie auf einmal: „Mutti! Bim ist weg! Wo ist er?"

Die Mutter wollte ihn beschwichtigen: „Bim mußte mal raus, Vati hat ihn rausgelassen, und da ist er weggelaufen. Vati hat ihn gerufen und gerufen, aber er war weg."

„Vati!" weinte Tolik. „Das stimmt nicht, stimmt ja gar nicht!" Er warf sich auf sein Bett und schrie: „Stimmt ja gar nicht, stimmt ja gar nicht!"

Jetzt machte sich Semjon Petrowitsch ans Trösten. „Der kommt wieder, bestimmt... Und wenn er nicht wiederkommt, suchen wir ihn und nehmen ihn zu uns. Darauf kannst du dich verlassen. Den finden wir, ein Hund ist schließlich keine Stecknadel."

Tolik hörte auf zu weinen und starrte vor sich hin. Dann sah er seine Eltern an, wischte sich die Tränen ab und sagte entschlossen: „Ich finde ihn, ganz bestimmt."

Er sagte das mit solcher Selbstsicherheit, daß sich Vater und Mutter besorgt anschauten.

8

ALS Bim sich der Stadt näherte, gehorchten ihm die Beine fast nicht mehr. War er doch wieder hungrig. Was gab es schon am Chausseerand zu fressen? Höchstens eine aus dem Auto geworfene Kürbisschale, doch das war keine Nahrung. Bim hungerte seit nahezu zwei Wochen. Bei seiner kranken Brust war dieses Hungerleben sein allmählicher Untergang. Wenn man dazu bedenkt, daß er bei dem Kampf mit der Wölfin die von der Eisenbahnweiche zerschlagene Pfote erneut stark verletzt hatte und nun auf drei Beinen dahinhumpelte, so kann man sich vorstellen, was für einen Anblick er bot.

Doch die Welt ist nicht ohne gute Menschen. Unmittelbar am Stadtrand machte er an einem winzigen Häuschen mit einer einzigen Tür und einem einzigen Fensterchen halt. Rings um das Häuschen lagen Berge von Ziegelsteinen, Steinen, Steinplatten, Bretter, Balken und alles mögliche, etwas weiter entfernt stand ein neues halbfertiges Haus, noch ohne Fenster, Türen und Dach. In den leeren Fensterhöhlen tummelte sich der Wind, fuhr pfeifend über die Haufen von Pflaster- und Ziegelsteinen, sang zwischen den breiten Bretterstapeln und heulte an der Spitze des Baukrans. Auf seinen Wanderungen hatte Bim sich so manches Mal an Bauarbeiter mit der Bitte gewandt: Leute, gebt mir was zu fressen. Jene hatten seine Sprache verstanden und ihm was gegeben.

Bim legte sich, erschöpft bis zum letzten, an die Tür des kleinen Wächterhäuschens.

Es war früher Morgen. Weit und breit niemand außer dem Wind. Nach einiger Zeit hustete jemand im Häuschen und sprach mit sich selbst. Bim stand auf und kratzte an der Tür.

Ein Mensch mit Bart erschien, den einen Ohrenschützer der Mütze heruntergezogen, den anderen hochgeklappt, um die Pelzjacke einen straffen Regenumhang. Eine Person, die Vertrauen erweckte.

„Ha, wir kriegen Besuch! Na, dann komm rein, du obdachloser Geselle, wo du nun schon mal da bist."

Bim ging hinein und legte sich an die Tür, ja er fiel mehr. Der alte Mann schnitt ein Stück Brot ab, tat es in einen kleinen Eimer, weichte es auf und legte es Bim hin. Der fraß es voll Dankbarkeit, dann legte er den Kopf auf die Pfoten und schaute den Alten an.

Und es entspann sich ein Gespräch zwischen beiden.

Der Wächter hatte Langeweile, und nun sah ihn hier ein lebendes Wesen an, erschöpft und unverhohlen leidend.

„Dir geht's schlecht, Schwarzes Ohr, das sieht man auf den ersten Blick... Oder wie ist das?" fragte er. „Entweder bist du noch nicht dran mit einer Wohnung oder... Was? Mir geht's ja auch so. Mal bin ich an der Reihe und dann wieder nicht. Michej bleibt. Was sind schon für Häuser gebaut worden, aber ich fahre immer mit dieser Bude von einer Baustelle zur andern. Wenn du jetzt zum Beispiel wegläufst und willst mir einen Brief schreiben, hätte ich gar keine Adresse. Seit fünf Jahren habe ich keine Adresse. An Essen und Trinken fehlt's nicht, ich hab auch anständige Sachen zum Anziehen, bloß eben immer noch keine Wohnung, verstehst du. Was soll man da machen? Ich heiße übrigens Michej, Michej..." Er tippte sich mit dem Finger an die Brust und trank einen Schluck aus einer Flasche.

Bim verstand Michejs Monolog auf seine Art, das heißt, nach Miene, Intonation, Güte und Einfachheit war Michej ein guter Mensch. Bim schlummerte ein, Michejs weitere Reden rauschten an seinen Ohren vorbei. Aber aus Achtung vor seinem Gesprächspartner öffnete er hin und wieder die Augen und kämpfte gegen den Schlaf an.

Michej trank noch ein paar Schluck, wischte sich den Schnurrbart ab, streute Salz auf ein Stück Brot und begann zu essen, wobei er weiter mit Bim redete: „Und ich sage, Schwarzöhrchen, am besten kann man sein Herz einem Hund ausschütten. Da gibt's kein Hinundhergerede, der sagt keinem was davon, und einem selbst wird davon leichter..."

Die Tür ging auf. Ein Mensch kam herein, auch ein Wächter, und sagte: „Ablösung. Leg dich hin, Michej, und schlaf."

Der legte sich auf die Pritsche und schlief sofort ein. Die Ablösung setzte sich an Michejs Platz an den Tisch und bemerkte nach einer

Weile Bim. „Was haben wir denn da für einen Uhu?" fragte er Bim, wahrscheinlich, weil ihm dessen große Augen aufgefallen waren.

Bim setzte sich, wie das der Anstand erforderte, und wedelte müde mit dem Schwanz. (Ich bin krank. Ich suche meinen Herrn.) Die Ablösung verstand ihn nicht, stieß Bim mit dem Fuß an und sagte: „Raus hier, Hundevieh."

Bim ging in der Überzeugung: Die Ablösung ist ein miserabler Mensch. Doch zum Weitergehen hatte er nicht mehr die Kraft. Mit dem Schlaf kämpfend, ging Bim in das noch unfertige Haus, wühlte sich in einem Haufen Sägespäne ein, die nach Kiefer rochen, und fiel in tiefen Schlaf.

Tagsüber störte ihn keiner. Und so lag er da bis zum Abend. In der Dämmerung durchsuchte er das untere Stockwerk, fand auf einem Fensterbrett ein halbes Brot, das er zum größten Teil auffraß, den Rest trug er aus dem Haus und vergrub ihn in weicher Erde neben einem Graben. Dann machte er sich auf den Weg zu seiner Heimattür.

Das Viertel, in dem der Graue wohnte, mußte er meiden und mußte deshalb an Toliks Haus vorbei. Und so kam es, daß Bim auf einmal an der Pforte seines kleinen Freundes stand und einfach nicht an ihr vorbeigehen konnte, als sei sie ihm fremd. Er legte sich an eine hohe Mauer, halb eingerollt, den Kopf zur Seite gedreht. Nein, er würde nicht wieder an die Tür dieses Hauses gehen. Er würde sich an der Mauer nur ein wenig von Sehnsucht und Schmerz ausruhen und dann nach Hause gehen. Aber vielleicht... vielleicht würde Tolik herkommen...

Es war ein dunkler Abend. Ein Auto kam. Es tastete die Mauer ab und glotzte Bim mit zwei blendendhellen Augen an. Bim hob den Kopf, die Augen halb geschlossen. Das Auto brummte leise, dann öffnete es ein Türchen... Wegen des Rauches war es unmöglich, den Geruch des Menschen festzustellen, der auf Bim zukam, doch als dieser von den Augen des Autos beleuchtet wurde, setzte Bim sich auf – Semjon Petrowitsch kam auf ihn zu, überzeugte sich, daß dies in der Tat Bim war, und sagte: „Hat der sich doch wieder rausgefunden! So was!"

Ein zweiter Mann stieg aus dem Auto (der, der Bim vor dem Gewitter zu der Wölfin gefahren hatte), er sah sich den Hund an und sagte in gutmütigem Ton: „Ein kluger Hund. Der kommt nicht um."

Semjon Petrowitsch trat an Bim heran und schnallte seinen Gürtel ab. „Bimka... Du bist doch brav, Bimka... Hierher, hierher!"

O nein! Bim traute ihm nicht, und er würde nicht zu diesem Menschen gehen, auch wenn dieser nichts Böses im Schilde führte. Er lief davon, an der Mauer den beleuchteten Weg entlang. Semjon Petrowitsch hinter ihm her, der andere kam von der Seite. Bim glitt aus dem Licht ins Dunkle, er ließ sich in einen Graben hinabrollen, und hier ging er im Schritt weiter, nur noch mit äußerster Anstrengung die Beine bewegend. Aber er ging nicht in der Richtung weiter, in der er im Lichtschein gelaufen war, sondern in der entgegengesetzten.

Wieder war ihm im Augenblick höchster Bedrängnis ein uralter Trick eingefallen. Die Spur verwischen! Das tun Hasen, Füchse, Wölfe und andere wilde Tiere, es ist Trick Nummer eins, wenn man verfolgt wird. Füchse und Wölfe können auf ihrer Spur so geschickt zurücklaufen, daß nur ein erfahrener Jäger es merkt, aber auch erst, wenn er die Spuren sieht; Trick Nummer zwei ist eine Schleife (links halten, von rechts kommen) oder ein Sprung von der Rückspur zur Seite; Trick Nummer drei – Hinlegen, nach dem Spurenverwischen Aufsuchen eines gut getarnten Versteckes und Horchen (sind sie vorüber – liegenbleiben, kommen sie geradewegs auf einen zu – alles von vorn beginnen, Spuren verwischen). Diese drei Tricks sind erfahrenen Jägern bekannt, doch Semjon Petrowitsch war nie Jäger gewesen. Er rannte also mit einer Taschenlampe in die eine Richtung, Bim in die entgegengesetzte, im Schutze des rettenden Grabens.

Jetzt aber war der Graben zu Ende, Bim stand vor einer Holzwand, seitlich davon hing die Schaufel eines Baggers herab. Es gab für ihn keinen Weg aus der Falle, zum Hinaufklettern reichte seine Kraft nicht.

So saß Bim denn da, sah hinauf zu der Baggerschaufel, richtete sich, so gut es ging, auf den Hinterläufen auf, die Vorderpfoten gegen die Wand gestemmt, betrachtete den Erdwall und setzte sich wieder. Es sah aus, als überlege er, aber er horchte nur, ob er noch verfolgt werde. Dann richtete er sich genauso an der gegenüberliegenden Wand auf, an der kein Erdwall lag, und sah das Licht der Taschenlampe an einer Stelle hin und her schwanken, bald darauf verlosch es ganz. Er sah auch, wie das Auto losfuhr, zurück, und von der Seite auf ihn zu kam. Bim preßte sich in eine Ecke des Grabens, lauschte und zitterte. Ganz nah fuhr das Auto an ihm vorbei.

In der Nähe wurde es still. Etwas weiter entfernt hörte man Autos, eine Straßenbahn quietschte – vertraute, harmlose Geräusche.

Bim wollte, er mußte zu seiner Tür, unbedingt. Er versuchte es mit einem Satz, doch er fiel hin. Langsam ging er auf seiner Spur zurück,

vorsichtig, lauschend. An einer Stelle entdeckte er eine kleine Erdan-
häufung, er stellte sich darauf, erhob sich auf die Hinterläufe – und erreichte mit den Vorderpfoten den Erdwall. Nun begann er, die Erde
herunterzukratzen, unter sich, und je länger er arbeitete, um so höher
wurde der Erdhaufen. Schließlich konnte er sich mit der Brust an die
Grabenkante lehnen, aber keine Erde mehr erreichen. Er trat von seinem Hügel ein Stück zurück, riß, ungeachtet der Schmerzen, seinen
Körper ruckartig hoch, sprang und fiel am äußersten Grabenrand nieder, in die Vertiefung hinein, die er selbst gegraben hatte, als er die
Erde von oben herunterholte.

Wie hatte er die ungeheuren Schmerzen und seine Schwäche be-
zwingen können? Wie beißt sich beispielsweise der Wolf die Pfote ab,
mit der er in ein Fangeisen geraten ist? Man kann nur annehmen, daß
der Wolf dies aus instinktivem Freiheitsdrang tut, Bim aber übertraf
sich selbst aus unwiderstehlichem Drang zu der Tür, wo Güte und
Vertrauen waren.

Bim war der Falle entronnen und lag nun oben in der Mulde. Die
Nacht war kalt. Bim fror und machte sich auf den Weg.

Unterwegs fand er eine offene Haustür und ging hinein, er mußte
sich hinlegen, sei es auch nur für kurze Zeit, so schwach war er. Auf
der Straße durfte man sich nicht hinlegen, da wurde man überfahren
(er hatte öfter überfahrene Hunde gesehen). Außerdem war es auf dem
Asphalt zu kalt. Im Hausflur schmiegte er sich an einen warmen Heiz-
körper und schlief ein.

9

BIM erwachte, noch ehe der Morgen dämmerte. Er hatte keine Lust,
den warmen, gastfreundlichen Ort zu verlassen, an dem keiner seinen
Schlaf gestört hatte. Ihm schien, als habe er neue Kräfte gewonnen,
und so versuchte er aufzustehen, doch auf Anhieb gelang dies nicht.
Da setzte er sich. Das ging, auch wenn ihm dabei schwindelte – die
Wände neigten sich, das Treppengeländer zitterte, und die Stufen zogen sich wie eine Ziehharmonika zusammen und auseinander, es
schwankte die Lampe samt der Decke. Bim saß da und wartete, was
weiter mit ihm geschehen werde, und ließ den Kopf hängen.

Der Schwindelanfall hörte ebenso abrupt auf, wie er begonnen hatte. Auf dem Bauch kroch Bim die Treppen hinab.

Die Haustür war offen, ein Weilchen blieb er in der erfrischenden Kälte liegen, dann stand er auf und trollte sich vom Hof, torkelnd wie ein Betrunkener.

Er hätte es schwerlich bis nach Hause geschafft, wäre er nicht auf einen Müllabladeplatz gestoßen, auf dem ein kleines Hündchen herumwühlte. Bim ging zu ihm und setzte sich. Das Hündchen, struppig und schmutzig, beschnupperte ihn und wedelte mit dem Schwanz.

Woher kommst du? fragte die Zottige auf diese Weise.

Bim erkannte die Zottige gleich, einst hatte er sie auf einer Wiese kennengelernt, als sie an einer Schilfwurzel knabberte. Darum antwortete er zutraulich und bedrückt, allein mit den Augen: Mir geht's schlecht, liebe Freundin.

Das Hündchen lief zu der Müllgrube zurück, als wollte es den Besucher auffordern mitzukommen, dort wandte sich die Zottige zu Bim und wedelte mit dem Schwanz, was bedeutete: Hier gibt es was. Komm her. Was gab es dort wohl? Von allem ein Häppchen, ein Stück Brotrinde, ein Heringskopf – Bim wurde dennoch satt. Seine Kräfte kehrten allmählich zurück, und bald schon leckte er sich die Schnauze, dankte der Zottigen und ging weiter, schon viel sicherer.

Im fahlen Morgenlicht erreichte Bim schließlich sein Haus... Da war es! Dort auch das Fenster, aus dem er und Iwan Iwanytsch immer dem Sonnenaufgang zugesehen hatten. Ob er nicht auch jetzt gleich ans Fenster käme? Bim setzte sich auf die gegenüberliegende Straßenseite und sah hinüber, unentwegt, voll Freude und Hoffnung. Nun ging er hinüber auf die andere Straßenseite, nicht eilig zwar, doch schon mit erhobenem Kopf.

Doch plötzlich gewahrte er etwas Schreckliches. Aus einem Hausbogen trat *die Frau* heraus! Bim setzte sich, die Augen vor Grauen weit aufgerissen und am ganzen Körper zitternd. Die Frau warf einen Ziegelstein nach ihm. Schleunigst wich Bim auf den anderen Fußweg zurück. Zu so früher Stunde waren die Straßen noch menschenleer. Die Frau und Bim sahen einander an. Sie war offensichtlich entschlossen, da stehenzubleiben und Bim nicht vorbeizulassen, breitbeinig stand sie da, die Fäuste in die Seiten gestemmt. Bim duckte sich ein wenig und hob die Oberlippe, die Vorderzähne zeigend. Unverwandt sahen sie einander an. Bim konnte nicht an ihr vorbei. Er hätte fortgehen müssen, doch er hatte nicht die Kraft, von dem Haus, das seine Heimat war, fortzugehen. Er beschloß, mit gefletschten Zähnen so lange zu warten, bis sein Feind wich.

Da aber tauchte aus dem kalten, grauen Nebel ein Lastauto auf und blieb zwischen der Frau und Bim stehen. Das Auto hatte hinten einen großen dunkelgrauen, fensterlosen Blechkasten. Zwei Männer stiegen aus und kamen auf die Frau zu. Bim beobachtete sie aufmerksam, ohne sich von der Stelle zu rühren. „Wem gehört der Hund?" fragte der eine, der einen Schnurrbart hatte, und wies auf Bim. „Mir", sagte die Frau von oben herab und ohne zu zögern.

„Und warum holst du ihn nicht rein?" fragte der andere, ein junger Mann.

„Kannst's ja mal versuchen. Du siehst doch, daß er ein Stück Schnur am Hals hat, die hat er durchgenagt. Und beißen tut er jeden. Das Vieh hat die Tollwut, soviel ist klar."

„Lock ihn an", sagte der Schnurrbärtige. „Wir nehmen ihn mit."

Der Bartlose holte aus dem Auto ein Kleinkalibergewehr, und der Schnurrbärtige entnahm einem Halter an der Seite des Kastenaufsatzes eine lange Stange mit einem Ring und einem Netz an der Spitze. Als erster kam der mit dem Gewehr, ihm folgte der mit dem Netz. Bim sah eine Flinte. Er wedelte mit dem Schwanz und sagte auf diese Weise: Eine Flinte! Eine Flinte! Die kenne ich!

„Der freut sich auch noch", sagte der junge Mann. „Der hat doch nie im Leben die Tollwut. Geh vor."

Der Schnurrbärtige kam näher. Bim merkte, daß er nach Hund roch. Natürlich, ihr seid gute Menschen! sagte sein ganzes Gebaren.

Doch plötzlich winselte im Innern des Kastens ein Hund, wehmütig und verzweifelt. Da durchschaute Bim das Manöver. Schwindel! Sogar die Flinte war Schwindel. Alles Schwindel! Er wollte ausweichen, zu spät. Schon war das Netz mit dem Ring über ihm. Bim sprang in die Höhe, gegen das Netz, das er selber über sich zog …

Er biß in die Schnüre, knirschte mit den Zähnen, knurrte und raste wie in einem Anfall von Tobsucht. Auf diese Weise hatte er schnell seine letzten Kräfte verausgabt und verstummte bald. Die Hundefänger steckten das Fangnetz zur Tür des Kastenaufsatzes hinein und ließen Bim auf den Boden fallen. Die Tür schlug zu.

Der Schnurrbärtige wandte sich an die Frau, die ganz unvermittelt guter Laune geworden war. „Was gibt's denn da zu feixen? Wenn du von Hundehaltung keine Ahnung hast, laß die Finger davon, und quäle so ein Tier nicht. Dieses Froschmaul ist dick und fett, der Hund aber nur Haut und Knochen. Der sieht ja zum Fürchten aus, gar nicht mehr wie ein Hund." (Er war ein guter Beobachter; die herabgezogenen

Winkel des wulstigen Mundes, die flache Nase und die Glotzaugen der
Frau erinnerten wahrhaftig an ein „Froschmaul".)

„Mich zu beleidigen, eine sowjetische Frau, du stinkender Hundefänger!" Und sie zog vom Leder, unbekümmert in ihrer Wortwahl
wie immer. Worte, die man nicht zu Papier bringen kann, kamen aus
ihrem Mund in breitem Strom.

„Hör schon auf, alte Schlampe!" rief der junge Mann ihr zu. „Sonst
fang ich dich auch noch ein, und dann kommst du mit in den Kasten.
Da gehören solche wie du nämlich hin, wenigstens jedes Jahr einmal
eine Woche."

Groß und gelb ging die Sonne an diesem Morgen auf, unfroh und
kalt. Sie verscheuchte den Morgennebel so widerwillig und müde, daß
der gräuliche Dunst an manchen Stellen über der Stadt hängenblieb
wie ein durchsichtiges, zerrissenes Tuch.

Der dunkelgraue Lastwagen mit dem Blechkastenaufsatz fuhr aus
der Stadt hinaus und bog in den Hof eines einzelnstehenden Gebäudes
ein, das ein hoher Zaun umgab. Am Tor ein Schild „Unbefugten ist
der Zutritt verboten – Seuchengefahr". Es war eine Quarantäneanstalt, wo tollwütige Hunde untersucht und verbrannt wurden, hierher
brachte man auch eingefangene herrenlose Hunde als mögliche Seu-
chenverbreiter.

Die zwei Männer, die Bim eingefangen hatten, waren hier als Hilfs-
arbeiter beschäftigt. Keine schlechten Menschen. Ständig waren sie
der Gefahr ausgesetzt, sich mit einer Krankheit zu infizieren oder von
einem tollwütigen Hund gebissen zu werden. Von Zeit zu Zeit säuber-
ten sie die Stadt von streunenden Hunden oder nahmen einen Hund
auf persönlichen Antrag des Besitzers mit. Diese Aufgabe war für sie
unangenehm und schwer, obwohl sie für jeden eingefangenen Hund
zuzüglich zum Grundlohn eine Prämie erhielten.

Bim hörte nicht, wie der Lastwagen auf den Hof fuhr, wie die beiden
aus der Fahrerkabine stiegen und fortgingen, er war bewußtlos.

Zwei, drei Stunden später kam Bim zu sich. Neben ihm saß die Zottige. Offenbar war sie auf ihren Streifzügen geschnappt worden, vielleicht war sie auch nicht zum erstenmal hier. Sie leckte Bim Nase und
Ohren...

Ein sonderbares Geschöpf – der Hund! Da liegt ein Hundejunges im
Sterben, doch die Mutter leckt ihm das Näschen, die Ohren, leckt es
ohne Ende, immer wieder, massiert ihm den Bauch. Manchmal
kommt es vor, daß das Junge dadurch am Leben bleibt. Überhaupt

gehört Massage bei Hunden zur Pflege der Jungen. Auch die Zottige leckte Bim aus einer Eingebung der Natur.

Durch einen Türspalt fiel ein dünner Sonnenstrahl auf Bim. Er hob ein wenig den Kopf. Sie waren zu zweit in dem eisernen Gefängnis, er und die Zottige. Den Schmerz in der Brust bezwingend, versuchte Bim, die Lage seines Körpers zu ändern. Beim zweiten Versuch gelang es ihm, alle vier Beine unter sich zu legen, so daß er nicht mehr mit der Körperseite auf dem kalten Eisen lag. Auch die Zottige fror, zusammengerollt kuschelte sie sich ganz dicht an ihn. So hatte es jeder ein wenig wärmer. Zwei Hunde in einem eisernen Gefängnis warteten auf ihr Los.

Bim sah unablässig die Tür an, den dünnen Sonnenstrahl, den einzigen Boten aus dem Hellen. Da ertönte in der Nähe ein Schuß. Bim zuckte zusammen. Oh, wie war ihm dieser Klang vertraut! Er erinnerte ihn an Iwan Iwanytsch, das war Jagd, das war Wald, das war Freiheit, das war auch ein Ruf, wenn sich der Hund verlaufen oder von einer Vogel- oder Hasenfährte allzuweit hatte fortlocken lassen. Bim stand auf und ging taumelnd zur Tür, preßte die Nase an den Spalt und sog die Luft der Freiheit ein. Und er begann, in dem Eisenkasten langsam hin und her zu laufen, von Ecke zu Ecke, wie ein Pendel. Dann zurück zur Tür, wieder schnupperte er an dem Spalt und merkte an den Geräuschen, daß auf dem Hof etwas Beunruhigendes geschah. Bim begann, an der Tür zu kratzen. Diese Tür war ganz anders als diejenigen, die Bim kannte, sie war mit Blech beschlagen und hatte an manchen Stellen scharfe, rissige Flecke. Aber es war eine Tür, jetzt die einzige, durch die er um Hilfe und Mitgefühl rufen konnte.

Die Nacht brach an. Kalt, frostig. Die Zottige heulte. Bim aber kratzte. Er nagte an Blechkanten und kratzte wieder, schon im Liegen. Er rief. Er bat. Gegen Morgen wurde es still im Auto mit dem Kastenaufsatz. Die Zottige heulte nicht mehr, auch Bim war verstummt, nur ab und zu noch kratzte er mit der Pfote über das Blech. Waren seine Kräfte vollends geschwunden, oder hatte er sich seinem Schicksal ergeben, die Hoffnung verloren?

AN EINEM Sonntag kam Chrissan Andrejewitsch mit Aljoscha in die Stadt. Sie hatten ausgemacht, daß Aljoscha sich nach Bim umsehen sollte, während der Vater auf dem Markt seine Ware verkaufte. Chrissan Andrejewitsch hatte seinen Sohn auch früher schon mitgenommen. Aljoscha bekam dann immer drei Rubel und durfte sich dafür kaufen, was er wollte, und überall hinfahren, auch in ein Kino oder in den Zirkus. Diesmal steckte Chrissan Andrejewitsch Aljoscha fünfzehn Rubel zu und sagte: „Wenn du zufällig auf Schwarzohr stoßen solltest, und man will ihn dir nicht geben, biete zehn Rubel. Kriegst du ihn dafür nicht, gib zwölf. Wenn dann immer noch nicht, rück alle fünfzehn raus. Und wenn sie ihn dir dann auch nicht geben wollen, schreib dir die Adresse auf, und komm zu mir, dann fahre ich selbst hin. Komm nicht allzu spät, und sei gegen vier am Bus. Und wenn du nach Schwarzohr fragst, tu das in einem anständigen Ton, aber laß dich nicht einschüchtern."

Durch die Stadt ging mit gewichtigem Gebaren ein Junge, sprach immer wieder Passanten an, die seiner Meinung nach Vertrauen erweckten. „Dürfte ich Sie etwas fragen? Wir sind nämlich Hirten, und ohne Hund kommen wir nicht aus..." Ein Dicker riet ihm, zum Bahnhof zu gehen (dort komme an einem Tag die ganze Jugend durch, da werde schon einer Bescheid wissen). Von den Jungen, die Aljoscha traf, ließ er nicht einen aus.

Zur gleichen Zeit machte sich auch Tolik auf die Suche nach Bim. Er suchte ihn schon drei Tage lang, aber immer erst nach der Schule, heute am Sonntag hingegen wollte er gleich am Morgen beginnen.

Ein adrett gekleideter Junge aus einer achtbaren Familie ging durch die Stadt, im Gehen sah er sich die Gesichter an, und die Leute seiner Wahl fragte er: „Sagen Sie bitte, haben Sie nicht einen Hund mit einem schwarzen Ohr gesehen?... Er ist weiß mit matt gelblichroten Flekken... Nein, Sie haben ihn nicht gesehen? Schade. Entschuldigen Sie."

Tolik war auch schon einmal bei der Stepanowna gewesen, obwohl die Eltern es ihm verboten hatten, er hatte Ljusja die Buntstifte gebracht und ein Malheft, er hatte ihnen erzählt, daß Bim bei ihm gewesen war, eine Nacht lang, dann aber sei er verschwunden; von der Stepanowna hatte er auch erfahren, daß von Iwan Iwanytsch ein Brief gekommen war; er werde bald kommen. Heute abend würde Tolik auf jeden Fall noch einmal hingehen, um zu fragen, ob sie nicht etwas Neues von Bim wüßten, außerdem hatte Ljusja ihm ein selbstgemaltes Bild versprochen – „Unser Bim".

Auf einer Straße in der Nähe des Bahnhofs trat ein Junge von etwa dreizehn Jahren an ihn heran, sonnengebräunt, stämmig, mit einem neuen, nach Erwachsenenart geschneiderten Anzug, und sagte: „Darf ich dich was fragen?"

Tolik gefiel es, daß der andere ihn wie einen Erwachsenen anredete, und sagte freundlich: „Ja, und was willst du wissen?"

„Wir sind Hirten. Und unser Hund ist weggelaufen, in die Stadt. Hast du ihn vielleicht gesehen? Er ist weiß und hat matte gelbliche Flecken, und ein Ohr ist schwarz. Und ein Fuß…"

„Und wie heißt er?" fiel Tolik ihm ins Wort.

„Schwarzohr", sagte Aljoscha.

„Das ist Bim", sagte Tolik. „Das ist er."

Schnell hatten sich die Jungen verständigt. Tolik erfuhr, wann und wo Bim gekauft wurde, wann er aus dem Dorf fortgelaufen war, und Aljoscha erfuhr, daß es Schwarzohr gewesen war, der sich bei Tolik eingefunden hatte, er und kein anderer. Alles paßte zusammen, Bim war irgendwo in der Stadt. Sie dachten nicht einmal darüber nach, wem Bim gehören sollte, wenn sie ihn fänden. Die Hauptsache war, ihn zu finden.

„Zuerst gehn wir mal zum Bahnhof", schlug Aljoscha vor. „Das hat mir einer geraten."

„Stimmt, da sind 'ne Masse Menschen, jemand dort könnte Bim gesehen haben", pflichtete Tolik ihm bei.

Wie naiv ein solches Suchen war, lag auf der Hand, nicht aber für Aljoscha und Tolik. Sie fühlten sich ganz einfach als Gefährten, vereint durch einen gemeinsamen Wunsch, durch die gemeinsame Liebe zu Bim.

„Und danach gehen wir zu deiner Stepanowna", beschloß Aljoscha, als sie schon unterwegs waren. „Er muß dorthin. Dort ist er zu Hause."

„Gut, wir gehn hin", sagte Tolik. Ihm gefiel Aljoscha mit seiner gesetzten Redeweise, seiner Treuherzigkeit und Einfachheit. Die beiden hatten schon mindestens hundert Menschen gefragt und suchten immer weiter solche aus, bei denen eine Frage angebracht zu sein schien.

An diesem Morgen stieg aus einem Schnellzug ein weißhaariger Mann mit einem braunen Mantel und mischte sich in das Gewimmel und Gedränge des Bahnhofs. Er sah in die Runde, über die Köpfe der Menschen hinweg, und ging, auf einen Stock gestützt, dem Ausgang zu. Als er aus dem Bahnhofsgebäude trat, blieb er stehen und sah wieder in die Runde. So schaut ein Mensch, der nach langer Trennung in seine Heimat zurückkommt, er hält Ausschau, ob noch alles an Ort und Stelle steht und sich nicht etwas verändert hat.

In diesem Augenblick traten zwei fremde Jungen auf ihn zu. Der eine, der eindeutig vom Lande war, fragte: „Dürfte ich Sie etwas fragen?"

Ein Lächeln unterdrückend, sagte der Weißhaarige: „Natürlich, bitte sehr." Der andere, auf den ersten Blick ein Stadtkind, fuhr mit der Frage fort: „Sagen Sie bitte, haben Sie nicht einen Hund mit einem schwarzen Ohr gesehen, weiß mit gelb..."

Der Weißhaarige faßte den Jungen an der Schulter und rief in unverkennbarer Erregung: „Bim!"

„Ja, Bim. Haben Sie ihn gesehn? Wo?"

Alle drei setzten sich auf eine Bank des Bahnhofsvorplatzes. Und alle drei vertrauten einander, obwohl die Jungen diesen alten Mann überhaupt nicht kannten und nicht wußten, daß das Iwan Iwanytsch, Bims Herr, war, ja sie hätten es auf Anhieb auch nicht vermutet, aber er sagte es ihnen selbst.

Wahrscheinlich hätten auch seine Bekannten ihn nicht gleich erkannt. Seine Haltung war nicht mehr so gerade wie einst, sein Gesicht war hagerer geworden und hatte mehr Falten bekommen, nur die Augen waren die gleichen geblieben, munter und scharf, geradezu ins Innere des Menschen eindringend. Nur an diesen dunkelbraunen Augen konnte man erkennen, daß ihr Besitzer einst brünett gewesen sein mußte. Jetzt freilich war sein Haar schlohweiß.

Tolik erzählte alles, was er von Bim wußte, auch daß er lahmte und krank war. Aljoscha berichtete kurz und sachlich, wie es Schwarzohr bei ihnen im Dorf ergangen war. Iwan Iwanytsch gefiel den beiden Jungen, denn er sprach mit ihnen wie mit Erwachsenen und hörte sie an, ohne sie zu unterbrechen.

Zum Schluß sagte er: „Ihr seid tüchtige Jungs. Laßt uns Freunde sein... Und jetzt kommt mit mir. Wahrscheinlich ist Bim schon zu Hause."

Unterwegs stellte er den Jungen allerlei vorsichtige Fragen und erfuhr so ohne Mühe, wer sie waren, woher sie stammten, wer was tat und woran sie Freude hatten.

„Du hütest also Schafe, Aljoscha, das ist schön. Und in die Schule gehst du auch! Ist Schafehüten nicht schwer?"

„Verstehn muß man's schon, damit das Schaf richtiges Futter kriegt", sagte Aljoscha wie sein Vater. „Wenn man die Herde in Frontlinie haben will, damit sie das Futter nicht zertrampelt, kann man ganz schön rumwetzen. Und aufstehen muß man auch ganz zeitig. Arbeit ist immer. Wenn man einen Hund hat, geht es, der hilft einem

besser als ein Mensch, der keine Ahnung hat. Ohne Hund kommen
wir überhaupt nicht aus."

„Und du, Tolik, was machst du?" fragte Iwan Iwanytsch.

„Ich?" fragte Tolik verwundert. „Ich geh in die Schule."

„Habt ihr auch Vieh zu Hause?" wollte Aljoscha von Tolik wissen.

„Nein", erwiderte der. „Ich hatte mal ein Meerschweinchen, doch
meine Mutter hat mir's verboten... Sie riechen zu sehr."

„Du mußt mal zu uns kommen, dann zeig ich dir unsre Milka, das
ist unsere Kuh, der kannst du unter den Bauch kriechen, die bewegt
dabei kein Bein. Und die Mütze leckt sie einem und die Hände. Und
einen Hahn haben wir, das ist der beste vom ganzen Dorf, der kräht
früh zuallererst. Nur einen Hund haben wir nicht. Wir hatten einen,
doch der ist gestorben. Dann hatten wir Schwarzohr, und der ist weggelaufen." Aljoscha seufzte.

Iwan Iwanytsch klingelte bei der Stepanowna. Sie öffnete zusammen mit Ljusja und fing an zu jammern. „Ach, Iwan Iwanytsch! Was
soll ich Ihnen jetzt sagen? Bim ist weg. Vor drei Tagen war er noch bei
Tolik, aber nach Hause ist er nicht gekommen."

„So, er ist nicht nach Hause gekommen", sagte Iwan Iwanytsch
nachdenklich. Den Jungen Mut machend, setzte er hinzu: „Wir werden ihn schon finden, ganz bestimmt."

Die Stepanowna gab ihm die Wohnungsschlüssel, und alle fünf traten in Iwan Iwanytschs Wohnung ein. Im Zimmer war alles genauso,
wie er es verlassen hatte, die Bücherwand, über die Aljoscha jetzt
staunte, der Schreibtisch, und er war sogar aufgeräumter als vorher
(das Werk der Stepanowna), aber leer war es, leer – Bim fehlte. Auf
seinem Platz ein unbeschriebenes Blatt Briefpapier, der Brief von Iwan
Iwanytsch, die Stepanowna hatte ihn aufgehoben. Iwan Iwanytsch
stand am Fenster, den Gästen den Rücken zugekehrt, den Kopf gesenkt. Der Stepanowna schien, er habe leise gestöhnt.

„Sie sollten sich ein Weilchen hinlegen, Iwan Iwanytsch, nach der
Reise", riet sie.

Er legte sich aufs Bett und starrte zur Decke empor, erst herrschte
allgemeines Schweigen, dann versuchte die Stepanowna, ihn abzulen-
ken. „Also haben Sie die Operation gut überstanden. Nun wird alles
wieder gut werden."

„Es ist alles in Ordnung, liebe Stepanowna. Haben Sie vielen Dank
für alles, was Sie getan haben. Gott gebe, daß Verwandte so zueinan-
der sind wie Sie zu Fremden."

„Ach, was reden Sie da für dummes Zeug. Als ob es was Besonderes wäre, einem Nachbarn zu helfen." (Der Stepanowna war es immer peinlich, wenn sie gelobt wurde.)

Nach ein paar Minuten stand Iwan Iwanytsch wieder auf, sah die Kinder an und sagte: „Ich hab einen Plan, Kinder. Ihr sucht hier in unserer Gegend weiter, fragt die Leute. Bim muß in der Nähe sein. Und ich…" Er überlegte kurz. „Ich fahre zu einer Stelle… vielleicht hat er sich irgendwo Wachhunden angeschlossen."

Beim Aufbruch gab Ljusja Tolik eine Zeichnung – „Unser Bim". Tolik zeigte sie Aljoscha, und der war verblüfft.

„Hast du das selbst gemalt?"

„Ja", sagte Ljusja.

„Du bist wohl Malerin?"

„Ach wo!" sagte Ljusja lachend. „Ich geh ja erst in die fünfte Klasse."

Auf dem Bild war Bim gut getroffen – ein schwarzes Ohr, ein schwarzes Bein, gelbrote Tüpfelchen auf weißem Fell und große Augen, nur ein Ohr war wohl etwas zu groß geraten, doch das fiel nicht ins Gewicht.

Und so machten sich Aljoscha und Tolik erneut auf die Suche. Iwan Iwanytsch aber hatte, noch als er auf dem Bett lag, beschlossen, schleunigst zur Quarantäneanstalt zu fahren, den Hundefängern Bescheid zu sagen und ihnen Geld zu geben, damit sie ihn unterrichteten, wenn sie Bim sähen. Vielleicht war er schon dort. Von Tolik war er weggelaufen in der Nacht zum Donnerstag… drei Tage. Schnell, schnell!

Er nahm ein Taxi und war bald am Tor der Quarantäneanstalt. Außer dem Pförtner war kein Mensch da (es war Sonntag). Doch auf Iwan Iwanytschs Fragen antwortete er bereitwillig.

„Donnerstag und Freitag haben sie keine Hunde gefangen, doch von gestern sind welche da, dort im Auto. Wie viele es sind, weiß ich nicht. Morgen kommt der Arzt und legt fest, welche für wissenschaftliche Zwecke verwendet werden können und welche eine Spritze kriegen, manche werden auch gleich vergraben. Manchmal verbrennen sie die Hunde auch."

„Werden auch Jagdhunde hierhergebracht?" fragte Iwan Iwanytsch.

„Selten. Und wenn, dann kommen sie nicht weg, auch nicht für wissenschaftliche Zwecke, sondern da wird erst mal gewartet, ob sich der Besitzer meldet, oder sie rufen bei der Jagdgesellschaft an. Übrigens ist da einer, so ein Jagdhund, Iwan sagt, ein weißer, räudiger, die Frau, der er gehört, hat ihn selbst weggegeben."

Ob er das ist? dachte Iwan Iwanytsch und verlegte sich aufs Bitten. „Bitte, lassen Sie mich zu dem Wagen. Ich suche meinen Hund, und das ist ein so wunderbares Tier. Vielleicht steckt er dort drin. Lassen Sie mich hin."

Der Pförtner war unerbittlich. „Wunderbare Hunde werden überhaupt nicht eingefangen. Eingefangen werden kranke, damit sie keine ansteckenden Krankheiten verbreiten", erklärte er kategorisch und überzeugt. Er machte eine abwehrende Handbewegung, als wolle er den Bittsteller vom Tor verscheuchen, dieser stand auf der anderen Seite, niedergeschmettert und außerstande, etwas zu unternehmen. Der Pförtner konnte der Versuchung nicht widerstehen, sich an seiner Macht zu weiden, und sagte darum streng: „Sieh mal, was hier steht: ,Unbefugten ist der Zutritt verboten – Seuchengefahr'." Er deutete auf ein eingeglastes Schild.

Iwan Iwanytschs Hoffnung, in den Hof zu gelangen, sank, dennoch sagte er: „Ich hab gerade eine Operation hinter mir. Vom Krieg her hatte ich hier einen Splitter. Nun bin ich wieder da, und Bim ist weg."

„Was? Mehr als zwanzig Jahre hast du einen Splitter mit dir rumgetragen?" Der Pförtner wurde plötzlich wieder er selbst. „Sieh einer an! Also bist du…" Er sprach den Satz nicht zu Ende und sagte versöhnlich, wobei er den Türriegel zurückschob: „Also komm schon rein. Aber sag bloß keinem was davon."

Iwan Iwanytsch ließ das Taxi fahren, in der Hoffnung, daß er Bim an der Leine fortführen werde, und ging zu dem Lastwagen. Seine Hoffnung war tatsächlich groß, daß er Bim gleich zu Gesicht bekommen würde. „Bim, mein lieber Bim…, Junge…, Dummchen, Kleiner…", flüsterte er, während er den Hof überquerte.

Und dann öffnete der Pförtner die Tür des Autos. Iwan Iwanytsch fuhr zurück und erstarrte.

Da lag Bim, die Nase an der Tür. Lippen und Zahnfleisch von den schartigen Blechrändern zerfetzt. Die Krallen der Vorderpfoten voll Blut.

Lange, lange hatte er an der letzten Tür gekratzt. Bis zu seinem letzten Atemzug. Um wie wenig hatte er gebeten! Um Freiheit und Vertrauen, um weiter nichts.

Die Zottige, in eine Ecke geschmiegt, heulte auf. Iwan Iwanytsch legte die Hand auf Bims Kopf. Es schneite fein. Zwei Schneeflocken fielen auf Bims Schnauze – und tauten nicht.

Unterdessen gingen Aljoscha und Tolik durch die Stadt. Sie fragten und fragten und gelangten auch zu jener Tierarztpraxis, wohin Bim einst von Tolik gebracht worden war. Dort erfuhren sie vom Diensthabenden, wenn ein Hund abhanden gekommen sei, suche man ihn am besten in der Quarantäneanstalt. Es dauerte nicht länger als eine Stunde, bis die beiden Jungen von der Bushaltestelle über ein Brachgelände zur Quarantäneanstalt eilten.

Aus dem Tor kam ihnen Iwan Iwanytsch entgegen. Als er die Kinder gewahrte, beschleunigte er seinen Schritt und fragte, als sie vor ihm standen: „Wie kommt ihr denn hierher?"

„Man hat uns hergeschickt", sagte Aljoscha.

„Ist Bim nicht hier?" fragte Tolik.

„..."

„War er nicht hier?" fragte Aljoscha noch einmal.

„Nein, Jungs... Hier ist Bim nicht, und er war auch nicht hier." Iwan Iwanytsch wollte sich nicht anmerken lassen, wie schwer es auf seiner Seele lag und wie sein Herz schmerzte.

Tolik runzelte die Stirn und sagte: „Iwan Iwanytsch, sagen Sie uns die Wahrheit, bitte!"

„Bim ist nicht hier, Jungs", wiederholte Iwan Iwanytsch schon sicherer. „Wir müssen ihn suchen."

Leise rieselte feiner Schnee. Weißer Schnee, der die Erde bedeckte bis zum nächsten, sich alljährlich wiederholenden Beginn des Lebens, bis zum Frühling.

Ein Mann mit Haar so weiß wie der Schnee ging über weißes Ödland. An seiner Seite, Hand in Hand, zwei Jungen, sie suchten ihren gemeinsamen Freund. Sie hatten noch Hoffnung.

Es gibt Lügen, die so heilig sind wie die Wahrheit. So sagt ein Sterbender zu seinen Lieben: „Ich fühle mich ganz wohl." So singt eine Mutter ihrem todkranken Kind ein Liedchen vor und lächelt dabei.

Und das Leben geht weiter. Es geht weiter, weil es die Hoffnung gibt, ohne die Verzweiflung das Leben töten würde.

Den ganzen Tag noch suchten die Jungen Bim. Und am Abend, schon in der Dämmerung, fuhren Tolik und Aljoscha mit der Straßenbahn zu „unserer" Bushaltestelle.

„Das ist mein Papanja, mein Vater", sagte Aljoscha und stellte Tolik seinem Vater vor.

Chrissan Andrejewitsch gab Tolik die Hand. „Aha, du hast also einen Freund gefunden. Na, willst du Aljoscha mal besuchen? Wir laden dich ein."

Für Tolik antwortete Aljoscha: „Er kommt später mal. Und ich fahre zu... Iwan Iwanytsch. Erst wollen wir noch suchen."

„Na, schön. Zu Hause erzählst du dann alles der Reihe nach, jetzt aber... da kommt unser Bus."

Ehe sie einstiegen, gab Aljoscha Papanja die fünfzehn Rubel zurück. „Hier ist das Geld. Ich hab's nicht gebraucht."

„Ich verstehe", sagte der Vater niedergeschlagen.

Tolik winkte, als der Bus abfuhr. Er war traurig und froh zugleich, traurig über den Abschied von seinem neuen Freund, froh, daß es ihn gab. Jetzt würde er sich immer auf ein Wiedersehen mit Aljoscha freuen können. Bim hatte auf Erden eine deutliche Spur hinterlassen.

Zu Hause sagte Tolik zu seinem Vater, und es klang bestimmt: „Bim muß irgendwo in der Stadt sein. Wir finden ihn, darauf kannst du dich verlassen."

„Was heißt – wir?"

„Aljoscha, Iwan Iwanytsch und ich."

„Wer ist Aljoscha? Wer ist Iwan Iwanytsch?" fragte die Mutter.

„Aljoscha ist ein Junge vom Land, und sein Vater ist Onkel Chrissan, und Iwan Iwanytsch ist... er ist Bims Herr."

„Was willst du denn noch mit Bim, wenn sein Herr wieder da ist?" fragte der Vater.

Tolik wußte keine Antwort. „Weiß nicht", sagte er leise.

Spät am Abend, als Tolik schlief, sagte der Vater zur Mutter: „Ich will versuchen, Bim zu finden. Sein Herr ist ja wieder da, also wird Tolik den Hund nicht wieder anschleppen, und wenn wir ihn ausfindig machen, steigt unsere Autorität in Toliks Augen."

Am Morgen des nächsten Tages nahm Iwan Iwanytsch die Flinte und fuhr zur Quarantäneanstalt. Dort traf er auf die zwei Hundefänger und erfuhr von ihnen zu seinem Schmerz, daß sie Bim zu Hause eingefangen hatten. Beide waren empört über die Frau und belegten sie mit den saftigsten Worten. Es war ein schwerer Schlag für Iwan Iwanytsch, daß Bim ein Opfer von Verrat und Verleumdung geworden war. Er gab nicht den beiden Arbeitern die Schuld, sie hatten ihre Pflicht getan, dennoch fühlte der junge Mann sich schuldig, zumindest, weil er der Frau geglaubt hatte.

Iwan Iwanytsch bat sie, Bim in den Wald zu fahren, und versprach ihnen dafür fünf Rubel. Gern willigten sie ein. Sie stiegen alle drei in die Fahrerkabine des Autos und fuhren los.

Auf der Waldwiese, wo Iwan Iwanytsch sich vor jedem Jagdausflug auf den Baumstumpf gesetzt und dem Wald gelauscht hatte, wo Bim in sehnsüchtiger Erwartung die Schnauze ins Laub gesteckt hatte, auf dieser Waldwiese, ein paar Meter vom Baumstumpf entfernt, begruben sie Bim unter lockeren gelben Blättern, die mit Schnee vermischt waren.

Iwan Iwanytsch nahm die Flinte aus dem Futteral, legte Patronen ein und gab nach kurzem Besinnen einen Schuß in die Höhe ab.

Dumpf und traurig, herbstlich, hallte der Schuß im Wald wider und brach in der Ferne ab wie ein kurzes Stöhnen. Und noch einmal schoß Bims Herr. Und wieder wartete er, bis der Wald gestöhnt hatte.

Verständnislos sahen ihn seine beiden Begleiter an. Er aber legte noch zwei Patronen ein und schoß noch zweimal. Dann steckte er die Flinte ins Futteral und ging zu dem Baumstumpf.

Der Ältere fragte: „Was hatten denn die vier Schüsse zu bedeuten?“

„Das ist so Brauch“, versetzte Iwan Iwanytsch. „Man schießt sovielmal, wie der Hund Jahre alt war. Bim war vier Jahre alt. Jeder Jäger nimmt dabei die Mütze ab und verharrt eine Weile in Schweigen.“

„Donnerwetter“, sagte der junge Mann staunend. „Wie bei einem richtigen Unglücksfall…“

Iwan Iwanytsch setzte sich auf seinen Baumstumpf. Der Wald rauschte eintönig. Und plötzlich verspürte Iwan Iwanytsch in seinem Innern, in jener Leere, die nach dem Verlust seines letzten Freundes geblieben war, Wärme. Er wußte nicht gleich, was es bedeutete. Das waren die beiden Jungen, und zugeführt hatte sie ihm Bim. Sie würden wiederkommen, und nicht nur einmal.

Auf der Rückfahrt stoppte der junge Mann plötzlich, als nicht weit von der Chaussee ein kleines Dorf zu sehen war, er öffnete die Tür des Kastenaufsatzes und ließ die Zottige heraus. „Lauf“, rief er, „sieh zu, daß du ins Dorf kommst, dort bist du sicher.“

„Was soll denn das? Was machst du denn? Die wissen doch, daß wir hier zwei Hunde drin hatten!“ rief der Ältere aus der Kabine.

„Der eine ist gestorben, der andere weggelaufen, fertig ist der Lack.“

Die Zottige lief ein Stück von der Chaussee fort, setzte sich und sah verdutzt dem Auto nach, dann schaute sie in die Runde und lief los, ins Dorf, zu Menschen.

Schon im Wald hatte Iwan Iwanytsch erfahren, daß der junge Mann
Iwan hieß, der ältere ebenso. Alle drei hießen sie Iwan, ein sonderbarer
Zufall. Das brachte sie noch näher zusammen, und sie schieden als gute
Bekannte. Dabei hatten sie nur ein gemeinsames Erlebnis, sie hatten zu
dritt einen Hund begraben, der das Gefängnis nicht ertragen hatte. Als
Iwan Iwanytsch ausstieg und dem jungen Iwan die versprochenen fünf
Rubel geben wollte, schob dieser dessen Hand beiseite und sagte: „Ich
will es nicht, fertig." Offenbar fühlte er sich mitschuldig an Bims Tod.
Der ältere Iwan hatte keine Skrupel, dankbar nahm er den Fünfrubel-
schein und steckte ihn in die Hosentasche. Er hatte schließlich nichts
anderes getan als seine Pflicht.

Am gleichen Tag leitete Semjon Petrowitsch die Suche nach Bim
ein. In der Zeitung erschien eine Annonce: „Hund entlaufen, Setter,
weiß mit schwarzem Ohr, hört auf den Namen Bim, außerordentlich
intelligent. Es wird gebeten, den Aufenthaltsort des Hundes gegen
gute Belohnung an... zu melden."

Man fand von Bim keine Spur, weder während des Winters noch
danach. Die beiden Iwans waren von Iwan Iwanytsch instruiert worden, keinen Mucks zu sagen. Und außer ihnen wußte kein Mensch,
daß Bim im Wald lag, in frisch gefrorener, mit Pulverschnee bedeckter
Erde, und daß ihn niemand mehr zu Gesicht bekommen würde.

Und wieder kam der Frühling. Die Sonne jagte den Winter davon.
Aufgeweicht, auf halbgetauten, schwachen Beinen, eilte er von dan-
nen, und ihm auf den Fersen folgten warme Tage, sie zerrissen den Alten zu schmutzigen Fetzen. Der Frühling hat nie mit dem sterbenden
Winter Erbarmen.

„Frühling und Ernte werden wohl dieses Jahr zusammenfallen",
hatte Chrissan Andrejewitsch vor ein paar Tagen gesagt, als er mit Aljoscha bei Iwan Iwanytsch übernachtete.

Bald würden sie die Schafe auf die Weide treiben, doch Aljoscha
würde die Herde jetzt nur morgens mit dem Vater hinausbringen und
abends am Dorfeingang auf sie warten. Aljoscha kam auch einige Male
allein. An diesen Tagen waren er und Tolik unzertrennlich, und wieder suchten sie Bim. Doch einmal, als sie alle bei Iwan Iwanytsch Tee
tranken, meinte Chrissan Andrejewitsch: „Wo es nun in der Zeitung
gestanden hat, ohne daß sich einer gemeldet hat, muß ihn jemand weit
weggebracht haben. Mütterchen Rußland ist groß, da zieh einer los
und such ihn. Wenn er umgekommen wäre, hätte sich sicher einer auf

das Inserat gemeldet, so und so, Ihr Hund ist da und da gestorben. Die Hauptsache ist, daß er noch lebt. Nicht jeder findet seinen Hund wieder." Er wechselte einen verstehenden Blick mit Iwan Iwanytsch und setzte hinzu: „Es hat also keinen Sinn mehr, Jungs, ihn zu suchen. Hab ich nicht recht, Iwan Iwanytsch?"

Der stimmte mit einem Kopfnicken zu.

Von diesem Tag an wurde die Suche eingestellt. Nur die Erinnerung blieb.

Beim Aufbruch steckte Chrissan Andrejewitsch einen einmonatigen Schäferhundwelpen vorn in seine Jacke – ein Geschenk von Iwan Iwanytsch. Aljoscha war hingerissen.

Im Zimmer vergnügte sich mit einem alten Stiefel ein neuer Welpe, auch ein Bim, ein reinrassiger englischer Setter mit typischer Färbung. Den hatte Iwan Iwanytsch „für zwei" erworben, für sich und für Tolik.

Doch seinen alten Freund würde er nie vergessen, nicht die Morgenstunden der Jagdausflüge, die ihm Bim geschenkt hatte, nicht seine Güte und Freundschaft. Die Erinnerung an den treuen Freund und dessen trauriges Los ließen dem alten Mann keine Ruhe. Eben darum kam er jetzt auf die kleine Waldwiese und setzte sich auf den Baumstumpf. Er sah in die Runde. Er war gekommen, dem Wald zuzuhören.

Der Himmel hatte die Waldwiese dicht mit Scilla besprenkelt – Himmelstropfen auf der Erde. Viele Male im Leben Iwan Iwanytschs hatte dieses Wunder sich wiederholt. Der Wald schwieg, gerade erst vom Schlaf erwacht, vom Himmelsblau betupft und schon von warmen Sonnenstrahlen auf den zarten Spitzen der noch gefalteten Blättchen bedrängt.

Iwan Iwanytsch schien es, als sitze er in einem majestätischen Dom mit blauem Fußboden, blauer Kuppel und Säulen aus lebendigen Eichen. Ein kurzes Rauschen ging durch den Wald – ein Seufzer der Erleichterung, weil nach langem Warten das Leben der Bäume neu erwachte.

Der Buntspecht ließ seinen munteren musikalischen Trommelwirbel erklingen, nach einer Partnerin rufend, dem Wald den Beginn der Liebe kundtuend. Er ist einer der ersten, verkündet unbekümmert und fröhlich von seinem trockenen Ast: F-r-r-r-r-rühling!

Iwan Iwanytsch wäre glücklich gewesen wie jedes Jahr um diese Zeit, hätte sich am Waldessaum nicht ein dunkler Fleck abgezeichnet,

leer, nicht vom Blau bedeckt, markiert nur durch frische, mit vorjäh-
rigem Laub vermischte Erde. Er stimmt traurig, so ein Fleck im Frühling, da die ganze Natur zu jubilieren anhebt.

Doch dafür schaute ein kleiner neuer Bim Iwan Iwanytsch an, von
unten herauf, aus sanften, unschuldigen Äuglein. Schon hatte er Toliks
Herz gewonnen, und so stand am Anfang seines, des kleinen Bim, Lebens die Güte.

An ihm darf sich das Schicksal meines Freundes nicht wiederholen,
dachte Iwan Iwanytsch, nein, so darf es nicht wieder kommen.

Iwan Iwanytsch stand auf und streckte sich. Frühling, Himmels-
tropfen auf der Erde. Stille. So still, als gäbe es nirgendwo Böses.
Dennoch – da schoß einer im Wald! Dreimal schoß es. Wer? Warum?
Worauf?

Vielleicht hatte ein Bösewicht auf den Buntspecht geschossen. Vielleicht aber hatte ein Jäger seinen Hund begraben, der drei Jahre alt gewesen war...

Nein, auch in diesem blauen Dom mit Säulen aus lebenden Eichen
ist es nicht ruhig, dachte Iwan Iwanytsch; da stand er, das weiße Haupt
entblößt, den Blick zum Himmel emporgehoben. Es mutete an wie
ein Frühlingsgebet.

Und der Wald schwieg.

Gawriil Trojepolski

Bim Schwarzohr ist in der Sowjetunion im Jahre 1971 erschienen und hat seitdem einen Riesenerfolg gehabt. Zur Zeit
wird die Verfilmung des Romans vorbereitet. Wenn *Bim
Schwarzohr* auch das erste Buch Trojepolskis ist, das ins
Deutsche übersetzt wurde, in seiner Heimat ist er schon seit
den 30er Jahren als ebenso humorvoller wie origineller und
satirischer Erzähler bekannt.
Trojepolski, Jahrgang 1905, ist eigentlich gelernter Landwirt.
Nach seinem Studium der Agronomie hat er 24 Jahre lang in
verschiedenen Kolchosen in der Nähe von Moskau gearbeitet.
Mit einem Schlage bekannt wurde er 1953, als die angesehene
Literaturzeitschrift *Novyj mir* seine Erzählung *Aus den Auf-
zeichnungen eines Agronomen* veröffentlichte. Nach diesem
Erfolg konnte Trojepolski es sich leisten, nur noch dem Schreiben (und natürlich auch vom Schreiben) zu leben.
Gawriil Trojepolski gehört heute zu den wenigen sowjetischen Schriftstellern, die es gewagt haben, Mißstände im Land
anzuprangern, und die trotzdem hohe Posten in wichtigsten
Schriftstellergremien bekleiden. So hat es ihm offensichtlich
nicht geschadet, daß er 1965 eine scharfe Anklage gegen die
katastrophale Gewässerpolitik in Mittelrußland veröffentlicht
hat.

FLIEGEN-PILZ

Eine Kurzfassung
des Buches von
GERALD SEYMOUR

ins Deutsche übertragen von
Bettina Berger und Heinz von Sauter

Illustrationen von Jim Sharpe

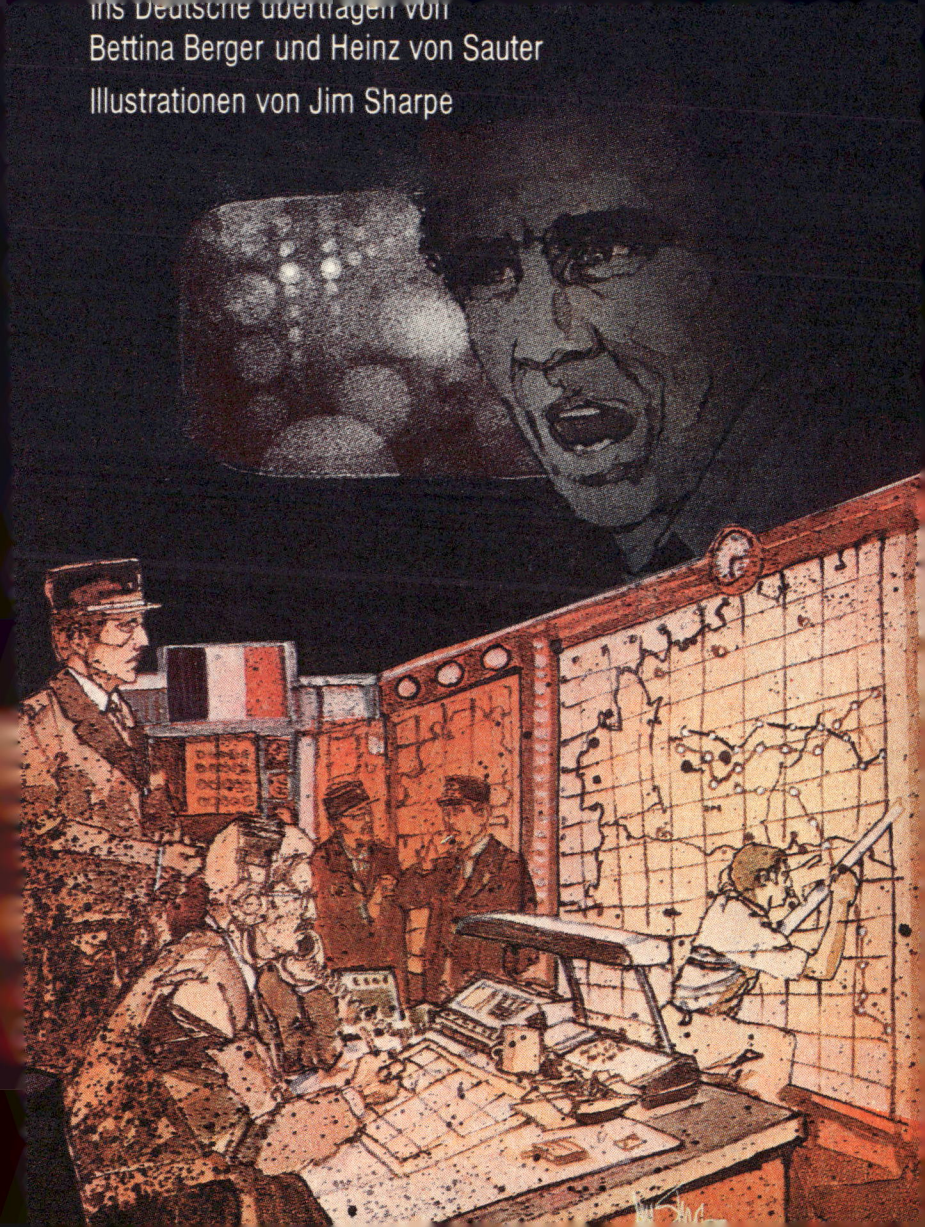

Professor David Sokarev, der führende israelische
Atomphysiker, wird zu einem Vortrag nach London
eingeladen. Weil man in Erfahrung gebracht hat, daß ein
Anschlag – unter dem Kode-Namen „Fliegenpilz" – von
der palästinensischen Befreiungsfront geplant ist, nehmen
die Geheimdienste Englands und Israels Verbindung
miteinander auf.

Die illegale Irisch-Republikanische Armee (IRA) will
aus der Ermordung des Professors Nutzen ziehen. Sie
übernimmt die Organisation des Verbrechens in London
und wird dafür Waffen von den Palästinensern erhalten.

Eine doppelte Menschenjagd beginnt: Ein aufwendiger
Polizeiapparat und die Geheimdienste fechten in einem
tödlichen Duell mit der Entschlossenheit und Kühnheit
weniger, sorgfältig ausgebildeter Guerillakämpfer, die
ihr Leben bedingungslos aufs Spiel setzen, um zu ihrem
Ziel zu gelangen.

Seymour stellt uns die erschreckende Realität des
Terrorismus in aller Grausamkeit vor Augen. „Die
Geschichte ist von einer zwingenden Logik . . ., weil der
Autor sich an die Wirklichkeit hält, an den Planungs-
ablauf der Behörden und die Situation der Attentäter.
Ein spannender Roman ohne Schnörkel, geradlinig erzählt
bis zum Schluß."   (Frankfurter Allgemeine Zeitung)

ES WAR still geworden im Wagen. Keiner sprach mehr. Alle Aufmerksamkeit konzentrierte sich auf die beiden Scheinwerfer weit hinten in der Dunkelheit. Der Mann auf dem Rücksitz hatte sich umgedreht, die beschlagene Heckscheibe abgewischt und starrte auf die leere, zurückweichende Straße hinaus. Der Beifahrer hatte ebenfalls den Kopf gewendet, um die Lichter zu beobachten, und auch der Fahrer schaute immer wieder prüfend in den Rückspiegel. In scharfen Kurven verschwanden sie, tauchten aber auf geraden Strecken wieder auf.

Seit fast fünfzehn Kilometern hielten sie die drei Männer in Atem. Die hastigen Blicke des Fahrers in den Rückspiegel waren seinen Gefährten längst aufgefallen, noch bevor er das Schweigen brach.

„Er folgt uns schon eine ganze Zeit, der Wagen da hinten", sagte er im unverkennbaren arabischen Dialekt der Palästinenser. „Dreimal habe ich die Geschwindigkeit um sieben oder acht Stundenkilometer erhöht. Dann bin ich, wie ihr gemerkt habt, bei dem großen Bauernhof am Waldrand ziemlich weit heruntergegangen, er ist nicht näher gekommen, hat immer genau gleichen Abstand gehalten."

An dieser Stelle waren sie alle aufmerksam geworden, hatten die starken Scheinwerfer beobachtet und ein wenig zu schwitzen begonnen. Es war eine lange Autofahrt gewesen, drei Tage quer durch Italien und Frankreich. Und jetzt, nur knappe zwei Stunden vom Fährhafen entfernt, gerieten sie unerwartet in die erste kritische Situation.

Der Beifahrer kramte eine Karte aus dem Handschuhfach, tastete nach seinem Feuerzeug und beugte sich mit der kleinen Flamme über das Blatt, auf dem das schwer überschaubare Straßennetz Nordfrankreichs genau wiedergegeben war. „Die letzte Stadt war Béthune", sagte er. „Nach zwei bis drei Kilometern zweigt links eine kleine Straße ab, die durch ein paar Dörfer führt, Auchy... Estrée. Paßt auf die Schilder auf. Wir können diese Strecke nehmen und doch noch rechtzeitig an der Fähre sein."

„Ja, wir haben genug Zeit", pflichtete der Mann auf dem Rücksitz bei, ohne den Blick von der Straße hinter sich abzuwenden. „Ich hatte ihn kurz aus den Augen verloren, aber er ist noch da."

Die Straße war jetzt gerade, übersichtlich und in gutem Zustand, mit hohen Bäumen an beiden Seiten. Manchmal schimmerte ein Licht in einem Bauernhof, sonst aber zeigte sich nichts Lebendiges. Vier Uhr morgens, schwer lastete die seelenlose Kälte der frühen Stunden über der Landschaft. Nicht allein sie ließ die Männer im Wagen frösteln, die Angst verstärkte das Kältegefühl.

„Da!" rief der Beifahrer. „Auchy und Estrée!"

Sie kamen mit zu hoher Geschwindigkeit zur Kreuzung, und der Fahrer mußte scharf bremsen, um nicht darüber hinauszuschießen. Die Reifen quietschten laut, als der Wagen in großem Bogen nach links fuhr.

Der Mann im Fond suchte an dem schweren Handkoffer Halt, der über den Sitz rutschte. Als er wieder nach hinten schaute, waren die beiden Lichter verschwunden.

Es war eine kurvenreiche, holprige Straße, die keine großen Geschwindigkeiten erlaubte, weil sie von den großen Landmaschinen zerpflügt worden war. Die Tachonadel sank. Der Fahrer schaute immer wieder in den Rückspiegel, aber alles war dunkel. „Nichts zu sehen, zu viele Kurven!" sagte er.

Die Minuten dehnten sich, während sie den Windungen der Straße folgten. Der Mann auf dem Rücksitz ließ den Blick umherwandern; es war nun nicht mehr so wichtig, die Straße hinter ihnen zu überwachen. „Können wir nicht das Fenster zumachen? Es stört euch da vorn vielleicht nicht, aber ich hole mir noch den Tod."

„Kann ich nicht brauchen, daß die Scheiben beschlagen. Wieso macht's dir was aus? Du hast doch erzählt, du wärst im Winter immer in den jordanischen Bergen gewesen."

„Was heißt jordanischen? In den palästinensischen!"

Gelächter im Wagen. Der Fahrer grinste. „Von mir aus. Jedenfalls gab's in Haifa weder Schnee noch Berge, auf die er hätte fallen können. Im palästinensischen Haifa. Und keine Kälte."

„Was kannst du von Haifa wissen? Als du von dort fortkamst, warst du zu jung, um dich erinnern zu können."

„Nein", sagte der Fahrer, „ich kann mich erinnern, wenn auch schwach. Ich war damals vier. Aber man weiß natürlich nicht, wieviel davon Erinnerung ist und wieviel nur Vorstellungen, die man sich nach den Schilderungen der Erwachsenen gebildet hat –"

„Ich kenne Haifa", unterbrach ihn der Beifahrer, „ich habe dort auf einer Baustelle gearbeitet, bevor ich zum Studium nach Beirut gegangen bin."

Sie fuhren ein Gefälle zu einem eng zusammengedrängten Dorf hinunter. Kirche, Marktplatz, eine Häuserreihe. Eine graue, feindselige, sich einigelnde Gemeinde, Türen und Läden für die Nacht verschlossen, keine Zuflucht für Fremde. Die Straße lief gerade hindurch, kein Grund anzuhalten, nicht einmal, langsamer zu fahren. Eine Brücke, dann eine Steigung. Der Fahrer blickte wieder in den Spiegel. Zwei helle Lichtpunkte, deutlich und symmetrisch in der Mitte des verchromten Rahmens. Er sagte nichts, aber der Mann auf dem Rücksitz sah, wie er den Kopf schnell vom Spiegel zur Straße wandte, und fuhr mit einem Ruck herum.

„Er ist immer noch hinter uns", sagte er, „gib mehr Gas."

Der Wagen schoß vorwärts. Keine Rücksicht mehr auf Querrinnen und Schlaglöcher. Das Chassis ächzte und hopste auf der holprigen Straße.

„Such mir auf der Karte den Weg", herrschte der Fahrer seinen Nebenmann an, „daß wir nicht plötzlich in einem elenden Bauernhof landen. Und sag mir bloß alle Abzweigungen richtig an."

Der Beifahrer hielt die Karten auf den Knien und kämpfte mit seinem Feuerzeug. Es war sehr schwierig, eine Fahrtroute herauszufinden. Bei jedem Stoß des Wagens glitt sein Finger von dem Netzwerk der Landstraßen, denen er auf der Karte zu folgen versuchte. Er spürte die wachsende Ungeduld seiner Kameraden. Laß sie warten! Ein einziger Fehler konnte zur Katastrophe werden. Als er sicher war, nahm er einen Umschlag aus seiner Tasche und begann zu schreiben. Schließlich ließ er das Feuerzeug zuschnappen.

„Wir sind richtig, glaube ich. Wir kommen erst durch Estrée, dann nach Fauquembergues. Gleich hinter dem Ort zweigen drei Straßen ab. Wir nehmen die nördlichste. Dann weiter bis Samer, wo wir auf Schilder nach Boulogne stoßen müssen."

„Wie weit noch bis Estrée?" fragte der Fahrer.

„Zwei, drei Kilometer etwa. Nach Fauquem..." Er stockte, während er im schwachen Licht des Armaturenbretts sein Gekritzel zu entziffern versuchte.

„Bist du ganz sicher? Kein Zweifel über den Weg?"

„Nein, alles klar", knurrte der Beifahrer zurück. Wir kennen uns kaum, dachte er. Haben uns vor der Planung des Auftrags nie getroffen. Das war Absicht gewesen. Eine zu enge Beziehung hat oft den Zusammenbruch bei Verhören zur Folge. Jetzt war einer wohl auch vom andern abhängig, mußte dem Geschick und der Entschlossenheit seiner Kameraden restlos vertrauen, aber ohne die tiefeingewurzelte Sicherheit, die aus langjähriger vertrauter Kameradschaft erwächst.

Der Fahrer trat hart auf die Bremse. Die Tachonadel sackte von hundert auf unter vierzig Stundenkilometer ab. Vor ihnen trottete eine Kuhherde auf der Straße gemächlich dahin.

„Verdammter Mist, was jetzt?"

„Hupen! Daß der alte Bauer da vorn sie auf Trab bringt."

„Der Wagen hinter uns! Er kommt rasch näher."

„Fahr von der Straße runter in die Wiese. Wir müssen außen herum."

Der Fahrer riß den Wagen seitlich ins Gras. Die Räder drehten durch, dann griffen sie wieder auf dem weichen Untergrund. Die mächtigen dunklen Gestalten der Kühe schnaubten und streiften den Wagen. Ihr Geruch drang herein.

„Er ist dicht hinter uns! Keine sechzig Meter entfernt–" Die Stimme vom Rücksitz brach jäh ab, als das grelle Licht der ihnen folgenden Scheinwerfer das Wageninnere erhellte. Alle duckten sich.

„Schon gut. Er muß auch erst durch die Herde durch."

Während der Wagen hinter ihnen noch versuchte, sich aus der stampfenden Barrikade herauszuwinden, hörten die drei Männer die Sirene aufheulen. Gleich darauf flammte mitten unter den durcheinanderlaufenden Kühen das rotierende Blaulicht der Polizei auf.

Der Mann auf dem Rücksitz zog den Handkoffer zu sich heran, zerrte den Reißverschluß auf und riß eine Luger-Pistole heraus. „Jetzt wissen wir wenigstens, wer hinter uns ist", sagte er ruhig und spannte den Hahn der Waffe.

Seit einer Stunde waren von der Polizeidirektion in St-Omer, fünfundzwanzig Kilometer weiter nördlich, Anweisungen ausgegeben worden.

Der Mann, der sie erteilte, konnte auf der Wandkarte in seinem Büro, auf der ein Assistent ständig farbige Nadeln versetzte, den Weg des Fluchtautos genau verfolgen. Er wurde ständig durch Funkmeldungen der verfolgenden Polizeistreife auf den letzten Stand gebracht. Eine gelbe Nadel kennzeichnete den Fluchtwagen, eine rote den der eigenen Leute. Quer zur Fahrtrichtung der drei Araber lief eine nahezu

ununterbrochene Linie blauer Nadeln, die die Sperren an allen Zu-
fahrtsstraßen zum Hafen von Boulogne markierten.

Das Abbiegen von der Schnellstraße zur Küste, an der das Haupt-
kontingent seiner Leute konzentriert war, kam unerwartet, aber er
hatte vorsorglich an allen Parallelstraßen einzelne Polizeiwagen mit je
zwei Beamten postiert.

Sein Plan war, daß das Fluchtauto von der Verfolgung nichts merken sollte, bis es durch eine der sechzehn Straßensperren angehalten
wurde. Die Sirene und das Blaulicht der verfolgenden Streife hatten
diesen Plan zunichte gemacht.

Es war ein hartes Stück Arbeit gewesen, seit er auf Anweisung aus
Paris diese Großaktion gestartet hatte. Um die Zeit, da er sonst an
Heimgehen und Abendessen dachte, war ein schwarzer Citroën nach
dem andern vor seinem Hauptquartier vorgefahren. Männer von den
Sicherheitsdiensten. Und darunter einer, der Französisch mit starkem
Akzent sprach und einen silbernen sechszackigen Davidstern um den
Hals trug.

Der örtliche Polizeichef hatte von den hohen Stellen in Paris Lob ge-
erntet, bis die Sache mit den Kühen dazwischenkam. Aber es war nicht
viel verloren, dachte er. Das Wild wurde weiterhin auf die Falle zu getrieben.

„Wann werden sie die Sperre erreichen?" fragte er seinen Assisten-
ten.

„In vier bis fünf Minuten, Monsieur. An der Kreuzung bei Fauquembergues, wo die Tankstelle und das Café sind."

„Zwei Männer?"

„Roben und Miniux, Monsieur. Sie müssen die Fedajin nur ein paar
Minuten aufhalten. Eine größere Einheit ist unterwegs."

„Sagen Sie ihnen, sie sollen vorsichtig sein." Er machte sich jetzt
große Sorgen. „Es war nicht geplant, daß nur zwei sie abfangen."

DER Fahrer bemerkte das langsam auf und ab schwingende rote
Licht, das internationale Haltezeichen, und rief den andern zu: „Da,
vor uns, eine Polizeikontrolle! Wir sollen anhalten!"

Nun war es so weit, daß einer von ihnen das Kommando übernehm-
men mußte. Der Mann auf dem Rücksitz reagierte als erster, vielleicht
weil er als einziger eine Schußwaffe in der Hand hielt. Seine Stimme
war schrill, aber befehlend.

„Einfach durch! Kein Zögern! Gib Gas beim Durchfahren! Sie sind

sicher bewaffnet, also nichts wie runter auf die Sitze. Wenn du ganz
nah dran bist, schalt die Scheinwerfer aus... dann wieder an."
  Der Wagen raste auf einen einzelnen Polizisten zu. Der Fahrer sah
das bleiche Gesicht, die angstgeweiteten Augen.
  „Licht aus!" gellte der Befehl vom Rücksitz, und der Fahrer gehorchte instinktiv. Fünfzig Meter vor ihnen verschwand der Polizist in
der Dunkelheit.
  „Licht wieder an!"
  Der Fahrer schrie vor Entsetzen auf, denn der Polizist stand unmittelbar vor ihnen, und seine Maschinenpistole zeigte genau auf die
Windschutzscheibe. Er kam nicht zum Schießen. Sein Körper klappte
wie ein Taschenmesser in der Luft zusammen. Der Wagen schwankte
vom Stoß und erzitterte erneut, als der Polizist auf dem Dach auf-
prallte.
  Der Fahrer riß das Steuer nach rechts, um dem Polizeiauto auszuweichen, das schräg stand und die halbe Straße versperrte. Der Bei-
fahrer kämpfte mit würgender Übelkeit. Der dritte Mann hatte die
Augen geschlossen, um das Bild des ungläubig aufgerissenen Mundes
loszuwerden.
  Als der Polizist Roben auf der Straße aufschlug, eröffnete sein Kol-
lege Miniux das Feuer.
  Die Männer im Wagen hatten den zweiten Polizisten nicht gesehen.
Er kauerte im Straßengraben und preßte den stahlbeschlagenen
Kolben seiner MAT 49 an die Schulter. Sie hatte zweiunddreißig
9-Millimeter-Geschosse im Magazin, und er feuerte sie alle ab. Der
Beifahrer starb zuerst, ohne einen Laut von sich zu geben. Auch der
Fahrer wurde mehrfach getroffen und fühlte, wie sich der Schmerz
vom linken Arm aus über die Wunden in der Seite ausbreitete. Nur der
Mann im Fond überlebte, weil die Sitze ihn schützten.
  Der Wagen schwankte nach links und schleuderte dann auf der Straßenmitte weiter. Mit letzter Kraft klammerte sich der Fahrer an die
versagende Steuerung, schaffte noch dreihundert Meter, dann setzte er
mit großer Anstrengung den Fuß auf die Bremse. Scharlachrotes Blut,
sein eigenes, sprudelte herab, ergoß sich über seine Knie und sammelte
sich in einer Lache zu seinen Füßen.
  Es war aus mit ihm, das konnte er klar erkennen. Er hörte, wie sich
die hintere Tür öffnete, sah das Gesicht an seinem Fenster, dann wurde
seine eigene Tür aufgerissen. Er fühlte sich zu Boden gleiten, aber eine
Hand hielt ihn auf dem Sitz.

Die Stimme war dicht an seinem Ohr. „Dani, Dani, wir müssen abhauen. Bouchi ist tot. Die Sirene kommt näher. Ich kann dir ja helfen…"

Der Fahrer schüttelte den Kopf. „Mit mir ist's vorbei. Aus." Er rang noch einmal nach Luft, die seine verletzte Lunge aber nicht mehr aufnehmen konnte. „Für Palästina, für ein freies Palästina. Denk an Palästina, und denk an mich, wenn du den Fliegenpilzmann vor dir hast."

Seine Lider zuckten, und er starb.

Die Sirene kam nicht näher. Hält wohl an der Straßensperre, dachte der Überlebende, als er den Handkoffer aus dem Wagen zerrte. Die Luger hatte er jetzt eingesteckt. Er schraubte den Tankdeckel ab, nahm eine Zigarettenpackung aus der Tasche und drückte sie zusammen, bis sie in den Einfüllstutzen paßte. Mit einem Zündholz setzte er das Papierknäuel in Brand und war mit ein paar Sätzen im schützenden Dunkel.

Er hörte die Explosion hinter sich, wandte sich aber nicht um.

EIN schwarzer Dienstwagen brachte den Mann vom israelischen Geheimdienst zur Straßenkreuzung. Roben lag noch auf dem Asphalt, man hatte einen Polizeimantel über sein Gesicht gebreitet. In der Nähe des abgestellten Streifenwagens standen mehrere Uniformierte bei Miniux und stärkten ihn mit Cognac. Ein gutes Stück weiter qualmte das Skelett des ausgebrannten Wagens.

„Wie viele haben wir erwischt… von den Typen?" fragte der Israeli.

„Zwei, vollkommen unkenntlich. Der Wagen hat nach dem Anhalten Feuer gefangen. Das war zu erwarten bei den vielen Kugeln, die der abbekommen hat."

Der Israeli sah den Kriminalbeamten fest an. „Merkwürdig. In der Information, die wir nach Paris durchgegeben haben, hieß es, drei seien unterwegs. Vielleicht ist uns einer entwischt."

DIE Hauptsorge des jungen Arabers war jetzt, Abstand zwischen sich und seine Verfolger zu bringen. Er rannte, bis der durchweichte Boden der Felder ihn zu einem gemäßigten Trab zwang. Er bahnte sich seinen Weg durch dichte Hecken, zerriß seine Jacke an einem Stück Stacheldraht, stürzte beim Sprung über einen ausgetrockneten Graben.

Als er an einem unbeleuchteten Bauernhaus vorbeischlich, bellte ein Hund, aber er kümmerte sich nicht darum.

Seine Überlegung war, daß die Polizei mit den Überresten des Wagens zufrieden sein und wenig Grund sehen werde, eine Verfolgungsjagd zu starten. Wenn er Glück hatte. Wenn sie aber jetzt hinter ihm her waren, hieß das, daß die Verfolger drei Köpfe gezählt hatten, bevor diese sich aus dem Scheinwerferlicht ducken konnten. Oder daß der Schütze am Straßenrand drei Silhouetten gesehen hatte. In diesem Fall marschierten sie jetzt mit ihren Hunden und Postenketten und Detailkarten zu einer Großaktion auf. Der Handkoffer, den er schleppte, würde seine Rettung sein, davon war er überzeugt. Er enthielt die lebenswichtige Kleidung zum Wechseln, die Reisedokumente für die Fähre. Aber jetzt mußte er in Trab bleiben, so sehr auch der vor Hunger und Anstrengung schmerzende Magen seine Schritte zu lähmen drohte. Sobald die Sonne aufging, würde jedes Weiterkommen schwierig werden. Bis dahin mußte er vorwärts hasten, wie groß die Schmerzen auch sein mochten.

Dafür war er gedrillt worden. Deshalb hatte man die Rekruten die flachen Schieferhänge des Libanon hinaufgehetzt, sie über den Punkt der Erschöpfung hinausgetrieben, sie mit Fußtritten zum Weiterlaufen gezwungen, wenn sie zusammenbrachen, und es schließlich ihnen überlassen, langsam in die Zeltlager zurückzufinden. Man hatte sie gehetzt, bis ihre Bauchmuskeln hart waren und ihre Lungen ein großes Volumen hatten. Dann, und nur dann lehrte man sie die Handhabung der Waffen und die raffinierten Tricks der Verkleidung und des Untertauchens.

Als er zum erstenmal ins Lager kam, war er ein unerfahrener, gutaussehender, intelligenter junger Mann gewesen, aber man hatte seine Bitterkeit bemerkt und seinen Haß gegen Israel zu fanatischer Besessenheit gesteigert.

Dafür war nicht viel Zeit nötig gewesen. Sieben Wochen, und das Produkt war einsatzbereit.

Mit wilder Entschlossenheit und gesteigerter Bösartigkeit verließ Abdel-el-Famy den Lehrgang, ein Gezeichneter, ein Killer. Das war die Rolle, die man für ihn vorgesehen hatte. Alle konnten mit dem Ergebnis zufrieden und überzeugt sein, daß er die ihm übertragenen Befehle erfolgreich ausführen würde.

DER Mann, der sich da unter Einsatz aller Kräfte seinen Weg über
die Felder Nordfrankreichs bahnte, war nur ein kleines Rädchen in
dem verwickelten Machtkampf des Nahen Ostens. Er war ohne Einfluß, unbedeutend, sein Name erschien in keiner der Listen, die von israelischen oder europäischen Geheimdiensten geführt wurden.

Seinerzeit in Nablus, der weiträumigen Stadt im israelisch besetzten
westlichen Teil Jordaniens, hatte er Steine auf die israelischen Soldaten
geworfen, die sich jeden Nachmittag vor den Schultoren einfanden.
Daran war nichts Besonderes. Alle Oberschüler taten das, und alle
wurden irgendwann einmal von den Israelis festgenommen, mit
Gummiknüppeln verprügelt und in ein stacheldrahtumzäuntes Lager
abgeführt. Dort konnten sich die Hitzköpfe ein paar Stunden abküh-
len.

Das nachmittägliche Steinewerfen wirkte sich auf die jungen Leute
verschieden aus. Manche lernten, mit der Besatzungsmacht zu leben,
aber einige wenige blieben durch diese Erfahrung geprägt. Abdel-el-
Famy war einer von ihnen. Mit achtzehn verließ er Nablus und nahm
den Bus, der vierzehn Stunden lang durch Jordanien und Syrien kroch
und schließlich über die Libanesischen Berge hinunter nach Beirut
rollte.

Dort waren auf den Hochschulen immer Plätze frei für Palästinenser
vom besetzten Westufer des Jordan. Er schrieb sich für Englisch ein,
kam aber dabei andauernd mit der vollkommen neuen Wissenschaft
revolutionärer Politik in Berührung.

Während der langen trockenheißen Nachmittage nach den Vorle-
sungen saßen die palästinensischen Studenten im Café de la Corniche
und nippten nur gelegentlich an ihrem Pepsi-Cola, damit die wenigen
Flaschen, die sie sich leisten konnten, viele Stunden reichten. Und
während sie da saßen, die ganze Üppigkeit und Arroganz dieses fremden Landes vor Augen, disputierten und stritten sie über die Möglichkeiten, wieder zu einem eigenen Heimatland zu kommen. Am fünften
September 1972 – dem Tag einer Heldentat – hatten sie über ihre
Transistorradios die Nachrichten vom Attentat im olympischen Dorf
von München gehört; voll Verehrung für die Fedajin, die auf dem
Flugplatz in Fürstenfeldbruck gestorben waren, und voll Jubel über
den Tod der elf israelischen Sportler.

Nach München wurden die Dispute an den Kaffeehaustischen noch
hitziger. Einige meinten, daß jeder palästinensische Staat, und sei er
auch noch so klein, besser sei als nichts. Andere wollten sich nur mit

einer vollständigen Rückgabe ihres früheren Landes zufriedengeben.
Das war auch die Ansicht von Abdel-el-Famy. Er begann zu begreifen, daß diese Diskussionen seine Entschlossenheit und seinen Rache-
durst nur untergruben.

So suchte er Anschluß an die jungen Männer, die gewillt waren wei-
terzukämpfen, ohne eine mögliche Kompromißbereitschaft der palästinensischen Führungsspitze zu beachten.

Er schloß sich dem Generalkommando an, einer kleinen, aber un-
versöhnlichen Gruppe innerhalb der PFLP, der Volksfront für die Be-
freiung Palästinas. Er wurde einer der fünfundfünfzig jungen Männer
zwischen siebzehn und fünfundzwanzig, die einen feierlichen Eid ab-
gelegt hatten und wußten, daß man sie zu Einsätzen mit geringen
Überlebenschancen abkommandieren würde.

Genau vor acht Tagen war er zum Chef des Generalkommandos befohlen worden. In seinem Zelt waren außer ihm noch zwei junge
Männer, die er nur als Bouchi und Dani kannte. Man sagte ihnen, sie
würden nach London reisen und ihr Auftrag wäre für die gesamte
arabische Bewegung von größter Bedeutung. Mit einem Codenamen,
einem Operationsplan und einem vorgegebenen Ziel war Abdel-
el-Famy nicht länger ein mittelloser Niemand von den Hügeln über
Nablus.

Wie ein nach Kaninchenblut lechzendes Wiesel würde er nicht leicht
von seinem Opfer abzubringen sein. Der unruhige Friede im Nahen
Osten war durch ihn beträchtlich bedroht, und wenn er Erfolg hatte,
würde die durch seine Aktion ausgelöste Erschütterung in der ganzen
westlichen Welt zu spüren sein.

FAMY lag zwischen den Strohballen hoch oben unterm Dach der
Scheune. Er ruhte sich schon mehr als zwanzig Minuten dort aus,
atmete aber immer noch schwer. Er hatte schätzungsweise fünfundzwanzig Kilometer in vier Stunden hinter sich gebracht. Noch ein solcher Gewaltmarsch, und er würde in Boulogne sein und endlich an der
Fähre. Besser einen Tag später nach London kommen, als alles dadurch gefährden, daß er versuchte, mit einem Bus oder per Anhalter
weiterzukommen. Er würde bis zum Einbruch der Dunkelheit in der
Scheune bleiben. Todmüde schlief er auf den Strohballen ausgestreckt
ein.

Es war dunkel, als er wieder aufbrach. Im Morgengrauen müßte er,
wenn er alle Kräfte anspannte, am Ziel sein. Dort würde er die

schmutzigen Sachen, die er anhatte, mit der kostbaren Ersatzkleidung in seinem Handkoffer vertauschen. Dann konnte er seine endgültige Identität annehmen: Saleh Mohammed, algerischer Paß Nummer 478625, geboren am 22. August 1953 in Oran.

IN DER Nähe von Saïda, auf halbem Weg zwischen Beirut und der Zeltstadt im Süden, wo das Generalkommando sein Hauptquartier hatte, gab es ein auf Fischdelikatessen spezialisiertes Restaurant mit Blick aufs Meer. Die Touristen hatten sich früher dafür begeistert. Aber Reiseveranstalter neigen dazu, um Kriegsgebiete mit ihren möglichen Zwischenfällen einen großen Bogen zu machen. So war das Restaurant nahezu menschenleer und die Terrasse mit ihren weißgedeckten Tischen ein verschwiegener Ort und bestens geeignet, vertrauliche Dinge zu besprechen.

Der Chef des Generalkommandos fuhr selten nach Beirut. Er wäre in der libanesischen Hauptstadt den Aufmerksamkeiten israelischer Agenten, auf deren schwarzer Liste er hoch oben stand, zu schutzlos ausgesetzt gewesen. So hatte er für sein geheimes Treffen mit einem Journalisten einer der größten Beiruter Tageszeitungen, der mit der politischen Linie des Generalkommandos sympathisierte, dieses Restaurant gewählt.

Während der dunkelhäutige starr blickende Mann das Fleisch einer Meeräsche von den Gräten löste, schob ihm der Journalist einen Zettel mit einer Agenturmeldung hin. Er hatte, als er ihn von dem Fernschreiber abriß, der in seinem Büro ausschließlich die Meldungen der französischen Presseagentur Agence France-Presse (AFP) übermittelte, sogleich die Bedeutung der achtzeiligen Nachricht erfaßt.

„Ist diese Agentur zuverlässig?" fragte der Chef des Generalkommandos.

„Da gibt es nicht viel Raum für einen Irrtum. Associated Press und United Press International sagen fast dasselbe. Die Tatsachen stehen außer Frage."

„Es ist von Straßensperren die Rede, die sie aufgehalten haben, von einer Maschinenpistolengarbe auf den Wagen. Ich frage Sie, warum gibt es in diesen frühen Morgenstunden Straßensperren, warum hat man den Landpolizisten Maschinenpistolen ausgehändigt? Ich glaube, Sie werden zugeben, daß nur eine einzige Erklärung möglich ist."

Der Journalist nickte. „Da kann nur der israelische Geheimdienst dahinterstecken. Von sich aus würden die Franzosen unsere Leute

durchlassen. Hatten sie Waffen?" Das war eine dreiste Frage; gewöhnlich wurde der Journalist nicht in Einzelheiten von Aktionen eingeweiht.

Der Chef lächelte. „Vielleicht eine Pistole. Das übrige holen sie sich
später. Aber das ist nicht für Ihre Zeitung. Wie wäre es, wenn Sie berichteten, Sie wüßten aus zuverlässiger Quelle, daß sie nicht bewaffnet
waren?"

„Zwei unbewaffnete Palästinenser von der französischen Polizei erschossen, das gibt eine gute Schlagzeile. Vielleicht kann das Büro unsrer Zeitung in Paris feststellen, daß der israelische Geheimdienst seine
Hand im Spiel hat."

Die beiden Männer machten sich über ihr Essen her. Als sie fertig
waren, beugte sich der Chef vor. „Die Berichte sprechen von zwei
Männern, die man im Wagen gefunden hat. Da gibt es doch keinen
Zweifel?"

„Überhaupt keinen. Darin stimmen alle Berichte überein."

„Und wenn sie einen dritten Mann verhaftet hätten, würden sie das
berichten?"

„Höchstwahrscheinlich. Kein Grund, es nicht zu tun."

Ein freudloses Lächeln umspielte den Mund des Palästinensers. Es
wäre Ironie, wenn der Tod zweier Kameraden tatsächlich die Sicherheit des Überlebenden erhöhte. „Es würde mich interessieren, ob es
noch weitere Verhaftungen oder..." Er beendete den Satz nicht, sondern zog ein Papier aus der Innenseite seiner khakifarbenen Kampf-
jacke, wobei für einen Augenblick die glänzende Schulterhalfter sichtbar wurde, die er immer trug. „Eine Nachricht, die Sie bitte einem
Mann in Beirut übermitteln wollen." Sein Stift fuhr mit steilen Stri-
chen über das Papier. „Sie soll unverzüglich heute nachmittag beim
Handelsrat der Botschaft abgegeben werden, die ich auf die Außen-
seite geschrieben habe. Ich sage Ihnen, was drin steht, sonst machen
Sie es auf. Ich kenne euch Presseleute..." Er lachte, als der Journalist
verlegen protestieren wollte. „Nein, ihr seid alle gleich. Hier steht nur
drin, daß wir weitermachen, aber mit verminderter Kraft."

Und damit war er fort. Mit langen Schritten eilte er über die Terrasse zu seinem wartenden Fiat. Ein Leibwächter folgte ihm, als er das
Restaurant verließ, zwei weitere saßen im Wagen.

„Wir müssen Geduld haben", sagte er, als der Fahrer den Gang einlegte. „Zwei Männer von der Operation in Europa sind tot. Keine
Nachricht vom dritten. Wenn einer von ihnen überlebt haben sollte

und seinen Auftrag weiter durchführen könnte, welchen würden wir uns wünschen?" Er sagte das zu dem alten Mann neben sich, dem er bedingungslos vertraute und der ein automatisches Gewehr der Marke Kalaschnikow auf dem Schoß hielt.

„Von den dreien?" Der Alte zögerte. „Den mit dem Codenamen Saleh Mohammed. Der sich Famy nannte."

„Bete zu Allah, daß er es ist. Der Jüngste, aber der Beste. Wenn er wirklich lebt, steht er vor einer schwierigen Aufgabe."

Der Alte strich über den Lauf seiner Waffe, die Augen wachsam, stets auf der Hut, während der Chef leise weitersprach. „Diese Iren sind ein unbekannter Faktor, und ein allein auf sich gestellter Mann wird von ihnen abhängiger sein, als wir geplant hatten. Jetzt brauchen wir mehr von ihnen als Waffen, Sprengstoffe, Verkehrsmittel und eine sichere Unterkunft. Sie müssen aktiv mitmachen."

„Werden sie dazu bereit sein?" fragte der andere.

„Sie waren sehr begierig, mit uns zusammenzuarbeiten, weil sie Waffen von uns kaufen wollen. Wir werden ja sehen."

Der junge Mann und das Mädchen hatten sich nach dem Schwimmen auf ihre Handtücher ins Gras gelegt. Es war ein angenehm warmer Abend in einem südwestlichen Vorort von London, und andere Paare lagen in ihrer Nähe, aber alle außer Hörweite. Achteinhalb Kilometer entfernt waren die Rollbahnen des Flugplatzes Heathrow, und etwa alle zwei Minuten verloren sich ihre Worte im Dröhnen der Rolls-Royce- und Pratt-&-Whitney-Motoren über ihren Köpfen. Aber dazwischen konnten sie sich unterhalten, über nichts Besonderes, worüber eben junge Leute so reden.

Sie war siebzehneinhalb, hieß Norah, saß von acht Uhr dreißig bis fünf Uhr fünfzehn an der Kasse eines Supermarkts und wohnte bei ihren Eltern. Den jungen Mann, den sie am Abend zuvor im Schwimmbad kennengelernt hatte, hielt sie für den interessantesten ihrer wenigen Bekannten. Sie trug ihren Bikini vom Vorjahr, der jetzt knapp saß, aber dem Mann gefiel dies offensichtlich sehr, denn er wandte seinen Blick nur selten davon ab. Die beiden lagen dicht nebeneinander, und ihre Finger berührten sich. Gestern abend, nach dem Kino, hatte er sie auf dem Rasen hinter ihrem Haus still und sanft geküßt, ohne dieses wilde Drängen, wie sie es von den andern Jungen kannte, die sie ins Kino mitnahmen und dann gleich handgreiflich wurden. Er hatte sie nur geküßt, nicht befummelt, und ihr gesagt, er werde morgen an der gleichen Stelle auf sie warten. Und er war wirklich gekommen und schien erfreut, sie wiederzusehen.

Beide Male hatte sie fast die ganze Zeit allein geredet, über ihre Freunde, ihre Eltern, ihre Arbeit und die Filme, die sie gesehen hatte. Er hörte interessiert zu, ging aber selbst nur wenig darauf ein. Letzte Nacht, als sie in ihrem Bett lag, hatte sie sich Vorwürfe gemacht, daß sie ihn nicht hatte zu Wort kommen lassen.

An ihren nackten Schultern begann sie die Abendkühle zu spüren. Sie fröstelte ein wenig und griff nach der Strickjacke, die sie in ihrer Badetasche mitgebracht hatte. „Ich hol mir noch den Tod, so ohne was an." Kichernd sah sie zu dem jungen Mann hinüber, in der Erwartung, er werde in ihr Lachen einstimmen.

Aber er hatte sich aufgerichtet, den Kopf zurückgebeugt, daß ihm die lange blonde Mähne auf die Schultern herabhing, und sah zu dem riesigen Flugzeug tausend Meter über ihnen hinauf. „Du bist verspätet, großer Vogel", sagte er unhörbar in das Dröhnen über ihren Köpfen. „Hoffentlich nächste Woche nicht, wenn wir den Fliegenpilzmann fertigmachen."

„Was hast du gesagt?" schrie sie. „Was ist das für ein Flugzeug?"

„Das, meine Kleine, ist eine Boeing 747, einige Millionen wert. Sie gehört der israelischen Gesellschaft EL AL und ist wieder verspätet", sagte er leise mit seinem leicht irischen Akzent.

Er stand auf und begann seine Jeans über die inzwischen trockene Badehose zu ziehen. Wieder sah sie das häßliche rote Mal einer abgeheilten Stichwunde links unter seiner Brust. Sie hatte ihn danach gefragt und die Antwort erhalten, er sei mit einer Heugabel gestürzt.

„Machen wir heute abend was?" fragte sie zögernd.

„Tut mir leid", erwiderte er und sah ihr die Enttäuschung an, „aber heute abend kann ich nicht. Ich muß mich mit einem Mann treffen –"

„– der mir einen Hund verkaufen will", sagte sie.

„Nein, es stimmt schon. Er kommt aus dem Ausland, eigens um mich zu treffen. Wirklich. Ich soll da was erledigen. Eine Sache von ein paar Tagen. Danach sehen wir uns wieder. Ganz sicher. Komm, ich begleite dich zum Bus."

Sie war den Tränen nahe, als er sich verabschiedete.

ZWEI Stunden lang stand Ciaran McCoy neben der Tafel mit den Abfahrtszeiten in der Waterloo Station und wartete auf den Mann, den er treffen sollte. Er hatte alle Anweisungen befolgt. Rote Krawatte,

Regenmantel über dem rechten Arm, einen Prospekt der Avis-Auto-vermietung in der Hand. Man hatte ihn geschoben und gestoßen, aber nicht angesprochen.

Kurz vor Mitternacht ging er in eine Telefonzelle und wählte die Nummer, die man ihm gegeben hatte.

Es meldete sich eine Vermittlung weit hinter der kunstvollen Fassade eines nachviktorianischen Gebäudes am Prince's Gate beim Hyde Park, das eine nordafrikanische Botschaft beherbergte. McCoy verlangte eine Nebenstelle, überrascht darüber, daß jemand um diese Zeit an den Apparat kam. Er konnte sich nicht an das Kennwort erinnern, das er nennen sollte, war zu durchgedreht vom langen Warten. Irgendein verdammtes fremdsprachiges Wort.

„Hier ist McCoy. Ciaran McCoy. Unser Freund ist nicht aufgetaucht."

Die Stimme am andern Ende der Leitung klang ruhig, unbeeindruckt vom Fehlen des Kennwortes. Es habe eine Verzögerung gegeben. Der Plan werde vielleicht fallengelassen. Er solle morgen wieder anrufen, aber nicht so spät.

Fünf Sekunden nachdem McCoy den Hörer aufgelegt hatte, stand das Bandgerät still. Alle Anrufe bei dieser Nummer wurden automatisch überwacht, seitdem man durch ein hochgestelltes Mitglied der Botschaft zu dieser Nebenstelle Zugang hatte. Als Gegenleistung bewahrte das Außenministerium Stillschweigen über die Trinkgewohnheiten des Botschaftsangehörigen.

Das Band war eins von vielen, die in dieser Nacht aufgenommen und später im Souterrain eines Gebäudes auf Maschine geschrieben wurden. Das Haus lag in der Curzon Street in Mayfair, kaum eineinhalb Kilometer entfernt.

Zweites Kapitel

David Sokarev führte immer eine Mauser-Pistole im Handschuhfach seines Wagens mit sich. Sie war geladen, wurde aber nur zweimal im Jahr abgefeuert, wenn er auf den Schießstand östlich von Beersheba ging.

Von sich aus hätte er sich keine Waffe angeschafft, aber es war ihm befohlen worden, und um lange Auseinandersetzungen zu vermeiden, hatte er lieber zugestimmt und ließ sie im Wagen. Wäre er je gezwungen gewesen, sie bei Gefahr zu gebrauchen, hätte er wahrscheinlich danebengeschossen. Er sah sehr schlecht, wie schon seine dicke Brille verriet.

Man hatte ihm auch nahegelegt, auf den Fahrten zum Labor in Dimona und zurück zu seinem Haus in Beersheba den Wagen nicht selbst zu steuern, da ihn seine Arbeit nervlich zu sehr beanspruche. Doch gegen dieses lächerliche Vorhaben hatte er sich erfolgreich gewehrt. Während der kleine Wagen hin und zurück durch die Negev-Wüste zockelte, war er in Gedanken mit Plutonium, unterkritischen Massen, Kernspaltung, Isotopentrennung und Neutronen beschäftigt, oder er las in einem auf das Steuerrad gelegten Buch.

Trotzdem fuhr er als gewissenhafter und methodischer Mann durchaus mit Umsicht. Aber nur wenige Kollegen ließen sich gern von ihm mitnehmen.

Als Sokarev vor sechzehn Jahren mit seiner Arbeit in Dimona begann, trug das Vorhaben die Nummer eins auf der Liste der israelischen Geheimprojekte. Er durfte damals niemandem sagen, wohin er jeden Tag fuhr und was er machte. Aber die Beduinen, die dort gemächlich ihre Kamele durch die Dünen trieben, berichteten dem Militärgouverneur des ägyptischen El-Arisch von Kränen und Bulldozern. Der gab die Nachricht von einem gewaltigen Bau tief im Negev und von bewaffneten Patrouillen nach Kairo weiter. Kairo unterbreitete seine Sorgen dem Auswärtigen Amt in Washington, von wo das bestens funktionierende Räderwerk der internationalen Spionage in Gang gesetzt wurde.

An einem Oktobertag des Jahres 1960 startete eine U-2-Aufklärungsmaschine von einer US-Basis im Iran. Sie hatte den Auftrag, Dimona zu überfliegen und den neuen Komplex zu fotografieren. Als die U 2 in der Türkei landete, wurde der Film sofort von einem startbereiten Flugzeug nach Washington weiterbefördert.

Dort identifizierten Experten für Fotografien aus großen Höhen die Anlage als einen mittelgroßen Kernreaktor, die notwendige Einrichtung für die Erzeugung von Plutonium, dem Grundstoff der Atombombe.

In den ruhigen Junitagen 1967, nach dem Sieg im Sechstagekrieg – als Israels Verteidigung gesichert schien und die Araber über die großen Pufferzonen am Sinai, im Jordantal und auf den Golanhöhen zurückgetrieben waren –, gab die israelische Regierung Erklärungen über die Nutzung von Atomenergie für friedliche Zwecke ab. Sokarev wandte seine Bemühungen der Frage zu, wie man die Atomenergie für die Landwirtschaft nutzen kann, etwa der Urbarmachung von Wüstengebieten durch Meerwasser, das mit Hilfe von Atomkraft entsalzt wird.

Er war recht jung für diese Aufgabe und galt unter seinen Kollegen als genial. Aber das Projekt war nicht von Dauer.

Neue Spannungen entstanden an der Grenze zu Ägypten und Syrien. Und am Yom-Kippur-Tag im Oktober 1973, als Sokarev und seine Familie gerade ihre Gebete verrichteten, durchbrachen arabische Verbände die großen Verteidigungslinien am Suezkanal, andere berannten die Golanhöhen. Diesmal gab es keinen Sechstagekrieg, der Sieg wurde schwer errungen. Berichte von neuen weitreichenden, auf den Ebenen hinter Damaskus aufgebauten Sowjetraketen sickerten durch.

Die Israelis begriffen, daß die Zeit gekommen war, das in Erwägung zu ziehen, was man allgemein „Entscheidung für Kernkraft" nannte. Die Arbeitstage in Dimona begannen früher und endeten später. Sokarev und sein Team setzten alles daran, die Konstruktion der Bombe zu beschleunigen. Und so lieferte der Reaktor in der Wüste eine kleine Menge Plutonium 239, kaum acht Kilo im Jahr, nur wenig größer als eine Orange, aber ausreichend zur Herstellung einer 20-Kilotonnen-Bombe.

Die israelischen Bomben, in ihrer Sprengkraft etwa denen von Hiroshima und Nagasaki zu vergleichen, konnten nicht erprobt werden, aber immerhin begann sich ein Vorrat anzusammeln.

Es war für Sokarev eine schlimme Zeit, zwanzig Monate harter Arbeit und endloser Kämpfe um Regierungsgelder. Er sehnte sich nach den Tagen zurück, in denen sein produktives Gehirn sich nur mit wissenschaftlichen Formeln zu beschäftigen brauchte. Müdigkeit und Sorgen hatten ihre Spuren hinterlassen. Er sah blaß aus, weil er die Sonne nur selten zu Gesicht bekam; sein Hemd wölbte sich über dem Bauch, weil er nicht mehr auf den Tennisplatz kam, wo er früher gern zweimal die Woche gespielt hatte.

Aber an diesem Dienstagmorgen bemerkte der bewaffnete Posten, der ihn am ersten Sicherheitstor anhielt, daß Sokarevs abgespanntes Gesicht ein wenig aufgehellt war. „Gut sehen Sie heute aus, Herr Professor", sagte er.

„Kein Wunder. Ist mein letzter Tag hier, dann geht's für eine Weile fort."

„Urlaub?" fragte der Posten, bevor er zurücktrat, um die rot-weiß gestrichene Schranke zu öffnen, die die Zufahrt versperrte.

„Sozusagen. Ein paar Tage in London, dann New York. Ein paar Vorträge, Wiedersehen mit alten Freunden. Ja, eine Art Urlaub." Noch zweimal wurde der Wagen von graubraun uniformierten Posten mit Maschinenpistolen angehalten. Allen drei Männern, die an diesem Morgen mit dem Professor sprachen, fiel eine gewisse Beschwingtheit an ihm auf.

„Ich habe mich verspätet", sagte er zu seiner Sekretärin im Vorzimmer. Es war eine Minute nach acht. „Der Terminkalender für heute?"

„Hauptsächlich Besprechungen. Vor einer Minute hat die Sicherheitsabteilung des Auswärtigen Amts angerufen. Sie wollen am Nachmittag jemanden von Jerusalem herschicken, um Ihre Reise mit Ihnen zu besprechen."

Es WAR bereits sechs Uhr, als David Sokarev seinen Schreibtisch für genügend aufgeräumt hielt, um ihn für drei Wochen verlassen zu können.

Nun gab es auch keine Entschuldigung mehr, die beiden Männer von der Sicherheitsabteilung des Ministeriums noch länger im Vorzimmer warten zu lassen. Joseph Mackowicz und Gad Elkin waren beide jung, kräftig und gut aussehend. Sokarev entschuldigte sich nicht, daß er sie so lange hatte warten lassen, und sie schienen dies auch nicht zu erwarten.

Mackowicz begann: „Ich freue mich, daß Sie uns empfangen konnten, Herr Professor. Wir sollen Sie auf Ihrer Reise begleiten und uns immer in Ihrer Nähe aufhalten. Heute möchten wir vor allem Ihre Zusage, daß Sie uns bei unserer Aufgabe unterstützen und unsern Rat wirklich ernst nehmen werden."

„Ich würde nie wissentlich eine Zusammenarbeit erschweren."

„Das freut mich sehr, Herr Professor. Nicht jeder, der in einer ähnlichen Lage wie Sie ist, ist froh darüber, uns immer auf Tuchfühlung zu haben. Manchen ist dies ihren ausländischen Kollegen gegenüber peinlich. Ich versichere Ihnen, falls es Belästigungen geben sollte, handelt es sich um eine unumgängliche Notwendigkeit, die man in Kauf nehmen muß."

„Ich habe mich weder für so wichtig gehalten", sagte Sokarev leicht bekümmert, „noch war mir bewußt, daß ich in Gefahr sein könnte."

„Wir hatten auch nicht angenommen", erwiderte Mackowicz, „daß unsere Sportler in München in Gefahr sein könnten. Wir wußten, daß ein Anschlag der Gruppe Schwarzer September etwa um diese Zeit in Europa zu erwarten war. Niemand zählte zwei und zwei zusammen, und unsere Leute starben ohne Gegenwehr. Das wird nicht wieder vorkommen. Jeder einzelne Tennisspieler, der Israel irgendwo vertritt, wird beschützt. Bei einem Wissenschaftler Ihres Ranges ist dies ebenso unvermeidlich. Das wurde alles bei der Reorganisation nach dem Anschlag von München festgelegt."

„Meine Herren", sagte Sokarev, „ich kann die Möglichkeit einer Bedrohung gelten lassen, halte sie aber für ziemlich gering. Warum müssen zwei Männer auf mich aufpassen? Und warum können das nicht die Leute unserer Botschaften tun oder die Polizei des jeweiligen Landes, das ich besuche?"

Jetzt schaltete sich Elkin ein. „Die Regierung stuft Sie in eine hohe Gefahrenkategorie ein. Sie verfügen über Spezialkenntnisse, sind der Leiter eines wichtigen Teams und demnach ein wichtiges Angriffsziel."

„Wir haben Informanten", setzte Mackowicz hinzu, „Leute, die sich für uns umhören, und andere, die das Gehörte interpretieren. Aus dem, was wir in Erfahrung bringen, versuchen wir die Möglichkeiten im voraus abzuschätzen. Im konkreten Fall ist das Bild noch nicht vollständig, aber in groben Umrissen gewinnt es Gestalt."

„Gerade ich bin bedroht?" fragte Sokarev ungläubig, und seine Selbstsicherheit schmolz dahin.

„Wir wissen", sagte Elkin, „daß eine palästinensische Terroristengruppe quer durch Europa nach Norden unterwegs war. Sie wurden durch unsere Initiative von den französischen Behörden abgefangen. Zwei von ihnen sind tot. Wir glauben, daß es drei waren. Trifft das zu, dann ist einer entwischt. Sie waren auf dem Weg nach Boulogne, wir vermuten, zur Fähre nach England. Aus Israel fährt niemand nach England, außer Ihnen, Herr Professor."

Sokarev schwieg entmutigt. Die Gegenwart dieser ernüchternden jungen Männer wirkte auf ihn bedrückend, und was sie ihm eröffneten, verdroß ihn zunehmend.

Das Schweigen dauerte an und wurde lastend, bis die beiden Beamten unruhig zu werden begannen und Mackowicz sagte: „Sie werden es weder gelesen haben, noch sollte es weitererzählt werden. Vor sechs Tagen unternahm eine Terroristengruppe von ihrer vorgeschobenen

Basis im Libanon aus einen Grenzüberfall. Sie wurde von einer Militärstreife gestellt. Bei der Schießerei wurden vier der fünf Mann getötet, einen haben wir gefangengenommen. Er hat beim Verhör ausgesagt. Informationen sind nicht leicht zu bekommen, aber wenn, so hören wir aufmerksam zu."

Unsicher erhob sich Sokarev aus seinem Sessel und ging durch das Zimmer. Er fühlte sich alt und sehr müde. An der Tür schaltete er das Licht an, um die aufkommenden Schatten zu vertreiben. Außer einer einzigen Fotografie waren die Wände seines Büros kahl. Einfach, wie er es liebte.

Das Foto zeigte seine drei Kinder: Zwei Mädchen in Uniformhosen und marineblauen Dienstpullovern mit V-Ausschnitt; zwischen ihnen sein Sohn, einen Kopf größer, im Sommerkhaki der Luftwaffe, mit dem Pilotenabzeichen auf der Brust. Sie würden alle morgen auf Urlaub nach Hause kommen.

„Was hat der Terrorist bei der Vernehmung ausgesagt?"

Mackowicz und Elkin standen nun auch auf. Mackowicz sagte: „Er hat uns gesagt, daß die PFLP-Gruppe, die sich Generalkommando nennt, einen Überfall in Europa plant. Das Angriffsziel wußte er nicht. Unter schärfster Befragung gab er uns das Codewort für diese Operation: Kima. Das ist arabisch, palästinensischer Dialekt, und bedeutet: ,Pilz'. Nicht einer von den kleinen knopfförmigen, sondern ein großer, ungehemmt wachsender, der immer riesenhafter und üppiger aufwuchert. Deshalb glauben wir, daß ein Mann aus Dimona in Gefahr ist, und werden nicht von Ihrer Seite weichen."

NACHDEM sie gegangen waren, saß Sokarev noch lange in seinem Büro. Dann packte er seine Papiere in die alte abgenutzte Ledertasche und schloß die Tür hinter sich. Zwischen den hell angestrahlten Stacheldrahtzäunen hindurch ging er zu seinem Wagen. Hoch oben auf den Plattformen der Wachtürme konnte er die Posten sehen und unten die Hundeführer mit ihren scharfen Schäferhunden. Das war seine sichere, von der Außenwelt abgeschlossene Oase.

Als er nach dem Schlüssel griff, merkte er, daß seine Hand zitterte. Bevor er startete, blieb er noch ein paar Augenblicke ruhig sitzen, um eine beklemmende Atemnot erst abklingen zu lassen, dann fuhr er nach Hause.

Zum erstenmal empfand er als Erwachsener Angst. Angst vor dem Unbekannten. Er konnte sich an kein ähnlich intensives Gefühl erinnern. Wie ein Kind, das sich fürchtet, in einem unbekannten dunklen Raum allein gelassen zu werden, begann ihm vor dem Besuch in der fremden Stadt zu grauen, einer Millionenstadt, in der ein Mann... oder zwei... oder drei... oder vier unerbittlich ein einziges Ziel verfolgten, David Sokarev, ihn selbst, umzubringen.

Seine Frau sah die gequält herabgezogenen Mundwinkel, den beklommenen Ausdruck seiner Augen.

Sie brachte ihm das Essen – Leber – und sah zu, wie er sie hin und her schob und schließlich ihr zu Gefallen aß. Von Mackowicz und Elkin erzählte er ihr nichts.

Nachher saß er zusammengesunken in seinem Lehnsessel. Es hatte immer wieder Zeiten gegeben, in denen die Arbeit ihn fast erdrückte, mit ihrer Last seine Schultern buchstäblich zu beugen schien. Bei früheren Gelegenheiten hatte sie mit ihm über seine Erschöpfung und Niedergeschlagenheit sprechen und so die Bürde erleichtern können. Aber nicht diesmal. Sie erhielt dürftige Antworten auf ihre liebevollen, tastenden Fragen, wurde nur mit einem Achselzucken abgespeist und gab schließlich entmutigt auf. Sie hoffte, daß ihn die Ankunft der Kinder am nächsten Tag aufheitern würde.

DRITTES KAPITEL

EINE Großstadt ist besonders anfällig für terroristische Anschläge. Gewaltig, geschäftig und gleichgültig, wie sie ist, stellt sie ein ideales Jagdrevier dar, besonders dann, wenn die Jäger eine kleine verschworene Gruppe von Männern sind, die man an den Fingern einer Hand aufzählen kann. Die IRA-Leute hatten überzeugend bewiesen, wie wehrlos eine Weltstadt ist – Bomben explodierten in überfüllten Geschäften und auf Bahnsteigen, und der mächtige Körper Londons merkte kaum, daß er angegriffen wurde.

Wo sich acht Millionen Menschen zusammendrängen, ist jeder ein Fremder, keiner kennt den andern. Der Terrorist kann in jedem beliebigen Milieu untertauchen. Wenn er die Mittel hat, kann er ein schickes Apartment in Mayfair oder Belgravia mieten, wo ihn der Pförtner beim Kommen und Gehen grüßt, aber keine Fragen stellt. Hat er wenig Geld, kann er in einer der unzähligen kleinen Pensionen im Norden Londons ein Zimmer nehmen, im voraus bezahlen und seine Zeit in vollkommener Anonymität abwarten. In der Weltstadt hat ein Mann,

der in der Kunst des Guerillakrieges geschult ist, es nur sich selbst zu-
zuschreiben, wenn er scheitert.

In London sind die gegen ihn eingesetzten Kräfte spärlich, in der
Hauptsache sind es die Metropolitan Police (die Stadtpolizei) und die
Kriminalpolizei, die in Scotland Yard und einem neuen Gebäude bei
der Victoria Station untergebracht ist. Wegen der ständig zunehmen-
den Probleme mit konventionellen Verbrechen wurde die Stadtpolizei
auch bei der Bekämpfung internationaler Gewalttätigkeit zu einem
harten Kurs gezwungen. Keine der maßgebenden Stellen dachte im
entferntesten an diese Entwicklung, als New Scotland Yard erbaut
und Personal, Akten und Labors dorthin verlegt wurden. Das hohe
Gebäude mit seinen Glasfassaden war so verletzlich, daß patrouillie-
rende Polizisten jedes Fahrzeug im Umkreis von fünfzig Metern am
Parken hindern mußten, um Bombenanschläge durch abgestellte Autos zu verhüten. Und von den Hunderten von Kriminalbeamten, die
durch die Schwingtüren des Haupteingangs aus und ein hasten, sind
verhältnismäßig wenige mit antiterroristischen Maßnahmen befaßt.
Diese wenigen gehören einem Sonderdezernat an, das vor beinahe
hundert Jahren zur Bekämpfung der irischen Freiheitskämpfer, der
Fenier, eingerichtet wurde.

Obgleich das irische Problem immer noch ihr Hauptarbeitsgebiet
ist, haben sich die Männer dieses Dezernats auch mit Umsturzversu-
chen, anarchistischen Randgruppen, militanten Gewerkschaftsführern
und Diplomaten aus den Ostblockländern zu befassen. Sie sind verantwortlich für den persönlichen Schutz maßgebender Politiker des
Inlands, vom Premierminister abwärts, und auch für hochgestellte
Ausländer, die das Land besuchen.

Sie waren über den geplanten Besuch David Sokarevs in England
erst vier Tage vor seiner Ankunft auf dem Flugplatz Heathrow unterrichtet worden. Weder seine überragende Bedeutung für Israel noch
das Ausmaß seiner Bedrohung war ihnen bekannt.

Aber für das Überleben David Sokarevs auf seiner Fahrt durch London war eine andere Gruppe von Männern viel wichtiger als die Beamten des Sonderdezernats. Sie operierten von einem wenig bekannten
fünfstöckigen Gebäude in einer der feudalsten Gegenden Londons aus.
Es steht nahe beim Playboy Club und dem Londoner Hilton Hotel und
wirkt düster und sehr reparaturbedürftig. Seine Fenster sind gegen die
Außenwelt durch Gardinen abgeschirmt und außerdem durch zenti-
meterdicke Scherengitter aus Stahl geschützt. Die Seiteneingänge sind

zugemauert. Über dem Haupteingang steht, nie gesäubert und kaum leserlich, die Inschrift LECONFIELD HOUSE. Das Gebäude trägt keine andere Bezeichnung, die etwa auf die Tätigkeit der dort Beschäftigten schließen ließe.

Es ist das Nervenzentrum der am besten getarnten Einrichtung Englands, die für die in aller Stille betriebene Gegenspionage und die Antiterrormaßnahmen verantwortlich ist: der Sitz des britischen Geheimdienstes.

Elf Stunden nachdem das Gespräch zwischen Ciaran McCoy und dem arabischen Diplomaten auf Band aufgenommen worden war, lagen die Spulen und die Abschrift auf dem Schreibtisch eines kleinen Zimmers im zweiten Stock von Leconfield House, dem Büro von Philip Whilloughby-Jones. Es war fast kahl, bis auf einen stählernen Aktenschrank an einer Wand und vier Stahlrohrsessel im Halbkreis vor dem Schreibtisch, die offenbar nicht aufgestellt waren, damit man sich dort ausruhen konnte.

Jones – er verabscheute den Doppelnamen, den sein Vater zu gebrauchen pflegte – war von schmächtiger Statur. Eine scharfe Hakennase ragte über einem Bürstenschnurrbart vor, einem Überbleibsel aus seiner Zeit bei der Royal Air Force. Schmale Wangen, schütteres, meliertes Haar. Die Wirkung ging von den tiefliegenden, wachsamen, lebhaften Augen aus. Was ihn von anderen Männern unterschied, war sein Unterkiefer, der weder Runzeln noch Haare aufwies. Man hatte Haut von seinem Gesäß dorthin transplantiert, um die vor vielen Jahren verbrannten Hautschichten zu ersetzen.

Jones war für die allgemeine Überwachung der Botschaften des Nahen Ostens verantwortlich. Duggan, mit dem Arbeitsfeld Irische Angelegenheiten, sollte in fünfzehn Minuten zu einer Besprechung zu ihm kommen, ebenso Fairclough von der Abteilung für Arabische (Palästinensische) Angelegenheiten. Bevor sie kamen, war Zeit genug, nochmals die Akte über die Botschaft am Prince's Gate durchzusehen. Er schloß die mittlere der drei Schubladen seines Aktenschrankes auf und entnahm ihr eine dünne Mappe. Gerade bei dieser Botschaft wurden mehrere Telefonleitungen überwacht, jede Nebenstelle hatte eine eigene Akte. Diese letzte Nummer war erst kürzlich dazugekommen, und sie wurde nicht viel benutzt. Jones las die wenigen Blätter rasch und sachkundig durch. Dann hatte er noch Zeit für eine Pfeife, bevor die andern kamen. Er setzte sie in Brand und sog heftig daran.

WARTE, bis eine größere Gruppe durchgeht, dann schließ dich ihr an, hatte man ihn gelehrt. Also mischte sich Abdel-el-Famy unter eine Gruppe von Studenten, die sich zu den französischen Grenzbeamten drängte. Aber Famys Vorsicht war unnötig. Die Beamten in Boulogne kontrollierten nur flüchtig und hielten lediglich auf Grund einer Meldung nach einem schmutzbespritzten und vermutlich unrasierten Mann Ausschau. Diese Beschreibung paßte nicht auf Famy in seinen tadellos sauberen Jeans, dem orangefarbenen Hemd und der hüftlangen blauen Jacke aus seinem Handkoffer. Die Pistole und die beschmutzten Kleider hatte er in einem Wäldchen östlich von Boulogne vergraben.

Während die Fähre die Wellen des Kanals durchpflügte, schloß Famy Bekanntschaft mit einigen der jungen Leute. Sein Französisch war recht gut, und es herrschte allgemein gehobene Stimmung. Dem Dozenten, der die Gruppe auf diesem Achttageausflug nach London führte, fiel, als sich das Fährschiff dem Hafendamm näherte, flüchtig auf, daß er den großen dunkelhäutigen Mann, der sich zu ihnen gesellt hatte und ein wenig älter war als die andern, bei der Abfahrt von Paris am Bahnhof nicht gesehen hatte. Aber vielleicht war er der Freund von jemandem.

Als die Fähre in den Hafen von Dover einbog und auf den langen Hafendamm zusteuerte, sah Famy das weiße Band der Klippen. Es war keine so gewaltige Barriere, wie er erwartet hatte. Das Kastell zog seinen Blick auf sich, mächtig in seiner niederen Gedrungenheit, aber antiquiert.

Er lächelte vor sich hin, während er das Bild in sich aufnahm. Das war sein Feind: kraftlos und unzeitgemäß, unfähig, sich mit der neuen, modernen Welt zu messen, für die er kämpfte, unfähig auch, die Schlagkraft der palästinensischen Bewegung zu begreifen und sich gegen die neue Philosophie der Revolution und des Angriffs zu verteidigen.

Nach dem umständlichen Anlegen und Vertäuen brauchten die zwei Mädchen aus Orléans und der Junge aus St-Étienne lange, um ihr Gepäck zusammenzusuchen. Die andern riefen ihnen zu, sie sollten sich beeilen. Die Verzögerung paßte Famy ins Konzept. Sicher befürchteten sie, den Zug nach London zu versäumen, und das hieße, daß sie sich alle aufgeregt und hastig durch den Zoll drängen würden. So war es auch. Als die Beamten die ersten vier der Gruppe abfertigten, begann der Dozent zu rufen und mit den Fahrkarten zu winken. Die

Beamten waren so gutmütig, die Gruppe durchzulassen. Famy unterhielt sich mit den beiden Mädchen, als sie an den Beamten vom Sonderdezernat vorbeieilten, die im Hafen Dienst taten. Sie würdigten ihn keines Blickes. Sein Paß blieb in seiner Tasche, unverlangt, ungeprüft. Einen Augenblick war er unentschlossen. Die drei Männer hatten bei ihrer Abreise aus Beirut eindeutige Befehle für den nächsten Schritt erhalten. Unter keinen Umständen sollten sie mit dem direkten Zug Dover–London fahren. Wenn aus irgendeinem Grund Verdacht aufkäme, hatte man ihnen gesagt, blieben den Behörden zweieinhalb Stunden Zeit, um ihre Festnahme in der Victoria Station zu veranlassen. Deshalb hatten sie einen Busfahrplan beschafft, nach welchem die Gruppe an der Küste entlang fahren und dann einen Zug nehmen konnte, der keine Verbindung mit den Kanalfähren hatte.

Famy fühlte sich bei den französischen Studenten sicher, aber seine Befehle gestatteten in diesem Punkt keinerlei persönliche Initiative. Als sich die Mädchen wieder nach ihm umsahen, war er verschwunden.

An den Bushaltestellen mußte er immer wieder endlos warten. Von Dover nach Folkestone elf Kilometer. Von Folkestone nach Ashford siebenundzwanzig. Von Ashford nach Maidstone neunundzwanzig. In Maidstone, das am Freitagnachmittag sehr geschäftig war, ging er zum Bahnhof und nahm einen Personenzug nach London. Nur noch eine Stunde, dachte er, dann war er in der Stadt, in der David Sokarev sterben sollte.

DIE Besprechung im Leconfield House war schwierig. Jones, Duggan und Fairclough saßen um den Tisch, jeder mit einer Abschrift des Tonbandes, und sie versuchten, mehr aus dem Text herauszulesen, als dastand.

„Fassen wir zunächst zusammen, was wir aus unseren bisherigen Unterlagen entnehmen können", sagte Jones. „Der Nebenanschluß, den McCoy angerufen hat, wird wenig benützt, wurde aber von dem kleinen Mistkerl, der ihn uns vermittelt hat, für einigermaßen bedeutend gehalten. Da könnte also was kommen. Und alle früheren Anrufe dort waren in einem Code, der noch nicht entschlüsselt ist." Er nahm ein Blatt aus seiner Mappe. „Sachen wie das hier: ,Unterkunft 173.65.312.' Das war vor drei Tagen. In der nächsten Nacht: ,Treffpunkt wie vereinbart 77.1.6.' Die Nachricht der vergangenen Nacht zeigt an, daß das Treffen schiefgegangen ist. Was nicht in das bisherige

Schema hineinpaßt, ist die Tatsache, daß diesmal ein Name genannt wird, obwohl es sich um die gleiche Stimme wie bei den ersten beiden Anrufen handelt. Der Sprecher gebraucht kein Codewort, sondern platzt einfach heraus."

„Versuch die einfachste Deutung", sagte Fairclough. „Der Name McCoy ist vielleicht echt. Er steht herum, wartet auf jemanden. Hat es satt. Will wissen, was los ist. Deshalb ruft er an – mit diesem irischen Tonfall, der uns wie magisch anzieht und allen Alpträume verursacht."

„Und was bewegt McCoy, die Geheimnummer einer Botschaft anzurufen", fragte Jones, „wenn der Unbekannte, den er treffen soll, nicht erscheint?"

Das ging Duggan an. Die beiden andern Männer arbeiteten an Hypothesen, erwogen Möglichkeiten. Sein Gebiet dagegen war die exakte und bekannte Bedrohung, die unter der Bezeichnung IRA lief – der illegalen provisorischen Irisch Republikanischen Armee. Vergeblich hatte er alle Listen auf eine Erwähnung des Namens Ciaran McCoy hin überprüft. Er hatte mit der militärischen Abwehr in Nordirland telefoniert. Man wollte seine Anfrage dem Computer eingeben und sie im Lauf des Nachmittags durch Fernschreiber beantworten.

„Wenn der Typ ein Angehöriger der IRA ist, kann man es schwer erklären", sagte Duggan. „Sie hatten Kontakte mit arabischen Regierungen, haben Waffen von ihnen gekauft. Die von uns abgefangenen Kalaschnikows. Es gab auch schon Zusammenkünfte und Besprechungen. Aber ihre politischen Vorstellungen sind himmelweit voneinander entfernt. Wenn einmal eine Verbindung besteht, dann nur für ein bestimmtes Vorhaben, danach ist wieder Schluß. Eine Zusammenarbeit auf längere Sicht wäre undenkbar."

„Der Junge ist der einzige Punkt, von dem wir ausgehen können", warf Fairclough ein. „Beginnen wir also, uns von McCoy aus die Dinge zusammenzureimen. Wenn sie schon darüber verhandelt haben, ihre Kräfte zu vereinigen, sind wir jedenfalls nicht weit von einer spektakulären Aktion entfernt. Haben sie sich erst getroffen, verlieren die Araber keine Zeit und gehen auf ihr Ziel los. Sie kommen gerade rechtzeitig, schlagen zu und tauchen unter. Alles ist sorgfältig geplant. München ist das beste Beispiel. Der Trupp, der das olympische Dorf überfiel, traf erst zwei oder drei Tage vorher ein. Aber beschlossen hatten sie es sieben Monate früher."

„Vielleicht kommen sie diesmal überhaupt nicht", murmelte Jones mit einem leichten Lächeln. „Ihr habt die Meldung gesehen. Zwei Männer, vermutlich Araber, wurden an einer Straßensperre in der Nähe von Boulogne angehalten."

„Schön wär's", stimmte Fairclough zu.

Es klopfte. Das eintretende Mädchen war groß und ein wenig füllig, blondes Haar hing ihr über die Schultern herab, und ihr Pullover saß ein wenig zu knapp. Helen Anderson war seit acht Jahren Sekretärin bei Jones.

„Entschuldigen Sie die Störung", sagte sie ruhig, „aber da ist eine Nachricht für Mr. Fairclough vom Auswärtigen Amt. Die Israelis haben sich mit unsern Leuten in Zypern in Verbindung gesetzt. Sobald sie dort den Bericht durch den Wolf gedreht und den richtigen Code gefunden haben, geben sie ihn durch. Sie sagen, Sie sollten darauf warten."

„Das heißt, daß der Abend für uns alle beim Teufel ist", sagte Fairclough.

Sie schimpften und stöhnten jeden Freitagabend, wenn sich Arbeit auf ihren Tischen häufte, aber sie blieben immer.

DER Israeli, der zur englischen Luftwaffenbasis Akrotiri im Südwesten Zyperns geflogen war, reiste anonym und im direkten Auftrag des Geheimdienstchefs in Tel Aviv. Ein großer Teil des Informationsaustausches zwischen den israelischen und englischen Geheimdienstleuten fand in diesem riesigen, weitgedehnten Royal-Air-Force-Camp statt. London nahm jede Warnung ernst, die aus Zypern gefunkt wurde; wenigstens in der Hälfte aller Fälle, bei denen Truppen zum Flugplatz Heathrow beordert wurden, hatte man sich genau nach den aus Akrotiri erhaltenen Informationen gerichtet.

An diesem Abend vergeudete der Israeli keine Zeit. Ohne Umschweife zählte er dem englischen Beamten, der hingefahren war, um ihn zu sprechen, fünf Punkte auf. Ein palästinensisches Mordkommando war im Norden Frankreichs abgefangen worden. Der israelische Geheimdienst in Paris war nicht sicher, ob man alle Mitglieder der Bande erwischt hatte.

Die Operation lief unter dem Codenamen Fliegenpilz. Israels bedeutendster, aber weitgehend unbekannter Atomspezialist sollte am Montag in England ankommen, um einer schon vor langer Zeit ergangenen Einladung zu einem Vortrag zu entsprechen. Und die israelische Regierung werde es äußerst übel aufnehmen, wenn irgendein Zwischenfall den Besuch des Professors stören würde. Im allgemeinen sprach der Mann ohne großen Nachdruck, aber den letzten Punkt wiederholte er dreimal.

„Wenn der Mann so wichtig ist", fragte der Engländer, „und wenn Gefahr besteht, warum sagen Sie den Besuch nicht ab?"

„Geschähe das bei jeder Bedrohung, würde es für uns völlige Isolation, ja Sterilität bedeuten. Wir lassen uns von Terroristen nicht einschüchtern, und wir erwarten Unterstützung durch Ihre Behörden."

„Sonst noch etwas, das uns weiterhelfen könnte?" fragte der Engländer und dachte: Die verwickeln nur zu gern auch alle andern in ihre endlosen Probleme.

„Nein, sonst nichts. Lassen Sie bloß niemanden an unsern Professor heran."

DIE von Duggan aus Nordirland angeforderte Information wurde ihm um vier Uhr nachmittags aus dem Souterrain, wo die Fernschreiber standen, heraufgebracht. Beim Durchlesen legte sich seine Stirn in noch tiefere Falten.

Betrifft: McCoy, Ciaran Patrick Aloysius
Adresse: Ballynafeigh bei Crossmaglen, Süd-Armagh, Nordirland
Alter/Geburtsdatum: 22 Jahre, 14. März 1954
Aktenauskunft: Seit drei Jahren Mitglied der IRA. Nach dem ersten Jahr Bericht über Führung einer aktiven Kampfeinheit im Gebiet von Cullyhanna. Ausgezeichneter Schütze, geborener Führer. Von den Sicherheitskräften verhaftet am 8. 12. 1974. Eingeliefert in das königl. Gefängnis in Maze, wo er Sprecher für die IRA-Gefangenen wurde. Freigesetzt am 3. 7. 1975 auf Anweisung des Innenministers. Seither aktiv politisch tätig, Rückkehr zu Gewalt möglich laut Milit. Abwehr und Sonderdezernat. Wahrscheinlich verantwortlich für Schießerei in Süd Armagh auf Streifenwagen am 17. 8. 1974 und Schüsse aus Hinterhalt auf den Fallschirmjäger, getötet am 10. 10. 1974. Bild und Fingerabdrücke folgen.

Hintergrund: Folgendes persönlich und vertraulich von Milit. Abwehr nur für Ihr Büro. „Wir waren erstaunt über die Freilassung von McCoy und protestierten über entsprechende politische Kanäle. Erhielten Antwort, daß McCoy der einzige Verhaftete aus diesem Gebiet sei und auf Grund einer Anforderung seiner örtliche IRA-Gruppe während eines vereinbarten Waffenstillstandes entlassen wurde."

Beurteilung: besonders fähig, gutes Bildungsniveau, könnte sich in allen Gesellschaftsschichten bewegen, beträchtliches Tarnungsgeschick.

Das letztemal hier vor 10–12 Tagen gesehen. Keine Besuche in London bekannt, aber Schwester früher im St. Mary's Hospital im Nordwesten Londons tätig. Zuletzt verhört durch Major Ian Stewart von Milit. Abwehr, jetzt in Pension. Kurz: ein harter Bursche. Viel Glück.

Duggan fotokopierte das Blatt für Jones, Fairclough und seinen Abteilungsleiter. Dann las er die Information nochmals durch. Für seinen geschulten Verstand waren die Folgerungen aus dem Bericht erschreckend. Ein Spitzenmann in einer Spitzenformation der IRA. Verantwortlich für mindestens zwei Morde. Und jetzt lief er in London herum, rief Botschaften an, verfehlte Partner. Was hatte er vor? Duggan eilte ein Stockwerk tiefer in Jones' Büro.

IN DER Victoria Station drängte sich der Araber durch das Gewimmel der heimwärts strömenden Pendler zu einer Telefonzelle. Er studierte die Gebrauchsanweisung, nahm ein Zweipencestück und wählte die Nummer, die er auswendig gelernt hatte.

Als das Amtszeichen ertönte, warf er die Münze in den Schlitz. Nach einer Weile meldete sich eine Stimme. Er verlangte die Nebenstelle, die man ihm angegeben hatte. Eine andere Stimme bestätigte die Verbindung.

„Fliegenpilz", sagte Famy, „einer ist angekommen."

Vom andern Ende kam die kurze Weisung: „Gleicher Treffpunkt wie gestern." Dann wurde eingehängt.

Drei Stunden totzuschlagen. Famy trat in die Spätnachmittagssonne hinaus. Vor ihm lag ein Souvenirladen mit englischen Wimpeln, Gardepuppen, Postkarten vom Buckingham Palast.

„Entschuldigen Sie", sagte er zu dem Mann neben der Bude, „haben Sie das Buch *London AZ*? Einen Stadtplan, der AZ heißt?"

Der Mann reichte ihm ein blau-weiß-rotes Buch. „A bis Z", sagte er herablassend. „Dreißig Pence."

Famy zahlte und ging. Auf der andern Seite der belebten Straße entdeckte er ein Schild: SANDWICHES UND GETRÄNKE. Er war hungrig und müde und schloß sich einer Gruppe Fußgänger an, die über die Straße hasteten. Im Lokal ließ er sich von dem italienischen Kellner eine Tasse Kaffee an seinen kleinen Tisch bringen und bestellte Brot und Geflügelsalat dazu. Nachdem er das alphabetische Straßenverzeichnis von Groß-London und das verwirrende Netzwerk der Linien und Worte flüchtig durchgesehen hatte, holte er aus der inneren

Jackentasche ein dünnes Notizbuch und schlug die mit Zahlen voll-geschriebenen Seiten für „Ausgaben" auf. In der obersten Zeile stand: 77.1.6.

Er hätte diese Zahlen nicht aufschreiben dürfen. Der Befehl war, sie auswendig zu lernen, aber Famy hatte befürchtet, sie zu vergessen. Er war sich darüber im klaren, daß er gegen eine ausdrückliche Anwei-sung verstoßen hatte, und Gewissensbisse überkamen ihn, als er sich an die Entschlüsselung seines Code machte.

Er blätterte das Buch vorsichtig bis zur Seite 77 durch. Am oberen und unteren Rand der Karte waren Buchstaben, an den Seiten Zahlen zur Bezeichnung der Planquadrate. Er zählte an den Fingern ab: Der sechste Buchstabe des Alphabets war das F. In dem horizontal durch die Ziffer eins und vertikal durch den Buchstaben F bezeichneten Quadrat fand er ein dunkler getöntes Gebiet mit der Bezeichnung Waterloo. Man hatte ihm gesagt, der Treffpunkt sei eine Bahnstation, also mußte er zur Waterloo Station gehen.

Dann machte er sich an die Auswertung der Zahlen 173.65.312 in der nächsten Zeile, um zu sehen, wo seine Unterkunft war. Diesmal blätterte er bis zur Seite 173 und begann den Index der Straßennamen von oben herunter abzuzählen.

Nummer 65 lautete: Englefield Road N.1. 4C 46. Die Adresse der Unterkunft lautete also Englefield Road 312, im äußeren Bezirk von Islington, Nord-London.

Die Abschrift von Famys Anruf in der Botschaft wurde eiligst zu Jones hinaufgebracht. „Keine Chance für eine Nachforschung", sagte der Überbringer. „Der Anruf dauerte nur etwa vierzehn Sekunden und kam vermutlich von einer öffentlichen Telefonzelle und nicht aus einem Gebäude. Unmöglich, einen Anruf wie diesen noch weiter aus-zuwerten."

„Und die Stimme?" wollte Jones wissen.

„Fremdländisch. Ich würde etwa auf östliches Mittelmeer tippen."

So war ihr Freundchen also angekommen. Hatte die erste Verabre-dung versäumt, aber nun war er da, mit dem richtigen Codewort und im Begriff, sich mit diesem schmutzigen kleinen Provo zu treffen.

Jones griff nach dem Hörer und wählte die Nummer seiner Woh-nung. „Ich komme erst spät, Liebling. Vielleicht heute nacht gar nicht. Alles in Ordnung mit den Jungen? Gut. Tut mir leid ... Ja, das sage ich immer, aber ich meine es wirklich. Küßchen, mein Schatz."

Jetzt waren es zwei Akten. Eine für die Anrufe in der Botschaft und eine für McCoy. Er nahm sie beide mit hinunter ins Souterrain, zog sich einen Stuhl heran und setzte sich neben den Mann, der den Telefonanschluß überwachte. Der Mann gab ihm einen Kopfhörer, und dann warteten sie mit wachsender Spannung auf den nächsten Anruf.

In seinem kleinen Team konnte kein Gefühl der Selbstzufriedenheit aufkommen, dachte Jones bei sich. Alle waren sich darüber klar, daß sie in wenigen Stunden aufholen mußten, wofür der Feind monatelange Vorbereitungen gebraucht hatte.

Bei diesem Geschäft hatte man nie ausreichend Zeit. Immer hinkte man hinterher.

BEI seinem Anruf in Wiltshire erfuhr Duggan von dem pensionierten Major der Militärischen Abwehr kaum etwas über McCoy, was er nicht schon wußte. Der Major war mit seinen Gedanken mehr bei seinem Rosengarten als bei dem jungen Iren, den er Monate zuvor verhört hatte. ,,Er war etwas intelligenter als die üblichen vernagelten Querköpfe. Wir haben nichts aus ihm herausgebracht. Damals waren die Druckmittel, die wir anwenden durften, ziemlich beschränkt. Ich habe nicht feststellen können, daß er irgendwie besonders politisch interessiert wäre. Komisch, wie wenige von denen das sind. Er gehorchte Befehlen, aber er war härter als die meisten andern. Steckte voller Haß.''

Der Major machte eine Pause und suchte nach etwas, das dem Mann in London nützen könnte. ,,Er plant seine Operationen gut. Hat eine Menge Geduld. Oh, und noch was. Wenn Sie ihn in London suchen – er hat eine Schwester, etwas älter, die in einem Krankenhaus angestellt war. Sie ist ein bißchen auf die schiefe Bahn geraten, hat sich einer Hippiehorde angeschlossen, ist zu ihnen gezogen und hat ihren Schwesternberuf an den Nagel gehängt. McCoy war dagegen. Sie sind ein sehr puritanischer Haufen, diese hartgesottenen Provos. Ich habe versucht, mit ihm darüber zu sprechen. Kam nichts raus dabei.''

,,Danke, das könnte sehr nützlich sein'', sagte Duggan.

EIN Kurier brachte per Auto den entschlüsselten Bericht von dem Treffen in Zypern. Fairclough mußte in die Halle des Gebäudes herunterkommen, um den Empfang des einfachen gelbbraunen Umschlags persönlich zu quittieren. Wieder in seinem Büro, las er das maschinengeschriebene Blatt und studierte aufmerksam jede Einzelheit.

Dann rief er in Jones' Büro an. Helen war am Apparat. „Er ist unten im Souterrain beim Abhören. Ich soll hier auf ihn warten. Er meint, daß vielleicht noch was zu schreiben sein wird."

Ärgerlich dachte er, daß seine eigene Sekretärin schon vor Stunden heimgegangen war. Dieses Mädchen aber blieb immer da, ging nie nach Hause, wenn sie spät noch arbeiteten. „Verständigen Sie ihn, daß Mr. Duggan und ich mit ihm sprechen möchten, sobald er fertig ist. Wir warten."

Fairclough rief in seiner Wohnung an und sagte, es würde heute spät. Das gleiche tat Duggan.

Unten im Souterrain kauerte ein Mann gespannt über dem Abhörapparat. „Jetzt kommt was", sagte er. Jones zuckte zusammen, als das gewaltig verstärkte Anrufsignal im Kopfhörer dröhnte.

„Muß ihn auf voller Lautstärke haben", erklärte der Mann daraufhin. „Sie könnten flüstern, und wenn man am Regler herumfummelt, ist vielleicht schon alles vorbei." Er hatte das Bandgerät eingeschaltet.

„Das ist McCoy", murmelte Jones, als die irische Stimme durchkam. Er hörte das Klicken der Umschaltung auf die Nebenstelle in der Botschaft, hörte, wie das Codewort gegeben wurde, und dann die nur aus einem Satz bestehende Antwort.

„Zwei Stunden Warten für so was!" entfuhr es Jones ärgerlich. „Immerhin hat er das Codewort gebraucht. Fliegenpilz ist bestätigt."

Helen erwartete ihn, als er herauskam, und sagte: „Mr. Duggan und Mr. Fairclough wollen Sie sprechen. Sie –"

„Holen Sie sie in mein Büro, rasch." Und damit war er an ihr vorbei und eilte die breite Haupttreppe hinauf, immer drei Stufen auf einmal.

Aus der Menschenmenge, die um den Buffetwagen in der Waterloo Station stand, beobachtete Famy prüfend den Mann vor der Abfahrtstafel. Er trug die richtige Kleidung. Das Hemd, der zusammengelegte Mantel, der Prospekt, alles stimmte. Nichts Verstohlenes an ihm, nur ungeduldige Erwartung. Fahrgäste fluteten an dem großen blonden Iren vorbei, der seinen Blick über das Gewühl schweifen ließ und nach seinem Kontaktmann Ausschau hielt. Famy beobachtete ihn und überlegte, daß dies für ihn eine ganz neue Erfahrung war. Er hatte nie Kontakt mit ausländischen Gruppen gehabt. Wenn es planmäßig verlaufen wäre, hätte Bouchi sich zu erkennen gegeben. Aber Bouchi lag kalt auf einem Brett in der Leichenhalle einer nordfranzösischen Stadt.

Famy trank seinen Tee, während seine Augen nach einem andern Mann suchten, der auch auffallend lange wartete. Er ließ sich mehrere Minuten Zeit, bis er zufrieden war, dann begann er, sich zu ihm durchzudrängen.

McCoy sah ihn kommen, erstarrte und atmete rascher. Noch ein paar Sekunden, und sein Kontaktmann war bei ihm. Schmale Gestalt, dunkelhäutig, kurzes gepflegtes Haar, sauber gekleidet. Fremdländisch, irgendwie anders. Und dann stand er vor ihm und sagte: „Die Fliegenpilze sind –"

Famy stockte. Die Worte, die er hätte sagen sollen – wie idiotisch sie klangen, wenn man sie mitten im Trubel einer Bahnstation aussprach. „Ich glaube, du wartest auf mich?"

„Komm mit", sagte McCoy nur. „Wir brauchen hier nicht herumzustehen." Er war schon losgegangen, als er über die Schulter fragte: „Wo sind die andern?"

„Ich bin allein", erwiderte Famy.

Eine Spur von Mißtrauen lag in der Art, wie McCoy herumfuhr und den Araber mit einem schrägen Blick musterte. „Man hat mir gesagt, ich soll drei treffen", zischte er. „Warum wurde das geändert?"

„Lies die heutigen Zeitungen über die Ereignisse in Nordfrankreich."

McCoy schüttelte vollkommen verständnislos den Kopf.

Sie standen jetzt an der Bushaltestelle. Famy fuhr fort: „Es hat eine Schießerei an einer Straßensperre gegeben. Gestern in aller Frühe. Meine Freunde haben sie nicht überlebt."

McCoy, der kleiner war als der Araber, sah zu ihm hinauf. „Tot? Ist alles abgeblasen? Aus der Traum?"

„Nichts ist aus. Kommt nicht in Frage, daß wir den Plan aufgeben. Man hat uns beauftragt. Rückschläge sind keine Seltenheit. Aber das ist nichts, um es hier zu besprechen."

Der Ire wollte noch etwas sagen. Aber es fiel ihm schwer, gegen diese ungewohnte Logik anzukommen, die mit seltsam präzisen Ausdrücken vorgebracht wurde. Das verdammte Team war zusammengeschossen worden, und dieser eine machte weiter, als sei nichts geschehen. Wahnsinnig, hirnverbrannt! Er betrachtete das Gesicht des andern, der unbewegt, leidenschaftslos die Straße entlangstarrte. Total verrückt, dieser eine und die andern, die alles geplant haben. Was kann einer, was können zwei tun im Vergleich zu vieren? Vier stellten das Minimum dar, darüber waren sich alle einig gewesen. Und jetzt waren sie nur noch halb soviel, und dieser Idiot sagt, es geht weiter. Schweigend unterdrückte er eine Serie von Flüchen und kostete innerlich jedes Wort aus, mit dem er seiner Wut Luft machte. Als der Bus kam, führte der Ire den Araber auf das Oberdeck. Sie nahmen auf den vordersten Sitzen Platz, und Famy schob den Handkoffer unter seine Knie.

„Hier oben können wir reden", sagte McCoy.

„Ich sehe kein Problem, mein Freund", erwiderte Famy mit ruhiger Sicherheit. „Wir zwei sind genug. Mir wurde gesagt, du hast einen Plan. Ist das richtig?"

McCoy nickte wie betäubt. Ihm dämmerte, daß er nicht mehr der Führende war, daß der große Fremde den Befehl übernommen hatte.

„Wenn es einen Plan gibt, können wir ihn ausführen", sagte Famy. „Es handelt sich nur um einen einzelnen Mann. Er wird bewacht sein, aber nicht sorgfältig. Wenn wir entschlossen vorgehen, gibt es keine Schwierigkeiten."

Mehr wurde nicht gesprochen, während der Bus nach Islington rumpelte.

McCoy sah gelegentlich zur Seite und stellte fest, daß die Augen des Arabers nie ihren entspannten, gleichgültig nach vorn gerichteten Blick verloren.

Er ist wie ein verdammter Zug in voller Fahrt, dachte McCoy, mit allen Signalen auf Grün. Eine fremde Stadt, ein Kontaktmann, den er nie zuvor gesehen hat, die halbe Mannschaft tot hinter ihm, und er wendet nicht einmal seinen blöden Schädel.

Er erinnerte sich noch deutlich an die Stunde, als er den Fallschirmjäger erschoß, an die dumpfe Übelkeit, die ihm in den Hals stieg, als der schmächtige Soldat in Sicht kam. Er hatte so lange auf ihn gewartet, daß er nun kaum fähig war, den glatten glänzenden Lauf seiner Armalite entlangzublicken. Kalter Schweiß lief unter dem Hemd an ihm herab. Er schoß und sah, wie der Soldat hochfuhr und die Hand auf die Seite preßte, sah das ungläubige Staunen, das dem Schmerz und dem Tod vorausgeht. Dann war er mit wild klopfendem Herzen davongejagt, und selbst in der sicheren Geborgenheit der Scheune, in der er sich nach Aktionen versteckte, hatte er noch stundenlang gekeucht und war in beinahe trunkener Erregung über den Augenblick des Abdrückens. Es war ein befreiendes Gefühl gewesen, als der Kolben des Gewehres gegen seine Schulter stieß – er konnte es stundenlang immer wieder von neuem erleben.

Aber dieser windige Araber... Es ist tierisch, wenn man nichts dabei empfindet, dachte McCoy, wenn man die Spannung nicht spürt.
Untermenschlich. McCoy hatte von diesen Leuten gelesen, wie sie
nach Israel gingen. Selbstmörderkommandos, wie die japanischen
Kamikaze, die um jeden Preis töten. Er hatte Bilder von ihnen gesehen, wie sie mit um den Leib gebundenen Sprengkörpern trainierten.
Dieser Mann da neben ihm mit dem leeren, zufriedenen Blick mußte
einer von diesen harten, gemeinen Schweinehunden sein.

„Bei der nächsten Haltestelle steigen wir aus", sagte McCoy.

Sie gingen auf dem Gehsteig, Famy einen halben Schritt hinter
McCoy, eine von vierstöckigen viktorianischen Reihenhäusern gesäumte Straße entlang – vor fünfzig Jahren noch ein teures Pflaster –,
jetzt hatte man sie in Kleinwohnungen aufgeteilt. McCoy blieb vor einem der Häuser stehen.

„Ein Wort zur Erklärung", sagte er. „Wir haben versucht, eine neue
Gegend zu finden. Keinen der Schlupfwinkel, die unsere Männer benutzen. Das hier ist, was wir eine Kommune nennen. Junge Leute, die
aus der Tretmühle aussteigen, wie sie sagen. Dieses Haus steht zum
Verkauf. Die Jugendlichen, die hineingezogen sind, haben es besetzt,
bis sie hinausgeschmissen werden. Kommen und Gehen, Tag und
Nacht. Aber für uns ist es hier sicher. Niemand stellt Fragen. Misch
dich bloß nirgends ein. Halt dich abseits, und niemand wird dich belästigen. Ich habe sie dazu gebracht, ein Zimmer für uns frei zu machen.
Denk daran, niemand fragt hier den Teufel danach, wer du bist."

McCoy stieß die Tür auf.

Harter Beat schlug ihnen entgegen – schrille, nervenzerreißende
Musik.

DIE Diplomatenpost, die an diesem Freitag abend von der Botschaft
abging, enthielt einen mit größter Sorgfalt versiegelten Umschlag. Er
würde am nächsten Morgen in eine nordafrikanische Hauptstadt und
von dort, wieder unter dem Deckmantel diplomatischer Immunität,
nach Beirut geflogen werden. Ein Journalist von der größten libanesischen Tageszeitung würde einen vertraulichen Anruf erhalten. Die
Nachricht, daß der Mann mit dem Codenamen Saleh Mohammed in
London war, würde dann nur noch eine anstrengende Autofahrt vom
getarnten Zelt des Generalkommandochefs entfernt sein. Am Sonntag
abend würde er wissen, daß sein Plan weiterlief.

UNTER dem harten Neonlicht schwollen die Akten vor den drei Männern immer mehr an. Alle halbe Stunde etwa brachte Helen neuen Kaffee herein, von dem die Abteilung allein zu leben schien. Müde und erschöpft von der Anspannung, die vor mehr als zwölf Stunden begonnen hatte, waren sie sich doch alle darüber klar, daß von Schlaf keine Rede sein konnte, solange sie nicht den Plan für den nächsten Tag vorbereitet hatten. Jones kannte die Gefahr der Erschöpfung, hatte gesehen, wie sie die Männer aushöhlte und überempfindlich machte. Aber was half's? Es hatte keinen Zweck, die ihnen zur Verfügung stehenden Kräfte – Polizisten, Kriminalbeamte, Soldaten – zu mobilisieren, solange sie keinen Plan hatten. Die Schwierigkeit war, die Art der Bedrohung herauszufinden. Dann, und nur dann, konnten sie mit schweren Geschützen auffahren.

Nach Mitternacht rief Jones den Geheimdienstchef an. Er wurde selten zu Hause gestört, schon gar nicht um diese Stunde. Jones berichtete in ehrerbietigem Ton über die mitgeschnittenen Gespräche, über McCoys Vorgeschichte, die Verabredung mit dem Unbekannten, die israelische Warnung.

Der Chef saß im Pyjama auf der Bettkante und hörte, ohne zu unterbrechen, zu. „Was schlagen Sie vor?" fragte er schließlich.

„Vielleicht können Sie morgen früh ins Büro kommen, Sir, und mit uns konferieren. Ferner glaube ich, wir sollten Scotland Yard hinzuziehen und bitten, das Sonderdezernat auf den Iren anzusetzen. Auch der israelische Sicherheitsattaché wäre zu verständigen. Außerdem sollten an Flugplätzen und Fähren die Passagierlisten überprüft werden, obwohl dies wahrscheinlich in den Kanalhäfen genügen würde. Der israelische Professor kommt am Montag. Da ist nicht mehr viel Zeit."

„Gut. Danke, Jones. Ich erwarte Sie alle drei um acht Uhr dreißig in meinem Büro. Schauen Sie, daß Sie noch etwas Schlaf bekommen."

Jones wiederholte Duggan und Fairclough die Abmachung. Als sie gingen, kam Helen herein. „Um wieviel Uhr morgen früh?" fragte sie gleichmütig.

„Acht Uhr dreißig, meine Liebe. Da kommt der Chef. Haben Sie heute abend weit? Oder gehen Sie zu Jimmy?"

Sie lachte vergnügt. „Jimmy hat gesagt, er bleibt auf und kocht mir einen Kakao."

„Sagen Sie Ihrem Schatz, er soll seine Kräfte schonen. Vielleicht brauche ich ihn, frisch und kampflustig. Sagen Sie Jimmy das."

VIERTES KAPITEL

DIE ohrenbetäubende Musik plärrte die ganze Nacht hindurch. Sie quoll durch alle Ritzen im Boden und stürzte sich auf Famy, der sich in seinem Schlafsack hin und her wälzte. Sie lagen im obersten Stockwerk, dennoch drang das Getöse zu ihm herauf und raubte ihm den ersehnten Schlaf.

Nicht viel mehr als einen Meter von ihm entfernt lag McCoy regungslos, unberührt von dem Höllenlärm. Das Mondlicht, das durch das vorhanglose Fenster fiel, erhellte das kahle Zimmer: rohe, unbedeckte Dielen, herabhängende Tapeten, eine nackte Birne, die von der Decke baumelte.

Sie hatten ihm Essen angeboten, als er ankam, etwas von Bohnen und Brot gesagt. Er hatte abgelehnt und zugesehen, wie der Ire von einem schmuddeligen Teller aß. Es ekelte ihn. Erst nach einer Weile gestand er sich eine Tasse Milch zu.

Als sie ins Haus kamen, hatte Famy im Flur gewartet, während McCoy in einem Zimmer verschwand. Eine Gruppe junger Leute war in der Tür erschienen, um ihn zu mustern: lange fettige Haare, die Jungen durch Bärte von den Mädchen unterschieden, sonst in der allen gemeinsamen Uniform, den engen Jeans, T-shirts und Strickjacken, mit Ketten und Anhängern. Einige trugen Sandalen, andere waren barfuß.

In Nablus gab es dies alles nicht, dachte er. Manche mochten ungewaschen und in Lumpen herumlaufen, aber nicht freiwillig. In den Lagern, die sich entlang der Straße nach Jerusalem an den Hügelhängen hinzogen, wo die Abwasserkanäle offen, die Dächer aus Wellblech und die Wände aus Kistenbrettern waren, schwelgte man nicht in Häßlichkeit, man hatte keine andere Wahl. Die Menschen lebten seit 1948 in diesen Lagern, sie hatten dort ihre Kinder großgezogen, ihre Baracken gebaut, und als die Israelis neunzehn Jahre später weiter vorstießen, saßen sie dort fest. Niemand suchte absichtlich eine solche Entwürdigung.

Aber der Ire hatte gesagt, hier seien sie in Sicherheit. Es mußte eben genügen, solange die Operation im Gang war.

Famy fiel in einen Halbschlaf, während er sich vorstellte, wie es die Jungen und Mädchen unten im Haus miteinander trieben. Es widerte ihn an, daß etwas so Schönes in diesem ganzen Dreck geschah. Er hatte nie mit einem Mädchen geschlafen, nie die Wirklichkeit seiner Phantasien kennengelernt.

Matter grauer Dämmerschein drang allmählich ins Zimmer, als er dadurch aufgeschreckt wurde, daß jemand die Türklinke leise und vorsichtig herunterdrückte. Er lag ganz still und angespannt, atmete möglichst regelmäßig und beobachtete den Schatten, der über den Boden glitt. Einen kurzen Augenblick hob sich eine Silhouette gegen das Fenster ab, und er konnte langes Haar und eine lose über die Schultern geworfene Jacke erkennen. Er wagte nicht, den Kopf zu bewegen, da er wehrlos auf dem Rücken lag. Aus den Augenwinkeln sah er eine Taschenlampe aufblitzen, Hände in seinem Koffer wühlen. Dann war es wieder dunkel, nur das Geräusch von Schritten, die an der Türe anhielten, wo seine Kleider hingen. Sie wurden leise durchsucht. Die Türe schloß sich, aber auf dem Gang waren keine sich entfernenden Tritte zu hören.

Wartet wohl, ob ich wach geworden bin, dachte Famy. Nach fünfzehn Sekunden, vielleicht auch etwas länger, tappten nackte Füße über den Treppenabsatz.

Lange lag Famy wie erstarrt in seinem Schlafsack. Alles, ja alles hätte er darum gegeben, wenn Dani und Bouchi jetzt bei ihm gewesen wären, jemand, dem er vertrauen konnte, statt des Fremden, der da drüben in seinem Schlafsack schnarchte und im Traum mit den Zähnen knirschte.

Dieser Narr hatte gesagt, der Ort, an den er ihn bringe, sei sicher. Aber schon nach kaum einer halben Nacht wurden seine Sachen und Kleider genau und systematisch durchsucht.

Im ersten Morgenlicht schlüpfte er heraus und schaute in seinem Koffer nach. Er hörte McCoy sich bewegen und wandte sich rasch um.

„Jemand war hier und hat meine Sachen durchsucht."

McCoy starrte Famy fragend an. „Hier drin war einer und hat uns überprüft?"

„Ich konnte nicht schlafen", sagte Famy. „Und jemand ist hereingekommen und hat in unseren Sachen gewühlt. Vor zwei Stunden etwa."

McCoy setzte sich auf. „Wahrscheinlich auf der Suche nach ein paar Pence –"

Famy fiel ihm erregt ins Wort: „Nichts wurde gestohlen. Ich sage dir, das hier ist der falsche Platz für uns. So hab ich mir das nicht vorgestellt."

„Ich bestimme, wo du bleibst, und zwar hier!" McCoy schrie es beinahe. „Hier werden keine Fragen gestellt. Wenn dir irgendein Idiot angst macht, kann ich's nicht ändern."

„Und wenn du unrecht hast?" fragte Famy.

McCoy wurde plötzlich ruhig. Er erkannte, daß die Angst echt war. „Ich werde denen da unten ein bißchen einheizen, aber sachte. An solchen Orten treibt sich allerlei Gesindel herum, das auf Klauen aus ist. Daran ist nichts Besonderes. Vergiß nicht, daß du in London bist, daß Samstag ist und daß der Mann, hinter dem du her bist, am Montag kommt, der Dingsda…"

„Al Kima, der Fliegenpilzmann. Meine Freunde möchten, daß ich mit ihm zusammentreffe. Um sie zu rächen."

Die Krise war vorbei, man konnte weiterschlafen. McCoy drehte sich um. „Jetzt müssen wir uns ausruhen. Später schauen wir uns in der Universität um. Morgen wird's interessant."

Der Ire konnte das Funkeln in den Augen des andern nicht sehen, ein Aufleuchten wie von unwiderstehlicher erotischer Erwartung: Er hörte schon die Schüsse, sah die internationalen Schlagzeilen, erlebte die Bewunderung in den Zelten fern in der Wüste.

Als Famy wieder hinüberblickte, war McCoy eingeschlafen und hatte den linken Arm über die Augen gelegt, um das Licht abzuschirmen. Darunter war seine Schußwunde sichtbar. Ihr Anblick hatte auf den Araber eine niederschmetternde Wirkung: Er, der sich die Führung anmaßte, hatte noch nie die Realität des Kampfes erlebt. Er konnte nicht wissen, wie sie auf ihn wirken würde, wenn es soweit war. Seine Beine begannen zu zittern.

Der Wecker klingelte schrill und ohne Mitleid und weckte Helen.

Sie reckte sich über Jimmy hinüber, tappte nach der lästigen Uhr auf dem Nachttisch und brachte sie zum Schweigen.

Jimmy hatte sich die ganze Nacht nicht gerührt. Er lag immer noch auf dem Rücken, die Augen fest geschlossen, den Mund offen, und schlief weiter.

„Du bist ein hoffnungsloser Fall", sagte sie, als sie aus dem Bad zurückkam, „komm schon, wach auf." Arme schlossen sich um sie, Augen öffneten sich zu einem kurzen Blinzeln.

„Ist doch Samstag", sagte er. Es klang, als liege er in den letzten Zü-

FLIEGENPILZ

gen. „Du gehst heute nicht ins Büro. Und wann bist du gestern abend gekommen? Ich habe die halbe Nacht dagesessen und gewartet."

„Ich gehe ins Büro. Jones hat mich eigens gebeten. Ein Mordstheater, alle Mann auf Gefechtsstand." Sie entzog sich seinem Griff.

Jimmys Interesse begann zu erwachen. „Warum die große Aufregung?"

„Keine Sorge, Schatz, du bist bei der Rollenverteilung auch bedacht worden. Ein paar Sportsfreunde haben es auf ein reizendes Prachtexemplar von Israeli abgesehen und bringen den ganzen Laden durcheinander wie am Tag der Kriegserklärung."

Jimmy bemühte sich, die Augen aufzubekommen: „Und was soll ich dabei?"

„Jones hat gesagt, er braucht dich vielleicht ‚frisch und kampflustig'. Das war alles." Sie ging zu dem Stuhl, auf dem ihre Kleider lagen.

„Eine verdammt erfreuliche Nachricht in aller Herrgottsfrühe am Samstag. Was soll ich machen? Soll ich das ganze Wochenende über hier am Telefon hängen?"

„Das tust du doch jedes Wochenende." Sie rückte ihren Rock zurecht und schnitt ein Gesicht, als sie sich im Spiegel betrachtete.

„Sonst hat er nichts gesagt?"

„Geduld, Schatz, Geduld. Sei ein guter Junge und schlaf weiter, damit du dich ganz lieb und nüchtern anhörst, wenn er anruft."

„Gib Jimmy einen Kuß und erzähl endlich, was los ist. Komm schon."

Sie beugte sich zu ihm herab. Er war rücksichtsvoll genug, ihr Make-up nicht zu ruinieren. „Genaueres weiß ich nicht. Da kommt ein Israeli, ein Atomspezialist, und zwei Männer sind hinter ihm her. Einer ist von der IRA, der andere vermutlich Nahost. Ihr Codewort ist Fliegenpilz, aber sag Jones nicht, daß ich dir das erzählt habe. Ich werde versuchen, heute abend nicht wieder so spät zu kommen, und dann kochen wir uns was."

Helen winkte der im Bett ausgestreckten Gestalt flüchtig zu und war fort. Seit zwei Jahren kam sie schon in sein Apartment, das erstemal nach einer Party der Abteilung. Jimmy war zu betrunken gewesen, um zu erfassen, daß sie ihn nach Hause fuhr.

Inzwischen hatten sie sich aneinander gewöhnt. Der Dienst bestimmte ihr Leben. Die Beschränkung gesellschaftlicher Kontakte gegenüber Leuten, die nicht wie sie von Amts wegen den strengen

Geheimhaltungsvorschriften unterworfen waren, engte den Kreis ihrer Freunde ein, und so war dies keine schlechte Regelung. Sie befrie-
digte ihrer beider unmittelbare Bedürfnisse, aber nie zu Lasten der Abteilung. Von Heirat war nicht die Rede.

Wird ein scheußlicher Tag, dachte Jimmy, so auf den Anruf von
Jones zu warten. Immer das gleiche, wenn irgendwas im Anzug war.
Nicht ausgehen, nicht einmal was Trinkbares holen, obwohl kaum
noch Whisky da war und er höllisches Kopfweh hatte. Er streckte sich
aus und versuchte, nicht an den Schmerz zu denken. Seit vier Monaten
hatte er von Jones keinen Auftrag bekommen. Das Leben war seither
hart gewesen. Die Pauschalhonorare der Abteilung reichten nicht
weit.

Diese Existenz am Rande des Geheimdienstes hatte für Jimmy 1944
in einer Mondnacht begonnen. Am 24. August. Er war damals neunzehn, Oberfeldwebel und Heckschütze in einem Lancaster-Bomber.
Alle acht Mann der Besatzung hatten geflucht, daß sie in dieser Nacht
fliegen sollten. Ein Himmelfahrtskommando, hatte der Navigations-
offizier gesagt.

Sie waren fast über dem Ziel, als der Nachtjäger sie angriff. Jimmy
hatte gerade noch Zeit, eine Warnung zu brüllen und seine Maschinengewehre herumzuschwenken, als die Schnellfeuerkanone schon
das Flugwerk des Bombers beharkte. Sofort brach Feuer aus, und der
Befehl zum Aussteigen kam. Da Jimmys Notausstieg klemmte,
mußte er zwanzig Meter durch den Rumpf nach vorne kriechen. Sechs
Männer waren bereits in die mehr als fünftausend Meter Finsternis unter ihnen hinausgesprungen.

Als Jimmy sich gerade selbst in den Propellerwind stürzen wollte,
sah er den Piloten mit brennendem Fliegeranzug auf sich zu wanken,
das Gesicht verzerrt von Anstrengung und Schmerz. Sie sprangen
gleichzeitig. Der Offizier landete weniger als hundert Meter von ihm
entfernt. Der Luftzug beim Fall hatte das Feuer an seiner Kluft ausge-
blasen.

Sie hatten sich kaum von den Fallschirmen befreit, als der deutsche
Soldat vor ihnen stand. Jimmy deutete auf ein paar Bäume hinter ihm,
und als sich der Mann umwandte, traf Jimmys schwerer Schuh ihn
zwischen den Leisten. Er klappte zusammen, und Jimmy schmetterte
die harte Kante seiner rechten Hand auf die schmale ungeschützte
Stelle im Genick zwischen Helmrand und Mantelkragen. Der Deutsche war sofort tot, und Jimmy und der Offizier hatten Zeit, in den

Schutz der Bäume zu flüchten. Als es hell wurde, sah Jimmy die Entstellungen, die das brennende Öl im Gesicht des Piloten angerichtet hatte.

Der Pilot hieß Whilloughby-Jones. Er war zwei Jahre älter als der Heckschütze. Nie vergaß er die Schnelligkeit und Härte, mit der sein Kamerad den Deutschen getötet hatte, auch nicht die lebhafte Freude, die er beim Schein des Mondes in Jimmys Augen funkeln sah, ehe sie die Bäume erreichten.

Als Jones nach dem Krieg hauptamtlich im Sicherheitsdienst angestellt wurde, hatte er dort verlauten lassen, daß es einen Mann gab, der ohne Hemmungen töten konnte.

DAS für die Englefield Road in Islington zuständige Polizeirevier lag etwa sechs Straßen weiter nördlich. Wachtmeister Henry Davies, Hundeführer und seit neun Jahren im Dienst, wollte gerade nach Hause gehen. Als er mit dem Schäferhund Zero an der Leine durch die Wachstube ging, fragte ihn der Hauptwachtmeister: „Gehst du schon heim, Henry? War nicht viel los für dich heute abend."

„Überhaupt nichts."

„Siehst du Doris am Wochenende?" Der alte Knabe brauchte das wohl für seine privaten Akten; er wußte alles über jeden.

Davies blieb an der Tür stehen. „Geht nicht, sie bleibt heute und morgen dort. Wird nicht vor Montag rauskommen."

„Ich versteh nicht, wie sie das fertigbringt", sagte der Hauptwachtmeister. „So ein nettes sauberes Mädchen, und lebt mit diesem ganzen Lumpenpack."

Der Polizist lächelte. „Sie scheint sich nichts draus zu machen, befaßt sich eben ziemlich gründlich damit. Sagt, das sei das Wichtigste bei der ganzen Polizeiarbeit. Und lacht über mich, daß ich dieses Hundevieh mit mir rumzerre."

„Ich könnte so was nicht. Zwischen den Typen leben, die ganze Zeit, selbst an den Wochenenden."

„Sie sagt, an Wochenenden ist am meisten los in der Hippieszene. Dann muß man einfach dort sein, wie ein Teil der Einrichtung."

Zu Doris hatte er allerdings gesagt, daß er ihr Leben in den Kommunen nicht gern sah. Die Antwort lautete, dies sei um ein gutes Stück interessanter, als sich mit einem Hund herumzutreiben. Er würde sie erst am Montag wiedersehen, wenn sie routinemäßig ihren Bericht ablieferte.

SEIT seiner Einrichtung im sechzehnten Jahrhundert war der Geheimdienst stets erfolgreich gegen die Öffentlichkeit abgeschirmt worden. Jahrelang hatten sich die Mitarbeiter dazu beglückwünscht, ein fast hundert Prozent vollkommenes Konzept für den Amtsbetrieb gefunden zu haben. Aber die in den sechziger und siebziger Jahren nach Einsparmöglichkeiten Ausschau haltenden Politiker hatten mehrfach den Etat für Leconfield House gekürzt. Der Mitarbeiterstab schrumpfte mit den Mitteln. Schlimmeres folgte, als von oben beschlossen wurde, die Autonomie des Geheimdienstes einzuschränken und einen zivilen Beamten mit normaler Laufbahn an seine Spitze zu stellen.

Erst vor kurzem, nach einer Reihe von öffentlich verurteilten Fehlleistungen, war der Premierminister zur Tradition zurückgekehrt und hatte einen altgedienten Beamten des Geheimdienstes in das Chefbüro gesetzt. Sein Name war der Öffentlichkeit weitgehend unbekannt, und die Nachrichtenmedien behandelten ihn vertraulich. Auch intern hatte der neue Mann Arbeitsmoral und Schlagkraft der Behörde wiederbelebt.

Das irische Problem hatte dazu beigetragen, das Arbeitstempo in Leconfield House zu steigern, und in letzter Zeit kam die Welle des arabischen Terrorismus noch hinzu. Der Chef konnte mit Befriedigung feststellen, daß seine Leute von der Fünftagewoche abgegangen waren. Viele Verantwortliche blieben über das Wochenende an ihren Schreibtischen, selbst im Hochsommer.

DER Chef war ein kleiner untersetzter Mann. Papiere bedeckten seinen Schreibtisch. Er durchforschte die Berichte, die ihm zur Durchsicht gebracht worden waren, nach den entscheidenden Fakten. Mit höchster Konzentration, ohne aufzublicken, fraß er sich durch die maschinengeschriebenen Blätter und suchte dabei in jeder Argumentation nach schwachen Stellen, in jeder Information nach entscheidenden Hinweisen.

Pünktlich um acht Uhr dreißig klopfte es an diesem Morgen an der Tür, und Jones, Fairclough und Duggan traten in das helle Büro im ersten Stock. Als sie vor seinem Schreibtisch Platz genommen hatten, schloß der Chef die eben studierte Akte über Ciaran McCoy und blickte in die Runde. Er sah die Müdigkeit in ihren hastig rasierten Gesichtern. Eine kurze Besprechung mußte ausreichen, ohne Abschweifungen vom Hauptzweck.

„Wir haben nicht viel Zeit, meine Herren." Die Stimme war ruhig und gelassen. „Unser Gast kommt Montag an, hält am Dienstag seinen Vortrag und fliegt am Mittwoch oder Donnerstag wieder ab. Wahrscheinlich können wir sicherstellen, daß er am Mittwoch abreist. Die Drohung ist offenbar ernst zu nehmen. Wäre es eine einfache IRA-Sache, schiene mir eine ständige Überwachung ausreichend – die Leute kommen gern heil wieder nach Hause. Aber wenn der zweite im Team ein Palästinenser ist, müssen wir uns darauf gefaßt machen, daß er nicht davor zurückschreckt, mit seinem Opfer zu sterben. Das erschwert den Schutz unseres wissenschaftlichen Freundes gewaltig. Der Kamikaze-Mann ist uns gegenüber immer im Vorteil. Das bedeutet, daß wir uns nach weiterer Unterstützung umsehen müssen. Vorschläge, meine Herren?"

„Dieser McCoy ist ein harter Bursche", sagte Duggan, „aber er ist hier auf fremdem Boden. Er braucht einen sicheren Unterschlupf für sich und den andern. Er kann sich dem hiesigen Provohaufen anschließen oder sich auch ganz anders verhalten. Der einzige Anhaltspunkt, den wir haben, könnte seine Schwester sein. Sie hat eine Zeitlang in einer Kommune im Norden Londons gehaust. Nach unsern Berichten war McCoy dagegen, aber vielleicht nutzt er die Verbindung aus."

„Ein guter Hinweis", sagte der Chef, „aber es braucht Zeit, das herauszufinden, und außerdem ist es Sache der Polizei."

„Angenommen", sagte Fairclough, „daß der Palästinenser inzwischen mit McCoy zusammengetroffen ist, und das dürfen wir nach dem Anruf wegen des Rendezvous wohl voraussetzen, dann können wir fast mit Sicherheit schließen, daß er von McCoy abhängig ist. Es scheint logisch, daß die Araber das Angriffsteam stellen und die Provos die Ortskenntnis."

„Seltsam, daß sie McCoy ausgewählt haben, der in London keine einschlägigen Erfahrungen hat", dachte der Chef laut. „Aber wir müssen auch folgendes berücksichtigen: Wenn das ursprüngliche Team dezimiert wurde und ein Mann nun allein weitermachen will, wieweit wird sich McCoy dann darauf einlassen?"

„Er ist ein Killertyp", sagte Duggan. „Das geht klar aus den Akten hervor. Er wird's versuchen und dafür sorgen, daß er heil davonkommt, aber er wird nicht aussteigen, bevor es für ihn nicht wirklich brenzlig aussieht."

„Und unser unbekannter Freund wird ihn brauchen?"

„Unbedingt. Der Araber hat ihn dringend nötig. Gemeinsam sind

sie eine außerordentliche Bedrohung. Soviel wie eine ganze Gruppe."
„Was bringt die beiden zusammen? Keine gemeinsame Ideolo-
gie..."
„Nur die Notwendigkeit", erwiderte Duggan. „Die Palästinenser
brauchen Unterkunft, Autos und Tarnung. Und sie können ohne
Waffen reisen, wenn sie sie an Ort und Stelle bekommen. Ähnliches
gilt für die Provos. Sie lassen sich darauf ein, weil sie sich davon Vor-
teile versprechen. Sie haben alles versucht, an Ostblockwaffen heran-
zukommen... Europa ist als Lieferquelle problematisch, und was in
Amerika angeboten wird, ist nicht von gleicher Qualität. Der Nahe
Osten ist ihre beste Chance. Wenn sie dieses Projekt in erfolgreicher
Zusammenarbeit verwirklichen, sichert es den Provos in der nächsten
Zeit erstklassige Waffen – Kalaschnikows, RPG-7-Raketenwerfer,
vielleicht sogar eine Rakete."
„Und dieser Sokarev...?"
„Wichtig für die Palästinenser; ein großes Ding, wenn sie ihn umle-
gen. Belanglos für die Provos. Vermutlich würden sie kein Aufhebens
von ihrer Mitwirkung machen."
„Und die Bombe, die die Israelis in der Schublade haben und die das
Werk unseres Mr. Sokarev sein soll – wie weit ist sie gediehen?"
„Die Amerikaner meinen, sie sei schon weit über die Planung hinaus. Wahrscheinlich reif zum Zusammenbau."
Der Chef richtete sich in seinem Sessel auf. „Wir sollten für heute
vormittag folgendes veranlassen: Einzelheiten über McCoy an alle Polizeireviere in London, besonderer Hinweis auf Kommunen. Über-
prüfung aller gestrigen Unterlagen über Einreisende aus Boulogne –
das soll das Sonderdezernat machen. Ein Treffen im Innenministerium
mit dem israelischen Sicherheitsattaché, nur lassen Sie ihn nicht glauben, daß er den Laden zu schmeißen hat. Jones, bei Ihnen sollen alle Fäden zusammenlaufen. Noch ein Letztes. Ich möchte einen Mann Tag
und Nacht in nächster Nähe des Professors postiert haben, nicht einen
vom Sonderdezernat, sondern einen von uns. Damit wir immer wissen, was los ist."
Jones ergriff zum erstenmal das Wort. „Nehmen wir Jimmy. Er ist
der Beste, den wir haben." Niemand im Zimmer war geneigt, gegen
diese Wahl etwas einzuwenden. Jones' Loyalität seinen Leuten gegenüber und die besondere Bindung zwischen ihm und Jimmy waren seinen Kollegen vertraut. Über diese Entscheidung zu diskutieren wäre
sinnlos gewesen.

Der Chef nickte. Er schätzte Jimmys Erfolge, seine Methoden interessierten ihn nicht. „Das wär's, meine Herren", sagte er, „und denken Sie daran, daß wir sehr wenig Zeit haben."

Aus dem Vorzimmer rief Helen den Abteilungsleiter des Sonderdezernats von Scotland Yard auf seiner Privatnummer an und verband ihn mit Jones. Kopien von McCoys Akte und der Ordner, der aus Nordirland gekommen war, wurden von einem Motorradfahrer zu Scotland Yard gebracht.

Dann telefonierte Helen mit der israelischen Botschaft und hinterließ für den Sicherheitsattaché die Amtsnummer mit der Bitte, er möge Mr. Jones wegen einer dringenden Besprechung am frühen Nachmittag zurückrufen.

Als nächsten spürte sie den Leiter der Kriminalabteilung von Scotland Yard beim Golfspielen in Hertfordshire auf. Das Gespräch mit Jones veranlaßte ihn, hastig das Spiel abzubrechen und nach Hause zu eilen.

Und zuletzt alarmierte sie Jimmy. Ob er um sechzehn Uhr dreißig ins Büro kommen könne?

Der Minister, der sich des Titels „Secretary of State for Home Affairs" erfreute, liebte es, mit seinen Wählern, die ihn schon achtzehn Jahre lang immer wieder ins Parlament geschickt hatten, in Kontakt zu bleiben. Er nahm sich Samstag vormittags Zeit für sie, um sich ihre Probleme anzuhören. Mit fünfzehn von ihnen hatte er an diesem Samstag schon gesprochen, als sich der Chef des Geheimdienstes telefonisch anmelden ließ. Dieser hatte zwar direkten Zugang zum Premierminister, zog es aber vor, nicht gleich ganz oben anzufangen, weil er, wenn seine ersten Kontakte fehlschlugen, keine höhere Stelle mehr gehabt hätte, an die er sich wenden konnte.

Als der Geheimdienstchef am späteren Vormittag vorsprach, wurde er vom Innenminister mit Zurückhaltung empfangen. Der Geheimdienst tauchte nur auf, wenn politische Stürme drohten.

„Ich glaube, da ist etwas im Gang, von dem Sie unterrichtet sein sollten." Der Geheimdienstchef sah dem Minister die Nervosität an, und so begann er, ihm mit gedämpfter Stimme die Situation zu erklären.

Der Minister suchte nach einer Ausflucht. „Wie wichtig ist dieser Israeli?" fragte er schroff.

„Nicht gerade bekannt, aber wichtig für ihr Kernforschungsprogramm. Nicht das zivile, sondern das, von dem sie nicht sprechen. Heikle Arbeit."

„Handelt es sich um eine wichtige Tagung, bei der er seinen Vortrag halten soll?"

„Nichts deutet darauf hin, daß sie welterschütternd wäre..."

„Aber sie würde es, wenn diese Burschen ihn erwischten." So ein Schuft, dachte der Minister, er möchte, daß ich ihm sage, er mache seine Sache großartig und er solle nur hingehen und die Angelegenheit nach eigenem Gutdünken erledigen, und wenn es dann schiefgeht, kann er sagen, der Minister war von Anfang an vollständig darüber informiert. So leicht kriegt er mich nicht. „Der Premierminister muß davon unterrichtet werden. Ich übernehme das. Wenn die Tagung nicht wichtig ist, sollten die Israelis den Besuch absagen. Wozu ihn der Gefahr aussetzen?"

„Das Auswärtige Amt hat das bereits versucht", sagte der Geheimdienstchef, „und eine glatte Ablehnung erhalten. Aber ich stimme mit Ihnen überein, daß es die beste Lösung wäre."

Er verabschiedete sich mit einem kurzen Händedruck.

ALS die Sonne an diesem Samstagmorgen höher stieg, strömte Wärme durch das Fenster des Zimmers, in dem Famy und McCoy hausten.

Gehemmt, weil er noch nie von seinen Landsleuten getrennt gewesen war, schlüpfte der Araber in seine Kleider. McCoy, der noch in seinem Schlafsack lag, rief ihm zu, er solle ruhig unrasiert bleiben. Allzu gepflegt auszusehen würde nicht in diese Umgebung passen, fügte er mit leisem Lachen hinzu.

Famy machte sich fertig, und während er darauf wartete, daß auch McCoy aufstand, schaute er zum Fenster hinaus auf die Straße. Der Anblick faszinierte ihn, aber er wäre nur ungern allein aus dem Zimmer gegangen.

In seinem Kopf spukte noch das Bild der dunklen, verhüllten Gestalt, die er wie im Traum ins Zimmer hatte kommen sehen. Er fühlte sich durch die Gleichgültigkeit, mit der der Ire seine Mitteilung aufgenommen hatte, enttäuscht und herabgesetzt.

„Wenn du willst, kannst du schon hinuntergehen", sagte McCoy. „Sie werden dich nicht fressen, sind ganz brave Kinder."

„Ich warte."

„Wie du willst." Famy sah zu, wie McCoy sich eine Zigarette anzündete und gemächlich rauchte. Schließlich kroch er aus seinem Schlafsack. In der Unterhose stand er vor Famy und fragte: „Hast du so was überhaupt schon mal gemacht?" Es war kaum mehr als ein Flüstern, aber Antwort verlangend.

Famy zögerte. „Nein", sagte er dann gedehnt. „Nein, es war geplant, daß ich nach Israel gehen sollte, um dort zu kämpfen. Dann haben sie die Information über Sokarev bekommen, und alles wurde geändert."

„Warst du früher schon mal bei einer Kampfhandlung dabei? Ich meine, hast du geschossen?"

„Nur im Training. Ich habe nie gekämpft." Famy fühlte deutlich, wie unbefriedigend seine Antworten waren, und bemühte sich krampfhaft um Festigkeit.

„Es wird schwierig sein, an das Ziel heranzukommen, das weißt du doch?"

„Mit entsprechender Vorbereitung gibt es immer einen Weg."

„Man schafft so ein Ding nicht durch Wunschdenken", fuhr ihn McCoy an. „Man muß wissen, was man zu tun hat."

„Es ist nicht nötig, daß du mit mir wie mit einem Kind redest." Famys Ton war sehr klar, sanft, fast ein Singsang.

McCoy steckte zurück. „Versteh mich nicht falsch. Ich habe nicht gemeint –"

„Dann rede nicht mit mir, als wäre ich blöde. Wenn du nicht weiter mitmachen willst, sag es jetzt. Wir können uns trennen, deine Rolle vergessen."

„Davon ist keine Rede. Ich stehe unter dem Befehl des IRA-Stabes. Sie haben es beschlossen und bleiben dabei. Sie werden keinen Rückzieher machen. Unser Stabschef hat sein Wort gegeben." McCoy verzog die Mundwinkel zu einem schwachen Lächeln und wartete auf eine Antwort.

Erleichterung durchflutete Famy. „Was machen wir heute?" fragte er erwartungsvoll.

„Ich denke, wir schauen uns in der Universität um. Am Sonntag geht das nicht, da sind alle Studenten auf ihren Buden – in ihren Zimmern. Heute nachmittag werden ein paar dasein. Gestern wäre ein besserer Tag dafür gewesen, wenn du rechtzeitig gekommen wärst. Nein, das soll kein Vorwurf sein. Es war verdammt Klasse von dir, daß du's überhaupt geschafft hast. Morgen fahren wir aufs Land, wo die Gewehre und Handgranaten sind. Wir wollen versuchen, ihn beim Vortrag zu erwischen."

„In Libanon haben sie gemeint, daß es zwei Gelegenheiten gibt – beim Vortrag und auf dem Flugplatz, wenn er abfliegt."

„Der Flugplatz wird hermetisch abgeriegelt sein, dort ist es schwierig. Die beste Chance ist die Tagung. Wie nahe mußt du an ihn herankommen?"

„So nahe wie nötig."

„Es muß ein Fluchtweg bleiben."

„Wir sind nicht hergekommen, um zu fliehen, sondern um Sokarev zu töten."

McCoy beschäftigte sich angelegentlich mit seinen Socken. Es lief ihm kalt über den Rücken. Er erinnerte sich an Zeitungsbilder von Palästinensern, die so nahe wie nötig herangegangen waren.

„Es muß sich so machen lassen, daß uns eine Chance zur Flucht bleibt", sagte er.

„Vielleicht", erwiderte Famy, und der Ire ließ es dabei bewenden. Dieser Araber war irgendwie verrückt, zum Selbstmord bereit. Zur gegebenen Zeit würde er jemanden brauchen, der ihn bremste. McCoy würde sich dann einschalten und seine Erfahrung geltend machen.

Aber sie waren kein Team, und beide Männer sehnten sich nach Kameraden aus den eigenen Reihen.

Auf der Treppe ins Erdgeschoß ging McCoy voraus und öffnete die Tür zum Wohnraum. Augen, Köpfe, Gestalten wandten sich ihnen neugierig zu. Wie in einem Zoo, dachte McCoy. Er starrte zurück und wartete darauf, daß jemand etwas sagen würde. Sie hielten seinem Blick nicht lange stand, und der Reihe nach wandten die Jungen und Mädchen ihre Aufmerksamkeit wieder den eigenen Kameraden zu. Alle, außer einem Mädchen, einem ziemlich unansehnlichen, dachte McCoy, in einem schwarzen, sackartigen Kleid – einem abscheulichen Fetzen, ohne jeden weiblichen Reiz.

Das Mädchen, Doris Lang, war geschult, zu beobachten und aus dem, was es sah, Schlüsse zu ziehen. Die beiden Neuankömmlinge waren in der Kommune fehl am Platz. Der Ire sah zu bäurisch, zu gesund aus, und in seinem Gesicht war zuviel Herrisches. Und sie fühlte die Nervosität des Dunkelhäutigen. Er hatte einen kalten, grausamen, durchdringenden Blick, der ohne Unterlaß herumschweifte und immer wieder zu ihr zurückkehrte. Eindeutig Durchreisende, entschied sie, die das Haus für ihre Zwecke benutzten. Merkwürdig, daß sie letzte Nacht in ihren Habseligkeiten nichts gefunden hatte, woraus sie schließen konnte, was die beiden vorhatten.

Sie sah die Augen der beiden Männer jetzt abschätzend auf sich gerichtet und wandte sich ab, um nicht neugierig zu erscheinen. Marihuanarauch zog durch den Raum, frisch und berauschend. Sie hatten schon früh zu rauchen begonnen.

FÜNFTES KAPITEL

DER Wagen des israelischen Botschafters fuhr am Hintereingang des Auswärtigen Amtes vor.

Es war ein Mercedes. Er hing tief in der Federung, da für die höheren Mitglieder des diplomatischen Corps dieses Landes Schutzpanzerung eine Selbstverständlichkeit war. Über eine große Antenne stand er in ständiger Funkverbindung mit dem gesicherten Botschaftsgebäude, das hinter einem Vorgarten in der Kensington Palace Road lag. Sie war für den öffentlichen Verkehr gesperrt. Die meisten am Hof von St. James akkreditierten Botschafter fuhren nur von einem Chauffeur begleitet vor, aber in diesem Wagen saßen noch zwei weitere junge Männer, beide mit einer Lizenz für Maschinenpistolen. Während der Fahrt durch den Londoner Verkehr wurde der Mercedes von einem starken, in unauffälligem Blau lackierten Rover beschattet, der mit den beiden der israelischen Botschaft zugeteilten Beamten vom Sicherheitsdienst des Sonderdezernats besetzt war.

Als der Wagen hielt, blieb der eine Leibwächter vorne sitzen, die Hand an der verborgenen Waffe. Der andere, der mit dem Botschafter im Fond gefahren war, entriegelte die Wagentür, stieg aus, schaute prüfend nach allen Seiten und nickte dann.

In Sekundenschnelle sprang der Botschafter aus dem Wagen und verschwand durch die schmale Tür im Gebäude. Weder er noch sein Leibwächter nahmen Notiz von dem ebenfalls ausgestiegenen Beamten des Sonderdezernats, der an diese Behandlung schon gewöhnt war.

Werktags hätte ein livrierter Diener den Botschafter in den zweiten Stock hinaufgeleitet, wo der Staatssekretär für die Angelegenheiten des Nahen Ostens sein Büro hatte und ihn jetzt erwartete. Am Wochenende übernahm dies ein Mann in einem dunklen Anzug.

„Danke, daß Sie gekommen sind, Exzellenz", begrüßte ihn der Staatssekretär. „Der Herr Minister hätte Sie gerne selbst gesprochen. Bedauerlicherweise konnte er nicht so rasch wie nötig nach London zurückkehren." Lügner, dachte der Botschafter. Vermutlich steht er bis zu den Hüften in einem Forellenbach. Die geschmeidige Stimme fuhr fort. „Auf die Bitte des Herrn Ministers hin ersuche ich Euer Exzellenz, die Reise Professor Sokarevs nach England noch einmal zu überdenken."

„Überdenken? Zu welchem Zweck?" fragte der Botschafter.

Ich muß wohl deutlicher werden, dachte der Staatssekretär. „Im Hinblick auf eine Entscheidung, Exzellenz, ob der Besuch überhaupt stattfinden soll angesichts der ernsten Bedrohung, die uns durch unseren Geheimdienst gemeldet und von dem Ihren bestätigt wurde."

„Nur wenn ich annehmen müßte, daß die Polizei und die anderen Behörden Englands nicht fähig wären, für einen ausreichenden Schutz des Professors zu sorgen, könnte ich Jerusalem vorschlagen, den Besuch abzusagen."

Schlauer Fuchs, dachte der Staatssekretär. „Davon kann keine Rede sein. Wir werden für Schutz sorgen –"

„Dann gibt es nichts zu besprechen." Die Stimme des Botschafters klang kalt. „Wenn Sie Ihrem Herrn Minister Bericht erstatten, legen Sie ihm bitte gleichzeitig die Einstellung meiner Regierung dar. Herrn Professor Sokarev wurde die Gastfreundschaft einer berühmten wissenschaftlichen Vereinigung in Ihrer Hauptstadt angeboten. Von uns aus wird alles getan, damit er dieser Einladung nachkommen kann. Alles Weitere, Verehrtester, liegt bei Ihnen."

Der Staatssekretär tat gekränkt. „Verstehen Sie mich recht, ich habe Ihnen nur eine Bitte meines Ministers übermittelt."

Im Lächeln des israelischen Botschafters lag keine Spur von Entgegenkommen. „Und ich werde meinem Minister berichten, was Sie gesagt haben. Da Sie anscheinend nicht informiert sind, darf ich Ihnen vielleicht mitteilen, daß der Sicherheitsattaché meiner Botschaft, während wir hier die Zweckmäßigkeit dieses Besuchs diskutieren, mit den Leuten konferiert, die in London für den Schutz von Professor Sokarev verantwortlich sind. In solchen Zeiten kommt es auf Zusammenarbeit an."

Er machte auf dem Absatz kehrt und verließ brüsk das Zimmer.

AM FRÜHEN Nachmittag ging McCoy mit Famy zu einem fünfzig Meter weiter vorn am Straßenrand geparkten Wagen. „Ich bin gestern abend nicht damit zum Bahnhof gefahren", sagte er. „Er ist geklaut – gestohlen –, und dort kommen zu viele Leute vorbei."
Es war ein zweitüriger grüner Ford Escort. Famy wartete, bis ihm die Beifahrertür geöffnet wurde, dann fuhren sie Richtung Universität.
Unterwegs machte sich McCoy klar, wie weit er nun in die Sache verwickelt war. Es hatte einfach begonnen: Er sollte lediglich Rükkendeckung geben. Die Schießerei in Frankreich hatte das geändert, und wenn er weitermachte, dann jedenfalls nur als gleichrangiger Partner.
Von diesem Narren ist kein Entgegenkommen zu erwarten, überlegte er. Dem ist es völlig gleich, ob wir davonkommen oder nicht. Das war eine ganz andere Sache als die Heckenschützenaktionen, die er in Süd-Armagh durchgeführt hatte. Ein völlig neuer Gedanke für ihn: Ein Mord so großen Stils, daß die Schockwellen eine Woche lang Schlagzeilen in der ganzen Welt machen würden. Nicht bloß eine Bombe in einem Kaufhaus zünden, einen Polizisten umlegen, sondern... Und er schlitterte da hinein, das wurde ihm jetzt klar und gleichzeitig auch, daß es für eine Umkehr bereits zu spät war. Er hatte Erfahrung, kannte den Nervenkitzel des Guerillakampfes, hatte Befehle erteilt und Leute angeführt, die ihm gefolgt waren. Und doch gab ihm dieser Mann, dem all das noch fremd war, Anweisungen, beherrschte ihn, übertraf ihn an Einsatzbereitschaft.
Vielleicht war es der Haß. Er hatte von diesem nackten Haß gehört, den die palästinensischen Untergrundkämpfer gegen die Israelis hegten, und er wußte, daß er es ihnen darin nicht gleichtun konnte. Selbst im englischen Gefängnis hatte er nicht so ausschließlich hassen können, daß alles andere Nebensache wurde. Wenn diese Leute ihre Geiseln in die Luft sprengten, wenn sie ohne Hemmungen ihre Bomben in Kinos warfen, ging das über McCoys Begriffsvermögen. Morden mußte einen Sinn haben; wer von McCoys Hand starb, sollte wissen, warum. Nur als Machtdemonstration... das war nicht genug.
Schließlich stellte er die Frage: „Warum diesen Mann? Warum Sokarev?"
Ohne besondere innere Anteilnahme antwortete Famy: „Dreimal haben die Araber gegen die Israelis gekämpft und sind gedemütigt worden. An ihrem Jom-Kippur-Tag überraschten wir sie mit unserer

Technik und unserer Tapferkeit, aber wir siegten wieder nicht. Das nächste Mal werden wir sie der Vernichtung so nahe bringen, daß sie mit dem Einsatz der Bombe drohen werden. Sokarev ist einer der Schöpfer der Bombe. Wenn wir ihn töten, zeigen wir, daß sie uns nicht einschüchtern können. Einen Mann zu beseitigen, der eine Zentralgestalt für ihr nationales Überleben ist, bedeutet einen großen Sieg für uns."

„Es wird andere geben, die genausoviel wissen wie dieser eine."

„Wir greifen Sokarev nicht an, um die Israelis seiner Kenntnisse zu berauben. Auf den symbolischen Akt kommt es an. Daß wir beweisen, wir können zuschlagen, wo und wann wir wollen."

Als McCoy vor der schweren mausoleumartigen Fassade des Hauptgebäudes der Londoner Universität vorfuhr, wiederholte er bei sich immer noch: Verdammte Irre!

„Tu so, als ob du hierher gehörst", sagte er, während sie die Treppe hinaufgingen. „Wenn jemand fragt, sag, du hast irgendwelche Notizen liegenlassen."

„Wissen wir, welchen Eingang er benutzen wird?"

„Nein, davon gibt's eine ganze Menge. Das hier ist der Haupteingang."

Der Araber sah sich gleichmütig und ohne Eile in dem hallenden, hohen Flur um. „Wissen wir, in welchem Raum er sprechen wird?"

„Das steht auf der Einladung."

McCoy lächelte, als er eine weiße Karte aus Büttenpapier aus seiner Brieftasche zog. „Echt", erklärte er.

Auf den Namen David Sokarev in verschnörkelter Schrift folgten eine Reihe akademischer Titel, dann die Worte: VORTRAGSSAAL D, ERDGESCHOSS, VIERTE TÜR RECHTS IM HAUPTFLUR. „Wo hast du die her?" fragte Famy.

„Hab ich mir besorgt, ist eine lange Geschichte. Erzähl ich dir später."

„Um welche Zeit kommt er? Wann spricht er?"

„Zuerst ist ein Empfang, mit Sherry und Sandwiches, zu dem wird er vermutlich erst gegen Ende kommen. Sein Vortrag beginnt um zwanzig Uhr."

Aber Famy hörte nicht zu. Seine Augen musterten die Säulen, die verschiedenen dunklen Türnischen, die zu andern Räumen führten, schätzten die Deckung ab, den benötigten Abstand, die Geschwindigkeit, mit der sich ein kleiner Mann fortbewegen würde, den Punkt, von wo aus er ihn sehen konnte, wenn er von Leuten umringt war. Und es gab offenbar keine Möglichkeit, in den Vortragssaal selbst zu gelangen, besonders nicht mit schweren Waffen, die für den Anschlag nötig waren.

„Es muß von außen geschehen." Famy ging hinaus und um das Gebäude herum. Seine Aufmerksamkeit konzentrierte sich auf die Fensterreihe über seinem Kopf. Hoch und einschüchternd in seiner grauen Strenge ragte das Gebäude neben ihm empor. Aber schon immer hatte es irgendeinen Weg in jede Burg gegeben, eine Lücke in der Verteidigung.

Den Grundriß des Gebäudes bildete ein riesiges Kreuz. Der Haupteingang lag an der Nordseite, der Vortragssaal am Ende des Westtraktes. Famy eilte die Mauer entlang, um einen Blick hineinzuwerfen, Erregung beflügelte seine Schritte. Man hatte ihn die Kunst gelehrt, die man Ausnutzung des toten Winkels nannte, das Vorgehen über vom Feind nicht einzusehendes Terrain. Wer am Haupteingang stand, würde die Fenster nicht sehen, sie waren durch die vorspringende Ecke verdeckt. Er ging um sie herum, McCoy folgte ihm verständnislos. Unter den Fenstern dieser Seite waren Autos nahe der Wand geparkt. Er kletterte auf eines der Wagendächer und konnte von da in den Vortragssaal hineinschauen, über die Bankreihen hinweg zum Lesepult, auf dem am Dienstagabend das Vortragsmanuskript David Sokarevs liegen würde.

„Geh bitte hinein", sagte er zu McCoy, „und wenn Vorhänge da sind, schließ die am rechten Fenster." McCoy wußte nicht, was das alles sollte, und rührte sich nicht. „Mach schon", sagte der Araber ein wenig schärfer.

Famy wartete volle zwei Minuten, nachdem McCoy gegangen war, dann glitten die Vorhänge aufeinander zu. Er stellte fest, daß sie vollständig und dicht schlossen, holte sich einen Kieselstein und kennzeichnete damit an der Wand den Punkt, wo sie zusammenstießen. Während er auf McCoy wartete, vertiefte er das Kratzzeichen und machte daraus einen sechszackigen Stern, der von Spitze zu Spitze zehn Zentimeter maß. Er lächelte noch darüber, als McCoy zurückkam. Dann sprang er vom Auto.

„Wir brauchen Handschuhe", sagte er, „dicke, die Hand und Handgelenk vor Glassplittern schützen." In Abdel-el-Famys Kopf war der Mordplan fertig.

DIE Rauschgiftszene ist in London wie in jeder Großstadt brutal.
Kriminalbeamte wie Doris Lang, die versuchen, in die Händlerkreise
einzudringen, machen ein umfassendes Training durch. Sie werden
über die medizinische Seite des Drogenmißbrauchs unterrichtet und
erlernen die Kunst des Überlebens. Doris war eine fähige junge Frau.
Der Kriminalkommissar, dem sie Bericht zu erstatten hatte, sorgte
sich daher nicht allzusehr um ihre Sicherheit. Und sie besaß die Geduld, die von ihm gewünschten Einzelheiten herauszubringen.

Sie sah McCoy und Famy das Haus verlassen und plauderte noch
weitere fünfundzwanzig Minuten mit ihren neuen Freunden. Dann
erst ging sie die Treppe hinauf und vergewisserte sich dabei auf jede
erdenkliche Weise, daß sie oben allein sein würde. Bei Tageslicht
konnte sie das Zimmer langsamer und sorgfältiger durchsuchen als
um vier Uhr nachts.

Konzentricrt arbeitete sie eine knappe Viertelstunde lang das Gepäck des Arabers und McCoys alten Koffer durch – darauf bedacht, die
Lage der Socken und Hemden nicht erkennbar zu verändern. Sie fand
keinerlei Papiere – keinen Paß, keinen Führerschein, keine Hinweise
auf ihre Identität. Die Sachen des Arabers erregten ihr besonderes Interesse. Die Kleidungsstücke waren kaum auffallend, bis auf die Tatsache, daß man alle Firmenschildchen sowie alle Wasch- und Reini-
gungsanweisungen sorgfältig herausgetrennt hatte.

Sie schrieb das in ihr Notizbuch, in dem sie bereits die Zeiten von
Ankunft und Fortgehen und die Beschreibung der beiden Männer eingetragen hatte. Es war höchst enttäuschend, daß sie nicht feststellen
konnte, was die beiden hier in der Kommune wollten. Vielleicht,
dachte sie, kehrten sie von ihrem heutigen Ausflug mit irgendwelchen
Papieren zurück.

JONES suchte den leitenden Direktor der Kriminalabteilung von
Scotland Yard in seinem Büro auf. Zwei großangelegte Programme
waren in die Wege zu leiten. Zunächst eine Fahndung nach McCoy
und seinem unbekannten Partner. Zweitens die Bildung eines Schutzringes um Sokarev. Das erste Programm nahm die meiste Zeit in Anspruch. Jones wies auf eine mögliche Verbindung zwischen dem Iren
und den Kommunen im Norden Londons hin.

„Das hat gewisse Schwierigkeiten", sagte der Abteilungsleiter.
„Wir überwachen eine ganze Reihe von Kommunen, einige nur von
außerhalb. Von denen kann ich jederzeit Auskünfte anfordern. Aber in

siebzehn andern haben wir Helfer, die darin leben. Sie erstatten montags morgens Bericht. Um eine Aufhebung dieser ganzen Tarnung zu rechtfertigen, würde ich viel genauere Informationen brauchen, als Sie mir gebracht haben."

Der Geheimdienst ist ein Amt ohne Vollmachten. Er kann nur Vorschläge machen. Jones' gequälter Ausdruck verriet seine Enttäuschung.

„Tut mir leid, Mr. Jones. Sagen Sie mir, daß es unumgänglich ist, geben Sie mir eine Adresse, etwas Handgreifliches, dann können wir handeln." Wie so viele andere, die selten mit dem Geheimdienst in Berührung kommen, war der Abteilungsleiter voll Mißtrauen gegenüber der Wirksamkeit dieser Behörde.

„Es gibt nichts Handgreifliches", sagte Jones, „außer der Gefahr." Er fühlte Ärger gegen den Mann in sich aufsteigen, der den wesentlichen Unterschied zwischen Marihuanaproblemen und politischem Mord nicht begriff.

„Ich werde herumfragen", sagte der Abteilungsleiter. Soviel gestand er zu.

Läppisch, dachte Jones. Wieder ein halber Tag verloren.

Dann erschien der israelische Sicherheitsattaché auch noch verspätet im Innenministerium. Daß er sich in keiner Weise entschuldigte, trug nicht dazu bei, Jones' zunehmende Verstimmung zu mildern. Aber er erkannte, daß jetzt nicht der Zeitpunkt war, die Aufregung zu steigern. Der Israeli brachte Informationen. Sokarevs Zeitplan, sein Hotel und seine Zimmernummer, die Liste der zum Vortrag Eingeladenen. „Und er wird von zwei Männern vom Sicherheitsdienst unseres Auswärtigen Amts begleitet sein. Joseph Mackowicz und Gad Elkin. Sie haben für seinen Schutz zu sorgen."

Das ist bis jetzt die beste Nachricht, dachte Jones. Wenn die Sache schiefgeht, dann werden diese beiden die Verantwortung mit uns teilen.

Er berichtete, was über McCoy bekannt war.

Der Israeli sagte: „Darf ich Sie darauf hinweisen, daß man, wenn der andere ein Palästinenser ist, vor ihm und nicht vor dem Iren auf der Hut sein muß."

Nur allzu wahr, dachte Jones nach Beendigung des Gesprächs. Und wir haben keinen Namen, keine Beschreibung, keine Fingerabdrücke, keine Akte. Eine neue Art von Krieg, in dem der Feind an Format und Stärke unbedeutend war, dem Geheimdienst an Macht und

Intelligenz unterlegen, und doch das Gesetz des Handelns bestimmte. Zum erstenmal in nahezu dreißig Jahren seiner Tätigkeit im Amt fühlte er Angst und Hilflosigkeit. Er hatte keine Ahnung, was als nächstes zu geschehen hatte.

KURZ bevor sich der Tag in Beersheba dem Ende zuneigte, sagte der junge Sokarev, daß es Zeit für ihn sei, sich auf den Weg zu machen. Sein Vater war nicht überrascht. Die Fahrt zum Fliegerhorst dauerte drei Stunden, und er wußte, daß sein Sohn ab Sonntag früh fünf Uhr dreißig Dienst im Bereitschaftsraum hatte, um notfalls binnen drei Minuten starten zu können.

„Da ist noch was, worüber ich mit dir sprechen möchte, bevor du gehst", sagte Sokarev leise. „Kannst du mit mir in mein Arbeitszimmer kommen? Es dauert nicht lang."

Dort begann er scheu, ohne rechtes Vertrauen. „Unterbrich mich nicht, laß mich ausreden. Deiner Mutter habe ich nichts davon gesagt. Mir droht Gefahr, wenn ich nach London fliege. Zwei Männer vom Auswärtigen Amt haben mich vor zwei Tagen aufgesucht. Sie haben mir gesagt, daß sie mich schützen sollen. Ich hatte mich auf die Gelegenheit gefreut, alte Freunde wiederzutreffen und mit ihnen zu reden. Aber die Welt würde nicht einstürzen, wenn ich die Reise, den Vortrag absagte. Bei wirklicher Gefahr würde doch vermutlich das Ministerium den Besuch absagen. Aber das haben sie nicht getan. Sie haben mir nur diese Männer geschickt, die mir mitteilten, daß ich bewacht werden würde. Was soll ich machen?"

Wie vorauszusehen war, antwortete ihm sein Sohn in der Sprache eines Soldaten. „Wenn sie glaubten, daß du gefährdet wärst, ließen sie dich nicht reisen. Mach dir keine Sorgen, Vater. Du bist für sie zu wichtig, als daß sie dich einer Gefahr aussetzen würden."

Sokarev küßte seinen Sohn auf beide Wangen und ließ den Gedanken fallen, den Direktor in Dimona anzurufen.

JIMMY hatte sich rasiert, angezogen, die alte Schleife seines Kampfgeschwaders umgebunden und seine Schuhe geputzt. Nun saß er seit einer halben Stunde in Jones' Vorzimmer und plauderte mit Helen.

Er war über fünfzig, groß, nicht zu massig, ziemlich hager im Gesicht. Das graue Haar hatte er mit Wasser gebändigt. Die häßlichen dunkelroten Flecken auf seinen Wangen waren nicht mehr so schlimm wie vor seinem Klinikaufenthalt, aber immer noch deutlich sichtbar.

Ein geplatztes Blutgefäß in seinem linken Auge hatte einen kleinen
hellroten Fleck im Winkel nahe der Nasenwurzel hinterlassen. Helen
sah ihm an, daß er sich unbehaglich fühlte. Er haßte die Stunden, bis er
eingeweiht, wieder ins Team aufgenommen und Mitglied der neuen
Operation war. Verdammt, man fühlt sich wie eine arme Seele im
Fegfeuer, dachte er.

Jones kam herein, nickte Jimmy zu, wandte sich aber erst an Helen.
„Irgendwelche Nachrichten, was Neues?"

„Der Chef möchte Sie vor sechs Uhr noch sprechen. Sonst nichts."

Jones verbarg seine Enttäuschung und winkte Jimmy in sein Büro.
Mit knappen klaren Worten erklärte er ihm das Problem. „Den Rest
kannst du aus den Aktennotizen entnehmen, wenn wir fertig sind.
Normalerweise würden wir es darauf anlegen, sie auszuheben, bevor
sie zuschlagen, aber wie du siehst, tappen wir da völlig im dunkeln."
Ganz nach Jimmys Geschmack, dachte Jones, genau der richtige Job
für ihn. Wird sein Bestes geben. „Wir müssen uns auf ein regelrechtes
Attentat vorbereiten. Ich möchte, daß du unsern Israeli nie aus den
Augen läßt, Jimmy, außer wenn er sicher im Klo eingesperrt ist. Er
wird zwei seiner Landsleute bei sich haben, dazu eine ganze Horde
vom Sonderdezernat, die sich gegenseitig auf die Füße treten. Du sollst
ihm näher sein als alle andern. Sozusagen an ihm kleben. Normalerweise würden wir uns in eine solche Sache nicht einschalten, es wäre
ein klarer Fall für die Polizei, aber es würde allzu weitreichende Folgen
haben, wenn etwas schiefginge. Zweifele also nicht an deinen Befug-
nissen, Jimmy. Wenn du etwas siehst, was dich beunruhigt, handelst
du. Wenn du in seiner Nähe eine Feuerwaffe siehst, schießt du. Küm-
mer dich nicht um irgendwelche Vorschriften."

Jones machte ein nachdenkliches Gesicht. Er mußte Jimmy jede Un-
sicherheit nehmen, das schuldete er dem Mann in der vordersten Linie.
„Und wenn du einen armen Teufel verletzt, der gerade mit seinem
Hund im Park spazierengeht, werden wir dich decken."

„Das sagst du immer", erwiderte Jimmy. Würde er ihn decken –
würde er das wirklich? Verdammt! Wenn es dann passiert ist, steht der
gute Jimmy wie jeder andere vor Gericht, nur doppelt so schnell.

„Ich muß über jeden Schritt informiert werden, den Sokarev tut",
fuhr Jones fort. „Nicht durch die Israelis oder Scotland Yard, sondern
durch dich."

„Wenn alle die Hosen so voll haben, warum wird dann der Besuch
nicht abgesagt?"

„Das wüßte ich selbst gern!"

Jimmy fragte nicht weiter. Er spürte, daß Jones am Rande seiner Geduld war.

„Ich werde deinen Namen den Israelis und dem Sonderdezernat bekanntgeben", sagte Jones, „und vom Innenministerium bestätigen lassen. Die Israelis werden den Laden allein schmeißen wollen. Dem Chef wäre es, milde gesagt, lieber, wenn es nicht dazu käme. Du wirst ein paar Schießübungen brauchen. Mach das morgen früh. Jetzt geh und hol dir was zum Anziehen. Fairclough, Duggan und ich schlafen heute im Büro. Du besser auch."

Beim Fortgehen blieb Jimmy kurz neben Helens Tisch stehen. „Wieder Pech heute abend, Schatz. Wir pennen an der Front."

„Ich hab dir ja gesagt, daß sie verdammt nervös sind."

SECHSTES KAPITEL

VON der Universität aus gingen McCoy und Famy in ein kleines indisches Restaurant, wo sie sich ungestört unterhalten konnten, während sie in ihrem Reis herumstocherten.

McCoy erzählte von Irland, von den steilansteigenden Hügeln, von den mageren Erträgen der Bauernhöfe, den großen Familien, der wirtschaftlichen Not, sprach von dem unbändigen Freiheitswillen seines Volkes, berichtete die Geschichte seines Freundes Mick McVerry, der bei dem Angriff auf die Polizeistation von Keady getötet worden war. Er selbst sei damals in Long Kesh gewesen, sagte er, sonst wäre er mit seiner Armalite, made in Japan, gekauft in Boston, Massachusetts, zur Stelle gewesen.

Famy hatte bei der Erwähnung von Long Kesh fragend den Blick gehoben, und der Ire erging sich in Geschichten aus seiner Gefängniszeit. Er erzählte, wie sie, die Gefangenen, den Ton angegeben, Gerichtsversammlungen abgehalten, Fluchtkomitees organisiert hätten. Wie sie Schulungskurse im Umgang mit Waffen und Sprengstoffen abgehalten, einen Aufruhr angezettelt und Hungerstreiks ausgerufen hätten.

Famy hatte mit erstauntem, ungläubigem Gesicht zugehört. Am meisten wunderte ihn, daß McCoy überhaupt hier war. „Warum haben sie dich freigelassen, wenn sie dich schon gefaßt hatten?"

McCoy hatte nur gelacht, weil er genau wußte, daß er dies einem

Mann unmöglich erklären konnte, der nur den Guerillakampf gegen
einen so harten und unnachgiebigen Gegner wie die Israelis kannte.
Der Ire wollte reden, und Famy hatte keine andere Wahl, als zuzuhören. Unversehens fand er sich mit den Feinheiten der verwickelten irischen Politik konfrontiert. Unsere eigenen Probleme sind so unkom-
pliziert, überlegte er, daß wir sie einem unmündigen Kind erklären
könnten. Weil wir wissen, was wir wollen, sind wir bereit, unter Op-
fern den Sieg zu erkämpfen. Nicht in einer pathetischen Cowboywelt
kläglicher Heldentaten, mit Schüssen auf einen einzelnen Soldaten
oder einen älteren Polizisten, die dann hinterher als große politische
Siege hingestellt werden. Vielleicht, weil sie nicht wissen, wofür sie
kämpfen, können sich die Iren nicht zu Aktionen aufraffen, die einen
weltweiten Schock auslösen. Er wird lernen, dieser irische Knabe, was
ein Attentat ist, auf das jede größere Hauptstadt der Welt reagiert. Er
wird erleben, was es heißt, den Haß der einen Welthälfte zu ernten und
die Dankbarkeit und Bewunderung der andern.

Trotzdem genoß Famy das Essen und die Sicherheit des Restaurants. Erst als sie in den Wagen stiegen, dachte er wieder an die Gestalt,
die in der Nacht in ihrem Zimmer gewesen war, und an das Mädchen
im Aufenthaltsraum, das sie so eingehend gemustert hatte. Er sprach
McCoy darauf an.

„Wir werden uns heute nacht an andere Stellen legen", sagte
McCoy, „du an die hintere Wand und ich neben die Tür. Wenn jemand kommt, muß er weit ins Zimmer hineingehen, und ich bin dann
hinter ihm."

Sie hatte sie durch die offene Türe des Wohnraumes gesehen, als sie
von draußen hereinkamen. Dann hatte sie ihre Schritte im Treppen-
haus gehört. Sie blieb mit ihrem Buch sitzen und wartete auf den richtigen Zeitpunkt.

Endlich zogen sich die jungen Leute allmählich zu ihren Matratzen
und Schlafsäcken zurück.

Sie rekelte sich in ihrer Strickjacke, um die nächtliche Kälte des alten
ungeheizten Hauses von sich abzuhalten. Es war gegen vier Uhr morgens, als der letzte ihrer Kameraden wie schlafwandelnd zur Treppe
torkelte. Sie war den Mangel an Schlaf gewöhnt und imstande, innerhalb weniger Augenblicke aktiv zu werden. Sie wollte Papiere, irgendwelche Hinweise, warum diese beiden ungleichen Gestalten in
die Kommune gekommen waren, Hinweise auf ihre Identität.

Geräuschlos stieg sie in ihren Tennisschuhen zum Dachgeschoß hinauf. An der Türe blieb sie lauschend stehen. Stille. Sie legte ihre Hand vorsichtig auf die Türklinke, lauschte wieder und trat ein.

Das kaum hörbare Geräusch der Türklinke weckte Famy. Seine Blicke hefteten sich sogleich auf das weiße Taschentuch, das er an die innere Türklinke gebunden hatte. Er sah, wie sich die Türe öffnete, zuerst nur ein kleines Stück, dann ganz, und wie der schattenhafte Umriß einer Gestalt hereinkam. Er fühlte Schweiß an seinem Körper herabrinnen. Die haben es nicht eilig, dachte er. An dem leisen Schleifen eines langen Rockes auf dem Fußboden erkannte er, daß der Eindringling eine Frau war, vermutlich jene, die ihm im Parterre aufgefallen war.

Er sah, wie sie sich bückte und McCoys Koffer öffnete, hörte, wie sie seine Kleider sorgfältig abtastete.

Daß sie nichts gefunden hatte, entnahm er der Art, wie sie langsam und vorsichtig den Kofferdeckel schloß. Dann merkte er, daß sie verwirrt war. Sie suchte ihn wohl dort, wo er letzte Nacht gelegen hatte, würde aber ihre Taschenlampe brauchen, um ihn hier zu finden. Er schloß die Lider fest, um sich nicht durch ein unwillkürliches Blinzeln zu verraten, wenn ein Licht aufleuchten sollte. Die Schritte waren nun ganz nahe. Er nahm einen schwachen Lichtstrahl in seinem Gesicht wahr, spürte dann ihren Atem, als sie sich tief über ihn beugte und mit großer Vorsicht den Reißverschluß seines Handkoffers aufzog, der dicht neben seinem Kopf lag. Sorgfältig untersuchte sie den Inhalt. Als sie sich wieder aufrichtete, packte Famy sie am Knöchel und brachte sie aus dem Gleichgewicht. Bevor sie wußte, wie ihr geschah, lag sie mit dem Gesicht nach unten auf dem Bretterboden. Famy hielt ihren nach hinten verdrehten Arm fest und bohrte ihr sein Knie ins Kreuz. Sie war zu sehr erschrocken, um zu schreien.

„McCoy, komm her!" zischte er befehlend, und der andere fuhr auf. „Ich habe sie."

Hastig stolperte McCoy durch die Dunkelheit. Er griff nach der Lampe, die noch leuchtend am Boden lag, und richtete sie auf das schreckensbleiche Gesicht. Die Frau versuchte, den Kopf abzuwenden, aber er packte sie an den Haaren, daß sie aufschrie, und drehte ihn wieder zum Licht.

Während Famy immer noch ihren Arm festhielt, begann sie sich gegen McCoys Griff zu wehren. Mit der freien Hand fuhr sie ihm ins Gesicht, stieß mit den Fingernägeln nach seinen Augen und kratzte ihm

die Wangen auf. Sie hörte ihn vor Schmerz und Überraschung auf-
schreien. Er ließ ihre Haare los, trat aber mit dem Fuß gegen ihren
Kopf, wütend, gezielt, immer wieder.

Sie krümmte sich, dann lag sie still.

„Dreh sie um", sagte McCoy keuchend, und sie rollten sie auf den
Rücken. Der Araber kniete auf ihren Oberschenkeln und preßte ihre
Arme über ihrem Kopf auf den Boden. Sie hielt die Augen geschlossen
und fühlte, wie McCoys Hände sie fachmännisch abzutasten begannen, von den Schultern über ihre Brüste herab, grob und rücksichtslos,
bis sie auf das Notizbuch in ihrer Rocktasche stießen. Er zog es heraus,
und sie konnte ihn die Seiten hastig umblättern hören.

„Sie ist eine verdammte Schnüfflerin", sagte McCoy. „Ein Spitzel.
Da, Namen von Leuten hier im Haus, Uhrzeit und Datum ihrer Ankunft, auch von uns. Ganz schön gerissen. Du hast keine Etiketten in
deinen Kleidern, stimmt's?"

„Die haben wir vor der Abreise herausgetrennt."

„Das steht auch drin." McCoys Blicke bohrten sich in das junge Gesicht unter ihm. Seine Stimme klang eisig, erbarmungslos. „Wer bist
du, du Schlampe?" Er schlug ihr mit der Handkante genau auf die
Kinnspitze, daß ihr Kopf zurückschnellte und hart auf dem Boden aufschlug. Immer noch sagte sie nichts, und er stieß ihr die geballte Faust
hart in die Magengrube unter den Rippen. Sie rang nach Atem, versuchte zu sprechen, brachte aber keinen Ton heraus. Ihre Brust hob
sich bebend, bevor die Worte kamen.

„Laßt mich los, ihr Schweine, ich bin Polizeibeamtin."

Ein Gedanke schoß Famy durch den Kopf. In Frankreich hatte die
Polizei sie erwartet, hier in diesem sicheren Haus wieder Polizei.
„Woher wußtet ihr, daß wir hierher kommen würden?" fragte er.

McCoy sah ihre Reaktion auf Famys Worte, sah sie ruckartig den
Kopf heben und in das schattenhafte Gesicht über ihr starren. Diese
Bewegung besiegelte seinen Entschluß. Seine Hände schlossen sich
um ihren Hals. Sie versuchte von Drogen und Hippies zu sprechen,
aber sie bekam keine Luft mehr.

Als McCoy von ihr abließ, bemerkte er, daß sich Famy am andern
Ende des Zimmers übergab. McCoy hatte nicht zu überlegen brauchen. In der Welt, in der er kämpfte, war die Strafe für Spitzel eindeutig festgelegt.

„Nimm dich zusammen, Idiot", sagte er. „Wir verschwinden hier."

Alles war still, als sie die Treppe hinunter und zum Wagen gingen.

Während McCoy rasch und konzentriert nach Süden in Richtung Themse fuhr, saß Famy versteinert neben ihm. Zum erstenmal war er dem gewaltsamen Tod begegnet. Es erstaunte ihn, wie schnell und einfach das Mädchen getötet worden war. Seine Zweifel an McCoy waren zerstreut. Auch der Ire war bereit zu töten. Jetzt waren sie ein Team. Das Geschehen in dem dunklen Dachzimmer hatte sie zusammengeschmiedet. Seine Mission würde gelingen.

„Wo fahren wir jetzt hin?" fragte er.

„Zu den Hügeln von Surrey im Süden der Stadt, wo die Waffen sind. Heute und morgen schlafen wir im Freien. Den Wagen lassen wir irgendwo stehen und besorgen uns einen andern. Am Dienstag kommen wir nach London zurück, wahrscheinlich spät."

„Wie lange, meinst du, wird es dauern, bis man sie findet?"

„Eine ganze Weile. Und in der Kommune werden sie nicht viel rausbringen."

„Wie weit haben wir zu fahren?"

„Eineinhalb Stunden. Schlaf inzwischen." Das war ein Befehl.

Aber Famy fand keinen Schlaf. Während der Wagen die Straße entlangholperte, sah er immer wieder das Mädchen und ihre großen flehenden Augen vor sich. Auch die harten, eisernen Finger um ihren Hals.

Der Mord an Doris Lang war nicht unbemerkt geblieben.

Eine junge Frau, die im Stockwerk darunter ihr Kind stillte, hatte Lärm gehört, heftige Geräusche auf dem Bretterboden über ihr, einen halberstickten Schrei, Gepolter, gedämpfte Rufe. Eilige Schritte hinunter zum Haupteingang, dann das Starten und Abfahren eines Wagens.

Es war schon hell, als sie sich ein Herz faßte und nachschauen ging. Ihr hysterisches, durchdringendes Kreischen weckte das ganze Haus.

WACHTMEISTER Henry Davies trank in der Kantine des Reviers Tee, als der Hauptwachtmeister hereinkam.

„Henry, der Kriminalkommissar braucht dich in der Englefield Road Nummer 312."

„Was gibt's?" fragte Davies.

„Weiß ich nicht", log der Hauptwachtmeister. „Er hat dich bloß angefordert."

Der Kommissar erwartete ihn vor dem Haus. Drei Polizeiwagen standen auf der Straße, ringsum ein paar halbangezogene Neugierige.

Der Kommissar, den man aus seinem Sonntagmorgenschlummer geholt hatte, kam unrasiert auf Davies zu. „Eine schlimme Nachricht, Henry. Tut mir sehr leid... Es ist Doris. Irgendein Schurke hat sie umgebracht."

Er wartete. Ließ die Worte wirken, sah das Gesicht des Wachtmeisters in äußerster Selbstbeherrschung zur Maske erstarren.

„Wann ist es geschehen?" fragte Davies wie abwesend, nur um etwas zu sagen.

„Heute in aller Frühe. Wir wurden vor etwa vierzig Minuten angerufen. Ich habe sie identifiziert. Willst du sie sehen, Henry?"

„Nicht, solange alle hier rumrennen. Aber ich möchte zu ihrer Mutter gehen. Hat man es ihr schon gesagt?"

„Nein, noch nicht. Einer soll dich hinfahren. Fred kann runterkommen und deinen Wagen und den Hund ins Revier zurückbringen."

„Weiß man, wer es getan hat?"

„Zwei Männer. Aber die sind schon längst verschwunden. In der Kommune hier sagen sie uns mehr als gewöhnlich."

DIE Mitglieder der Kommune wurden in den Wohnraum zusammengerufen, während man den Sarg zum Leichenwagen trug. Nach seiner Abfahrt kehrte der Kommissar in das Zimmer zurück. Er hatte den Sprecher der Gruppe ausfindig gemacht: älter als die meisten andern, schmächtig, herausforderndes Gebaren. Der Kommissar rief ihn auf.

„Sie haben uns geholfen, tun Sie's auch weiter. Die Frau, die die Leiche gefunden hat, sagt, als es über ihr still geworden war, hätten zwei Männer das Haus verlassen. Etwa um halb vier. Wer waren die beiden?"

Der Mann fuhr sich mit den Fingern durch sein langes Haar. „Wir haben den einen gekannt. Ein Ire." Er zögerte.

„Weiter. Ich habe nicht den ganzen Tag Zeit. Das ist eine Morduntersuchung."

„Da hat einmal eine Zeitlang ein Mädchen bei uns gewohnt. Eilish McCoy. Er war ihr Bruder Ciaran. Vor einer Woche ist er hier aufgetaucht und hat gesagt, daß ein paar Leute kommen. Hat gesagt, sie brauchen..."

„Einen stillen Ort, wo sie nicht auffallen?"

„So ähnlich."

„Und der andere? War das auch ein Ire?"

„Ich würde sagen, ein Araber."

„Kein Name? Hat ihn McCoy nicht irgendwie angeredet?"

„Der zweite ist erst vorgestern abend gekommen."

„Sie haben gesagt, McCoy hätte von mehreren Leuten gesprochen."

„Ja, von dreien, aber nur der eine ist erschienen."

Ein Kriminalbeamter kam herein. Er hielt ein Notizbuch vorsichtig zwischen den Fingern. „Das ist Doris Langs Tagebuch von der vergangenen Woche. Anscheinend hat sie das Zimmer dieser Typen Freitag nacht und gestern wieder durchsucht. Da steht einiges, was sie gefunden hat, und eine Beschreibung der beiden Männer. Ziemlich detailliert."

Der Kommissar winkte den Beamten in den Korridor hinaus. „Rufen Sie das Sonderdezernat an, sie sollen uns alles Material über McCoy schicken."

Als er wieder ins Polizeirevier zurückkam, meldete ihm der diensthabende Beamte: „Da war ein Mann namens Jones am Apparat, vom Geheimdienst. Er möchte herkommen und Sie sprechen, sobald Sie eine Minute für ihn Zeit haben."

„Wir kommen in Mode, was?" sagte der Kommissar.

Wie eine hereinbrechende Woge überflutete der Name Ciaran McCoy zahlreiche Büros von Scotland Yard: die Fotoabteilung, das Fingerabdruck-Archiv, das Sonderdezernat und seine irische Sektion, die Mordkommission. An alle Polizeireviere gingen Fotos von McCoy, und das Fotomontageteam begann, an einer Zusammenstellung der unbekannten Gesichtszüge des Arabers zu arbeiten, wobei es sich hauptsächlich auf die Notizen von Doris Lang stützte. McCoys Bild wurde für die Aktualitätenschau des Unabhängigen Fernsehens zur Mittagszeit und für die BBC-Kurznachrichten freigegeben.

Dort sah es Norah.

Ihr Vater bestand immer darauf, daß der Fernseher während der zeremoniellen Sonntagsmahlzeit eingeschaltet blieb. Die Sendung war zu Ende, und der Bildschirm wurde dunkel, dann erschien das Symbol für die Kurznachrichten. Norah und ihre Eltern hörten zu essen auf und wandten ihre Aufmerksamkeit dem Apparat zu. Eine Polizeibeamtin war in einer Kommune erwürgt worden.

Die Polizei suchte fieberhaft nach einem jungen Iren namens Ciaran McCoy. Dann kam sein Bild und blieb für zwanzig Sekunden auf dem

Schirm. Zehn davon waren bereits vergangen, als sie den jungen Mann erkannte, den sie geküßt hatte und der sie am letzten Donnerstagabend so unvermittelt verlassen hatte.

„Schweine", sagte ihr Vater. „Die gehörten aufgehängt."

Norah erwiderte nichts. Sie senkte den Kopf über den Teller, damit die Eltern ihre Tränen nicht sehen sollten. Eilig schlang sie ihr Essen hinunter, murmelte eine Entschuldigung und lief hinaus. Am Nachmittag wanderte sie ziellos umher, von Scham und einem unbestimmten Gefühl der Beschmutzung überwältigt.

ALS Jones aus dem Polizeirevier zurückkam, brachte er Fotokopien und Abschriften des Notizbuchs mit. Duggan und Fairclough erwarteten ihn in seinem Büro.

„Unser Freundchen hat die Sache zum Platzen gebracht, was?" sagte Duggan. „Bis heute abend klebt überall sein Bild. Seine größte Sorge wird jetzt sein, nicht erwischt zu werden. Er wird aufgeben."

„Das ist eine Möglichkeit." Jones machte ein skeptisches Gesicht.

„Wenn wir den Palästinenser oder Araber, oder was er ist, in Betracht ziehen", warf Fairclough ein, „können wir zu einer andern Antwort kommen. Er ist am Donnerstag in Frankreich in ein Schlamassel geraten und trotzdem am Ball geblieben. Was erwartet ihn denn bei seiner Heimkehr, wenn er nicht weitermacht? Sie würden ihn im Lager nicht mit offenen Armen empfangen. Als armseliger Versager würde er dastehen. Das ist der Punkt, an dem die Selbstmordmentalität durchbricht: Je härter die Sache wird, um so mehr wird er zum Risiko bereit sein."

„Und was schließt du daraus?" fragte Jones.

„Der Araber ist jetzt äußerst gefährlich. Immer noch auf Mord aus."

„Ein Bild von dem einen, eine Beschreibung vom andern für jeden einzelnen rings um Sokarev, das verbessert die Chancen ein wenig", grinste Jones. „Aber wenn der Araber weitermachen will, was ist dann mit McCoy?"

Fairclough beugte sich vor und nahm wieder das Wort. „Es kommt darauf an, wie stark die Bindung zwischen ihnen geworden ist. McCoy wird dabeibleiben, wenn er glaubt, mit dem Leben davonkommen zu können."

Jones beneidete den Jüngeren um seine Selbstsicherheit. Aber es war jetzt nicht der Zeitpunkt, darüber zu diskutieren – was die Älteren in der Abteilung wußten –, daß bei diesem Geschäft nichts einfach war. Das Problem lag darin, soviel war Jones klar, daß Männer wie er zu solch kurzfristigen Einsätzen nicht viel beizutragen hatten. Wenn keine Zeit war, einen Überblick über das Ganze zu gewinnen, würde die Sache auf Jimmys Niveau herabsinken, darauf, wer besser schoß. Deshalb hatte er Jimmy hinzugezogen. Er mochte ihn, aber von ihm abhängig zu sein, zu erkennen, daß er jetzt mehr zu bieten hatte als er selbst – das hinterließ einen saueren Geschmack im Mund.

Unterdessen wandte Jimmy, wie üblich, den Schußwaffen besondere Aufmerksamkeit zu.

Für Leibwächteraufgaben bevorzugte er die Walther PPK. Er holte sie sich aus dem Schrank im Souterrain von Leconfield House, eine knapp sechzehn Zentimeter lange und knapp ein Pfund schwere Pistole. Sie war nicht neu, Herstellungsjahr 1938, aber der Waffenmeister der Abteilung hielt sie mit besonderer Sorgfalt instand, da er wußte, daß Jimmy sie bevorzugte.

Jimmy quittierte den Empfang der PPK und von zwei Dutzend Patronen und fuhr damit zum Polizeischießstand in einem alten Gebäude hinter der Euston Station. Einige Polizisten waren dort, die auf Scheiben schossen. Jimmy zeigte dem Ausbilder seinen Ausweis, und die Polizisten wurden aus dem Schießstand zurückgerufen. Sie schauten zu, wie Jimmy alle vierundzwanzig Patronen verfeuerte: bei Dunkelheit, bei grellem Gegenlicht, im Laufen, im Stand. Alle trafen sie das Ziel, eine mannshohe Puppe, in die Brust.

„Der gibt ganz schön an", flüsterte einer der zuschauenden Polizisten, aber der Ausbilder hatte es doch gehört.

„Hör mal, mein Junge", schmetterte er, „es besteht eine winzige Möglichkeit, daß er vorbeischießt. Und es besteht eine winzige Möglichkeit, daß du triffst. Das ist der Unterschied zwischen dir und ihm."

Höchst zufrieden mit dem Ergebnis, genehmigte sich Jimmy einen Drink, bevor er wieder ins Amt zurückmußte.

DIE beiden schliefen im Wagen, McCoy quer über den Vordersitzen, Famy im Fond zusammengerollt. Das Auto stand tief in einer grasbewachsenen, von der Straße aus nicht einzusehenden Lichtung. Es gab viele solche Stellen in den Hügeln von Surrey im Südwesten der Stadt. Später würden sich Ströme von Sonntagsspaziergängern hierher ergießen, aber in den frühen Morgenstunden hatten die beiden Männer die Lichtung für sich allein.

„Wir müssen schlafen, soviel wir nur können", hatte McCoy gesagt. Erst lange nach Sonnenaufgang wurden sie durch Kinderstimmen geweckt. Zwei etwa zehnjährige Jungen preßten ihre Gesichter an die Wagenfenster und liefen kichernd davon, als McCoy sich zu regen begann. Er rüttelte Famy. „Auf, mein Herzchen. Wir müssen weiter."

„Wo sind wir?" Famy fand sich nicht gleich zurecht.

„Auf dem Land, um die Sonne zu genießen. Erinnerst du dich?"

Keiner der beiden merkte, daß sich die zwei Jungen im dichten grünen Farnkraut versteckt hatten und zusahen, wie McCoy und Famy sich die Augen rieben, sich rekelten und dann den Pfad zwischen den Kiefern und Birken entlanggingen, den der Regen mit glänzendem Schlamm überzogen hatte. Mit ihren gewöhnlichen Straßenschuhen hatten sie Mühe, nicht zu rutschen und das Gleichgewicht nicht zu verlieren.

Mehr als zwanzig Minuten wanderten sie schweigend dahin. Dann fiel Famy auf, daß McCoy langsamer ging und sich suchend umblickte. Bei einem alten Kinderwagen blieb er stehen. „Das ist unser erstes Merkzeichen. Von hier aus gehen wir noch fünfzig Schritte auf dem Pfad weiter."

Famy folgte McCoy, als dieser die Distanz abschritt. „Zu Hause", sagte McCoy, „müssen wir unsere Gewehre draußen auf dem Land an Orten verstecken, wo wir sie Tag und Nacht holen können. Dazu sind Merkzeichen nötig, die man auch im Dunkeln findet. Schau dich um! Welcher Baum in unsrer Nähe ist der höchste? Doch wohl der dort mit dem Efeu am Stamm. Das ist unser Hauptmerkzeichen. Jetzt müssen wir nach etwas Ausschau halten, das nicht am Weg steht, aber ebenso auffällig ist. Geh um den Stamm herum und versuch herauszufinden, was es sein könnte. Siehst du es? Wenn man eine Linie zieht von diesem Baum zu dem großen dort, den ein Blitz getroffen hat, und in dieser Richtung weitergeht, kommt man zu einer Böschung voller Karnickellöcher. Und das Karnickelloch, das wir suchen, ist das in gerader Fortsetzung der Linie zwischen den beiden Bäumen."

McCoy ging hin, griff mit beiden Händen in eins der Löcher und förderte einen weißen Plastiksack zutage. Fasziniert sah Famy zu. „Ich habe das Loch ein wenig erweitern müssen", sagte McCoy, „aber wem fällt schon frische Erde vor einem Karnickelbau auf?"

Er blickte forschend nach beiden Seiten den Pfad entlang. Als er sich überzeugt hatte, daß sie allein waren, nahm er aus dem Sack drei Gewehre heraus, deren stählerne Schulterstützen zum Lauf zurückge-

klappt waren, jedes ungefähr 60 cm lang. Er legte sie auf den Sack neben zwei dicke Stoffbeutel.

„Was sind das für welche?" fragte Famy.

„Eine Abart des amerikanischen M-1-Karabiners aus dem Zweiten
Weltkrieg mit abklappbarem Schaft für Fallschirmjäger. Sie wollten
mir keine Armalites geben, drei wären zuviel, meinten sie. Mit diesen
hier haben wir in Armagh vor zehn Tagen ein Probeschießen gemacht,
sie dann auseinandergenommen und gereinigt –"

Besorgt unterbrach ihn Famy. „Warum keine Kalaschnikows?"

„Wir haben keine. Unser Zeug kommt aus Amerika. Einer der
Gründe, warum sich unsere Bosse auf diese Geschichte mit euch eingelassen haben, war die Zusage, uns Kalaschnikows zu liefern."

„Ich habe nie mit einem andern Gewehr trainiert", sagte Famy.

„Die hier haben genug Särge gefüllt. Und man kann sie unbemerkt
bei sich tragen."

„Warum nur drei? Wir sollten zu dritt sein und du der vierte."

McCoy sah Famy in die Augen. „Die Vereinbarung lautete, ihr erledigt das Schießen, ich sorge für Unterkunft und Wagen."

„Und jetzt?"

McCoy hatte gefüllte Magazine aus einem der Stoffbeutel genommen und legte sie nebeneinander, insgesamt zwölf. „Nun ja, einer
allein kann es nicht schaffen, wir werden also zwei Gewehre brauchen
und haben eins in Reserve." Von Famy wich der Druck der letzten
Stunden, sein Gesicht verzog sich zu einem breiten Grinsen. Er hat sich
Sorgen gemacht und mir nicht geglaubt, dachte McCoy.

„Dafür haben wir die besten Handgranaten", sagte McCoy und
öffnete den zweiten Stoffbeutel. „Das sind holländische, V 40 Mini,
winzig, aber mit hundertprozentiger Wirkung im Umkreis von drei
Metern. Genau, was wir für Maßarbeit brauchen, nicht eine große
Bombe, die das halbe Auditorium verwüstet, sondern eine, die hübsch
sauber neben deinem Mann landet und ihn wegputzt." Er nahm eine,
sie schmiegte sich gut in die hohle Hand, fünf Zentimeter im Durchmesser und tödlich.

McCoy packte Handgranaten, Magazine und Gewehre wieder in
den Plastiksack und nahm ihn zum Wagen mit. Seine Gedanken waren
schon mit den nächsten Schritten beschäftigt: wo den Wagen loswer-
den, wo einen andern hernehmen, wo in den nächsten zwei Tagen
bleiben? Famy sah, daß McCoy nachdachte, und störte ihn nicht bei
seinen Überlegungen.

DER Premierminister hatte seinen Wochenendurlaub in Schottland vorzeitig abgebrochen. Allgemein nahm man an, daß dies wegen der schlechten wirtschaftlichen Lage des Landes geschehen sei. In seinem Büro in der Downing Street – mit Blick auf die gepflegten Gärten – ließ er sich vom Geheimdienstchef einen detaillierten Bericht über das aktuelle Problem geben. Danach trat der Premierminister ans Fenster, um sich über seine Stellungnahme schlüssig zu werden, und begann schließlich:

„Es besteht also eine gewisse Aussicht, daß eine massive Abschirmung des Mannes einen Anschlag verhindert. Ein lückenloser Schutzkordon. Ihren Worten entnehme ich jedoch, daß Sie kein rechtes Zutrauen zu einer solchen Abschirmung haben. So müssen wir also zu etwas unsere Zuflucht nehmen, was man als letzten Ausweg bezeichnen könnte und was mit diesem Haus hier nicht in Verbindung gebracht werden sollte. Ich nehme an, der Araber wird sich einer Gefangennahme und Verhaftung heftig widersetzen, und wünsche deshalb, daß er bei seinem Fluchtversuch erschossen wird. Schon einmal hat eine Gruppe Geiseln es in einer VC 10 in der jordanischen Wüste ausbaden müssen, eine weitere Maschine wurde in Schiphol gesprengt, eine dritte wurde in Tunis mit Waffengewalt festgehalten. Ich möchte diesen Mann nicht vor schußbereiten Gewehren übergeben müssen, weil ein viertes Flugzeug mit Geiseln in Gefahr ist. Und dazu würde es kommen, wenn dieser Mann vor Gericht gestellt wird. Der Ire ist in diesem Zusammenhang ohne Belang."

Der Premierminister wünschte dem Geheimdienstchef viel Glück, lächelte düster, als er ihm die Hand schüttelte, und begleitete ihn zur Tür.

IN IHREM kleinen Schlafzimmer waren die Sokarevs damit beschäftigt, für die Reise zu packen. Frau Sokarev legte die Anzüge zusammen, und er verstaute sie sorgfältig in seinem alten Koffer. Er nahm zwei Anzüge mit, die einzigen, die er besaß – einen guten, in dem er seinen Vortrag halten wollte, und einen für tagsüber. Reisen würde er in einer alten Hose und einem Sportjackett.

Als sie fertig gepackt hatten, war der Koffer so voll, daß sie mit vereinten Kräften den Deckel zudrücken mußten, bis die Schlösser einrasteten. Dieser Koffer hatte in Sokarevs Leben eine besondere Rolle gespielt, denn vor neununddreißig Jahren hatte ihn sein Vater eigens für ihn gekauft, in Frankfurt zum Bahnhof getragen und ihm

in den Zug gereicht. Dann hatte er zum Abschied gewinkt, voll Zuversicht, daß er nach Regelung der Familienangelegenheiten seiner
Frau und seinem Sohn nach Palästina folgen würde. David Sokarev
hatte ihn nie wiedergesehen.

Bei den Reisevorbereitungen an diesem Abend ging Frau Sokarev
ihrem Mann zur Hand, wo sie nur konnte. Sie sah, daß die Angst, die
ihn mehrere Nächte lang bedrückt hatte, nun der Vergangenheit ange-
hörte.

Sie lachten miteinander, er legte ihr den Arm um die Schultern und
sprach von den Freunden, die er in London sehen würde, den Wissen-
schaftlern, die er bei früheren Gelegenheiten dort oder in Israel kennengelernt hatte. Als sie in die Küche ging, um das Abendessen zu kochen, zog er sich in sein Arbeitszimmer zurück und bereitete sich auf
seinen Vortrag vor.

Er saß über den Notizen, als das Telefon klingelte. Er nahm den Hörer auf.

„Hier Mackowicz", meldete sich der Anrufer.

„Was wollen Sie?"

Sein Ton verriet deutlich den Ärger, daß man sogar in die Privat-
sphäre seines Arbeitszimmers eindrang.

„Ich möchte nur, daß morgen alles klappt. Sie brauchen sich keine
Sorgen wegen London zu machen. Die Engländer tun alles, um Ihre
Sicherheit zu gewährleisten."

„Ich habe keine Angst", sagte Sokarev scharf. Was will der noch
alles, dachte er. Warum belästigt er mich zu Hause?

„Ich werde Sie selbst abholen –"

„Aber ich habe ein Taxi bestellt." Ein Zornausbruch war nicht
mehr weit.

„Es wurde entschieden, daß ich Sie zum Flugplatz bringen soll.
Elkin kommt mit mir. Sie können das Taxi abbestellen."

„Wer hat das entschieden?"

„Das Ministerium, unsere Abteilungsleiter."

Sokarev sank in seinen Stuhl zurück. Plötzlich empfand er wieder
tiefe Niedergeschlagenheit. Man würde ihn wie ein Spielzeug von
Hand zu Hand weiterreichen.

DER kleinere der beiden Jungen, die am frühen Morgen in der Lichtung gespielt hatten, erkannte McCoys Bild in der Nachmittagssen-
dung. Sein Vater rief die Polizei an. Die Grafschaftspolizei schickte

einen Mann mit einem Spürhund, und auch Beamte vom Sonderdezernat in London fuhren hinaus. In der Abenddämmerung fand der Hund das Karnickelloch, in dem McCoy die Gewehre und Handgranaten versteckt hatte. Die Beamten waren bei ihrer Arbeit darauf bedacht, keine Fußspuren zu zerstören. Am Montag würden sie zu einer eingehenderen Untersuchung wiederkommen. Bis dahin bedeckten sie eine Fläche von zehn mal zehn Metern vor dem Loch mit einer Plastikhaut und ließen einen Polizisten zur Bewachung dort.

Scotland Yard schickte den Bericht darüber an Jones. Fairclough hatte also recht gehabt. Sie waren immer noch aktiv und hatten ein geheimes Waffenlager aufgesucht. Nun ja, jetzt haben sie ihre Gewehre, dachte Jones.

Jimmy kam ins Büro. Jones schob ihm McCoys Foto und das Phantombild des Arabers über den Tisch hin. „Da", sagte er, „deine beiden Bürschchen. Präg dir diese Gesichter gut ein."

SIEBTES KAPITEL

ELKIN, der hinter dem Steuer saß, sah dem Wissenschaftler seine Anspannung und Erregung an. Mackowicz bemühte sich, ein Gespräch in Gang zu bringen, gab es aber bald auf. Sicherheitsbeamte waren es gewöhnt, daß man etwas gegen sie hatte. Wenn der komische Kerl nicht reden wollte, schön; er und Elkin hatten genug anderes im Kopf.

Es war kein Zufall, daß man ihnen diese Aufgabe übertragen hatte, beide waren gründlich ausgebildete, erfahrene Schützen. Sie reisten mit leichtem Gepäck.

Die eine ihrer beiden Segeltuchtaschen enthielt neben einigen Kleidungsstücken zum Wechseln Ordner mit allem Material über die Bedrohung, dazu ein komplettes Dossier über Sokarev, von seiner Blutgruppe angefangen bis zu seinen Familien- und Finanzangelegenheiten. In der andern Tasche waren, in Hemden gewickelt, Schußwaffen und Sprechfunkgeräte, die man in London auf die Wellenlänge der israelischen Botschaft einstellen würde.

Sie waren um sieben abgefahren und kamen auf dem Flugplatz fünfundsiebzig Minuten später an, eine gute Stunde vor dem Abflug. Sokarevs vorherrschende Empfindung war die Isolation. Es gab nichts, worüber er sich mit seinen Reisegefährten hätte unterhalten können, nichts, was sie verband. Sie waren Mörder, unter dem Deckmantel der

Legalität, aber was unterschied sie von den Terroristen, die ihn vielleicht erwarteten? Sie alle töteten aus Pflichtgefühl, ohne die geringsten Bedenken. Er stellte fest, daß er sich vor den Männern, die seine Sicherheit gewährleisten sollten, fürchtete.

Das Aufgeben des Gepäcks dauerte eine halbe Stunde, dreißig Minuten, in denen man die Koffer Zentimeter um Zentimeter weiterschob, bis man endlich zum Schalter gelangte. Von dort gingen die drei zur Treppe, die in die Abflughalle hinaufführte. Sokarev stellte fest, daß sich Mackowicz rechts, Elkin links von ihm hielt. Ich habe unser Land noch nicht verlassen, dachte er, und schon bin ich wie ein Gefangener unter Bewachung.

Nach der Leibesvisitation saßen die drei Männer in vollkommenes Schweigen gehüllt und warteten auf den Aufruf ihrer Flugnummer. Die Leibwächter lasen Zeitung, der Professor starrte durch das Fenster ins Leere. Wie gern hätte er die Reise aufgegeben, wäre heimgegangen zu seiner Frau und seinem Laboratorium, um ein für allemal diesen Alptraum von Gewehren und Terroristen abzuschütteln.

Dann wurde ihr Flug aufgerufen, und sie gingen gemeinsam die Stufen hinunter, hinaus in die flimmernde Hitze eines Augustmorgens in Israel. Jetzt gibt es kein Zurück mehr, kein Entrinnen, dachte der Wissenschaftler. Was auch geschieht, sagte er sich, es liegt nicht mehr in meiner Hand.

IM GROSSEN ansteigenden Hörsaal des Scotland-Yard-Gebäudes fand die Einsatzbesprechung für alle Kriminalbeamten und rangälteren Uniformierten statt, die am Montag den Schutz David Sokarevs übernehmen sollten.

Jimmy saß im Hintergrund. Er fühlte sich in Gesellschaft von Polizisten nie ganz wohl, und auch sie reagierten auf die Gegenwart eines Einzelkämpfers, der nicht an ihre Dienstvorschriften gebunden war, nicht gerade entgegenkommend. Die Einzelheiten, die der leitende Uniformierte über den zeitlichen und räumlichen Ablauf des Besuchs von Professor Sokarev verlas, und alle die Zeichnungen an der Tafel mit den grünen Linien, roten Kreisen und blauen Kreuzen konnten Jimmys Aufmerksamkeit nicht fesseln. Terroristen, dachte er bei sich, kann man nicht mit Karten und Diagrammen bekämpfen, mein Bester. Es gibt nur einen Ort, an dem man Meister McCoy und seinen kleinen Freund erwischen kann, und das ist in Sokarevs nächster Nähe. Maßnahmen wie Autokolonnen und Motorradeskorten waren gänzlich sinnlos. Ist doch klar, daß sie nicht alles aufs Spiel setzen für einen Zufallsschuß in eine Kavalkade. Geh lieber zur Universität, Jimmy, mein Junge, und schau dich dort um. Hättest das schon gestern tun sollen.

Er wußte es, beruhigte sich aber mit dem Gedanken, daß er nahe bei Sokarev sein würde. Wahrhaftig, er würde ein menschlicher Schutzschild sein, ohne Pensionsberechtigung. Aber vielleicht war er trotzdem einigermaßen sicher. Wer hatte je gehört, daß es einen Leibwächter erwischt hätte? Sowohl die beiden Kennedys wie auch Feisal hatten eine Schutztruppe um sich gehabt, die überlebte und zum Begräbnis ging.

Hier endeten Jimmys Gedankengänge. Vor ihm, an den Seiten der Tafel, hingen die Bilder von McCoy und dem Mann, dessen Namen sie nicht wußten. Widerliche, rohe Kerle, sagte sich Jimmy, sehr hart, sehr ernst zu nehmen.

Sein Blick schweifte durch den Hörsaal über die aufmerksam lauschenden, Notizen kritzelnden Beamten. Wenn die beiden tatsächlich auf Tuchfühlung gehen, dachte Jimmy, würden sich die meisten hier wünschen, nie aus dem Bett gekrochen zu sein.

DIE Wirkung auf McCoy war weniger heftig als auf Famy. Der Araber blickte mit unverhohlenem Schrecken auf die Bilder, die auf den Frontseiten der Zeitungen prangten. Sie standen vor einem kleinen Zeitungsstand im Südwesten Londons und warteten auf den Bus, der sie in die Vororte bringen sollte. Die Bilder in Großformat gingen über die halbe Frontseite der Boulevardblätter mit schreienden Schlagzeilen: DIE MÖRDER... DIE MEISTGESUCHTEN VERBRECHER ENGLANDS... HABEN SIE DIESE MÄNNER GESEHEN?

„Starr nicht so hin", zischte McCoy in Famys Ohr.

„Das wissen sie aus dem Notizbuch des Mädchens. Wir haben es liegenlassen", sagte Famy.

„In der Kommune werden sie geschwatzt haben. Die kannten meinen Namen. Dich hat ein Grafiker nach der Beschreibung gezeichnet. Nicht sehr gut."

„Für eine eindeutige Identifikation nicht, aber ähnlich genug. Größe, Gewicht, allgemeiner Eindruck. Und die Kleider, die wir noch tragen."

„Geh von dem verdammten Ding weg. Jeder kann dich erkennen, wenn du so dicht danebenstehst."

„Bei mir ist kein Name dabei", sagte Famy, als sie sich an der Bushaltestelle den Wartenden anschlossen. Er fühlte wieder die Unsicherheit, die ihn in den ersten Stunden in London bedrückt hatte. Der klare Befehl lautete, in der Geborgenheit des Hauses zu bleiben. Daß sie in den belebten Straßen herumspazierten, wie sie es jetzt taten, war nicht in Betracht gezogen worden.

Jedesmal, wenn ein Mann, eine Frau oder ein Kind in seine Richtung blickten, erwartete er, daß sie sie erkennen könnten. Wie bringen die Leute wohl ein Bild in der Zeitung mit dem Fleisch und Blut neben sich auf der Straße in Verbindung? Scheint ein schwieriger Schritt zu sein, sagte er sich.

McCoy war daran gewöhnt, daß sein Bild in den Taschen britischer Soldaten steckte, und vertraut mit einem Leben auf der Flucht. Er kannte deshalb die große Gefahr ihrer gegenwärtigen Lage: Die Zeitungen sprachen von zwei Männern, und sie waren zu zweit unterwegs. Als Einzelgänger würden sie viel sicherer sein. Aber wohin mit dem verdammten Araber? Er konnte ihn nicht allein durch die Straßen wandern lassen, wo er möglicherweise in Panik geriet.

Der grüne Bus fuhr vor, und sie gingen zu zwei Hintersitzen, wo ihre Gesichter den Blicken am wenigsten ausgesetzt waren. Famy trug den Handkoffer, der eine Auswahl ihrer Kleider, die Gewehre, Magazine und Handgranaten enthielt. Schweigend saßen sie da, und McCoy war mit der Planung des nächsten Schrittes beschäftigt. Sie waren schon am Hampton Court vorüber, als er dicht an Famys Ohr flüsterte: „Wir müssen uns trennen. Es ist gefährlich, wenn wir zusammenbleiben."

Der erschrockene, überraschte Ausdruck in Famys Augen verriet, daß er sich im Stich gelassen fühlte. McCoy sah es. „Nur für heute, meine ich. Es sind noch acht Stunden, bis es dunkel wird. Dann treffen wir uns wieder."

„Wo soll ich hingehen?" stieß Famy zwischen zusammengepreßten Lippen hervor.

„Das weiß ich noch nicht. Aber zu zweit ist die Gefahr zu groß."

„Wir hätten beim Wagen bleiben können, statt ihn dort im Wald stehenzulassen –"

McCoy fiel ihm ins Wort, darauf bedacht, nicht die Führung zu verlieren. „Hätten wir. Aber wir müssen uns in der Stadt einen andern Wagen verschaffen. Auf dem Land kommen sie uns allzu leicht auf die Spur." Famy antwortete nicht. „Schau her, ich hab dir gesagt, daß wir das zusammen machen", fuhr McCoy rasch und eindringlich fort. „Überleg doch, nach der Sache mit dem Mädchen, nachdem ich dich zu den Gewehren mitgenommen habe, sollte ich jetzt türmen?"

Famy, von vier halb durchwachten Nächten zu erschöpft, um zu widersprechen, nickte. „Wo steigen wir aus?" fragte er.

„In ungefähr fünfzehn Minuten. Dann sind wir in einem Stadtteil, wo es alles gibt, was du willst, Untergrundbahn, Eisenbahn, Kinos und so weiter."

„Und du, wo gehst du hin?"

„Ich verkrümele mich einfach für ein paar Stunden", sagte McCoy, „bis wir uns wieder treffen und uns nach einem Auto umschauen können."

Famy merkte das Zögern. Er hatte die Gabe, eine Lüge zu wittern. Ein Gefühl der Verlassenheit stieg in ihm hoch. Wieweit konnte er dem Iren trauen? Daß dieser ihm gegenüber nicht offen war, spürte er deutlich. Was konnte er dagegen tun? Er war machtlos.

Nach fünf weiteren Haltestellen stand McCoy auf und ging auf den Ausgang zu. Famy folgte. Auf dem Gehsteig blieben sie einen Augenblick stehen, bis McCoy weiter unten an der Straße eine Teestube entdeckte und darauf zuging. Famy sah ihn fragend an, als sie eintraten, blieb aber ohne Antwort.

„Gleich hier um die Ecke in der Hauptstraße sind die Kinos", erklärte ihm McCoy. „Dort ist eins, in dem laufen drei Filme. In der Dunkelheit dort bist du sicher. Um acht treffen wir uns wieder. Lauf jetzt nicht herum, hol dir was zu essen, wenn du willst, dann geh ins Kino und bleib dort."

McCoy ließ den Handkoffer bei Famy zurück. „Unter deinem Sitz im Kino ist er sicherer als bei mir."

Damit ging er. Draußen, im Sonnenschein, atmete er erleichtert auf, als er endlich allein war. So ein lästiger Mistkerl. Beinahe im Laufschritt betrat McCoy den Supermarkt.

Die Kassen waren ganz am andern Ende. Er nahm eine Tafel Schokolade vom Regal, womit er das nagende Hungergefühl vertreiben wollte, und stellte sich in die Reihe vor der Kasse. Er sah das Mädchen gewandt mit Beuteln, Packungen und Dosen hantieren. Sie war ganz in ihre Aufgabe vertieft, den richtigen Betrag zu errechnen und richtig herauszugeben.

Als er die Schokolade hinlegte, griff ihre schlanke Hand sogleich danach, sah nach dem Preis und tippte ihn in die Kasse.

„Hallo, Norah", sagte er, sehr leise, wegen der ungeduldigen Leute hinter sich. Sie sah zu ihm auf, erkannte ihn und erschrak. Wie gebannt starrte sie ihn mit weit aufgerissenen Augen an, wollte etwas sagen, brachte aber nichts heraus.

„Ich muß dich sprechen." Es klang, als hänge für ihn viel davon ab.

„Was machst du hier?" Ihr Ton drückte Staunen aus, aber auch die Bereitschaft, zu ihm zu stehen.

„Ich muß heute nachmittag mit dir zusammen sein, jetzt gleich", sagte er drängend. „Tisch denen hier irgendeine Ausrede auf. Ich warte draußen."

Er wartete auf der anderen Straßenseite. Etwa zwanzig Minuten später kam sie auf ihn zu. Er nahm ihre weiche kleine Hand, die gerade in seiner Faust Platz hatte, und küßte sie auf die Wange.

Sie entzog sich ihm. „Dein Bild. Es ist in den Zeitungen, im Fernsehen. Weshalb bist du hergekommen?"

„Ich wollte bei dir sein, Mädchen, ich wollte..." Er stockte, umschloß ihre Hand fest. Wie konnte er ihr sagen, daß man mal abschalten mußte. Daß man nicht bloß eine Maschine, ein Tötungsapparat war. Daß man eine Ruhepause brauchte, fern von dem schrecklichen Gehetztsein.

In Cullyhanna gab es ein Mädchen und am Mullyash-Berg einen Platz, wohin sie zusammen gingen. Dort konnte er sie lieben und sich bei ihr entspannen, bis der Schlaf kam. Dann war er wieder fähig, den Kampf aufzunehmen. Aber wie sollte er Norah erklären, dem kleinen Ladenmädchen aus dem Südwesten Londons, daß für jeden, der kämpft, einmal die Zeit kommt, in der er sich in Armen ausruhen muß, von denen er keine Gefahr zu fürchten hat, in der er in eine Welt zurückflüchten muß, von der er sich losgesagt hat?

„Ich muß dringend irgendwo mit dir sprechen, wo wir allein sein können", schloß er.

Sie gingen zusammen durch Richmond in die offene Weite des Parks und auf einem Wildwechsel tief in das Farnkraut hinein. Bei ihrem Näherkommen flüchteten Hirsche. McCoy breitete seinen Rock aus, und sie setzten sich gemeinsam darauf, umgeben von einem grünen Schutzwall, der sie vor aller Augen verbarg. Er streckte sich auf dem Rücken aus und zog sie zu sich herab, bis ihr Kopf an seiner Brust ruhte. So lagen sie lange Zeit, und seine Gedanken waren in der Grafschaft Armagh und bei dem andern Mädchen, das verstand, was ihn bewegte.

Norah brach schließlich den Bann. „Bist das wirklich du, hinter dem sie her sind?" fragte sie mit ängstlicher Stimme, und seine träumerische Antwort: „Ja, aber sie kriegen mich nicht", konnte sie nicht beruhigen.

„Aber du hast ein Mädchen umgebracht, erwürgt, haben sie im Fernsehen gesagt."

Er richtete sich auf und beugte sich, auf den Ellbogen gestützt, über sie, seine freie Hand spielte liebkosend mit ihren Locken. „Ich will dir nicht erzählen, daß ich es nicht getan habe, du würdest mir doch nicht glauben. Aber mit dir hat das nichts zu tun. Das ist eine ganz andere Sache."

Seine Hand glitt von ihrem Haar herab, und ein Finger zupfte wie gedankenlos an den Knöpfen ihrer Bluse. Er sah, daß ihr die Tränen kamen, und küßte sie. Schluchzend schlang sie die Arme um seinen Nacken und zog seinen Kopf zu sich herab. Sie wußte nicht, wie sie dazu kam, konnte sich weder die Zärtlichkeit ihrer Hände noch das Verlangen nach seiner Liebkosung erklären. Und dann war da Schmerz und etwas Überwältigendes, das sie nie zuvor gekannt hatte und dem sie zu entrinnen versuchte. Aber sie konnte es nicht.

Norah lag reglos da, während der Mann neben ihr friedlich wie ein Kind schlief. Die Sanftheit seines Aussehens wurde nur durch die tiefen Kratzer beeinträchtigt, die Doris Langs Nägel in seinem Gesicht hinterlassen hatten.

Von der Teestube, in der sich McCoy von ihm getrennt hatte, ging Famy zu einer Telefonzelle. Er hatte keine Schwierigkeit, sich an die Nummer und die Nebenstelle zu erinnern.

„Hier Fliegenpilz", sagte er und hörte scharrende Geräusche. Da wird wohl gerade aufgeräumt, dachte er.

„Was wollen Sie mir mitteilen?" fragte eine Stimme.

„Liegen irgendwelche neuen Anweisungen vor?" Sein Ton verriet die Sinnlosigkeit seiner Frage. Er wußte, daß es keine neuen Befehle geben konnte.

„Es ist nichts durchgegeben worden."

Famy zögerte. Er konnte nicht gut von seinem Gefühl der Verlassenheit, seinen Ängsten sprechen. „Nichts? Kein Wort von zu Hause?" fragte er.

Der Mann in der Botschaft hörte vielleicht Famys Hilflosigkeit heraus. „Es war nichts zu erwarten. Sie haben freie Hand erhalten. Ihre

Ankunft wurde gemeldet." Ein scharfes Klicken in der Leitung. „Gibt es Schwierigkeiten?"

„Alles ist so verworren. Wegen dem Mädchen haben wir unser –"

Die Stimme fiel ihm scharf ins Wort. „Da war ein Klicken in der Leitung. Fassen Sie sich ganz kurz, legen Sie dann auf, und verschwinden Sie von dort. Noch etwas?"

„Der Ire. Ich weiß nicht, ob ich ihm trauen kann. Er hat gesagt, wir müßten uns für den Tag trennen. Wir haben die Gewehre, aber –"

„Legen Sie auf. Und verschwinden Sie aus der Telefonzelle. Weit fort!" gellte es schrill aus dem Hörer, dann brach die Verbindung ab.

Famy packte seinen Handkoffer und rannte los.

JONES brütete gerade über McCoys Akte, als sein Telefon läutete.

„Hier Abhörzentrale, Mr. Jones. Ihre Botschaftsnummer ist dran."

Jones raste Hals über Kopf die Treppe hinunter, um ins Souterrain zu kommen, bevor das Gespräch zu Ende war. Ein Kopfhörer lag für ihn bereit.

„Sie haben gerade den Abhörschalter klicken hören; die Botschaft versucht, das Gespräch zu beenden", wurde ihm gesagt.

Er hörte noch die Erwähnung der Gewehre, die schrille Warnung und das hastige Unterbrechen der Verbindung. Unmittelbar darauf traf die Meldung ein, daß der Anruf von einer öffentlichen Telefonzelle in Richmond gekommen war.

Jones wählte die zuständige Spezialnummer in Scotland Yard, berichtete kurz und legte wieder auf. Da haben wir aber unverhofftes Schwein gehabt, dachte er. Sie ließen das Band zurücklaufen und spielten es ihm auf seinen Wunsch viermal vor.

In Faircloughs Büro stellte Jones fest: „Ihre Nerven sind schon ein wenig angegriffen. Der Araber hat die Botschaft angerufen, zweifelt an McCoy, wollte Nachricht von zu Hause und hörte sich ziemlich unglücklich an. Aber er hat gesagt, daß sie die Gewehre haben, und das bestätigt, was wir aus Surrey wissen."

„Hat er gesagt, ob sie weitermachen?"

„Nein. Nur, daß McCoy ihm eingeredet hat, sie müßten sich für den heutigen Tag trennen."

„Gar nicht dumm. Zusammen sind sie besser anzugreifen. Heute abend werden sie sich wieder an die Arbeit machen. Ich nehme an, daß sie noch immer einsatzbereit sind."

Jones ging langsam zurück zu seinem Büro. Er wußte, daß er Zugang zu ihrer Denkweise finden mußte, damit aus den Männern, die bisher nur Aktenstücke waren, lebendige Menschen wurden. Das war der einzige Weg, um ihre nächsten Schritte zu erraten. Aber ihre Welt war ihm so vollständig fremd, daß er seine Chance für sehr gering hielt.

IN RICHMOND, am Rande Londons, begannen Polizeifunkgeräte Ortsangaben und Beschreibungen herunterzurasseln. Männer wurden von andern Aufgaben eilig weggeholt. Als erstes ließ der zuständige Polizeirat alle größeren Straßen rings um das Gebiet absperren. Eine Wagenladung Polizisten schickte er zur Umsteigestation zwischen der Eisenbahn und der Londoner Untergrundbahn. Er beorderte Streifenwagen ins Zentrum des Viertels. An ihre Besatzungen wurden Revolver ausgegeben. Als er überzeugt war, das Viertel so gut wie möglich abgeriegelt zu haben, gab er über Funk eingehende Anweisungen.

„Unbewaffnete Beamte haben den Mann, den wir suchen, nicht anzuhalten. Wenn ihn einer sieht, soll er es melden. Wir schicken dann Hilfe."

Diese Nachricht erregte die Aufmerksamkeit eines Radioamateurs, der sich bis zum Beginn seiner Nachtschicht in der Hawker-Siddeley-Fabrik am Rande von Kingston die Zeit mit seinem Gerät vertrieb. Unter Mißachtung der strengen Vorschrift, die der Öffentlichkeit verbietet, Polizeidurchsagen abzuhören oder zu verwerten, hatte er es ständig auf die Polizeifrequenz eingestellt. Als er die Worte des Polizeirats hörte, rief er den *Daily Express* an, der, wie er wußte, für Nachrichtentips am besten zahlte.

Während sich das Netz um Richmond schloß, kaufte sich Famy eine Kinokarte.

„SIE haben nichts zu befürchten. Die Engländer sind mit starken Kräften aufmarschiert. Unsere eigenen Leute werden sich in ihrer Nähe halten. Aber tun Sie, was Elkin und ich Ihnen sagen, ohne lang zu fragen."

Das waren die letzten Worte, die Mackowicz an Sokarev richtete, als das Flugzeug auf der Landebahn von Heathrow ausrollte.

Die Passagiere standen schon im Mittelgang zum Aussteigen bereit, als der Chefsteward und ein zweiter Mann – der Sicherheitsbeamte der EL AL, wie Sokarev wußte – den Weg zum Ausgang für Mackowicz, Sokarev und Elkin frei machten.

Auf der Rollbahn wurden sie von Beamten des Sonderdezernats empfangen. Zu sechst, je drei links und rechts von Sokarev, geleiteten sie ihn zu dem schwarzen Mercedes der israelischen Botschaft, der in der Nähe wartete. Der Sicherheitsattaché sprach kurz mit Mackowicz, dann ging er auf den Professor zu.

„Wir heißen Sie herzlich willkommen. Bis Ihr Gepäck ausgeladen ist, gehen wir ins Flughafengebäude."

Als der Wagen losfuhr, konnte Sokarev sehen, daß ihnen zwei vollbesetzte, nicht besonders gekennzeichnete Fahrzeuge folgten. Er war auf dem Rücksitz zwischen dem Attaché und Mackowicz eingezwängt. Elkin und ein massiger Mann mittleren Alters saßen vorn neben dem Fahrer. Durch die Wagenfenster blickte Sokarev in die ausdruckslosen Gesichter uniformierter Polizisten. Hinter ihnen standen Hundeführer und Männer in Zivil, die rechte Hand am obersten Knopf ihres Jacketts. Am Eingang für die VIPs, die Prominenz, gaben weitere Polizisten jeden seiner Schritte vom Wagen zur Tür mit Handfunkgeräten durch, ohne auf sein Lächeln, mit dem er sie im Vorbeigehen wie entschuldigend ansah, zu reagieren.

Sie ließen ihn auf einem niedrigen Sofa fern der Tür Platz nehmen, und eine Dame mit weißer Schürze brachte ihm Tee und Kekse. Wenigstens sie erwiderte sein Lächeln.

Der Mann, der neben Elkin auf dem Vordersitz des Mercedes mitgefahren war, kam quer durch den Raum auf ihn zu. Sein Anzug wirkte abgetragen und ungepflegt, den Hemdkragen zierte ein Blutfleck, und die Krawatte saß locker.

„Mein Name ist Jimmy", stellte er sich vor, „vom Geheimdienst. Ich werde während Ihres ganzen Aufenthalts bei Ihnen sein und hoffe, wir kommen gut miteinander aus."

„Freut mich, Sie kennenzulernen... Jimmy." Er wartete, daß der andere einen Familiennamen nennen würde, aber es kam keiner. „Man hat mir gesagt, man würde sich bei meinem Besuch hier um mich kümmern. Ich bin Ihnen dankbar."

„Das tun auch noch andere außer mir, einige hundert. Aber ich bin der, von dem Sie etwas merken werden. Ich bleibe die ganze Zeit in Ihrer Nähe."

„Sie werden Konkurrenten haben", scherzte Sokarev, der sich für den Mann zu erwärmen begann. „Mr. Mackowicz und Mr. Elkin, die Sie im Wagen trafen, sagten mir, sie hätten diesen Platz für sich selber reserviert."

„Nun, dann wird es Gedränge geben. Was nicht schaden kann." Gottlob, dachte Sokarev, mit diesem einen kann man wenigstens reden. Er sah Jimmy zu Mackowicz hinübergehen und mit ihm Akten austauschen. Im ganzen Raum standen Männer in Gruppen beisammen und redeten aufgeregt durcheinander. Und ich bin bloß Statist. Niemand spricht mich an, keiner hat Zeit, wenigstens „Hallo" zu sagen oder „Willkommen". Wenn ich Aufmerksamkeit erregen wollte, müßte ich schreien oder einen epileptischen Anfall mimen. Ich diene ihnen nur als Objekt für eine Strategieübung, bis ich wieder ins Flugzeug verladen, nach Hause geschickt und vergessen werde. Und für manche bin ich ein Anlaß zur Sorge. Aber nicht um David Sokarev würden sie trauern, wenn seine Leiche am Straßenrand läge, sondern um ihren guten Ruf.

Aus dieser genüßlichen Selbstbemitleidung rissen ihn die Worte des Sicherheitsattachés: „Wir sind zur Abfahrt bereit, Herr Professor." Die Teetasse war noch halb voll, aber das kümmerte niemanden.

Eingezwängt zwischen dem Sicherheitsattaché und Mackowicz, sah Sokarev auf der Fahrt ins Stadtzentrum kaum etwas. Die Nervosität in dem vollgestopften Wagen war deutlich zu spüren.

Nach fünfunddreißig Minuten hielten sie vor dem Hotel, das man für ihn gewählt hatte. Mackowicz sagte ihm ins Ohr: „Kein Zögern, schnell hinein." Arme schoben ihn durch die Schwingtüren, über einen dicken Teppich und in einen wartenden Aufzug. Als dieser sich schloß, fand er sich eingequetscht zwischen seinen eigenen Leuten, dem Attaché, dem Mann, der sich Jimmy nannte, und einem eleganten, schwarzgekleideten Herrn, offenbar einem Hotelangestellten. Sie fuhren bis zum vierten, dem obersten Stockwerk.

Zur Rechten, am äußersten Ende des Ganges, erhoben sich zwei Männer von Stühlen, und einer von ihnen schloß das letzte Zimmer auf. Das Eiltempo wurde beibehalten, bis die Türe hinter ihm ins Schloß fiel.

„Willkommen in unserm Hotel, Herr Professor Sokarev", begann der Mann im schwarzen Anzug. Sein förmlicher Ton konnte das Mißbehagen der Hotelleitung nicht ganz übertünchen, die Verantwortung für einen solchen Gast zu haben. „Hier ist die Verbindungstüre zu dem Zimmer Ihrer beiden Begleiter."

„Die beiden teilen ein Zimmer", erklärte der Attaché, „weil immer nur einer schläft. Sie halten schichtweise Wache. Darüber hinaus haben wir noch die Männer im Korridor."

Nun entfernten sich alle – der Hotelmanager durch die Korridortür, Mackowicz, Elkin, Jimmy und der Attaché in das Nebenzimmer. Sokarev blieb allein und konnte die Anzüge auspacken, die seine Frau erst vor wenigen Stunden in Beersheba so sorgfältig zusammengelegt hatte. Deutlich spürte er, daß die Geheimdienstleute von Israel und England nicht minder von Ängsten geplagt waren als er selbst. Diese Erkenntnis ließ ihn frösteln.

Jimmy telefonierte nebenan mit Jones. Er hörte ihm mit unbewegtem Gesicht zu und legte wieder auf. Dann gab er den andern die letzten Entwicklungen bekannt. „Seit Freitagmorgen geht die Aufregung schon, aber jetzt schwirrt alles nur so. Vor knapp einer Stunde hat einer der beiden Kerle den Kontaktmann angerufen. Wir haben den Anruf lokalisiert; er kam aus Richmond. Ein nettes, behagliches, elegantes Viertel. Jetzt voller Bullen. Sie glauben, sie haben eine Chance, unsrc Freunde zu schnappen."

„Wie viele sind es denn?" fragte Elkin.

„Bloß zwei", erwiderte Jimmy. „Einer aus Nordirland, ein bißchen was Besseres als die üblichen. Der andere ist aus Ihrem Teil der Welt. Kein Name, aber wir haben eine Zeichnung von seinem Gesicht. Kriegt Heimweh, telefoniert verabredungswidrig. In etwa zwanzig Minuten kommt einer vom Sonderdezernat und bringt Unterlagen und Bilder für Sie mit."

Jimmy fühlte, daß er hier im Zimmer überflüssig war, daß sie ihre Probleme allein besprechen wollten. Es war Zeit, sich die nötige Geltung zu verschaffen und ihnen seine Position klarzumachen. „Mein Auftrag ist eindeutig", sagte er. „Ich habe neben Ihrem Mann zu sein, sobald er das Zimmer verläßt. Nicht in drei Meter Entfernung, sondern dicht neben ihm. Das ist kein Stück, das Sie inszenieren. Wir haben die Verantwortung, und Sie werden auf uns hören. Und noch eins. Wenn ich draußen auf der Straße etwas sehe, das Feuer eröffne und einen Falschen treffe, gibt es einen Höllenspektakel, aber der geht vorüber. Wenn einer von Ihnen das tut, steht er vor Gericht, bevor er weiß, wie ihm geschieht; und es gibt einen monatelangen Stunk. Seien Sie also ein bißchen vorsichtig."

Damit die beiden ihren Gefühlen Luft machen konnten, ging Jimmy in den Korridor hinaus, um eine Zigarette zu rauchen. Belustigt hörte er Mackowicz wütend in gekränktem Ton protestieren, Elkin ihm gemäßigter beipflichten, und dann die Stimme des Attachés, der den verletzten Stolz zu beschwichtigen versuchte.

Armer, kleiner Professor, dachte Jimmy, er wird wie eine angebundene Ziege als verlockender Köder dastehen und kann nur beten, daß wir die Mörder erwischen, bevor sie ihm zu nahe kommen. Jimmy kehrte ins Zimmer zurück. Mackowicz und Elkin waren immer noch aufgebracht, fügten sich aber. Der Attaché hatte gute Arbeit geleistet.

„Heute abend hat er doch noch keine Verabredung?" vergewisserte sich Jimmy beim Attaché.

„Nein. Eigentlich war ein Dinner in der Universität vorgesehen. Das haben wir abgesagt. Er ißt auf seinem Zimmer. Auch morgen bleibt er bis zum Abend hier."

„Und Mittwoch nach New York?"

„Er hat für Donnerstag gebucht. Das haben wir nicht geändert."

„Hoffentlich gefällt ihm wenigstens sein Zimmer", grinste Jimmy.

„Wenn er einen weiteren Tag bleibt, sitzt er den auch noch da ab."

DER Wind strich über die großen offenen Flächen des Parks und drang auch in McCoys Versteck. Das weckte ihn. Er sah auf die Uhr. Sieben vorbei. Das Mädchen lag neben ihm, die Kleidung noch in Unordnung, die Arme hinter dem Kopf verschränkt. Ihr Blick verlor sich in den Weiten des Himmels.

„Los jetzt, Mädchen. Es ist Zeit." Seine Stimme hatte einen schneidend scharfen Klang, der ihr neu war. Sie gehorchte, wandte sich von ihm ab und schloß die Knöpfe ihrer Bluse. Er klopfte Gras und trockene Erde von ihren und seinen Kleidern, dann machten sie sich auf den Weg zu dem schweren eisernen Tor des Parks.

Sie gingen schweigend, Norah hielt den Kopf gesenkt und wich seinem Blick aus.

Sie waren noch gute hundert Meter vom Tor entfernt, als McCoy die Straßensperre sah. Er zählte sechs Polizisten und begriff, daß dies ein zu starkes Aufgebot für eine Routinesache, wie etwa ein örtliches Verbrechen, war. Er dachte an Famy, der in seiner Verlassenheit sicher nervös war und mißtrauisch darüber nachgrübelte, wohin er, McCoy, gegangen war. Und jetzt noch die Straßensperre. Er mußte den Araber finden.

Zu beiden Seiten des Tors zog sich eine zweieinhalb Meter hohe alte Ziegelmauer hin, die den Park eingrenzte. „Ich kann nicht durch die Sperre gehen", sagte McCoy, „ich muß über die Mauer klettern, irgendwo nicht zu weit von hier." Das Mädchen zögerte. Ein Schrei genügte, und die Polizisten kämen herbeigeeilt. Und was würde sie dann sagen? Ihnen erzählen, daß der Mann, den sie suchten, mit ihr geschlafen hatte?

Sie brauchte nicht lang, um sich zu entscheiden. Sie nahm McCoy bei der Hand und führte ihn über den Rasen zu einer Stelle, wo sich die Mauer an den Böschungen eines Wassergrabens senkte. Er zog sich hinauf und schaute hinüber. Es war genau das richtige, die hinterste Ecke eines Friedhofs, in der große Eiben dicht nebeneinander wuchsen und verrottendes Laub und geschnittenes Gras aufgehäuft lag. Er schwang sich über die Mauer und hob dann Norah hinüber. Sie kauerten sich hinter eine der großen Eiben, bis er gewiß sein konnte, daß man sie nicht gesehen hatte.

„Ich brauche einen sicheren Unterschlupf, in den ich mich zurückziehen kann", flüsterte er.

„Gleich neben dem Friedhof ist eine Baustelle, die geräumt worden ist. Dort gibt es nichts als Gestrüpp."

Sie führte ihn zum Tor des Friedhofs. „Siehst du, dort drüben auf der andern Straßenseite."

„Aber der Bretterzaun! Ich kann doch nicht mitten auf der Hauptstraße hinüberklettern."

„Geh dran entlang, nach der zweiten Ecke wird dich niemand sehen." Sie war jetzt einbezogen, Teil seines Teams, ein ganz unschätzbarer Gewinn. Jemand, der für ihn laufen, sein Auge und sein Ohr sein würde. Keine Ahnung, dachte er, warum die Mädchen ihre Finger drin haben wollen, aber das wollen sie immer. Er hatte seinen Arm um ihre Schulter gelegt, als sie die Straße überquerten, ein junger Mann mit seinem Mädchen auf einem Spaziergang, und jeder hätte angenommen, daß es nur Zärtlichkeiten waren, die er ihr ins Haar hauchte.

„Tu genau, was ich dir sage", schärfte er ihr ein. „Nahe am Bahnhof ist eine Teestube, auf der gegenüberliegenden Straßenseite. Dort wird dir ein dunkelhäutiger Mann mit kurzem Haar auffallen. Er ist größer als ich und hat einen Handkoffer bei sich. Sag nur das Wort ‚Fliegenpilz' und daß er dir folgen soll. Führ ihn durch Nebenstraßen zu mir. Wenn er nicht dort ist, warte."

„Ist er der andere?" Erregung schwang in Norahs Stimme mit.

„Das brauchst du nicht zu wissen. Bring ihn bloß her."

FAMY hörte die Sirenen draußen auf der Straße und kaute an seinen Fingernägeln. Die Bilder auf der Filmleinwand bedeuteten ihm nichts. Er hatte nur den einen Gedanken, wie er der unmittelbaren Gefahr entrinnen konnte. Den Handkoffer an seinen Beinen zu spüren war beruhigend. Leise zog er den Reißverschluß auf, tastete nach den kantigen Handgranaten. Er nahm eine heraus – sie hatte die Größe eines vertrockneten Apfels – und steckte sie in seine Rocktasche. Damit konnte er unmittelbare Verfolger abwehren, und das gab ihm das Gefühl der Sicherheit, das er zum Verlassen des Kinos brauchen würde.

Seine Gedanken wanderten zurück zu den Männern, die er kaum gekannt, deren Kameradschaft er jedoch schätzen gelernt hatte, zu Dani und Bouchi. Er dachte an ihr Lachen beim Abflug von Beirut, an die Ängste, die sie auf der Straße nach Boulogne ausgestanden hatten. Er vergegenwärtigte sich in schmerzlicher Deutlichkeit, wie ihr Blut die Sitze des Wagens getränkt hatte, und hörte die Mahnung des sterbenden Dani: „Denk an Palästina, und denk an mich, wenn du den Fliegenpilzmann vor dir hast."

Diese Worte brannten erneut in seiner Seele und gaben ihm den nötigen Antrieb weiterzumachen.

Mit dem Koffer in der Hand und der Granate in der Tasche verließ er das Kino vor dem Ende des dritten Films, um draußen zu sein, bevor das Gedränge zu den Ausgängen begann. Er schob den Metallriegel zurück, der die Feuerschutztür versperrte, und schlüpfte hinaus in das dämmerige Licht des Abends, ins Ungewisse.

Gemächlich schlenderte er auf den vereinbarten Treffpunkt zu, stets auf dem Sprung, sich rasch nach den Schaufenstern umzudrehen, wenn Streifenwagen vorbeirasten. Um Polizisten, die durch die Straßen patrouillierten, auszuweichen, betrat er Geschäfte, mischte sich unter die Leute an den Ladentischen, bis die Gefahr vorüber war. Mit jedem Schritt gewann er mehr Vertrauen.

Sie tappen im dunkeln, sagte er sich, und wissen nicht, wen sie eigentlich suchen sollen. In der Teestube wählte er einen Tisch im Hintergrund und wartete.

Schließlich sah er ein Mädchen hereinkommen, bemerkte ihre nervösen Blicke, mit denen sie alle Gäste musterte. Das deutliche Erkennen in ihren Augen, als sie ihn entdeckte, ließ Famy versteinern. Er umklammerte fest die Granate und starrte ihr entgegen, als sie näher kam.

Sie beugte sich zitternd zu ihm nieder. „Fliegenpilz", platzte sie heraus, „Sie sollen mir folgen. Ich bringe Sie zu ihm."

Und Famy begriff, warum der Ire so darauf aus gewesen war, sich von ihm zu trennen. Er hatte ein Mädchen gebraucht. Eine, die ihm blindlings folgte, was er auch verlangte. Ein gefährlicher Plan, aber nicht übel, McCoy. Schläft mit ihr, und schon gehorcht sie ihm.

Sie führte ihn durch Seitengassen des alten Viertels. Schließlich blieb sie vor einem Gewirr von Büschen stehen. „Hier drin ist er", sagte sie tonlos, als wisse sie, dachte Famy, daß sie jetzt überflüssig geworden war. „Es ist Zeit, daß ich heimkomme, meine Mutter wird schon ganz aufgeregt sein."

„Wo wohnen Sie?" fragte Famy.

„In der Chisholm Road. Gleich um die Ecke. Nummer fünfundzwanzig."

„Ich hoffe, wir sehen uns wieder. Sie waren sehr freundlich zu mir."

Achtes Kapitel

Im ebenerdigen Presseraum von Scotland Yard hatte der Kriminalreporter des *Daily Express* das erste Gemunkel über die umfangreichen Maßnahmen gehört, die zum Schutz eines ungenannten Israeli in die Wege geleitet wurden. Der wissenschaftliche Korrespondent der Zeitung war in der Lage, Licht auf die Identität des Mannes zu werfen: Er hatte eine Einladung zum Vortrag Professor David Sokarevs vom Kernforschungszentrum in Dimona erhalten und die israelische Botschaft telefonisch um Informationen über das Reiseprogramm des Professors gebeten. Das war glatt abgelehnt worden, was ihm nur bestätigte, daß Sokarev der Mann war, dem die verstärkten Sicherheitsvorkehrungen galten. Die Kombinationsgabe des Chefredakteurs machte daraus eine Sensationsstory für die Titelseite. Er vermischte getrennt gesammeltes Material – die Nachrichten mit dem Stichwort „Sokarev" und die unter der flüchtig hingekritzelten Überschrift „Menschenjagd". Das Ergebnis klang plausibel. Und so verkündete die Schlagzeile quer über die ganze erste Seite des Blattes: Arabische Morddrohung gegen Israels H-Bomben-Spezialisten.

Auf die Verärgerung des Premierministers über diesen Artikel reagierte der Geheimdienstchef gelassen: „Von uns ist nichts durchgesickert. Sie werden wohl auch zugeben müssen, daß einfach Tatsachen berichtet wurden, die jedem geschulten Auge ersichtlich sind."

„Nichtsdestoweniger stehen wir ganz schön dumm da", sagte der Premier, „wenn jetzt diesem Sokarev etwas zustößt."

„Da dürften Sie recht haben, Sir", erwiderte der Geheimdienstchef und wünschte dem Premierminister eine angenehme Nacht-
ruhe.

VOR ihrem Aufbruch in den dunklen Park kam es zwischen Famy
und McCoy zu einem heftigen Wortwechsel. Famy gefiel die verlassene Baustelle, auf der McCoy gewartet hatte, und er wollte dableiben.
„Irgendwo müssen wir schlafen. Das hier ist ein guter Platz", sagte er.
„Bei diesem Polizeiaufgebot ringsum müssen wir so schnell wie
möglich von hier verschwinden." McCoy war es gewohnt, daß man
seine Befehle ohne Widerrede befolgte. Und er hatte seinen Partner
abgeschätzt und fand, daß die Zeit der Rücksichtnahme nun vorbei
war. „Morgen früh werden Hunde, Helikopter und alle verfügbaren
Kräfte hinter uns her sein. Sie wissen, daß wir hier sind. Wieso, ist mir
ein Rätsel, aber sie wissen es."

„Du hast uns in Gefahr gebracht", trumpfte Famy auf, da er sich
nicht von McCoy beherrschen lassen wollte. „Und warum? Um mit
diesem Mädchen zu schlafen –"

„Halt die Schnauze", fuhr ihn McCoy an. „Und denk lieber nach,
was du heute getan hast, versuch dich zu erinnern, wo sie dir auf die
Spur gekommen sind."

Siedend heiß fiel Famy sein Anruf bei dem aufgeregten Diplomaten
ein. Er schämte sich, dem Iren zu sagen, was geschehen war, und gab
klein bei. „Wohin gehen wir?"

McCoy schlug kein Kapital aus dieser Unterwerfung, rieb kein Salz
in die Wunde, und seine Stimme verlor den harten Klang. Im stillen
dankte ihm Famy. Die Entscheidung, wer im Team die Führung hatte,
war gefallen – unumstößlich, ein für allemal.

„Quer durch den Park und noch etliche Kilometer weiter. Wenn
wir Glück haben, erwischen wir einen Wagen", sagte McCoy.

Damit brach er auf. Famy folgte. Er war zu der Einsicht gelangt:
Ohne den Iren mußte sein Auftrag scheitern.

Stolpernd und strauchelnd tappten sie querfeldein, hielten sich immer im nachtschwarzen Dunkel, fern von den Scheinwerfern der Autos. So kamen sie zu einem Zaun, der den Park von einem Golfplatz
trennte, reichten sich beim Hinüberklettern den schweren Handkoffer
zu und liefen weiter über das Grün und die Bahnen, bis sie zu einem
weiteren Zaun kamen, der eine langgestreckte Reihe von Gärten ein-
friedete. Vorsichtig stiegen sie darüber und gelangten so in eine kurze

und durch einen runden Platz abgeschlossene, gut beleuchtete Sackgasse.

„Ich geh voraus", sagte McCoy. „Du trägst den Koffer. Und geh langsam, so, als ob du hierhergehörst."

Nach weiteren eineinhalb Stunden gelangten sie auf die breite, verlassene Wandsworth High Street. „Hier irgendwo in der Nähe organisieren wir uns einen alten Wagen", sagte McCoy, „die neuen haben Lenkradsperren." Sie gehörten jetzt zusammen und waren voneinander abhängig; die Bedrohung durch den Polizeikordon lag weit hinter ihnen.

„Eigentlich war es ganz einfach", sagte Famy grinsend, aber immer noch befangen.

„Sie können eben nicht Schulter an Schulter ein so großes Viertel umstellen, höchstens die Hauptstraßen sperren und auf ihr Glück hoffen. Wenn man seine Kaltblütigkeit bewahrt, schafft man es immer."

McCoy bedauerte ihren Krach nicht. Irgend etwas wäre verkehrt, dachte er, wenn wir uns bei einem solchen Ding nicht auch mal an die Kehle fahren würden. Nicht genug Schlaf, zuwenig Essen, noch einen knappen Tag vor uns, dann... das wahnsinnige Gestrampel, um zu entkommen. Es war anders geplant gewesen. Und jetzt... wohin jetzt? Eins nach dem andern, mein guter Provo.

Denn so schafft man es nicht. Man knallt nicht auf dem Marktplatz von Crossmaglen einen Fallschirmjäger nieder und fragt sich dann, wohin man flüchten soll. Man durchdenkt alles vorher, überläßt nichts dem Zufall. Man kommt bei diesem Geschäft nicht mit dem Leben davon, wenn man in Zeitnot gerät. Von dir wird etwas Besseres erwartet, Ciaran McCoy. Sonst lachen sie sich schief und denken, so ein dummer Pfuscher. Will eine große, spektakuläre Aktion starten und hat nicht einmal einen Fluchtplan!

Wenigstens würde es keine Schwierigkeiten mehr mit dem Araber geben. Er merkte das daran, wie Famy durch die dunklen, verlassenen Straßen, an verschlossenen Häusern entlang, einen halben Schritt hinter ihm hertrottete. Und niemand wurde durch das Geräusch aufmerksam, als McCoy die Motorhaube eines bejahrten Ford Cortina öffnete. Er fand die richtigen Kontakte, und der Motor sprang an. McCoy nahm Famys Koffer, öffnete den Reißverschluß und zog ein Hemd heraus. Er hielt es gegen das Ausstellfenster auf der Fahrerseite und hieb mit der Faust auf den Stoff. Der Schlag war gedämpft, die Scheibe drehte sich um ihre Achse, so daß er die Türe von innen öffnen konnte. Einen Augenblick später war der Araber mit seinem Koffer eingestiegen, und McCoy lenkte den Cortina zur Straßenmitte.

Er fuhr ostwärts, fort von all diesen Polizisten, die bei ihren Straßensperren froren. „Kinderspiel", murmelte er.

„Wohin jetzt?" fragte Famy.

„Über den Fluß, dort sind Wälder, da sucht uns niemand. Wenn es hell wird, brauchen wir eine Werkstatt, wo wir Schlüssel für diese verdammte Karre bekommen. In die Stadt fahren wir erst gegen Abend zurück."

Famy nickte. Er merkte, daß er nur gesagt bekam, was er wissen mußte, mehr nicht. Keine Umschweife, keine Diskussionen.

McCoy fühlte, was in ihm vorging. „Ärger dich nicht, mein Junge. Das ist dein großer Tag, nicht meiner. Ich bring dich hin, genau dann, wenn du dort sein mußt. Du und dein Mann, ihr kommt noch früh genug zusammen. Und hör auf, an mir herumzumeckern."

McCoy lachte selbstzufrieden und lieblos und begann, vor sich hin zu singen, ohne auf seinen Zuhörer zu achten. Es waren Lieder seiner Bewegung. Lieder von Tod, Märtyrertum, überschwenglichem Lobpreis der gefallenen Helden. Und in ihnen war Bitterkeit. Man mußte erst steif im Leichentuch liegen, bevor sich die Musikanten um einen scharten. Da hat einem ein Soldat den Bauch aufgeschlitzt, und dann klimpern sie und singen rührselige Lieder auf dich. Kein Gesang, solange man lebt; erst muß Gras über einem wachsen. Er war bei solchen Begräbnissen gewesen, war weit hinter den Familien hergetrottet und hatte sich verdrückt, während noch Gebete und Nachrufe in vollem Gang waren. Aber sie waren nicht ohne Wirkung auf ihn geblieben, diese Prozessionen schweigender Männer und Frauen hinter den billigen, mit einer Fahne verhüllten Särgen, auf denen das schwarze Barett lag.

Wie ein Netz hatten sich diese Empfindungen um ihn gelegt und ihn immer tiefer in die Sache hineingezogen. Auf das Begräbnis von einem ihrer Männer folgte sofort als Vergeltung der Tod eines Soldaten, wie die Nacht auf den Tag. Eine klare Sache. Aber der Tod eines ihm völlig unbekannten Israeli von weiß der Teufel woher – lohnte es sich, dafür auf den Friedhof getragen zu werden?

Du hast einen Befehl, McCoy. Tu, was dir gesagt wird, als braver Soldat. Frag nicht weiter. Das war der Kampf eines andern, aber er konnte nicht ausgefochten werden, wenn nicht McCoy ihm die Stange hielt. Famy würde, ohne zu zögern, sterben. Und du, Ciaran

McCoy, was würdest du tun? Wieviel würdest du beim Angriff riskie-
ren wollen? Herr Jesus...

Er streifte den Fremden neben sich mit einem Blick. Famy war eingeschlafen.

DER Chef des Generalkommandos war allein in seinem Zelt. Vor
ihm auf dem Tisch lag ein einzelnes Blatt Papier, das ihm der Journalist
aus Beirut gebracht hatte. Er las es wieder und wieder und kostete die
Nachricht aus: Der, den sie Saleh Mohammed nannten, war dort, am
Ziel und in Verbindung mit dem Kontaktmann. Der beste Mann, den
er hatte, der, von dem er gewünscht hatte, er möge der Überlebende
sein. Das würde ihnen einen vernichtenden Schlag versetzen, dem
Staat Israel an den Lebensnerv gehen...

Der Alte, der ihm als Leibwächter diente, trat ins Zelt.

„Dein Nachtmahl, Ahmed. Es ist Essenszeit." Er war der einzige im
Lager, der den Chef mit seinem eigentlichen Namen anreden durfte.
Das ging auf die Zeit vor acht Jahren zurück, als die Palästinenser nach
dem Sechstagekrieg zum erstenmal Widerstand leisteten und kämpften. Die beiden, der Chef und sein Gefolgsmann, hatten ein Haus gegen eine ganze Abteilung gehalten, und hinterher gab es unter den
Palästinensern überschwenglichen Jubel, und der Widerstand war
geboren.

Der Alte stellte den Teller vor ihn hin, ein Gemisch von Bohnen und
Reis in Soße mit kleinen viereckigen Lammfleischstücken. „Sie haben
ihren Tag gehabt, die Israelis. Wir werden den unsern haben", sagte er.

„Dieser Schlag wird sie aufheulen lassen wie Hunde."

Der Alte legte Löffel und Gabel neben den Teller. „Ist er schon über
die Grenze?" fragte er mit einem schwermütigen Unterton. Zu viele
hinterlassene Bündel mit Habseligkeiten von Selbstmordkommandos
hatte er forträumen müssen.

„Über viele Grenzen. Weit von hier. Bouchi, Dani und der dritte,
du erinnerst dich? Bouchi und Dani sind tot, der dritte ist allein durchgekommen. Er ist seinem Opfer auf den Fersen. Heute oder morgen
schlägt er zu, und dann wird die Welt von ihm erfahren." Er stieß die
Worte hastig hervor, während er das Essen hineinschaufelte. „Sein
Opfer ist ein Mann, der für sie von allergrößter Bedeutung ist, einer,
der sich mit der Zertrümmerung des Atoms und der Freisetzung seiner
Energien befaßt."

Der Alte sah die Erregung in den Augen des Chefs. Es war ein Blick, den er kannte – der Blick des Fanatikers, der den Erfolg greifbar nahe glaubt.

„Acht Bomben haben sie, jetzt vielleicht schon mehr", fuhr der Chef mit schwankender Stimme fort. „In einer Stadt würden sie damit bis zu hunderttausend unsrer Leute töten, sie verbrennen, blenden, verkrüppeln, verseuchen, so daß die Überlebenden groteske Mißgeburten zur Welt brächten. Diese Bombe ist eine Dreckswaffe, ihre allerletzte Verteidigung. Sie verschanzen sich dahinter, weil sie wissen, daß schon das Geheimnisvolle daran ihnen Stärke verleiht. Der Mann, den wir erschießen werden, ist der Schöpfer dieser Bombe für Israel: David Sokarev."

„Und wenn er tot ist, was hat sich dann geändert?"

„Die Beseitigung Sokarevs wird der Welt die Augen für die israelische Macht öffnen. Wir werden aller Welt sagen, warum ein so harmlos aussehender kleiner Mann gewählt wurde – wir werden ihnen von Dimona berichten und davon, was sie mit dem Plutonium machen. Und daraus entsteht Angst vor einer Regelung des Nahostproblems, wie sie es nennen, durch einen Atompilz, Angst vor einem noch entsetzlicheren Vernichtungskrieg, als ihn die Welt je gesehen hat, seit ihre übergescheiten Männer diesen Greuel entwickelt haben. Wenn die Regierungen die Kontrolle über diese Waffe verlangen, wenn sie Inspektionen und Überprüfungen fordern, dann wird Israel, seiner letzten Verteidigung beraubt, in die Knie gehen. Und deshalb werden wir Sokarev töten." Der Chef lächelte wie ein Mann, der seinem Freund auseinandergesetzt hat, wie er eine Frau zu erobern gedenkt, die alle für unerreichbar halten.

Der Alte hatte ihn noch nie so sprechen hören. „Seltsam", sagte er leise, „wie der Tod eines Mannes die Welt mehr erschüttern kann als ein langes Leben, in dem er versucht hat, sein Bestes zu geben." Und damit verließ er das Zelt.

Am Dienstag kehrte Jimmy erst nach drei Uhr morgens in seine Wohnung zurück, ohne etwas getrunken zu haben. Er war in Leconfield House gewesen, um Jones Bericht zu erstatten, hatte abgewartet, bis Sokarev im Bett lag.

Dann war er um das Hotel getrottet, hatte sich überzeugt, daß sich die Feuertüren von außen nicht öffnen ließen und die Männer vom Sonderdezernat auf ihren Posten waren. Er hatte Elkin gesagt, er werde am frühen Morgen zurück sein, und ihm nochmals eingeschärft, daß Sokarev unter keinen Umständen Besucher empfangen oder sein Zimmer verlassen dürfe.

Ein Mann vom Sonderdezernat stand im Korridor, einer beim Aufzug, zwei weitere unten in der Eingangshalle. Zahlenmäßig dem Gegner eindeutig überlegen, dachte Jimmy. Beruhigt war er zum Polizeirevier in Richmond gefahren. Dort herrschte Hochbetrieb – alles war hell erleuchtet, die Korridore hallten wider von den Stimmen und Schritten hin und her eilender Männer, Fernschreiber ratterten die Nachrichten von und nach Scotland Yard herunter, Telefone klingelten. Die höheren Beamten, die um einen mit Stadtplänen und kaffeegefüllten Plastikbechern übersäten Tisch saßen, nahmen Jimmys Zeit nicht lange in Anspruch, sondern erklärten kurz, was für den Morgen geplant war. Sie zeigten ihm genau, wo sie gesucht hatten und wo die Straßensperren und Streifenwagen eingesetzt waren. Gründliche und gewissenhafte Arbeit. Aber er konnte an ihren angespannten, humorlosen Gesichtern ablesen, was er wissen wollte. Kaum jemand in diesem Zimmer erwartete einen Erfolg der nächtlichen Anstrengungen, jedenfalls nicht ohne einen besonderen Glücksfall. Und Polizisten rechnen nicht mit Glück, wie Jimmy wußte.

Während er seine Wohnungstüre aufsperrte, dachte er bei sich: Sie sind entwischt, unsere beiden, laufen weiter frei herum mit ihren Gewehren und Plänen, pirschen sich immer näher an ihr Opfer heran. Ohne jeden Zweifel genoß Jimmy diesen Stand der Dinge. Kein Jäger schätzt es, wenn der Fuchs nicht rennt, wenn er zu rasch gestellt wird. Und Jimmy hoffte auf eine gute lange Jagd vor dem Töten.

Weil Helen schlief, zog er seine Schuhe aus und schlich auf Zehenspitzen ins Bett, um sie nicht zu wecken.

Im nächsten Augenblick war er eingeschlafen, wie stets, selbst in den Nächten, in denen er vielleicht später gerufen wurde, um zu schießen oder erschossen zu werden. Töten beunruhigte Jimmy nicht. Das war der Grund, warum Jones seine Hand über ihn hielt und der Geheimdienstchef seinen Namen auf der Gehaltsliste duldete.

DIE Kälte weckte Famy. Schon seit einer Weile hatte er sich unter seinem Mantel auf dem Rücksitz im Halbschlaf herumgewälzt und versucht, der Kälte zu entrinnen. Ein paar Augenblicke lang wußte er nicht, wo er war. Mit einem Ruck hob er den Kopf in der Erwartung, McCoys zusammengekauerte Gestalt auf dem Vordersitz zu sehen. Der Anblick des leeren Sitzes traf ihn wie ein grausamer, vernichtender Schlag mit einem Schmiedehammer. Er setzte sich jäh auf. Seine Hände begannen zu zittern, die Beine wurden ihm schwach. Mit einer raschen Bewegung tastete er nach dem Handkoffer und befühlte ihn. Die Gewehre waren da. Aber wo war dieser verhaßte Ire?

Die harten Worte vom vergangenen Abend fielen ihm wieder ein, und das lange Schweigen nachher. Er hätte es wissen müssen. Einem Fremden zu vertrauen – das war Wahnsinn gewesen. Aber wie konnte er jetzt, auf sich allein gestellt, weitermachen? Tränen rannen ihm über die Wangen, und er hatte nicht die Kraft, sie zurückzuhalten. Seit vielen Jahren hatte er nicht geweint und sich seit seiner Kindheit gebrüstet, seine Gefühle im Zaum halten zu können. Aber daß der Ire ihn verlassen hatte, schlafend und schutzlos, nicht einmal den Mut gehabt hatte, es ihm ins Gesicht zu sagen... das traf ihn zutiefst und hinterließ einen bohrenden Schmerz.

Er kroch aus dem Wagen. Auf seiner Uhr war es schon acht vorbei. Die Sonne stand hoch hinter den Häusern rings um den Schuttablade-platz, auf dem der Wagen geparkt war. Vorsichtig entfernte er sich von dem Fahrzeug, ging durch das Tor auf die Straße. Sie war belebt, aber niemand achtete auf den jungen Mann, der sich dort umschaute. Er hatte keine Ahnung, wo er war, und durfte auch nicht fragen. Plötzlich erinnerte er sich an seinen A-bis-Z-Stadtplan. Er hielt nach einem Straßenschild Ausschau, das ihm helfen konnte, seinen Standort zu be-stimmen. Vermutlich war es am Ende der Häuserzeile bei der Kreu-zung. Etwas später, wenn alle ihren gewohnten Geschäften nachgin-gen, würde er nachschauen gehen.

Als er sich zum Wagen zurückwandte, war sein Entschluß gefaßt. Sobald die Männer vom Generalkommando die feindliche Grenze überschritten hatten, gab es kein Zurück. Selbst wenn sie ihr Ziel nicht erreichen konnten, gaben sie nicht auf, sondern kämpften und starben, wo man ihnen den Weg versperrte. Keiner kehrte zurück, um sein Versagen einzugestehen. Wenn uns der Mut verläßt, dachte er, können wir ebensogut unsere Waffen niederlegen und an unsere Pflüge im Li-banon oder in Jordanien zurückkehren. Dann werden wir nie mehr die Hügel um Nablus und die Haine bei Haifa sehen.

Weiterzumachen bedeutete sein Todesurteil, darüber war er sich klar. Aber das war es auch für seine Brüder in Beit Shean oder auf der Strandpromenade von Tel Aviv gewesen. Eine große Ruhe überkam ihn. Die Tränen versiegten, und das beklemmende Gefühl im Magen war verschwunden.

Mackowicz unterrichtete David Sokarev nicht davon, daß ein Besucher ins Hotel gekommen war, um mit ihm zu frühstücken. Als Sir Humphrey Talbot, Mitglied der Königlich Britischen Akademie der Wissenschaften, eine große weißhaarige aufrechte Gestalt, zur Rezeption kam, um nach der Zimmernummer des Israeli zu fragen, näherte sich ihm ein Beamter vom Sonderdezernat. „Kann ich etwas für Sie tun?" fragte er mit gedämpfter Stimme.

„Wohl kaum." Sir Humphrey wandte sich an das Mädchen hinter dem Pult. „Fräulein, ich habe Sie nach Professor Sokarevs Zimmer gefragt –"

„Er empfängt keine Besuche", sagte der Beamte.

„Und wer in aller Welt sind Sie?"

„Hauptwachtmeister Harvey vom Sonderdezernat, Scotland Yard. Wir haben unsere Anweisungen. Ich hoffe, Ihnen keine Unannehmlichkeiten zu bereiten."

„Und ob! Ich bin eigens von Cambridge hergefahren, um mit dem Professor zu frühstücken. Er hat mich eingeladen." Sir Humphrey wühlte in seiner abgegriffenen Brieftasche und zog ein einzelnes Blatt heraus. „Lesen Sie das. Deutlich getippt, mit seiner Unterschrift versehen, auf Papier mit dem Briefkopf von Dimona."

Der Beamte las es und bedeutete dem Besucher zu warten. Außer Hörweite sprach er rasch ein paar Worte in ein Haustelefon, dann kehrte er zu Sir Humphrey zurück. „Einer von den Begleitern des Professors kommt herunter, um mit Ihnen selbst zu sprechen und die Situation zu erklären."

„Aber er reist doch allein. Das schreibt er in seinem Brief."

„Ich frage mich ... haben Sie heute morgen schon eine Zeitung gelesen?"

„Natürlich nicht. Ich war doch unterwegs."

„Wenn Sie eine gelesen hätten, wäre Ihnen die Situation bestimmt klarer."

Mackowicz trat aus dem Aufzug. Er nahm den Brief, las ihn und gab ihn zurück. „Ich bedaure, daß Ihre Reise vergeblich war. Professor Sokarev empfängt vor seinem Vortrag keine Besuche. Tut mir leid."

Sir Humphreys Stimme schwoll ärgerlich an. „Ich bin auf Einladung des Professors hergekommen, und Sie, der Sie nicht einmal die Höflichkeit besitzen, sich vorzustellen, weisen mich ab. Was soll der Unsinn?"

„Mein Name ist Mackowicz, und ich bin einer von den Begleitern des Professors. Ich kann mich nur entschuldigen, daß man Sie nicht rechtzeitig benachrichtigt hat."

„Und wann, um Himmels willen, wird es mir möglich sein, ihn zu sehen?"

„Sie gehen doch zum Vortrag des Professors heute abend?"

„Natürlich gehe ich hin. Ich führe ja bei der verdammten Sache den Vorsitz."

„Dort werden Sie dann Gelegenheit haben."

„Und vielleicht sind Sie so freundlich, mir den Grund für dieses Affentheater zu erklären?"

Mackowicz reichte ihm eine Morgenzeitung. „Wenn Sie die Schlagzeilen lesen, werden Sie vielleicht unsere Schwierigkeiten verstehen. Wegen der augenblicklichen Lage darf der Professor keinen einzigen Besucher empfangen." Damit machte er auf dem Absatz kehrt und verschwand im Aufzug. Völlig außer Fassung, eilte Sir Humphrey dem Ausgang zu.

Vier Stockwerke höher ging Sokarev niedergeschlagen in seinem Zimmer auf und ab. Elkin schlief jetzt, und Mackowicz war ein schlechter Gesellschafter. Noch über eine Stunde mußte der Professor auf die Schreibkraft warten, die man ihm von der Botschaft schicken wollte, damit er seinen Vortrag diktieren konnte. Das würde ihn wenigstens von diesen jungen Männern mit ihren Maschinenpistolen und ihren sturen humorlosen Blicken ablenken. Der Vormittag ging wohl mit der Abfassung seines Vortrags vorüber. Dann konnte er vielleicht ein wenig schlafen. Viele hervorragende Wissenschaftler würden ihn heute abend hören. Er wollte sein Bestes geben.

ALS Jimmy erwachte, schlief Helen noch. Daß einer von ihnen immer schlief, war offenbar eine unabänderliche Begleiterscheinung ihres gemeinsamen Lebens. Waren sie zusammen, lachten sie darüber, aber insgeheim fluchte jeder. Sie sah lieb aus, wie immer, wenn sie schlafend und wehrlos dalag. Sie würde zu spät kommen, aber noch wollte er sie nicht wecken; Jones sollte ruhig auch einmal warten und ihre ständige Bereitschaft nicht zu selbstverständlich nehmen.

Vom Telefon auf dem Nachttisch rief er in Sokarevs Hotelzimmer an. Er erkannte Elkins Stimme, sie klang munter. Die Nacht sei ohne Zwischenfälle vorübergegangen, sagte er. „Es war einer da, ein Wissenschaftler, und wollte ihn besuchen. Mack hat das geregelt. Der Mann war ein wenig aufgebracht, ist aber wieder fortgegangen."

Jimmy schauderte es bei der Vorstellung, wie wenig taktvoll der Gorilla wohl seinen Standpunkt klargemacht haben mochte. Laut sagte er: „Ich werde zeitig vor dem Mittagessen dortsein. Denken Sie daran: Keinen Zimmerservice. Lassen Sie nichts heraufschicken. Wenn er etwas will, holen Sie es selbst."

Nachdem Jimmy sich rasiert und angezogen hatte, legte er die eigens für ihn angefertigte Schulterhalfter an und steckte die Pistole hinein, die er sich in Leconfield House hatte geben lassen. Die Riemen schmiegten sich weich und knapp um Rücken und Brust. Unter dem Jackett war von der PPK nicht das Geringste zu sehen.

Er legte seine Hand auf Helens Schulter mit einer Sanftheit, die ihm kaum jemand zugetraut hätte, der ihn nur flüchtig kannte. „Wach auf, Mädchen."

„Wie spät ist es?" fragte sie schläfrig und blinzelte.

„Kurz nach neun."

„Du Ekel", rief sie und sprang aus dem Bett. „Jimmy, du bist ein gemeines Ekel. Hast dich fertig angezogen und mich nicht geweckt! Jones wird schon halb verrückt sein."

„Wird ihm nicht schaden, laß ihn ruhig ein bißchen schwitzen", sagte Jimmy.

Sie antwortete nicht, sondern konzentrierte sich verbissen auf das Anziehen und das Auflegen von Make-up vor dem Spiegel.

„Kommst du heut abend zum Vortrag?" fragte Jimmy, als er sie zu ihrem Morris Maxi brachte.

„Nur wenn ich gebraucht werde. Ich bin nicht gern bloß Zaungast."

„Es wäre mir aber lieb, wenn du kämst, vielleicht brauche ich den Wagen dort. Ein Dienstwagen ist unnötiger Ballast. Wenn du da bist und wir den Typ wieder in sein Bett gesteckt haben, könnten wir abhauen."

Sie stieg ein und startete. „Ich soll wohl den Helden in Aktion sehen? König der Pfadfinder trotzt schrecklichen Ungeheuern. Triumph der Tapferkeit. Stimmt's, mein Schatz?"

Im Sticheln war sie Meisterin.

„Verschwinde in dein langweiliges Büro", brüllte er. „Ich ruf dich noch an. Will dich beim Vortrag dabeihaben. Das heißt, wenn du auf Kosten der Firma zu Abend essen willst!"

Jimmy nahm ein Taxi, ließ sich tief in die Rücksitzpolster sinken und betrachtete die vorbeihastende Menge. Das war die ideale Guerillakulisse, das beste Pflaster für diese harte, grausame Art der Kriegführung. Wie konnte man hoffen, in dieser riesengroßen, vielgestaltigen Weltstadt zwei Männer zu finden, die sich von den andern nur dadurch unterschieden, daß sie den Krieg erklärt hatten? Unmöglich, dachte Jimmy.

Es gab nur einen Kampfplatz, den unmittelbar neben David Sokarev. Nicht zehn Meter von ihm entfernt, oder auch nur fünf, sondern dicht neben ihm. Daß er selbst dabei vielleicht verletzt werden könnte, beunruhigte Jimmy keineswegs. Nur der Gedanke an die Möglichkeit eines Mißerfolgs konnte ihn in einen Zustand kalter und dumpfer Beklemmung versetzen. Dieses Schreckgespenst verfolgte ihn ständig. Er sah den kleinen Mann vor sich, mit blutüberströmtem Gesicht, aus dem ihn ein vorwurfsvoller, enttäuschter Blick traf. Sokarev zu verlieren würde für Jimmy den Gipfel des Grauens, eine unaussprechliche Katastrophe bedeuten. Allein schon der Gedanke daran machte ihn reizbar und nervös.

FAMY, der sich in dem kleinen Wagen zusammengerollt hatte, sah McCoy um die Ecke biegen. Zweimal schaute der Ire zurück, um sich zu vergewissern, daß ihm niemand folgte. Er trug eine braune Papiertüte unter dem Arm und griff in die Hosentasche, als er beim Wagen anlangte. Dabei fing er Famys starren Blick auf und bemerkte das fassungslose Staunen, das daraus sprach.

„Ich hab mir Schlüssel besorgt, die für alle Autos passen, von einem alten Trottel in einer Werkstatt weiter vorn an der Straße. Hab gesagt, ich würde sie ihm später zurückbringen. Auch Handschuhe hab ich für das Fenster vom Vortragssaal, Motorradhandschuhe mit langen Stulpen. Aus Leder und verdammt teuer. Hoffentlich steht dein Haufen für Auslagen ein." Sein Lachen erstarb, als Famys Gesicht unbewegt blieb. „Was ist los? Du schaust, als hätte dich grade jemand mit dem Fallschirm über Jerusalem abgesetzt."

„Ich habe geglaubt, du wärst fort", flüsterte Famy, über seine eigenen Worte erschrocken, aber unfähig, sie zurückzuhalten.

„Natürlich war ich fort", sagte McCoy. „Ich hab dir doch gestern abend gesagt, daß wir Schlüssel brauchen. Und du hast gesagt, wir brauchen Handschuhe. Was ist denn daran Besonderes?"

„Ich habe geglaubt, du wärst fort und kämst nicht zurück."

„Wie oft muß ich dir noch sagen", fauchte McCoy ihn wütend an, „daß wir gemeinsam in diesem Drecksgeschäft stecken? Versuch doch endlich einmal, in deinem mißtrauischen, jämmerlichen Leben zu glauben, was man dir sagt."

Famy stieg aus. „Entschuldige bitte. Es war blöd, an dir zu zweifeln." Er wartete ein paar Augenblicke und ließ die Sekunden des Zusammenstoßes verfliegen. „Was machen wir bis heute abend?"

McCoy hatte genug Phantasie, um die Gefühle des Arabers nachzuempfinden, als dieser beim Erwachen den Wagen leer fand. „Ich hätte dich beim Fortgehen wecken sollen. Jetzt wollen wir für den Rest des Tages hierbleiben und dann direkt zur Universität fahren. Hat keinen Sinn, uns unnötig herumzutreiben. Was wir brauchen, ist Schlaf."

DIE wenigen Touristen, die auf der andern Straßenseite standen, ahnten nicht, wer der Mann war, der aus einem schwarzen Humber stieg und eilig im Eingang von Downing Street 10 verschwand.

Der Chef des Geheimdienstes fuhr mit dem Aufzug in den obersten Stock, den der erste Politiker des Landes zu einer Wohnung ausgebaut hatte, die er benutzte, wenn er wegen dringender Arbeit nicht nach Hause fahren konnte.

Der Premierminister war beim Frühstück. Während er Orangenmarmelade auf eine Scheibe Toast strich, bedeutete er dem Leiter der Spionageabwehr, ihm gegenüber Platz zu nehmen, und schob ihm eine chinesische Kaffeekanne zu. „Heute morgen war der Innenminister bei mir", sagte er. „Er hat mich über die Polizeimaßnahmen unterrichtet. Nun wollte ich hören, wie Sie diese Geschichte, die sich da zuspitzt, beurteilen und inwiefern Ihr Amt Vorkehrungen getroffen hat."

Der Gedanke an die Memoiren, die Spitzenpolitiker nach der Pensionierung mit Begeisterung schreiben, ließ den Geheimdienstchef auf der Hut sein. Er hielt das Verlangen des Premierministers nach Information für legitim, zog es aber vor, nicht mehr zu sagen, als sein Gegenüber ohnehin schon wußte. Er begann mit dem Polizeieinsatz im Hotel, zählte die Vorsichtsmaßnahmen für die Fahrt Sokarevs durch die Stadt auf. Als Ablenkungsmanöver würde ein offizieller Wagen das Hotel mit hoher Geschwindigkeit verlassen, während der Gefährdete durch die Küche gehen und in einen Polizeitransporter steigen sollte, um dann in dem geschützten Hof des Polizeireviers in der Tottenham Court Road in ein angemesseneres Verkehrsmittel umzusteigen, das ihn zu einem Seiteneingang des Universitätsgebäudes bringen würde.

Er berichtete Einzelheiten über das Ausmaß des Begleitschutzes, die im Vortragssaal aufgestellten Wachposten und die Durchsuchungen, die man dort vorgenommen hatte.

Er erwähnte die auf Sprengstoff dressierten Labradorhunde und die Metalldetektoren, mit denen ein Trupp Geheimpolizisten dort gearbeitet hatte, bevor der Raum am vergangenen Abend versiegelt worden war. Er verbreitete sich darüber, wie gründlich man die Eingeladenen überprüft hatte, und hielt sich lange bei dem Problem auf, wie man Leibesvisitationen durchführen könne, ohne die gelehrten Gäste zu kränken.

Dann schwieg er.

Die Entgegnung des Premierministers ließ nicht lange auf sich warten: „Das sind alles polizeiliche Maßnahmen, genau das, was mir schon der Innenminister berichtet hat. Was tun Ihre Leute?"

Der Geheimdienstchef beeilte sich nicht. Seine langen Pausen konnten aufreizend wirken, er wußte das. „Ich habe die Abteilungsleiter zu einem ständigen Krisenstab zusammengezogen, und sie stehen mit Scotland Yard in Verbindung. Wir waren bestrebt, die Polizei mit allen wichtigen Informationen zu versehen, die uns zur Verfügung standen."

„Haben Sie Sokarev einen Mann beigegeben?"

„Ich habe einen Mann in seine nächste Nähe beordert. Er ist meine direkte Verbindung zur Polizei und zu den Beamten, die das israelische Auswärtige Amt Sokarev zum Schutz mitgegeben hat."

„Was ist das für ein Mann?"

„Ein Mann mit einer überaus großen Erfahrung", sagte der Geheimdienstchef.

„Erfahren worin? In Zusammenarbeit, in arabischen Angelegenheiten?"

„Er ist ein ausgezeichneter Schütze."

Der Premierminister hob den Kopf und fixierte den Geheimdienstchef. „Dafür sind doch sicherlich genügend Polizisten an Ort und Stelle? Ich hätte eher angenommen, daß Sie einen älteren Beamten mit Erfahrung in Kooperation einsetzen würden als einen Revolvermann."

Der Geheimdienstchef blieb geduldig. „Ich habe einen Scharfschützen neben Sokarev gestellt, weil die größte Gefahr für das Leben unsres Gastes Schüsse aus nächster Nähe sind. Mein Mann ist unvergleichlich besser als alles, was die Polizei aufzuweisen hat."

„Es hat den Anschein", sagte der Premierminister, „als hielten Sie einen Gewaltakt für äußerst wahrscheinlich."

Der Geheimdienstchef goß sich eine Tasse des inzwischen lauwarmen Kaffees ein und erwiderte: „In Anbetracht der Gegenseite halte ich ihn für unvermeidlich."

Neuntes Kapitel

DAVID SOKAREV betrat den Vorlesungssaal im Hauptgebäude der Londoner Universität und war schon den halben Seitengang hinuntergegangen, bevor auch nur einer der wartenden Atomphysiker die kleine, von Leibwächtern umgebene Gestalt im grauen Anzug wahrnahm. Die meisten der zum Vortrag Erschienenen hatten gelesen oder gehört, daß ein schwerer Terroranschlag geplant war, mit dem einzigen Ziel, den Wissenschaftler, der nun zu ihnen sprechen sollte, zu ermorden. Diejenigen, die ihn jetzt als erste nach Bildern erkannten oder ihn schon früher kennengelernt hatten, erhoben sich von ihren Sitzen und begannen zu klatschen. Innerhalb weniger Sekunden schloß sich der ganze Saal an.

Dann ging das Klatschen in zaghafte Beifallsrufe über. Die Näherstehenden sahen Sokarevs traurige Augen, sahen, wie er sich mit der Zunge befangen über die Lippen fuhr. Vielleicht verwirrte ihn der Beifall, denn als er sich umwandte, um die Größe des Raumes abzuschätzen, stolperte er und wäre beinahe gestürzt, wenn die Männer in seiner Begleitung ihn nicht aufgefangen hätten.

Als er den Tisch auf dem Podium erreichte, hatten sich alle erhoben und demonstrierten ihre Solidarität mit heftigem Applaus. Ein schwaches Lächeln glitt über Sokarevs Gesicht und verriet hilflose Dankbarkeit. Er schaute nicht hinunter zu seinem Publikum, das ihn so herzlich willkommen hieß, säuberte statt dessen seine Brille und sortierte seine Notizen.

Das alles interessierte Jimmy wenig.

Er hatte eingewilligt, daß Mackowicz und Elkin neben dem Professor gingen und daß er selbst sich einen Schritt hinter ihm hielt. Etwa zwei Meter von Sokarev entfernt gingen die Männer vom Sonderdezernat, insgesamt sechs. Als der Schutzring sich auflöste, begaben sich die Leibwächter zu ihren festgelegten Plätzen, wo sie bleiben sollten, solange Sokarev im Raum war.

Die Tür hatte man hinter ihnen versperrt und draußen und drinnen Geheimpolizisten postiert, die mit Sprechfunkgeräten ausgerüstet waren. Von dieser Seite her konnte es keinen Überraschungsangriff geben.

Die beiden Israelis saßen neben dem Tisch des Vortragenden: Elkin auf der Wandseite, Mackowicz bei den Fenstern, vor den langen braunen Samtvorhängen. Jimmy sah, daß Mackowicz einen Regenmantel auf dem Schoß hielt. An diesem warmen wolkenlosen Sommerabend und angesichts der Vorhersage von mindestens drei weiteren strahlenden Tagen bedeutete dieser Mantel, daß die Maschinenpistole darunter verborgen war. Ob er sie wohl nach dem Durchladen entsichert hat? dachte Jimmy. Vier Männer vom Sonderdezernat standen an den Längswänden, je zwei an jeder Seite, die restlichen zwei am Saalende, gegenüber Sokarev und dem Komitee, das diese Zusammenkunft veranstaltet hatte. Neun bewaffnete, geschulte Männer, das müßte genügen, um die Sicherheit zu garantieren, sagte sich Jimmy. Aber daß Mackowicz mit der rechten Hand eine Maschinenpistole umklammerte, verdroß ihn. Rasch und unauffällig zog er die PPK aus der Halfter, verbarg sie zwischen seinem Rücken und der Wand und stellte sich so, daß er zur Fensterreihe hinübersah und Sokarev zu seiner Linken hatte.

Als im Saal endlich Stille eingetreten war, erhob sich der Vorsitzende, Sir Humphrey, um einige einführende Worte zu sprechen. Dabei streifte er Mackowicz mit einem ärgerlichen Blick, immer noch erbost über den Vorfall am Morgen in der Hotelhalle.

„Meine Damen und Herren! Mit außerordentlicher Freude darf ich heute abend unsern hochgeschätzten Kollegen aus dem Staat Israel begrüßen, Herrn Professor David Sokarev." Sogleich begann man begeistert zu klatschen und hörte nicht eher auf, als bis er ruheheischend die Hand hob. „Uns allen ist bewußt, daß uns Herr Sokarev eine große Ehre erwiesen hat, als er diese Einladung annahm. Und ich zweifle nicht daran, daß er damit auch großen Mut gezeigt hat. Daß die höchsten Stellen unsres Landes die Gefahren, denen sich Professor Sokarev aussetzt, tatsächlich für gegeben halten, können wir wohl annehmen. Ein Beweis dafür ist die Zahl der Herren, die heute abend hier anwesend sind und die, wie ich befürchte, den Vortrag äußerst langweilig finden werden."

Da und dort klang Lachen auf.

„Wegen der schwierigen Begleitumstände von Professor Sokarevs

Aufenthalt hatte ich selbst noch keine Gelegenheit, mit ihm zu sprechen. Ob er beabsichtigt, in unserer Mitte seine hervorragenden Arbeiten mit Laserstrahlen zu erörtern, weiß ich also nicht..."

In diesem Stil plätscherte die Einführungsrede weiter, und Jimmys Aufmerksamkeit ließ nach. Die Pistole war nun unnötig, fand er. Sie konnte ebensogut in der Halfter stecken. Schluß mit der verdammten Dramatik. Zur Wand gedreht, schob er die PPK wieder unter den Arm. Er fühlte, wie er sich allmählich entspannte. Es gab zwei Augenblicke höchster Gefahr, und einer davon war schon überstanden. Bei Ankunft und Abfahrt hatten Attentäter Chancen. Nicht hier unter der durchgesiebten, untersuchten und überprüften Zuhörerschaft. Die Abfahrt erforderte wieder höchste Wachsamkeit. Und dann wartete Helen draußen. Sie würde ihnen folgen, bis sie Sokarev ins Hotel gebracht hatten. Nachher blieben sie in zärtlicher Behaglichkeit zusammen.

Die Polizisten, die vor der versperrten Türe draußen im Korridor standen, teilten Jimmys Gefühle. Sie machten sich so wenig Sorgen, daß sie sich Zigaretten anzündeten. Und auch von den Männern draußen in der Dämmerung wich die Spannung. Sie würden rechtzeitig verständigt werden, bevor der Professor herauskam, und konnten dann auf ihre sorgsam gewählten Posten zurückkehren. Aber einstweilen standen sie noch in Gruppen beisammen, eine am Haupteingang, eine andere am Nebeneingang, durch den Sokarev das Gebäude betreten hatte.

Von keiner der beiden Stellen aus konnte man die Fensterfront des Vortragssaales sehen, da die Ecke dieses Traktes zu weit vorsprang und die Sicht versperrte.

DER Polizist, der mit der Überwachung dieser Fenster beauftragt war, lag jetzt vor McCoys Füßen. Er war nicht bewaffnet gewesen – es hätte ihm auch nichts genützt –, noch hatte er in sein Funkgerät gesprochen, bevor der Schlag niedersauste und ihn unter dem Helmrand, zwischen Schädelbasis und Wirbelsäule, traf. Es war grausam einfach gewesen: Famy hatte mit einem Stadtplan in der Hand den Polizisten abgelenkt, und als sie zusammen in die Straßenkarte schauten, war McCoy schnell wie ein Puma mit dem Bleirohr hinzugesprungen. Danach öffneten sie mit Hilfe der ausgeliehenen Schlüssel einen geparkten Wagen und schoben ihn geräuschlos dorthin, wo Famy den Stern in die Wand gekratzt hatte.

Famy fiel auf, daß der Ire kein einziges Mal auf die hingestreckte Gestalt hinunterblickte. Gedankenlos ausradiert, genau wie das Mädchen. So würde es Famy auch machen, wenn die Zeit zum Schießen kam.

Er spürte, wie ihn eine Welle der Erregung durchflutete. Endlich würden sie den Sieg auskosten, triumphieren. Der letzte Augenblick seiner Mission war gekommen.

Leise und langsam, um es nicht wiederholen zu müssen, sagte McCoy: „Einmal haben sie schon geklatscht, da ist er hereingekommen. Das nächste Klatschen bedeutet, daß er aufgestanden ist. Dann schlagen wir sofort los."

Famy klappte den Kolben der M 1 zurück, fixierte ihn in dieser Stellung, prüfte das Magazin und lud durch.

McCoy streifte den dicken Lederhandschuh über seine linke Hand, in der rechten hielt er das Bleirohr, aber kein Gewehr, wie Famy bemerkte. „Du solltest die zweite M 1 haben", zischte er.

„Nicht nötig. Das ist jetzt deine Sache, wie du weißt! Ich sorge für freie Schußbahn, dann bist du an der Reihe, mein Lieber."

„Es wird ein gewaltiger Erfolg für unsere Sache..."

„Laß den Quatsch, bis du ihn getroffen hast."

Sie hörten den Applaus aufrauschen. Famy stieg auf das Wagendach. Er mußte sich dabei mit der freien Hand festhalten, da seine Beine nervös zu zittern begannen. McCoy folgte über Motorhaube und Windschutzscheibe, bis sie beide nebeneinander standen, ohne sicheren Stand auf der gewölbten schwankenden Fläche. Sie waren genau über Famys Zeichen, direkt beim Vorhangspalt.

„Denk dran", flüsterte McCoy, „wenn ich das Fenster eingeschlagen und den Vorhang beiseite geschoben habe, steht er in einem Winkel von fünfundvierzig Grad zu dir. Und wenn sie alle zu schießen anfangen, wirf die Handgranaten. Klar?"

Er wartete, bis das Gewehr fest an Famys rechter Schulter und Wange lag, dann schmetterte er das Rohr in die Scheibe. Famy zuckte zurück, als McCoys behandschuhte Faust krachend die letzten hartnäckigen Splitter aus dem Rahmen schlug und dann den Vorhang zurückschob. Unwillkürlich warf sich Famy nach vorn, immer noch mit dem Gewehr im Anschlag, und spähte in dem hellerleuchteten Raum nach seinem Opfer.

Wo war er? Welcher war der, den er suchte? Welches von den bestürzten Gesichtern, die wie gebannt nach der Stelle starrten, woher

die Störung kam? Er blieb nicht lange im unklaren. Der Mann, der am Tisch stand, während alle ringsum saßen, der sich jetzt zu ducken begann, der den Schlag kommen sah und ihm zu entgehen versuchte, dessen Muskeln den Befehlen des Gehirns nicht gehorchen wollten – das war Sokarev.

Famy richtete sich auf, zielte auf das weiße Hemd und nahm Druckpunkt, wie man es ihn gelehrt hatte.

„Mach schnell!" schrie McCoy.

Famys Blick glitt zu McCoy hinüber, dessen Gesicht quälende Ungeduld verriet, dann zurück in den Saal.

Eben sprang ein Mann auf Sokarev zu, und ein anderer schwenkte einen flatternden Regenmantel.

Famy schoß.

ALS das Glas klirrte und die Vorhänge sich teilten, fuhr Jimmys Hand nach der Halfter unter der Jacke und packte den Griff der Pistole. Dann sah er den Gewehrlauf kaum zehn Meter von sich entfernt im Fenster erscheinen. Er hatte die Waffe schon herausgerissen und mit ausgestrecktem Arm in Augenhöhe gebracht, als er aus der Dunkelheit draußen den Schrei hörte und dann den ersten Schuß. Sekundenbruchteile später zog Jimmy den Abzug durch, in der Auffassung, daß es nicht auf Genauigkeit, sondern auf die Menge der Schüsse ankam. Er schoß sechsmal und brüllte dabei immer wieder in Sokarevs Richtung: „Runter mit ihm! Auf den Boden! Unter den Tisch!"

Der eineinhalb Meter entfernte Elkin sprang als erster auf Sokarev zu und drückte ihn zwischen die Stuhl- und Tischbeine hinunter. Jimmy sah den Vorsitzenden zusammensacken und mit dem Oberkörper schlaff vornüber auf den Tisch sinken.

Wieder und wieder feuerte das Gewehr durch das Fenster, und mit jedem Schuß war Jimmy sicherer, daß der Schütze danebenschoß und das auch wußte. Ein leichtes Lächeln umspielte seinen Mund, aber die Augen blieben kalt und unverwandt auf ihr Ziel gerichtet.

Die beiden Beamten vom Sonderdezernat, die an derselben Wand standen wie er, hatten ebenfalls zu schießen begonnen, nicht aufrecht, sondern niedergeduckt in der angelernten, aber langsameren Haltung. Jimmy sah, wie Elkin unter dem Tisch Sokarev aus der Schußlinie brachte, sah Mackowicz seine Maschinenpistole unter dem Regenmantel hervorziehen. Er rannte zum Ausgang und schrie durch das nervenzerreißende Knattern von Mackowicz' langer Salve, man solle die Tür öffnen. Da sah er aus den Augenwinkeln ein dunkelgraues rundes Ding vom Fenster her im Bogen auf den Tisch fliegen.

Mackowicz schrie mit gepreßter Stimme das eine fürchterliche Wort: „Granate!"

Sie schlug zwischen Vortragspult und erster Reihe auf, sprang noch einmal hoch und rollte holpernd auf den Tisch zu, wo Elkin Sokarev schützte. Mackowicz warf sich auf die Granate; Jimmy sah sie unter dem kräftigen Körper verschwinden. Vollkommene Stille. Dann wurde Mackowicz bis unter die Decke hochgeschleudert.

Jimmy sah ihn nicht fallen. Er war bereits hinausgerannt und drängte sich durch die herbeistürmenden Polizisten, als er die Detonation krachen hörte. Ihm war klar, wohin er sich wenden mußte. Als er um die Ecke des Gebäudes bog, sah er zwei Männer vom Dach eines geparkten Wagens springen und auf die niedrige Mauer zuhasten, die das Universitätsgelände zur Straße hin abgrenzte. Immer noch rennend, feuerte Jimmy – wirklich idiotisch, daß er sich drinnen zu der Knallerei à la Wildwestfilm hatte hinreißen lassen – einen Schuß ab, dann war das Magazin leer. Ein Schuß kam zurück, zu hoch und zu weit seitlich.

Jimmy konnte sich jetzt mit der leeren Pistole nicht näher heranwagen. Über der Straße drüben hörte er heftig streitende Stimmen, dann das Aufheulen eines Motors. Keuchend stand er da, weil er ziemlich außer Form war.

Helen, Helen, wo zum Teufel war sie?

Es schien ihm eine Ewigkeit, bevor der Wagen neben ihm hielt.

„Raus! Steig aus!" Die Worte kamen abgehackt, in kurzen Stößen. Verwirrt durch das Knallen der Schüsse und durch Jimmy, der mit wildem Blick die Tür aufriß, zögerte Helen. In Sekundenschnelle hatte er sie herausgezogen, ihren Platz eingenommen und den Wagen herumgerissen auf die Stelle zu, wo er die Männer und den startenden Wagen gesehen hatte.

Siebzig Meter vor ihm zwängte sich der Ford Cortina in den Verkehrsstrom. Jimmy seufzte erleichtert, er hatte ihn nicht aus den Augen verloren. Der Abstand zwischen den beiden Wagen würde sich verringern. Er wich einem in entgegengesetzter Richtung rasenden Polizeiauto aus und blinkte mit den Scheinwerfern, aber es war schon vorbei, ohne sein Zeichen bemerkt zu haben. Es gab keine Möglichkeit, eine Meldung von Helens Wagen aus durchzugeben, kein Funksprechgerät. Der Cortina brauste bei Rot über die Kreuzungen und fuhr durch die Goodge Street Richtung Süden, Jimmy hinterher. Der Abstand ist noch zu groß, dachte er, aber nicht mehr lang, dann werden die da vorne was abkriegen und nicht wissen, woher. Die PPK lag auf seinem Schoß, und ein zweites Magazin steckte in der Jackentasche. Er konnte schnell wieder laden.

SIE waren gemeinsam vom Fenster weggerannt. Famy sicherte zurückblickend den Bereich hinter ihnen mit seiner Waffe. McCoy lief voraus, den rechten Arm fest an den Leib gepreßt. Famy schoß einmal, aber McCoy zerrte ihn wütend weiter.

„Wir brauchen Abstand, sonst sind wir erledigt", stieß er fast schluchzend aus schmerzverzogenem Mund hervor.

Als sie den Cortina erreichten, fuhr McCoy mit der linken Hand in die rechte Hosentasche und holte den schweren Schlüsselring heraus. Er wählte einen der Schlüssel aus und warf ihn Famy zu.

„Du fährst", sagte er und riß die Beifahrertür auf.

Famy hielt immer noch das Gewehr an die Schulter gepreßt. Es war klein und zu unbedeutend, um als Todeswaffe Eindruck zu machen. Er bemerkte, daß auf dem gegenüberliegenden Gehsteig Leute stehenblieben und herüberschauten, nicht ängstlich, sondern neugierig.

„Fahr, du dämlicher Idiot", zischte McCoy.

Famy senkte das Gewehr und hielt es neben sich. „Ich kann nicht fahren", sagte er langsam und fühlte sich abgrundtief beschämt und verachtenswert.

„Natürlich kannst du fahren." McCoys Stimme schwoll bedrohlich an. Er hielt Famy seinen rechten Arm hin. „Du siehst doch, daß du mußt, da ist eine Kugel drin. Mach schon, fahr endlich!"

„Keine Ahnung, wie. Ich hab nie ein Auto gesteuert. Ich kann nicht."

Plötzlich verstand McCoy. Er bedachte den Araber mit einem zotigen und verletzenden Fluch, lief um den Wagen herum und rutschte mühsam auf den Fahrersitz.

Den rechten Arm legte er haltsuchend quer über das Lenkrad. Mit der Linken steckte er den Schlüssel ins Schloß und legte den ersten Gang ein.

Famy sah McCoys weißes Gesicht, die Schweißperlen auf seiner Stirn, Anzeichen einer schweren Verwundung, und fragte sich, ob der Ire wohl ohnmächtig werden würde. Er kurbelte sein Fenster herunter und schaute nach hinten, das Gewehr wieder schußbereit. In seiner

Jackentasche steckten drei Handgranaten. Der Koffer auf dem Rücksitz enthielt weitere Munition und Sprengkörper – diesen Trost hatte
er dringend nötig.

Als sie bei Rot über die Kreuzung fuhren, duckte er sich und machte
sich auf einen Zusammenstoß gefaßt. Noch ein zweites Auto mißach-
tete das Stopplicht, da gab es keinen Zweifel. „Ein Wagen verfolgt
uns!" rief er in Panik, beinahe hysterisch.

„Wenn er näher kommt, jag ihn hoch. Wenn nicht, vergiß ihn."
McCoy fühlte, wie ihn unkontrollierbare Schwäche überfiel. Immer
wieder mußte er seine Wunde ansehen. Es war nichts zu sehen als ein
glattes, rundes Loch genau in der Mitte des blutgetränkten Ärmels unterhalb des Ellbogens.

Sobald er versuchte, die Hand zu gebrauchen, nahm der Schmerz zu
und verebbte dann wieder zu einem tauben Gefühl, wenn er sie zurück
auf das Lenkrad legte. Solange er nicht schnell fahren mußte, würde es
gehen. Bei einer Verfolgung... „Hast du deinen Vogel erwischt?"
fragte er.

„Ich weiß nicht." Es war kaum mehr als ein Flüstern. Famy wollte
erklären, es dem andern begreiflich machen. „Ich war im Begriff zu
schießen, da hast du geschrien, ich soll mich beeilen. Das hat mich abgelenkt. Als ich dann abdrückte, fing ein Mann auf der andern Seite des
Saals zu schießen an. Einer hat Sokarev unter den Tisch gezerrt. Ich
habe die ganze Zeit geschossen, aber ich konnte ihn nicht mehr sehen.
Den Mann, der neben Sokarev gesessen hat, habe ich getroffen..."

„Großartig, in Beirut werden sie jubeln und tanzen, wenn du einen
englischen Tattergreis durchlöchert hast." Famys Niederlage machte
McCoy beinahe Spaß. Wäre er nicht verwundet gewesen, hätte ihn
seine Verwicklung in diesen Mißerfolg rasend gemacht, aber die Verletzung ließ keine Wut in ihm aufkommen.

„Von der Wand gegenüber haben sie geschossen, drei oder vier
Männer. Und der große Leibwächter neben dem Tisch begann mit
seiner Maschinenpistole zu schießen, als ich die Handgranate warf. Sie
hätte Sokarev erledigt, aber der Mann hat sich draufgeworfen. Dann
hab ich nichts mehr gesehen. Sie hat ihn zerrissen, und alles war voller
Qualm."

„Einer von diesen Schweinen hat mich erwischt", stellte McCoy
abschließend fest. Es schien Famy, als ob das peinliche Verhör vorbei
war. Sie fuhren immer noch. McCoy würde mit seiner Behinderung
fertigwerden.

Als Famy sich umschaute, entdeckte er nichts, was seine Befürchtungen von vorhin bestätigt hätte. Er legte die M 1 auf den Boden zwischen seine Füße.

Mit dem Anflug eines Lächelns sagte McCoy: „Ich dachte, entweder würdest du Sokarev erwischen oder selbst dran glauben müssen. Wir sind ziemlich schnell abgehauen, was?"

„Es war unmöglich, bei der Knallerei weiterzuschießen."

„Bloß Handfeuerwaffen, nicht gezielt. Bei mir war's nur ein Zufallstreffer."

„Du bist als erster davongelaufen."

„Es ist nicht mein Krieg, vergiß das nicht. Hättest ja dortbleiben können. Du warst der verdammte Schütze, ich bloß der Chauffeur. Warum bist du also getürmt?"

„Ich konnte bei dem Qualm nicht zielen." Aber er erinnerte sich nicht an einen bewußten Entschluß davonzulaufen. Er rannte sofort, ohne auch nur einen Augenblick zwischen Leben und Tod zu wählen.

Sie fuhren jetzt nach Westen, und der Verkehr wurde spärlicher, als sie in eine Umgehungsstraße einbogen, um die Innenstadt zu meiden. McCoy konnte auf dreißig bis vierzig Stundenkilometer heruntergehen. „Sie werden es nicht gut aufnehmen, deine Oberen. Daß du dich herumtreibst und Mr. Sokarev mit heiler Haut davonkommt, ist sicher nicht in ihrem Sinn", bohrte McCoy mit Bedacht und Genuß weiter, um sich für seine Schmerzen schadlos zu halten.

Famy hatte die Augen geschlossen, aber es gelang ihm nicht, die Sticheleien zu überhören. „Einmal ist einer nach Israel gegangen", sagte er, „und allein zurückgekommen. Er hatte seine Kalaschnikow nicht ein einziges Mal abgefeuert. Sie führten ihn und zehn seiner Freunde auf freies Gelände, ließen ihm einen Vorsprung von fünfzig Metern, dann schossen sie. Alle seine Freunde mußten schießen, die Gewehre wurden hinterher überprüft. Das geschah aber nur einmal."

„Du solltest dir lieber eine gute Ausrede einfallen lassen", sagte McCoy. Er hatte das Spiel weit genug getrieben. Blutige Späße über Vergangenes schmeckten schal, außerdem hatte er anderes im Kopf. Wer würde ihm die Wunde versorgen? Alle, die den einsamen Kampf, den Guerillakampf aufnehmen, fürchteten eins: die Schrecken des Wundbrandes. Er brauchte einen sicheren Unterschlupf, heißes Wasser und saubere Tücher... Was sollte er mit dem Araber anfangen? Vielleicht ihn umbringen, das wäre die einfachste Lösung. Noch eine halbe Stunde Fahrt, dann mußte er sich entscheiden.

VOLLE drei Minuten, nachdem der letzte Schuß gefallen war, schützte Elkin noch immer Sokarev mit seinem Körper. Wenn sich der Wissenschaftler zu bewegen versuchte, hielt er ihn energisch zurück. Mit seinem Dienstrevolver in der ausgestreckten Hand suchte Elkin die Umgebung nach weiteren Bedrohungen ab. Der am nächsten stehende Mann vom Sonderdezernat beugte sich hinunter und fragte, ob Sokarev verletzt sei. Elkin schüttelte den Kopf.

„Halten Sie ihn noch da unten", sagte der Beamte. „Wir schaffen die Verletzten fort und räumen den Saal. Dann werden wir sehen, wie wir ihn wegbringen."

Sokarev merkte, daß seine Beine unbeherrschbar zitterten. Er erinnerte sich an das Klirren des Fensters und das Erscheinen eines Gewehrlaufes im Vorhangspalt. Elkin hatte ihn zu Boden gerissen, und dann war diese schreckliche Schießerei losgegangen. Er hatte gesehen, wie Mackowicz sich auf die Erde warf, stillag und dann hochgeschleudert wurde. Seine Ohren schmerzten immer noch von der Druckwelle der Handgranate. Unter dem Tisch hervor sah er, wie sie die Leiche des Vorsitzenden auf einer Tragbahre zudeckten. Was von Mackowicz übriggeblieben war, konnte er nicht ansehen.

Sieben Verletzte wurden eilig vom Vortragssaal in die Universitätsklinik gebracht. Kriminalbeamte, die draußen die Stelle untersuchten, von der die Schüsse gekommen waren, stolperten über den toten Polizisten. Als sie ihn dann auf eine Tragbahre hoben, taten sie es mit besonderer Sorgfalt, weil er einer von ihnen war.

In seltsamer, nur vom Geräusch der Schritte unterbrochener Stille ließen sich die Gäste aus dem Saal und über den Korridor in einen ähnlichen Vortragsraum führen. Man bat sie um Geduld, man würde sie nicht lange aufhalten, aber solange die großangelegte Durchsuchung des Gebietes um die Universität noch nicht abgeschlossen sei, könne man ihnen nicht gestatten, sich zu ihren Wagen oder den öffentlichen Verkehrsmitteln zu begeben. Nachdem sich die Türen hinter ihnen geschlossen hatten, wußten wenige etwas zu sagen. Sie hatten eben Ungewöhnliches erlebt, aber das hieß noch lange nicht, daß sie es auch verstanden.

Als alle fort waren, half man Sokarev auf die Beine. Jemand brachte ihm ein Glas Wasser. Weil er unfähig war, es selbst zu halten, nahm Elkin es und setzte es ihm an die Lippen.

Jones saß an diesem Abend allein im Büro. Helen war vor drei Stunden gegangen, ohne näher zu sagen, wohin. Von weitem hörte er auf dem leeren Korridor die Schritte des Boten aus der Nachrichtenzentrale, stürzte hinaus und riß ihm die Meldung aus der Hand.

Sie besagte nicht viel. Ein Anschlag auf Sokarev – gescheitert. Gewehrschüsse und eine Explosion. Verletzte und Tote. Ausgedehnte Fahndung nach zwei Männern – vorläufig keine Ergebnisse.

Er ließ sich wieder in seinen Schreibtischsessel sinken. Nichts von Jimmy. Warum hatte er nicht angerufen? Ein wesentlicher Grund, ihn dorthin zu beordern, war der gewesen, daß sie hier im Amt nicht auf die Informationen der Polizei angewiesen sein wollten. Er schwenkte mit seinem Sessel herum und betrachtete das Phantombild des jungen Arabers an der Wand. Sah so harmlos aus wie ein neugeborenes Kind. Aber um ein Haar wäre es ihm geglückt, ihm und diesem Iren. Jones war sehr niedergeschlagen. Der ganze große Einsatz an Menschen und Material war von einer kleinen Ratte wie diesem Araber an die Wand gespielt und lächerlich gemacht worden.

Jones erkannte an, daß er tapfer war und bereit, für seine Leute zu sterben, mochten sie auch ein Haufen verschrobener Idioten sein. Ein ungeheurer Aufwand nutzlos vertan, und alle in heller Aufregung wegen der möglichen Folgen – alle außer seinem Jimmy.

Schrill und fordernd unterbrach das Telefon seine Gedanken. Helen war am Apparat. Jimmy mit ihrem Wagen fort – keine Ahnung wohin – dicht hinter einem andern her – einem Auto, das flüchtete – Schüsse auf der Straße. Sie würde gleich ins Büro kommen. Nur diese paar Brocken, dann hängte sie ein. Jones legte den Hörer auf. Komisch der Tonfall, wie sie den Namen Jimmy gesagt hatte; sonst erwähnte sie ihn immer lachend, diesmal nicht. Er fragte sich, was sie wohl dort zu suchen hatte, dachte aber nicht weiter darüber nach. Jimmy ging ihm zu sehr im Kopf herum. Was konnte Jimmy wohl im Sinn haben? Die große Chance, sich zu bewähren, wenn alle andern versagten? Jimmy würde den Araber töten wollen, klar, das war's.

Jones kam sich jetzt nutzlos vor, alles war seinen Händen entglitten. Da sind wir also jetzt gelandet, dachte er, auf dem tiefsten Niveau, wo es auf die Jimmys ankommt.

Der Premierminister, den man von einem Dinner fortgerufen hatte, erlebte drei qualvolle Minuten der Ungewißheit. Die erste Meldung von Scotland Yard hatte nur gelautet, daß es im Vortragssaal eine schwere Schießerei und eine Explosion gegeben habe. Weitere Einzelheiten würden folgen. Er hatte in seinem Büro gewartet, da er nicht zu seinen Gästen zurückkehren wollte, ohne Gewißheit zu haben. Als das Telefon abermals klingelte, wurde ihm mitgeteilt, daß es Tote und Verletzte gegeben habe, daß Sokarev aber nicht darunter sei.

Kaum hatte er sich wieder zu Tisch gesetzt, als sein Privatsekretär eine Note brachte. Der israelische Botschafter bat, sogleich empfangen zu werden. „Vertrösten Sie ihn bis morgen", sagte der Premierminister, winkte dem Butler und ließ sich sein Glas füllen. „Bis zum Rand", verlangte er.

JIMMY stellte befriedigt fest, daß der Wagen vor ihm von der Verfolgung nichts merkte. Irgendwann würden sie anhalten und dann schon merken, daß er ihnen gefolgt war. Da sie so langsam fuhren, konnte er ihnen leicht auf den Fersen bleiben. Aber es war ihm ein Rätsel, warum sie sich nicht mehr beeilten.

Die PPK war jetzt wieder geladen. Die Gelegenheit dazu hatte sich ergeben, als die Männer einmal bei einer Ampel anhielten. Er war in der haltenden Kolonne nur wenige Wagenlängen hinter ihnen und konnte die beiden Köpfe sehen – den des Fahrers tief über das Lenkrad gebeugt und den des andern, der sich alle zwei Minuten umdrehte. Wie schätzten sie sich wohl selbst ein?

Jimmy konnte sich vorstellen, wie ihm zumute gewesen wäre. Sie waren entkommen, hatten aber den Professor nicht erwischt. Also kaum ein Teilerfolg, wo es doch nur auf den Professor ankam. Sie hatten es zwar verpatzt, aber immerhin war ihnen trotz aller Sicherheitsvorkehrungen die Überrumpelung gelungen. Gute Vorbereitung, doch das Weitere war eine Pleite. Das sah nicht nach McCoy aus, dachte Jimmy, nach allem, was er in seinem Dossier gelesen hatte. Der Schütze konnte nicht er gewesen sein.

Jimmy merkte, daß der Wagen vor ihm noch langsamer wurde. Dort, irgendwo in einer Seitenstraße, mußte ihr Ziel sein, aber sie wußten nicht, wo sie einbiegen sollten. Er hatte das Fenster heruntergekurbelt und hielt die Pistole in der rechten Hand, flach auf das Steuerrad gelegt, schußbereit. „Dauert nicht mehr lang, mein Schätzchen", murmelte er gleichmütig vor sich hin, hätte aber eine gewisse Erregung nicht abgestritten.

DEN Araber töten oder nicht, das ließ McCoy keine Ruhe. Famy war überflüssig, und nach seiner nervösen Herumrutscherei war ihm das auch selbst klar. Er wußte, was seine eigenen Leute mit ihm machen würden, wenn er heimgekrochen kam. Andernfalls blieb ihm nur übrig, hier in einer Zelle zu vermodern, ohne daß jemand kam, um ihn mit einer Flugzeugentführung herauszuholen. Ein prächtiges Fanal des Versagens. McCoy gefiel dieser Ausdruck, er kostete ihn mit Genuß aus. Und der Kerl neben ihm war sich all dessen bewußt, das konnte er daran sehen, wie er dahockte, eine Jammergestalt von Kopf bis Fuß. Seine Chance, allein davonzukommen, war gleich Null. Wenn man ihm schon bei dem Anschlag das Händchen halten mußte, um wieviel mehr würde er für die Flucht ein Kindermädchen brauchen.

McCoy war fast schon entschlossen, als Famy das lange Schweigen brach.

„Du fährst zum Haus deines Mädchens, nicht wahr? Dort werde ich abhauen." McCoy reagierte nicht. „Als wir den Anschlag zu Hause planten, war auch erwogen worden, ihn auf dem Flughafen Heathrow durchzuführen, wenn Sokarev nach den Vereinigten Staaten weiterfliegt. Das ist die letzte Möglichkeit. Ich werde zu Fuß zum Flugplatz gehen. Sie haben uns gesagt, es wäre nicht schwierig hineinzugelangen. Und ich werde dort die EL-AL-Maschine landen sehen."

„Unmöglich." McCoy wandte nicht einmal den Kopf.

„Nicht unmöglich, nur schwierig. Ich habe jetzt die Entschlossenheit, den Willen, den ich früher hätte haben sollen. Aber es war das erste Mal, daß ich auf einen Menschen geschossen habe. Das erste Mal ist das nicht leicht. Und es ist nicht einfach, sich einem Kugelhagel auszusetzen. Ich habe in der letzten Stunde viel gelernt, mehr als sie mir je im Lager beigebracht haben."

„Sie knallen dich ab, bevor du auf zweihundert Meter an das Flugzeug herangekommen bist, und du wirst nicht einmal wissen, welches es ist." Die Ruhe des Arabers brachte McCoy aus der Fassung. Diese seltsame Zuversicht war für ihn etwas Neues, nicht Faßbares, das er nicht zerstören wollte.

„Es ist das Flugzeug, das am schärfsten bewacht wird. Ich habe Ideen und viele Handgranaten. Die Israelis sagen – und damit haben sie recht –, daß man, um zu töten, nahe herangehen, dem andern dicht auf den Leib rücken muß und sich nicht auf Treffsicherheit und ruhige Hand verlassen darf. Und daß man bereit sein muß, selbst zu sterben."

„Damit trennen wir uns also. Das gehört nicht zu meinem Auftrag."

„Du hast mich an mein Opfer herangebracht und deinen Befehl ausgeführt. Solang ich lebe, werde ich in Freundschaft an dich denken."

Keine Gefahr, daß das lange sein wird, dachte McCoy. Aber wenn der Bursche unbedingt ruhmbekleckert sterben will, ist das seine Sache. „Ich fahr zu ihrem Haus", sagte McCoy. „Sie wird mich irgendwo verstecken. Ich muß meinen Arm versorgen."

„Wo wirst du den Wagen lassen?" fragte Famy.

„Vor ihrem Haus, am Ende der Straße, es ist eine Sackgasse."

Er hatte auf den letzten paar hundert Metern mehrmals an Kreuzungen gezögert und sich zu erinnern versucht, wo sie damals, als er das Mädchen nach Hause begleitet hatte, abgebogen waren. Schließlich war er in der richtigen Straße. Nachdem er angehalten hatte, holte er sich mühsam vom Rücksitz eine M 1 und ein Magazin. Aus dem Stoffbeutel nahm er sich drei Handgranaten und steckte sie in seine Tasche. Das Gewehr unter den Arm geklemmt, öffnete er mit der linken Hand die Wagentür. Famy wartete, bis er draußen war, dann stieg auch er mit dem Handkoffer aus. Beide bemerkten gleichzeitig die Scheinwerfer eines Wagens, der in die Straße einbog.

„Bleib stehen, bis er geparkt und das Licht abgeschaltet hat", zischte McCoy Famy zu. Sie standen im grellen Licht der starken Scheinwerfer, die sie aus zwanzig Meter Entfernung anstrahlten.

„Sobald er fort ist, verschwinde." Der Stolz diktierte McCoy diese Worte, denn selbst jetzt, da er seiner Verpflichtung enthoben war, glaubte er noch, führen zu müssen. „Gibt nicht mehr viel zu sagen, was?... Tut mir leid für dich... Schade, daß es schiefgegangen ist. Warum werden denn diese verdammten Scheinwerfer nicht abgeschaltet?"

Plötzlich fühlte McCoy einen brennenden Schmerz unterhalb der Schulter, als ihn die erste Kugel traf. Ihr Aufprall auf eine der oberen Rippen warf ihn im Bruchteil einer Sekunde herum. Famy reagierte gut. Neben die Wagentür gekauert, feuerte er sechs gezielte Schüsse, um die Scheinwerfer zu zerstören. Danach ballerte er in das Dunkel darüber, griff sich eine Handgranate – Sicherungsbolzen heraus, Hebel frei – und schleuderte sie gegen den Wagen. Kurz bevor sie krepierte, sah er einen niedergeduckten Schatten auf den nächsten Vorgarten zuhasten.

Taumelnd raffte sich McCoy auf, wankte durch das Gartentor zur Haustür und hämmerte mit dem Gewehrkolben dagegen. Noch ein Schuß kam, zu hoch. „Eine Pistole, außer Reichweite", keuchte er. „Knall noch ein paarmal hin, damit er mit dem Kopf unten bleibt. Und hör zu! Wenn wir drinnen sind, tu, was ich sage. Keine Widerrede."

Die Haustür öffnete sich und gab den Blick auf einen Flur quer durch das Haus frei. Im Gegenlicht wurde die Silhouette des Mädchens sichtbar, dahinter eine ältere Frau und ein Mann, die ihn verständnislos anstarrten. McCoy stieß das Mädchen brutal zur Seite, daß es in den Flur zurücktaumelte. Nachdem er sich überzeugt hatte, daß Famy ihm gefolgt war, knallte er die Haustür mit einem Tritt nach hinten zu und hörte das Schloß einschnappen. „Wer es auch ist", sagte McCoy zu dem Araber, als seien sie allein, „er hat uns beide hereingehen sehen. Verdufte durch die Küchentür und renn, so weit dich deine Beine tragen. Ich halte hier die Stellung. Die Bullen werden Ewigkeiten brauchen, bis sie wissen, was sie tun sollen. Du hast dann einen Vorsprung von Stunden. Los jetzt, vorwärts –" Eine Welle heftigen Schmerzes durchflutete ihn.

Famy lief an McCoy, dem Mädchen und den Eltern vorbei. Im Licht, das aus der Küche ins Freie fiel, sah er den Gartenzaun, eineinhalb Meter hoch und zehn Meter entfernt. Er trampelte durch irgendwelche Pflanzen, dann schwang er sich über das Flechtwerkhindernis und war fort.

McCoy sprach die nächsten Worte sehr bedächtig, im Kampf mit den auf und ab flutenden Schmerzen. „Ich habe ein Gewehr mit vollem Magazin und Handgranaten und lege euch alle um, wenn ihr nicht genau das tut, was ich sage. Die Frauen kommen zuerst dran, die Alte vorneweg."

Das Mädchen, das sich nun wieder aufgerichtet hatte und ängstlich neben der Mutter stand, begann in heftigen und halberstickten Stößen zu schluchzen.

„Du, Alter" – McCoy deutete mit dem Gewehr auf den Mann –, „gehst durchs Haus. Ich will, daß alle Türen und Fenster verriegelt und alle Vorhänge zugezogen werden. Und ich will die Schlüssel haben."

Er sah sie der Reihe nach mit haßerfüllten Augen scharf an. „Keine Mätzchen! Ich hab euch gesagt, was euch blüht, wenn ihr versucht, mich zu täuschen."

Während er Mutter und Tochter in den ersten Stock führte, hörte er, wie Schlüssel umgedreht und Riegel vorgeschoben wurden. Er kämpfte mit dem Schlaf und wünschte sehnlichst, dem Schmerz zu entrinnen und dem schrecklichen Alptraum, daß er einen Krieg ausfocht, mit dem er nichts zu schaffen hatte.

AUF allen vieren schlich Jimmy näher an das Haus heran. Helens Wagen brannte lichterloh. Wenn die Hitze den Benzintank erreichte, würde er explodieren. Helen hatte das nicht verdient, sie war die einzige ihm bekannte Frau, die ihren Wagen selbst wusch. Ohne Hast, ohne Angst bewegte er sich und beobachtete dabei das Haus, jeden Augenblick darauf gefaßt, den schwarzen Gewehrlauf irgendwo auftauchen zu sehen. Die nächste Runde war fällig. Er sah, daß die Vorhänge im Obergeschoß rasch zugezogen wurden, und deutete dies als Vorbereitung auf eine Belagerung. Sonst konnte er nichts feststellen – und dann grinste er –, nichts außer dieser Blutlache vor dem Gartentor. Wohl von dem Iren, auf den er gezielt hatte. Die Größe der Blutlache deutete auf eine beachtliche Verletzung hin, eine, die ihn kampfunfähig machte. Schluß mit ihrer Überlegenheit, nun stehen die Chancen gleich, dachte Jimmy. Die Haustür des Nachbarhauses öffnete sich, ein Mann kam heraus und starrte den brennenden Wagen an. Als er Jimmys Pistole sah, eilte er wieder hinein, um sein Haus vor der drohenden Gefahr zu verschließen.

Aber Jimmy war schneller, stellte seinen Fuß dazwischen, so daß sein Schuh die Wucht der zufliegenden Holztüre abfing.

,,Ich möchte telefonieren'', sagte Jimmy. ,,Und schreiben Sie mir die Namen der Leute auf, die im letzten Haus wohnen. Gehen Sie nicht wieder auf die Straße, außer Sie wollen sich auf den Titelseiten der Zeitungen sehen, mit Bild und allem Drum und Dran.''

Der Mann fühlte sich in einen bösen Traum versetzt, der ihn so sehr in Anspruch nahm, daß er gar nicht nach Jimmys Identität fragte. Er führte ihn zum Telefon. Die Nummer war rasch gewählt. ,,Jimmy hier, Jones. Sie haben sich in Richmond verschanzt, Chisholm Road, gleich neben dem Park. Einer ist bös verwundet, aber nicht tödlich. Sie haben Gewehre und Handgranaten, treffen einschlägige Vorbereitungen. Sobald die Lokalgrößen hier eine Schießerei melden, wird die Polizei aufkreuzen –''

Durchdringendes Sirenengeheul ließ Jimmy den Hörer auflegen und hinauslaufen. Mit heftigem Winken stoppte er den Streifenwagen. Als er sah, daß die Beamten sich im Wagen duckten, fiel ihm ein, daß er noch die Pistole in der Hand hielt, und er legitimierte sich mit seinem Dienstausweis.

„Als erstes geht einer von euch hinten herum, der andere hält die Straße frei", wies er sie an. „Die Bürschchen von dem Attentat heute abend in London sind im letzten Haus. Sie sind bis an die Zähne bewaffnet, also seid vorsichtig."

Innerhalb einer Viertelstunde war das Haus von Polizeischützen umstellt. Die beiden auf den Mann dressierten Schäferhunde vom örtlichen Revier waren auf der Rückseite postiert, und ein Scheinwerfer richtete seinen starken Strahl auf die Vorderseite. Am Anfang der Straße warteten Feuerwehr und Sanitätswagen. Das Haus war unheimlich still. Bei den Ambulanzen versammelten sich die übrigen Bewohner der Chisholm Road, gegen die Kälte in Anoraks und Mäntel gehüllt und stumm vor Schreck, daß in ihrer Straße so etwas geschehen konnte.

Der Befehl war ausgegeben worden, daß kein Wort von dieser Aktion über den Polizeifunk oder an die Presse gehen dürfe.

„Wir müssen sie einspinnen", sagte der örtliche Polizeirat, „sie von allem abschneiden, bis die hohen Herrschaften kommen und ihren Plan verkünden."

„Wer kommt?" fragte Jimmy.

„Halb London. Der leitende Direktor von Scotland Yard, der Innenminister, ein paar von der Abwehr, ein Mann namens Jones von Ihren Leuten, ein ganzer Haufen."

„Hoffentlich bringen sie Socken zum Wechseln mit", sagte Jimmy. „So was kann lange dauern."

„Es kann lange dauern, oder auch nur fünf Minuten. Das ist eine politische Entscheidung." Damit entfernte sich der Polizeirat.

DER Premierminister saß am Tischende, zu seiner Rechten der Chef der Polizei von Groß-London und der Staatssekretär vom Verteidigungsministerium, zu seiner Linken der Chef des Geheimdienstes und ein junger Mann, ein mittlerer Beamter aus dem Innenministerium. Der Premierminister hatte die Sitzung mit der Bitte eröffnet, der Polizeichef möge über die Lage bei dem Haus berichten.

Die detaillierte, kurzgefaßte Darstellung schloß: „Sie haben drei Geiseln und sind erwiesenermaßen Mörder. Bis jetzt haben sie noch keine Forderungen gestellt. Wahrscheinlich verlangen sie, ausgeflogen zu werden. Es ist anzunehmen, daß sie nach dem vorhergegangenen

Mißerfolg in einer labilen Verfassung sind. Ich gebe zu bedenken, daß nicht zuletzt Zeitgewinn dazu beitragen wird, sie abzukühlen. Andernfalls müssen wir mit einem Blutbad rechnen."

Der Premierminister wandte sich dem Geheimdienstchef zu, und dieser erklärte: „Ich habe nicht viel hinzuzufügen. Soviel wir wissen, hat unser Mann den Iren McCoy verwundet. Nach unserer Einschätzung ist McCoy der Erfahrenere der beiden, kann sich aber in puncto Entschlossenheit nicht mit dem Araber messen. Wir glauben, daß der Araber bei einem Feuergefecht die größere Gefahr für die Geiseln darstellen würde."

„Mr. Dawson." Der Premierminister schaute den jungen Mann vom Innenministerium an. „Was haben wir zu berücksichtigen, wenn wir eine Erstürmung des Hauses in Erwägung ziehen?"

Dawson hielt einen längeren Vortrag, denn er war der Sachverständige für ein weitläufiges Gebiet, auf dem man noch wenig Praxis hatte: das Vorgehen gegen Terroristen, die Geiseln in ihrer Gewalt haben. Er berichtete eingehend von der deutschen Taktik bei dem Anschlag während der Olympiade in München, verglich amerikanische und israelische Erfahrungen und nahm dann die holländischen unter die Lupe. „Bei der Belagerung des Gefängnisses in Scheveningen im Herbst 1974 beschlossen die holländischen Behörden, durch eine schwer verriegelte Tür einzudringen, die der einzig mögliche Zugang war. Sie warteten, bis sie der Überzeugung waren, daß sich die Terroristengruppe in falscher Sicherheit wiegte, dann brannten sie mit einem Laserstrahl das Schloß heraus, während sie als Ablenkungsmanöver anderswo Lärm schlugen. Die Operation war hundertprozentig erfolgreich."

Der Premierminister wollte die Sache rasch zum Abschluß bringen. Und die Laseridee hatte es ihm angetan. In der Öffentlichkeit sprach er häufig über die Notwendigkeit technischen Fortschritts. „Wie bald könnten wir einen erfolgversprechenden Angriff auf das Haus in die Wege leiten?" Den andern Männern war klar, was er befürchtete: ein ewiges Feilschen um das Leben der Geiseln, endlose Verhandlungen und schließlich die Kapitulation der Regierung vor automatischen Waffen und scharfen Sprengkörpern.

„Die Erfahrung hat gezeigt", erwiderte Dawson, „daß die beste Zeit für einen Angriff kurz vor dem Morgengrauen ist, etwa gegen vier Uhr. Medizinisch gesehen ist dies die Stunde der geringsten Widerstandskraft, in der alte Menschen häufig sterben. Die Bluttempera-

tur sinkt. Und wir sind auch insofern im Vorteil, als diese Leute bereits
außerordentlich müde sind. Wenn der eine verletzt ist, setzt das den
andern einer noch größeren Beanspruchung aus, aber auch er muß sich
irgendwann ausruhen. Die Sache könnte also schon morgen früh
durchgeführt werden. Aber je eher man angreift, um so größer ist das
Risiko. Die beiden Männer werden noch mit allen Kräften Widerstand
leisten. Und es bliebe keine Zeit, sie mürbe zu machen."

Der Premierminister war so gut wie entschlossen. „Zwei Fragen,
Mr. Dawson. Können wir bis vier Uhr morgens einen Laser beschaffen, und welche Art von Ablenkung würden Sie für erforderlich halten?"

„Vermutlich können wir einen Laser von der Industrie bekommen,
jedenfalls aber vom Imperial College für Technik. Es braucht kein besonders raffiniertes Gerät zu sein. Fragt sich nur, ob wir innerhalb von
fünf Stunden die erforderliche Erlaubnis und das entsprechende Be-
dienungspersonal erhalten... Was die Ablenkung betrifft, würde ich
vorschlagen, in Abständen von etwa zwanzig Minuten jeweils fünf
Minuten lang Lärm zu machen: aufheulende Motoren, Sirenen, Laut-
sprecher, an- und abschwellend, und das die ganze Nacht hindurch.
Sie werden sich daran gewöhnen, und wenn wir dann den Laser einsetzen, wird sein Geräusch in dem allgemeinen Lärm untergehen. Er
braucht etwa fünfzehn Sekunden, um die Haustür zu öffnen."

„Hiermit haben Sie die Genehmigung, Mr. Dawson. Beschaffen Sie
das verdammte Ding." Der Premierminister sprach nun rasch, Be-
schlüsse fassen war das tägliche Brot der Politik. Und zum Staatssekretär vom Verteidigungsministerium gewandt: „Mr. Harrison, ich
wünsche, daß die Spezialeinheit der Luftwaffe um vier Uhr morgens
das Haus stürmt. Ich bin nicht daran interessiert, daß der Araber den
Angriff überlebt."

Der Polizeichef reagierte rasch. „Wenn Sie gestatten, dieses Gebiet
untersteht der Stadtpolizei, Sir. Das ist eine Zurücksetzung –"

„Ich bin an Ergebnissen interessiert, nicht an Kompetenzstreitigkei-
ten", unterbrach ihn der Premierminister kühl. „Eines der wenigen
nützlichen Ergebnisse beim Vorgehen der Münchner Polizei während
der Olympiade war die sichere Erkenntnis, daß in Zukunft alle derar-
tigen Maßnahmen ausschließlich in die Hände des Militärs gelegt werden sollten."

Und so gingen die Anweisungen rasch und verschlüsselt hinaus.
Fünfunddreißig Minuten später, noch kurz vor Mitternacht, startete

die gegen Flugzeugentführungen aufgestellte Spezialeinheit mit Hubschraubern von ihrem Standort in Herefordshire. Sie bestand aus den bestausgebildeten und fähigsten Männern der englischen Streitkräfte.

DIE Schmerzen in der linken Schulter überfielen McCoy immer häufiger und heftiger, während er im Haus umherging. Aber es gab noch viel zu tun. Er führte die Eltern einzeln in die obere Etage, wo sie sich in verschiedenen Räumen mit dem Gesicht nach unten aufs Bett legen mußten. Um ein Laken in Streifen zu reißen, die er zum Fesseln brauchte, mußte er die Zähne zu Hilfe nehmen. Sie leisteten keinen Widerstand, weil sie voneinander getrennt und verstört waren, obwohl ein einziger gut gezielter Schlag ihnen die Freiheit zurückgegeben hätte. So aber ließ er sie gebunden liegen und drohte jedem von ihnen, den Lebensgefährten zu töten, wenn er einen Laut hören würde.

Seine Kraft schwand, und zunehmend mischte sich Übelkeit unter den Schmerz. Er ließ sich im Zimmer des Mädchens auf das Bett fallen, legte das Gewehr quer über den Schoß, nahm die Handgranaten aus der Tasche und reihte sie neben sich auf. Dann umfaßte er wieder den Abzug der M 1.

Norah hatte die Verwundungen noch nicht bemerkt, bis sie ihm ins Zimmer folgte. Er suchte vergeblich auf dem Bett eine Lage, in der er den Schmerz weniger fühlte, und dabei wurden die Einschüsse und das Blut sichtbar.

„Warum bist du hergekommen? Was willst du von uns?"

„Zeit, meine Kleine. Zeit für den Araber. Und dann ist Schluß für mich. Er muß den ganzen Weg zu Fuß laufen. Der große Ciaran sorgt dafür, daß er einen ordentlichen Vorsprung vor diesen Schweinehunden hat."

Wozu mit ihr reden, denk lieber an dich selber, dachte er. Wir hatten alle Trümpfe in der Hand, und jetzt keinen mehr. Er rennt in den Tod und hat dich mit hineingerissen. Nie hättest du geglaubt, daß das Ende so kommen würde, in einem Zimmer zweieinhalb mal drei Meter mit Kaninchen und Narzissen an den Wänden. Aber das Leben bleibt kostbar, selbst wenn sich der Schmerz fast bis zur Unerträglichkeit steigert, und man verzichtet schwer darauf.

McCoy winkte dem Mädchen mit dem Gewehrlauf, näher zu kommen. „Hol Wasser zum Säubern der Wunden." Sie konnte die Worte kaum verstehen.

Er öffnete die Augen, als sie das Licht anschaltete und mit einer

Schüssel voll heißem Wasser hereinkam. Sie zog ihm Jacke und Hemd aus. Das weit über die Brust herabgeronnene Blut hatte sich verkrustet. Sie tupfte den Arm, dann die Schulter sauber. Als sie der Stelle nahe kam, wo ihn die zweite Kugel getroffen hatte, fühlte sie, daß die Haut gespannt war. Dann ließ sie ihn sich vorbeugen, um den Kugelaustritt am Rücken zu reinigen, und stellte fest, daß dort keine Verletzung war. „Sie steckt noch drin. Sie muß herausgenommen werden, sonst stirbst du daran."

Er nickte, und zum erstenmal sah sie ihn lächeln.

„Alles zu seiner Zeit. Ich möchte, daß der Junge schon weit fort ist, bevor die Bullen herausfinden, daß McCoy ganz allein die Stellung hält."

„Was wird sie tun, die Polizei?"

„Das weiß ich nicht", sagte McCoy, „keine Ahnung."

ZEHNTES KAPITEL

DER Arzt der Botschaft war gegangen, und Sokarev blieb allein in seinem Zimmer. Die Tablette, die man ihm gegeben hatte, machte ihn schläfrig und ließ die schreckliche Angst abklingen. Elkin war mütterlich besorgt in seiner Nähe geblieben, als sich der Arzt über ihn gebeugt hatte, aber Sokarev merkte, daß die Ruhe seines Leibwächters dahinschwand und einem verdrossenen Schweigen wich – der Löwe hatte seinen Jagdgefährten verloren und mit ihm seine Zuversicht. Der Engländer hätte jetzt dasein sollen, der, dem Sokarev vor allen andern vertraute und der versprochen hatte, bei ihm zu bleiben. „Wo ist der Engländer, der sich Jimmy nannte?"

„Er ist den Typen nachgejagt", sagte Elkin. „Nachdem Mack tot war. Rast wahrscheinlich durch die Straßen und versucht zu retten, was noch zu retten ist. Nichts als ein Schlachtfeld ist bei der ganzen Aktion herausgekommen." Er trat dicht an das Bett heran und stieß die Worte wütend hervor: „Von jetzt an, Herr Professor, werden Außenseiter keine Entscheidungen mehr treffen. Der Engländer, nach dem Sie fragen, hat Mackowicz einen langen Vortrag über Verantwortung gehalten. Und wo ist Mackowicz jetzt?"

In diesem Augenblick erschien der israelische Botschafter, und Elkin zog sich mit ihm, dem Sicherheitsattaché und zwei weiteren Männern von der Botschaft, die Sokarev zuvor nicht gesehen hatte, in das angrenzende Zimmer zurück. Sie schlossen die Tür hinter sich. Ich bin für sie nur ein Gegenstand, dachte Sokarev, den man vorzeigt und wieder wegräumt, wie es einem paßt, aber nicht nach seiner Meinung fragt. In den Minuten, bevor die Tablette wirkte, hörte er nebenan ihre aufgeregten Stimmen.

Es GING um nicht mehr und nicht weniger als um Sokarevs weitere Reisepläne. Elkin bestand auf sofortiger Rückkehr nach Tel Aviv. Der Botschafter, der keine besondere Verantwortung für Sokarevs Sicherheit trug, forderte Rückfrage beim Außenministerium in Jerusalem, bevor man den Besuch in New York absagte.

„Diese Reise ist in keiner Weise zu rechtfertigen", schrie Elkin. Bei den Israelis zählen Titel wenig, wenn die Sicherheit auf dem Spiel steht. Elkin konnte den ranghöheren Diplomaten in einer Weise anfahren, die anderswo undenkbar war. „Einer unserer Männer ist bereits tot. Wie viele sollen wir noch verlieren, und wofür?"

„Aus dem gleichen Grund, aus dem wir hergekommen sind. Wir beugen uns nicht vor Drohungen."

„Er ist Wissenschaftler und keine verdammte Schießbudenfigur."

„Die Entscheidung wurde auf Regierungsebene getroffen. Wir lassen uns von diesen Leuten nicht einschüchtern."

„Bisher konnte man das Risiko in Kauf nehmen. Jetzt nicht mehr. Daß sie ihn heute abend nicht erwischt haben, verdanken wir unserem Glück. Unserm Glück und Mackowicz."

Das Gesicht des Botschafters rötete sich vor Zorn. Er wandte sich zur Tür. „Die Entscheidung muß aus Jerusalem kommen. Das ist mein letztes Wort."

„Und was ist mit Sokarev selbst? Ist er überhaupt zur Weiterreise in der Lage?"

Aber der Botschafter und der Sicherheitsattaché waren bereits gegangen. Elkin schaute die beiden Männer an, die das Zimmer mit ihm teilen sollten, dann wandte er sich ab, damit sie seine Tränen nicht sahen. Mackowicz war für ihn wie ein Bruder gewesen, ein älterer Bruder. Er sank auf dem Bett in sich zusammen.

Die Entscheidung aus Jerusalem traf innerhalb von zwei Stunden in der Nachrichtenzentrale der Botschaft ein. Aufgeschlüsselt lautete sie, Sokarev solle mit dem nächsten EL-AL-Nonstopflug zurückkehren, unter größtmöglichen Sicherheitsvorkehrungen, besonders am Flughafen Heathrow.

FRAU SOKAREV, die allein in ihrer Wohnung in Beersheba war, hörte im Rundfunk von dem Attentat auf ihren Mann. Die Nachricht traf sie ohne Vorwarnung. In ihrer Verzweiflung versuchte sie, ihren Sohn anzurufen, aber er hatte Bereitschaftsdienst und konnte nicht an den Apparat kommen. Dann die Töchter. Beide waren nicht in ihrem Studentenheim und würden erst später zurückkommen. Das Wissen, daß ihr Mann in Sicherheit war, half ihr ein wenig. Und doch weinte sie in dem dunklen Zimmer still vor sich hin, denn wie sie ihn kannte, hatte er große Angst ausgestanden. Er war so gutmütig, erhob nie ärgerlich seine Stimme, hatte keine Feinde. War er durch seine Arbeit für die Bombe und das, was sie im Gefolge hatte – ihre grauenhafte, phantastische Massenvernichtungskraft –, war er dadurch vorbereitet, diesem gemeinen Verbrechen mutig zu begegnen? Aber es war nicht seine Art, seine Arbeit als eine Kriegswaffe zu sehen. Er hätte das nie verstanden. Zu lange war er von der Welt abgeschlossen gewesen. Er würde allein sein und wehrlos. Deshalb weinte sie.

DIE Spezialeinheit wurde vom Landeplatz der Hubschrauber in Mannschaftswagen der Polizei zur Chisholm Road gebracht. Jimmy sah sie ankommen. Ein Tötungskommando. Keine Einzelkämpfer wie er, sondern darauf gedrillt, im Rudel todbringend anzugreifen, sobald sie von der Leine gelassen wurden. Sie zeigten keine Erregung und marschierten hinter ihrem Offizier her zu der Stelle, wo der Beamte des Innenministeriums sie erwartete.

William Dawson war ein gründlicher Mann. Er erklärte ihnen anhand eines maßstabgerechten Planes das Hausinnere. Fenster und Türen waren rot markiert, und jene, die nach Angaben der Nachbarn mit Schlössern und Riegeln gesichert waren, hatte er blau angekreuzt. Dawson sprach rasch und leicht verständlich. Die Aufmerksamkeit, mit der die Truppe seinen Worten folgte, bedeutete für ihn höchste Anerkennung – denn er beherrschte die Planung ebenso perfekt wie die Männer die Durchführung.

Die Gruppe löste sich auf, jeder ging an die ihm übertragene Aufgabe. Vier Mann bezogen Stellung und luden ihre Waffen. Vier machten sich daran, von der Feuerwehr Seile, Äxte und Leitern zu organisieren. Der Offizier, sein Feldwebel und der Hauptkommissar der Polizei durchquerten die Vorgärten der Häuser entlang der Straße und arbeiteten sich näher an das Haus heran, das sie stürmen wollten. Als sie die Vorderseite geprüft hatten, schlichen sie katzenhaft leise durch den

Hintergarten eines andern Hauses, bis sie unvermittelt auf den Polizei-
posten stießen, der die Rückseite von Nummer 25 beobachtete. Von
außen war wenig zu sehen, was ihnen etwas über die Situation im Innern hätte verraten können. Alle Vorhänge waren zugezogen, alle
Fenster dunkel.

„Sie hatten für eine Minute Licht gemacht, oben im Zimmer der
Tochter. Die Männer vorn meinen, sie hätten eine Bewegung an den
Vorhängen gesehen, als wir das erstemal die ablenkenden Geräusche
eingesetzt haben. Seitdem wurden sie dreimal wiederholt, aber nichts
hat sich gerührt." Der Hauptkommissar war niedergeschlagen. Die
sachkundige Härte der Neuankömmlinge beunruhigte ihn. „Wie groß
ist die Chance, diese Leute lebend herauszubekommen?" fragte er den
Offizier, während sie sich zurückschlichen.

„Kann ich nicht sagen. Hängt davon ab, wo sie sich aufhalten. In
welcher Verfassung der Verwundete ist. Wenn wir schnell genug sind,
stehen die Aussichten gut. Wir sind hier, um die zwei Typen zu erledigen. Wenn wir die Familie herausholen, ist das ein zusätzlicher Erfolg.
So sehe ich die Prioritäten."

Jimmy hatte das Haus selten aus den Augen gelassen. Ihn faszinierte
seine nichtssagende Alltäglichkeit. Es wurde von Leuten bewohnt, die
weder bemerkenswert noch irgendwie bedeutend waren. Und ihre
Besucher waren ebenfalls Durchschnittsmenschen, nicht der Beachtung wert – außer durch ihre Gewehre und Handgranaten. Diese aber
waren für Jimmy gerade das Entscheidende, das innerste Mark des
Terrorismus, die Macht, die Nullen aufs Podest hob.

Hinter Jimmy standen mit ernsten Gesichtern der Innenminister
und der leitende Polizeidirektor. Es sind die Waffen, die auch die hohen Herren hierherbringen, dachte Jimmy. Für alle, die hier herumstanden, waren McCoy und der Araber nur zweidimensionale Bilder.
Nicht für Jimmy. Er hatte ihre Gesichtszüge gesehen, ihre schlaksigen
Bewegungen. Und sie hatten ihn gesehen.

Jimmy hatte heute abend versucht, sie zu töten, und es war für ihn
reines Pech, daß es ihm nicht gelungen war. Das verband sie, Jimmy
und McCoy und den Araber, auf widernatürliche, brutale Art. Ein
Schußwechsel und eine Handgranate: Ja, sie kannten einander und
wußten, was auf dem Spiel stand.

Jimmy ging über die Straße zum Hauptmann der Einsatztruppe und
zeigte ihm seinen Dienstausweis. „Mein Name ist Jimmy, vom Geheimdienst. Ich bin drangewesen, schon die ganze Zeit, von Anfang

an. Ich würde gern mit Ihnen hineingehen. Ich weiß, wie die beiden aussehen."

Der Hauptmann lächelte. „Tut mir leid, alter Herr, wir nehmen keine Passagiere mit."

„Den alten Herren können Sie sich sparen. Ich gehöre zum Begleitschutzteam, unmittelbar bei Sokarev, bei dem Israeli, ich hatte ihn heute abend zu bewachen."

„Da sind Sie wohl ein wenig vom Kurs abgekommen. Ich würde meinen, Sie sollten im Hotel sein und Ihrem Kleinen das Händchen halten. Sicher wünscht er sich ein Schlummerliedchen nach dem Geballer, dem ihr ihn ausgesetzt habt."

Da kann einem doch der Kragen platzen, wie immer mit diesen hochgestochenen Schweinen, dachte Jimmy. „Wäre ich nicht gewesen, läge er jetzt im Leichenhaus. Und einer der Typen im Haus hat eine Kugel von mir im Leib."

„Ich verteile keine Orden. Jetzt habe ich zu tun, und niemand geht mit meiner Truppe hinein, verstanden?"

„Sie dämlicher Hammel!" schrie Jimmy. Er brauchte einige Minuten, um Jones zu finden, der bei einer Gruppe gleichrangiger Männer stand und die Vorzüge verschiedener elektronischer Überwachungseinrichtungen diskutierte. Jimmy zog ihn beiseite. Jones sah Jimmys linkes Augenlid zucken, er kannte dieses Warnzeichen.

Jimmy zog sogleich gegen die Armee los. „Ich habe für euch heute abend gut gearbeitet, und jetzt, wo ich mit hineingehen und die Sache zu Ende bringen will, behandelt mich dieser eingebildete Armeehammel, als ob ich eine Gesellschaftsreise mitmachen wollte."

„Du willst dabeisein, wenn sie sie erledigen, Jimmy? Darum geht's dir doch."

„Klar. Dem einen hab ich schon was verpaßt –"

„Das ist keine Sache, wo einer einen Anspruch hat, mein lieber Jimmy."

„Du willst ihnen nicht sagen, daß sie mich zuziehen sollen?" Jones hatte ihm immer Rückendeckung gegeben – warum jetzt plötzlich nicht?

„Natürlich nicht. Du hast deinen Auftritt gehabt, Jimmy, und hast dich bewährt. Jetzt fahr nach Haus, damit du morgen früh auf dem Damm bist."

„Ich hatte gehofft, du würdest einen Saukrach schlagen", schrie Jimmy.

Er machte auf dem Absatz kehrt, ging durch die Absperrung, an den Neugierigen vorbei und dann weiter auf der Suche nach einem Taxi. Die Konservendose, der er in seiner Wut einen Tritt versetzte, rollte scheppernd vor ihm über die Straße.

Sie wußte, wenn sie sich bewegte, würde McCoy aufwachen. Es war unbequem, quer über dem schmalen Bett zu liegen, unter der Last seiner Schultern und seines Kopfes. Er hatte ihr gesagt, sie würden mit Gewehren, mit Schüssen durch die Türe hereingestürmt kommen. Und was würde er dann tun? Das Gewehr lag halb unter seinen Beinen, die linke Hand hielt immer noch den Abzug umklammert. Er würde zu schießen versuchen, aber sie waren bestimmt schneller, außerdem organisiert und mitleidslos. Sie kamen, um zu töten, und nicht, um zu verhaften. Norah wußte das.

Sie konnte ihre Gefühle für Ciaran McCoy nicht analysieren. Liebe war ein Wort aus Romanen, in denen windgepeitschte Hügel, dunkelhaarige, sauber gekleidete Männer und Mädchen mit Wespentaillen und langem Haar vorkamen. Verknalltsein kannte sie; das gab es durchaus, wie sie aus eigener Erfahrung wußte. Letztes Jahr war da dieser Junge, der bei ihrem Vater in der Fabrik arbeitete. Vorübergehend und herzzerreißend nett war es gewesen. McCoy aber war für sie etwas Einmaliges, etwas, für das es keine Worte gab. Es schien ihr unfaßbar, daß sie einen Mann liebte, der zu so Schrecklichem fähig war. Aber sie hatte mit ihm im Gras des Parks gelegen und ihn in ihre Arme genommen. Und nun sollte er sterben, ausgelöscht werden, erschossen von den Gewehren der Männer in Uniform.

Norah griff unters Bett und tastete vorsichtig, um ihn nicht zu wecken, nach ihren Schuhen. Zwei Paar waren es – ihre guten Ausgehschuhe und die flachen für werktags. Weiter hinten lag ein Stapel Illustrierte. Sie richtete sich sehr langsam und vorsichtig auf, bis sie das Kissen herausziehen konnte, das sie unter ihrem Kreuz gehabt hatte. Alles zusammen würde ausreichen, zuerst die Magazine, dann die Schuhe, dann das Kissen. Mit einer Hand stützte sie den Kopf des Schlafenden, während sie sich unter ihm herauswand. Den freien Raum stopfte sie mit einem entsprechend hohen Stapel aus. Als sie seinen Kopf auf das weiche Kissen bettete, blieben seine Augen fest geschlossen.

Was sie tat, war kein Verrat an ihm, sagte sie sich, sondern geschah zu seiner Rettung. Nur so würde er überleben. Auf dem Fensterbrett lagen die Schlüssel, die er mit heraufgenommen hatte. Sie nahm den für die Haustür. Drei Uhr vorbei, stellte sie mit einem Blick auf ihre Uhr fest, als sie barfuß zur Stiege schlich. Gebe Gott, daß er nicht aufwachte.

FAMY war über die Parkmauer gestiegen und lief, so schnell er konnte, direkt nach Südwesten, bis ihn seine Füße kaum mehr trugen. Das Opfer des Iren wirkte als weitere treibende Kraft, und wenn er anhielt, so nur um seine Beinmuskeln zu massieren, bevor er weiterlief. Als er zum Fluß kam, fürchtete er die Brücke zu verfehlen, die auf seinem Stadtplan eingezeichnet war. Als er sie gefunden hatte, beschleunigte er seine Schritte noch einmal. Nun trennten ihn keine Hindernisse mehr vom Flugplatz. Alle fünfundneunzig Sekunden dröhnte ein Verkehrsflugzeug über ihn hinweg im Anflug auf die Landebahn. Die roten und grünen Rumpflichter blinkten dem Araber dort unten die Botschaft zu, daß er auf dem richtigen Weg war.

DER Polizist, der in der Haustür des gegenüberliegenden Hauses kauerte, hörte als erster ein leises Geräusch, als würde der Türriegel im Innern von Nummer 25 zurückgeschoben. Er erstarrte in Schußposition und machte Meldung über das Funksprechgerät, das an seiner Uniform befestigt war. Sekunden später hörte er, wie es um ihn her lebendig wurde; die Kollegen machten sich ebenfalls bereit. Die Stimme des Polizeirats ertönte wie unwirklich aus den kleinen Lautsprechern: „Wenn die Männer herauskommen, schießt! Nur wenn sie die Hände oben haben und offensichtlich nicht bewaffnet sind, wartet mit dem Schießen. Auch wenn sie Geiseln bei sich haben, schießt! Unter keinen Umständen darf einer der beiden die Dunkelheit erreichen."
Die Tür öffnete sich langsam, zuerst nur ein paar Zentimeter, was dem schwitzenden Polizisten Zeit gab, sein Gewehr zu entsichern. Er hatte nur Übungsschießen mitgemacht, das letztemal vor acht Monaten auf dem Schießstand. Dann ging die Tür ganz auf und gab den Blick auf ein dunkles Rechteck frei. Jetzt werden sie herausgerannt kommen, sagte er sich, alle zugleich, die Eltern und das Mädchen voraus, die Männer hinterher. Und sein Befehl lautete zu schießen. Gott helfe uns, dachte er, den Finger fester am Abzug.
Dann sah er das Mädchen aus dem Dunkeln treten und auf den Stufen zögern. Erleichterung durchflutete ihn. Wenigstens waren sie nicht dicht hinter ihr. Das erhöhte die Chance, daß er sie nicht traf.

Flüsternd meldete er über Funk, daß sie zum Gartentor ging. Hier blieb sie wieder stehen, und die fünfzehn Gewehre, die bis dahin auf sie gerichtet gewesen waren, schwenkten auf die Dunkelheit des Einganges zurück.

Der Polizeirat, der vom Befehlswagen aus durchs Fernglas die Szene beobachtete, rief in sein Mikrofon: „Sagen Sie ihr, sie soll in die Straßenmitte gehen."

Der Polizist streckte seine steifen Beine. „Gehen Sie weiter", sagte er nervös und abgehackt, „in die Straßenmitte, und heben Sie die Hände."

Das Mädchen schien ihn nicht zu bemerken, gehorchte nur einfach den Befehlen. „Hundert Meter weiter auf der Straße ist ein Seil. Dort wartet man auf Sie. Und gehen Sie langsam."

Als sie das Seil erreichte, streckten sich ihr viele Hände entgegen, um sie zu stützen. Sie fühlte sich schwach. Erst als zwei Beamte sie zu durchsuchen begannen, wurde sie wieder lebendig und wich vor ihren Händen zurück, die ihren Körper abtasteten. „Nur eine Formalität", sagte eine Stimme hinter ihr, nahe und beruhigend. Jemand legte seinen starken Arm schützend um ihre Schultern. Sie versuchte nicht, gegen die Tränenflut anzukämpfen, die sie schmerzhaft schüttelte. Während man sie zum Befehlswagen führte, murmelte der Polizeirat: „Wir müssen sie sehr vorsichtig behandeln. Wenn wir sie jetzt drängen, verderben wir alles."

Sie führten sie in den Wagen und ließen sie sich setzen. „Sie sind Norah, nicht wahr?" fragte der Polizeirat freundlich. „Erzählen Sie uns bitte, was geschehen ist."

Sie wischte sich mit dem Arm über ihr Gesicht, schniefte und begann zu sprechen. „Er hat gesagt, Sie werden angreifen, und wenn Sie hereinkommen, schießen Sie. Sie werden ihn töten, ich weiß, daß Sie ihn töten werden. Sie wollen ihn da drin ermorden." Die Gesichter der Zuhörenden blieben unbewegt, sie zeigten keine Reaktion auf ihre Worte. „Ich konnte ihn nicht sterben sehen, nicht so. Er ist verletzt, hat eine schreckliche Wunde, er blutet..., und ich mußte ihm das Blut abwaschen. Jetzt schläft er, jedenfalls schlief er, als ich weggegangen bin. Er ist oben, in dem kleinen Zimmer zur Straße hin. Mein Zimmer. Dort liegt er auf dem Bett. Schläft. Er weiß nicht, daß ich hier bin. Er würde mich umbringen..." Sie fing wieder an zu weinen, und ihr Kopf sank auf ihre schmale Brust herab.

Der Polizeirat sprach sanft, väterlich und mit vertrauenerweckender Stimme. „Hören Sie zu, Norah, denn das ist sehr wichtig, wenn wir helfen sollen. Sie müssen uns sagen, wo im Haus der andere Mann steckt. Der auf Ihrem Bett ist der Ire. Wo ist der andere, der Araber?"

Sie hätte am liebsten laut herausgelacht. Es war gekommen, wie McCoy gesagt hatte. Er hatte seinem Freund einen Vorsprung verschafft. Und sie wußten es nicht, alle diese Polypen. McCoy hatte sie angeschmiert.

„Der ist schon lange fort", sagte sie. „Gleich zu Beginn. Er ist durchs Haus gelaufen. Drin ist bloß Ciaran..."

„Verfluchte Schweinerei", sagte der Polizeirat, seine Freundlichkeit war dahin. „Sie sind nicht hergekommen, damit wir Ihren Vater und Ihre Mutter retten, haben die beiden nicht einmal erwähnt. Auch nicht, um den Soldaten zu helfen, die das Haus unter Einsatz ihres Lebens erstürmen sollten. Ihnen ist nur wichtig, daß Ciaran behandelt wird. Zum Kotzen ist das."

Sie war jetzt mit sich zufrieden. Trotz stieg in ihr auf.

„Wo ist der Araber?" Ohne Umschweife barscher Ton.

„Das hat er nicht gesagt. Er ist seit Stunden fort." Triumphierend fügte sie hinzu: „Ciaran sagt, das Ganze war nur, um Zeit für ihn zu gewinnen."

„Wie lange kennen Sie diesen McCoy schon?"

„Zwei Wochen."

„Und Sie wußten, was er getan hat?"

„Ja." Und sie lächelte.

Ein hübsches Gesicht, dachte der Polizeirat. Vernagelt, wie sie alle sind, wenn sie ihren McCoy treffen. Die übliche Tour. Er stieg aus dem Wagen und begann die Menschenjagd zu organisieren, die im Morgengrauen beginnen sollte.

DAS gesprungene Brett auf der Treppe, das Norahs Vater schon lange reparieren wollte, verriet Ciaran McCoy, daß jemand heraufkam. Unwillkürlich fuhr er hoch, aber der wilde Schmerz warf ihn sofort wieder zurück, und im gleichen Augenblick bemerkte er, daß das Mädchen fort war. Er befühlte das Kissen, die Schuhe und die Illustrierten, die ihm bestätigten, was er schon wußte. Von der Treppe her hörte er Geflüster, dann dröhnende Schritte. Der Augenblick des Angriffs. Er hatte eine Sekunde Zeit, um sich zu entscheiden, ob er das Gewehr heben oder sich ergeben sollte, konnte aber keinen klaren Gedanken fassen. Als der Feldwebel zur Tür hereinkam, den Finger am

Stecher seiner Sterling-Maschinenpistole, lag McCoy, wie er geschlafen hatte, ungefährlich und mit gesenktem Gewehr. Daß er die ersten drei Sekunden überlebte, verdankte er der guten Ausbildung des Feldwebels und dessen richtiger Einschätzung der hingestreckten Gestalt, des ins Leere zeigenden Gewehrlaufes und der harmlos auf der Bettdecke liegenden Handgranaten.

Und dann kamen die andern herein, drei, vier, fünf weitere, und schauten von oben auf McCoy herunter. Sie fuhren mit den Händen über seine Hose, tasteten ihn nach weiteren Waffen ab, hoben ihn hoch und rissen die Matratzen weg. Als sie ihn wieder niederlegten, lag er auf den nackten Sprungfedern.

Ciaran sah zu, wie sie das Zimmer rasch und gründlich durchsuchten. Ende des Weges, lieber Ciaran, aber nicht das in seiner Phantasie ausgemalte Ende. Er hatte gemeint, sie würden schießen, hatte sich geschmeichelt, sie würden den großen Ciaran nicht lebend fangen können, weil er ein viel zu toller Kerl war, um einfach auf diese Weise abzutreten.

Aber jetzt machte es ihm nichts mehr aus. Wenn man so erschöpft ist, schert man sich den Teufel darum, was geschieht, man empfindet nur noch Erleichterung, daß es vorbei ist. Und der Araber hat seine Chance bekommen, alles noch einmal von vorn zu beginnen, der arme kleine Idiot.

Der Hauptmann beugte sich über ihn. „Holt den Arzt herauf."

Durch die Tür konnte McCoy die Stimmen von Norahs Eltern hören, die tröstenden Zuspruch suchten. Dann kam der Arzt.

„Wohl schon öfter solche Dummheiten gemacht?" Die Hand des Arztes fühlte den Puls, aber seine Augen musterten die geheilte Wunde an McCoys linker Seite.

„Sie können ihn abtransportieren", sagte der Polizeirat. „Aber warten Sie mit Betäubungsmitteln. Er muß erst verhört werden."

Vater und Mutter standen am Treppenabsatz, als die Bahre hinausgetragen wurde. McCoy hörte die Mutter mit weinerlicher Stimme fragen: „Was ist mit unserer Norah? Was hat er ihr angetan?"

Ihr werdet es bald genug erfahren, dachte er und hätte gelacht, wäre der Schmerz nicht gewesen. Draußen auf der Straße fragte er sich immer noch, warum sie ihn verraten hatte. Jetzt richtete sich der Scheinwerfer eines Fernsehwagens auf ihn. Zieh die große Schau ab, McCoy! Er brüllte: „Hoch die Provos!", und der Polizist am einen Ende der Bahre gab ihr einen Ruck, daß ihn jäh eine Welle heftiger Schmerzen durchzuckte. Schweine! Der verdammte Araber würde schon noch dafür sorgen, daß ihnen das siegessichere Grinsen verging. Dann verlor er das Bewußtsein.

DAS Apartment war leer, als Jimmy heimkam. Helen war nicht da und auch nicht dagewesen. Er konnte ihr keine Vorwürfe machen, sie wußte ja nicht, wann er auftauchen würde und wie müde er wäre. Wenigstens brauchte er ihr nichts von dem Wagen erzählen, ihrem Stolz und ihrer Freude... der nun in Rauch aufgegangen war.

Jimmy schraubte eine Flasche mit dem billigen Whisky auf. Zwei Finger hoch für den Anfang, vier Schlucke, sie brannten ihm ordentlich in den Eingeweiden. In einen Sessel gelümmelt, mit offenem Kragen, griff er nach der Flasche, um sich ein zweites Mal einzuschenken. Er war so müde, wollte alles vergessen. Das hätte dein Tag sein sollen, Jimmy, und da spielt sich Jones als Vorgesetzter auf und schickt dich vorzeitig heim.

Zuerst war das Klingeln des Telefons nur eine Begleitmusik zu seinen Gedanken. Es brauchte eine Weile, um sich nachdrücklich genug bemerkbar zu machen, und selbst dann überlegte er noch, ob er abheben solle. Aber die Disziplin siegte.

„Hallo Jimmy, Jones am Apparat. Hier draußen ist alles erledigt."

„Gratuliere." Das Wort kam etwas zögernd.

„Nicht wie du denkst, Jimmy. Wir haben McCoy. Aber der Araber ist fort. Auf freiem Fuß."

„Also kein so glorreicher Erfolg. Wer von diesen großartigen Spezialisten hat ihn entwischen lassen?"

„Er ist getürmt, während du da warst, laß also die Sticheleien."

„Ich war schließlich ganz allein, konnte nicht das ganze Haus bewachen. Vorn ist er nicht herausgekommen." Verdammt! Ihn jetzt zum Sündenbock zu machen!

„Niemand kritisiert dich, Jimmy. Ich stelle nur die Tatsachen fest. Er ist verschwunden mit fünf Stunden Vorsprung. Wir halten die Chirurgen von McCoy fern, bis er uns sagt, was der Araber vorhat. Komm ins Krankenhaus, jetzt gleich."

„Du hast andere, die das tun können."

„Jimmy, hör auf zu maulen. Scotland Yard ist dort. Ich fahr jetzt hin. Dir habe ich einen Wagen geschickt. Steck den Kopf unter dèn Wasserhahn, und sei in zehn Minuten an der Haustüre. Ich möchte, daß du mit McCoy sprichst."

Jimmy wußte, warum er gerufen wurde. Das war echt Jones, wie er sich das zusammenreimte. Wer würde auf der gleichen Wellenlänge wie der Ire sein? Kein Bulle, kein gescheiter Typ vom Geheimdienst, nicht der gute alte Jones selber. Nur ein anderer Schurke. Steck zwei hungrige Ratten zusammen in das gleiche Loch. Zwei Rotaugen, die um das gleiche Revier kämpfen.

JIMMY erwachte aus seinem Halbschlummer und setzte sich auf, als der Wagen durch die große Einfahrt in den Hof des Krankenhauses einbog. Er bereute den Whisky jetzt. Wild drehte sich alles in seinem Kopf. Das Morgengrauen begann, und der Gebäudekomplex aus dem vorigen Jahrhundert hob sich massig gegen das erste Dämmerlicht ab. Noch bevor er ausstieg, sah er den Polizeitransporter. Jones, der schon auf ihn wartete, bemerkte Jimmys Zustand sofort und zuckte zusammen.

,,Wir haben nicht lange Zeit. Die Chirurgen sind schon ungeduldig. Wollen ihn unters Messer kriegen. Die Polizei hat nichts aus ihm herausgebracht. Er lacht sie aus. Er ist schwach, wird aber wohl mit dem Leben davonkommen. Hält sich für was Besonderes, vermutlich eine Wirkung des Morphiums." Jones führte Jimmy durch die Korridore, über die Treppe in den ersten Stock und zum Stationseingang.

,,Höchstens fünfzehn Minuten", sagte Jones. ,,Wir gehen zusammen hinein, ich schreibe mit, du brauchst ihn bloß zum Sprechen zu bringen."

Als Jones und Jimmy das kleine Einzelzimmer betraten, saß eine Schwester bei McCoy und wartete, bis sie ihm das Thermometer aus dem Mund nehmen konnte. Nachdem sie das Ergebnis auf dem Krankenblatt eingetragen hatte, ging sie auf den Korridor hinaus. Der Kriminalbeamte, der ebenfalls im Zimmer gesessen hatte, folgte ihr. Jimmy setzte sich auf das Fußende des Bettes, Jones auf den frei gewordenen Stuhl.

Jimmy rieb sich die Nase. ,,Ich heiße Jimmy", sagte er. ,,Ich bleibe hier, bis wir mit dir fertig sind. Erst wenn wir geplaudert haben, wirst du zusammengeflickt. In zehn Minuten, zehn Stunden, zehn Tagen..."

,,Aber der Arzt hat doch gesagt...", protestierte McCoy schwach.

,,Die Medizinmänner kommen erst wieder rein, wenn wir es bestimmen, McCoy. Wir haben Zeit in Hülle und Fülle. Du nicht."

McCoy drehte den Kopf so weit, daß er Jimmy in die Augen sehen konnte. Sie waren graublau und mitleidslos. Ein Mann wie der in Armagh, der für die Hinrichtungen zuständig war.

„Ich weiß, daß eine Kugel in dir steckt. Ich hab sie abgefeuert. Kein guter Schuß, er hätte dich töten sollen. Gestern war ich dir den ganzen Tag auf den Fersen. Warst ein gutes sauberes Ziel, wie du da am Gehsteig gestanden hast. Unheimlich schlecht, McCoy, und du willst ein Himmelhund von einem Fachmann sein. Die haben wohl Mangel an Männern in eurem Verein, was?"

Gut gemacht, mein Junge, dachte Jones. Seine Eitelkeit anstacheln.

„Am Gewehr, das war nicht ich."

„Natürlich warst das nicht du. Da kam's doch drauf an. Die Männerarbeit hast du dem Jungen überlassen, was?"

„Famy wollte schießen, dafür ist er hergekommen."

Jones begann zu schreiben. Endlich ein Name zu dem Gesicht. Aber der Name war jetzt nicht so wichtig. Sie brauchten den Mann.

„Er ist noch schlechter als du, völlig unbrauchbar", sagte Jimmy gleichgültig. McCoy begriff die Technik des Verhörs, war aber zu müde, zu angeschlagen, um seinem Gegner Widerstand zu leisten.

„Der Junge ist noch nicht erledigt."

„Nur weil er getürmt ist."

„Er wird es dir schon verdammt noch zeigen, du britisches Schwein!" Der Ire stieß es mühsam hervor. „Er ist nicht erledigt. Warum, glaubst du, bin ich zurückgeblieben? Um Zeit für ihn zu gewinnen. Er wird dich schon noch hochgehen lassen, dich und den Itzig."

Jimmy lachte laut auf und höhnte: „Er wird ihn nicht einmal zu sehen bekommen."

„Er wird ihn zu sehen bekommen und ihn erwischen. Du kannst ihn nicht den ganzen Tag einsperren. Er muß auch mal die Nase an die Luft stecken..."

„Dafür gibt es eine einzige Stelle."

„Genau", zischte McCoy. Jimmy sah ihn vor Erregung über den Wortwechsel zittern, und seine Brust bebte.

„Am Flughafen. Der kleine Mann geht die Stufen hinauf, und dein Held nimmt seine letzte Chance wahr", heizte Jimmy ihn weiter an.

McCoy fiel darauf herein. „Richtig, zum ersten verdammten Mal richtig."

Jimmy sagte nichts. Plötzlich vollkommene Stille.

McCoy kniff die Augen fest zu. Die Ungeheuerlichkeit seiner

Worte dämmerte ihm langsam, überwältigte ihn dann. Er hatte Famy
verraten. Ciaran McCoy, Offizier der Irisch-Republikanischen Armee, hatte ihn verraten.

„Heilige Mutter Gottes, vergib mir." McCoys Lippen bewegten
sich kaum. Noch nie in seinem ganzen Leben hatte er sich so nieder-
trächtig elend gefühlt.

Jimmy ging zur Tür und bemerkte sachlich zu Jones, der ihm folgte:
„Der Chirurg hat uns fünfzehn Minuten gegeben, wir haben vierein-
halb eingespart. Jetzt ist er mit seinen fürsorglichen Händen an der
Reihe. Hoffentlich ist das Messer stumpf."

DAS erste bleiche Licht begann sich auszubreiten, als Famy in die
Außenbezirke von Heathrow kam. Jetzt, da er allein war, erfüllte ihn
neue Zuversicht, schon wegen der neuen Kleider – Blue jeans und einem hellgrünen Hemd, die eine Hausfrau über Nacht auf der Leine im
Garten hatte hängen lassen. Ein Glücksfall, der Famys Steckbrief
mangelhaft machte.

Famy wußte, daß es gefährlich war, zu weit in das Gebiet des Flugplatzes einzudringen, bevor er sich eine ausreichende Tarnung verschafft hatte, wie er sie später brauchen würde. Die Einzelheiten hatte
er sich unterwegs überlegt. Er mußte bereit sein, wenn die erste EL-
AL-Maschine landete. Sicher würden sie Sokarev mit dem nächsten
Flug nach Hause schicken. Das ließ sich leicht feststellen, wenn er
erst einmal dort war. Man mußte nur geduldig sein und die Augen
offenhalten – nach den harten Gesichtern der Sicherheitsbeamten aus-
schauen, die ihm zeigen würden, daß die Beute nahe war.

In ihren Zelten zwischen Buschwerk und Felsen erwachten jetzt
seine Waffenbrüder aus dem Schlaf, in dem sie von einer Chance wie
der seinen geträumt hatten. Ein neuer Tag brach für das Lager an, wie
auch für die Juden in Beersheba. Alle würden seinen Namen nennen,
wenn der Abend kam, die einen mit Bewunderung, die andern mit
Abscheu. Der Schlag, den er vorbereitete, würde viele Millionen aus
ihrer Behaglichkeit aufscheuchen und denen, die auf der andern Seite
des Stacheldrahts und der Minenfelder wohnten und sehnsüchtig hin-
überblickten, Hoffnung und Mut bringen. Erregung, die an Glück-
seligkeit grenzte, ließ sein Herz höher schlagen.

Seinerzeit im Libanon hatten sie ihn auf den Tunnel aufmerksam
gemacht, der in das Innere des Flughafenkomplexes führt, hatten ihm
Aufnahmen gezeigt, auf denen der Fußweg zu sehen war, der von der

Fahrbahn getrennt ist. Bei Sicherheitsmaßnahmen konnte dieser Fußweg sehr leicht überwacht werden. Nicht weit von der Tunneleinfahrt sah er eine ungeordnete Menschenschlange auf einen Bus warten, braungesichtige indische Arbeiter in Turban und Sari, von denen viele ihre Arbeitskleidung in Taschen trugen, die der seinen sehr ähnelten. Verschaff dir Zugang, wo immer du es unbemerkt tun kannst, hatten sie ihm gesagt; dabei kommt es auf Tarnung an.

Als er sich jetzt zu den Wartenden stellte, unterschied er sich nicht von den unzähligen Einwanderern, dem unentbehrlichen Fußvolk des Flughafens, auf dem Weg zu einem neuen Arbeitstag mit Waschen, Fegen, Säubern. Der Bus würde ihn zu den zentralen Flughafengebäuden bringen. Dort mußte er sich nach den Kantinen und Aufenthaltsräumen umsehen, wo sich die Arbeiter in den Pausen versammelten, und nach einem Mann, dessen Arbeit, Aussehen und Identitätskarte ihm den Zugang zur Rollbahn ermöglichten, wo der Jet aufgetankt und beladen wurde.

Einen Mann, nur einen von so vielen, die dort arbeiteten, einen einzigen brauchte er.

Der Bus fuhr entsetzlich langsam durch den Tunnel. Es wurde nur wenig gesprochen. Die Arbeiter, in sich gekehrt und stumpf, hatten weder die Kraft noch den Wunsch, sich gegen ihre Erniedrigung aufzulehnen, dachte er. Ohne jede Initiative und Hoffnung begannen sie einen neuen Tag niedergeschlagener Blicke, stammelnder Unterwürfigkeit, fern der eigenen Heimat, aus der man sie herbeibefohlen hatte, damit sie hier dienten. Armselige Menschen, ohne Famys Kraft, nicht imstande, gegen das System zu rebellieren, Sklavenseelen. Und sie würden seine Mission und das, was er auch für sie zu erreichen versuchte, nicht verstehen, unfähig zu begreifen, daß die M 1 und ihre todbringende Wirkung ebenso für sie den Durchbruch bedeutete wie für alle jene Mehrheiten, die Reichtum und Chancen entbehrten. Sie waren Ausgestoßene, diese Menschen, genau wie die Palästinenser, ohne Heimat, ohne Felder, ohne Herden. Du kommst ins Träumen, Famy, dazu wird morgen Zeit sein, morgen... aber nicht heute.

Famy folgte den Männern, als sie die Haltestelle verließen. Der Strom führte ihn zu den geöffneten Doppeltüren eines roten Ziegelgebäudes, über dem der achteckige Kontrollturm aufragte. Zu beiden Seiten des Eingangs waren Schilder: Kantine und Eingang nur für Flughafenpersonal, aber keine Kontrollen. Er war einer von den vielen Namenlosen, die dazugehörten, das war gut. Hier würden sie ihn nicht suchen.

Jetzt, ohne den Iren, hatte Famy keine Spur von Angst mehr. Diese Zuversicht ist von entscheidendem Wert für den Attentäter. Der Mörder muß an seine Überlegenheit ebenso wie an sein gottgegebenes Recht zur Vergeltung glauben. Hätte jemand das fremde Gesicht am Tisch beim Fenster beachtet, hätte er darin einen Ausdruck großer Zufriedenheit festgestellt. Famy war jetzt gefährlicher als je zuvor seit seiner Landung in England. Er war mit seiner Mission im reinen, war bereit zu töten.

Auf der Great West Road, die von Windsor nach London führt, sammelten sich riesige Kolonnen hinter dem Militärkonvoi. Drei Züge einer Kompanie, Grenadiergarde, Lastwagen, Landrover, Panzer verschiedener Typen. Insgesamt vierhundert Mann mit Gewehren, automatischen Waffen und Raketenwerfern. Sie sollten einen einzelnen Mann vor der Bedrohung durch einen ebenfalls einzelnen schützen.

Polizeiverstärkungen wurden aus dem Stadtbereich und dem Themsetal zusammengezogen. Um neun Uhr morgens würde der Umkreis des Flughafens abgeriegelt, die Zufahrten unter Bewachung, die Rollbahn von Patrouillen kontrolliert sein. Der Premierminister hatte zu der Operation seinen Segen gegeben. Sperrt den Araber aus, verschließt jede Ritze, jede Gelegenheit zum Angriff.

Durch das Fenster beobachtete Famy den Aufmarsch. Es belustigte ihn. Ein einzelner gegen so viele. Und keiner war da, der den glorreichen Augenblick mit ihm teilen würde. Nach einer Weile wurde er es müde, der Betriebsamkeit seiner Feinde zuzuschauen. Er holte sich eine Tasse Kaffee und ein Käsebrötchen.

Die Vorgänge vor dem Fenster hatten sein Selbstvertrauen gestärkt. Vom Nebentisch nahm er eine liegengebliebene Zeitung und las einen Bericht über die Vorgänge am gestrigen Abend. McCoy war zwar verwundet, würde aber am Leben bleiben. Famy war „auf der Flucht, vermutlich unter Rauschgift, ein Fanatiker". Die Öffentlichkeit wurde aufgefordert, die Polizei anzurufen, wenn er irgendwo auftauchte. Daß sie ihn nicht verstanden, versetzte ihn in Wut. Kein Wort von Palästina, kein Wort von der Atombombe, kein Wort von den Lagern und all dem Leid. Warum, glauben sie, sind wir bereit zu sterben?

Ahnungslose Dummköpfe! Ist uns der Tod etwa ein Vergnügen? Kann in unserm Tun nicht auch Vernunft und Sinn liegen? Können wir nie im Recht sein? Und dann verflog sein Zorn. Auf einer der mittleren Seiten war ein Bild seines Opfers, ein neueres, genaueres als der Schnappschuß, den er im Libanon gesehen hatte. Jetzt konnte er das Gesicht studieren. Diesmal mußte er Sokarev auf Anhieb erkennen, denn er würde, von Männern umgeben, eilends im Flugzeug verschwinden.

Er würde ihn erkennen. Wie schnell er auch lief, er würde ihn erkennen.

DER Alkohol, den Jimmy in den frühen Morgenstunden getrunken hatte, brauchte länger, als ihm lieb war, bis er im Blut abgebaut war. Er hatte rasende Kopfschmerzen und wünschte nichts, als sich hinzulegen. Aber nein, er hatte bei Sokarev zu sein, wieder auf seinem Posten, und Befehle entgegenzunehmen.

Der Beamte vom Sonderdezernat in der Hotelhalle nickte grüßend und meldete über sein kleines Funkgerät, daß Jimmy in den Lift gestiegen sei. Im vierten Stock trat ihm ein Mann entgegen, den er noch nie gesehen hatte, und versperrte ihm den Weg. Jimmy tastete nach der Brieftasche und suchte seinen Ausweis. Der Beamte war frisch rasiert und trug ein sauberes Hemd zur Uniform. Und du, Jimmy, siehst verboten aus.

Er fand die Karte, der Polizist prüfte sie und ließ ihn passieren. Männer an den beiden Zimmertüren wiederholten die Prüfung. Verdammte Polypen.

Elkins Begrüßung war kalt. „Wir haben die Führung übernommen. Jeder Plan muß von uns genehmigt werden. Nach den Ereignissen der letzten Nacht treffen wir jetzt die Entscheidungen."

Jimmy hatte die Auflehnung nicht so rasch erwartet. „Sie werden die Entscheidungen treffen, wenn Sie in dem verdammten Flugzeug sind."

„Wir haben sie Ihnen überlassen, und das wurde ein Fiasko."

„Man wird Ihnen sagen, was zu geschehen hat, und wenn es Ihnen nicht paßt, können Sie zu Fuß zum Flugplatz gehen." Wenn Jimmy laut sprach, dröhnte es in seinem Schädel wie in einer Schmiede. Solche Kindsköpfe! „Beruhigen Sie sich doch." Er sprach wie ein Mann, der einen häuslichen Streit beenden will. „Haben Sie heute nacht geschlafen?"

Elkin schüttelte den Kopf. Jimmy sah, daß er geweint hatte. „Wir haben den Iren. Der andere will sich am Flugplatz wichtig machen, wenn Ihr Mann heute nachmittag abfliegt. Da wird er sich schwertun. Unsere Hinfahrt wird gerade ausgetüftelt. Sie sollten sich noch aufs Ohr legen, bis wir verständigt werden."

Elkin ging zum Bett zurück und setzte sich schwerfällig nieder. Jetzt wird er versuchen, wach zu bleiben, und es nicht schaffen, dachte Jimmy. Der arme Kerl traut uns nicht. Warum sollte er auch? Jimmy zog seine Jacke aus, nahm die Pistole aus der Schulterhalfter und steckte sie in den Hosenbund, bevor er sich in einen brokatbezogenen Sessel fallen ließ.

Auf der andern Seite der Verbindungstür schlief David Sokarev. Aus irgendeinem Grund erhob sich Jimmy, klinkte die Türe auf und spähte durch einen schmalen Spalt ins Zimmer. Da lag er, der Welt entrückt, erdenfern. Möge ihn das Schlafmittel dort halten, ihn den ganzen Wirbel vergessen lassen. Ein weiches, wehrloses Gesicht hatte er.

Am späten Nachmittag, wenn Sokarev fort war, konnte Jimmy endlich zu seinem Mädchen zurückkehren. Aber er würde in lausiger Form sein.

FAMY hatte die Männer gemustert, die im Lauf des Morgens in die Kantine kamen. Es war schon fast Mittag, als er endlich den Mann entdeckte, den er brauchte, einen Inder, etwa einsachtzig groß, schlank, Anfang Zwanzig. Ein Turban, gut, der lenkte von den Gesichtszügen ab. Der weiße Overall war voller Ölflecken und trug vorne die Aufschrift BRITISH AIRWAYS. Ein Servicemonteur, der an den Motoren arbeitete, wenn die Maschinen auf den Rollbahnen standen, den großen offenen Betonflächen. Famy hatte sich lange mit dem Problem des Zuganges beschäftigt. Hier war die Rolle, in die er schlüpfen mußte, die ihm den Einlaß in für gewöhnliche Angestellte gesperrte Bereiche verschaffte.

ALS der Wagen die Downing Street verließ, war die Hauptsorge des israelischen Botschafters geschwunden. Er hatte seinen Sicherheitsattaché zur Besprechung mit dem Premierminister mitgenommen, ihn jedoch vor der schweren Eichentüre zum Privatbüro warten lassen. „Der Premierminister hat mir erklärt", sagte der Botschafter zu seinem Begleiter, „daß seine Regierung in keiner Weise beschuldigt werden könne, die Sache nachlässig behandelt zu haben. Dem kann ich nicht widersprechen. Er selbst hat die Weisung erteilt, daß man einen Angriff auf das besetzte Haus vorbereitete und daß die Sicherheit der Geiseln als zweitrangig zu betrachten sei. Es trifft auch zu, daß sie beim Verhör des festgenommenen Mannes rasch Erfolg hatten. Ich wurde davon unterrichtet, daß der Araber ein neues Attentat am Flughafen versuchen will."

Der Sicherheitsattaché war an diplomatischen Phrasen nicht interessiert. „Was planen sie für den Flugplatz?" fragte er.

„Sie haben an die tausend Mann ihrer Sicherheitskräfte aus Armee und Polizei nach Heathrow beordert. Der Araber ist im Besitz einer M 1 mit einem maximalen Wirkungsbereich von dreihundert Metern. Daher will man um das Düsenflugzeug eine Absperrung mit einem Radius von vierhundert Metern errichten. Niemand, außer genau überprüftem Personal, unsern eigenen Leuten und den Sicherheitskräften, darf dieses Gebiet betreten. Das Flugzeug wird schon startbereit sein, wenn Sokarev einsteigt –"

„Wie wird er zum Flugplatz gebracht?"

„Mit einem Autokonvoi. Sie behaupten, der Araber könne unmöglich feststellen, welchen der vielen Eingänge zum Flughafen man benutzen werde. Außerdem hoffen sie, daß die Machtdemonstration den Mann abschrecken wird. Wenn dann Professor Sokarev heil in der Luft ist, wollen sie sich auf seine Gefangennahme konzentrieren."

„Wieder sind wir nicht zu Rate gezogen worden." Der Attaché sagte es gleichmütig.

„Man hat mich zu Rate gezogen."

„Sie sind nicht genügend Fachmann, um Fehler in dem Plan zu erkennen."

„Das ist beleidigend. Wo sind die Fehler, vor denen Ihre Erfahrung Sie warnt?" Messerscharfer Sarkasmus von seiten des Botschafters.

„Wie kann ich das sagen, ohne den Plan gesehen und Alternativen diskutiert zu haben und ohne über mögliche Notmaßnahmen unterrichtet zu sein."

Der Botschafter schwieg und dachte nach, worauf er sich vor wenigen Minuten eingelassen hatte. Karriere, Zukunft, Beförderung in eine Dauerstellung im Jerusalemer Ministerium – alles konnte von der Übereinkunft mit dem Premierminister abhängen. Auch der Attaché schwieg. Er hatte seinen Standpunkt klargemacht. Die Engländer würden ihr möglichstes tun. Nur waren sie keine Experten. Allein die

Israelis hatten Erfahrung in der neuen Wissenschaft der Terrorbe-
kämpfung. Stolz auf ihre Integrität, ließen sie sich das Recht auf eigene
Entscheidungen – und eigene Fehler – nicht streitig machen. Köder,
Hubschrauber oder Militärmaschinen waren gar nicht erwogen worden. Begriffen die Engländer überhaupt die Findigkeit eines Attentä-
ters, der bereit ist zu sterben, wenn er nur an sein Opfer herankommt?
Er bezweifelte es, und bei diesem Gedanken bekam er Magenkrämpfe.

MOHAN SINGH war glücklich, daß ihm jemand Gesellschaft leistete.
Es kam selten vor, daß er sich während seiner frühen Mittagspause unterhalten konnte. Er erzählte dem Fremden von seinen Problemen,
seiner Familie – Frau und drei kleinen Kindern – und wie sie in zwei
Zimmern im Haus eines Onkels wohnten. Er achtete nicht darauf, daß
der andere kaum antwortete, nur nickte und lächelte.

Es war nicht viel Zeit, Famy wußte das. Wie viele Minuten noch,
bevor der Inder zur Arbeit zurückkehrte? Famy ging zur Theke, holte
zwei weitere Tassen Kaffee und stellte die eine mit einer einladenden
Kopfbewegung vor dem Sikh auf den Tisch. Die klare eiskalte Gewißheit, daß er diesen Mann töten würde, beunruhigte ihn nicht.
McCoy hätte es besser gemacht, aber der hatte sich geopfert, und er
durfte sein Vertrauen nicht enttäuschen.

Der Mann stand auf. „Ich muß zur Arbeit zurück. Es ist –"

Famy fiel ihm ins Wort. „Kannst du mir noch rasch den Waschraum
zeigen?"

„Gern. Er ist schwer zu finden, wenn man hier neu ist."

Sie gingen zusammen durch den Korridor, um zwei Ecken herum
und kamen zur Türe. „Hier ist er." Der Inder lächelte und wäre umgekehrt, aber Famy sagte beim Hineingehen rasch: „Ich würde dich
gerne wiedersehen. Wo können wir uns treffen?"

Und Mohan Singh folgte ihm, während er antwortete, aber Famy
hörte nicht zu, er sah sich im Raum um. In einer der Toiletten war ein
Mann. Er würde sicher bald fortgehen.

Famy drehte an einem der Becken den Wasserhahn auf und sagte
über die Schulter: „Warte einen Augenblick."

Als er im Spiegel sah, daß der Mann aus der Toilette zur Tür hinaus-
ging, schüttelte er das Wasser von den Händen und wirbelte herum.
Sein Vorderarm traf mit einem heftigen Schlag den Adamsapfel des
Inders. Ein gurgelnder, erstickter Aufschrei, ein erstaunter Blick, dann
brach er zusammen.

Schlaff und widerstandslos wurde er von Famy in die hinterste Toilette gezogen. Noch war er nicht tot, mußte aber getötet, zum Schweigen gebracht werden. Famy zerrte ihn, mit dem Kopf voraus, so weit hinein, daß er die Türe schließen konnte. „Besetzt", würde das Schloß jedem Benutzer verkünden.

Famy hob den Kopf des Inders, nahm den Turban ab und hängte ihn vorsichtig auf den Haken an der Tür. Er achtete darauf, daß er ihn nicht in Unordnung brachte, denn er hätte ihn nicht wieder binden können. Dann zog er den Reißverschluß des Overalls auf und schälte den Mann heraus. Weder Overall noch Turban durften beschmutzt werden, wenn sie ihren Zweck erfüllen sollten. Und jetzt war er soweit. Mit erschreckender Zielstrebigkeit und langsamen gemessenen Bewegungen machte er sich ans Werk.

Er packte den Kopf des Mannes und schmetterte ihn mit aller Kraft einmal, zweimal, dreimal gegen den harten weißen Toilettenrand. Schwere, tödliche Verletzungen wollte er ihm zufügen und erreichte seinen Zweck.

Er ließ die Leiche in kniender Stellung und mit dem Kopf tief in der Toilettenschüssel zurück, nachdem er seine blutigen Hände am Unterhemd des Inders abgewischt hatte. In der Brusttasche des Overalls fand er die plastikbezogene Identitätskarte und las den Namen des Mannes, den er für die Sache Palästinas hingerichtet hatte. Drei Minuten später hatte er den Overall angezogen, kletterte über die Trennwand in die nächste Toilette und eilte zu den Waschbecken. Dort wusch er sich mit flüssiger Seife gründlich die Hände, prüfte im Spiegel, ob der Turban gerade saß, und nahm seine Tasche auf, die er unter dem Becken hatte stehenlassen.

Draußen im Korridor schaute Famy auf seine Armbanduhr. Die erste EL-AL-Maschine mußte bald landen. Dann verging etwa eine Stunde mit dem Auftanken. Er hatte weit zu gehen, und jeder Schritt war gefährlicher als der vorige. Der unwiderrufliche Anfang war gemacht, zum erstenmal hatte er mit seinen eigenen Händen und freiem Willen getötet.

Der Turban, dieses beengende Kennzeichen einer Identität, die er nicht gänzlich annehmen konnte, war ungewohnt auf dem Kopf. Der bauschige Overall erwies sich als gut, er verbarg Famys Gewehr, das jetzt, mit dem Lauf nach unten, vorne in seinem Hosengurt steckte. Einer der Ratschläge, die man ihm gegeben hatte, lautete: Verstecke eine Waffe vorn am Körper, abgetastet wird immer seitlich. Die

Handgranaten zu verbergen wäre schwieriger gewesen, hätte der Inder nicht eine kleine Brotbüchse in der tiefen Hosentasche bei sich gehabt. Sie ließen sich gut in das Pergamentpapier wickeln, in das die unbekannte Frau die Brote für ihren Mann eingepackt hatte.

Famy ging dreist zur Sperre zwischen zwei gewaltigen Bauten – Abflug zur Rechten, Ankunft zur Linken –, die zusammen Terminal Nummer drei bildeten.

Geradeaus war die Schranke mit einer rot-weißen, großen und unmißverständlichen Anweisung STOP. Dahinter lag der innere Bereich, in den er gelangen mußte, den nur Ladearbeiter, Mechaniker und Personal der Luftfahrtsgesellschaften betreten durften, nicht aber Passagiere. Ein Sicherheitsbeamter betätigte die Schranke von einem Glaskasten aus.

Neben der Schranke standen einige Soldaten herum, betont lässig, da sie auf ihre Schußwaffen vertrauten. Von einem einzelnen Mann drohte Gefahr. Sie hatten sein Bild und die Beschreibung seiner Kleidung im Kopf. Ein Inder im Overall der British Airways entsprach in keiner Weise dem, worauf sie achten sollten. Sie schauten in seine Tasche, aber nur flüchtig, und lachten, als er mit nervöser, sich überschlagender Stimme – die sie für eine Eigenheit seiner Heimat hielten – fragte, ob er seinen Turban abnehmen solle.

Als sie ihm winkten weiterzugehen, rief er ihnen zu: „Viel Glück."

Dafür hatten sie nur ein höhnisches Grinsen übrig. Tausend gegen einen. Wer würde da wohl Glück brauchen?

Seinerzeit im Lager hatten sie ihm eingeschärft, daß die EL-AL-Maschinen immer in weiter Entfernung von den übrigen Flugzeugen abgestellt würden, vor Flugsteig sieben, hatten sie gesagt. Daß dort Soldaten und ein Panzerfahrzeug in Bereitschaft standen, bestätigte diese Angaben. Er pries ihre Gründlichkeit. Hierher würde Sokarev kommen. Als er den Platz vor Flugsteig sechs überquerte, auf dem einige riesige Boeing 747 standen, kamen noch mehr bereitstehende Sicherheitskräfte in Sicht: Polizei, Soldaten, Hunde, weitere Panzerwagen, schußbereite Maschinengewehre, die sich dunkel gegen den Himmel abhoben. Feuerkraft, Schlagkraft, Vernichtungskraft, alle wegen Abdel-el-Famy aufmarschiert. Ein Mann, über den dieses Aufgebot an Macht und Schnelligkeit hereinbrach, sah keinen neuen Tag mehr. Seine an den Körper gepreßte M 1 konnte sich mit den gegen ihn aufgebotenen Waffen nicht messen. In der trockenen Hitze des Lagers war es leicht, von Krieg zu reden und den Männern zum Abschied zu-

zuwinken, die ohne Hoffnung auf Wiederkehr fortgingen. Aber was für ein Krieg war das? In einer fernen, fremden, verhaßten Welt. Ein Krieg, in dem einzig und allein durch den Tod Sokarevs ein Sieg zu erringen war. Und wenn Famy bei diesem Sieg starb, wenn die große Feuerkraft ihn traf und spurlos ausradierte... unwichtig. Vergessen. Als wäre er nie gewesen. Aber würde es denen im Lager nicht doch etwas ausmachen? Nur aus dem Erfolg kann Märtyrertum erwachsen. Er ging wie im Traum. Warum liegt uns so viel daran, daß man unser gedenkt, wenn wir den Preis kennen? Warum bemühen wir uns so sehr, daß sich unsere Freunde in Gedanken und Gesprächen an uns erinnern, wenn wir wissen, daß wir zu Staub werden? Famy konnte es nicht erklären, er sehnte sich nur danach, betrauert zu werden. Damit man sich mit Tränen an ihn erinnerte, mußte Sokarev sterben. Nur dann würden sie um ihn weinen, die jungen Männer mit den unergründlichen braunen Augen, die im Lager das Zelt mit ihm geteilt hatten.

„Wo zum Teufel willst du denn hin?" Eine schneidende Stimme durchbrach seine Phantasien. „Paß doch auf, wo du hinlatschst."

Famy erstarrte. Entdeckung, Katastrophe.

Eineinhalb Meter vor ihm, direkt in seinem Weg, stand ein Gabelstapler. „Oh, tut mir leid", stotterte er.

„Wenn du unter das Ding da kommst, tut dir nichts mehr leid."

„Ich habe nach den Soldaten geschaut." Famy faßte sich wieder. „Das wird eine tolle Schau, wenn der Israeli kommt, mit all diesen Sicherheitsmaßnahmen."

„Doch nicht hier. Sie lassen ihn nicht hier einsteigen, die sind doch nicht blöd. Hier wird nur geladen, dann rollen sie rüber nach 28 L, vor die Abfahrtshalle für die VIPs, dort nehmen sie ihn an Bord, und nichts wie rauf und weg."

„Ich habe nicht gewußt, daß es einen eigenen Bereich für VIPs gibt", klopfte Famy auf den Busch.

„Der neue, den die Queen benützt, wenn sie nach Balmoral fliegt, und wo sie auch Kissinger abgesetzt haben, gleich neben der Frachthalle."

„Tut mir leid, daß ich dir im Weg war." Famy lächelte und ging auf ein Flugzeug der British Airways bei Flugsteig sechs zu.

Mehrere Lastwagen hielten unter seinem Rumpf. Einer davon würde ihn wohl mitnehmen, wenn er sagte, er werde dringend in der Frachthalle verlangt.

ELFTES KAPITEL

JIMMY fuhr beim Klang von Jones' Stimme aus seinem kurzen Schlummer auf. Elkin, Jones und der Sicherheitsattaché studierten einen Stapel maschinenbeschriebener Blätter.

Jones nickte ihm zu, nicht gerade herzlich, nahm ihn sozusagen nur zur Kenntnis. Er weiß, daß er mich heute braucht, morgen soll ich dann wieder in der Versenkung verschwinden. Ein flüchtiger Händedruck, und laß dich nicht wieder blicken, bis der nächste Haufen Dreck vom Teppich gekehrt werden soll. „Warum hast du mich nicht geweckt?"

„Alles schon organisiert, Jimmy", sagte Jones.

Meint wohl, das Weitere wäre ein Kinderspiel, alles in Butter, und nichts könne mehr schiefgehen. „Was ist meine Rolle in dem Stück?"

„Du fährst mit ihm zum Flughafen. Hältst ihm die ganze Zeit die Hand, schnallst ihn im Flugzeug an. Im letzten Augenblick, bevor sie den Laden dichtmachen, haust du über die vordere Treppe ab. Sehr einfach."

„Wo steigt er ein?"

„Südseite, VIP-Halle."

„Was Neues von Famy...?"

Jones schätzte es nicht, wenn man im Beisein von Fremden so wenig ehrerbietig zu ihm sprach. „Kein Wort. Aber der Flughafen ist abgeriegelt. Militär, Polizei, Panzerfahrzeuge – du brauchst dir keine Sorgen zu machen."

„Ich mache mir auch keine Sorgen. Mein Job hängt nicht davon ab, daß ich weiß, wo sich der Knilch rumtreibt."

ZAHLLOSE Angestellte arbeiten in der Frachthalle von Heathrow. Niemand würde einen Fremden bemerken. Vor einem großen Schuppen der British Airways setzte sich Famy auf seine Tasche. Er sprach mit niemandem, und keiner fragte ihn.

Soldaten hatten den weißen Holzzaun umstellt, der ihm die Sicht auf die VIP-Halle versperrte. Um in der flimmernden Hitze den glänzenden EL-AL-Jet bei Flugsteig sieben zu beobachten, mußte er blinzeln. Er konnte die Panzerwagen erkennen, und gelegentlich kamen bei ihnen die Soldaten in Sicht. Das Gewehr drückte unangenehm gegen seinen Körper. Noch lange würde er dieses Gefühl aushalten müssen, bis das Flugzeug bereit war, Sokarev an Bord zu nehmen. Eine seltsame Ruhe erfüllte ihn. Das Verlangen, sich seinen Phantasien zu überlassen, war überwunden. Erwartung des Unvermeidlichen erfüllte ihn ganz.

IN SEIN Schicksal ergeben, ließ sich Sokarev durch die Küche des Hotels hinausführen. Fünf Mann saßen mit ihm im Fond des Transporters: der Sicherheitsattaché, Jones, Elkin, der den Konvoi leitende Beamte vom Sonderdezernat und Jimmy. Keiner beachtete ihn. Als ob ich schuldig, für das Geschehen verantwortlich wäre, dachte Sokarev.

Er war müde und bemerkte auch die Müdigkeit der andern in ihren Gesichtern, an ihren Kleidern und der Art, wie sie einander anfauchten. Ähnliches kannte er von der Arbeit in Dimona, und der Gedanke, daß Müdigkeit das Denk- und Reaktionsvermögen vermindert, machte ihm angst. Das Atmen fiel ihm schwer, er brauchte Luft, öffnete den Hemdkragen und zog das Jackett aus. Alle Belüftungsschlitze des Transporters waren geschlossen. Er hätte gerne einen geöffnet, fühlte sich aber nicht berechtigt, darum zu bitten. Statt dessen saß er da und litt. Schließlich überkam ihn ein Zittern in den Gliedern, dazu ein Frösteln und Übelkeit. Und niemand war da, dem er es hätte sagen können.

Im Hof des Polizeireviers von Hammersmith wurde er in ein anderes Auto gesetzt. Eskorten fuhren voraus und hinterher, aber für den flüchtigen Beobachter nicht als solche zu erkennen. Als sie die Hochstraße erreichten, merkte er, daß ihn jemand am Ärmel zupfte.

„Achten Sie nicht auf diese Typen", sagte Jimmy. „Die haben alle genausoviel Angst wie Sie."

FAMYS ganzes Sein war auf die Bewegungen des großen Flugzeuges ausgerichtet. Über dreihundertfünfzig Tonnen schwer, rollte es, begleitet von zwei Panzerwagen, langsam die Bahn entlang. Er sah die kleinen Cockpitfenster hoch über dem Boden, hinter denen der EL-AL-Pilot und seine Besatzung saßen.

Alle hätten auch ihn sehen, aber nicht als ihren Feind erkennen können. Denk an Dani, Bouchi und McCoy. Gesichter zogen vor seinem inneren Auge vorbei, Gesichter von Freunden, von allen, die an ihn geglaubt hatten.

Das Flugzeug wurde auf den von Soldaten umstellten Platz eingewiesen, wo weitere Panzerwagen es erwarteten. Polizisten begannen umherzuhasten.

Die Soldaten standen mit den Gesichtern nach außen im Kreis. Ihre aufmerksamen Augen verrieten höchste Konzentration und Erwartung. Der nächste war kaum sechs Meter von Famy entfernt, ein Unteroffizier. Zwei schwarze Winkel am Uniformärmel, ein Schnellfeuergewehr.

Famy sah, daß er den Finger am Abzugsbügel hielt, in Sekunden war die Waffe zum tödlichen Schuß bereit. Seine Position, der Betonfleck, auf dem er stand, machte ihn zu Famys Gegner. Der Platz, der einem zufällig angewiesen wurde, entschied darüber, ob man töten oder getötet werden würde.

Der Kompaniechef sah, daß außerhalb des Soldatenkordons, vierhundert Meter vom Flugzeug entfernt, eine Reihe ziviler Lastwagen, Autos und Transporter zurückgehalten wurden. Alles mußte warten, bis der ganze Zirkus vorbei war. Keine unbefugten Personen innerhalb der Absperrung, vollkommen freies Schußfeld im Umkreis von dreihundertsechzig Grad. Nahezu vollkommen, jedenfalls. Nur der letzte Hangar des Lagerkomplexes von British Airways ragte mit einer Ecke herein und störte die Vollkommenheit des Schutzringes. Der Kompaniechef sah die Lagerarbeiter dort sitzen und herüberschauen. Sie hätten eigentlich nicht an diesem Platz sein dürfen, aber der Unteroffizier hielt sie in Schach. Nicht nötig, einen Wirbel zu machen und sie fortzuscheuchen.

Ein ordentlich gebundener, sauberer Turban leuchtete im hellen Sonnenlicht.

Der Kompaniechef wandte sich der VIP-Einfahrt zu und wartete auf den Konvoi.

DIE Wagen kamen schnell die Zufahrt herunter, Motorräder fuhren voraus. Der Gegenverkehr war in weiter Entfernung gestoppt worden.

„Gleich sind wir da", sagte Jimmy. „Der Wagen fährt direkt bis zur Gangway. Bleiben Sie nicht stehen. Zögern Sie nicht. Wenn Sie drin sind, schauen Sie nicht durchs Fenster, gehen Sie sofort zu Ihrem Sitz. Das Flugzeug wird unmittelbar starten."

Sokarev antwortete nicht. Jimmy konnte seinem alternden Gesicht ansehen, wie nervös er war: Mit fest zusammengepreßten Lippen atmete er unregelmäßig ein und aus. Armer Teufel, man wird ihn noch ins Flugzeug tragen müssen.

Der Konvoi fegte an der VIP-Halle vorbei zur Umzäunung. Die Doppelsperre zwang die Wagen zu einer S-Schleife, dann rasten sie auf das Flugzeug zu.

Während sie mit quietschenden Reifen hielten, ertappte sich Jones bei dem Gedanken, wie höchst erniedrigend und würdelos das alles war. Ein Spiel für Erwachsene, weiter nichts. Sokarev war der Einsatz bei diesem Spiel. Das riesengroße, silberne Flugzeug war jetzt zum Greifen nah. Und die Treppe stand für sie bereit.

DIE Soldaten nahmen Haltung an und signalisierten Famy damit die Ankunft. Seine rechte Hand glitt in den Overall nach dem Sicherungshebel der M 1. Sie war schon gespannt, und eine Patrone lag in der Kammer. Hundert Meter bis zur Treppe. Dazu brauchte er zwölf, dreizehn Sekunden. Alles war äußerst einfach. Wenn die Wagen in Sicht kamen, mußte er losrennen, rasch, aber im Zickzack, und schießen, wenn der Mann unten an der Treppe war. Bau auf das Durcheinander, hatten sie ihm im Lager erklärt. Wie sehr sie auch auf dich vorbereitet sind, sie werden dich doch nicht wirklich erwartet haben. Verwirrung, hatten sie gesagt, ist deine beste Waffe.

Drei Wagen bogen um die Ecke. Sofort sprang Famy auf und zog den Reißverschluß des Overalls auf. Der Unteroffizier hatte kaum die Bewegung wahrgenommen, mit der das Gewehr hervorgezogen wurde, als ihn die Kugel in den Leib traf und aus dem Weg räumte, auf dem Famy nun losstürmte.

Wie im Zeitlupentempo öffneten sich die Türen des Wagens, Männer in Zivil sprangen heraus. Sie merkten nichts! Die Überraschung war gelungen. Unsinnige Heiterkeit überkam Famy. Laufen, Haken schlagen und Ducken, immer abwechselnd, daß ihn keiner scharf anvisieren konnte. Wann kommen die Kugeln? Wieviel Zeit blieb ihm noch? Da, das Bündel in Grau, halb aus dem Wagen, gestützt von dunkler Angezogenen, widerstrebend, sie behindernd. Die erste Kugel schlug vor Famy ein. Idioten, so niedrig zu feuern. Den halben Weg hatte er geschafft. Sokarev war sichtbar, sein Kopf klar zu erkennen. Mehr Kugeln jetzt, dichter bei ihm, dazu die erste Salve eines großen Maschinengewehrs, zu weit, aber näher kommend. An der Treppe sträubte sich Sokarev gegen die Männer ringsum. Jetzt mußte er schießen.

In vollem Lauf warf sich Famy auf die Rollbahn nieder und fing den Aufprall mit Ellbogen und Knien ab. Das Gewehr lag an seiner Wange, tiefer die Kimme, tiefer das Korn! Wegen des schmerzhaften Sturzes tränten seine Augen. Der Mann in Grau wehrte sich noch immer. Famy schoß und wußte mit tödlicher Sicherheit, daß der Schuß sein Ziel verfehlt hatte, wußte es, als die ausgeworfene Patronenhülse auf den Boden klirrte. Ein Augenblick atemberaubender Stille, dann wieder das Maschinengewehr.

Nichts mehr zu sehen von Sokarev. Keine Regung vor Famy, niemand stand mehr dort. Fort, alle zusammen, wie weggewischt. Sein Ziel an der Treppe war verschwunden.

Nur vier Schüsse auf einmal, bringt man den Soldaten bei, wenn sie den Patronengurt ins Maschinengewehr einführen. Bei mehr Schüssen schwankt der Lauf zu stark und macht genaues Zielen unmöglich. Ein Treffer im rechten Fuß, zwei in der Wade, der vierte in der Hüfte. Es war, als schlage ein Mann mit einem Pickel zu, aber nicht auf eine Felswand, sondern ins weiche Fleisch. Er hielt nichts mehr in der Hand, und seine herumtastenden Finger fanden nichts als den nackten ölbeschmutzten Beton. Das Gewehr lag ein Stück vor ihm, war unerreichbar fortgeschlittert, und er lag rettungslos und ohne Hoffnung da.

Aus der Ferne ertönte ein lautes Kommando für die Soldaten; die Worte hallten in seinen Ohren wider und hatten einen seltsamen Klang.

„Feuer einstellen!"

Jones und Elkin trugen Sokarev gemeinsam die Stufen zum Flugzeug hinauf, nachdem ihn die Kraft zum Widerstand verlassen hatte.

Jimmy erhob sich von den Knien. Er hatte den Wissenschaftler zwischen Wagen und Treppe geschützt. Er ging auf Famy zu, ganz gemächlich, denn die Panik war vorbei. Ringsum richteten sich die Soldaten aus ihren Schußpositionen auf. Sie waren unschlüssig, wie sie sich verhalten sollten, und beunruhigt durch die plötzliche Stille. Sie waren so viele, und nur dieser eine ihr Gegner.

Jimmy sah, wie der Daliegende immer noch auf die M 1 starrte, die nahe und doch so qualvoll unerreichbar war. Mit einem Fußtritt beförderte er sie noch ein Stück weiter fort.

„Gar nicht übel, mein Junge", sagte er wie zu sich selbst. Famy beobachtete ihn, sein Gesicht war unverletzt. „Gar nicht übel. McCoy hat uns gesagt, daß du hierherkommst. Wir haben nicht geglaubt, daß du es so weit schaffst. Einen Schuß bist du losgeworden, aber weit daneben. Hättest besser zielen sollen, mein Junge. Aber das klappt eben nicht, wenn man so gerannt ist, jedenfalls nicht mit einer solchen Feuerspritze wie der da."

Famy bewegte die Lippen, brachte aber keinen Laut zustande.

„Dieses Ding haben sie dir gegeben, die M 1? Nicht gerade zweckmäßig. Hättest gern was Stärkeres gehabt, stimmt's, mein Junge?"

Famy nickte zustimmend. So weit er ringsum sehen konnte, kamen die Männer jetzt auf ihn zu. Jimmy zog die PPK aus der Tasche. Er sah, wie sich Famy zur Seite zu krümmen versuchte, aber die Verletzungen an Beinen und Hüfte ließen keine Bewegung zu.

„Gib dir keine Mühe, mein Junge. Du hast gewußt, worauf du dich einläßt, als du auf diese Vergnügungsfahrt gegangen bist. Hast es ja gar nicht so schlecht gemacht."

Jimmy schoß mitten in die braune Stirn. Selbst ein bewegliches Ziel traf er meistens genau. Der Knall des Schusses wurde übertönt von den Triebwerken der 747.

JONES, der neben dem Wagen stand, hatte die Szene beobachtet. Er sah die Pistole in Jimmys Hand und wandte sich ab. Er brachte es nicht über sich, bei dem Unausweichlichen zuzuschauen. Das Flugzeug nahm Kurs auf die Startbahn, und der Motorenlärm steigerte sich zu einem ohrenbetäubenden Crescendo.

„Verdammt noch mal, so ist's richtig, genau so sollte man es immer machen", sagte der Beamte vom Sonderdezernat, der Jimmy unverwandt beobachtet hatte. Jones war mit sich selbst im Widerstreit und biß sich auf die Lippen, weil er nicht imstande war, sich dazu zu äußern. Jimmy kam nun auf ihn zu, ein zufriedenes Grinsen umspielte seinen Mund. Wie ein Honigkuchenpferd, dachte Jones. Wie auch immer, Jimmy war diesmal sein Geld wert gewesen. Hat sein Honorar verdient. Und der Gedanke durchzuckte ihn immer wieder, daß sie dies ja gewollt haben, diese Politiker mit ihren Anweisungen von oben, und daß nur ihren Wünschen entsprochen wurde.

KURZ bevor die Maschine abhob, beugte sich Sokarev mühsam zu Elkin hinüber und flüsterte, er fühle sich nicht wohl.

„Machen Sie sich keine Sorgen", erwiderte Elkin. „Jetzt ist alles vorüber." Er bemerkte, daß der Wissenschaftler blaß war, daß

Schweißtropfen auf seiner Stirn standen und wie schwerfällig er nach den Frischluftdüsen über sich griff, um den Kaltluftstrom auf sein Gesicht zu lenken. Wenn sie erst einmal abgehoben hätten, würde es schon besser werden, sagte er sich und ließ sich in den weichen Sitz zurücksinken.

Zwölftes Kapitel

Anfangs war der Schmerz nur leicht und beschränkte sich auf das Zentrum der Brust. Die Übelkeit hatte zugenommen. Da Elkin neben ihm schlief, konnte sich Sokarev an ihm vorbeiwinden und zur Toilette gehen. Er erbrach sich krampfhaft und unter Qualen. Als sie das Mittelmeer überflogen, hatte sich der Schmerz verstärkt und breitete sich aus, und immer noch war Elkin nicht ansprechbar. Endlich merkte eine Stewardeß Sokarevs schlechten Zustand. Er kauerte zusammengekrümmt auf seinem Platz. Der Chefsteward fragte über den Bordlautsprecher, ob ein Arzt im Flugzeug sei.

Elkin stand jetzt im Gang und konnte dem Mann, zu dessen Schutz er bestellt war, nicht helfen, er betete, daß ein Arzt an Bord sein möge. Ein junger Mann in einem T-shirt kam aus der Touristenklasse und beugte sich über den schwer atmenden Sokarev, der jetzt über zwei Sitze ausgestreckt lag. Als er sich wieder aufrichtete, sagte er besorgt: „Er hat einen schweren Herzanfall. Hat er sich irgendwie überanstrengt?"

„Es ist David Sokarev."

„Der Name sagt mir nichts. Ich bin schon mehrere Wochen nicht in Israel gewesen."

„Die Araber wollten ihn umbringen. Seinetwegen war das Militär in Heathrow. Das alles hat ihn sehr mitgenommen."

„Er braucht Morphium", sagte der Arzt. „Und ich habe nichts bei mir."

„Der Flugkapitän soll herkommen", verlangte Elkin. „Holen Sie ihn bitte."

Der Pilot erschien, ein Mann Mitte Vierzig, in Hemdsärmeln, grauhaarig, gewohnt, Entscheidungen zu treffen. „Wir fliegen den Ben-Gurion-Flugplatz an. Beirut kommt natürlich nicht in Frage. Für Zypern ist die Maschine zu groß. Athen würde uns nur einige Minuten einsparen, und zu Hause kann er wesentlich besser versorgt werden.

Wir brauchen noch eine knappe Stunde. Alles Nötige wird am Flugplatz bereitstehen.‟

Der Arzt beugte sich wieder über Sokarev. „Er ist übergewichtig
und ein alter Mann. Nicht gesund, nicht gerüstet für solche Aufregun-
gen. Die Schweine schlagen immer zu, wenn man nicht darauf gefaßt
ist.‟

Was Elkin jetzt sagte, war unnötig und unbegründet: „Wir wußten,
daß ein Anschlag geplant war. Er auch.‟

„Und Sie haben ihn trotzdem fliegen lassen, obwohl Sie das wußten? Bei seinem Alter, seinem Gesundheitszustand?‟

„Es war eine Entscheidung von oben.‟

„Er hat keine Verletzung. Vergessen Sie das nicht. Wenn er stirbt,
dann sind Sie und Ihre Leute sich hoffentlich klar darüber, wer ihn
umgebracht hat.‟

Mit fast tausend Stundenkilometern glitt das Flugzeug durch die
Dunkelheit, Israel entgegen.

„Der Premierminister ist am Apparat.‟ Resigniert hob der Geheimdienstchef den Hörer ab. Wie er es vorausgesehen hatte, war der
Premierminister wütend, sein Ton äußerst gereizt.

„Die Sache wurde durch Ihren Mann zu einer eindeutigen Bla-
mage.‟

„In welcher Weise, Herr Premierminister?‟ Nicht einen Fingerbreit
nachgeben. Keine Entschuldigungen, kein Material für die Untersuchung liefern! Das Gespräch würde sicher auf Band aufgenommen.

„In welcher Weise? Durch das, was Ihr Mann auf der Rollbahn getan
hat. Dort draußen, vor den Augen der halben Welt.‟

„Würden Sie mir das bitte näher erklären.‟ Erst abreagieren lassen,
dann zum Gegenangriff übergehen.

„Stellen Sie sich nicht dumm. Ihr Mann hat diesen Palästinenser
hingerichtet – das einzig richtige Wort dafür –, dort draußen in aller
Öffentlichkeit.‟

„Ihre Anweisung war unmißverständlich, Herr Premierminister.
Sie erwarteten, daß der Araber das Zusammentreffen mit uns nicht
überleben sollte.‟ So, das kam auch aufs Band.

„Ich habe nicht erwartet, daß er in dieser Weise getötet wird, nicht
wie –‟

„Er hatte scharfe Handgranaten, seine Hände bewegten sich.‟

„Sie rechtfertigen Ihren Mann?‟

„Sein Gegner war noch bewaffnet und gefährlich. Unser Mann hat eine rasche und korrekte Entscheidung getroffen. Es waren weitere Leben gefährdet."

„Das bringt uns in eine gefährliche, schwierige Lage." Immer dasselbe mit diesen verdammten Politikern. Können nicht zu ihrem Wort stehen. „Und es kann sehr schwerwiegende Auswirkungen haben."

„Unserm Mann dürfte die ihm in dieser Sekunde drohende Gefahr von wesentlich größerer Bedeutung erschienen sein als mögliche diplomatische Auswirkungen."

Unvermittelt und ohne ein weiteres Wort legte der Premierminister auf. Der Geheimdienstchef wählte Jones' Nummer.

AN DIESEM Abend saß Jones noch lange allein an seinem Schreibtisch. Helen, die von dem Gespräch wußte, das er mit Jimmy geführt hatte, war mit geröteten Augen nach Hause gegangen.

Diese verdammten, beschissenen Rindviecher! Schmeißen einen solchen Mann hinaus. Sicher war er schwer zu behandeln und auch gemein, wenn ihm der Sinn danach stand, das ließ sich nicht leugnen. Aber nicht jetzt –! Er war mit der ihm eigenen Würde gegangen, hatte keinen Stunk gemacht, es einfach hingenommen und sich ins Souterrain verzogen, um seine Waffe abzugeben. Typisch für die Art, wie es hier im Amt zuging, daß der Chef es nicht selbst tun konnte, einen Untergebenen für die Schmutzarbeit brauchte. Hatte ihm gesagt, was der Premier wollte, und er hatte es ausgeführt. Jimmy auf den Müllhaufen, den besten Mann, den sie hatten!

Begriff denn keiner von diesen blöden Hammeln die neue Kriegführung? Bei der gab es keine Regeln. Man mußte die McCoys und die Famys mit ihresgleichen bekämpfen. Er würde Jimmy nie wiedersehen. Es entsprach nicht den Gepflogenheiten des Amtes, daß er mit einem Mann, den er gefeuert hatte, in Verbindung blieb. Die reichte weit zurück, Jahrzehnte, mit nächtelangen Gesprächen und vielen anderen Gemeinsamkeiten. Und jetzt war all das abgewürgt worden von einem kleinen Schweinehund aus einer Gegend namens Palästina, die es überhaupt nicht gab.

DER Ire lag bewegungslos in den frischen weißen Laken. Die Worte kamen nur langsam, als er mit schwacher Stimme den wachhabenden Polizisten an seinem Bett fragte: „Hat er es geschafft?"

„Er hat es versucht, aber nicht geschafft. Er hat einen Soldaten erschossen und auf den Israeli gefeuert. Daneben. Jetzt ist er tot, sie haben ihn auf der Rollbahn erledigt." Vom Bett her kam ein tiefer schwerer Seufzer, dann ging der Atem unter dem Einfluß der Medikamente wieder regelmäßig. McCoy fragte nicht weiter.

Aus dem Nebel tauchten einige – mühsam festgehaltene – Bilder auf: Wie sich die Nachrichten von Cullyhanna bis nach Crossmaglen verbreiten, und was die Männer sagen würden, die mit ihren Armalites im Farnkraut auf der Lauer lagen. Und er fühlte schon an seinen Armen die weißen feuchtkalten Wände seiner Gefängniszelle. Da waren Riegel und schwere Türen, und er würde verfaulen und vertrocknen und jede Nacht um die Gnade des Schlafes beten.

IN DER Gaststube herrschte großer Lärm, und bald würde das große Hinter-die-Binde-Kippen vor der Sperrstunde losgehen. Das Gespräch drehte sich um die Tagesereignisse, nicht wie sonst um Inflation oder Sport. Das Interesse richtete sich auf die Geschehnisse am Flughafen. Ein Pressefotograf hatte dort mit dem Teleobjektiv eine Aufnahme gemacht, die alle Spätausgaben der Londoner Zeitungen brachten. Die Gestalt am Boden und der Mann vor ihm mit der Pistole in der Hand waren deutlich genug erkennbar. Bei der Waffe hatte man etwas nachgeholfen, und nun paßte die Schlagzeile: HINRICHTUNG.

Jimmy saß in einer stillen Ecke allein an einem Tisch und war bei seinem fünften Doppelten.

Er hockte in sich zusammengesunken, den Kopf dicht über dem Glas, und starrte in die unbewegte, bernsteinfarbene Flüssigkeit. Keine Bitterkeit. Nur ein Gefühl des Bedauerns. Eine Einrichtung hatte aufgehört zu bestehen.

Der Barmixer läutete mit der Schiffsglocke. „Die letzten Bestellungen, meine Herren."

Jimmy sprang auf und schob wie der übrige Haufen sein Glas über die Theke, als die BBC-Nachrichten das Rufen und Bestellen übertönten. Er hörte die Worte: „Sokarev ... Herzschlag."

„Ruhe!" brüllte Jimmy. „Maul halten!" Alle wandten sich ihm zu, sahen seinen wilden Blick, die mächtigen Schultern.

„Eine Stunde nach Professor Sokarevs Einlieferung in die Intensivstation des Krankenhauses von Tel Aviv wurde bekanntgegeben, daß alle Versuche, ihn zu retten, fehlgeschlagen sind. Der dreiundfünfzigjährige Professor war einer der bedeutendsten Atomwissenschaftler des Landes... Scotland Yard hat noch immer keine Informationen über den Geheimdienstbeamten, der den arabischen Terroristen nach dessen erfolglosem Anschlag auf Professor Sokarevs Leben heute nachmittag in Heathrow erschoß. Aber unser politischer Kommentator berichtet, daß Regierungsmitglieder ein Disziplinarverfahren gegen..."

Sein tiefes, heiseres, bellendes Lachen erschütterte die Gaststube. Er lachte, bis ihm der Bauch weh tat, der Brustkorb zu bersten drohte. Hat uns alle reingelegt, dieser Dr. Sokarev. Famy und McCoy um den Erfolg gebracht. Unseren Triumph verpfuscht. Und dich, mein lieber Jimmy, hat er auch angeschmiert. Nach der ganzen Plackerei. Alle hat er ausgeschmiert, ohne Ausnahme. Beide Seiten.

Schluckauf mischte sich in Jimmys Gelächter, als er langsam aus dem Lokal wankte.

FEHLSCHLÄGE waren für ihn wie vertraute Kameraden. Wenige der mit großen Erwartungen gestarteten Unternehmungen hatten wirklich ihr Ziel erreicht, dem Gegner einen vernichtenden Schlag beizubringen. Der Chef des Generalkommandos hatte eben die Abschrift der Nachrichten aus London erhalten und daraus ersehen, daß Famy tot, Sokarev am Leben und die EL-AL-Maschine von Heathrow gestartet war. Er hatte einen guten Plan ausgearbeitet, gute Leute entsandt, aber das hatte nicht genügt.

Er wanderte in die Wüste hinaus, wollte allein sein, fern von den jungen Männern, die in Kürze zu einer neuen Aktion aufbrachen. Erst als schon die Sterne am Himmel standen, kam er ins Lager zurück und setzte sich zu den vier Männern, die mit ihren Freunden – vielleicht zum letztenmal – zu Abend aßen. Er verbarg seine Niedergeschlagenheit hinter Humor und erwähnte nichts von der Nachricht aus London. Als die Zeit zum Aufbruch kam, begleitete er sie zum Jeep, schloß sie fest in seine bärenstarken Arme und küßte jeden auf beide Wangen. Später, in seinem Zelt auf dem Feldbett, las er nochmals ihren Operationsplan durch. Da schlug der alte Mann die Zeltplane am Eingang zurück: „Im israelischen Rundfunk haben sie gerade gemeldet, daß Sokarev tot ist. In Tel Aviv gestorben..."

„An was? Im Bericht stand nichts von einer Verwundung."

„Er hat im Flugzeug einen Herzanfall gehabt."

„So ist er nicht von unserer Hand gestorben?" Die jähe Erregung erlosch.

„Aber er ist tot. Wir haben versucht, ihn zu töten, und..."

„Hör, Alter. Sein Tod ist bedeutungslos, wenn er nicht durch uns herbeigeführt wurde. Wir hätten zeigen müssen, daß wir die Macht haben, ihn erfolgreich anzugreifen. Statt dessen haben wir gezeigt, daß wir dazu nicht fähig sind. Das ist kein Sieg. Schluß jetzt, Strich darunter. Schlaf gut, Alter."

Als sich die Plane vor dem Eingang wieder geschlossen hatte, löschte der Chef das Licht, drehte sich zur Zeltwand. Und bevor er einschlief, dachte er an die hellen Lichter des Jeeps und an die vor Begeisterung glühenden Augen der Männer, die er nie wiedersehen würde.

Gerald Seymour

Gerald Seymour ist ein großer liebenswürdiger Engländer, und wenn man ihm glauben wollte, käme das Schreiben eines erfolgreichen Romans einem Spaziergang gleich. Anfangs sei es für ihn „eine Art Hobby" gewesen, erzählt er, gewissermaßen ein Zeitvertreib, wenn Frau und Kinder außer Haus waren. Sein eigentlicher Beruf ist Reporter; seit Jahren arbeitet er für eine britische Fernsehanstalt.

Trotz seines unbekümmerten Wesens fasziniert ihn die Denkweise politischer Mörder, eines Typs, dem er häufig bei seinen journalistischen Aufträgen begegnet ist. Seymour hat über die Hintergründe des Terrorismus in Aden und Nordirland berichtet, ist entführten Flugzeugen in verschiedene Winkel des Nahen Ostens gefolgt und hat Mitglieder des palästinensischen Guerillakommandos interviewt, die für den Anschlag auf die israelischen Sportler bei der Münchner Olympiade verantwortlich waren.

„Die interessantesten unter den politischen Mördern sind jene", sagt er, „die mit kaltblütiger Entschlossenheit zu einem Einsatz für ihre Sache aufbrechen und bereit sind, dafür auch zu sterben." Die Vertrautheit mit dieser Mentalität war die Voraussetzung für die Darstellung des Palästinensers Famy.

Seymour ist ein Neuling unter den Bestseller-Autoren. Sein erster Roman *Das tödliche Patt* (auch in den Reader's Digest Auswahlbüchern erschienen) wurde von der Presse auf beiden Seiten des Atlantiks gelobt und begründete Seymours Ruf als Meister spannender Thriller. Mit der Veröffentlichung von *Fliegenpilz*, seinem zweiten Buch, hat er diesen Erfolg gefestigt. Trotzdem lehnt er es ab, in Zukunft nur noch Romane zu schreiben, und ist weiterhin als Reporter tätig. „Es wäre schwierig, Geschichten dieser Art zu schreiben, ohne die Hand am Puls der Zeit zu haben", erklärt er.

Gerald Seymour lebt heute mit seiner Familie – Frau Gillian, zwei Söhnen und einem großen Irish Setter – in Rom.

Was sind schon Krücken?

EINE KURZFASSUNG DES BUCHES VON
ALAN MARSHALL

INS DEUTSCHE ÜBERTRAGEN VON
GISELA BISCHOF-ELTEN

ILLUSTRATIONEN VON ARTHUR BOOTHROYD

Der australische Schriftsteller Alan Marshall erkrankte
als Kind an Poliomyelitis – Kinderlähmung. Auch eine
schmerzhafte Operation konnte nichts an der Tatsache
ändern, daß Alan von nun an immer mit Krücken
auskommen mußte.

Damals, am Anfang unseres Jahrhunderts, hätte dieser
Schicksalsschlag sehr wohl der Beginn eines Lebens in
Hilflosigkeit und Verzweiflung werden können. Aber
Alan setzte sich mutig, entschlossen und unvoreingenom-
men mit seiner Behinderung auseinander – nicht zuletzt
dank der Hilfe seiner Eltern, die ihn stets zur Selbständig-
keit anhielten.

Alan brachte sich selbst Schwimmen und Reiten bei,
lernte, sich geschickt auf Krücken vorwärts zu bewegen
und bei allen Streichen seiner Freunde mitzuhalten.

Im Rückblick läßt Alan Marshall hier seine – trotz
allem – glückliche Kindheit vorüberziehen. Der humor-
volle und lebenskluge Bericht von den Jahren in der
australischen Wildnis wurde zur klassischen Autobiographie, die behinderten Menschen in allen Ländern
der Erde neuen Mut machte.

1. Kapitel

MEINE Mutter lag in dem kleinen Vorderzimmer des schindelgedeckten Hauses, in dem wir damals lebten, und wartete auf die Hebamme, die mir ins Leben helfen sollte. Sie sah hinaus auf die großen, windgepeitschten Eukalyptusbäume, einen grünen Hügel und die Pferdekoppeln mit den Schatten der darüber hinwegjagenden Wolken und sagte zu meinem Vater: „Es wird ein Junge; dies ist ein Tag für Männer."

Mein Vater bückte sich und sah durch das Fenster auf die dunkelgrüne Wand der Wildnis, wo sich der Busch von den gerodeten, eingehegten Feldern abhob. „Der Busch soll seine Heimat werden, die Koppel sein Zuhause", erklärte er entschlossen. Er war ein hagerer Mann mit krummen Beinen und schmalen Hüften. Die Jahre im Sattel hatten ihn geprägt, denn er war Pferdezureiter. Einst mußte er von Queensland nach Victoria ziehen, weil es im Hinterland keine Schulen gab.

Vater saß während meiner Geburt mit meinen Schwestern in der Küche. Mary und Jane wünschten sich einen Bruder, den sie mit in die Schule nehmen konnten, und Vater hatte ihnen einen Bruder namens Alan versprochen.

Ich war ganz in roten Baumwollflanell gehüllt, als die Hebamme mich zu ihnen brachte. Sie legte mich in die Arme meines Vaters.

„Es war ein seltsames Gefühl, so auf dich hinunterzusehen", sagte er.

„*Mein Sohn* ... Ich wünschte dir so viele Fähigkeiten und Eigenschaften. Ich wollte, daß du eine glückliche Hand im Umgang mit Pferden erwerben solltest. Und natürlich solltest du gut laufen können ... Die Hebamme sagte, du hättest gutentwickelte Gliedmaßen. Ich fragte mich dauernd, ob du wohl so werden würdest wie ich."

ICH ging noch nicht lange zur Schule, da bekam ich Kinderlähmung – Poliomyelitis. Die Epidemie, die zu Anfang unseres Jahrhunderts in Victoria ausgebrochen war, verbreitete sich weiter in den ländlichen

Gebieten und befiel Kinder auf einsam gelegenen Höfen und Häusern im Busch. Ich war das einzige Opfer in Turalla. Im Umkreis von vielen Kilometern vernahmen die Leute mit Schrecken die Nachricht von meiner Erkrankung, packten ihre Kinder wärmer ein und betrachteten sie voller Sorge. Lähmung, Paralyse, war für sie mit der Vorstellung von Geistesgestörtheit verbunden, und die Frage: „Haben Sie gehört, ob auch sein Verstand gelitten hat?" wurde häufig gestellt.

Die Nachbarn beeilten sich, schnell an unserem Haus vorbeizufahren, blickten aber zugleich mit neuerwachtem Interesse hinüber zu dem alten Lattenzaun, zu den noch nicht zugerittenen Jungpferden im Korral und zu meinem Dreirad, das umgekippt in der Nähe des Futterschuppens lag.

„Es ist, als habe Gott zugeschlagen", sagte Mr. Carter, unser Bäcker und Vorsteher des Bibelkreises. „Aber der Rücken des Menschen ist dazu geschaffen, die Bürde aufzunehmen", fügte er dann fromm hinzu. Er war immer schnell zur Hand, sich bei jeder passenden Gelegenheit um göttliches Wohlwollen zu bemühen.

Mit einem heftigen Schnauben drückte mein Vater seine Verachtung für diese Art von Philosophie aus: „Der Rücken des Jungen ist nicht für diese Bürde geschaffen worden, und – lassen Sie sich das gesagt sein: es wird auch keine Bürde für ihn sein."

Später, als er an meinem Bett stand, fragte er ängstlich besorgt: „Hast du Schmerzen in den Beinen, Alan?"

„Nein", antwortete ich ihm, „sie fühlen sich ganz leblos an."

„Oh, verdammt!" rief er, und blankes Entsetzen stand in seinem Gesicht.

Er hatte die typischen Gesichtszüge eines Mannes, der im Busch zu Hause war: braun und voller Falten, die scharfen, blauen Augen eingebettet in Fältchen, die von dem gleißenden Licht auf den weiten, mit Melden bestandenen Ebenen herrührten. Eines Tages platzte ein alter Kumpel aus Vaters Zeit als Viehtreiber bei uns herein, um ihn zu besuchen. Als Vater über den Hof kam, um ihn zu begrüßen, rief sein Freund aus: „Donnerwetter, Bill! Du gehst ja immer noch wie ein verdammter Emu!"

Vaters Gang war leicht und etwas geziert, und beim Gehen sah er immer vor sich auf den Boden. Er erklärte diese Gewohnheit damit, daß er aus dem „Schlangenland" käme.

Manchmal, wenn er einige Gläser getrunken hatte, ritt er auf einem halbgebändigten Jungpferd in den Hof, und dann raste er mitten zwi-

schen den Wagendeichseln und den Überresten alter Räder hin und
her, scheuchte das gackernde Federvieh auseinander und stieß spitze,
krakeelende Schreie aus.

„Wilde Biester und keine Sonderklasse! Noch mal eine Runde! He,
los da!"

Und dann zügelte er das Pferd, das sich aufbäumte, und schwenkte
den Hut als spöttischen Dank für vermeintlichen Applaus. Eine besondere Verbeugung richtete er zur Küchentür, wo meist Mutter
stand, mit einem kleinen Lächeln um die Lippen, das Belustigung,
Liebe und Besorgnis durchblicken ließ.

Vater liebte Pferde, und zwar nicht, weil er mit Pferden seinen Lebensunterhalt verdiente, sondern weil sie die Schönheit für ihn ver-
körperten. Er glaubte, sie seien wie menschliche Wesen.

„Ja, das ist eine Tatsache", erklärte er. „Ich habe es gesehen. Manche
Pferde sind beleidigt, wenn man sie nur mit einer Peitsche berührt. Sie
schmollen wie Kinder... Zieh ein Pferd an den Ohren, und es spricht
tagelang nicht mit dir..."

Vater, das jüngste von vier Kindern, hatte das Temperament seiner
irischen Mutter geerbt. Mit zwölf verdiente er sich seinen Lebensunterhalt selbst. Seine Ausbildung beschränkte sich auf wenige Monate
Schulunterricht bei einem betrunkenen Lehrer, dem jedes Kind, das
die Bretterbude aufsuchte, die als Schule diente, pro Woche eine halbe
Krone zahlen mußte.

Nachdem er zu arbeiten angefangen hatte, zog er von einer Viehfarm zur nächsten und verdingte sich als Treiber oder Zureiter. Seine
Jugend- und frühen Mannesjahre hatte er in den meldenbewachsenen
Ebenen und den roten Sandhügeln des Hinterlandes von Neusüdwales
und Queensland verbracht.

Diese Zeit lieferte ihm immer wieder Stoff für seine Schauerge-
schichten. „Irgend etwas gibt es da in diesem Hinterland", sagte er mir
einmal. „Da draußen ist man einfach zufrieden. Da klettert man auf einen kiefernbestandenen Bergkamm und zündet sich ein Feuer an...",
er hielt plötzlich inne und sah etwas verwirrt zu mir herüber. Nach einer Weile bemerkte er dann: „Wir müssen uns etwas einfallen lassen,
wie wir verhindern können, daß deine Krücken da draußen im Busch
im Sand steckenbleiben. Ja, wir werden es schaffen, eines Tages wirst
du durch den Busch gehen können."

NICHT lange nach meiner Erkrankung begannen die Muskeln in
meinen Beinen zu schrumpfen. Mein Rücken, der vorher so stark und
gerade gewesen war, krümmte sich nach einer Seite. Obwohl meine
Mutter mir die Beine mit Branntwein und Olivenöl massierte, wurden
die Sehnen in meinen Kniekehlen steif und zogen sich zu festen Strän-
gen zusammen, so daß meine Beine sich allmählich verbogen und
schließlich in einer Art kniender Haltung versteiften. Meine Mutter
suchte immer wieder Dr. Crawford auf, um ihn zu bewegen, mir eine
Behandlung zu verordnen, die es mir ermöglichen sollte, die Beine
wieder normal zu bewegen.

Dr. Crawford wohnte in Balunga, einem kleinen, etwa sechs Kilometer von unserem Haus entfernten Ort, und besuchte Patienten in
abgelegenen Gebieten nur, wenn es sich um einen dringenden Fall
handelte. Von Polio hatte er wenig Ahnung. Als ich erkrankte, zog er
zwei Kollegen zur Konsultation hinzu, und es war dann auch einer von
den beiden anderen Ärzten, der feststellte, daß ich Kinderlähmung
hatte. Mutter war von diesem Arzt beeindruckt und wandte sich an
ihn, um weitere Informationen zu erlangen, aber er sagte nur zu ihr:
,,Wenn das mein Sohn wäre, würde ich mich sehr, sehr sorgen.''

,,Da bin ich mir sicher'', gab meine Mutter trocken zurück und hielt
von nun an nichts mehr von ihm.

Sie glaubte aber Dr. Crawford, der ihr – nachdem die beiden anderen Ärzte gegangen waren – sagte: ,,Mrs. Marshall, kein Mensch kann
sagen, ob Ihr Sohn durchkommen wird oder nicht. Ich glaube, daß er
es schaffen wird, aber es liegt allein in Gottes Hand.''

Diese Aussage tröstete meine Mutter, aber mein Vater meinte:
,,Wenn sie dir erst mal sagen, es liegt in Gottes Hand, kannst du sicher
sein, daß es mit dir aus ist.''

Schließlich mußte sich Dr. Crawford mit meinen gekrümmten Beinen befassen. Besorgt und unsicher trommelte er mit seinen plumpen
Fingern auf dem Waschtisch neben meinem Bett herum, während
Mutter wie eine Gefangene, die ihren Urteilsspruch erwartet, in ängstlicher Spannung neben ihm stand.

,,Nun, Mrs. Marshall, die Beine... Ich fürchte, wir können nur eines tun. Er ist ja ein tapferer Junge. Seine Beine müssen mit Gewalt gestreckt werden. Ich glaube, es ginge am besten, wenn Sie ihn morgens
immer auf den Tisch legten und dann mit Ihrem ganzen Gewicht so
auf seine Knie drückten, daß die Beine schließlich flach aufliegen.''

,,Wird es sehr weh tun?'' fragte meine Mutter.

„Ich fürchte, ja." Dr. Crawford hielt inne und fügte dann hinzu: „Sie werden Ihren ganzen Mut zusammennehmen müssen."

An jedem Morgen, wenn meine Mutter mich mit dem Rücken auf den Küchentisch legte, sah ich das Pferdebild über dem Herdsims an. Es war ein Holzschnitt mit einem Rappen und einem Schimmel, die sich erschreckt zusammendrängten, während aus dem dunklen Sturm- und Regenhimmel ein greller Blitzstrahl zuckte, der kurz vor ihren geblähten Nüstern in der Luft zu schweben schien.

Diese angstgepeinigten Pferde wurden für mich sehr wichtig. Mit ihnen floh ich allmorgendlich vor den stechenden Schmerzen. Unsere Furcht ging ineinander über und verschmolz zu einer einzigen großen Angst, die uns in dem gemeinsamen Erleiden vereinte.

Meine Mutter legte beide Hände auf meine hochstehenden Knie, kniff ihre Augen eng zusammen, um die aufsteigenden Tränen zurückzuhalten, und verlagerte dann ihr Gewicht auf meine Beine, die sie langsam herunterpreßte, bis sie flach ausgestreckt auf dem Tisch lagen. Wenn sich meine Beine unter ihrem Gewicht streckten, spreizten sich meine Zehen auseinander, krümmten sich und krallten sich zusammen wie Vogelklauen.

Ich aber fing zu schreien an, wenn die Sehnen in den Kniekehlen sich dehnten. Die weit aufgerissenen Augen auf die verschreckten Pferde über dem Herdsims gerichtet, schrie ich dann: „Oh! Pferde, Pferde, Pferde... Oh! Pferde, Pferde..."

2. KAPITEL

DAS nächste Krankenhaus befand sich über dreißig Kilometer von unserem Haus entfernt in einem kleinen Ort. Vater brachte Mutter und mich in dem soliden Gig mit der langen Deichsel dorthin, das er sonst gebrauchte, um Pferde an ein Fahrzeug zu gewöhnen. Die warme Sonne und das Geräusch der Räder lullten mich ein, und so schlief ich, den Kopf an Mutters Arm gelehnt, bis sie mich drei Stunden später weckte.

Als das Gig über die kiesbestreute Krankenhausauffahrt knirschte, setzte ich mich auf und betrachtete das friedlich vor mir liegende weiße Gebäude mit den schmalen Fenstern. Als Vater mich hineintrug, fiel mir die erschreckende Stille auf. An einem Schreibtisch saß eine Schwester, die meinem Vater eine Menge Fragen stellte und seine

Antworten in ein Buch schrieb, während er sie ansah, als stehe er einem heimtückischen Pferd mit zurückgelegten Ohren gegenüber.

Sie verschwand und nahm das Buch mit sich; Vater sagte zu Mutter: „An solchen Plätzen würde ich alle am liebsten zum Teufel jagen. Sie kümmern sich nicht um die Gefühle von uns Menschen, sie nehmen uns jegliches Gefühl, so wie man einer Kuh die Haut abzieht; sie stellen Fragen, als wolle ihnen irgendein hergelaufener Kerl etwas vormachen."

Die Schwester kam in Begleitung eines Pflegers zurück, der mich in ein kühles, sauberes Bett trug. Dort flehte ich meine Mutter an, mich nicht zu verlassen. Die Matratze war hart und gab nicht nach, und die Decken waren festgesteckt. Ich konnte sie nicht an mich ziehen, und unter diesen Decken würde es keine warmen, dunklen Höhlen geben und auch keine Bahnen für Murmeln, die über die Steppdecke rollten. Es gab um mich herum keine nahen, schützenden Wände, ich hörte weder Hundegebell noch das Geräusch von Häcksel malmenden Pferden. All das aber gehörte zu meinem Zuhause, und ich hatte schreckliche Sehnsucht danach.

Vater verabschiedete sich, aber Mutter zögerte noch. Dann gab sie mir schnell einen Kuß und ging fort. Ich konnte es nicht fassen, daß sie dazu imstande war.

Der Mann im Bett neben mir fragte: „Warum weinst du?"

„Ich will nach Hause."

„Das wollen wir alle", sagte er und seufzte.

In unserem Krankensaal standen weiße Eisenbettgestelle in zwei Reihen, jeweils mit dem Kopfende zur Wand, einander gegenüber. Wir waren zu vierzehnt im Saal; ich war das einzige Kind. Einige der Männer riefen mir aufmunternd zu, ich solle nicht traurig sein.

„Du wirst dich schon eingewöhnen", sagte ein Mann, „wir werden uns um dich kümmern."

Sie fragten, was mir denn fehle, und als ich ihnen von meiner Kinderlähmung berichtete, meinte einer der Männer, das sei doch Mord, wirklich und wahrhaftig. Diese Bemerkung vermittelte mir das Gefühl einer gewissen Bedeutung, und ich mochte den Mann, der das gesagt hatte. Ich betrachtete meine Krankheit als vorübergehende Unpäßlichkeit. In den nächsten Tagen war ich wütend und böse, wenn Schmerzen auftraten, verzweifelte schnell, wenn sie nicht vergingen, aber wenn der Schmerz dann doch aufhörte, war alles schnell vergessen.

Angenehm überrascht erlebte ich, wie Menschen auf meine Krankheit reagierten. Sie standen neben meinem Bett und sahen mich bedauernd an. Das bestätigte mich in meinem Gefühl, etwas Bedeutendes zu sein, und ließ mich meinen Mut nicht verlieren.

„Du bist ein tapferer Junge", sagten die Leute teilnahmsvoll.

Ich dachte über die mir von ihnen zugeschriebene Tapferkeit nach. Allmählich brachte es mich in Verlegenheit, ständig für meine Tapferkeit gelobt zu werden; ich wußte doch, daß ich das Lob nicht verdiente. Allein schon das Geräusch einer nagenden Maus hinter den Scheuerleisten hatte mir zu Hause stets Angst eingejagt, und ich hatte mich davor gefürchtet, nachts im Dunkeln hinaus zum Wassertank zu gehen, wenn ich Durst hatte.

Die Patienten benutzten mich als Zielscheibe für ihre Scherze und verwöhnten mich, wie es Erwachsene meist mit Kindern tun. Ich glaubte alles, was sie sagten, und das amüsierte sie. Sie benahmen sich, als sei ich taub und könne nicht verstehen, was sie redeten.

„Er glaubt alles, was man ihm erzählt", erklärte ein Jugendlicher einem Neuankömmling. „Hör nur. He, Kleiner", rief er mir zu. „In dem Brunnen bei eurem Haus lebt eine Hexe, stimmt's?"

„Ja", sagte ich.

„Da habt ihr's", sagte der Junge. „Er ist ein komischer kleiner Kauz. Es heißt, daß er nie wieder laufen kann."

Ich hielt den Jungen für einen Narren. Wie konnte er nur meinen, ich könnte nie wieder laufen. Ich wußte, was ich tun würde. Ich wollte wilde Pferde zureiten und „Ho! Ho!" rufen und dabei meinen Hut in der Luft schwenken.

Den Mann im Bett neben mir mochte ich sehr. „Laß uns Freunde werden", hatte er kurze Zeit, nachdem ich angekommen war, gesagt. Er hieß Angus McDonald und war von den vierzehn Patienten in unserem Saal der größte und schwerste Mann. Er hatte feinfühlige Gesichtszüge, ein bewegliches Mundwerk und war immer schnell zu einem Lächeln bereit, aber er litt an einer schmerzhaften Krankheit und seufzte manchmal derart laut, fluchte oder stöhnte dumpf, daß ich Angst bekam.

„Weshalb dauert es so lange, wenn du betest?" wollte er einmal wissen. „Ich habe beobachtet, wie deine Lippen sich bewegen."

„Ich muß um so vieles bitten", erklärte ich ihm.

„Um was denn? Sag es mir, wir sind doch Freunde."

Ich wiederholte meine Gebete, während er zuhörte, die Hände auf der Brust faltete und an die Decke starrte. Als ich fertig war, wandte er sich mir zu: „Du hast nichts ausgelassen. Du mutest dem lieben Gott eine ganze Menge zu. Er wird hübsch was von dir halten, wenn er das alles gehört hat."

Sein Kommentar machte mich glücklich, und ich beschloß, Gott noch zu bitten, er möge ihn auch gesund werden lassen.

Das lange Gebet, das ich Nacht für Nacht wiederholte, war das Ergebnis einer wachsenden Anzahl von Bitten, die ich an Gott richtete. Meine Wünsche nahmen täglich zu, und da ich eine Bitte nur ausließ, wenn sie erfüllt war, gab es erheblich mehr neue als erledigte Bitten. Mutter hatte mir nie gestattet, die Sonntagsschule zu schwänzen, und von ihr hatte ich mein erstes Gebet gelernt, das mit den Worten begann: „Lieber Jesus, sanft und mild" und das mit der Bitte um Segen für viele Menschen endete, zu denen auch mein Vater gehörte, obwohl ich tief im Herzen überzeugt war, mein Vater brauche keinen Segen.

Später, als ich einmal eine Katze sah, die jemand erschlagen hatte, obwohl sie kein Gebrechen gehabt hatte, schrak ich vor ihrer Starre zurück. Man sagte mir, sie sei tot. Nachts im Bett stellte ich mir daraufhin Vater und Mutter mit ebenso entblößten Zähnen wie die Katze vor und betete angstvoll, sie sollten doch nicht vor mir sterben. Nach weiteren Überlegungen schloß ich in mein Gebet auch meinen Hund Meg ein und bat Gott, er möge ihn doch am Leben erhalten, bis ich ein Mann sei und alt genug, um seinen Tod zu ertragen. Irgendwie kam es mir dann aber doch so vor, als hätte ich zuviel verlangt, und so fügte ich hinzu, ich wäre schon ganz zufrieden, wenn Meg und meine Eltern leben würden, bis ich ein Mann von dreißig Jahren wäre. In diesem vorgerückten Alter würde ich keine Tränen mehr vergießen. Männer weinen nicht. Dann betete ich darum, bald wieder gesund zu werden, und fügte stets hinzu, wenn es nichts ausmache, wäre ich gern schon vor Weihnachten wieder geheilt. Bis dahin waren noch zwei Monate Zeit.

Für meine Lieblingstiere, die ich im Hinterhof in den Ställen hielt, mußte auch gebetet werden, denn ich konnte sie nun nicht mehr füttern und ihnen kein frisches Wasser mehr bringen. Ich betete, sie mögen nicht vergessen werden. Pat, mein alter Kakadu, der immer so leicht wütend wurde, mußte jeden Abend aus seinem Käfig herausgelassen werden, um einen Ausflug in die Bäume zu unternehmen. An Waschtagen setzte er sich immer auf die Wäscheleinen der Nachbarn und zog die Wäscheklammern heraus. Wütende Frauen warfen dann mit Stöcken und Steinen nach ihm, und ich mußte beten, daß er nie getroffen werden möge.

Außerdem mußte ich darum bitten, ein guter Junge zu werden...

„Wie sieht Gott deiner Meinung nach wohl aus?" fragte Angus.

Ich hatte mir Gott immer als einen mächtigen Herrn vorgestellt, der wie ein Araber in weiße Bettücher gekleidet war. Er saß auf einem Sessel, hatte die Ellbogen auf die Knie gestützt und betrachtete die Welt von oben. Blitzschnell wanderte sein Blick von einem Menschen zum andern. Ich hatte nie daran gedacht, daß er freundlich sein könnte, während ich von Jesus glaubte, er sei so nett wie Papa. Die Tatsache, daß Jesus immer nur auf Eseln und nie auf richtigen Pferden ritt, enttäuschte mich tief.

Angus meinte, meine Vorstellung von Gott käme der Wahrheit vielleicht näher als seine eigene. „Meine Mutter hat gälisch gesprochen", sagte er. „Und deshalb habe ich Gott immer als einen gebeugten, alten Mann mit weißem Bart gesehen, umgeben von vielen gälisch sprechenden Frauen. Ich konnte mir nicht vorstellen, daß Gott irgend etwas tun würde, ohne vorher meine Mutter um Rat zu fragen."

Männer wie Vater, dachte ich, waren stärker als jeder Gott. Aber Männer im Krankenhaus waren anders. Der Schmerz raubte ihnen etwas, ich konnte nicht genau sagen, was es war. Manche flehten nachts zu Gott, und ich gestand mir selbst nicht gern ein, daß Männer Furcht haben konnten.

Die Schwestern in ihren rosa Kleidern, mit weißen, gestärkten Schürzen und flachen Schuhen, lächelten mir zu, wenn sie vorbeigingen, oder sie blieben stehen, um meine Decken zu ordnen und mich zu bemuttern. Sie rochen immer leicht nach Desinfektionsmitteln. Vater hatte Frauen gern. Er machte Mutter gegenüber die Bemerkung, es seien einige beachtliche Stuten unter den Schwestern, aber ihre Hufe seien alle falsch beschlagen.

Vater schrieb mir ab und zu und berichtete: „Hier ist es weiterhin ziemlich trocken, und ich mußte anfangen, Kate zu füttern. Ich möchte, daß sie in gutem Zustand ist, wenn du zurückkommst."

Ich erzählte Angus: „Ich habe ein Pony bekommen. Es heißt Kate. Sein Hals ist ein bißchen zu lang, aber es ist ein gutes Tier."

„Dein Alter reitet Pferde zu, nicht wahr?" fragte er mich.

„Ja", antwortete ich, „er ist bestimmt der beste Reiter in Turalla."

„Er zieht sich auch auffallend genug an", brummte Angus. „Ich habe geglaubt, er käme geradewegs von einem Rodeo, als ich ihn sah."

Ich fragte mich, ob das nun für oder gegen meinen Vater sprach. Vater legte großen Wert auf seine Kleidung. Seine Englischlederhose mußte immer weiß und makellos sauber sein, und seine Stiefel waren stets blank geputzt.

Er sprach oft von einem Professor Fenton, der Rodeos in Queensland veranstaltete. Der trug ein weißes Seidenhemd und eine rote Schärpe und konnte mit einer Viehpeitsche einen doppelten „Sydney-Blitz" hinlegen. Vater konnte auch mit der Peitsche knallen, aber nicht so wie Professor Fenton.

Während ich gerade darüber nachdachte, kam mein Vater durch den Gang zu unserem Saal, um mich zu besuchen. Den einen Arm preßte er an seine Brust. Irgend etwas hatte er unter seinem weißen Hemd verborgen.

Als er an meinem Bett stand, sah er zu mir hinunter: „Wie geht es dir, Junge?"

Er erinnerte mich so an daheim, daß ich am liebsten geweint hätte. Vater preßte die Lippen zusammen. Er griff mit der Hand in das halbgeöffnete Hemd und zog plötzlich ein strampelndes, hellbraunes Etwas hervor.

„Hier, das kannst du drücken", sagte er stolz, „es ist einer von Megs Welpen. Wir nennen ihn Alan."

Ich nahm dieses warme, kuschlige Stückchen Leben in meine Arme, drückte es an mich, und ein großes Glücksgefühl stieg in mir auf. Ich gab dieses Gefühl weiter an meinen Vater, denn als ich zu ihm aufsah, lächelte er mir zu. Dann sah ich wieder hinunter unter die Deckenhülle, die ich mit einer Hand zurechtgezogen hatte. Da lag das Hündchen und sah mich aus großen glänzenden Augen aufmerksam an. Als es meinen Blick spürte, bebte es vor Begeisterung. Seine Lebensfreude steckte mich an, und es roch nach daheim. Ich wollte es gar nicht mehr von mir lassen.

Angus, der uns beobachtet hatte, rief einem Patienten, der mit einem Handtuch über dem Arm hinaus auf den Gang gehen wollte, zu: „Unterhalte dich draußen mit den Schwestern, damit sie nicht hereinkommen!"

Und zu Vater gewandt, fuhr er fort: „Sie wissen ja, wie die hier sind – Hunde verboten... keinerlei Verständnis..."

„Das ist leider so", meinte Vater. „Aber wenn's nur fünf Minuten sind! Es ist wie ein Bier für einen Mann mit großem Durst."

JEDEN Morgen nach dem Frühstück eilten die Schwestern von Bett zu Bett, um die am Vorabend entfernten Steppdecken wieder aufzulegen, Laken und Bezüge zu glätten und festzustecken. Die Oberin würde gleich ihren Rundgang antreten.

Die Oberin war eine untersetzte Frau mit einem Muttermal am Kinn, aus dem drei schwarze Haare sprossen. Ihre Uniform war immer so sehr gestärkt, daß ihre Bewegungen davon gehemmt wurden, und so vermittelte sie manchmal den Eindruck einer Marionette, deren Fäden von den Schwestern in ihrem Gefolge gezogen wurden.

Eines Tages nahm sie an meinem Bett die Haltung eines Menschen an, der einem Kind etwas Lustiges oder Tröstendes sagen will, um die zuhörenden Erwachsenen zu beeindrucken. Mir war so unbehaglich zumute, als zerrte man mich auf eine Bühne, um dort etwas aufzuführen.

„Nun, wie geht es denn heute unserem tapferen kleinen Mann? Die Schwester hat mir gesagt, daß du morgens oft singst. Willst du mir nicht einmal etwas vorsingen?"

Ich war zu verwirrt, um zu antworten.

„Du wirst bestimmt eines Tages ein Sänger werden", fuhr die Oberin fort. „Möchtest du gern ein Sänger sein?" Sie wartete meine Antwort gar nicht ab. „Nun, Alan, morgen wirst du einschlafen. Und wenn du wieder aufwachst, wird dein Bein in einem weißen Verband stecken. Ist das nicht fein?"

Dann wandte sie sich an die Schwester: „Seine Operation ist für zehn Uhr dreißig angesetzt."

„Was ist eine Operation?" fragte ich Angus, als sie aus dem Zimmer gegangen waren.

„Ach, sie machen da irgendwas an deinem Bein... bringen es in Ordnung... nichts Schwieriges... sie machen es, während du schläfst."

Ich merkte, daß er mir nichts weiter erklären wollte, und einen Augenblick lang hatte ich Angst.

Einmal, als mein Vater nur eben schnell eine Tasse Tee trinken wollte, hatte er ein junges Pferd angespannt stehenlassen und die Zügel nur an einer Radfelge festgebunden. Das Pferd jedoch hatte ausgeschlagen, nach den festgezurrten Zügeln geschnappt und war durchgegangen, wobei es die zerbrochene Deichsel beim Davongaloppieren an einen Pfosten schleuderte. Vater, der mit mir beim ersten Geräusch hinausgelaufen war, hatte sich den Schaden einen Moment lang besehen, sich dann umgedreht und zu mir gesagt: „Nun, zum Teufel damit! Laß uns erst mal unseren Tee austrinken."

Das fiel mir jetzt wieder ein. „Ach was, zum Teufel damit!" sagte ich.

„Das ist die richtige Einstellung", meinte Angus.

3. KAPITEL

DR. ROBERTSON, der mich behandelnde Arzt, war ein hochgewachsener Mann, der immer seinen Sonntagsanzug trug. Ich teilte Kleidung in Sonntags- und in Werktagskleidung ein. Natürlich konnte man den Sonntagsanzug auch an einem Wochentag tragen, aber dann nur zu besonderen Anlässen. Mein Sonntagsanzug aus grober blauer Serge war, ganz in Seidenpapier verpackt, in einer braunen Schachtel angekommen. Er roch aufregend neu, aber ich trug ihn nicht gern, weil ich mich damit so in acht nehmen mußte.

Ich staunte, daß Dr. Robertson seinen Sonntagsanzug jeden Tag trug. Und nicht nur das – ich stellte fest, daß er vier Sonntagsanzüge besaß, und schloß daraus, daß er sehr reich sein mußte und wahrscheinlich in einem Haus mit einem gepflegten Rasen lebte. Danach fand ich es schwierig, mit ihm zu reden. Alle Leute, die ich kannte, waren arm. Ich kannte zwar die Namen von reichen Leuten und sah sie manchmal an unserem Haus vorüberfahren, aber sie beachteten arme Leute gar nicht und sprachen auch nicht mit ihnen.

„Da kommt Mrs. Carruthers", rief meine Schwester. Dann rannten wir zum Tor, um sie vorbeifahren zu sehen. Ein Reitknecht lenkte ihren Wagen mit den beiden Grauschimmeln. Es war so, als ob die Königin persönlich vorbeifuhr. Ich konnte Dr. Robertson verstehen, aber ich konnte mich nie daran gewöhnen, daß er sich mit mir unterhielt.

Seine Haut war blaß, als hätte sie nie einen Sonnenstrahl gesehen. Ich mochte seine hellblauen Augen. Sie waren von vielen Fältchen umgeben, die besonders zum Vorschein kamen, wenn er lachte. Seine Hände rochen nach Seife und waren ganz kühl, wenn er mich berührte.

Er drückte auf Rücken und Beine und fragte mich, ob das weh tat. Dann richtete er sich auf und sagte zur Schwester: „Die Verkrümmung ist bereits ziemlich weit fortgeschritten. Auf der einen Rückenhälfte sind die Muskeln schon sehr in Mitleidenschaft gezogen." Er untersuchte mein Bein, strich mir über den Kopf und sagte dann: „Das werden wir bald geradebiegen." Und zur Schwester: „Wir müssen den Oberschenkelknochen wieder richten." Er betastete meinen Knöchel. „Hier müssen die Sehnen verkürzt und der Fuß angehoben werden. Wir werden sie in Knöchelhöhe durchtrennen." Dann strich er mit dem Finger langsam über mein Knie. „Hier werden wir den Knochen richten."

Ich werde diese Handbewegung nie vergessen, denn mit ihr zeichnete Dr. Robertson die Narbe vor, die ich davontragen sollte.

Nachdem der Arzt den Saal verlassen hatte, wurde es meiner Mutter, die draußen gewartet hatte, gestattet, mich zu besuchen. Ich war schüchtern und verlegen, als sie auf mich zukam. Ich wußte, daß sie mir einen Kuß geben würde, und dabei hielt ich jedoch jede Art von Zärtlichkeitsbeweisen für unmännlich. Andererseits wäre ich schwer enttäuscht gewesen, wenn sie mich nicht geküßt hätte.

Ich hatte sie wochenlang nicht gesehen, und es kam mir vor, als sähe ich sie jetzt zum erstenmal. Ihr Lächeln, ihre behäbige Gestalt, das blonde Haar, das im Nacken zu einem Knoten geschlungen war – das war mir so vertraut, daß ich es zuvor nie wirklich wahrgenommen hatte; jetzt freute ich mich, all das wiederzusehen.

Meine Großmutter, eine Irin, war aus Tipperary gebürtig, und ihr sanfter, gütiger Mann war ein deutscher Musiker gewesen. Meine Mutter hat ihrem Vater wohl sehr geglichen. Ihr Gesichtsausdruck war außerordentlich einnehmend; man konnte ihr angenehmes Wesen schon auf ihrem Gesicht ablesen. Winterlicher Wind und Regen hatten darauf während zahlreicher Fahrten im offenen Wagen feine Linien eingegraben. Ihre wettergebräunte Haut war nie mit Kosmetika in Berührung gekommen, nicht etwa, weil sie nichts davon hielt, sondern weil sie nie das Geld hatte, um diese Dinge zu kaufen.

Als sie vor meinem Bett stand, mußte sie meine Verlegenheit bemerkt haben, denn sie flüsterte mir zu: „Ich würde dir gern einen Kuß geben, aber hier sehen so viele Leute zu. Wir tun einfach so, als hätte ich ihn dir schon gegeben." Dann griff sie in ihre Tasche und zog ein verschnürtes Päckchen heraus.

„Das schickt dir Mrs. Carruthers", sagte sie. „Wir sind alle schon gespannt, was wohl darin ist. Sie ist am Vordereingang vorgefahren, hat es deiner Schwester Mary gegeben und hat zu Mary gesagt, es sei für ihren kleinen, kranken Bruder."

Ich löste das Papier mit der beeindruckenden Anschrift „An Herrn

Alan Marshall" und sah aufgeregt auf den Deckel einer flachen Schachtel mit Abbildungen von Windmühlen und Wagen aus perforierten Metallteilen.

Ich hob den Deckel, und da lagen die einzelnen Teile und daneben Schrauben, Schraubenzieher, Schraubenschlüssel und Räder. Ich konnte es kaum fassen, daß alles mir gehören sollte.

Allein das Spielzeug beeindruckte mich schon sehr, aber die Tatsache, daß es von Mrs. Carruthers kam, schien fast unglaublich. Mrs. Carruthers – das war Turalla für mich. Sie hatte die presbyterianische Kirche dort bauen lassen, die Sonntagsschule und den neuen Flügel des Pfarrhauses. Sie war es, die alljährlich die Schulpreise stiftete. Alle Farmer waren bei ihr hoch verschuldet. Ihr gehörte der Berg über Turalla, der See in Turalla und das beste Land entlang des Turalla-Flußlaufs. Ihr Sitz in der Kirche war ausgepolstert, und sie hatte ein besonderes, in Leder gebundenes Gesangbuch.

Mr. Carruthers war tot. Wollte man Vater glauben, dann hatte er immer gegen irgend etwas Einspruch erhoben, solange er lebte. Bei diesen Einsprüchen pflegte er seine fette Hand zu erheben und sich zu räuspern. Er protestierte gegen Kühe auf der Straße und gegen den allgemeinen Sittenverfall. Auch gegen Vater hatte er protestiert.

Mr. Carruthers' Vater war 1837 als Vertreter einer englischen Firma in Melbourne gelandet und von dort nach Westen gezogen, die Ochsenkarren voller Waren. Schließlich gingen Hunderte von Quadratkilometern guten Bodens in seinen Besitz über, der nun, in kleine, dem Gutsbesitzer verpfändete Farmen aufgeteilt, allein schon aus den Zinsen ein stattliches Einkommen sicherte. Das riesige Gutshaus, das er an einer besonders schön gelegenen Stelle aus Sandstein erbauen ließ, war nach seinem Tod in den Besitz von Mrs. Carruthers übergegangen.

Das Haus stand inmitten von dreißig Morgen Grasland mit vereinzelten Baumgruppen. Ein großes Gelände war nach dem Vorbild englischer Gärten mit Blumenrabatten und entsprechenden Anlagen ausgestaltet worden. Im Schatten von Ulmen und Eichen, im Gehege von aus England eingeführten Ziersträuchern pickten und scharrten Fasane, Pfauen und chinesische Enten mit seltsam buntem Gefieder im lockeren Humus. Im Frühling blühten Schneeglöckchen und Narzissen zwischen dem dunklen Grün des australischen Farns, und später schoben die Gärtner ihre hochbeladenen Schubkarren zwischen Stockrosen und Flammenblumen umher.

Dicht gesäumt von Ulmen zog sich von der Toreinfahrt bis zum

Herrenhaus ein kiesbedeckter Weg hin. Etwa auf halber Strecke befand sich ein kleines, eingezäuntes Gehege. Einst hatten riesige Eukalyptusbäume ihre kahlen Äste über dem Känguruhgras und den Emusträuchern, die dort wuchsen, ausgestreckt; jetzt aber wurde alles von dunklen Föhren überschattet. Im Gehege lief ein Rothirsch ruhelos umher, immer dem ausgetretenen Pfad nahe am Gatter folgend. Manchmal hob er den Kopf und röhrte heiser.

Dem Gehege gegenüber lagen die Stallungen, große zweistöckige Gebäude aus Sandstein mit Vorratslagern, Boxen und Futterbehältern, die aus ausgehöhlten Baumstämmen gefertigt worden waren.

Manchmal erschien ein Gouverneur, der einen Staatsbesuch machte, oder es kam ein englischer Gentleman mit seiner Lady aus Melbourne herüber, um das Leben auf einer großen Viehfarm kennenzulernen und einen Eindruck vom ,,echten Australien" zu erhalten. An solchen Abenden gaben die Carruthers in ihrem großen Haus einen Ball, und die mutigeren oder neugierigeren Einwohner von Turalla kletterten dann auf einen dicht mit Farnkraut bewachsenen Hügel hinter dem Haus, wo eine Gruppe Akazien der Vernichtung entgangen war. Von dort oben blickten sie in die großen, hell erleuchteten Räume mit den hohen Fenstern, sahen zu, wie sich Damen in weitausgeschnittenen Kleidern mit dem Fächer in der Hand vor ihren Partnern neigten, wenn die Quadrille mit einem Walzer eröffnet wurde.

Wenn die Musik bis zu dieser kleinen Gruppe von Zuschauern hinaufdrang, vergaßen sie die nächtliche Kälte. Sie erlebten an diesen Abenden ein Märchen.

Als Vater einmal bei ihnen stand, eine halbvolle Flasche in der Hand, fing er an, bei jeder neuen Tanzfigur hinter den erhellten Fenstern einen Freudenschrei auszustoßen und mit der Flasche im Arm um die Akazien herumzuwirbeln.

Das ging eine Weile gut, bis ein untersetzter Mann, von dessen goldener Uhrkette eine goldgefaßte Löwenpranke, ein Medaillon mit dem Miniaturbild seiner Mutter und mehrere Denkmünzen baumelten, herauskam, um zu sehen, was los war. Er befahl Vater zu verschwinden, und als Vater weiterhin juchzte, erhob er drohend seine Faust gegen ihn.

Später erzählte Vater uns immer wieder: ,,Ich wich ihm aus und sauste dann in Windeseile auf ihn zu und spielte auf seinen Rippen Xylophon mit dem goldenen Gebammel. Dabei kam so viel Luft aus seinem Mund, daß mir fast der Hut weggeblasen wurde."

Als Vater dem Mann wieder auf die Beine geholfen und seinen Anzug abgeklopft hatte, sagte er zu ihm: „Ich dachte, Sie hätten zu tief ins Glas geschaut, um noch zu irgend etwas zu taugen."

„Ja", sagte der Mann benommen. „Stimmt. Mir ist etwas schwindlig."

„Nehmen Sie noch einen Schluck", sagte Vater und reichte ihm die Flasche. Als der Mann getrunken hatte, schüttelten er und Vater sich die Hände.

„Der war ganz in Ordnung", erklärte Vater nachher. „Er war nur nicht in der richtigen Gesellschaft."

Vater ritt die meisten von Carruthers Pferden zu und war mit Peter Finlay, dem Stallmeister, befreundet. Peter war ein schwarzes Schaf, dem seine Familie Geld schickte, damit er möglichst lang von daheim wegblieb. Mit ihm konnte man über alles reden. Die Carruthers hingegen waren keine guten Unterhalter. Sie galten als intelligent, weil sie es verstanden, im geeigneten Moment „hm ja" oder „hm nein" zu sagen. Besuchten bedeutende Persönlichkeiten die Carruthers, so entstanden an den Abenden meist peinlich lange Gesprächspausen, und dann ließ Mrs. Carruthers immer Peter aus den Stallungen holen. Wenn Peter den Befehl zum Erscheinen erhielt, betrat er das Herrenhaus durch einen Hintereingang. In einem eigens zu diesem Zweck reservierten kleinen Zimmer lag auf einem Bett mit Damastdecke einer von Mr. Carruthers' besten Anzügen bereit. Peter zog den Anzug an und fand sich im Salon ein, wo er als Engländer auf Besuch in den Kolonien vorgestellt wurde.

Mit seinen Tischgesprächen entzückte er meist die Gäste und verschaffte Mr. Carruthers Gelegenheit, auf intelligente Weise „hm ja" oder „hm nein" zu sagen. Wenn die Gäste sich zurückgezogen hatten, zog Peter den Anzug wieder aus und kehrte in sein Zimmer hinter den Stallungen zurück.

Einmal kam er zu Vater und sagte ihm, daß Mr. Carruthers es gern sehen würde, wenn er vor wichtigen Besuchern einige Reitkunststücke vorführte. Zunächst meinte Vater: „Soll er sich doch zum Teufel scheren", aber nach einer Weile überlegte er, daß er für zehn Shilling doch dazu bereit wäre. „Man kann sich doch nicht so einfach zehn Shilling entgehen lassen", sagte er.

An jenem Tag, an dem er sich bei den Carruthers einfinden sollte, knotete Vater sich ein rotes Tuch um den Hals, stülpte sich einen breitrandigen Strohhut auf und bestieg eine rotbraune Stute namens Gay

Girl – Fröhliches Mädchen. Sie war ziemlich groß und konnte springen wie ein Känguruh. Als die Besucher also alle bequem auf der Veranda saßen und Getränke schlürften, galoppierte Vater, wilde Schreie
ausstoßend, zwischen den Bäumen hervor. ,,Ich komm da um die
Ecke, direkt auf das Gatter mit den fünf Querbalken zu", erklärte er,
als er die Geschichte erzählte. ,,Ich zügle sie, bis sie ruhig geht, und
setze dann zum Sprung an. Ich sag ja immer, daß ein Pferd von der
Koppel alles hergibt, was man will, und zwar Knall auf Fall. Ich hatte
Gay Girl gerade von der Koppel geholt, und sie war so frisch wie Farbe. Na ja, gerade weil sie so ausgeruht war, springt sie zu früh ab. Sie
wird ans Gatter anschlagen, das kann ich voraussehen; und das Gatter
ist ziemlich hoch.

Als ich spüre, wie sie ansetzt, gehe ich mit ihr hoch, um sie so wenig
wie möglich zu belasten. Du hättest deinen Kopf zwischen den Sattel
und mich stecken können, als sie zum Sprung ansetzte. Teufel, konnte
dieses Pferd springen! Gott steh mir bei! Sie gibt sich einen Ruck und
holt noch ein paar Handbreit Höhe heraus. Das konnte trotzdem nicht
verhindern, daß sie mit den hinteren Hufen anschlägt, aber nach zwei
Längen hat sie wieder Tritt gefaßt, und ich sitze im Sattel wie angegos-
sen.

Na, dann lass' ich sie hochkommen und eine knappe Kehrtwendung
auf der Hinterhand machen, da vor der Veranda, an der Stelle, wo die
ganze Meute von den Carruthersleuten sitzt, und die springen auf und
stoßen ihre Sessel zurück, noch ehe sie den letzten Schluck Grog ge-
schluckt haben. Na ja, dann hab ich Gay Girl die Hacken in die Flanken
gestoßen, und sie hat versucht, mich abzuwerfen, wollte, daß ich an einem Baum hängenbleibe – sie ist nun mal so ein tückisches Ding. Ich
reiße sie herum, klatsche mit meinem Hut gegen ihre Flanke, und sie
springt geradewegs auf die Veranda. Sie dreht und wendet sich wie der
Teufel, und immer, wenn sie ausschlägt, reißt sie dabei einen Stuhl
oder einen Tisch um. Na, und da spritzte der Grog überall, die Gläser
splitterten und die Frauen kreischten, und ein paar von den Kerlen
warfen sich zwischen mich und die Frauen und hielten sich dabei für
Helden, und die Frauen klammerten sich an sie, und das Schiff geht unter, werft die Rettungsringe aus und ,Gott schütze den König' und all
das Theater. Hölle! So was hat die Welt noch nicht gesehen!"

Wenn Vater in seinem Bericht bis hierher gekommen war, fing er
immer so zu lachen an, daß ihm die Tränen kamen, und er konnte nicht
aufhören, ehe er sich nicht mit seinem Taschentuch die Augen trok-

kengewischt hatte. „Na, und bevor ich Gay Girl wieder beruhige, hab ich Sir Frederick Salisbury – oder wie er sonst heißt – Hals über Kopf mitten in eine Gruppe von Pfauen hineinexpediert."

„Ist das alles wirklich passiert, Dad?" fragte ich ihn einmal. „Stimmt das alles?"

Er verzog das Gesicht und rieb sich das Kinn. „Nun ja, nein, mein Sohn, ganz so war's vielleicht nicht", beschloß er. „Irgend so was ist aber geschehen, und wenn man das ein paarmal erzählt hat, dann schmückt man's eben ein bißchen aus, siehst du? Leute zum Lachen zu bringen ist doch was Feines. Es gibt so verdammt viele Dinge, die sie traurig machen."

„Und die Geschichte mit dem Hirsch?" fragte ich ihn.

„Ja", gab er zu, „da war's genauso. Ich bin auf ihm geritten, das ist alles."

Mr. Carruthers war wütend auf Vater gewesen, weil Vater auf seinem Hirsch geritten war.

„Da lief der nun immer im Kreis herum", hatte Vater mir erzählt. „Der arme Kerl... Ich war mit ein paar von den Jungs in der Nähe und stand am Gatter, und als er an mir vorbeikam, bin ich auf seinen Rükken gesprungen." Er hielt inne, ein Lächeln auf dem Gesicht, und fügte dann hinzu: „Teufel!", und zwar in einem Ton, der auf eine erschrekkende Reaktion des Hirsches schließen ließ.

Und nicht ein Wort mehr erzählte er von diesem tollen Streich, den er für kindisch zu halten schien; aber ich fragte Peter Finlay, Carruthers' Stallmeister, danach.

„Hat der Hirsch Vater abgeworfen?"

„Nein", erklärte er, „es war eher umgekehrt."

Anscheinend hatte der Hirsch einen Teil seines Geweihs bei dieser Begegnung mit meinem Vater eingebüßt, und das war der Grund für Mr. Carruthers' Zorn gewesen.

Nach Mr. Carruthers' Tod hatte Mrs. Carruthers den Hirsch abholen lassen; aber man konnte immer noch den Pfad sehen, den er sich in seinem rastlosen Rundgang getreten hatte.

Wegen der Ehrerbietung, die jeder in Turalla – bis auf meinen Vater – Mrs. Carruthers entgegenbrachte, betrachtete ich die Schachtel vor mir auf dem Bett fast feierlich und schätzte dieses Geschenk höher als alles, was ich je erhalten hatte. „Mutter", sagte ich und hielt dabei die Schachtel mit beiden Händen fest, „hat Mrs. Carruthers Mary berührt, als sie ihr das Geschenk übergeben hat?"

AM NÄCHSTEN Morgen war ich unruhig und erregt, für Augenblicke überfiel mich auch Angst, und ich verlangte dann nach meiner Mutter. Ich wurde auf einer Bahre in den Operationssaal gerollt und auf einen hohen Tisch gehoben.

Dr. Robertson kam munter auf mich zu und sah lächelnd auf mich hinunter, während er sich die Hände massierte. Dann erschien Dr. Clarke, ein grauhaariger Mann mit verkniffenem Mund.

„Der Gemeinderat hat das Loch beim Tor noch immer nicht beseitigen lassen", sagte er und wandte sich zu einer Schwester, die ihm in den weißen Kittel half. „Kann man sich denn heute überhaupt noch auf das Wort irgendeines Mannes verlassen? Dieser Kittel scheint mir zu groß zu sein... Nein, es ist doch meiner."

Ich sah an die weiße Zimmerdecke und dachte an die große Pfütze bei unserem Tor, die sich nach jedem Regen bildete; ich konnte ganz leicht darüber wegspringen, aber Mary konnte das nicht. Ich konnte über alle Pfützen springen.

Dr. Clarke ging um mich herum, blieb dann hinter mir stehen und hielt ein weißes ausgehöhltes Kissen über meinen Kopf, das aussah wie eine Muschel. Auf ein Zeichen von Dr. Robertson tränkte er es mit einer Flüssigkeit, die er aus einer kleinen blauen Flasche tropfen ließ, und mir fiel das Luftholen schwer. Ich warf den Kopf von einer Seite zur anderen, aber er hielt mir das Ding immer direkt über die Nase, und bald verschwamm alles in bunten Farben vor meinen Augen. Dann hüllten mich Wolken ein, und auf diesen Wolken wurde ich fortgetragen.

Als ich wieder aufwachte, versuchte ich, den mich umgebenden Nebel zu durchdringen. Ich wußte nicht, wo ich mich befand, bis ich plötzlich wieder die Decke des Operationssaales sah und das Gesicht der Schwester, die sich über mich neigte. „Du darfst dich jetzt nicht bewegen", sagte sie. „Bleib ganz ruhig liegen. Der Gips auf deinem Bein ist noch nicht trocken."

Jetzt spürte ich, wie schwer mein Bein war und wie eisern ein Gipsverband Taille und Hüfte umklammerte.

„Bleib ganz still liegen", sagte sie. „Ich gehe einen Moment hinaus. Passen Sie auf ihn auf, Schwester", wies sie eine junge Schwester namens Conrad an.

„Wie geht's dir, mein Junge?" fragte Schwester Conrad.

Ich hatte sie schon immer gern gehabt, ihr volles Gesicht mit den Apfelbäckchen und ihre funkelnden Augen unter dichten, dunklen

Brauen. Ich wünschte so, daß sie bei mir blieb und nicht wegging, aber mir war übel, und außerdem war ich schüchtern, und deshalb konnte ich ihr nicht sagen, was ich fühlte.

„Beweg dich nicht, hörst du?" warnte sie mich.

„Ich glaube, ich hab meine Zehen ein bißchen bewegt", sagte ich.

Die wiederholten Warnungen, mich ja nicht zu bewegen, hatten mich veranlaßt, es dennoch zu versuchen, nur um zu sehen, was dann passieren würde. Wußte ich erst, daß ich mich bewegen konnte, dann war ich zufrieden und würde aufhören, es weiter zu versuchen.

Bis mittags ließ man mich auf dem Operationstisch liegen, dann wurde ich vorsichtig zu meinem Bett zurückgeschoben, wo ein Stahlgerüst die Decken über meinem Bein hochhielt.

„Wie fühlst du dich jetzt, Alan?" fragte Angus.

Mein Bein schmerzte, und ich fühlte mich einsam. Ich fing an zu weinen. „Mein Bein tut weh", sagte ich ihm.

„Es wird bald aufhören", tröstete er mich.

Aber es hörte nicht auf. Anscheinend hatte ich meine große Zehe zusammengekrampft, als der Gips noch feucht und weich war. Dann aber hatten meine gelähmten Muskeln nicht die Kraft gehabt, die Zehe wieder zu strecken und in die normale Lage zu bringen. Außerdem hatte sich durch eine unbewußte Hüftbewegung der Gipsverband innen in Falten gelegt, die – nunmehr zu einer scharfen Kante erstarrt – wie Messer gegen meinen Hüftknochen drückten. Mein verkrampfter Zeh schmerzte ununterbrochen. An der wunden Hüfte konnte ich mir jedoch etwas Erleichterung verschaffen, wenn ich mit leicht gedrehtem Körper ganz still lag. In den kurzen schmerzfreien Perioden fiel ich manchmal in einen unruhigen Schlummer, aber auch dann wanderte ich in meinen Träumen durch eine Hölle von Schmerzen und Pein.

Dr. Robertson sah stirnrunzelnd auf mich hinunter, während er überlegte, was an der Schilderung meiner Schmerzen stimmen mochte.

„Bist du ganz sicher, daß es deine Zehe ist, die dir weh tut?"

„Ja. Andauernd", sagte ich ihm, „es hört überhaupt nicht auf."

„Es muß sein Knie sein", sagte er zu der Oberin. „Er stellt sich wahrscheinlich nur vor, daß es die Zehe ist." Dann wandte er sich mir wieder zu: „Und deine Hüfte schmerzt auch die ganze Zeit?"

„Sie tut weh, wenn ich mich bewege."

Er drückte auf den Gips über meiner Hüfte. „Tut das weh?"

„Ooh!" rief ich aus und versuchte, mich ihm zu entziehen. „Ooh, ja!"

„Hm!" Mehr gab er nicht von sich.

Eine Woche nach der Operation wich der stolze Trotz, der es mir ermöglicht hatte, die Schmerzen zu ertragen, dumpfer Verzweiflung und der Angst, man könne mich für ein jammerndes Kleinkind halten. Nichts half mehr weiter. Ich weinte nun öfter still vor mich hin, starrte mit offenen Augen durch die Tränen an die hohe, weiße Decke über mir. Ich wäre am liebsten tot gewesen, hielt den Tod nicht mehr für das gefürchtete Ende des Lebens, sondern sah darin nur einen schmerzlosen Schlaf. Im Geiste sagte ich mir wieder und wieder in krampfhaftem Rhythmus: „Ich wünschte, ich wäre tot, ich wünschte, ich wäre tot, ich wünschte, ich wäre tot."

Ich fand heraus, daß die Ablenkung, die ich durch ruckartiges Hin- und Herwerfen meines Kopfes zu dem Rhythmus dieser Worte erzielte, die Schmerzen ein wenig zu lindern schien. Wenn ich den Kopf schnell hin- und herwarf und dabei die Augen offenhielt, verschwamm die weiße Decke vor meinen Augen, und das Bett hob sich wie auf Flügeln vom Boden. Meist verschaffte ich mir diese Erleichterung nachts, aber wenn die Schmerzen unerträglich wurden, tat ich es auch tagsüber, wenn keine Schwestern im Saal waren. Angus entging es nicht.

Eines Tages, als ich wieder anfing, den Kopf zu bewegen, fragte er mich: „Weshalb machst du das, Alan?"

„Der Schmerz läßt nach. Mir wird schwindlig", erklärte ich ihm.

Später hörte ich, wie er zu Schwester Conrad sagte, daß es wohl besser sei, wenn man sich einmal genauer mit mir befaßte. „Er macht uns nichts vor", sagte er. „Er würde das nicht tun, wenn es ihm nicht wirklich schlechtginge."

An diesem Abend gab mir die Schwester eine Spritze, und ich schlief die Nacht durch, aber am nächsten Tag setzte der Schmerz wieder ein, und man gab mir wieder Schmerzmittel und sagte, ich solle still liegen und versuchen zu schlafen.

Die Stelle an meiner Hüfte, wo sich die Gipskante ins Fleisch eingegraben hatte, entzündete sich, und in den nächsten Tagen wurde es so schlimm, daß ich plötzlich das Gefühl hatte, irgendwo oben an meinem Bein sei ein Furunkel aufgebrochen. An diesem Tag war der Schmerz in meiner Zehe kaum auszuhalten gewesen, und nun kam noch plötzlich dieses Brennen in der Hüfte dazu... Ich fing an, hoffnungslos verzweifelt zu schluchzen. Angus betrachtete mich besorgt. „Mr. McDonald", sagte ich mit erstickter Stimme. „Mir ist so schlecht vor Schmerzen. Ich halte es nicht mehr aus. Es muß aufhören. Ich glaube, mit mir ist es aus."

Er setzte sich auf und sah nach der Tür unseres Saals. „Wo sind die verdammten Schwestern?" rief er laut. „Jemand soll sie herholen. Der Junge hat jetzt genug durchgemacht."

Es dauerte nicht lange, bis eine Schwester kam. Sie schob mein Nachthemd hoch, zog es, ohne ein Wort zu verlieren, wieder herunter und eilte davon.

Ich kann mich erinnern, daß plötzlich Arzt, Oberin und Schwestern mein Bett umstanden, und ich weiß noch, daß der Arzt den Gips von meinem Bein sägte und hackte, aber ich lag in hohem Fieber. Mir war schwindlig, und ich weiß auch nicht mehr, daß Vater und Mutter in dieser Woche kamen.

Als ich wieder bei Bewußtsein war und aufnehmen konnte, was um mich herum vorging, lag ein Fremder in Angus' Bett. Angus hatte mir drei Eier und ein halbes Glas Eingemachtes zurückgelassen. Er fehlte mir sehr.

Mein Bein war nun vom Knie bis zum Knöchel geschient und nicht mehr eingegipst. Ich hatte keine Schmerzen mehr.

„Der Knochen wächst nur langsam zusammen", hörte ich Dr. Robertson zur Oberin sagen. „Das Bein wird nicht genügend durchblutet. Außerdem ist der Junge sehr blaß. Setzen Sie ihn jeden Tag in einen Rollstuhl, und bringen Sie ihn hinaus in die Sonne." An diesem Nachmittag schob eine Schwester einen Rollstuhl neben mein Bett. Sie hob mich vorsichtig hinein. Meine Beine reichten nicht bis zu der hölzernen Fußstütze und hingen haltlos, mit den Zehen nach unten, herab. Aber meine Arme waren stark, und als wir durch die Tür in den Garten hinauskamen, überflutete mich die Sonne mit ihren warmen Strahlen, und der Wind wehte mir kräftig um die Nase. Ich setzte mich auf, um soviel wie möglich davon zu genießen. Ganz aufrecht saß ich in meinem Rollstuhl, blickte auf die Himmelsbläue und das goldene Funkeln um mich und genoß das sanfte Streicheln des Windes auf meinem Gesicht wie ein Taucher, der die Wasseroberfläche durchbricht.

Drei Monate lang hatte ich keine Wolke gesehen, hatte ich auf die warmen Sonnenstrahlen verzichten müssen. Nun war mir all dies wiedergegeben worden, es war wie neu erschaffen, noch vollkommener und überströmend von Eigenschaften, die ich zuvor nie bemerkt hatte. Die Schwestern ließen mich in der Nähe der Eichen stehen, und obwohl sich kein Lüftchen regte, konnte ich sie miteinander flüstern hören, wie sie es nach Vaters Aussage immer taten.

Ich fragte mich, was wohl geschehen sein mochte, während ich in meinem Bett lag; was hatte alles so verändert? Ich sah einem Hund nach, der auf der anderen Seite der Straße jenseits des hohen Lattenzauns entlanglief. Noch nie hatte ich einen so wunderbaren Hund gesehen. Wie gerne hätte ich ihn streicheln mögen, so vieles mit ihm unternehmen wollen! Eine Drossel pfiff, und ihr Gezwitscher war wie ein Geschenk für mich. Ich sah hinunter auf den Kies, auf dem mein Rollstuhl stand. Jedes Steinchen hatte eine andere Farbe, und da lagen sie zu Tausenden und aber Tausenden zu kleinen seltsamen Hügeln gehäuft und zu winzigen Tälern geformt. Einige waren auf den Rasen neben dem Weg gefallen, und die Grashalme neigten sich anmutig über sie. Die Blätter der Eukalyptusbäume glitzerten in der Sonne und sandten funkelnde Blitze aus, die meine an solch glitzernde Helligkeit nicht mehr gewöhnten Augen schmerzten. Die Sonne hüllte mich in ihre Strahlen wie in eine liebevolle Umarmung ein.

Nach einer Weile fing ich an, mit dem Stuhl Experimente zu veranstalten. Ich versuchte, die Räder zu bewegen. Aber der Kies war zu dicht, und der Gartenweg war mit Steinen eingefaßt.

Ein Junge kam die Straße herauf. Laut klappernd zog er beim Laufen einen Stock am Lattenzaun entlang. Ihm folgte ein brauner Hund. Ich kannte den Jungen und mochte ihn gern. Er hieß George, und seine Mutter nahm ihn an jedem Besuchstag mit in das Krankenhaus. Er hatte mir oft etwas gegeben – Comics und Zigarettenbilder.

Sein Anblick machte mich froh. „Wie geht's denn so, George?" rief ich ihm zu.

„Nicht schlecht. Aber meine Mutter hat gesagt, ich soll sofort nach Hause kommen!"

„Ach!" rief ich enttäuscht aus.

„Ich hab hier 'ne Tüte Bonbons", teilte er mir mit. „Komm rüber zum Zaun, und ich geb dir, was noch übrig ist."

Nachdem ich ohne lange Überlegung, aber erfolglos versucht hatte, den Rollstuhl zu bewegen, erklärte ich ihm: „Ich kann noch nicht laufen. Sie behandeln mich noch."

„Na, dann werf ich sie rüber", kündigte George an. Er trat auf die Straße zurück, um einen Anlauf zu nehmen. Ich sah ihm anerkennend zu. Wenn sich ein Junge jemals nach allen Regeln der Kunst zum Wurf vorbereitete, war es George. „Aufgepaßt!" rief er. Höchst anmutig startete er zu seinem Lauf mit einem kleinen Hüpfer – jeder Zoll ein Perfektionist –, machte drei lange Schritte und warf.

Jedes Mädchen hätte besser gezielt.

„Ich bin ausgerutscht", erklärte George wütend.

Ich sah auf die Tüte mit den Bonbons, die knapp fünf Meter vor mir gelandet war, und sagte: „Was hältst du davon, hereinzukommen und sie mir zu holen?"

„Kann ich nicht", entgegnete George. „Meine Mutter wartet. Laß sie da liegen, und ich werd sie dir morgen holen. Bis bald also. Tschüs."

„Tschüs, George", rief ich geistesabwesend. Ich war mit meinen Gedanken ganz bei den Bonbons und versuchte, mir etwas einfallen zu lassen, um an sie heranzukommen, denn ich aß Bonbons für mein Leben gern. Wann immer ich einen Penny verdient hatte, weil ich auf das Pferd eines Mannes aufgepaßt hatte, rannte ich in den Laden, wo Bonbons verkauft wurden. Mit leuchtenden Augen stand ich vor den Auslagen mit Rumbonbons, Sahnebonbons, Fruchtlutschern, Anis- und Hustenbonbons, Lutschstangen, Eisbonbons und gefüllten Lutschbonbons. Ich brauchte immer viel Zeit, um mich zu entscheiden, was ich kaufen sollte.

Nun sah ich auf die Bonbontüte im Gras. Zum Teufel mit meinen Beinen! Ich würde sie schon kriegen. Ich packte die Armlehnen meines Rollstuhls und fing an, ihn von einer Seite zur anderen zu kippen, so daß er nur noch auf einem Rad balancierte. In meinem Überschwang holte ich zu sehr aus: der Rollstuhl stürzte seitwärts um. Ich wurde mit dem Gesicht nach vorn auf den Rasen geschleudert. Mein geschientes Bein traf genau auf einen Stein der Wegeinfassung, und der jähe Schmerz entlockte mir einen Wutschrei. Aber ich fing an, mich zu den Bonbons vorzuarbeiten, und verlor dabei Kissen, Decke und ein Comic-Heft... Ich kam bis zu der Tüte, packte sie und lächelte.

Ich öffnete die Tüte, untersuchte wohlgefällig ihren Inhalt und nahm einen Bonbon mit dem Aufdruck „Ich liebe dich" heraus. Dann legte ich mich auf den Rücken, blickte hinauf ins grüne Eichenlaub und zermalmte den Bonbon zwischen den Zähnen.

Ich war ausgesprochen glücklich und konnte es nicht begreifen, weshalb sich die Schwestern so aufregten, als sie mich auf dem Rasen fanden. Warum mußte denn die Oberin geholt werden, weshalb versammelten sie sich alle um mein Bett und fragten mich halb besorgt,

halb ärgerlich aus? Ich blieb bei meiner Antwort: „Ich hab den Rollstuhl umgekippt, um an die Bonbons zu kommen", und die Oberin
darauf immer wieder: „Aber weshalb hast du keine Schwester gerufen?", und ich darauf: „Ich wollte sie mir selbst holen."

„Ich verstehe dich nicht", beklagte sie sich.

Aber Vater verstand mich. Als ich es ihm erzählte, sagte er: „Ich
hätte auch keine Schwester gerufen. Natürlich hätte sie die Bonbons
geholt, aber das wäre doch etwas ganz anderes gewesen."

„Ja, das wäre etwas ganz anderes gewesen", sagte ich und liebte ihn
mehr als je zuvor.

„Aber kipp den Stuhl nicht noch mal wegen Bonbons um", warnte
er mich. „Tu das nur, wenn du in Gefahr bist, beispielsweise wenn es
brennt."

In der nächsten Zeit behielt man mich im Auge, wenn ich im Rollstuhl saß. Dann brachte mir der Arzt eines Tages ein Paar Krücken.

„Hier hast du Ersatzbeine", sagte er zu mir.

Die Oberin und einige Schwestern kamen herbei, um meine ersten
Gehversuche auf Krücken im Garten zu beobachten. Der Arzt hob
mich aus dem Rollstuhl, während die Oberin mir die Krücken unter
die Achseln klemmte.

Mein rechtes Bein, das ich immer das „schlechte Bein" nannte, war
gelähmt und hing von der Hüfte an nutzlos herunter. Es war gezeichnet von Narben und mißgestaltet. Das linke Bein bezeichnete ich als
mein „gutes" Bein. Es war nur zum Teil gelähmt, und ich konnte
mich darauf stützen. Wochenlang hatte ich das, auf der Bettkante sit-
zend, ausprobiert. Meine Rückgratverkrümmung gab meiner Haltung einen Linksdrall, aber wenn ich auf Krücken ging, gelang es mir
für kurze Zeit, aufrecht zu stehen.

Meine Bauchmuskeln waren teilweise auch gelähmt, aber Brustkorb und Arme waren nicht betroffen. In den Jahren nach der Operation kam ich zu dem Schluß, daß meine Beine Körperteile waren, die
keine große Beachtung verdienten. Sie führten unabhängig von mir
ein kümmerliches Eigenleben, und sie taten mir deswegen leid. Mein
Stolz hingegen waren Arme und Brustkorb, und es galt, sie vor allen
anderen Körperteilen zu entwickeln.

Einen Augenblick stand ich da und sah unentschlossen geradeaus.
Mein Blick fiel auf einen dunklen Fleck unbewachsener Erde inmitten
des Rasens, ein paar Meter von mir entfernt. Dorthin will ich, nahm
ich mir vor.

Der Arzt zog seine Hände zurück, hielt sich aber dicht neben mir, um zupacken zu können, wenn ich fallen sollte. Ich hob die Krücken und schwang sie ausholend vor. Als ich wieder auf die Krückenlehnen zurückfiel, zuckten meine Schultern unter dem plötzlichen Aufprall hoch. Ich schwang die Beine vor, wobei mein rechtes Bein wie ein gebrochener Flügel durch den Schmutz schleifte. Dann hielt ich inne und atmete tief durch.

„Gut!" rief der Arzt. „Nun noch einmal!"

Noch dreimal wiederholte ich die gleichen Bewegungen, dann stand ich schließlich auf jenem Fleckchen Erde. Ich hatte es geschafft. Aber mir tat alles weh.

„Das ist genug für heute", meinte der Arzt. „Zurück in deinen Rollstuhl! Morgen kannst du es wieder versuchen."

Nach wenigen Wochen konnte ich im Garten umherlaufen, und obwohl ich einige Male hingefallen war, hatte ich doch Sicherheit gewonnen. Als man mir sagte, daß ich entlassen würde, war ich weniger aufgeregt, als ich geglaubt hatte. Ich hatte das Krankenhaus und den Garten so in meine Gedanken und Unternehmungen einbezogen, daß ich das Gefühl bekam, ich könnte nach der Entlassung aus der vertrauten Umgebung die dort erworbene Sicherheit wieder einbüßen.

Als meine Mutter erschien, saß ich angezogen auf der Bettkante und sah auf den leeren Rollstuhl, den ich jetzt nicht mehr benutzen konnte. Vater hatte nicht genug Geld, um einen Rollstuhl zu kaufen, aber er hatte aus einem alten Kinderwagen ein dreirädriges Vehikel gebastelt, das Mutter nun vor sich herschob.

Als Schwester Conrad mich zum Abschied küßte, hätte ich am liebsten geweint, aber ich unterdrückte die Tränen und schenkte ihr einige Papageienfedern, die mir Vater einmal mitgebracht hatte. Ich hatte sonst nichts, was ich ihr hätte geben können, aber sie sagte, das sei mehr als genug.

Mutter hatte mich in eine Decke gewickelt, und so lag ich in dem Wagen und hielt einen kleinen Löwen aus Ton, den Schwester Conrad mir geschenkt hatte, fest umklammert.

Mutter schob mich hinaus auf die Straße, über den Bordstein. Dabei kippte der Wagen um, und ich fiel in den Straßenschmutz. Mutters Anstrengungen, den umgekippten Wagen, der halb auf mir lag, wieder umzudrehen, und ihre besorgten Fragen, ob ich verletzt sei, kümmerten mich nicht. Ich war zu sehr damit beschäftigt, meinen Tonlöwen zu suchen.

Schließlich fand ich ihn unter der Decke, mit abgebrochenem Kopf, wie ich befürchtet hatte.

Ein Mann lief auf Mutters Hilferufe herbei.

„Würden Sie mir bitte helfen, meinen kleinen Jungen wieder in den Wagen zu setzen?" bat sie ihn.

„Was ist denn los mit ihm?" wollte der Mann wissen, der den Wagen mit einem schnellen Ruck packte und umdrehte.

„Der Wagen ist umgekippt. Bitte seien Sie vorsichtig! Tun Sie ihm nicht weh; er ist gelähmt!"

Mutters Aussage entsetzte mich. Das Wort „lahm" verband sich in meiner Vorstellung mit lahmenden Pferden und absoluter Nutzlosigkeit.

Ich sah Mutter erstaunt an.

„Gelähmt, Mutter?" Meine Worte überschlugen sich. „Weshalb hast du gesagt, ich sei gelähmt?"

4. KAPITEL

„EIN Krüppel sein", das war für mich ein Zustand, der vielleicht auf einige Menschen zutraf, aber ganz bestimmt nicht auf mich. Doch da ich von nun an immer wieder hören mußte, wie die Leute von mir als einem Krüppel redeten, wurde ich gezwungen, mir einzugestehen, daß etwas Wahres daran sein mußte. Immerhin blieb mir die Überzeugung, daß die Tatsache, ein Krüppel zu sein, manche Menschen schwer belastete, aber daß es mir nichts ausmachte. Ein verkrüppeltes Kind findet die Tatsache, nicht gehen zu können, zwar unbequem oder lästig, aber es ist überzeugt, daß es nie daran gehindert sein wird, das zu tun, was es sich vorgenommen hat. Wenn es seine gelähmten Glieder als Behinderung empfindet, dann nur, weil man ihm das eingeredet hat.

Gesunde Spielkameraden machen keinen Unterschied zwischen einem gelähmten Kind und einem gesunden, das seine Glieder gebrauchen kann. Sie werden von einem Jungen auf Krücken verlangen, dies oder jenes zu holen, und schimpfen, wenn es ihnen zu langsam geht. Mehr noch, der kindliche Sinn für Späße wird keineswegs von den Vorstellungen eingeschränkt, die Erwachsene von Takt und gutem Geschmack hegen. Kinder lachten oft über meinen Anblick und wieherten vor Vergnügen, wenn ich hinfiel. Ich fiel in ihr Gelächter ein, fasziniert von der absurden Tatsache, daß ein Mißgeschick eines Behinderten zum Anlaß allgemeiner Heiterkeit werden konnte.

„Komm, sieh dir mal Alans komisches Bein an! Er kann es über seinen Kopf legen!"

Die verlegene Mutter, die hören muß, wie ihr Sohn ohne Umschweife verkündet: „Das ist Alan, Mutter. Er hat ein ganz verbogenes Bein", beeilt sich, ihn zum Schweigen zu bringen, und vergißt dabei ganz, daß sie vor zwei strahlenden kleinen Jungen steht, von denen der eine glücklich ist, daß er etwas entdeckt hat, und der andere, daß er etwas vorweisen kann.

Ich hatte nun keine Schmerzen mehr und konnte mich auf Krücken bewegen. Aber Erwachsene, die uns daheim besuchten, nannten meine Zufriedenheit „Mut". Die meisten Erwachsenen sprechen vor Kindern ganz offen über sie, als ob die Kinder sie nicht verstehen könnten. „Er ist trotz seines Leidens ein glückliches Kind", pflegten sie zu bemerken, als seien sie darüber überrascht.

Weshalb soll ich denn nicht glücklich sein? dachte ich. Da ich einen normalen Verstand besaß, hatte ich auch die Lebenseinstellung eines ganz normalen Kindes, und meine verkrüppelten Glieder änderten nichts daran. Als Kind leidet man nicht darunter, behindert zu sein; das überläßt man den Männern und Frauen, die dieses Kind betrachten.

NACH dem Aufenthalt in dem großräumigen Krankenhaussaal mußte ich mich an das Leben in einem Hause, das mir plötzlich klein wie eine Puppenstube vorkam, erst wieder gewöhnen. Als Vater mich in die Küche schob, war ich erstaunt darüber, wie sehr sie zusammengeschrumpft war. Der Tisch mit der Rosenmusterdecke schien den Raum so auszufüllen, daß kaum noch Platz für meinen Wagen blieb.

Eine fremde Katze saß auf dem Herd und putzte sich.

„Wem gehört denn die Katze?" fragte ich, überrascht darüber, daß dieser vertraute Ort eine Katze beherbergte, die ich nicht ausgesucht hatte.

„Das ist das Junge von Blacky", erklärte meine Schwester Mary. „Du weißt doch, sie hat es bekommen, als du ins Krankenhaus mußtest."

Mary war ganz aufgeregt über meine Rückkehr. Sie war älter als ich, ein hilfsbereites, zuvorkommendes Mädchen mit braunen Augen und dunklem Haar. Wenn sie Mutter nicht half, saß sie meist über ein Buch gebeugt, zeigte sich aber gleich voll energischer Entrüstung, wenn es galt, einem gequälten Tier zu Hilfe zu kommen. Dieser Kreuzzug nahm viel von ihrer Zeit in Anspruch. Einmal, als ein Viehtreiber von seinem Pferd herunter ein zurückbleibendes, erschöpftes Kälbchen, das mit seiner Mutter nicht mehr Schritt halten konnte, mit der Peitsche angetrieben hatte, stellte sich Mary auf den obersten Querbalken unseres Tores und schrie ihn mit tränenerstickter Stimme an. Er hat nicht wieder zugeschlagen.

Jane war die Älteste. Sie kümmerte sich um das Federvieh und zog drei Lämmer groß, die ihr ein Viehtreiber überlassen hatte, weil sie zu erschöpft waren, um weiterzuziehen. Sie war groß und ging immer mit erhobenem Kopf. Sie half Mrs. Mulvaney, der Frau des Bäckers, deren kleine Kinder zu versorgen, und verdiente damit fünf Shilling pro Woche. So konnte sie sich kaufen, was sie wollte, nachdem sie Mutter etwas von ihrem Lohn abgegeben hatte.

Mary konnte es kaum erwarten, mir zu berichten, was alles geschehen war, seit ich ins Krankenhaus gekommen war – alles Neuigkeiten über die Kanarienvögel und Pat, den Kakadu, und meinen Liebling, die Beutelratte, und den Königssittich, der keinen Schwanz mehr hatte. Sie hatte sie täglich gefüttert und den Kanarienvögeln zwei neue Behälter für ihr Trinkwasser hingestellt. Der Boden von Pats Käfig mußte gesäubert werden, aber das war alles. Die Beutelratte kratzte immer noch, wenn man sie aufnahm, aber nicht mehr so heftig.

Da saß ich nun in meinem Wagen – Mutter hatte meine Krücken versteckt, weil ich sie nur eine Stunde am Tag benutzen sollte – und sah zu, wie Mutter die Decke ausbreitete und den Tisch für das Abendessen deckte. Die kleinen alltäglichen Geschehnisse um mich herum erfüllten sich für mich mit neuem Leben, verzauberten mich aufs neue.

Neben mir auf dem Speiseschrank mit dem Fliegengitter stand eine Lampe mit gedrechseltem Fuß und runder Glaskugel. Abends wurde sie angezündet und mitten auf den Tisch gestellt, wo sie dann rundum auf die Tischdecke einen hellen Lichtschein warf.

Ein großer, schwarzer Teekessel mit einer Tülle in Form einer angreifenden Schlange summte auf dem Ofen, und der Sims über dem Herd war umrandet von einer Drapierung aus nunmehr schon rauchgeschwärzter, ehemals brauner Spitze. Auf dem Sims standen eine Teedose und eine Kaffeebüchse, auf der ein bärtiger Türke abgebildet war. Darüber hing das Bild mit den verschreckten Pferden. Es war gut, dieses Bild wieder ansehen zu können.

Eine Tür führte zu meinem Schlafzimmer, einem kleinen Verschlag, dessen jutebespannte Wände mit Zeitungspapier verkleidet waren. Sie hoben und senkten sich, wenn der Wind am Haus rüttelte, als atmeten sie.

NACH dem Essen schob Vater mich in meinem rollenden Vehikel in den Stall, wo ich die Pferde hören konnte, wie sie sich das Stroh aus den Nüstern schnaubten und lautstark mit ihren Hufeisen über den Steinboden scharrten. Der Stall war sechzig Jahre alt und sah aus, als müsse er unter dem Gewicht seines Strohdachs zusammenbrechen. Die Wände bestanden aus senkrecht aneinandergereihten Balken von Baumstämmen, die nahe beim Haus gefällt worden waren. Durch eiserne Ringe an der Wand waren Taue geschlungen, die die Pferde hielten, wenn sie sich ihr Futter aus den Trögen holten, die mit dem Breitbeil aus Baumklötzen herausgehauen und mit einer flachen Axt zurechtgestutzt worden waren. Unter dem gleichen strohgedeckten Dach, wo nun die Spatzen lärmten, befand sich auch der Futterschuppen, auf dessen rohem Bretterboden der Häcksel knöchelhoch verstreut lag. Nebenan war der Raum für Geschirr und Zaumzeug, in dem auch Büchsen mit Klauenfett, Lederschwärze, Terpentinflaschen, Weißwurztinktur und Tierarzneien standen. Das Strohdach zog sich noch weiter über den Wagenschuppen hin, in dem ein Einspänner und das langdeichslige Gig untergebracht waren.

Der hintere Eingang des Stalls führte auf den Korral hinaus, eine runde Einzäunung aus roh behauenen, zwei Meter hohen Pfosten und einzelnen Querbalken. Die Umfriedung fiel nach außen schräg ab, so daß ein bockendes Pferd meinen Vater nicht gegen einen Pfosten drücken oder seine Beine am Zaun zerquetschen konnte.

Jenseits der ungepflasterten Straße lag unbebautes Buschland, ein Refugium für die wenigen Känguruhs, die sich noch immer nicht in weniger besiedelte Gegenden zurückziehen wollten. Warenhaus, Poststation und Schule lagen fast zwei Kilometer von uns entfernt. Ein Berg, Mount Turalla, erhob sich hinter der Ortschaft. Oben öffnete sich ein Krater, von dessen Rand Kinder oft Felsbrocken hinunterstießen, die dann polternd durch das Farnkraut rollten, bis sie schließlich tief unten am Boden liegenblieben. Vater sagte, daß die an den Hängen von Mount Turalla gezüchteten Pferde immer einen sicheren Tritt hätten und ein paar Pfund Sterling mehr wert seien als jene aus den Koppeln in der Ebene.

„Ich hab hier ein Jungpferd, mit dem wohl nicht viel anzufangen ist", sagte Vater, als er meinen Wagen in den Stall schob. „Es verdreht die Augen, bis man nur noch das Weiße sieht, und Pferde mit solchen Augen spielen bei jeder Gelegenheit verrückt. Es gehört Brady. Und es wird ihn noch eines Tages umbringen, das kannst du mir glauben. Ho, du da!" rief er einem Pferd zu, das zurückgezuckt war. „Sieh nur! Jetzt will es wieder ausschlagen. Ich hab's an die Mundstange gewöhnt, es reagiert ziemlich leicht auf die Zügel, aber ich werde ihm einen Sprungzügel anlegen, wenn ich's aufzäume."

„Kann ich dabeisein, wenn du es anschirrst, Vater?" bat ich.

„Nun ja, gut", sagte er bedächtig und stopfte seine Pfeife. „Du könntest mir beim Zureiten helfen, es halten und so. Du könntest mir eine große Hilfe sein, aber", und er drückte den Pfeifentabak mit dem Finger fest, „ich glaube, es wäre besser, wenn ich es zunächst erst einmal für ein oder zwei Runden rannehme. Ich möchte, daß du dabei zusiehst und mir sagst, was du von seiner Gangart hältst, wenn ich mit ihm an dir vorbeikomme. Es wäre mir lieb, wenn du so etwas öfter für mich tust. Ich kenne niemand, der mehr von Pferden versteht als du."

„Ich werd dir schon sagen, was mit ihm los ist!" rief ich, nur zu gerne bereit, ihm behilflich zu sein. „Ich werde seine Beine beobachten. Das macht mir Spaß, Vater."

„Das habe ich gewußt", meinte er und zündete sich die Pfeife an. „Ein Glück, daß ich dich habe."

„Wie hast du mich denn bekommen, Vater?" wollte ich wissen.

„Mutter hat dich erst eine Weile in sich getragen, und dann wurdest du geboren. Sie sagt, du bist wie eine Blume unter ihrem Herzen gewachsen."

„Wie die Jungen, die Blacky bekommen hat?" fragte ich.

„Ja, genauso."

„Mir wird bei dem Gedanken ein bißchen übel."

„Ja." Er schwieg und sah durch die Stalltür hinaus. „Mir ging es genauso, als ich zum erstenmal davon hörte, aber wenn man es sich richtig überlegt, scheint das ganz in Ordnung zu sein. Es geht doch nichts über ein Fohlen, das neben seiner Mutter herläuft und sich an sie drängt – du weißt doch."

Er lehnte sich an einen Pfosten und zeigte es mir. „Nun, sie hat es in sich getragen, ehe es geboren wurde. Und es springt um sie herum, als wollte es wieder hinein in sie. Das ist besser, als nur so einfach zur Mutter gebracht zu werden."

„Ja, da magst du wohl recht haben." Ich hatte meine Ansicht schnell geändert. „Ich hätte es auch nicht gern, wenn man mich nur so einfach gebracht hätte", bemerkte ich.

Vater schob mich aus dem Stall in den Hof und sagte mir, ich solle ihm beim Abschmieren des Wagens zusehen.

„Weißt du, daß am Samstag das Picknick stattfindet?" fragte er mich, während er ein Rad abnahm.

„Das Picknick!" rief ich, freudig erregt bei dem Gedanken an diese alljährliche Veranstaltung der Sonntagsschule.

Dann durchzuckte mich jähe Enttäuschung, die mir wohl am Gesicht abzulesen war. „Ich werde nicht am Wettrennen teilnehmen können", sagte ich.

„Stimmt", war die knappe Antwort meines Vaters.

Er drehte das Rad wieder an den Einspänner, und ich saß in meinem Kinderwagen dabei, eine Decke über die verkrüppelten Beine gebreitet, und sah ihm zu.

„Du wirst dieses Mal nicht mitlaufen können", meinte er schließlich, „aber ich möchte, daß du beim Wettrennen zusiehst. Stell dich nach vorn, dicht an die Bahn. Renn mit ihnen, während du zusiehst. Wenn die ersten Jungens durchs Ziel laufen, zerreißt du das Zielband mit ihnen."

„Wie denn, Vater?" Ich verstand nicht, was er wollte.

„In Gedanken", sagte er.

Ich dachte darüber nach, was er gesagt hatte, während er eine Büchse mit Wagenschmiere aus dem Schuppen holte. Als er wieder herauskam, stellte er die Büchse auf den Boden neben den Wagen, wischte sich die Hände an einem alten Lappen ab und sagte: „Ich hatte einmal eine schwarze Hündin – eine Promenadenmischung. Die konnte vielleicht rennen – war fast so schnell wie eine Kugel aus dem Jagdgewehr. Sie war die beste Hündin, die ich je hatte. Ein Kerl hat mir sogar mal eine Fünfpfundnote für sie geboten."

„Warum hast du sie nicht verkauft, Vater?" fragte ich.

„Na ja, sieh mal, ich hab sie als Junges bekommen und selber aufgezogen. Ich nannte sie Bessie."

„Schön wär's, wenn wir sie jetzt hätten, Vater", sagte ich.

„Das wünschte ich mir auch. Aber sie zog sich eine Verletzung an der Schulter zu. Danach taugte sie nicht mehr viel. Ich nahm sie trotzdem immer mit, und sie bellte für alle, während die anderen Hunde rannten. Nie wieder habe ich erlebt, daß ein Hund sich derart aufregen konnte. Na ja, du mußt eben so werden wie sie. Kämpfe und laufe und renne und reite, und schrei dir das Herz aus dem Hals, auch wenn du nur zusiehst. Vergiß deine Beine. Ich werde sie von heute an auch vergessen."

5. Kapitel

Die Kinder, die etwas weiter unten an unserer Straße wohnten, kamen jeden Morgen, um mich abzuholen und mich in dem Wagen zur Schule zu schieben. Sie taten das gern, denn sie durften abwechselnd bei mir im Wagen sitzen. Diejenigen, die das Vehikel zogen, trabten wie Pferde, und ich spornte sie dann immer mit He!-Rufen an und schwang eine nur in der Phantasie existierende Peitsche. Da war Joe Carmichael, der schräg gegenüber von uns wohnte – er war mein Freund –, und Freddie Hawk, der alles besser konnte als alle anderen und vielbewunderter Mittelpunkt in der Schule war, und „Moskito" Bronson, der immer sagte, daß er einen verpetzen würde, wenn man ihn schlug.

Weiter unten am Weg wohnten auch zwei Mädchen. Die eine war Alice Barker. Alle Jungen hätten sie gern als ihre Freundin gehabt, aber sie mochte nur Freddie Hawk. Die andere war Maggie Mulligan. Sie war recht groß für ein Mädchen, kannte drei furchtbare Flüche und stieß alle drei nacheinander aus, wenn man sie ärgerte. Ehe man sich versah, hatte sie einen am Ohr gezogen.

Ich hatte es am liebsten, wenn sie meinen Wagen schob, denn ich liebte sie. Manchmal kippte der Wagen um, wenn wir „bockende Pferde" spielten, und dann stieß Maggie ihre drei Flüche aus und rief den anderen zu: „Hallo! Hierher! Helft mir, ihn zurückzubefördern, ehe jemand kommt!"

In der Schule ließen sie meinen Wagen immer in der Nähe des Eingangs stehen, und ich ging auf Krücken in das Klassenzimmer. Die Schule war in einem langen Steinbau mit hohen, schmalen Fenstern untergebracht. Saß man erst einmal, konnte man nicht mehr hinaussehen.

Die Kleinen wurden von Miß Pringle unterrichtet, die Großen von Mr. Tucker. Miß Pringle hatte graue Haare und sah immer über ihre Brille ihre Schüler an. Sie trug einen steifen, hohen Kragen mit Fischbeinstäbchen, der ihr kaum gestattete, zustimmend zu nicken, wenn man hinausgehen wollte. Ich hatte aber immer Lust hinauszugehen, denn dann konnte ich in der Sonne stehen, auf den Mount Turalla sehen und den Flötenvögeln zuhören.

Mr. Tucker war der Schuldirektor. Sein Blick war hart, streng und kalt, er konnte treffen wie eine Peitsche. Mr. Tucker wusch sich immer in einer Emailleschüssel in der Zimmerecke die Hände, und wenn er damit fertig war, sah er auf seine Schüler, während er sich mit einem kleinen, weißen Handtuch die Hände abtrocknete. In diesen Minuten wagte sich niemand zu rühren. War er damit fertig, faltete er das Handtuch zusammen und legte es in die Tischschublade. Dann lächelte er uns an und bleckte dabei die Zähne. Ich hatte vor ihm ebenso große Angst wie vor einem Tiger.

Er hatte einen Stock, den er immer, ehe er einen Jungen schlug, zweimal durch die Luft sausen ließ und ihn dann durch die geschlossene Hand zog, als wollte er ihn reinigen.

„Und jetzt", meinte er dann unheilvoll und bleckte lächelnd seine Zähne.

Seine Schläge auszuhalten war ein Beweis der Überlegenheit, und Jungen, die deswegen weinten, konnten sich draußen beim Spielen nie wieder gegen einen anderen Jungen durchsetzen. Mein Stolz verlangte, daß ich mich auf einem Gebiet behauptete, das hoch in der Wertskala meiner Mitschüler stand. Da mir viele andere Möglichkeiten verschlossen waren, entwickelte ich eine verächtliche Haltung gegenüber Stockschlägen.

Ich zwang mich, meine ausgestreckte Hand nicht, wie einige andere Jungen, zurückzucken zu lassen, wenn der Stock niedersauste. Weil meine Finger danach so taub waren, daß ich die Handgriffe meiner Krücken nicht mehr fassen konnte, schob ich die Handrücken unter die Griffe und bewegte mich auf diese Weise zurück an meinen Platz.

Wir rieben uns Harz in die Innenflächen der Hände, weil wir glaubten, das würde sie so hart machen, daß nichts mehr weh tun könnte.

Ich wurde allmählich zur Autorität, wenn es darum ging, wieviel Harz auf welche Weise aufgetragen werden mußte, welche Art Harz am besten war, und brachte meine Ratschläge in einem Ton vor, der zeigte, daß ich Erfahrung besaß, der man nicht widersprechen konnte.

Später zog ich Akazienrinde vor und tauchte meine Hände in die braune Brühe, die entstand, wenn man die gerbstoffreiche Rinde mit

heißem Wasser übergoß. Ich behauptete, dies habe meine Hände widerstandsfähig gemacht. Zum Beweis zeigte ich meine Handflächen vor, die vom dauernden Druck der Krückengriffe schwielig geworden waren.

MEINE Krücken wurden allmählich ein Teil meiner selbst. Meine Arme waren kräftig entwickelt, und meine Achselhöhlen waren hart und unempfindlich geworden. Ich hatte verschiedene Arten der Fortbewegung entwickelt, die ich nach der Gangart von Pferden bezeichnete. So konnte ich trotten, im Schritt gehen, kantern und galoppieren. Ich fiel oft hin und schlug hart auf, aber ich lernte es, mich beim Fallen so abzufangen, daß mein schlechtes Bein nicht verletzt wurde.

Ohne Schrammen oder Beulen ging das nie ab, und an jedem Abend versorgte ich dann eine neue Verletzung, die ich mir tagsüber zugezogen hatte. Aber das bekümmerte mich nicht weiter. Ich betrachtete diese lästigen Unannehmlichkeiten als Bestandteil eines normalen Lebens.

Ich fing an, zu Fuß zur Schule zu gehen, und lernte, was Erschöpfung bedeutet – ein Zustand, der allen Krüppeln vertraut ist und sie ständig bedrückt. Ich versuchte immer, Umwege zu vermeiden, so direkt wie nur möglich an mein Ziel zu gelangen. Ich ging lieber durch Distelbüsche hindurch als um sie herum, kletterte durch Zäune, anstatt die wenigen Meter Umweg bis zum Tor zu machen.

Ein normales Kind verschwendet seine überflüssige Energie mit Hüpfen, Luftsprüngen und vielerlei Drehungen und Wendungen, wenn es die Straße entlanggeht. Auch ich hatte das Bedürfnis, das zu tun, und vollführte ungeschickte Sprünge, wenn ich unterwegs war, denn ich hatte das Bedürfnis auszudrücken, wie wohl ich mich fühlte. Wenn die Leute sahen, wie ungeschickt ich meine Lebensfreude zum Ausdruck brachte, fanden sie es erschütternd und starrten mich voller Mitleid an. Ich hörte sofort auf, bis sie außer Sichtweite waren, und kehrte dann wieder in meine glückliche Welt zurück, die frei war von ihrem Bedauern und allen Schmerzen.

Neue Dinge gewannen für mich an Wert. Die Achtung, die ich Jungen gezollt hatte, die ihre meiste Zeit mit Lesen verbrachten, verlor sich zugunsten der Bewunderung für körperliche Leistung. Mein Respekt vor einem Fußballspieler war weitaus größer als vor Menschen mit beachtlichen Geistesgaben. Aber Gewaltanwendung jeder Art war mir zuwider. Wenn ich einen Mann ein Pferd schlagen oder einen

Hund treten sah, schlich ich mich heim und umarmte Meg einen Augenblick lang ganz fest. Dann ging es mir wieder besser. Es war, als ob sich ihre Sicherheit auf mich übertrug.

Ich hatte alle Tiere, die Vierbeiner und Vögel, schon immer tief in mein Herz geschlossen. Das Gleiten der Vögel berührte mich wie eine sanfte Melodie. Die Schönheit der Bewegung kam mir gerade bei herumtollenden Hunden schmerzhaft zum Bewußtsein. Es wurde mir allerdings nie klar, daß ich mit dieser Verehrung jeder kraftvollen Aktivität meine beschränkte Bewegungsfreiheit ausglich.

Abends lief ich durch den Busch, um dort den Geruch von Erde und Bäumen in mich aufzunehmen. Ich kniete mich ins Moos und preßte mein Gesicht in die Erde, atmete den würzigen Duft tief ein. Ich spürte das Gras zwischen meinen Fingern. Feine, haarähnliche Wurzeln schienen mir von einem seltsamen Zauber beseelt zu sein, und ich hatte das Gefühl, mein Kopf sei viel zu weit von der Erde entfernt, um Gras und wilde Blumen wirklich ganz erleben zu können. Am liebsten hätte ich mir wie ein Hund mit der Nase am Boden meinen Weg gesucht, um nur ja keinen Duft zu versäumen, kein kleines Wunder, sei es nun Stein oder Pflanze, unbeachtet zu lassen. So kroch ich denn durch den Farn am Rande des Sumpfes, zog Entdeckungstunnel durch das Gebüsch oder lag auf dem Bauch inmitten eingerollter Farnwedel, die soeben aus dem fruchtbaren Dunkel der Erde hervorgekommen waren, noch kaum geöffnet, wie die Hände Neugeborener. Wie zart waren sie! Und wie voller Freundlichkeit und Mitgefühl!

Nach dem Abendessen, ehe es Zeit zum Schlafengehen war, ging ich zu unserem Tor, um den Fröschen zuzuhören, dem Ruf des Eulenschwalms oder den Zischlauten der Beutelratten zu lauschen, und dann ermöglichte mir die Phantasie einen gewaltigen Nachtmarsch auf allen vieren, die Nase dicht über dem Boden, als verfolgte ich die Spur eines Kaninchens. Ich war dann ein Dingo oder ein Hund, der ungezähmt im Busch lebte, den er unermüdlich auf langen Streifzügen durchquerte. Wenn ich in meiner Phantasie als Hund durch die Nacht lief, kannte ich keine Müdigkeit, kein schmerzhaftes Hinfallen. Ich rannte durch den Busch, die Nase dicht über der mit Laub bedeckten Erde, angetrieben von kraftvoller, intensiver Lebensfreude.

Die Alltagswelt war meine Schmiede des Lebens. Auf den Schwingen der Träume schmiedete ich mir ein neues Leben.

NACH den Schulstunden waren Joe Carmichael und ich unzertrennlich. Joe hatte ein frisches, rotbackiges Gesicht. Die Erwachsenen
mochten ihn besonders wegen seines scheuen Lächelns. Er zog vor allen Frauen höflich seine Mütze und war immer zu Botengängen bereit.
Er stritt sich nie, aber er hielt eisern an seiner Überzeugung fest, auch
wenn er sie nicht verteidigte. An Samstagnachmittagen zogen wir aus,
um gemeinsam Hasen und Kaninchen zu jagen, und wochentags
stellten wir am Abend Fallen auf, die wir frühmorgens abgingen.
Wir kannten die Namen für alle Vögel ringsum im Busch, ihre
Gewohnheiten und Nistplätze, und jeder von uns hatte eine Samm-
lung von Eiern, die in halb mit Kleie gefüllten Kartons aufbewahrt
wurden.

Joes Vater arbeitete für Mrs. Carruthers. Er hatte einen sandfarbe-
nen Schnurrbart, und Vater sagte, er sei der ehrlichste Mann in der
ganzen Gegend. Mrs. Carruthers zahlte ihm fünfundzwanzig Shilling
die Woche, behielt aber fünf Shilling für die Hausmiete ein. Joes Mutter, Mrs. Carmichael, war eine kleine, magere Frau mit straff zurück-
gekämmtem, zu einem Knoten aufgestecktem Haar. Sie wusch Wäsche in runden Waschtrögen, die aus alten Weinfässern hergestellt
worden waren, und summte beim Waschen immer gleichmäßig vor
sich hin, als wolle sie damit ihre Zufriedenheit bekunden. Dieses
Summen klang mir entgegen, wenn ich durch die Bäume auf ihr Haus
zuging. Ich blieb immer stehen, um ihr zuzuhören.

Mrs. Carmichael lächelte mich stets an, wenn sie mich sah. „Ich mache dir und Joe sofort ein Marmeladenbrot", rief sie mir gleich zu.

Sie blickte nie auf meine Krücken, sondern sah mir immer ins Gesicht. Sie sprach mit mir, als sei sie sich nicht bewußt, daß ich nicht so
laufen konnte wie andere Jungen. „Lauf hinunter und hole Joe", sagte
sie. Ich wünschte mir immer, daß ihr Haus einmal in Flammen stünde,
damit ich sie retten konnte.

Joe und ich verkauften die Felle der von uns erlegten Hasen und Kaninchen an einen bärtigen Mann, der jede Woche mit Pferd und Wagen
am Haus von Joes Eltern vorbeikam. Das Geld, das wir für die Felle
erhielten, taten wir in eine Büchse. Wir sparten es, denn wir wollten
uns ein buntes Vogelbuch kaufen, das wir für das herrlichste Buch
hielten, das man sich überhaupt wünschen konnte.

„Die Bibel wird allerdings noch besser sein", räumte Joe einmal ein.
Gelegentlich war Joe ein bißchen fromm.

Bei unseren Jagdausflügen paßte sich Joe meinem Tempo an. Er

nahm mir nie die Freude, etwas selbst zu entdecken. Sah er vor mir einen zusammengeduckten Hasen, winkte er mir mit wilder Gestik und
verzog seinen Mund lautlos, um mir zu bedeuten, daß ich mich beeilen
sollte. Ich schwang mich dann auf meinen Krücken in seine Richtung,
hob und senkte sie aber mit äußerster Umsicht, um sie nach jedem
Schwung lautlos aufzusetzen. Er aber stand und beobachtete den Hasen, der geduckt dasaß und uns mit angelegten Ohren aus ängstlichen
Augen anstarrte.

Nach der Schule trieb Joe jeden Tag die Enten und Gänse seiner
Mutter zu einem etwa einen halben Kilometer entfernten Teich, und
an jedem Abend trieb er sie wieder zum Haus zurück. Ich begleitete
ihn fast immer dabei, und dann saßen wir zusammen am Teich.

„Man hat so gar keine Ahnung, was da drin ist", überlegte Joe
manchmal.

An windigen Tagen füllten wir Konservenbüchsen mit einer Amei-
senbesatzung und ließen sie über den Teich segeln. Manchmal
planschten wir am Rand umher und hielten Ausschau nach Blattfuß-
krebsen, jenen seltsamen, krabbenähnlichen Geschöpfen mit beweglichen Kiemen.

„Sie sind sehr empfindlich", sagte mir Joe. „Wenn man sie in Flaschen steckt, sterben sie."

Wir wanderten auch im Busch umher und beobachteten Vögel. Im
Frühling kletterten wir zu ihren Nestern hinauf. Es machte mir Spaß,
auf Bäume zu klettern. Jede Art von Herausforderung stachelte mich
an.

Mein schlechtes Bein hing nutzlos herum, wenn ich mich von Ast zu
Ast hochzog, und mein gutes Bein konnte ich nur zum Abstützen
brauchen, während ich meine Hände nach den Ästen über mir ausstreckte. In der luftigen Höhe überfiel mich manchmal Angst, aber es
gelang mir, diese Angst zu überwinden, indem ich es vermied, nach
unten zu sehen, wenn es nicht unbedingt erforderlich war.

Wenn die Flötenvögel nisteten, stellte sich Joe unter die Bäume und
stieß einen Warnruf aus, Sekunden bevor die Vögel angriffen. Wenn
wir ihren Gleitflug beobachten konnten, wurde es nicht so schlimm,
denn dann gelang es uns, sie mit einem Hieb abzuwehren. Mit schnel-
lem Flügelschlag und einem wütenden Schnabelhieb nach unseren
Händen wichen die Vögel aus, aber sobald wir ihnen den Rücken zu-
kehrten und beide Hände brauchten, um uns festzuhalten, schlugen sie
oft mit Schnabel oder Schwingen zu.

War dies der Fall, hörte ich meist Joes besorgte Stimme unter mir: „Haben sie dich erwischt?"

„Ja. Am Kopf." Wenn ich eine Hand freimachen konnte, tastete ich meinen Kopf ab und sah dann auf die Hand. „Es blutet", rief ich, stolz und besorgt zugleich, Joe zu.

Manchmal konnte ich mich nicht mehr halten und fiel, aber meist wurde mein Sturz von niedrigerem Geäst gebremst, und ich verletzte mich nie ernsthaft. Joe hatte für meine Stürze auf unseren Streifzügen eine philosophische Haltung entwickelt. Fiel ich nach vorn auf das Gesicht, taumelte ich zur Seite, ehe ich zusammenbrach, oder krachte ich auf den Rücken, setzte er sich sofort hin und fuhr mit dem Gespräch fort, wobei er wußte, daß ich eine Weile genauso liegenbleiben würde, wie ich hingefallen war. Da ich oft am Ende meiner Kräfte war, bot mir ein Sturz Gelegenheit, mich zu erholen, während ich am Boden lag. Joe machte nie den Fehler, mir ungebeten zu Hilfe zu kommen. Er saß im Gras und warf mir, der ich mich vor Schmerz herumwälzte, einen kurzen Blick zu, sah dann entschlossen weg und sagte nur: „So ein Mist!"

DURCH die große Trockenheit, die sich damals in Australien verheerend auswirkte, lernten Joe und ich unglaublich viel Furcht und Leid kennen. Wir hatten die Erfahrung gemacht, daß die Sonne nie grausam war und Gott sich auch um Kühe und Pferde kümmerte. Wenn ein Tier leiden mußte, war meist ein Mensch daran schuld. Wir hatten uns oft überlegt, was wir tun würden, wenn wir eine Kuh oder ein Pferd wären, und hatten immer beschlossen, daß wir so lange über Zäune und Gatter springen würden, bis uns nur noch Buschland umgäbe und kein Mensch mehr zu sehen wäre. Dort könnten wir vollkommen glücklich leben, bis wir im Schutz der Bäume in grünem, saftigem Gras friedlich sterben würden.

Die Trockenheit setzte mit dem Ausbleiben des Herbstregens ein. Als Winterregen fiel, war der Boden zu kalt, um Wachstum hervorzubringen. Die Saat ging nicht auf, und das Wintergras war vom hungrigen Vieh bald bis auf die Wurzeln abgefressen. Der Frühling war sehr trocken, und als der Sommer nahte, trieb der Wind den Sand über eingezäuntes Land, das sonst mit Gras bewachsen war.

Farmer, die ihre alten Pferde, die sie auf abgelegenen Koppeln gehalten hatten, nicht mehr füttern konnten, die aber auch nicht das Herz hatten, diese Tiere zu erschießen, ließen sie laufen, damit sie sich selbst

ihr Futter suchen konnten. Auf allen Landstraßen tauchten jetzt her-
denweise Pferde und Rinder auf, die auf der staubigen Erde nach Wurzeln suchten oder im Straßenschotter den vertrockneten Dung von
Pferden fraßen, die mit Häcksel gefüttert und an ihnen vorbeigetrieben
worden waren. Als die Trockenheit zunahm und die sengende Hitze
nicht nachließ, wurden die wilden Herden kleiner und kleiner. Täglich
brach das Schwächste nach kurzem Stolpern zusammen, und die anderen entfernten sich von dem sterbenden Tier, das in einer Staubwolke
seinen letzten Kampf ausfocht. Mit hängenden Köpfen und müdem
Schritt schleppten sie sich weiter.

Von Horizont zu Horizont hingen die dunstigen Rauchschleier der
Buschbrände, und der Geruch brennender Eukalyptusblätter verbreitete sich drohend über der ausgetrockneten Erde.

Ganze Herden von Milchvieh starben auf den Koppeln ihrer Besitzer. Sie legten sich auf die Seite und hinterließen bei ihren vergeblichen
Versuchen, sich wieder aufzurichten, sichelförmige Abdrücke unter
ihren Hufen.

Joe und ich quälten uns mit haarsträubenden Schilderungen der To-
desqualen bei dem langsamen Sterben auf den Koppeln und im Busch
rings um uns. Aus irgendeinem Grund bekümmerte uns das Sterben
der Tiere auf den Koppeln weniger als das auf der Straße. Es kam uns
vor, als seien die Tiere auf der Straße ganz verlassen, ohne jeden
Freund, während das Vieh und die Pferde auf den Koppeln Besitzer
hatten, sie sich um sie sorgten.

An diesen heißen Sommerabenden, wenn der Himmel noch lange
nach Sonnenuntergang rötlich gefärbt blieb, gingen Joe und ich zur
Straßentränke, um die Tiere zu beobachten, die dort ihren Durst still-
ten. Die Pferde erschienen an jedem zweiten Abend, sie konnten zwei
Tage lang ohne Wasser überleben. Die Rinder kamen jeden Abend,
aber die Kühe verendeten allmählich rund um die Tränke, weil sie
nicht mehr so weit laufen konnten wie die Pferde.

Eines Tages saßen wir da, blickten in die untergehende Sonne und
warteten auf die Pferde. Die Landstraße verlief schnurgerade durch
Waldland, dann durch offenes Gelände und verlor sich schließlich hinter einer Anhöhe. Nach einer Weile stellten sich die Pferde ein. Man
hörte das Klirren der Ketten um ihren Hals und das Klappern ihrer
Hufe auf den Steinen. Es waren zwanzig oder mehr, die da mit hängenden Köpfen und unsicherem Tritt herantrotteten. Als die Tränke
zu sehen war, wieherten einige, andere beschleunigten ihren Schritt.

Eine kastanienbraune Stute, bei der man jede Rippe zählen konnte, brach plötzlich zusammen, die Beine knickten unter ihr weg, sie fiel nach vorn und schlug mit den Nüstern auf, ehe sie zur Seite rollte. Sie lag einen Augenblick ganz still, versuchte dann, wieder aufzustehen, aber die Hinterbeine gaben nach, und sie fiel zurück.

„Komm", rief ich Joe zu, „wir müssen sie wieder auf die Beine bringen. Sie braucht nur etwas Wasser, das wird ihr neue Kraft geben." Wir legten unsere Hände unter ihren Hals und versuchten, den Kopf anzuheben, aber sie rührte sich nicht. Sie atmete schwer.

„Laß sie ein bißchen verschnaufen", riet Joe. „Vielleicht kann sie dann aufstehen."

Die Dunkelheit brach herein, und wir standen neben ihr, unruhig, enttäuscht und gereizt. Wir wollten heimgehen, aber wir hatten Angst vor dem quälenden Gedanken, sie da draußen sterbend allein zu lassen.

Ich packte plötzlich ihren Kopf. Joe schlug ihr auf das Hinterteil. Wir schrien sie an. Einen Augenblick lang bemühte sie sich aufzustehen, fiel dann aber zurück. Wir konnten es nicht aushalten. „Warum zum Teufel ist denn kein Mensch hier?" rief Joe wütend und sah sich auf der leeren Landstraße um, als erwarte er, daß uns starke Männer mit Seilen zu Hilfe eilten.

„Wir müssen sie tränken", sagte ich verzweifelt. „Geh und hol den Eimer aus dem Futterschuppen."

Als Joe mit dem Eimer zurückkam, füllten wir ihn an der Tränke. Er war zu schwer für Joe allein, und so half ich ihm, ihn immer einen Meter weiterzutragen. Wir hatten zusammen den Griff gepackt und schwangen den Eimer vor, dann gingen wir wieder ein paar Schritte, packten den Griff und zogen ihn nach und so fort, bis wir bei der Stute waren. Als wir den Eimer vor sie stellten, steckte sie den Kopf tief hinein und soff so schnell, daß er sich zusehends leerte. Im Handumdrehen war das Wasser verschwunden. Wir brachten ihr noch einen, sie leerte ihn, und dann noch einen...

Aber inzwischen war ich am Ende meiner Kräfte. Ich fiel hin und war zu müde, um wieder aufzustehen. Ich lag neben der Stute, und all meine Kraft war von mir gewichen.

„Jetzt werd ich dir wohl Wasser bringen müssen", meinte Joe.

Er setzte sich neben mich, sah hinauf in den sternenübersäten Himmel und saß eine ganze Weile so da, ohne sich zu rühren oder ein Wort zu sagen. Alles, was ich vernehmen konnte, war das traurige, schwere Atmen des Pferdes.

6. Kapitel

An einem Samstag hatten Joe und ich uns mit Moskito Bronson und Steve McIntyre am Fuße des Mount Turalla verabredet. Wir nahmen die Hunde mit, denn in dem hohen Farnkraut, das den Berghang bedeckte, trieben sich oft Füchse herum, aber hauptsächlich wollten wir Steine in den Krater hinunterrollen lassen.

Es war ein schweres Stück Arbeit für mich, auf den Berg zu klettern. Wenn ich mit Joe allein unterwegs war, konnte ich zwischendurch immer wieder Atem schöpfen und mich ausruhen, aber wenn andere Jungen mit uns gingen, beklagten sie sich: „Lieber Himmel! Du willst doch nicht etwa schon wieder haltmachen?" So stahl ich mir die Zeit zum Ausruhen. Ich deutete auf niedergetretenes Farnkraut und rief: „Ich kann einen Fuchs riechen! Er muß gerade vorbeigekommen sein! Folgt ihm!" Die Diskussion, ob es sich lohnen würde, der Spur zu folgen, zog sich in die Länge, und ich hatte dann die Ruhepause, die ich brauchte.

Wir folgten einem schmalen Pfad, der sich um den Hügel wand. Das Farnkraut am Wegrand war hoch und erschwerte mir das Vorwärtskommen.

Ich mußte eine Krücke immer auf dem Pfad vorwärts schwingen, meine Beine und die andere Krücke aber durch das Dickicht bringen. Ich hatte jedoch Glück mit meiner Ablenkungstaktik, die Moskito und Steve davon abhielt, schnurstracks hinaufzuklettern, und so kamen wir gemeinsam auf dem Berggipfel an.

Der Wind fegte ungehindert über ihn hinweg und fiel uns stürmisch an, aber wir stemmten uns ihm begeistert entgegen und stießen laute Freudenschreie aus, deren Echo aus dem Krater, der wie eine große ausgehöhlte Halbkugel vor uns lag, widerhallte.

Wir schickten einen Felsbrocken polternd den steilen Hang hinunter, sahen zu, wie er von Baum zu Baum abprallend dem Kraterboden zu rollte. Ich wäre ihm gern gefolgt, hätte gern selbst erkundet, was dort unten zwischen Bäumen und Farnen am Grunde verborgen lag.

„Da unten könnte ein großes Loch sein, das nur mit ein bißchen Erde bedeckt ist", sagte ich, „und wenn man darauf tritt, versinkt man im kochenden Schlamm."

„Der Krater ist erloschen", meinte Steve. An meinen Phantasien wollte er sich nicht beteiligen.

„Daran könnte schon etwas sein", gab Joe feierlich von sich, „mir ist noch keiner begegnet, der weiß, wie's da unten aussieht."

„Ich steige auf halbe Höhe hinunter", sagte Steve.

„Los, komm!" rief Moskito eifrig. „Das wird ein toller Spaß."

Joe sah mich an. „Ich werde auf euch warten", sagte ich.

Die Hänge des Kraters waren übersät mit Gesteinsschlacke und Brocken, die vor Urzeiten in dem brodelnden Schlamm gelegen haben mußten, bevor sie herausgeschleudert und hart geworden waren. Einige, die in ihrer Struktur Schaum ähnelten, waren so leicht, daß sie auf dem Wasser schwammen. Meine Krücken fanden keinen Halt auf dem steil abfallenden, bröckeligen Boden. Ich setzte mich also und wartete geduldig auf die anderen.

Es bedrückte mich nicht, daß ich sie nicht begleiten konnte. Ich wußte, daß ich zurückblieb, weil ich mich dazu entschlossen hatte. Ich fühlte mich nie hilflos. Ich war erbittert, aber meine Erbitterung richtete sich gegen den *anderen Jungen*.

Der *andere Junge* war immer bei mir. Er war mein Schatten-Ich, schwach und behindert, furchtsam und immer auf dem Rückzug. Ich verachtete ihn, trotzdem mußte ich mich in allen entscheidenden Augenblicken zunächst von seinem Einfluß befreien. Er hatte meine Gestalt und ging auf Krücken. Ich entfernte mich von ihm auf baumstarken Beinen. Als Joe erklärte, daß er in den Krater hinunterklettern wollte, bat mich der *andere Junge* sofort in drängendem Ton: „Alan, laß es gut sein. Ich habe genug."

„Keine Sorge", beruhigte ich ihn, „aber es gibt eine Menge Dinge, die ich tun möchte, und ich werde mich durch dich nicht davon abhalten lassen."

Bis zum Boden des Kraters waren es knapp fünfhundert Meter. Ich konnte beobachten, wie die Jungen den Hang hinunterkletterten und sich an Baumstämmen festhielten, wenn sie einen Moment stehenblieben, um sich umzusehen. Ich erwartete, daß sie bald haltmachen und zurückkommen würden. Als ich sah, daß sie beschlossen hatten, bis zum Grund vorzudringen, fühlte ich mich hintergangen. Ich sah auf meine Krücken und fragte mich, ob sie hier wohl gut aufgehoben wären; dann machte ich mich auf Händen und Knien auf den Weg zum Kratergrund, wo die Jungen nun das flache Gebiet, in dem sie angelangt waren, auskundschafteten.

Zuerst kroch ich und bahnte mir mehr oder weniger abrutschend meinen Weg durch das Farnkraut. Manchmal waren meine Hände nicht stark genug, um mich vorwärts zu ziehen, und ich fiel auf mein Gesicht, rutschte über lockeren Boden, bis ich von irgendeinem Hindernis aufgehalten wurde. In der Nähe des Kratergrundes lagen die großen Steinbrocken vom oberen Kraterrand haufenweise mitten im Farn. Schon seit die ersten Pioniere in dieses Land gezogen waren, hatten alle, die je den Gipfel erklommen hatten, diese schweren Felsbrocken hinunterrollen lassen. Von allen Seiten waren die halb verborgen am Kraterrand gelegenen Felsbrocken zum Vergnügen der Zuschauer herabgepoltert. Es war schwer für mich, diese unregelmäßige Steinbarriere zu überwinden. Ich bewegte mich von Felsbrocken zu Felsbrocken, versuchte, mein ganzes Gewicht auf die Hände zu verlagern, um meine Knie zu schonen, aber als ich endlich ein weniger mit Felsbrocken übersätes Gebiet erreicht hatte, wo ich um die Steine herumkriechen konnte, waren meine Knie zerkratzt und blutig.

Die Jungen hatten mich beobachtet, wie ich auf Händen und Knien durch den Farngürtel unten angekrochen kam. Joe wartete auf mich. „Wie zum Teufel willst du wieder raufkommen?" fragte er, als er sich neben mich ins Gras fallen ließ. „Es ist jetzt bestimmt schon nach drei, und ich muß die Enten nach Hause bringen."

„Es wird schon gehen", meinte ich kurz und fuhr dann fort: „Ist der Boden hier unten so weich, wie ihr geglaubt habt?"

„Er ist genau wie oben", sagte Joe. „Moskito hat eine Eidechse gefangen, aber er gibt sie keinem. Steve und er haben die ganze Zeit, wenn ich nicht dabei war, über uns geredet. Schau nur mal zu ihnen hinüber!"

Moskito und Steve standen in der Nähe eines Baumes, sprachen miteinander und warfen uns immer wieder Blicke zu, die nicht mißzuverstehen waren: Die beiden hatten sich gegen uns verschworen. „Wir können euch hören", rief ich ihnen zu. Diese Lüge war die übliche Kriegserklärung.

Steve antwortete mit unverhohlener Feindseligkeit. „Mit wem sprichst du eigentlich?" Er machte einen Schritt auf uns zu.

„Auf keinen Fall mit dir", rief Joe, der diese Antwort für eine vernichtende Entgegnung hielt.

„Sieh mal, sie sind abgezogen", sagte ich. Moskito und Steve hatten sich umgedreht und fingen nun an, den Hang des Kraters emporzusteigen. „Laß sie laufen. Die können uns doch egal sein!" Wir sahen schweigend zu, wie die beiden Jungen sich zwischen den Felsbrocken ihren Weg nach oben suchten.

Joe kaute auf einem Grashalm. „Seltsam hier unten, findest du nicht auch? Hör nur, wie das Echo hallt."

„Hallo!" rief er, und von allen Seiten des Kraters kamen leise Hallos zurück.

Eine Zeitlang ließen wir das Echo von den Hängen widerhallen, dann sagte Joe: „Laß uns zurückgehen. Ich muß doch noch die Enten holen. Und es gefällt mir hier unten nicht. Es ist, als wollte alles über uns zusammenbrechen."

Tatsächlich hatte es den Anschein, als neigten sich die uns umgebenden Hänge vor und schlössen uns ein. Von hier unten sah der Himmel nicht mehr wie eine Kuppel aus, die sich über der Erde wölbte, sondern wie ein zerbrechliches Dach, das auf hochgetürmten Steinen und Kies ruhte. Blaß und durchsichtig hing er über den mächtigen, mit Gestein übersäten Hängen, die sich hinaufschwangen und ihn in ihrer Größe ganz unbedeutend erscheinen ließen. Und die Erde war braun, so braun...

Das dunkle Grün der Farne war mit erdigem Braun durchtränkt. Die stillen, schweigend daliegenden Lavablöcke waren braun. Selbst das Schweigen war braun. Wir hatten das Gefühl, von einer riesigen, feindseligen Macht beobachtet zu werden.

Ich ließ mich auf dem Boden nieder und fing an, auf meinen Knien, die bereits entzündet und empfindlich waren, zurückzukriechen. Ich mußte alle paar Meter haltmachen, sank einfach vornüber, ließ das Gesicht auf den Boden fallen und die Arme einfach hängen. Der Boden warf das Geräusch meines hämmernden Herzens zurück.

Ein Stück weiter oben hielt ich schwer atmend inne, um mich wieder auszuruhen. Ich preßte mein Ohr auf den Boden. Plötzlich vernahm ich zwei rasch aufeinanderfolgende dumpfe Schläge. Ich sah hoch zum Rand des Kraters, und dort standen, deutlich gegen den Himmel erkennbar, Moskito und Steve, die vor Angst schrien und wild mit den Armen gestikulierten. „Paßt auf! Paßt doch auf!"

Der Felsbrocken, den sie unbeabsichtigt ins Rollen gebracht hatten, war noch nicht in volle Fahrt geraten. Joe sah ihn im gleichen Moment wie ich.

„Der Baum!" schrie er, und wir warfen uns in Richtung eines abgestorbenen, hochaufragenden Eukalyptusbaumes. Wir erreichten ihn gerade noch, bevor der Felsen donnernd an uns vorüberstürzte. Die

Erde bebte. Weit unter uns hörten wir den krachenden Aufschlag, als er auf die unter dem Farn verborgenen Findlingsblöcke prallte. Er brach in zwei Teile, die in verschiedene Richtungen auseinanderflogen.

Steve und Moskito rannten, voller Entsetzen darüber, was sie angerichtet hatten, über die Bergkuppe davon.

„Sie sind weg!" sagte ich. „Wart nur, bis wir es den anderen in der Schule erzählen!"

Als wir schließlich den Kraterrand erreicht hatten, warf ich mich zu Boden. Jeder Muskel in meinem Körper zuckte wie bei einem Känguruh, dem man gerade die Haut abgezogen hatte.

Dann erhob ich mich, nahm die Krücken, und wir machten uns auf den Weg bergabwärts.

VATER war besorgt, wenn er mich so erschöpft von langen Ausflügen heimkommen sah. Er sagte: „Geh nicht so weit, Alan. Jag im Busch in der Nähe des Hauses."

„Da sind keine Hasen", sagte ich. „Es macht mir Spaß, auf die Jagd zu gehen. Alle Jungen jagen. Joe bleibt stehen, wenn ich müde werde."

„Auf jeden Fall, laß es sein und leg dich hin, wenn du nicht mehr kannst. Du mußt selbst einem Klassepferd Rast gönnen, wenn es eine lange Strecke bergauf geht."

Vater fing an, die Kleinanzeigen in der örtlichen Zeitung aufmerksam zu studieren. Eines Tages fuhr er nach Balunga und erstand einen Rollstuhl, den er sich per Bahnfracht zuschicken ließ. Der Rollstuhl stand im Hof, als ich aus der Schule heimkam.

„Er gehört dir", sagte Vater. „Steig ein und dreh eine Runde."

Der Rollstuhl hatte hinten zwei große Räder und ein kleineres vorn, das in einem Gestänge hing. Zwei mit Griffen versehene Stangen, die an den Radachsen befestigt waren, konnten hin- und herbewegt werden, und außerdem gab es eine Steuervorrichtung.

Schon nach wenigen Tagen konnte ich mit dem Rollstuhl schnell die Straße entlangsausen, wobei meine Arme gleichmäßig wie Kolbenstangen arbeiteten. So fuhr ich zur Schule und wurde von meinen Gefährten glühend beneidet, die gern aufsaßen und sich auf meine Knie setzten oder sich einander zugewandt vorne auf das Gestänge hockten.

Der Rollstuhl brachte den Turalla-Fluß für mich in Reichweite. Er strömte in fast fünf Kilometer Entfernung von unserem Haus durch die Ebene, und ich hatte ihn bisher nur gesehen, wenn Vater mit mir im Wagen daran vorbeifuhr. Aber Joe ging oft zu dem Flüßchen, um Aale zu fangen, und jetzt konnte ich ihn begleiten.

Am Samstagabend gingen wir immer fischen. Wenn wir vor Sonnenuntergang am McCallum-Loch ankommen wollten, einem langen, dunklen Wasserlauf, mußten wir am späten Nachmittag von zu Hause aufbrechen. Am Ufer standen Eukalyptusbäume, die ihre mächtigen Zweige über das Wasser ausstreckten. Ihre Stämme waren knorrig und gewunden, oft waren sie vom Buschbrand gezeichnet oder zeigten die langen, blattähnlichen Narben, die zurückblieben, wenn Eingeborene die Rinde abschälten, um sich Kanus zu bauen.

Joe und ich untersuchten diese Kanubäume gründlich, forschten nach Anzeichen der Steinaxt, die benutzt worden war, um die Rinde vom Stamm zu schälen. Manche Einschnitte waren kleiner als andere, und wir wußten, daß diese Rindenstreifen dazu verwendet worden waren, die flachen Behälter herzustellen, in denen die Eingeborenenfrauen ihre Kinder zum Schlafen betteten oder das Grünzeug beförderten, das sie sammelten. Die mächtigen Wurzeln eines Baumes hingen in das Wasser des McCallum-Lochs. In ruhigen Nächten, wenn sich unsere Angelschwimmer auf dem silbernen Streifen, den das Mondlicht auf das Wasser zeichnete, nicht zu rühren schienen, geriet plötzlich das Licht auf der dunklen Wasserfläche vor unseren Füßen in Bewegung. Das Wasser kräuselte sich, und ein Plätschern verriet, daß für einen Augenblick dort ein Schnabeltier auftauchte und uns scharf beobachtete, ehe es sich zusammenkrümmte und wieder in seiner Höhle unter den Wurzeln des alten Baumes, die ins Wasser reichten, verschwand.

Wasserratten lebten auch in Höhlen unter dem Baum. Sie holten aus dem Schlamm Muscheln heraus und knackten sie auf der flachen Rundung einer riesigen Wurzel. Wir sammelten die Reste, um sie für das Geflügel mit nach Hause zu nehmen.

„Was Besseres kann man gar nicht bekommen", sagte mir Joe, aber Joe sprach immer in Superlativen.

Eines Abends hatten wir einen eigenen Köder gemacht. Aale mit dem Angelhaken zu fangen kann aufregend sein, aber mit einem Köder ist die Aussicht auf einen Fang größer. Man macht einen Köder, indem man Würmer auf einen Faden aufzieht, bis man einen Riesenwurm hat, der mehrere Meter lang ist. Ihn wirft man dann ins Wasser. Er sinkt auf den Grund und wird fast immer sofort von einem Aal gepackt, dessen feine Zähne sich in dem Wollfaden verfangen. Wenn

man den Ruck an der Leine spürt, zieht man sie schnell heraus, und der
Aal fällt samt Köder auf das Ufer. Der Angler muß ihn dann packen,
ehe er wieder ins Wasser zurückgleiten kann, mit dem Messer einen
Einschnitt hinter dem Kopf machen und ihn in seinen Fangbeutel stek-
ken.

Als wir bei dem alten Baum angekommen waren, zündeten wir ein
Lagerfeuer an und brühten Tee in der Blechkanne auf, in die Mutter
bereits Teeblätter und Zucker getan hatte. Dazu futterten wir Cor-
ned-beef-Brote.

Ich warf die Krusten in das Wasser, und Joe sagte: „Erschrecke die
Aale nicht. Aale sind sehr nervös, und außerdem haben wir heute
Ostwind. Bei Ostwind beißen die Aale nicht an."

Er stand auf, steckte einen Finger in den Mund, um ihn anzufeuch-
ten, und hielt ihn dann hoch in die Luft. Es war windstill. Er wartete
einen Augenblick.

„Ja, er kommt von Osten. Ostwind ist kalt."

Aber die Aale bissen besser an, als Joe erhofft hatte. Gegen elf Uhr
hatten wir acht Stück gefangen. Aber Joe wollte zehn haben. „Es hört
sich besser an, wenn wir sagen können: ‚Gestern haben wir zehn gefangen‘, als wenn wir sagen: ‚Wir haben acht gefangen.‘"

Der Mond war aufgegangen, und wir beschlossen, bis Mitternacht
zu bleiben. Es wurde ziemlich kalt, und wir hatten keine warmen Sachen dabei, also sammelte Joe mehr Holz für unser Feuer. Plötzlich ließ
er einen Armvoll Holz fallen und lief zu seiner Angel, die gezuckt hatte. Mit einem Schwung warf er den Aal auf das Ufer. Er fiel nahe beim
Feuer nieder, glitzerte schwarz und silbern, als er sich von der Hitze
wegzuwinden versuchte. Es war der größte Aal, den wir je gefangen
hatten. Ich warf mich schnell auf ihn zu. Er entschlüpfte meinem Zu-
griff und glitt zum Wasser. Joe konnte ihn am Uferrand packen, aber
er schlüpfte ihm aus der Hand und fiel zu Boden. Wieder stürzte sich
Joe auf den Aal, der im Wasser verschwinden wollte.

Plötzlich rutschte Joe im Schlamm aus und fiel ins Wasser. Er kroch
ans Ufer und stand nun da mit zur Seite gestreckten Armen. Zu seinen
Füßen bildeten sich kleine Pfützen. „Das wird Krach geben", meinte
er besorgt. „Ich muß meine Hose trocknen, und wenn es das letzte ist,
was ich noch tue."

„Zieh sie aus, und trockne sie über dem Feuer", schlug ich vor.

Er zog seine Hose derartig schnell aus, als sei ihm eine Riesenameise
das Bein hochgekrochen.

Ich steckte das Ende eines gegabelten Astes so in den Boden, daß er fast über dem Feuer hing. Hier würde die Hose in der aufsteigenden Wärme schnell trocknen.

Joe holte ein nasses Tau, einen Türknopf aus Messing und einige Murmeln aus seinen Taschen und legte sie auf den Boden, hing dann seine Hose über den Ast und fing an, vor dem Feuer herumzuhopsen, um sich warm zu halten.

Ich warf den Köder noch einmal ins Wasser, in der Hoffnung, den Aal, der uns entschlüpft war, wieder einzufangen, und als ich schließlich bemerkte, daß einer angebissen hatte, zog ich mit aller Kraft an der Angel, als gelte es, etwas Schweres zu bergen.

Ein sich am Köder windender Aal zuckte hoch durch die Luft, über meinen Kopf hinweg, und krachte nieder auf den Ast mit Joes Hose. Die Hose fiel ins Feuer.

Angstvoll fluchend rannte Joe um das Feuer herum, riß mir die Angel aus der Hand und versuchte, die Hose damit herauszuholen. Als es ihm schließlich gelang, sie mit dem Ende der Angelrute zu erwischen, zog er die Rute mit so viel Schwung hoch, daß die Hose durch die Luft segelte und ein Funkenregen durch das Nachtdunkel stob, ehe sie sich von der Angelrute löste und mit einem kurzen Zischen ins Wasser fiel, wo ein Dampfwölkchen aufstieg. Der dunkle Umriß der Hose war noch einen Augenblick unter der glitzernden Wasseroberfläche zu erkennen, dann verschwand er. Joe sah die Hose versinken, beugte sich weit vor über das Wasser, während der Widerschein des Feuers einen rosigen Schein über seinen nackten Allerwertesten warf.

„Um Himmels willen!" seufzte er.

Als er sich wieder soweit erholt hatte, um dieses Mißgeschick erörtern zu können, erklärte er, daß wir uns schnell auf den Heimweg machen müßten.

„Es verstößt gegen das Gesetz, ohne Hose herumzulaufen", meinte Joe ganz ernsthaft. „Wenn man erwischt wird, bekommt man die Hammelbeine langgezogen, bevor man sich's versieht. Ich wünschte, es wäre kein Vollmond."

Wir steckten eilig unsere Angelruten seitlich am Rollstuhl fest, legten den Fangbeutel mit den Aalen unten auf die Fußstütze und machten uns auf den Weg. Joe saß auf meinen Knien und jammerte, ihm sei kalt. Auf einmal sahen wir die Lichter eines Wagens auf uns zu kommen und hörten das Traben eines Pferdes. Ich sagte: „Das hört sich nach O'Connors altem Grauen an."

„Das muß er sein", sagte Joe. „Laß mich runter. Ich verstecke mich da drüben zwischen den Bäumen."

Ich hielt an, und Joe verschwand im Dunkel der Bäume. Als O'Connor bei mir angelangt war, rief er: „Brrr!" Er lehnte sich nach vorn und sah mich forschend an. „Ich kann nicht begreifen, daß sich ein Junge wie du in diesem verdammten Ding mitten in der Nacht hier herumtreiben muß. Du wirst dir noch einmal den Hals brechen." Er hob die Stimme. „Ich will verdammt sein, wenn ich deinen Alten verstehen kann, und eine ganze Reihe anderer Leute kann das auch nicht. Ein so verkrüppelter Junge wie du sollte daheim im Bett liegen. Weiter!" Sein Pferd setzte sich wieder in Bewegung. „Hü", sagte er.

„Gute Nacht, Mr. O'Connor."

Joe tauchte wieder auf und lief auf den Rollstuhl zu. Wir waren wieder unterwegs. Joe zitterte vor Kälte und bekundete Sorge und Ärger wegen der verlorenen Hose. „Meine Mutter wird toben. Ich hab nur noch eine andere Hose, und da ist der Hosenboden durch."

Ich zog und stieß die Griffe mit aller Gewalt, und der Rollstuhl raste über die holprigen Wege. „Eins ist immerhin gut", sagte Joe, als wollte er sich selbst trösten, „ich hab alles aus den Taschen herausgenommen, ehe die Hose verbrannt ist."

EIN Tramp, der vor unserem Tor eine Pause eingelegt hatte, erzählte mir, er kenne einen Mann, dem beide Beine fehlten und der trotzdem schwimmen könne wie ein Fisch.

Ich dachte oft an diesen Mann, der wie ein Fisch im Wasser schwimmen konnte. Mir war noch niemand begegnet, der schwimmen konnte. Weder die Jungen in der Schule noch die Männer, die ich aus Turalla kannte, konnten schwimmen.

Ich besaß den gebundenen Jahrgang einer Jugendzeitschrift, die *Kumpel* hieß, und darin war auch ein Artikel über Schwimmen abgedruckt. Er war mit drei Abbildungen eines schnauzbärtigen Mannes in einem gestreiften Badeanzug ausgestattet, der auf der ersten Zeichnung frontal zum Betrachter stand und die Arme über dem Kopf ausstreckte; die nächste Abbildung zeigte ihn mit rechtwinklig zum Körper ausgestreckten Armen, und auf der letzten lagen die Arme an seinen Seiten. Von den Händen ausgehende, in Richtung der Knie verlaufende Pfeile sollten eine Schwimmart nach unten verdeutlichen, die der Verfasser als Brustschwimmen bezeichnete. Ich war entschlossen, schwimmen zu lernen, und stahl mich in meinem Rollstuhl an

Sommerabenden fort zu einem fünf Kilometer entfernten See. Dort begann ich zu üben.

Der See lag versteckt in einer Talsenke. Die hohe, steile Böschung fiel zwei- bis dreihundert Meter weit stufig zum Wasser hin ab. Die Terrassen setzten sich anscheinend unter Wasser fort, denn wenige Meter vom Rand entfernt fiel der Boden plötzlich jäh ab. Aus der Tiefe wucherten Schlingpflanzen empor, und das Wasser war kalt und still. Nur an sehr heißen Abenden wurde der Reiz für die Männer, zu diesem See zu gehen, der allgemein als gefährlich galt, unwiderstehlich. Die Kinder wurden ermahnt, dem See fernzubleiben. Es gab jedoch immer wieder Jungen, die sich wenig um die Ermahnungen ihrer Eltern kümmerten und im Wasser am flachen Ufer herumplanschten.

Schwimmen zu können wurde von Kindern hoch anerkannt. Es war üblich zu behaupten, man könne schwimmen, wenn man mit dem Gesicht nach unten im flachen Wasser liegen und sich mit den Händen am Boden vorarbeiten konnte. Ich wollte jedoch auch in tiefem Wasser schwimmen können.

Ich ließ meinen Rollstuhl in dem Akaziengebüsch oben an der Böschung stehen und kroch über die grasbewachsenen Abstufungen hinunter zum Ufer, wo ich mich auszog und über Steine und Schlamm ins Wasser kroch, bis ich Sand unter mir fühlte. Hier konnte ich sitzen, und das Wasser ging mir nicht höher als bis zur Brust.

In dem Artikel in *Kumpel* stand nichts darüber, wie man die Arme beugen und vorwärts stoßen sollte, ohne dem Wasser zuviel Widerstand zu bieten. So interpretierte ich die Zeichnungen in dem Sinne, daß man nur ganz einfach die ausgestreckten Arme heben und senken müßte.

Ich erreichte das Stadium, wo ich mich mit mächtigen Schlägen an der Oberfläche halten konnte, aber nicht vorwärts kam. Erst im zweiten Jahr, nachdem ich mit einem anderen Tramp an unserem Tor über das Schwimmen geredet hatte, erfuhr ich, wie man die Arme richtig bewegte.

Danach konnte ich meine Schwimmkünste sehr rasch vervollständigen, und bald kam der Tag, an dem ich mich sicher genug für das tiefe Wasser fühlte. Es war ein warmer Sommerabend. Der See war so blau wie der Himmel.

Ich saß nackt am Ufer und sah den schwarzen Schwänen weit draußen auf dem Wasser zu, die sich im sanften Wellengang hoben und senkten. Ich stritt mich mit dem *anderen Jungen* in mir, der wollte, daß ich heimging.

„Du bist schon ganz mühelos hundert Meter am Rand entlang geschwommen", argumentierte er. „Kein anderer Junge in der Schule kann das."

Aber ich wollte nicht auf ihn hören, bis er sagte: „Sieh nur, wie einsam es hier ist." Die Einsamkeit jagte mir Angst ein. Um den See wuchsen keine Bäume. Er erstreckte sich ganz offen unter dem Himmel, und über ihm lag immer ein seltsames Schweigen.

Nach einer gewissen Zeit kroch ich ins Wasser und entfernte mich immer weiter vom Ufer. Mit Schwimmstößen hielt ich mich an der Oberfläche, bis ich an die Stelle kam, wo der Grund in die Tiefe abfiel und das Wasser in einem kalten, dunklen Blau leuchtete. Da stand ich, bewegte die Arme und sah hinab in das klare Wasser, wo die langen, bleichen Schlingpflanzen hin und her wogten. Schlangengleich wanden sie sich vor der steil abfallenden Seite der unterseeischen Abstufung.

Ich war ganz allein auf der Welt, und ich hatte Angst.

So stand ich eine ganze Weile, dann holte ich tief Luft und schwamm ins tiefe Wasser hinaus. Als ich mich vorwärts bewegte, spürte ich einen Augenblick die feuchtkalte Berührung von Schlingpflanzen an meinem nachhängenden Bein. Doch ich ließ sie hinter mir und schwamm hinaus ins tiefe Wasser, das meinem Empfinden nach in bodenlose Abgründe reichte. Ich wollte umkehren, aber ich schwamm weiter, sagte mir immer wieder: „Hab jetzt keine Angst, hab jetzt keine Angst..."

Allmählich wendete ich, und als ich das Ufer sah und ermessen konnte, wie weit ich von ihm entfernt war, ergriff mich einen Augenblick lang Panik. Ich schlug mit den Armen im Wasser wild um mich, aber die Stimme in mir ermunterte mich weiter, und ich kam wieder zu mir und schwamm nun mit langsamen und regelmäßigen Stößen.

Ich kroch auf das Ufer, als kehrte ich von einer großen Entdeckungsreise heim, als hätte ich viele Strapazen, Gefahren und Entbehrungen hinter mir. Der See war für mich nun nicht mehr ein einsamer, angsterweckender Ort, sondern ein herrlicher Platz in Sonnenschein und grünem Gras. Ich pfiff ein Lied, als ich mich wieder anzog.

Ich konnte schwimmen!

UNSERE Toreinfahrt lag im Schatten von hohen Eukalyptusbäumen. Tramps, die des Weges kamen, legten oft ihren Rucksack ab und sahen prüfend auf Haus und Holzstoß, ehe sie hereinkamen, um etwas Verpflegung zu erbitten. Mutter war diesen Tramps, deren Wanderung an unserem Haus vorbeiführte, wohlbekannt. Sie gab ihnen immer Brot, Fleisch und Tee, ohne zu verlangen, daß sie dafür Holz hackten.

Vater war früher einmal durch Queensland getrampt und kannte die Gewohnheiten der Tramps. Er nannte sie immer „Reisende". Die bärtigen Männer, die sich meist im Busch aufhielten, nannte er „Gestrüppvögel", und diejenigen, die aus der Steppe kamen, bezeichnete er als „Prärievögel". Er konnte sie immer unterscheiden und wußte auch, ob sie pleite waren oder nicht.

Wenn ein Tramp vor unserem Tor übernachtete, wußte Vater, daß er pleite war. „Wenn es ihm gutging, würde er bis zur Kneipe weiterziehen", erklärte er mir. Vom Vorratsschuppen aus beobachtete er oft, wie sie ihre Töpfe an unsere Tür brachten, und wenn sie den Deckel abnahmen und ihn Mutter nicht geben wollten, lächelte er und sagte: „Oldtimer mit Erfahrung."

Ich fragte ihn, was es bedeutete, wenn sie den Deckel zurückbehielten, während Mutter den Topf hineinnahm, und er sagte: „Wenn du als Tramp unterwegs bist, begegnest du immer wieder Menschen, die dich nicht einmal an einem alten Ölfetzen riechen lassen würden. Du mußt sie bearbeiten, als seist du ein Hütehund für Schafe. Nehmen wir mal an, du willst Tee und Zucker – das willst du immer. Du tust also ein paar Teeblätter unten in den Topf – nicht allzu viele, gerade eben so, daß die Frau weiß, daß du knapp an Tee bist. Wenn sie an die Tür kommt, bittest du um ein bißchen heißes Wasser für deinen Tee und sagst: ‚Da ist schon Tee drin, gute Frau.' Sie nimmt den Topf, und dann sagst du, als sei dir das eben erst eingefallen: ‚Wenn's Ihnen nichts ausmacht, könnten Sie ja vielleicht ein paar Löffel Zucker hineintun, liebe Frau!' Wenn sie nun geht, um heißes Wasser aufzugießen, sieht sie, daß nicht einmal genug Tee drin ist, um Spucke zu färben. Sie scheut sich, dem Kerl so ein Abwaschwasser zurückzugeben, füllt also Tee nach. Dann gibt's noch Zucker, und er hat alles, was er wollte."

„Aber weshalb behält er den Deckel zurück?" fragte ich nochmals.

„Na ja, du bekommst nie so viel, wenn sie den Deckel draufgeben kann. Wenn kein Deckel da ist, um zu verbergen, wieviel sie gegeben hat, gibt sie dir den Topf nicht gern halb voll zurück."

„Aber Mutter ist doch nicht so, nicht wahr, Vater?"

„Teufel, nein!" sagte er. „Sie würde ihr letztes Hemd ausziehen, wenn man es zuließe. Aber sie wollen ja keine alten Sachen, sondern was zu essen, vor allem Fleisch. Und das zu geben kostet Geld. Viele Frauen würden ihnen lieber ein paar abgetragene Hosen von ihrem Alten andrehen."

Manchmal schlief ein Tramp in unserem Futterschuppen. Mary fütterte einmal an einem kalten Morgen die Enten und sah dabei einen Tramp unter einer Decke daliegen, die steif gefroren war wie ein Brett. Seine Augenbrauen und sein Bart waren ganz vereist, und als er aufstand, lief er in gebückter Haltung umher, bis die Sonne ihn wieder aufgewärmt hatte. Danach schickte Mary mich immer, wenn sie einen Tramp am Tor kampieren sah, mit dem Auftrag hinaus, ihm zu sagen, daß er bei uns im Futterschuppen schlafen könne. Ich folgte ihm stets in den Schuppen, und wenn Mutter Mary mit seinem Abendessen hinausschickte, gab sie ihr mein Essen immer gleich mit. Sie wußte, ich hörte gern zu, wenn Tramps von ihren Fahrten erzählten, von all den Orten, die sie gesehen hatten. Vater meinte, sie würden mir etwas vorschwindeln, aber ich glaubte das nicht.

Als ich einem Tramp einmal meine Kaninchenfelle zeigte, erzählte er mir, da, wo er herkomme, gäbe es so viele Kaninchen, daß man sie beiseite schieben müsse, um die Fallen aufstellen zu können.

Die Luft in dieser Nacht war voller Staub, und ich sagte ihm, er solle sich doch eine Zeitung über das Gesicht legen, das würde den Staub abhalten. Ich schlief damals draußen auf der rückwärtigen Veranda – mit einer Zeitung als Staubschutz.

„Wieviel Staub würde sie abhalten?" fragte er mich, als er seinen Topf zum Mund hob. „Könnte sie denn ein Pfund Staub abhalten?"

„Ich glaube schon", sagte ich, ein wenig unsicher.

„Meinst du, sie könnte eine Tonne Staub abhalten?" fragte er und wischte sich mit dem Handrücken über den Bart.

„Nein", erklärte ich, „bestimmt nicht."

„Ich bin auf Farmen draußen im Land vorbeigekommen, wo du mit Hacke und Schaufel schlafen gehen mußtest, wenn ein Sandsturm im Anzug war, damit du dich morgens wieder ausgraben konntest." Er sah mich aus seinen seltsamen, kleinen, schwarzen Augen an. Jetzt tanzten darin winzige Fünkchen.

Manchmal saß ein Tramp auch an seinem Lagerfeuer und schrie den Bäumen Worte zu oder brabbelte etwas vor sich hin, während er in die

Flammen sah; dann wußte ich – er war betrunken. Manchmal tranken diese Männer Wein, manchmal aber auch Methylalkohol.

Einer von den Metho-Trinkern wurde „Der Fiedler" genannt, weil er seinen Kopf immer so zur Seite geneigt hielt, als spiele er Geige. Er war groß und dürr und ein Drei-Riemen-Mann. Vater hatte mir erklärt, daß *ein* Riemen um den Rucksack bedeutete, daß es sich hier um einen Neuling handelte, der noch nie zuvor getrampt war; zwei Riemen bedeuteten, daß der Tramp Arbeit suchte; und drei Riemen zeigten an, daß man keine Arbeit finden wollte. Vier Riemen hingegen kennzeichneten den „alten Hasen".

Wenn der Fiedler nüchtern war, unterhielt er sich in einer hohen Fistelstimme mit mir. Einmal wollte er wissen: „Was hast du am Bein?"

„Ich hatte Kinderlähmung", sagte ich ihm.

„Das muß man sich mal vorstellen!" sagte er und schnalzte mit der Zunge. „Na ja, du hast ja auf jeden Fall ein Dach über dem Kopf." Er sah mich an: „Und einen verdammt guten Kopf dazu; wie ein Preishammel."

Ich mochte diese Männer gern, weil sie mich nie bemitleideten. Sie gaben mir Selbstvertrauen. In der Welt, in der sie lebten, war es weniger schlimm, auf Krücken zu gehen, als draußen im Regen übernachten zu müssen oder die Schuhsohlen durchgelaufen zu haben. Sie sahen nur den Weg, der sich vor ihnen erstreckte; und sie sahen, daß vor mir bessere Aussichten lagen.

Als ich einmal zum Fiedler die Bemerkung machte: „Dies ist ein guter Lagerplatz, nicht wahr?", sah er sich um und meinte: „Ja, so sieht es wohl aus – für einen Kerl, der hier nicht kampieren muß." Er lachte zornig auf. „So ein Dummkopf hat mal zu mir gesagt: ‚Ihr Kerle seid auch nie zufrieden. Wenn man euch Käse gibt, wollt ihr ihn noch gebraten.' Ich habe Zeiten gekannt, in denen ich schon mit Tee und Zucker zufrieden gewesen wäre. Habe ich Tee und Zucker, will ich was zu rauchen, und wenn ich was zu rauchen habe, möchte ich einen guten Lagerplatz finden, und wenn ich den habe, wünsch ich mir was zu lesen."

Der Fiedler war der einzige Tramp, den ich kannte, der eine Bratpfanne mit sich herumschleppte. Er nahm sie aus seinem Rucksack und sah sie stolz und zufrieden an. „Das ist eine schöne, solide Pfanne", meinte er. „Die hab ich aus der Nähe von Mildura." Dann nahm er aus seinem Vorratssack in Zeitungspapier verpackte Leber und runzelte einen Moment die Stirn. „Leber ist das schlechteste Fleisch der

Welt; mit der kann man jede gute Pfanne versauen", sagte er und verzog den Mund. „Sie klebt wie Heftpflaster."

Wie alle Tramps betrachtete er immer den Himmel und überlegte, ob es regnen würde oder nicht. Er hatte kein Zelt, nur die beiden üblichen blauen Decken, in die einige wenige Besitztümer eingerollt waren. „In einer Nacht in der Nähe von Elmore kam einmal der Regen kübelweise auf mich herunter. Es war viel zu dunkel, um sich zu rühren, und so blieb ich einfach hocken, den Rücken an einen Pfahl gelehnt, und dachte vor mich hin."

Ich sagte ihm, daß er im Futterschuppen schlafen könne, und brachte ihn dorthin. Vater, der gesehen hatte, daß ich mit ihm sprach, hatte bereits ein paar Armvoll frisches Stroh hineingeworfen.

Der Fiedler sah sich einige Augenblicke schweigend um und sagte dann: „Du weißt nicht, wie gut es dir geht."

„Das ist ein Glück, wenn's einem so gutgeht, nicht wahr?" entgegnete ich und mochte ihn sehr. Ich stand dabei und sah zu, wie er auspackte.

„Weiß der Himmel!" rief er aus und sah mich an. „Du hängst hier herum wie der Hund eines Viehtreibers. Solltest du nicht lieber zum Abendessen gehen?"

„Ja", antwortete ich. „Sie haben recht. Gute Nacht, Mr. Fiedler."

Vierzehn Tage später verbrannte er an seinem Lagerfeuer, etwa zwölf Kilometer von uns entfernt. Der Mann, der Vater davon berichtete, sagte: „Es heißt, er hätte sich schon tagelang mit Fusel besoffen. Nachts ist er dann ins Feuer gerollt. Ich hab zu Alec Simpson gesagt: ,Sein Atem hat Feuer gefangen, so war's.'"

Vater schwieg einen Moment und sagte dann: „Nun, das war also das Ende des Fiedlers. Armer Kerl; nun ist er mausetot."

7. Kapitel

Die meisten Männer begönnerten mich – die übliche Haltung gegenüber Kindern. Wenn Erwachsene mir zuhörten, machten sie Späße auf meine Kosten, nicht etwa, weil sie mich verletzen wollten, sondern weil meine arglose Naivität sie in Versuchung brachte.

„Na, hast du kürzlich mal wieder am Rodeo teilgenommen, Alan?" fragten sie mich beispielsweise. Ich nahm diese Frage durchaus ernst.

„Nein", lautete deshalb meine Antwort. „Noch nicht, aber bald bin ich dabei." Und das fanden sie zu komisch.

Andererseits entdeckte ich, daß Tramps und Buschläufer, einsame Menschen, oft ungeschickt und unsicher waren, wenn ein Kind mit ihnen redete; kam man ihnen aber mit vorbehaltloser Freundlichkeit entgegen, waren sie meist nur zu gerne bereit, die Unterhaltung fortzusetzen.

Einer der erfahrenen Buschläufer, die ich gut kannte, war Peter McLeod, ein Fuhrmann, der Holz aus dem tiefsten Busch, sechzig Kilometer von unserer Farm entfernt, holte. Woche für Woche kam er mit seinem beladenen Wagen an, verbrachte den Sonntag mit seiner Frau und kehrte dann wieder zurück, lief neben seinem Fuhrwerk her oder stand aufrecht in dem unbeladenen Wagen und pfiff eine schottische Weise.

Wenn ich ihm „Guten Tag, Mr. McLeod!" zurief, hielt er an und unterhielt sich mit mir, als sei ich bereits erwachsen.

„Wie sieht es im Busch aus, wo Sie hinfahren, Mr. McLeod?" wollte ich wissen.

„Man kann die Hand nicht vor Augen sehen", entgegnete er. „Dichtes Gehölz, jawohl. Und ob das dicht ist, Teufel noch mal!"

Er war ein großer Mann mit einem glänzenden schwarzen Bart und langen Beinen. Er ging vorgeneigt, und seine langen Arme baumelten ungelenk herab. Vater behauptete, er ließe sich aufklappen wie ein Zollstock, aber er mochte ihn und sagte, Peter McLeod sei ein ehrlicher Mann und könne kämpfen wie ein Tiger.

„Hier gibt's keinen ringsumher, der ihn schlagen könnte, wenn er in Hochform ist", sagte er. „Er ist ein rauher, starker Mann mit einem weichen Herzen, und wo er mal zuschlägt, da wächst kein Gras mehr."

Peter war zwanzig Jahre lang nicht mehr in die Kirche gegangen. Vater berichtete: „Und dann ging er plötzlich zu den Methodisten und stimmte gegen die Presbyterianer."

Eines Tages kam eine Mission nach Turalla, und Peter beschloß, sich bekehren zu lassen. Aber er überlegte sich das noch einmal, als er hörte, daß von ihm erwartet wurde, Rauchen und Trinken aufzugeben. „Da hab ich nun vierzig Jahre lang zum Ruhme Gottes getrunken und geraucht", sagte er zu Vater, „und zum Ruhme Gottes werde ich dabei bleiben."

„Das besagt alles über sein Verhältnis zu Gott", meinte Vater.

Der Busch, so wie Peter ihn mir schilderte, schien ein verzauberter

Ort zu sein, wo Känguruhs lautlos durch die Baumgruppen sprangen und nachts Beutelratten zu hören waren. Peter nannte ihn „jungfräulicher Busch", weil in diesem Teil noch nirgends eine Axt angelegt worden war. Peter brauchte zweieinhalb Tage, um das Holzfällerlager zu erreichen, und er schlief eine Woche lang neben seinem Wagen.

„Ich wünschte, ich wäre an Ihrer Stelle", sagte ich. „Dann könnte ich einmal den jungfräulichen Busch sehen."

Es war September. Wir hatten eine Woche lang Schulferien. Ich war Peters Gespann in meinem Rollstuhl hinterhergefahren, weil ich gern sehen wollte, wie seine fünf Pferde zur Tränke gingen. Er trug einen Eimer zu den beiden Deichselpferden, als ich ihn beobachtete.

„Ich nehm dich mit dorthin", sagte er, „ich hätte gern eine tüchtige Hilfe. Frag deinen Alten, ob du mitkommen darfst."

„Wann fahren Sie?"

„Ich fahre morgen früh um fünf von meinem Haus ab."

„Danke schön, Mr. McLeod", sagte ich, „ich werde dasein."

Ich machte mich auf den Heimweg, so schnell meine Arme den Rollstuhl vorwärts bewegen konnten.

Als ich Vater und Mutter berichtete, daß Mr. McLeod gesagt habe, er wolle mich in den Busch mitnehmen, wirkte Vater überrascht, und Mutter fragte: „Bist du auch sicher, daß er das wirklich ernst gemeint hat, Alan?"

„Er will, daß ich ihm helfe", sagte ich schnell. „Wir sind Freunde." Mutter sah Vater fragend an. „Es ist nicht so sehr die Fahrt", meinte sie. „Es geht mir vielmehr um das Trinken und Fluchen. Du weißt doch, wie es ist, wenn die Männer im Busch hausen müssen."

„Selbstverständlich gibt es Grog und eine Menge Flüche", stimmte Vater ihr zu. „Aber das macht ihm nichts aus. Nur die Jungen, die niemals einen Betrunkenen sehen und keinen Mann jemals fluchen hören, machen das selber, wenn sie groß werden."

Mutter sah mich an und lächelte. „Hat Mr. McLeod etwas von Verpflegung gesagt?"

„Nein", erklärte ich.

„Nun, da ist noch das Stück Corned beef für das Abendessen heute."

„Steck's mit ein paar Broten in einen Sack. Das wird reichen. Peter wird Tee haben."

„Hör mal zu, mein Sohn, hilf Peter, soviel du nur kannst", sagte Vater. „Zeig ihm, daß du aus einem guten Stall kommst. Kümmere dich um das Lagerfeuer, während er die Pferde füttert. Es gibt viele Dinge, die du erledigen kannst."

„Ich werde arbeiten", versprach ich, „mein Wort drauf!"

Am nächsten Morgen hörte ich eine Diele knarren, als Mutter aus dem Schlafzimmer kam. Ich sprang aus dem Bett und zündete die Kerze an. Es war kalt und dunkel, und aus irgendeinem Grunde war ich niedergeschlagen. Als ich zu ihr hinauskam, hatte sie schon Feuer im Herd gemacht und mir ein Ei gebraten. Ich fing an, hastig zu essen.

„Alan", fragte Mutter, „hast du dich auch richtig gewaschen? Auch hinter den Ohren?"

„Ja, und den Hals auch."

„Ich hab dir ein paar Sachen in diese kleine Tasche getan. Vergiß nicht, dir jeden Morgen mit Salz die Zähne zu putzen." Sie sah sich meine Stiefel an. „Deine Schuhe sind nicht sauber. Zieh sie aus, ich werde sie putzen."

Sie brach ein Stück von der Lederschwärze ab, vermischte es mit Wasser in einem Töpfchen. Ich stand dabei und zappelte herum, wollte schnell weg, während sie die schwarze Flüssigkeit in meine Stiefel einrieb.

Sie brachte die beiden Zuckersäcke hinaus zu meinem Rollstuhl und zündete ein Streichholz an, während ich sie am Fußbrett unten verstaute und meine Krücken an den Seiten befestigte.

Draußen war es noch dunkel und ziemlich frostig. Ich hörte eine Bachstelze in den Zweigen eines Eukalyptusbaumes zwitschern. Ich war noch nie so früh am Morgen aufgestanden und war aufgeregt, einen Tagesanbruch zu erleben, der von Menschen noch nicht verdorben war. Das schlafende Schweigen war noch nicht gebrochen. „In der ganzen Welt ist noch niemand aufgestanden, oder?" fragte ich.

„Stimmt, du bist als erster auf den Beinen", entgegnete Mutter.

Sie öffnete das Tor, und ich fuhr mit Höchstgeschwindigkeit hinaus. Unter den Bäumen hatte die Dunkelheit eine undurchdringliche Wand aufgerichtet, und ich verlangsamte meine Geschwindigkeit. Es war gut, allein zu sein und nach eigenem Gutdünken handeln zu können. Jetzt paßte kein Erwachsener auf mich auf.

Nachdem ich den Zufahrtsweg hinter mich gebracht hatte und auf der großen Straße war, konnte ich wieder schneller vorwärts steuern. Als ich dann am Tor von Peters Haus ankam, taten mir allmählich die Arme weh.

Ich konnte hören, wie die Pferde mit ihren Hufeisen gegen den steingepflasterten Stallboden schlugen. Ich fuhr den Weg zum Haus hinunter. Peter schirrte gerade die Pferde an, als ich vor dem Stall ankam. Er ließ den Zugstrang, den er in der Hand hielt, fallen und trat an den Rollstuhl.

„Du bist's, Alan. Teufel, du willst doch nicht etwa mit?"

„Haben Sie mich denn nicht eingeladen?" fragte ich unsicher.

„Klar, hab ich dich eingeladen. Dein Alter hat es dir erlaubt, ja?"

„Ja. Und Mutter auch. Ich hab Verpflegung mit. Hier." Als Beweis hob ich meinen Vorratssack hoch.

Er grinste mich an. „Damit werd ich mich heute abend befassen. Bring deinen Wagen in den Schuppen. Um fünf machen wir uns auf den Weg."

Sein Wagen war ein schwerer Holzwagen mit breiten, eisenbeschlagenen Rädern und Bremsblöcken aus Eukalyptus. Das Holz war von Sonne und Regen ausgebleicht und rissig. Es gab keine Seitenverkleidung, sondern statt dessen an allen vier Ecken einen schweren Eisenpfosten, der in einem Sockel verankert war. Oben von den Pfosten hingen Schlaufen. Der Boden des Wagens bestand aus schweren, losen Holzplanken, die auf holprigen Wegen laut klapperten.

Nachdem Peter die Pferde angespannt hatte, warf er die Futterbeutel und einige Säcke Häcksel auf den Wagen, drehte sich zu mir um und sagte: „Hopp, hinauf! Hier, ich nehme deine Taschen."

Ich schwang mich auf meinen Krücken hinüber zur Vorderseite des Wagens, hielt mich mit einer Hand an der Deichsel fest und warf mit der anderen meine Krücken auf den Wagen. Mr. McLeod ging vor zu den Pferden und blieb dort stehen, bis ich mich selbst hochgehievt hatte, das Knie meines guten Beines auf die Deichsel stützte, dann hinübergriff und nach der Kruppe des Deichselpferdes neben mir langte. Ich zog mich daran hoch, bis ich auf seinem Rücken saß. Es fühlte sich warm und angenehm an, und die flache Senke seines Rückens verlief in zwei mächtigen Muskelbergen. „Leg deine Hand auf ein gutes Pferd, und seine Kraft wird sich auf dich übertragen", hatte mir Vater gesagt. Vom Rücken des Pferdes schwang ich mich hinüber in den Wagen und setzte mich auf die Vorratskiste.

Peter nahm die Zügel auf und kletterte neben mich.

„Es gibt verdammt viele Männer, die nicht so gut wie du auf einen Wagen steigen können", sagte er. „Aber ich verstehe deinen Alten trotzdem nicht."

Es dämmerte. Im Osten breitete sich ein rosiges Glühen über den

Himmel aus. In jeder Baumgruppe jubilierten die Flötenvögel. Ich hatte das Gefühl, es könne nichts Schöneres auf der Welt geben, als an einem frühen Morgen auf einem Pferdefuhrwerk zu sitzen und dem Gezwitscher der Flötenvögel zu lauschen. Bald schlugen wir einen Weg ein, der sich durch den Wald hinzog. Er wurde zunehmend dichter, bis uns nur noch Busch umgab und alle Zäune verschwunden waren. Der von den Pferdehufen aufstiebende Staub setzte sich rasch in unseren Haaren und Kleidern fest.

Ich wollte, daß Peter mir von seinen Abenteuern erzählte. Er war der Held so mancher Geschichte. In Hotelbars, so hatte Vater gesagt, machten Geschichten wie diese die Runde: „Was redet ihr über Kämpfe! Ich habe gesehen, wie Peter McLeod mit Long John Anderson hinter dem Rathaus in Turalla gekämpft hat." Alle hörten dem Bericht über diesen Kampf, der zwei Stunden lang gedauert hatte, aufmerksam zu. „Ja", sagte der Erzähler dann abschließend, „und Long John wurde auf einer Bahre weggetragen."

Jetzt sagte ich: „Vater hat mir erzählt, sie könnten kämpfen wie eine Dreschmaschine, Mr. McLeod."

„Hat er das wirklich gesagt!" rief er aus, offensichtlich hoch erfreut. „Dein Alter hält eine Menge von mir. Ich habe erfahren, daß er einmal ein großartiger Viehtreiber gewesen ist." Sein Ton änderte sich. „Und er hat gesagt, ich könne kämpfen, ja?"

„Ja", erwiderte ich und fügte dann hinzu, „ich wünschte, ich könnte das auch."

„Auch du wirst eines Tages ein guter Kämpfer sein. Du kannst was einstecken. Wenn du zu etwas taugen willst, mußt du was einstecken können. Dein Alter konnte was aushalten, und du bist wie er."

Wir überquerten gerade eine Lichtung. Ein verfallener Lattenzaun umgab eine Koppel, auf der Gestrüpp und Gebüsch anzeigten, daß der Busch von der Rodung wieder Besitz ergriffen hatte. Ein grasbewachsener Weg führte von einigen frei schwingenden Zaunbalken zu einer verlassenen Borkenhütte, die hinter dem Blattwerk junger Bäume verborgen lag. Peter brach das gedankenverlorene Schweigen und sagte: „Hier hat Jackson gewohnt. Ich werde dir den Baumstumpf zeigen, auf dem sich der junge Bob Jackson das Genick gebrochen hat. Sein Pferd scheute und warf ihn ab. Zwei Monate später wickelte sich der alte Jackson eine Kuhkette um und ging ins Wasser. Er wurde wunderlich nach dem Tod seines Sohnes. Er war nicht direkt schrullig. Er war nur so, als sei er pleite gegangen – die ganze Zeit traurig."

Als wir an den Staudamm kamen, zügelte Peter die Pferde und sagte: „Nun, hier war es, dort am anderen Ufer. Er ist direkt hineingegangen ins Wasser und nie zurückgekommen. Man hat ihn nicht gefunden. Seine Frau und der andere Junge sind danach weggezogen. Die Frau hat es nicht verwunden. Ich bin mit dem Wagen gekommen und habe ihre wenigen Möbel nach Balunga gebracht. Ich hab ihr gesagt, der alte Jackson sei ein Mann gewesen, wie man so schnell keinen wieder findet. Aber vielleicht hat das alles nur noch schlimmer gemacht. Ich weiß nicht…" Er trieb die Pferde wieder an und sagte dann: „Der alte Jackson war ein feiner Kerl. Alles, was er gebraucht hat, war ein Kumpel, der ihm gesagt hätte ‚Versuch's noch mal'. Dann wäre er schon wieder zurechtgekommen. Das Dumme war, daß ich an diesem Tag die Pferde beschlagen lassen mußte."

IN JENER Nacht schliefen wir in der verlassenen Hütte eines Holzfällers. Peter spannte die Pferde aus und nahm dann aus einem Kleiesack ein Paar Fußfesseln und eine Pferdeglocke. Ich hob die Glocke auf. Sie war schwer und hatte einen tiefen Klang. Ich ließ sie anschlagen und lauschte dem Ton, den ich von nun an immer mit klaren Morgenstunden im Busch verbinden würde, wenn das Laub noch feucht vom Tau war und die Flötenvögel zwitscherten.

Die Glocke fiel mir wenige Zentimeter über dem Boden aus der Hand, und Peter, der etwas Klauenfett in die Fußfesseln rieb, rief streng: „Mach das nicht noch mal. Du darfst eine Glocke nicht fallen lassen. Das macht sie kaputt." Er streckte seine Hand nach der Glocke aus, und ich gab sie ihm.

„Dies ist eine Mongan-Glocke, die beste Glocke in ganz Australien." Er betrachtete sie aufmerksam. „An einem klaren Tag kann man sie zwölf Kilometer weit hören."

„Vater hat gesagt, die Condamine-Glocken seien die besten."

„Na ja, er kommt aus Queensland. Bei der Condamine wird ein Pferd taub. Der Klang ist zu hell. Es gibt nur zwei gute Glocken – die Mennicke und die Mongan, und die Mongan ist die bessere. Die hier ist aus einer Schrottsäge gemacht worden und hat den besten Klang."

„Welchem Pferd werden Sie sie umhängen?" fragte ich.

„Kate", entgegnete er. „Sie ist mein Glockenpferd. Sie trabt und bewegt den Kopf. Die anderen können sie nicht richtig läuten lassen. Ich gebe die Glocke Kate und lege Nugget Fußfesseln an. Er ist der Boß. Auf ihn hören alle."

Als er wenig später in die Hütte kam, hatte ich im Topf das Wasser zum Kochen gebracht. Er warf eine Handvoll Tee ins Wasser und stellte den Topf auf den Herd. „Wo ist dein Corned beef?" fragte er dann.

Ich nahm das Stück Fleisch aus dem Vorratssack und wickelte es aus dem Zeitungspapier. Dann gab ich es ihm. Er befühlte es mit schmutzgeschwärzten Fingern und meinte dann: „Erstklassiges Fleisch – ein Stück aus der Keule." Er schnitt eine dicke Scheibe für mich ab und legte sie zwischen zwei Scheiben Brot. „Damit du was auf die Rippen kriegst." Dann füllte er zwei Becher mit starkem schwarzem Tee und reichte mir einen herüber. „Ich hab noch keine Frau erlebt, die richtig Tee kochen konnte. Wenn eine Frau Tee macht, kannst du immer noch den Boden der Tasse sehen."

Wir saßen am Feuer und aßen. Als Peter seinen letzten Becher Tee getrunken hatte, schüttete er den Satz ins Feuer und sagte: „Na, was machst du mit deinem Bein heute nacht? Mußt du es hochbinden?"

„Nein", erwiderte ich. „Ich merke gar nicht, daß es da ist."

„Wenn du mein Junge wärst, würde ich dich zu Wang nach Ballarat bringen."

Ich hatte von diesem chinesischen Kräuterdoktor gehört. Die meisten Leute in und um Turalla glaubten, er sei derjenige, der noch helfen könne, wenn alle ärztliche Kunst versagte. Aber Vater nannte ihn immer einen „Unkraut-Verkäufer".

„Dieser Wang fragt dich nie, was dir fehlt", fuhr Peter fort. „Er sieht dich nur an und sagt es dir dann. Ich hätte so was nicht geglaubt, aber Steve Ramsay hat mir das alles erzählt. Ramsay war ein Typ, der nichts im Magen behalten konnte. Nun, Wang hat ihn kuriert. Als ich die Schmerzen im Rücken hatte, sagte Steve zu mir: ‚Geh zu Wang. Der wird deine Hand nehmen und dir Dinge sagen, die dir die Augen übergehen lassen.' Ich hab mir eine Woche freigenommen und bin hingefahren. Er hat meine Hand in seine gelegt, genau wie Steve erzählt hat, und hat gesagt: ‚Hatten Sie einen Unfall?' ‚Nein', sag ich ihm. ‚Denken Sie noch einmal nach', meint er. ‚Ach ja, etwa vor einem Jahr bin ich aus einem Gig herausgeschleudert worden, und ein Rad ist über mich weggerollt', sage ich, ‚aber ich war nicht verletzt.' ‚O ja, das waren Sie doch!' stellt er fest. ‚Sie haben sich verrenkt.' Dann gab er mir ein Päckchen Kräuter für zwei Guineen, und Mutter hat sie für mich aufgebrüht – hat schrecklich geschmeckt. Danach hat mir nichts mehr weh getan."

„Das war doch Ihr Magen", sagte ich. „Aber ich möchte gern wieder Beine haben."

„Es kommt schließlich alles vom Magen." Peter war davon felsenfest überzeugt. „Unsere Ärzte wissen nichts im Vergleich zu diesen chinesischen Kräuterdoktoren." Er stand auf und sah aus der Tür der Hütte. „Ich werde Kate draußen anbinden, dann können wir schlafen gehen." Er blickte zu den Sternen. „Die Milchstraße läuft von Norden nach Süden. Es wird schön werden. Wenn sie von Westen nach Osten geht, kommt Regen. Nun, ich bleib nicht lange weg."

Als er zurückkam, meinte er: „Na, wie steht's mit einem Bett für dich?"

Er betrachtete sorgfältig den erdigen Boden der Hütte und ging dann zur Wand, wo sich unten ein kleines Loch befand. Dann nahm er das Papier, in das ich das Fleisch gewickelt hatte, und stopfte es mit den Fingern fest in das Loch.

„Könnte ein Schlangenloch sein", murmelte er. „Wir werden das Papier rascheln hören, wenn sie hervorkommt." Dann legte er zwei halbgefüllte Futtersäcke auf den Boden und glättete sie, bis sie flach wie eine Matratze waren.

„Das wär's", meinte er, „das sollte dir genügen. Leg dich da hin, und ich werde diese Decke über dir ausbreiten."

Ich zog meine Stiefel aus und legte mich auf die Futtersäcke; einen Arm schob ich unter meinen Kopf. Ich fand, daß es ein herrliches Bett war.

Peter legte sich auf einige Säcke, die er für sich zurechtgemacht hatte, gähnte laut und zog sich eine Pferdedecke über.

Ich lag wach und lauschte den Geräuschen aus dem Busch. Es war so herrlich, hier zu sein, daß ich nicht schlafen wollte. Durch die offene Hüttentür drang der durch die nächtliche Kühle verstärkte Duft von Eukalyptus und Akazien herein und verbreitete sich bis zu meinem Lager. Die wilden Schreie der vorbeifliegenden Regenpfeifer, der Ruf eines Eulenschwalms, das Rascheln und Quieken waren mir in der Dunkelheit besonders gegenwärtig. Dann drang von fern, leise durch all die anderen Geräusche, das Läuten der Pferdeglocke, und ich sank erleichtert zurück auf die Häckselmatratze. Noch beim Einschlafen sah ich Kate vor mir, wie sie mit dem Kopf nickte und ihre Monganglocke zum Klingen brachte.

Am nächsten Tag wurde der Busch, den wir durchquerten, stattlicher, lichter. Mit zunehmender Höhe der Bäume wurde die Entfernung zwischen den einzelnen Stämmen größer. Die makellosen Stämme wuchsen bis zu sechzig Meter Höhe ohne jedes Geäst, ehe sie sich mit Laubwerk krönten. Zu Füßen dieser Bäume gab es kein wildes Gestrüpp.

Ein seltsames Schweigen herrschte in diesem Wald.

Unser Wagen und die Pferde kamen mir plötzlich winzig vor. Wir bewegten uns nur langsam voran. Manchmal schabten wir an dem Ausläufer einer riesigen Wurzel entlang, wenn wir eine Biegung nahmen. Das Klingeln der Pferdeketten und das leise Klappern der Hufe auf dem federnden Boden waren die einzig vernehmbaren Geräusche. Aber auch sie drangen nicht weiter als bis zum nächsten Baum. Selbst das Quietschen und Knarren des Wagens klang kläglich dünn.

In Lichtungen, wo das dürre, spärlich wachsende Gras kaum den Boden bedeckte, trafen wir auf Känguruhherden, die uns aufmerksam beobachteten und ihre zuckenden Nüstern hoben, um unsere Witterung aufzunehmen, ehe sie davonsprangen.

„Ich hab schon welche geschossen", erklärte Peter, „aber es ist so, als schieße man auf ein Pferd; man hat ein schlechtes Gefühl dabei." Er zündete sich die Pfeife an und fügte sanft hinzu: „Ich will ja nicht behaupten, daß es unrecht ist, aber es gibt eine Menge Dinge, die zwar nicht unrecht sind, aber auch nicht richtig."

In dieser Nacht schlugen wir unser Lager am Ufer eines Flußlaufes auf. Ich schlief unter einem Eukalyptusbaum, und als ich mich auf meine Futtersäcke legte, konnte ich durch seine Zweige hindurch die Sterne sehen.

Die Pferdeglocke klang heller in dieser Nacht. Manchmal ertönte sie sogar besonders kräftig, wenn Kate an ihrem langen Seil die Böschung hoch- oder herunterkletterte. Ich konnte sie die ganze Nacht über hören.

„Heute erreichen wir das Lager", sagte mir Peter am Morgen.

Das Holzfällerlager lag an einem Berghang. Es kam in Sicht, als wir dessen Ausläufer umrundeten – ein freies Stück Land, kahlgeschoren von allen Bäumen. In der Mitte dieser Lichtung standen zwei Zelte, vor denen ein Lagerfeuer brannte. Über dem Feuer hingen von einem Dreifuß rauchgeschwärzte Töpfe. Vier Männer gingen darauf zu. Sie kamen von ihrem Arbeitsplatz weiter unten, wo sie einen gefällten Baum behauen hatten. Neben einem Stapel mächtiger Balken stand ein Ochsengespann, dessen Fahrer auf seiner Verpflegungskiste saß und seine Mahlzeit verzehrte.

Peter hatte mir etwas über die Männer erzählt, die hier im Lager arbeiteten. Er mochte Ted Wilson, einen Mann mit vorgeneigten Schultern, einem strähnigen, tabakfleckigen Schnurrbart und lustigen, blauen Augen, die in tausend Fältchen eingebettet waren. Ted hatte sich etwa einen Kilometer vom Lager entfernt eine Bretterbude gebaut und lebte dort mit seiner Frau und seinen drei Kindern. Peters Meinung über Mrs. Wilson war nicht ganz eindeutig. Er hielt sie für eine gute Köchin, bemängelte aber, daß sie allzu gern heulte, wenn einer starb.

Einer der drei Männer, die hier kampierten, war Stewart Prescott, ein zweiundzwanzig Jahre junger Mann. Er hatte gewelltes Haar, trug ein Leinenwams mit runden, roten Knöpfen, die groß wie Murmeln waren, und sang mit näselnder Stimme: „Bewahre das Bildnis meiner Mutter vor dem Verkauf." Er begleitete sich dazu selbst auf der Ziehharmonika, und Peter hielt ihn für einen großen Sänger, aber für „einen verdammten Narren im Umgang mit Pferden". Man nannte Stewart Prescott auch „Der Prinz" wegen seiner auffallenden Kleidung, und allmählich wurde er allgemein als Prinz Prescott bekannt.

Er hatte einmal im Busch in der Nähe unserer Farm gearbeitet. Vater war eines Tages mit ihm nach Balunga geritten. Als er nach Hause kam, sagte mir Vater: „Ich hatte doch recht damit, daß dieser Bursche kein guter Reiter ist; immer, wenn er vom Pferd steigt, kämmt er sich die Haare."

Arthur Robins, der Fahrer des Ochsengespanns, kam aus Queensland. Als Peter ihn fragte, weshalb er diese Provinz verlassen habe, erhielt er die Erklärung: „Meine Frau lebt dort oben." Arthur war ein kleiner Mann mit einem dichten, drahtigen Backenbart, aus dessen Mitte eine große, rote, narbige Nase hervorragte, die allen Unbilden des Wetters ausgesetzt war. Peter meinte, daß Arthur wie ein hungriger Landstreicher aussähe. „Immer, wenn ich ihn sehe, habe ich das Gefühl, ich müsse die Kartoffeln vor ihm verstecken", sagte er zu mir.

Bemerkungen über sein Aussehen machten Arthur gar nichts aus, aber Anspielungen auf seine Ochsen konnte er nicht vertragen. In der Kneipe von Turalla hatte er einmal dem Wirt erzählt, weshalb er sich gerade mit einem Bekannten geprügelt hatte: „Ich habe mir noch angehört, wie er über mich hergezogen ist, aber daß er meine Ochsen heruntermachte, wollte ich mir nicht anhören."

Als Peter nahe bei den Zelten die Pferde anhielt und vom Wagen kletterte, füllten sich die Männer bereits ihre Becher aus den Töpfen über dem Feuer. Als ich ihm folgte, sahen mich alle überrascht an. Ich zögerte, war einen Moment verwirrt. Dann stieg Ärger in mir auf, und ich schwang mich auf meinen Krücken mit schnellen, entschlossenen Armbewegungen auf sie zu.

„Das ist Alan Marshall", teilte Peter den anderen mit. „Er ist ein Kumpel von mir. Wir werden diesen Kerlen etwas zu futtern abknöpfen, Alan."

„Guten Tag, Alan", sagte Prinz Prescott, offensichtlich sehr befriedigt, daß er mich bereits kannte. Er wandte sich den anderen zu: „Er ist der Junge, den die Kinderlähmung erwischt hat. Sie sagen, er wird nie wieder laufen können."

Peter drehte sich wütend zu ihm um: „Wovon sprichst du eigentlich, Teufel noch mal?" wollte er wissen. „Bist du noch ganz bei Trost?"

Dieser Ausbruch überraschte Prinz. „Was hab ich denn Falsches gesagt?" fragte Prinz und wandte sich seinen Gefährten zu.

Peter grunzte. Er nahm meinen Becher und füllte ihn mit Tee. „Nichts Falsches. Aber sag es nicht noch mal."

„Du bist also irgendwie angepflockt, ja?" fragte Ted Wilson und lächelte mir zu. Bei seinen Worten lächelten auch die anderen.

„Ich will euch mal was sagen", erklärte Peter, „der Junge hat so viel Mumm, daß ihr euch damit die Schuhsohlen einreiben könntet, damit sie nie kaputtgehen."

Ich hatte mich unter diesen Männern trotz Ted Wilsons Vermittlungsversuchen einsam und verloren gefühlt und mir gewünscht, wieder daheim zu sein. Aber dann kam diese abschließende Bemerkung von Peter, und ich schwebte plötzlich wie auf Wolken. Er hatte mir die Achtung dieser Männer gesichert.

Ich war Peter so dankbar, daß ich das auf irgendeine Weise ausdrükken wollte. Ich hielt mich so dicht bei ihm wie nur möglich, und als ich Scheiben von dem Hammelbraten abschnitt, den er am Vorabend zubereitet hatte, gab ich ihm die besten Stücke.

PETER brachte bei jeder Fahrt einen Kasten Bier mit, und es war üblich, daß die Männer sich am Abend nach dem Aufladen des Holzes im Haus von Ted Wilson trafen, um zu trinken, ihr Garn zu spinnen und Lieder zu singen.

Arthur, der Ochsengespannführer, kampierte an jedem dieser

Abende nicht allzuweit entfernt, und die Gebrüder Ferguson, die Eisenbahnschwellen herstellten, kamen auch aus ihrem Camp, um zu trinken und zu reden. Prinz Prescott und die beiden anderen Holzfäller waren ohnehin häufig bei den Wilsons, und an diesem Abend brachte Prinz seine Ziehharmonika mit und hatte sich mit seinem Wams aus Drillich herausgeputzt.

Das Haus bestand aus aufrechtstehenden Balken. Die Ritzen waren mit Lehm verputzt. Eine Seite nahm ein Borkenkamin ein, und daneben war ein eiserner Tank, in den über ein gewundenes Borkenstück ein Teil des Regenwassers von dem Borkendach abgeleitet wurde. Weder Zaun noch Garten schirmten das Haus gegen den von allen Seiten herandrängenden Busch ab. Ein zäher, dünner Baum neigte sich vom Wind gebeugt über das Dach, und vor der unbenutzten Vordertür wucherten Farnkräuter. In der Nähe des rückwärtigen Ausgangs war ein hoher Holzklotz als Untersatz für eine angeschlagene Emailleschüssel aufgestellt worden. Hinter dem Haus trugen vier Pfosten aus jungen Baumstämmen ein Borkendach und boten Wetterschutz für ein Gig, an dessen Spritzbrett das Geschirr aufgehängt war.

Peter hielt mit seinem Gespann vor dem Unterstand, und ich kletterte hinunter. Zwei Kinder standen da und beobachteten mich mit großen Augen, als ich mir die Krücken unter die Arme klemmte. Ein kleiner, etwa dreijähriger Junge war völlig nackt. Peter, der Kate die Zügel über den Rücken warf, betrachtete ihn mit einem strahlenden Lächeln. „Na sieh mal an", rief er, streckte seine rauhe, schwielige Hand aus und strich dem Kleinen tätschelnd über den Rücken. „Was für ein netter, kleiner Bursche, ha! Was für ein netter, kleiner Kerl!"

Der andere Junge war etwa fünf. Er trug lange Baumwollstrümpfe, aber seine Strumpfbänder waren gerissen, und nun hingen die Strümpfe wie Fesseln über seinen Stiefelrändern. Die geflickte Hose wurde von einer Schnur anstelle von Hosenträgern gehalten, und seinem Hemd fehlten nicht nur sämtliche Knöpfe, sondern auch ein Ärmel. Seine Haare sahen aus, als seien sie noch nie gekämmt worden. Sie standen von seinem Kopf ab wie das Fell am Rücken eines verängstigten Hundes.

Ted rief ihm zu: „Frank, zieh dir die Strümpfe hoch! Zieh die Strümpfe hoch! Peter denkt sonst noch, du wärst irgendein neues Federvieh." Der Junge bückte sich und zog die Strümpfe hoch. „Nun bring Alan hier hinein, während wir die Pferde ausspannen."

Die Frau, die sich von der offenen Feuerstelle bei meinem Eintritt zu

mir umwandte, hatte einen Gesichtsausdruck wie ein Hund, der mit
dem Schwanz wedeln will. Sie hatte ein dickes, aber einnehmendes
Gesicht und wischte sich schnell ihre weichen, feuchten Hände an einer
schwarzen, mehlbestäubten Schürze ab, ehe sie zu mir herüberkam.

„Ach, du armer Junge!" rief sie aus. „Du bist der Krüppel aus Turalla, nicht wahr? Möchtest du dich nicht hinsetzen? Ich werde dir ein
Kissen für deinen armen Rücken holen."

Ich sank verwirrt und unglücklich in einen Stuhl und wäre viel lieber
draußen bei den Männern gewesen, als Mrs. Wilson nun anfing, mich
nach „dem schrecklichen Leiden", das ich hatte, zu fragen. Sie wollte
wissen, ob mein Bein schmerzte, ob mein Rücken weh tat und ob
meine Mutter mich mit Eidechsenöl einrieb.

„Es wirkt so stark, daß es sogar durch die Flasche hindurchdringt",
teilte sie mir mit. Sie war auch der Meinung, ich hätte zuviel Säure in
mir und daß es vielleicht gut für mich sei, wenn ich, wohin ich auch
ging, eine Kartoffel mit mir in der Tasche herumtrug. „Wenn sie
schrumpft, saugt sie gleichzeitig die Säure aus dir raus", erklärte sie.

Ich fing erst an sie zu mögen, als sie von mir abließ und von ihren eigenen Krankheiten sprach. Während sie redete, machte sie sich in der
Küche zu schaffen, stellte einen dampfenden Hammelbraten in einer
großen Schüssel auf den Tisch und stampfte Kartoffeln, die sie aus einem anderen Topf geschüttet hatte. Sich immer wieder den Rücken
stützend, als hätte sie dort Schmerzen, vertraute sie mir ein großes Ge-
heimnis an: sie würde wohl nicht sehr alt werden. Ich fragte sie nach
dem Grund, und sie antwortete düster, daß all ihre inneren Organe
nicht mehr an ihrem Platz seien. „Ich kann nie mehr Kinder haben",
teilte sie mir mit und fügte dann nach kurzer Überlegung hinzu: „Gott
sei Dank!"

„Lauf und hol Georgies Hemd und Hose!" sagte sie plötzlich zu
Frank. „Sie müssen jetzt trocken sein." Frank brachte sie, und sie zog
Georgie an. Dabei ermahnte sie ihn: „Wenn du das nächstemal ir-
gendwohin gehen willst, kommst du vorher zu mir und sagst mir das,
sonst setzt es was."

Als Ted mit Peter hereinkam, schlug er Mrs. Wilson so kräftig auf
ihr Hinterteil, daß ich plötzlich um ihre inneren Organe besorgt war.
„Wie geht's denn meiner besseren Hälfte?" rief er vergnügt. Er sah auf
den Tisch, was es wohl zum Abendessen geben würde, und sagte dann
zu Peter: „Das ist ein erstklassiger Hammel, den ich da erwischt habe.
Warte nur, bis du ihn probiert hast."

Als der Tisch nach dem Essen abgeräumt worden war und die von einer Kette an der Decke hängende Petroleumlampe angezündet wurde, holte Peter den Kasten Bier herein und rechnete gemeinsam mit Ted auf einem Stück Papier aus, was jeder Besucher für „das Gesöff" zu zahlen hatte.

Mrs. Wilson steckte die beiden Jungen in dem anderen Raum ins Bett. Von dort drang noch das Schreien eines Babys. Nach einer Weile wurde es ruhig. Sie kam heraus und schloß gerade den letzten Knopf ihrer Bluse. Die beiden Fergusonbrüder kamen an, und man konnte an ihrer Begrüßung sehen, wie sehr sie Mrs. Wilson mochten. Dann kam Arthur Robins mit den drei Holzfällern, und Ted fing an, die auf dem Tisch aufgereihten Becher zu füllen.

Jeder Mann hatte seinen eigenen mitgebracht, und wenn sie auch unterschiedlich groß waren, so maß Ted jedem doch genau die gleiche Menge Bier zu.

Nach einigen Runden fing Prinz Prescott an, auf seiner Ziehharmonika zu spielen. Er bewegte dabei ganz übertrieben die Schultern, warf manchmal den Kopf zurück und die Arme hoch, während einen Moment lang die Harmonika auf- und zuklappte, ehe er sie wieder in den Griff bekam.

Arthur Robins hatte sich neben mich auf eine Kiste in der Nähe der Feuerstelle gesetzt. Auf seinem Gesicht lag das Lächeln der Vorfreude. Er hatte sentimentale Lieder besonders gern und bat Prinz dauernd, er solle doch singen: „Der wilde Junge aus den Kolonien".

„Was stimmt denn bei dem Burschen nicht?" rief er verdrossen, als Prinz, der ganz in „Valetta" vertieft war, ihn nicht hörte.

Die Ziehharmonikamusik endete mit einem Schnaufer. „Und nun los", sagte Prinz: „Fangen wir an."

Als er zu singen begann, beugte sich Arthur auf seiner Kiste freudestrahlend vor und bewegte die Lippen zu den Worten des Liedes.

> „Es war einmal ein wilder Junge aus den Kolonien, Jack Doolan hieß er.
> Er stammte ab von armen, aber ehrlichen Eltern aus Castlemaine;
> Er war die einzige Hoffnung seines Vaters, die einzige Freude seiner Mutter,
> Der Stolz beider Eltern war der wilde Junge aus den Kolonien."

Das war Vaters Lieblingslied, und wenn bei uns daheim einige Männer zu Besuch waren, sang er es unweigerlich nach ein paar Drinks. Wenn der Refrain kam, rief er immer: „Steht auf, wenn ihr das singt!" Als Prinz den Refrain anstimmte, nahm ich meine Krücken von der Wand, stand auf und sagte schnell und drängend zu Arthur: „Aufstehen!"

„Bei Gott, das werde ich, Junge!" sagte er und erhob sich. Sein Zinnbecher krachte auf den Tisch, und er hob sein bärtiges Gesicht und bellte den Refrain mit. Ich sang ebenfalls mit klarer, ungebrochener Stimme, und auch Peter und Ted und die Brüder Ferguson erhoben sich und sangen:

> „Kommt, liebe Gefährten, laßt uns über die Berge ziehen,
> Gemeinsam wollen wir plündern, gemeinsam wollen wir sterben;
> Wir werden durch Täler wandern und über die Ebenen ziehen,
> Und wir werden es verachten, als Sklaven zu leben, niedergedrückt von
> eisernen Ketten."

„Na, das ist ein echtes Lied!" sagte Arthur heiser, als er sich wieder setzte und seinen Becher nach mehr Bier ausstreckte. „Das macht einem Mann, der nicht absehen kann, wie lange er noch schuften muß, wieder Mut."

Der Gesang hatte in Peter den Wunsch wachgerufen, auch etwas Erhebendes beizutragen. Er war zu sehr mit Trinken beschäftigt, um seine Zeit mit Gesang zu verschwenden, aber er kannte zwei Zeilen aus einem Gedicht von Adam Lindsay Gordon, die er im Laufe des Abends fast andächtig mehrfach deklamierte.

> „Zwischen Himmel und Wasser kam der Clown und holte sie ein,
> Unsere Steigbügel klirrten hart, als wir aufeinandertrafen."

Er starrte einen Moment lang weiter auf die Wand, als er geendet hatte, fühlte sich dann aber verpflichtet, das Zitat zu erläutern.

„Ihr versteht, was das bedeutet, nicht wahr? Manche Kerle begreifen es nicht. Dieser Clown ist ein guter Springer. Er hebt hinten gut ab, seht ihr, und kommt auch gut über den Wassergraben. Das andere Pferd startet zuerst, aber der Clown, der schnell aufholt, hebt hinter ihm ab und holt es im Sprung ein. Das bedeutet es, wenn es heißt ‚Zwischen Himmel und Wasser'. Sie kommen zugleich auf. Das andere Pferd kommt etwas vom Kurs ab, als sie aufkommen – darauf könnt ihr wetten –, und ihre Steigbügel krachen aufeinander. Der Clown muß ein gutes Springpferd gewesen sein, gut gebaut mit langen Beinen. Ich hätte den Kerl, der das geschrieben hat, gern mal getroffen."

Nach einer Weile konnte man Prinz kaum noch am Singen hindern. Er gab „Das Gesicht am Boden der Kneipe" zum besten, und dann „Der Packwagen vorn" und „Für wen hältst du mich, Vater?"

Bei jedem Lied stiegen Mrs. Wilson Tränen in die Augen und liefen ihr über das Gesicht. „Ist das nicht herrlich?" schluchzte sie. „Kennen Sie ‚Da ist ein anderes Bild im Rahmen des Bildes meiner Mutter'?"

„Ich kenne zwei Strophen davon", sagte Prinz. „Wollen wir mal sehen...?" Mit geschlossenen Augen lauschte er den Tönen, die er der Ziehharmonika entlockte, lächelte dann und nickte. „Jetzt hab ich's."

„Ruhe da drüben!" Mrs. Wilson sah hinüber zu Peter und Ted, die miteinander sprachen, wobei der eine dem anderen aber nicht zuhörte.

„Dieser Sattel war ein bißchen abgenutzt – der Sattelgurt taugte nicht mehr viel –, aber ich warf ihn hinten auf den Wagen..."

„Ich habe den Grauen für einen Fünfer gekauft", redete Peter dazwischen, „ich habe ihn an dem Abend dreißig Kilometer weit geritten..."

„Es war ein Queensland-Sattel", unterbrach ihn Ted und füllte seinen Becher. „Er hat nie auch nur mit der Wimper gezuckt...", sagte Peter. „Ich kaufte einen neuen Sattelgurt...", fuhr Ted fort. „Ist nie in Schweiß geraten...", redete Peter gegen die Wand.

„Haltet die Klappe, ihr zwei", sagte Arthur, und Prinz fing an zu singen:

> „Komm, mein Kindchen, sag mir, warum du weinst,
> Siehst du nicht, daß es deinen Papa sehr betrübt?
> Tag für Tag kaufe ich dir schöne Sachen,
> Und möchte gern, daß du einmal lächelst.
> Da sagte sie, ich weiß, daß du der liebste
> Und der rührendste Papa überhaupt bist,
> Wenn du mich wirklich liebst, wirst du mir sicher sagen,
> Wer die Dame auf dem Bild an der Wand ist."

Unser aller Aufmerksamkeit galt Prinz. Selbst Peter hatte sich umgedreht, um ihn anzusehen. Mit großem Selbstvertrauen stimmte er den Kehrreim an:

> „Da ist ein anderes Bild im Rahmen, wo das Bild meiner Mutter hing,
> Es ist eine andere Frau, ihr Lächeln ist nicht das gleiche;
> Meine Mutter war liebreizender, ich finde, es ist eine Schande,
> Daß ein anderes Bild im Rahmen des Bildes meiner Mutter ist."

Mrs. Wilson weinte still vor sich hin, als Prinz mit der zweiten Strophe begann:

> „Ja, mein Liebling, es ist eine hübsche Frau,
> Und sie wird deine neue Mutter werden,
> Sie wird freundlich und gut zu dir sein, und vielleicht
> Wirst du sie lieben lernen, das wird Papa gefallen."

Arthur trank zwei Becher Bier aus, während Prinz sang. Als Prinz geendet hatte, teilte er mir düster mit: „Jeder Mann, der zweimal heiratet, holt sich Ärger an den Hals."

Ich war müde und schlief auf dem Stuhl ein, während die Männer weitersangen. Als Peter mich aufweckte, war das Fest vorüber.

„Erhebe dich", sagte er im Ton eines Priesters, der eine Predigt halten will. „Erhebe dich und folge mir." Wir gingen hinaus zu dem Wagenunterstand, und Peter sagte plötzlich in die Nacht hinein:

> „Zwischen Himmel und Wasser kam der Clown und holte sie ein,
> Unsere Steigbügel klirrten hart, als wir aufeinandertrafen."

8. Kapitel

Vater wollte wissen, was ich alles auf meinem Ausflug mit Peter erlebt hatte. Es gefiel ihm, daß ich so begeistert von den treuen, zuverlässigen Pferden sprach und wie sie den Wagen im immer gleichen Schritt zurück nach Hause gezogen hatten.

Er fragte: „Hat er dir auch mal die Zügel überlassen?"

Er sah weg, als er mich das fragte. Seine Hände lagen plötzlich ganz still auf dem Tisch, während er meine Antwort erwartete.

„Ja", sagte ich ihm.

Das gefiel ihm, er nickte und lächelte vor sich hin. „Hände, die zupacken können, das ist es...", murmelte er und hing seinen Gedanken nach. „Du sollst niemals traurig sein, weil du nicht reiten kannst", fügte er hinzu. „Ich mag Männer, die ein Gespann gut lenken können."

Zum erstenmal seit Jahren hatte er erwähnt, daß ich nicht in der Lage war zu reiten. Als ich aus dem Krankenhaus entlassen wurde, hatte ich vom Reiten gesprochen, als sei es nur eine Frage von Wochen, bis ich im Sattel sitzen und bockende Pferde zureiten würde. Vater sprach nicht gern über dieses Thema. Er war immer still und unglücklich, wenn ich ihn bat, mich auf ein Pferd zu heben, aber schließlich muß er sich doch gezwungen gefühlt haben, mir sein Benehmen zu erklären.

„Sieh mal, beim Reiten", sagte er, „nimmst du das Pferd zwischen die Schenkel. Wenn du es in Trab setzen willst, verlagerst du dein Gewicht in die Steigbügel. Du kannst mit deinen Beinen keinen Schenkeldruck ausüben, Alan. Es gibt viele Dinge, die ein Mann gern tun möchte, aber nicht leisten kann oder darf."

Ich glaubte nicht, daß das, was er da sagte, stimmte. Er hatte immer recht; aber nun irrte er sich zum erstenmal. Während seiner Erklärungen sonnte ich mich in dem Gedanken, wie sehr es ihn freuen würde, wenn ich eines Tages auf einem langhalsigen Pferd an unserem Haus vorbeigaloppieren würde und mich im Sattel behaupten könnte. Einer der Jungen kam auf einem arabischen Pony namens Sternlicht in die Schule. Sternlicht war weiß, hatte einen dünnen, schwungvollen Schweif und einen schnellen, schwingenden Gang. Er hatte schmale, kräftige Fesseln und trabte dahin, als wolle er die Erde nicht mit seinem Gewicht belasten.

Für mich wurde Sternlicht zum Sinnbild der Vollkommenheit. Bob Carlton, sein Besitzer, war ein magerer, rothaariger Junge. Jeden Mittag ritt er mit Sternlicht hinunter zu der etwa einen halben Kilometer entfernten Tränke an der Straße, um ihn trinken zu lassen. Es war eine Pflicht, die ihn vom Spielen auf dem Schulhof fernhielt, und er hätte sich ihrer gern entledigt, wenn man ihm nicht beigebracht hätte, daß man sein Pferd nie vernachlässigen darf.

Eines Tages bot ich Bob an, seine Stelle einzunehmen, und er nahm mein Angebot nur zu gerne an. Er ritt immer ungesattelt mit Sternlicht zur Tränke, aber er sattelte ihn für mich und half mir beim Aufsteigen mit der Anweisung, daß ich ihm einfach seinen Willen lassen sollte und daß Sternlicht mich hin- und zurückbringen würde, selbst wenn ich die Zügel überhaupt nicht aufnehmen sollte.

Als ich im Sattel saß, kürzte Bob die Steigbügel, und ich bückte mich und hob mein schlechtes Bein an. Dann schob ich den Fuß so weit in den Steigbügel, daß er richtig darauf ruhte, wobei das Gewicht des nutzlosen Beines aufgefangen wurde. Genauso verfuhr ich mit meinem guten Bein, aber da es nur teilweise gelähmt war, stellte ich fest, daß ich einen gewissen Druck damit ausüben konnte. Ich nahm die Zügel auf und griff dann nach dem Sattelknauf. Ich konnte das Pony weder zügeln noch lenken, aber ich spürte in meinen Händen, wie es mit dem Maul an den Zügeln zog, und das gab mir ein gewisses Gefühl der Kontrolle.

Sternlicht lief rasch durch das Tor und dann den Weg entlang auf die Tränke zu. Ich fühlte mich keineswegs so sicher, wie ich angenommen hatte. Meine Finger schmerzten vom Halten am Sattelknauf, aber ich konnte mich nicht entspannen und bequem im Sattel sitzen, denn ich glaubte, wenn ich das täte, würde ich hinunterfallen.

Ich schämte mich, aber ich war auch wütend – wütend über meinen Körper.

Als wir an der Tränke ankamen, steckte Sternlicht sein Maul tief ins Wasser. Er gab beim Trinken ein saugendes Geräusch von sich, aber nach einer Minute hob er den Kopf. Das Wasser lief ihm noch vom Maul, als er mit gespitzten Ohren auf die Koppel hinter der Tränke starrte.

Alles, was Sternlicht tat, prägte sich mir mit übergroßer Deutlichkeit ein. Ich saß auf einem Pony, und keiner war da, um mir Anweisungen zu erteilen. Ich erlebte, wie ein Pony sich an der Tränke benahm, wenn man ganz allein auf seinem Rücken saß; das also war das Gefühl zu reiten. Ich sah hinunter auf den Boden mit dem Schotter, auf dem eine Krücke ausrutschen würde, auf den Schlamm rings um die Tränke, in dem Krücken ebenfalls keinen festen Halt finden würden. Jetzt waren diese Widrigkeiten für mich kein Problem. Ich brauchte nicht mehr darauf zu achten, wenn ich auf dem Rücken eines Ponys saß.

Sternlicht fing wieder an zu trinken. Ich beugte mich hinunter und berührte seinen Hals weiter unten, wo ich spüren konnte, wie das Wasser hindurchlief. Er hatte festes Fleisch, war stark und leichtfüßig und hatte ein großes Herz. Plötzlich liebte ich ihn mit Leidenschaft und stolzem Verlangen.

Danach brachte ich Sternlicht jeden Tag zur Tränke. Ich sattelte ihn selbst, legte auch das Zaumzeug an und brachte ihn dann zu Bob, der mir hinaufhalf und meine Krücken gegen die Wand des Schulhauses lehnte. Nach wenigen Wochen konnte ich reiten, ohne mich darauf zu konzentrieren, im Sattel zu bleiben, aber ich konnte das Pferd noch immer nicht zügeln oder lenken. Ich dachte über dieses Problem lange nach. Ehe ich abends einschlief, entwarf ich Sättel mit beweglichen Griffen, mit Rückenlehnen wie Stühle, mit Riemen, um meine Beine am Pferd festzubinden, aber wenn ich auf Sternlichts Rücken saß, mußte ich immer wieder feststellen, daß diese Sättel mir wenig nützen würden. Ich mußte eben lernen, ohne die Unterstützung meiner Beine das Gleichgewicht zu wahren, zu reiten, ohne mich festzuhalten.

Ich fing an, Sternlicht zu einem leichten Trab zu ermuntern, wenn wir nicht mehr weit von der Tränke entfernt waren, und allmählich verlängerte ich diese Strecke, bis wir schließlich die letzten hundert Meter im Trab zurücklegten, obgleich das keine sehr angenehme Gangart war. Ich wurde im Sattel hochgeschleudert und schlug heftig wieder auf, da ich den Aufprall meines durchgeschüttelten Körpers nicht mit den Schenkeln auffangen konnte. Ich wollte ständig etwas mit dem Kopf durchsetzen, mein Körper aber war nicht in der Lage dazu. Ein Jahr lang mußte ich mich damit bescheiden, im Schritt und Trab zur Tränke zu reiten. Dann beschloß ich, im leichten Galopp zu reiten, auch wenn ich dabei herunterfallen sollte.

Kurz vor der Tränke stieg der Weg etwas an, und als wir dort angelangt waren, beugte ich mich schnell vor und schubste Sternlicht mit der Ferse meines guten Beines. Er fiel in einen leichten Galopp, und ich kam plötzlich in schwingenden Bewegungen voran, spürte einen ungewohnten Wind auf meinem Gesicht und das Bedürfnis, vor Glück zu jubeln. Danach galoppierte ich jeden Tag, bis ich mich ganz sicher fühlte, selbst wenn Sternlicht am Schultor eine scharfe Kurve nahm.

Aber ich hielt mich immer noch mit beiden Händen am Sattelknauf fest. Ich versuchte oft, mich beim Reiten nur mit einer Hand festzuhalten, aber meine Rückgratverkrümmung gab mir einen Linksdrall, und mit einer Hand ließ es sich nicht verhindern, daß ich nach links hinunterfiel.

Eines Tages, als Sternlicht im Schritt ging, fing ich an, mich an verschiedenen Stellen des Sattels festzuhalten und einen besseren Halt zu suchen. Mit der linken Hand konnte ich auf Grund der Verkrümmung weiter hinunterreichen als mit der rechten, ohne daß es mir unbequem war. So verlegte ich meinen Sitz im Sattel etwas nach rechts und steckte dann die linke Hand unter das Sattelblatt unter meinem Bein. So konnte ich den Sattelgurt genau an der Stelle packen, an der er vom Sattel in die Strippen eingeschnallt war. Auf diese Weise vermochte ich mich am Sattel zu halten, um einem Rechtsruck entgegenzusteuern, oder am Sattelgurt zu ziehen, wenn ich zu sehr nach links kippte.

Zum erstenmal fühlte ich mich vollkommen sicher.

Nun konnte ich Sternlicht lenken. Mit einem leichten Drehen meiner Hand konnte ich ihn nach rechts oder links lenken. Wenn er die Richtung wechselte, konnte ich meinen Körper seiner Bewegung an-

passen und auch zurückschwingen, wenn er wieder in gleichmäßigen Schritt fiel. Mein Griff am Sattelgurt verschaffte mir festeren Halt; gleichzeitig konnte ich aber nun stets meinen Sitz schnell so verlagern, wie die Situation es erforderte.

Eine Weile ließ ich Sternlicht kantern, dann veranlaßte ich ihn, einem plötzlichen Antrieb folgend, durch Zurufe zu einer schnelleren Gangart. Ich spürte, wie sich sein Körper streckte, als er vom Kanter in Galopp fiel. Die wellenförmigen Schwünge wichen nun einem geschmeidigen Lauf, und das schnelle Geklapper seiner Hufe klang wie Musik in meinen Ohren. Ich dachte ständig an Vater und wie froh er sein würde, wenn ich ihm beweisen konnte, daß ich reiten gelernt hatte. Am liebsten wäre ich schon am nächsten Tag mit Sternlicht zu ihm geritten, um ihm meine Künste zu zeigen, aber ich wußte, welche Fragen er mir stellen würde, und mußte mir eingestehen, daß ich nicht ehrlich behaupten konnte, reiten zu können, wenn ich nicht ohne fremde Hilfe aufzusitzen und abzusteigen vermochte.

Ich überlegte, daß es möglich sein müßte, das Absitzen zu lernen. Wenn ich neben meinen Krücken abstieg, konnte ich mich mit einer Hand am Sattel festhalten, bis ich sie greifen und unter die Arme klemmen konnte. Aber aufsitzen war schon schwieriger. Man brauchte kräftige Beine, um sich, mit einem Bein im Steigbügel, vom Boden abzustoßen. Ich würde mir etwas einfallen lassen müssen.

Manchmal, wenn ich daheim umhertollte, legte ich eine Hand oben auf das Eingangstor und die andere auf das Achselpolster einer Krücke und drückte mich langsam nach oben, bis ich hoch über dem Tor war. Es handelte sich dabei um eine oft geübte Kraftprobe, und ich beschloß, es einmal mit Sternlicht anstelle des Tores zu versuchen. Wenn er stehenblieb, konnte ich es schaffen.

Ich versuchte es am nächsten Tag, aber Sternlicht bewegte sich andauernd, und ich fiel mehrmals hin. Ich brachte Joe dazu, ihn zu halten, legte dann eine Hand auf den Sattelknauf und die andere auf die beiden nebeneinanderstehenden Krücken. Ich holte tief Luft, schwang mich hinauf und gelangte mit einem einzigen Schwung bis in den Sattel. Ich hing mir die Krücken über den rechten Arm, weil ich sie mitnehmen wollte, aber Sternlicht scheute vor ihnen zurück, und ich mußte sie Joe geben.

Joe mußte Sternlicht jeden Tag halten, während ich aufsaß, aber nach zwei Wochen hatte sich das Pony so daran gewöhnt, wie ich mich in den Sattel schwang, daß es keinen Versuch mehr unternahm, sich zu bewegen, bis ich saß. Danach brauchte ich Joe nie mehr zu bitten, das Pony zu halten, aber ich konnte noch immer nicht meine Krücken mitnehmen. Dann zeigte ich Bob, wie ich sie befördern wollte, so einfach über den rechten Arm gehängt, und bat ihn, mit Sternlicht eine Weile zu üben und dabei meine Krücken so zu tragen. Das machte er, und Sternlicht verlor die Angst vor ihnen.

Sternlicht scheute nie. Deshalb kam ich auch nicht auf den Gedanken, daß man gesunde Beine braucht, um bei einem plötzlichen Zurückscheuen im Sattel zu bleiben. Ich war überzeugt, daß mich nur ein bockiges Pferd abwerfen könnte, und fing an, wilder zu reiten als die anderen Jungen in der Schule.

Eines Tages bog ich im kurzen Galopp um die Ecke. Es regnete, und ich wollte die Schule erreichen, ohne allzu naß zu werden. Plötzlich spannte eine Frau, die über den Kirchplatz kam, ihren Schirm auf, und Sternlicht scheute davor zurück.

Ich spürte, wie ich abrutschte. Entsetzt versuchte ich, mein schlechtes Bein so weit hochzubringen, daß ich den Fuß aus dem Steigbügel ziehen konnte. Ich hatte eine Riesenangst davor, mitgeschleift zu werden. Vater hatte einmal gesehen, wie ein Mann mitgeschleift wurde, dessen Fuß sich im Steigbügel verfangen hatte, und ich konnte seine Schilderung von dem durchgehenden Pferd und dem aufprallenden Körper nicht vergessen. Als ich das Steigeisen berührte und merkte, daß ich nicht mehr im Sattel hing, fühlte ich nur Erleichterung. Ich lag einen Augenblick lang da und überlegte, ob irgend etwas gebrochen sein könnte, dann setzte ich mich auf und betastete Arme und Beine. Die Beulen schmerzten sehr.

Sternlicht war zur Schule zurückgaloppiert, und ich wußte, daß Bob und Joe bald mit meinen Krücken kommen würden. Da saß ich also und klopfte mir den Schmutz von der Hose, als ich die Frau, die den Schirm aufgespannt hatte, auf mich zulaufen sah.

„Oh!" rief sie. „Oh! Du bist heruntergefallen! Ich habe es gesehen. Du armer Junge! Bist du verletzt? Das werde ich nie vergessen!"

Ich erkannte sie. Es war Mrs. Conlon, und ich dachte: „Sie wird es Mutter erzählen, daß ich gefallen bin. Ich werde Vater morgen zeigen müssen, daß ich reiten kann."

„Du solltest nie auf Ponys reiten, Alan", sagte Mrs. Conlon, während sie mir den Staub abklopfte. „Das könnte dein Tod sein, das mußt du doch einsehen." Ihr Ton wurde freundlicher, sanfter, und sie kniete sich neben mich und neigte sich zu mir, bis ihr Gesicht ganz dicht vor meinem war. „Du bist nicht so wie andere Jungen. Du kannst nicht alles, was sie können. Wenn dein armer Vater und deine Mutter wüßten, daß du auf einem Pony reitest, würde ihnen das Herz brechen. Versprich mir, daß du nicht wieder reiten wirst."

Bob und Joe kamen angerannt. Joe trug meine Krücken. Mrs. Conlon stand auf, sah mich bedauernd an, als Joe mir aufhalf und die Krücken unter meine Arme schob.

„Nun müssen wir aber alle den Mund halten", flüsterte Joe mit einem Seitenblick auf Mrs. Conlon, „oder sie werden dich nie wieder auf ein Pferd lassen."

Er sah mich prüfend von oben bis unten an, als wir uns auf den Weg zur Schule machten. „Eines ist ja gut: Du hast dir nichts gebrochen; du läufst so gut wie immer."

Am nächsten Tag ritt ich während der Mittagspause mit Sternlicht nach Hause. Ich beeilte mich nicht. Ich sonnte mich in der Vorstellung, wie ich Vater meine Reitkunst vorführen würde. Ich glaubte, er würde mir die Hand auf die Schulter legen und sagen: „Ich habe es gewußt, daß du es schaffen wirst."

Er stand über einen Sattel gebeugt, dicht beim Futterschuppen, als ich näher kam. Ich blieb am Tor stehen und rief: „Hallo!"

Er richtete sich ruhig auf und sah mich einen Augenblick an. „Du, Alan!" sagte er in einem so verhaltenen Ton, als säße ich auf einem Pferd, das sich bei dem kleinsten Mißton aufbäumen könnte.

„Ja!" rief ich. „Hier! Weißt du noch, wie du gesagt hast, ich würde nie reiten können? Hoho!" Ich stieß den Schrei aus, den er manchmal von sich gab, wenn er auf einem feurigen Pferd saß, beugte mich mit einem schnellen Ruck vor in den Sattel und versetzte Sternlicht mit meiner guten Ferse eins in die Flanke.

Das weiße Pony machte ein paar kurze, ungeduldige Sprünge vorwärts, fiel dann in Trab, griff weiter aus und galoppierte an unserem Zaun entlang bis zu dem Akaziengebüsch. Dort zügelte ich es, und wir kehrten um. Steine wurden hochgeschleudert, als Sternlicht sich umwandte; das Pony verdoppelte seine Geschwindigkeit: Wir rasten zurück, während Vater verzweifelt auf das Tor zulief. Ich ritt an ihm vorbei und ließ die Zügel in meiner Hand im Rhythmus von Sternlichts vorgestrecktem Kopf vor- und zurückschwingen. Wieder eine Wendung, und dann kam Sternlicht, der den Kopf zurückwarf, rutschend zum Halten.

Ich sah zu Vater hinunter und bemerkte bestürzt, daß er blaß geworden war. Mutter eilte aus dem Haus und lief auf uns zu. Sie ergriff Vaters Hand, als sie beim Tor ankam.

„Ich habe es gesehen", sagte sie, und sie blickten sich einen Moment in die Augen. „Er ist genau wie du."

Sie wandte sich mir zu. „Du hast dir das Reiten selbst beigebracht, nicht wahr, Alan?"

„Ja", sagte ich und lehnte mich an Sternlichts Hals. „Ich habe jahrelang geübt. Nur einmal bin ich abgeworfen worden; das war gestern."

„Hör mal, mein Sohn", sagte Vater und sah mich ernst an. „Wir wissen nun, daß du reiten kannst. Du bist an diesem Tor vorbeigejagt wie von allen Höllenhunden gehetzt. Aber so wirst du doch nicht reiten wollen. Die Leute müßten sonst nämlich annehmen, daß du überhaupt nichts von Pferden verstehst. Ein guter Reiter sollte nicht herumtoben wie ein junger Hund, der von der Kette losgelassen wird, nur um zu beweisen, daß er reiten kann. Ein guter Reiter muß anderen nichts beweisen. Geh es langsam an. Gib nicht an. Ein Galopp ist gut und richtig auf ebener Strecke, aber so, wie du galoppierst, wirst du im Handumdrehen ein Pferd zuschanden reiten. Und nun reite mit Sternlicht im Schritt zurück zur Schule und reibe ihn gut ab, ehe du ihn alleine läßt." Er hielt inne und fügte dann hinzu: „Du bist ein feiner Kerl, Alan. Ich mag dich. Und ich bin davon überzeugt, daß du ein guter Reiter bist."

9. Kapitel

Autos erschienen auf den Straßen, brausten in Staubwolken die breiten Wege entlang, die für eisenbereifte Räder von Pferdewagen gedacht gewesen waren. Tausende spitzer kleiner Steinchen prasselten wie Kugelregen gegen die Spritzbretter der Einspänner, wenn sie von den Automobilen überholt wurden. Mit lautem Hupen bahnten sie sich ihren Weg durch ziehende Viehherden, die angstvoll durcheinandersprangen. Diese Autos hatten große Karbidlampen aus Messing, und hinter hohen, imposanten Windschutzscheiben saßen Männer mit Schutzbrillen und Staubmänteln, die vorgeneigt das Lenkrad umklammerten und manchmal daran zerrten, als hätten sie Zügel in der Hand. Erschreckte Pferde bäumten sich auf und gingen durch, verärgerte Männer standen aufrecht in den Pferdewagen, die sie oft erst weit draußen auf den die Wege säumenden Grasflächen zum Halten bringen konnten, und fluchten laut. Farmer ließen die Tore zu den Koppeln offen, damit sich die erschreckten Pferde in ein von der Straße abgelegenes Gelände flüchten konnten, wo man die zitternden und sich aufbäumenden Tiere unterbrachte, bis die Autos vorbeigefahren waren.

Peter Finlay war nicht mehr der Stallmeister von Mrs. Carruthers, sondern ihr Chauffeur. Er trug jetzt eine Schirmmütze und eine Uniform.

„Warum müßt ihr die Straßen unsicher machen?" wollte Vater von ihm wissen. „Wenn ihr kommt, müssen alle anderen Platz machen. Es ist bald so schlimm, daß ich es kaum noch wage, ein junges Pferd auf die Straße zu bringen. Wenn ich ein Pferd bekommen könnte, das einem Auto nicht ausweicht, würde ich geradewegs auf Sie zureiten."

Danach hielt Peter immer an, wenn Vater mit einem jungen Pferd an ihm vorbeireiten wollte.

Vater haßte Autos, sagte mir aber, daß man nichts gegen sie unternehmen könne, ihre Zukunft sei sicher. Er bekam jetzt weniger Pferde zum Zureiten. Ich ritt die Ponys, die er zugeritten hatte, und stürzte häufig. Neuzugerittene Ponys scheuten leicht, und ich lernte es einfach nicht, wie man auf einem scheuenden Pferd oben bleibt. Aber Vater brachte mir bei, wie ich fallen mußte – ganz entspannt, nicht steif, damit der Aufprall nicht so hart war.

Er fand schnell alle möglichen Lösungen für Probleme, die sich aus meiner Abhängigkeit von den Krücken ergaben, aber was ich tun sollte, wenn ich die letzte Schulklasse hinter mir hatte – darauf wußte auch er keine Antwort. Schließlich trennten mich nur noch zwei Monate von meinem letzten Schultag. Mr. Simmons, der Warenhausbesitzer in Turalla, hatte versprochen, mir wöchentlich fünf Shilling zu zahlen, wenn ich ihm nach meinem Schulabschluß die Bücher führen würde. Mir gefiel der Gedanke, selbst Geld zu verdienen; aber ich wünschte mir doch eine Arbeit, die ein Talent erforderte, das mich von allen anderen unterschied. „Ich möchte Bücher schreiben", sagte ich zu Vater.

„Das kannst du machen", sagte er, „aber wie willst du dir deinen Lebensunterhalt verdienen, während du schreibst? Auf jeden Fall ist es nicht gut, ein Buch nur deshalb zu schreiben, weil man damit Geld verdienen will. Lieber würde ich Pferde zureiten. Wenn du Pferde zureitest, schaffst du etwas Gutes aus einer Sache, die sich schlecht entwickeln könnte. Aus einem Pferd ein bösartiges Tier zu machen ist leicht, aber es ist schwer, einem Pferd, nun so etwas... du weißt schon... wie Charakter zu geben, ich meine – es dazu zu bringen, für dich anstatt gegen dich zu arbeiten."

Wir saßen auf der obersten Sprosse des Korrals und sahen auf eine Stute, die Vater an die Mundstange gewöhnen wollte. Das Pferd biß unruhig darauf herum. Seine Mundwinkel waren rot und wund.

„Diese Stute ist zu lang im Rücken", sagte er plötzlich und fuhr dann fort: „Wenn ein Kerl dir hundert Pfund für ein Buch zahlt, kannst du deinen Kopf darauf wetten, daß es nach seiner Nase ist, aber wenn viele arme und leidende Menschen den Hut vor dir ziehen, weil du es geschrieben hast – dann ist das was anderes; dann hat es sich gelohnt. Dazu mußt du allerdings erst unter Menschen kommen... Schreib Bücher. Aber nimm diesen Job bei Simmons an, bis du deinen Weg findest."

Einige Tage später zeigte mir Mr. Simmons eine Anzeige. Eine Handelsschule in Melbourne hatte ein Stipendium für Buchführung ausgeschrieben, um das sich jeder bewerben konnte, der eine Prüfung in Geschichte, Erdkunde, Rechnen und Englisch ablegen wollte. Die Unterlagen würden auf Anforderung an die jeweiligen Lehrer geschickt werden.

Ich bat um Zusendung der Unterlagen, und eine Woche später sagte mir Mr. Tucker, unser Lehrer, daß sie eingetroffen seien. „Du wirst bemerken, Marshall", sagte er mir streng, als hätte ich eine Anklage gegen ihn erhoben, „daß das Siegel auf diesen Prüfungsunterlagen intakt ist. Deshalb ist es unmöglich, irgendwie darin herumzupfuschen. Ich habe William Foster von dieser Prüfung erzählt, und er wird sich ebenfalls um das Stipendium bewerben. Ich möchte, daß du am Samstagmorgen Punkt zehn Uhr in der Schule bist."

William Foster war Tuckers Liebling und sein Paradeschüler. Er konnte, ohne Luft zu holen, die Namen aller Flüsse in Victoria herunterrasseln und legte beim Kopfrechnen beide Hände auf den Kopf, um zu beweisen, daß er die Finger nicht zu Hilfe nahm.

Als ich ihn am Samstagmorgen in der Schule traf, war er ablehnend und unfreundlich, deshalb setzte ich mich ans Fenster und sah hinaus auf den Mount Turalla, der grün und in der Sonne schimmernd vor mir lag. Ich dachte an Joe und daran, daß es ein herrlicher Tag wäre, um Kaninchen zu jagen, als Mr. Tucker auf den Tisch klopfte.

„Ich werde jetzt das Siegel auf den Prüfungsunterlagen von Poulter's Handelsschule erbrechen", verkündete er. „Ihr seht, daß das Siegel unversehrt ist."

Er durchschnitt den Faden und zog die Papiere aus dem Umschlag, ließ aber, während er das tat, seinen grausamen Blick nicht ab von mir.

Dann saß er zunächst zwanzig Minuten da und las die Unterlagen durch, wobei er ab und zu den Kopf hob und William Foster einen ermunternden Blick zuwarf, den dieser mit einem dankbaren Neigen des Kopfes erwiderte.

Dann übergab Tucker uns die Unterlagen. Er sah auf die Uhr und sagte scharf: „Es ist jetzt zehn Uhr dreißig; bis elf Uhr dreißig habt ihr Zeit, die Aufgaben zu lösen."

Ich sah auf den bedruckten gelben Bogen vor mir. „Berechne den Zinseszins von..." Ha, das war leicht...

„Wenn zehn Männer..." Himmel, Dreisatz! Das war ein Klacks.

„Ein Stück Land von sieben Hektar, vier Morgen und zwölf Ar..." Das war schon schwerer – hm!

William Foster und ich verglichen unsere Lösungen, nachdem wir das Klassenzimmer verlassen hatten. Ich glaubte, daß ich die meisten Aufgaben falsch gelöst hatte, denn er war zu anderen Ergebnissen gekommen. Als ich nach Hause kam, sagte ich Vater, daß ich die Prüfung nicht bestanden hätte, und er entgegnete: „Mach dir nichts draus. Du hast es versucht; das ist die Hauptsache."

Eine Woche vor Schulschluß kam mit der Post ein länglicher, brauner, an mich adressierter Umschlag. Man hatte ihn Vater ausgehändigt, und er wartete nun mit Mary und Mutter in der Küche, denn ich sollte ihn selbst öffnen, wenn ich aus der Schule heimkam.

Sie umringten mich, als ich den Umschlag aufriß und den gefalteten Bogen herausnahm.

> Wir freuen uns, Ihnen mitteilen zu können, daß Sie ein Stipendium erhalten...

„Ich hab's bekommen!" rief ich ungläubig aus und sah sie an, als könnten sie mir das erklären.

Vater schlug mir auf den Rücken. „Gut, mein Sohn. Du gehörst eben nicht zu den Verlierern." Dann zu Mutter gewandt: „Wofür ist das noch mal? Was kann er damit werden?"

„Ein Bücherrevisor", sagte Mary. „Ein Bücherrevisor hat ein eigenes Büro und überhaupt alles."

„Wer ist hier in der Gegend Bücherrevisor?" fragte Vater. „Ist der Buchhalter beispielsweise ein Bücherrevisor?"

„Nein, aber Mr. Bryan könnte einer sein", sagte Mary. „Er ist der Geschäftsführer der Butterfabrik. Manche behaupten, er verdient sechs Pfund pro Woche."

„Wenn Mr. Bryan das wirklich bekommt, lügt irgendwer", sagte Vater entschieden. „Ich glaube, nicht einmal der Direktor verdient soviel. Aber ich werde es herausfinden. Es hört sich allerdings fast so an, als hätten unsere Sorgen damit ein Ende. Wenn Alan jemals sechs Pfund in der Woche verdient, braucht er keine Beziehungen mehr."

Vater sattelte ein Pferd und machte sich auf zur Butterfabrik. Als er zurückkam, brachte er weitere erstaunliche Neuigkeiten mit – William Foster war durchgefallen. „Und ich habe auch Bryan getroffen", fuhr er fort. „Du hast recht, Mary. Er ist ein Bücherrevisor, und er sagte mir, daß erstklassige Bücherrevisoren sogar *mehr* als sechs Pfund pro Woche verdienen können. Und wenn jemand Bücherrevisor wird, stehen Buchstaben hinter seinem Namen: L.I.C.A., und das bedeutet – ich hab's hier aufgeschrieben – *Licentiate of the Institute of Commonwealth Accountants*." Er sah mich zustimmend an. „Ich hätte nie gedacht, daß ich den Tag erlebe, an dem Alan Buchstaben hinter seinem Namen hat." Und ohne weitere Worte hob er mich plötzlich hoch, nahm mich in die Arme und drückte mich, obwohl ich schon lange kein kleiner Junge mehr war.

In der folgenden Woche saßen er und Mutter abends spät beisammen und stellten lange Berechnungen an. „Mutter und ich haben beschlossen, daß wir alle nach Melbourne ziehen, Alan", sagte mir Vater eines Tages. „Es wird eine Weile dauern, bis alles geregelt ist, aber dann schnüren wir unser Bündel und setzen uns ab. Deine Zukunft liegt da unten, nicht hier. Ich werde Arbeit finden; das wird nicht schwer sein. Und du kannst eine Arbeit im Büro annehmen, während du lernst, wie man ein Bücherrevisor wird." Dann fügte er hinzu: „Was hältst du davon, dorthin zu ziehen?"

„Ich finde es gut", sagte ich. „Ich werde lernen, ein Schriftsteller zu werden, während ich gleichzeitig lerne, ein Bücherrevisor zu sein. Das wird großartig, glaube ich."

Aber als ich dann allein noch einmal darüber nachdachte, hatte ich plötzlich das Gefühl, als könnte ich nie den Busch verlassen, aus dem ich auf eine seltsame Weise meine Kraft erhielt. Ich hatte noch nie eine Stadt gesehen. Jetzt stellte ich mir eine riesige, komplizierte Maschine vor, in der haufenweise L.I.C.A.'s mit ihren über Hauptbücher geneigten stubenblassen Gesichtern saßen. Der Gedanke bedrückte mich, und ich ging zu Joe, der hinter dem Haus seiner Eltern Fallen aufstellte.

Als ich ihm erzählte, daß wir bald nach Melbourne ziehen würden, sagte er: „Du bist ein Glückspilz, daran besteht kein Zweifel. Aber du hast ja immer Glück gehabt. Weißt du noch, wie du zwei Kaninchen in einer Falle gefangen hast?"

„Ja", entgegnete ich, von der Erinnerung daran sehr angetan.

Wir setzten uns nebeneinander ins Gras und sprachen über Melbourne und wie es wohl wäre, wenn ich sechs Pfund in der Woche verdiente.

„Das Reiten wirst du aufgeben müssen", sagte Joe. „Ein Pferd verkommt in Melbourne schneller als sonstwo."

„Ja, das ist das Unangenehme an der Sache", sagte ich niedergeschlagen.

„Ich frage mich, wie du dort wohl auf deinen Krücken vorwärts kommen wirst? Die vielen Menschen und der Wirbel…"

„Krücken!" rief ich aus und wies seinen Einwand entrüstet ab. „Was sind schon Krücken? Nichts!"

Alan Marshall

Die Begegnung mit Alan Marshall wird für jeden Besucher zu einer überaus lohnenden Erfahrung. Der Schriftsteller vermittelt sofort den Eindruck von soviel Kraft und Lebensfreude, von so außerordentlichen geistigen Fähigkeiten und so großer freundlicher Anteilnahme, daß sich einfach niemand seiner Persönlichkeit entziehen kann.

Von seiner Autobiographie *Was sind schon Krücken?* wurden bis heute über eine Million Exemplare in vierzehn Sprachen verkauft. Unzählige Briefe von behinderten Kindern aus aller Welt erreichten Alan Marshall seit Erscheinen des Buches. Auch Eltern erbaten Rat, wie sie sich ihren behinderten Kindern gegenüber verhalten sollten. „Ich hätte wahrscheinlich große Angst, wenn mein Kind all das versuchte, was Sie unternommen haben", erklärte ein Vater.

„Dann machen Sie Ihr Kind zum Krüppel", entgegnete Alan Marshall, „denn ein Kind ist sich nur selten seiner eingeschränkten Möglichkeiten bewußt. Die größte Behinderung für die Behinderten sind die ihnen entgegengebrachten Vorurteile. Und dieses Problem stellt sich ihnen leider überall auf der Welt."

Zwar hatte Alan Marshall seine Ausbildung als Bücherrevisor erfolgreich abgeschlossen, aber trotzdem mußte er wegen seiner Behinderung viele Schwierigkeiten überwinden, um schließlich eine entsprechende Stellung zu finden. Während der langen, schweren Zeit der Weltwirtschaftskrise verdiente er sich seinen Lebensunterhalt mit den seltsamsten Beschäftigungen: Er war Nachtwächter in einer Sargfabrik, Verwalter eines Hotels, verbrachte als Wanderer viele Wochen auf staubigen Landstraßen und trat als Wahrsager in den Pausen von Unterhaltungsveranstaltungen auf. Daraus ergab sich zufällig eine Tätigkeit als Kolumnist bei einer Frauenzeitschrift. Fünfzehn Jahre lang erteilte er in der Spalte „Fragen Sie Alan Marshall" Ratschläge.

Es war eine harte Zeit, aber er sammelte Tag für Tag hervorragenden Stoff und immer neue Einfälle für seine Geschichten.

Inzwischen ist Alan Marshall über siebzig Jahre alt. Fünfzehn Bücher hat er bislang veröffentlicht, neue Werke sind schon geplant. Kürzlich bereiste er in seinem Rollstuhl Europa, begleitet von einer seiner Töchter und einem Neffen. Den Abschluß und Höhepunkt der Reise bildete ein Empfang im Londoner Buckinghampalast, wo ihm die Königin einen Orden verlieh.

Heute lebt Alan Marshall mit seiner Schwester in Black Rock, einem an der Küste gelegenen Vorort von Melbourne.